DUMONT

Die Leibritzkys sind eine jüdische Großfamilie und einander in inniger Hassliebe verbunden. Jedes Jahr fahren sie gemeinsam in ihr Sommerhaus ans Meer, nach Woodmont in Connecticut. Bis ein tödlicher Autounfall alles für immer ändert. David Leibritzky ist erst acht Jahre alt, als er sterben muss. Das Jahr 1948, in dem er umkommt, ist das Jahr der Unabhängigkeit Israels. Doch frei wird keiner der Leibritzkys je mehr sein.
Rund fünfzig Jahre später versucht die ältere Schwester Molly die Ereignisse zu ergründen, die zu Davids Tod geführt haben. Sie umkreist den einen Tag, den sie alle nicht vergessen können, und spürt dabei der Geschichte ihrer Familie nach.
Sie erzählt von drei Schwestern, die füreinander einstehen und sich doch gegenseitig verletzen, von der Auseinandersetzung mit dem schweren Erbe der Religion und der Unentrinnbarkeit familiärer Bande.
›Wie der Atem in uns‹ ist ein berührendes Familienporträt und ein großer amerikanischer Roman über Schuld, Liebe und Identität, der im Angesicht der größtmöglichen Tragödie einen heilsamen Witz entfaltet.

Elizabeth Poliner veröffentlichte einen Kurzgeschichten- und einen Gedichtband. ›Wie der Atem in uns‹ ist ihr erster Roman. Sie unterrichtet an der Hollins University in Virginia.

ELIZABETH POLINER

WIE DER ATEM IN UNS

ROMAN

Aus dem Englischen
von Maja Ueberle-Pfaff

DUMONT

Juli 2017
DuMont Buchverlag, Köln

Die amerikanische Originalausgabe erschien 2016
unter dem Titel ›As Close to Us as Breathing‹
bei Lee Boudreaux Books/Little, Brown and Company, New York.

Umschlaggestaltung: Lübbeke Naumann Thoben, Köln
Umschlagabbildung: © akg-images
Satz: Fagott, Ffm
Gesetzt aus der Granjon und der Univers
Druck und Verarbeitung: CPI books GmbH, Leck
Gedruckt auf säurefreiem und chlorfrei gebleichtem Papier
Printed in Germany
ISBN 978-3-8321-6428-7

www.dumont-buchverlag.de

»Du bist so nah wie der Atem in uns
und doch so fern wie der fernste Stern.«

Gates of Prayer: *The New Union Prayer Book*

TEIL EINS

1 Das Erbe des *Hier*

Im Sommer 1948 starb mein Bruder Davy bei einem Unfall, für den ein Mann verantwortlich war, der lieber sein eigenes Leben geopfert hätte, als diesen zu verursachen. Der Mann war Italiener, und das genügte meiner Mutter, Ada Leibritsky, als Erklärung dafür, dass er ein Mörder war. Wäre er Ire gewesen, hätte sie das Gleiche gesagt. Wäre er Pole, Grieche oder sogar irgendein Protestant gewesen, hätte sie ebenfalls diesem Umstand die Schuld zugeschrieben. Damals war es durchaus üblich, so zu denken, alle, die anders waren, argwöhnisch zu betrachten, ja sogar zu hassen, und die Schwarzen und Juden kamen dabei immer am schlechtesten weg. Ich habe mich oft gefragt, ob meine Mutter, wäre der Mann, so wie wir, Jude gewesen, in ihrem maßlosen Kummer genau diesen Faktor für den mörderischen Unfall verantwortlich gemacht hätte. Einen »Itzig« hätte sie ihn in ihrer Rage wohl genannt und dabei völlig übersehen, dass uns, ihre Familie, eine ganze Schar von Juden, eine größere Schuld traf als irgendjemand anders.

Eigentlich begann der Sommer wie jedes Jahr. Als wir in Woodmont, Connecticut, an unserem Haus am Meer eintrafen, stürzte meine Mutter aus dem Wagen, fest entschlossen, es wie immer als Erste zu betreten und alle anderen – ihre drei Kinder, ihre ältere Schwester und ihre einzige Nichte – auf die Plätze zu verweisen.

Sie hastete die Verandatreppe hinauf, schloss die Tür auf und trat ins Wohnzimmer. Drinnen war es schummrig, das Licht abgedreht, die Vorhänge zugezogen und die Luft stickig, da die Fenster ein Dreivierteljahr lang verriegelt gewesen waren. Trotzdem sog sie sie so gierig ein, dass man hätte meinen können, sie sei süchtig danach. Dann drehte sie sich um und blickte zu mir zurück, die ich auf der Veranda stand und keine Lust hatte, ihr zu folgen, bis nicht mindestens ein Fenster einen Spaltbreit offen stand. »Ach, Molly«, sagte sie, fast schon tadelnd. »Wir sind hier. *Hier*. Worauf wartest du denn noch?«

Beinahe hätten wir es nicht geschafft, zumindest nicht in dieser Woche, der ersten Juliwoche, denn mein Vater war übers Wochenende erkältet gewesen und konnte uns nicht von Middletown, wo wir wohnten, nach Woodmont chauffieren. Am Montag hatte er sich dann besser gefühlt, musste allerdings arbeiten gehen. Am Montagabend, nach einem tristen Essen – meine Mutter, meine beiden Brüder und ich seufzten die ganze Zeit demonstrativ gequält –, hatte mein Vater vorgeschlagen, dass Howard, mein älterer Bruder, der gerade mit der Highschool fertig war, uns am nächsten Tag, also am Dienstag, hinfahren könne, Hauptsache, er käme am Freitag zurück, um meinen Vater und unseren Onkel Leo fürs Wochenende abzuholen.

Von Middletown ans Meer fuhren wir gewöhnlich gemeinsam mit Vivie, der Schwester meiner Mutter sowie ihrer Familie. Doch keine der beiden Frauen hatte einen Führerschein. Genauso wenig wie Bec, die andere Schwester, die aus New Haven anreisen und uns in Woodmont treffen würde.

Howard war also unsere einzige Hoffnung. Er versprach meinem Vater, Freitagfrüh zurückzukommen, damit er als Mitwirkender des Minjans am jüdischen Morgengottesdienst teilnehmen könne.

Mein Vater war ein ernster Mensch, das wusste jeder. Doch bei Howards Worten strahlte er übers ganze Gesicht. Dennoch beugte er sich vor, blickte über den Brillenrand und sagte warnend: »Howard, manchmal hat man nichts als sein Wort.«

»Hier ist meins«, erwiderte Howard selbstbewusst, in feierlichem Tonfall. Die beiden gaben sich die Hand. Dann brach die ganze Familie in Jubel aus, und Howard am lautesten.

Nach unserer Ankunft in Woodmont war Howard allerdings nicht mehr ganz so leutselig, eher wieder der Alte. Als er neben dem angejahrten Dodge-Kombi meines Vaters stand und die Koffer auslud, brüllte er, dass sogar meine Mutter es hören konnte: »He, ihr Knallköpfe, setzt mal eure fetten Hintern in Bewegung und helft mir.«

Meine Mutter rührte sich nicht vom Fleck. Mit ihren vierzig Jahren und ihrer hochgesteckten mahagonibraunen, erst von wenigen grauen Strähnen durchzogenen Haarpracht war sie noch immer die Schönste in der Familie. Sie war die mittlere der drei Syrkin-Schwestern und die willensstärkste und rechthaberischste, was mit ihrer Schönheit zusammenhing und mit der Extraportion Selbstvertrauen, die diese ihr verlieh. Sie war diejenige, die sich immer absolut sicher war, die uns erklärte, dass die First Lady Bess Truman mit dem, was sie ihrer Tochter, ja, jeder Tochter nahelegte, goldrichtig lag: Sie solle auf gar keinen Fall Präsidentin werden. Und sie war, in unserer vom Rassenhass geprägten Welt, diejenige, die Beleidigungen ausstoßen und umstandslos zurückhassen konnte. Doch in jenem Augenblick blieb sie, obwohl sie Howards Gegröle im Wohnzimmer gut hatte hören können – eine solche Unflätigkeit hätte er sich vor unserem Vater nie erlaubt –, stumm wie eine Statue stehen, die große schwarze Handtasche, die fast schon wie ein Körperteil aus verwittertem Lackleder wirkte, in einer Armbeuge, den Rücken kerzengerade, den Kopf erhoben, die Augen geschlossen – jede Faser ihres Wesens schien berauscht von der stickigen Luft in unserem Sommerhaus.

Im nächsten Augenblick kam sie dann jedoch wieder zu sich und stürmte durch die Haustür nach draußen. Sie stand kaum auf der Veranda, hatte kaum den Mund aufgemacht, um Howard zur Ordnung zu rufen – ich hoffte auf ein »Entschuldige dich!« –, da fiel ihr Blick auf die an den Türpfosten genagelte, in der Sonne glänzende Kapsel, die Mesusa. Auf der Stelle klappte ihr Mund zu und sie schwieg.

Obwohl mein Großvater Maks Syrkin ein religiöser Mann war, hatte er die Mesusa erst dort angebracht, nachdem er im Juni 1939 die Hypothek für das Sommerhaus getilgt hatte. *Aufgrund der erhaltenen Gegenleistung erklären wir, die Unterzeichnenden Maksim und Risel Syrkin, uns bereit, $3.600,00 an The Bank of New Haven zu zahlen …* Da der Hypothekenbrief von 1915 stammte, hatte Maks vierundzwanzig Jahre lang gegen jüdisches Gesetz verstoßen, das besagte, dass das Glaubensbekenntnis am Eingang jedes Hauses anzubringen war: »und du sollst diese Worte auf die Türpfosten deines Hauses und deiner Stadttore schreiben.« Doch sah mein Großvater, der selbst während der härtesten Monate der Weltwirtschaftskrise keinen einzigen Zahlungstermin versäumte, das Haus die ganzen langen Jahre über nie als seinen Besitz an. Genau wie sein Haus in Middletown würde auch das Sommerhaus in Woodmont erst ein Zuhause sein, wenn, wie er seiner Familie immer wieder einhämmerte, auch der letzte Cent abbezahlt sei, und dann erklärte er es den Nachbarn in Woodmont, allesamt Juden, und als wir schließlich auf der Welt waren, versuchte er es uns begreiflich zu machen, seinen Enkelkindern, obwohl wir damals viel zu jung waren, um die Regeln des Judentums, geschweige denn die des Immobilienerwerbs zu verstehen. Ich habe meinen Großvater Maks als einen seltsamen alten Mann in Erinnerung.

Howard, der noch immer neben dem Dodge stand, fuhr mit seinem Gezeter fort. »Sind wir hier in Ägypten? Ist der Sand da draußen die Wüste?«, rief er. Ich stand noch auf der Veranda, neben meiner Mutter, und sah, wie Howard mit dem Finger in Richtung Strand und Long Island Sound deutete. »Wer bin ich eigentlich«, brüllte er weiter, »euer gottverdammter Sklave?«

Unsere Cousine Nina, damals fünfzehn, war es, die schließlich zurückrief: »*Du* behandelst *uns* doch wie Sklaven!«

Howard war nicht der Einzige, den Ninas Bemerkung verblüffte. Auch ich war überrascht, denn Nina hatte während der einstündigen Fahrt von Middletown nach Woodmont kaum den Mund aufgemacht und die ganze Zeit in Darwins *Über die Entstehung der Arten* geblättert. »Ist es gut?«, hatte ich einmal wissen wollen. Ich las auch gerne, allerdings hauptsächlich Geschichten über zwölfjährige Mädchen wie mich. Ninas Antwort kam wie aus der Pistole geschossen. »Fantastisch«, meinte sie und wendete sich wieder ihrer Lektüre zu, wobei ihr hübsches, herzförmiges Gesicht konzentriert und angespannt war. Doch danach hatte sie kein einziges Wort mehr gesprochen. Und nun wies sie Howard zurecht.

Nach ihrer Bemerkung blieb Nina, auf halber Strecke zwischen dem Wagen und dem Haus, einfach stehen. Genau wie ihre Mutter war sie klein; die Haare – die gleiche dichte, widerspenstige braune Mähne, die alle Frauen in unserer Familie auszeichnete – waren zurückgebunden. Sie trug Shorts und eine ungewöhnlich enge Sommerbluse. Man konnte sehen, dass sie sogar mit fünfzehn schon eine fabelhafte Figur hatte. Doch nach allem, was ich von Nina wusste, war ich mir sicher, dass sie nicht aus Effekthascherei eine enge Bluse trug; Nina war einfach zu sehr von Darwin und seinesgleichen in Anspruch genommen, als dass sie es überhaupt bemerkt hätte. Meine Mutter hatte immer den gleichen Spruch über Nina parat: »Sie ist schlauer, als ihr guttut.«

Howard jedoch konnte den Blick nicht von der engen Bluse abwenden. »He, Nina, könntest du dich mitsamt deinen Möpsen vielleicht mal herbemühen?«, kam als Nächstes.

»Sehr witzig, Howard, ehrlich. Du bist ein echtes Genie, was?«, blaffte Nina zurück. Sie ging zu ihm hinüber, drückte den Rücken durch und blickte ihm, obwohl sie dabei errötete, direkt in die Augen.

Alle wussten, dass Howards Schulnoten auch nicht im Entferntesten an die von Nina heranreichten.

»Aua, aua«, spöttelte er und fasste hinter ihren Rücken, als wollte er ihren BH-Verschluss schnalzen lassen.

»Sei kein Esel«, sagte sie und schlug seinen Arm beiseite.

Einen Augenblick lang sah es so aus, als würden sie nicht nur verbal aufeinander losgehen, sondern handgreiflich werden. Doch als meine Tante Vivie die Verandatreppe hinunterlief, um dazwischenzugehen, entspannte sich die Lage zwischen den beiden Streithähnen. Das Problem war, zumindest schien es so, von einer Generation zur anderen vererbt worden: Alle wussten, dass meine Mutter ihrer Schwester Vivie meinen Vater ausgespannt hatte, und obwohl die beiden Schwestern ihren Streit beigelegt hatten, waren ihre jeweils Erstgeborenen – genau wie Figuren aus der Bibel, die in ihre Feindschaft hineingeboren werden – dazu offenbar nicht in der Lage.

»Jetzt sei nicht gemein«, sagte Vivie mit ruhiger Stimme zu Howard und legte ihm die Hand auf die Schulter. »Wir sind gerade erst aus dem Auto gestiegen. Gib uns einen Moment, damit wir uns die Beine vertreten können, ja?«

Meine Mutter schenkte dem Treiben beim Dodge noch immer keine Aufmerksamkeit. Sie stand wie angewurzelt vor der Mesusa, streckte die Hand aus und berührte den Zinnbehälter. Dann führte sie die Hand an die Lippen und küsste die Finger, die nach dem Wort Gottes in Form dieser Kapsel gegriffen hatten. Dabei war sie gar nicht religiös, das wusste ich, lediglich nostalgisch. Sie hätte in dem Augenblick viel lieber die Haut ihres Vaters berührt als den metallenen Mesusa-Behälter, doch Maks war 1939, ein halbes Jahr nach der letzten Ratenzahlung, gestorben. Ada, meine Mutter, war damals zweiunddreißig Jahre alt und hochschwanger mit meinem jüngeren Bruder Davy, ihrem dritten Kind. Maks war vierundsiebzig.

Es war ein verhangener Freitagmorgen in der letzten Juniwoche des Jahres 1939, und Maks hielt in einer Hand die Mesusa, in der anderen einen Hammer. In seiner Hemdtasche steckten mehrere dünne Nägel, in seiner linken Hosentasche acht weitere zinnene Mesusot, genug für sämtliche Türen im Haus sowie die Hintertür. Risel, seine Frau, der er vor langen Jahren in seiner Geburtsstadt Balta zur Ehe versprochen worden war, die Frau, die er rund fünf Jahre nach seiner Einwanderung in Amerika aus Balta herübergeholt hatte, eine Frau, die sich nach ihrer Reise um die halbe Welt von einem selbstbewussten russischen Mädchen in eine verwirrte und abhängige amerikanische Ehe- und Hausfrau verwandelt hatte, eine Frau, die Maks trotzdem unendlich liebte, sollte als besondere Ehre die erste Mesusa, die an die Haustür genagelt wurde, halten dürfen. Wir waren alle auf der Veranda versammelt: Maks und Risel, meine Mutter, Vivie und Bec sowie die Enkelkinder Howard, Nina und ich, ein dreijähriges Mädchen. Obwohl es erst elf Uhr vormittags war, trug Risel bereits ihr bestes Schabbatkleid, dazu Nahtstrümpfe und Stöckelschuhe, und Maks eine Krawatte, die in der frühsommerlichen Brise hin und her flatterte. Meine Mutter und ihre beiden Schwestern trugen, wie immer, Badeanzüge, obwohl sie sich aus Respekt vor dem Anlass kurzärmelige Hauskleider mit Gürtel übergestreift hatten. Nur wir Kinder erschienen in unserer üblichen Woodmont-Montur, nämlich in Badeanzügen, mit bloßen, sandigen Füßen. Die Väter, die den Tag über noch in Middletown arbeiteten, würden später, wenn sie zum Schabbatmahl zu uns stießen, alles über das Ereignis erfahren – alles über die Kleider, die Brise, die sich lichtenden Wolken, das ungeborene Kind, das zum ersten Mal im Bauch meiner Mutter strampelte, die Tränen, die Risel in die Augen stiegen. Die Zeremonie begann. *»Baruch atah Adonai, Eloheinu melech haolam«*, stimmte Maks an, und als er mit dem Segen fertig war, drehte sich Risel um, drückte die Mesusa genau im richtigen Winkel gegen den Türpfosten, mein Großvater platzierte den ersten Nagel und schlug ihn ein.

Vivie wiederholte ihre Bitte an Howard: »Kannst du uns einen Moment geben?« Diesmal drückte sie seine Schulter und fügte hinzu: »Schatz. Bitte.«

»Schatz?«, murmelte Nina ungläubig, worauf Vivie ihr einen Finger auf die Lippen legte.

»Entschuldigung«, sagte Howard, dem die Röte genauso schnell ins Gesicht stieg, wie sie aus Ninas Wangen wich. Vivie, so ruhig wie eh und je, schaffte es jedes Mal wieder, Howards Härte zu mildern. Dann beugte sie sich über den Kofferraum und zog eine Tüte mit Lebensmitteln hervor. Auch Nina griff nach einer Tüte. Howard blieb inmitten der Koffer, die er bereits ausgeladen hatte, stehen und starrte die Gepäckstücke an, als müsste er überlegen, welches er zuerst ins Haus tragen sollte. Doch plötzlich sah er, wie Davy, der bis zu diesem Augenblick unbemerkt neben ihm gestanden hatte, einen Koffer die Verandatreppe hinaufschleppte, der fast so groß wie sein ganzer achtjähriger Körper war.

»Du Dreikäsehoch!«, rief Howard und rannte zu ihm hin. Er griff nach dem Koffer.

»Ich schaff das«, protestierte Davy.

»Das weiß ich doch«, sagte Howard, während er an dem Koffer zerrte. »Ich will dir nur helfen.«

Davy war klein, aber stark, ein angehender Baseballstar, wie unser Vater hoffte. Als Howard, gut zehn Jahre älter als Davy, an dem Koffer zog, zog Davy ebenfalls. »Ich schaff das«, wiederholte er selbstsicher. Doch Howard zog kräftiger, und Davy musste den Koffer loslassen.

Unversehens verlor er das Gleichgewicht und fiel auf den Rücken. Er rollte von der mittleren Stufe auf die unterste und dann hinunter auf den Sand.

»Siehst du?«, rief Nina. »Siehst du, was du getan hast? Du Genie!«

Ich rannte hinunter, um Davy zu helfen, doch bis ich dort war, hatten ihn schon Howard und Nina rechts und links an den Armen hochgezogen. Sein linkes Knie war aufgeschürft, aber es blutete nicht. Auch sein linker Ellbogen war verschrammt.

»Alles in Ordnung?«, fragten wir alle wie aus einem Mund, meine Mutter, die noch immer an der Haustür stand, am lautesten.

Man konnte nie wissen. Das war die Einstellung meines Großvaters Maks gewesen, der Grund, weshalb er so lange gewartet hatte, bis er die Mesusa aufhängte. Man konnte nie wissen. Schließlich war die Familie während seiner Jugend in Russland immer wieder mitten in der Nacht aus ihrem Haus vertrieben worden. Balta war sein Zuhause, dann wieder nicht, dann doch wieder. Aber nach dem ersten Exil konnte man nie wissen, wie lange irgendein Zuhause bestehen bleiben würde. Und dann war Maks' Vater kurz vor den Toren von Balta gestorben, war auf seinem mit

Feuerholz beladenen Pferd in einer von Schneestürmen gepeitschten Februarnacht auf dem Heimritt einfach erfroren. Maks war damals neun gewesen, und da ihn seine Mutter gebeten hatte, auf die Suche nach seinem Vater zu gehen, hatte *er* ihn gefunden, hatte die gefrorenen Nüstern des Pferdes ertastet, dann die Stiefel seines Vaters, die für immer in den Steigbügeln stecken bleiben würden, dann seine ebenfalls unbeweglichen, an den Zügeln festgefrorenen Hände, und erst dann hatte er aus vollem Halse geschrien.

»Alles in Ordnung?«, fragte ich Davy noch einmal. Als ich mir seinen aufgeschürften Ellbogen ansehen wollte, zog er ihn weg.

»Ich schaff das«, sagte Davy zu mir, genau wie er es kurz zuvor zu Howard gesagt hatte, obwohl es zu dieser Situation nicht passte. Doch da er ganz eindeutig in Ruhe gelassen werden wollte, kehrte ich zu meiner Mutter zurück.

»Ist alles in Ordnung?«, fragte sie und ich nickte, drehte mich allerdings sicherheitshalber zu Davy um.

Unter uns, am Fuß der Verandatreppe, sah Nina mit vorgerecktem Kinn über Davys Kopf hinweg, wodurch sie Auge in Auge mit Howard dastand. »Siehst du, was du getan hast?«, sagte sie noch einmal.

Wir wussten alle, dass meine Mutter die Tür aufschließen und als Erste gierig die Luft im Haus in sich einsaugen würde, auch wenn man sie eigentlich nicht atmen konnte, und das, was darauf folgte, war genauso vorhersehbar. Meine Mutter und Tante Vivie standen nebeneinander im Wohnzimmer, Vivie, voll beladen, in jedem Arm eine Tüte mit Lebensmitteln, meine Mutter, bis auf die herabbaumelnde Handtasche, mit leeren Händen. Die beiden sahen erst sich an und dann die Couch, ein Schlafsofa, das Nina und ich uns ganzen Sommer über teilen würden. Ada hob eine Ecke des Lakens an, das die Couch abdeckte, klopfte auf den abgewetzten braun karierten Stoff und nickte in Vivies Richtung. Auf die gleiche Art und Weise, und ohne einen Gedanken daran zu verschwenden, dass sie Vivie eine Tüte abnehmen könnte, wandte sich Ada den beiden Sesseln zu, die jeweils in den vorderen Ecken des Zimmers standen und ebenfalls von Laken abgedeckt waren. Wenn man sah, wie meine Mutter den Sesseln zunickte, hätte man meinen können, sie sähe durch den weißen Stoff hindurch auf irgendetwas, das lebte. Auf einem nicht verhängten staubigen Beistelltischchen stand ein Keramikaschenbecher, und als Ada das billige Ding hochhob, seufzten Vivie und sie auf und sagten fast gleichzeitig: »Daddys Sonntagszigarren.« Und auch das über dem Sofa hängende Foto musste gewürdigt werden. Erst als Vivie an das Bild herantrat, stellte sie endlich die Tüten ab. Ich stand in der Tür und beobachtete das Ganze wie ein Schauspiel.

Das Foto, eingerahmt und schon etwas verblasst, zeigte ihre Eltern Ende Juni 1939, ehe sie dann beide innerhalb eines Jahres starben – Maks an einem Herzinfarkt, Risel ein halbes Jahr später an gebrochenem Herzen. Zwei stämmige Menschen in der unförmigen Badekleidung vergangener Zeiten, Seite an Seite auf Strandliegen sitzend; Maks Syrkin hielt Risels Hand umklammert, als ahnte er bereits, dass sie in Kürze durch den Tod getrennt würden.

Davy, mittlerweile im Haus, war der Erste, den das bloße Besehen ungeduldig machte. Er wandte sich von dem Bild ab und rannte, von seinem Sturz vollkommen erholt, an der Radiotruhe vorbei, nicht ohne sie beinahe umzustoßen, bis zu den Glastüren am anderen Ende des Zimmers. Er öffnete sie, sodass Ada und Vivie ungehindert die Glasveranda betreten konnten, einen Raum, in dem ein Feldbett und eine Kommode sowie ein Korbstuhl und ein Beistelltisch standen. Dieses Zimmer gehörte Bec, ihrer jüngeren Schwester, und da das klipp und klar feststand, wusste ich, dass meine Mutter und Vivie Becs »Sonnenraum« den ganzen Sommer über nicht mehr betreten würden. Nur jetzt ließen sie ihre Blicke schweifen, seufzten erneut und kurbelten eines der vielen Fenster auf.

Von der Glasveranda aus gingen die beiden Frauen durchs Wohnzimmer zurück ins Esszimmer, dessen Eichentisch ebenfalls mit einem Laken abgedeckt war, das die beiden Schwestern gekonnt herunterzogen und auf den Fußboden fallen ließen. Wir Kinder, die wir den Müttern schweigend von Zimmer zu Zimmer folgten – als ginge es bei diesem alljährlichen Ritual der Hausinspektion tatsächlich um unser Wohlbefinden statt um ihre Vergangenheit –, wussten, dass wir dieses und alle anderen Laken innerhalb der nächsten Stunde würden ausschütteln müssen, ehe wir sie dann zusammenfalten und wegräumen würden. Im Esszimmer standen außerdem ein Geschirrschrank für das beste Porzellan, das nur am Schabbat aufgedeckt wurde, sowie eine Anrichte, beladen mit Servierplatten, Krügen, Tischdecken, Servietten und Ähnlichem. Das alles hatte Maks und Risel gehört und war Teil des gemeinsamen Hauserbes der Schwestern. Die einzigen anderen Möbelstücke im Esszimmer waren ein kleiner Tisch mit dem Telefon und ein einfacher Stuhl direkt daneben.

Meine Mutter nahm den Hörer von der Gabel, denn sie hatte meinem Vater versprochen, ihn nach unserer Ankunft anzurufen. Um diese Zeit, kurz nach ein Uhr mittags, war mein Vater, Mort, in Middletown von seinem Verdauungsspaziergang die Main Street hinauf und hinunter zurück. Zufrieden mit dem vormittäglichen Geschäft – vielleicht zehn Kunden, sechs Verkäufe – stand er dann in der Tür seines Kaufhauses und starrte durch das Schaufenster hinaus. Alle, die an Leibritsky's Department Store vorbeikamen, kannten ihn und winkten, und er winkte feierlich zurück. Sein Bruder Nelson, Junggeselle und Miteigentümer, war derweil unten im Keller und setzte die Nadel auf die neue Benny-Goodman-Platte, die er sich während seiner Mittagspause anhören wollte. Leo Cohen, Vivies Mann, der Schwager meines Vaters, saß unterdessen allein hinten im Büro und knabberte an seinem Mortadella-Sandwich, während er gewissenhaft in einer akribischen Studie über Ackererde las, einem Frühwerk Darwins.

Schon seit Jahren gab Leo seine Lieblingsbücher an Nina weiter, und kürzlich hatte er in seiner Tochter eine regelrechte Sucht nach den Werken dieses einzigartigen und, in Onkel Leos Worten, »geradezu gespenstisch geduldigen« Forschers geweckt.

Meine Mutter wusste das alles und konnte es zweifellos vor ihrem inneren Auge sehen. Den Hörer am Ohr, horchte sie auf das Summen des Wähltons, als wäre es eine Stimme, die über den Gemeinschaftsanschluss in unserem Sommerhaus zu vernehmen wäre. Dann legte sie den Hörer, ohne gewählt zu haben, wieder auf.

Unsere nächste Station war die Küche, doch noch vor der Tür verlangte ein weiteres Foto nach Aufmerksamkeit, und zwar eines, das mein Vater dort hingehängt hatte. Es war 1942 aufgenommen worden und zeigte Davy auf Morts Schultern, während mein Vater, gemeinsam mit einer stattlichen Anzahl von Juden aus Woodmont, durch den Ort marschierte, um gegen die Inhaftierung europäischer Juden zu protestieren – fünftausend oder so, dachten wir damals – und um der Welt, so sie denn Notiz davon nehmen würde, zu zeigen, dass sie wussten, was dort vor sich ging. Ja, die Juden aus Woodmont wussten Bescheid. Auf dem Foto war mein Vater, ernst wie immer, genau wie die anderen Männer in einen Gebetsmantel gehüllt, nur Davy hatte das Ganze für einen festlichen Umzug gehalten. Er zeigte auf das Bild. »Ich«, sagte er und lächelte genau so wie auf dem Bild. »Wir«, antwortete meine Mutter. Sie nahm seine Hand und fuhr mit ihr mit einer weit ausholenden

Geste – die die sechs Millionen mit einzuschließen schien, die, wie wir 1948 wussten, nicht nur inhaftiert, sondern umgebracht worden waren – über das ganze Bild. »Wir«, sagte sie noch einmal.

Und dann betraten wir die Küche genau so, wie mein Vater es am liebsten hatte: im Bewusstsein unseres Glücks. Und dort war es dann auch zu besichtigen, in den gesprenkelten Linoleumböden und Arbeitsflächen, in dem Tisch, der weißen Emailleplatte mit den Stahlbeinen, aber ganz besonders in der kürzlich bei Roebucks, einer jüdischen Firma, gekauften Waschmaschine ohne eine darauf montierte Wringmaschine. Daraufhin gingen wir alle sechs nach oben, wo wir zuerst am größten Schlafzimmer, dem meiner Eltern, Halt machten, das zur Straße ging und auf das meine Mutter einen berechtigten Anspruch zu haben glaubte, da sie als Erste geheiratet und die meisten Kinder hatte. Dann zogen wir weiter den Flur entlang, vorbei am einzigen kompletten Badezimmer des Hauses, dessen Herzstück eine alte Badewanne mit hohen Seiten und Krallenfüßen war. Wie wir uns alle ins Bad hineinbeugten, um dem geliebten Ding zuzuwinken, war zwar etwas kindisch, brachte uns aber zum Lachen. Am Ende des Flurs befand sich ein zweites, sehr schlichtes Schlafzimmer, das sich Vivie und Leo teilten. Schließlich kamen wir zu dem dritten, gemütlichen Schlafzimmer, in dem Davy und Howard schliefen. Davy hatte das linke der beiden Einzelbetten, die sich fast berührten, und nach ein paar Schritten Anlauf machte er von der Tür aus einen großen Satz und sprang direkt darauf. Dann rappelte er sich hoch und hopste los. Bevor meine Mutter ihm befehlen konnte aufzuhören, war er schon einige Male wie wild auf der Matratze herumgehüpft. Bei jedem Luftsprung rief er: »Ich bin frei! Ich bin frei!«

Ja, wir waren *hier*, wie meine Mutter anfangs angemerkt hatte. *Hier*: das war das Haus, in dem sie und ihre Schwestern während ihrer

Jugend die Sommer verbracht hatten, das ihr Vater – ein Heimwerker mit einem Talent für ausgefallene Tischlerarbeiten – gekauft hatte und sogar während der Weltwirtschaftskrise nicht aufgeben musste.

Das Haus selbst gehörte zu einer kleinen Kolonie von Sommerhäusern, die alle dicht an dicht, manchmal drei Reihen hintereinander, zwischen der Straße und dem Strand standen, allerdings nicht in einer geraden Linie, sondern in ziemlich ungeordneten Grüppchen. Vor unserem stand das Haus der Isaacsons, das jedoch den Blick auf die Meerenge nicht vollständig blockierte. Neben uns wohnten die Radnicks. Daneben die Weinsteins. Und so ging es immer weiter, eine Familie nach der anderen, ein Haus nach dem anderen. Auch diese vertraute und chaotische Ansammlung von Sommerhäusern meinte meine Mutter mit *hier*.

Hier: die Küste, dieser kleine, inoffiziell »Bagel Beach« genannte Teil, der Strand, der uns gehörte, den Juden. Wir zählten zu den vielen jüdischen Familien aus ganz Connecticut (ein paar kamen sogar aus Massachusetts und New York), die zu diesem Flecken strömten, wo manche von uns ein Haus besaßen, andere eins gemietet hatten und wieder andere in Strandhotels wohnten. Wir hockten alle aufeinander, denn 1948 gab es sehr viele Orte, zu denen Juden noch immer keinen Zutritt hatten, sehr viele offizielle und inoffizielle Vorschriften, die uns von bestimmten Wohngegenden, Urlaubsorten und Klubs fernhielten, das heißt fast von überall. Der Genozid in Europa sollte das erst langsam ändern. Doch hier, in diesem Nest, durften wir sein. In der Nähe der Kreuzung Mervin und Hillside Avenue gab es jüdische Bäcker und Fleischer und sogar eine orthodoxe Einraumsynagoge – die Woodmont Hebrew Congregation –, ein im regionalen Stil gebautes weißes Schindelhaus. Nur die Tür war vor Kurzem leuchtend blau gestrichen worden, was in Neuengland nun wirklich nicht üblich war. So trug das Haus jetzt die lebendigen Farben Israels. »Bist du aber süß«, hatte Howard letzten Mai kommentiert, als ich auf die Nachricht von der Unabhängigkeit Israels hin unseren Bagel Beach, ein kleines, sandiges Stückchen Erde, das den Juden Connecticuts Trost spendete, mit Israel verglichen hatte, einem anderen kleinen, sandigen Stückchen Erde, das den gepeinigten Juden der ganzen Welt Trost spenden würde. Kürzlich hatten wir erfahren, dass ein Cousin von uns dort lebte, ein Reuben Leibritsky aus Polen, ein Überlebender der Lager, und seitdem schickten mein Vater und sein Bruder Nelson ihm jeden Monat Geld.

Genau genommen lag der Bagel Beach außerhalb der Ortsgrenzen von Woodmont, oder zumindest hinter dem kleinen Schild *Sie verlassen jetzt Woodmont/Long Island Sound* am Westrand des Ortes. Das traf ebenso auf die Synagoge zu wie auch auf Sloppy Joe's, das Hamburgerlokal direkt gegenüber, zu dem sich abends sämtliche Highschool-Schüler hingezogen fühlten. Das alles – die Welt innerhalb der Ortsschildgrenzen sowie das kleine, vorwiegend jüdische Stückchen Welt außerhalb – meinten wir, wenn wir von Woodmont sprachen.

Die natürlichen Schieferformationen an der Küste, nicht selten riesige, schroffe Felsbrocken, grenzten die sehr unterschiedlichen Strände Woodmonts voneinander ab, etwa den beliebten Anchor Beach, an den sich der Crescent Beach und dann der Long Beach anschlossen. Manche Felsformationen trugen Namen, zum Beispiel der Lazy Rock, der Potato Rock oder der Signal Rock, der vor dem Anchor Beach lag und wegen seiner Fahnenstange leicht zu erkennen war. Unser Strand war von den anderen jedoch nicht nur durch Felsen getrennt, sondern auch durch eine Mauer, die zu hoch war, um hinüberzuklettern, weshalb wir, wenn wir zu den anderen Stränden wollten, nicht am Ufer entlanggehen konnten, sondern die Straße nehmen mussten.

Der Bagel Beach war lediglich ein kleines Stückchen von Woodmont, und Woodmont selbst war nur ein kleiner Abschnitt – zwei kurze Kilometer – des Küstenstrichs, der zur Stadt Milford gehörte. Auch die vielen Iren von Connecticut kamen hierher, obwohl ihre Häuser in dieser Gegend von Woodmont ein Stück vom Meer entfernt lagen, in den Hügeln jenseits der jüdischen Welt. Und es gab auch »Yankees«, wie mein Vater die Protestanten nannte. Natürlich verkehrten wir nicht mit ihnen. Genauso wenig wie mit den Leuten, die an der Küste der Nachbargemeinden wohnten, in denen die Nichtjuden dominierten, so ähnlich wie die Juden den Bagel Beach. Das waren Orte wie der Bayview Beach und Pond Point, wo hauptsächlich Italiener lebten, oder Morningside, ein protestantischer Ort, der, wie ich gehört hatte, so unzugänglich war, als würde ihn ein Zaun umgeben.

Ja, wir waren hier und verschrieben uns, genau wie alle anderen auch, einer Art Stammesdenken, das auf Abgrenzung beruhte und für uns teils notwendig, teils bequem war. Doch das war nicht alles, was meine Mutter meinte, als sie, sich die Lungen mit Luft füllend, mit selbstbewusster Stimme sagte: »Hier.« Sie hatte ihre eigene Sicht auf diesen Ort, und die speiste sich aus der Vergangenheit, aus den Sommern, die sie vor ihrer Hochzeit in Woodmont verbracht hatte. Obwohl mein Vater und Onkel Leo jedes Jahr die Steuern zahlten und für Reparaturen und Ausbauten aufkamen, änderten die Zahlungen der Männer für Ada nichts an der grundsätzlichen Tatsache, dass die drei Schwestern die rechtmäßigen Erbinnen waren: Das Sommerhaus gehörte ihnen. Sie waren dort aufgewachsen, sie kannten es am besten, sie verbrachten dort am meisten Zeit. Sie brauchten nur einen Blick auf die Radiotruhe im Wohnzimmer zu werfen und konnten sich sofort daran erinnern, wie sie sich zahllose Male davor versammelt hatten, um sich die Seifenopern ihrer Jugend anzuhören: *The Carters of Elm Street*, *Lorenzo Jones*, *As the World Turns*. Sie konnten die Anrichte im Esszimmer aufmachen und auf das Geschirr zeigen und wussten gleich, welches Service für die Milchgerichte und welches für die Fleischgerichte genommen wurde. Jeder Fleck auf einer Tischdecke war für sie mit einer konkreten Erinnerung verbunden, von der die Männer, diese Wochenendgatten, nichts wussten.

Es hatte sich nichts verändert. Sich dieser Beständigkeit zu vergewissern, darum ging es bei unserem Streifzug durch das Haus, durch ein Zimmer nach dem anderen. Hatten wir das erledigt, konnte das Auspacken beginnen. Weg mit den restlichen weißen Laken über den Betten und Kommoden. Her mit dem Staubsauger, auf den der Staub von drei Jahreszeiten wartete. Die Eingangsveranda musste gefegt, der Küchentisch und die Arbeitsflächen mussten abgewischt werden. Bald darauf vollführte Davy die nächste Runde ungeschickter Sprünge auf seinem Sommerbett, womit er aber wegen der dünnen Wände nicht lange davonkam. »Raus!«, rief meine Mutter und wartete unten an der Treppe, bis er widerwillig heruntergetrottet kam und auf die Veranda ging.

Als die beiden Schwestern beschlossen, zum Wasser hinunterzugehen, trugen sie immer noch ihre Middletown-Kleider, ihre Nylonstrümpfe und ihre fast identischen braunen Schuhe mit den gut zwei Zentimeter hohen Absätzen. Der Long Island Sound wollte schließlich auch wiedergesehen und -gefühlt werden. Sie mussten ihn begrüßen gehen, wollten das sanfte, endlose Schwappen der Wellen wieder hören, eine Stimme, der sie schon tausend Mal gelauscht hatten.

Während ich zusah, wie sie um das Haus der Isaacsons herum zum Bagel Beach gingen, dachte ich mir im Stillen, dass sie absolut lächerlich aussahen, wie sie dort in ihren feinen Kleidern zum

Strand stapften und ihre guten Stadtschuhe in den Sand einsanken und sich garantiert damit füllten. Ich war auf unserer Veranda, als sie sich aufmachten, und Davy – damals und auf ewig acht Jahre alt – stand neben mir. Howard war bereits losgezogen, um sich mit Mark Fishbaum zu treffen, seinem besten Kumpel in Woodmont –, den ich eines Tages heiraten und von dem ich mich dann wieder scheiden lassen sollte, obwohl das 1948 alles noch unvorstellbar war. Nina saß drinnen und las. Während ich vor mich hin starrte, sah ich Mrs Isaacson durch das hintere Schlafzimmerfenster zu uns hinüberspähen. Als ich winkte, winkte sie zurück. »Schön, dass du wieder da bist, Molly«, rief sie, überhaupt nicht peinlich berührt davon, ertappt worden zu sein. Als Davy dann meinte: »Ich baue mir jeden Tag eine neue Sandburg«, nickte ich nur stumm. Am Strand waren eine Menge Menschen, Mütter und Kinder in hochgeschnittenen Badeanzügen, und als so viele von ihnen den beiden Schwestern bei ihrem ersten Ausflug in die Sommerwelt zuwinkten, da schämte ich mich plötzlich für sie. Umso mehr, als meine Mutter sich auf einmal vorbeugte, einen ihrer Schuhe in die Hand nahm, sich aufrichtete, den Schuh umdrehte und ausschüttelte. »Höhlen baue ich mir auch, und vielleicht darfst du dich in einer verstecken«, sagte Davy. Ich wandte ihm das Gesicht zu und sah zwei Häuser weiter Mr Weinstein, vor dem auf dem Verandatisch eins der alten Radios stand, die er so gern reparierte. »Und ich geh schwimmen, sogar bei schlechtem Wetter.« Während Davy weiterplapperte, streifte sich meine Mutter den Schuh wieder über. Dann marschierten Vivie und sie entschlossen weiter in Richtung Wasser, ließen dabei allerdings immer einen guten halben Meter Abstand zwischen sich.

Dieser Abstand warf für mich die Frage auf, wo eigentlich meine Tante Bec war. Warum war sie noch nicht angekommen? Die Lücke aus leerer Luft zwischen Vivie und Ada sah aus, als hielten die beiden einen Platz für sie frei, eine Nische, in die Bec perfekt hineinpassen würde, wenn sie nur da wäre.

Davy redete ständig weiter. Meine Mutter und meine Tante stapften weiter in Richtung Wasser. Mr Weinstein beugte sich vor und drehte an einem Knopf seines Radios.

Vor Kurzem, im Jahr 1999, dieses Jahr also, hat mir meine Tante Bec ihr Haus vermacht. Nach Neujahr werde ich ganz dort einziehen; es erscheint mir passend, solch eine Veränderung zu Anfang des neuen Jahrtausends vorzunehmen. In diesem Herbst fahre ich nur zu Besuch hin, mache mich neu mit dem Haus vertraut, jetzt, wo Bec nicht mehr da ist. Und dieser Prozess – Becs Zimmer durchsehen, die spärliche Post öffnen, die noch für sie eintrifft, schon mal damit anfangen, den Inhalt bestimmter Schränke und Schubläden zu sortieren – hat noch einen anderen Prozess ausgelöst, nämlich den Versuch, die einzelnen Puzzleteile des Sommers 1948 zusammenzufügen, so gut es geht. Was genau ist damals mit diesem zwölfjährigen Mädchen passiert, das an jenem ersten Tag in Woodmont so selbstgewiss Urteile fällte, während sie auf der Veranda stand und die Leute beobachtete? Was mit Davy passierte, ist bei aller Tragik zumindest klar. Doch was mit uns passierte – wie unsere Welten zusammenstürzten, wie wir dafür sorgten, dass es so kam –, ist und bleibt mir ein Rätsel.

Heute Morgen streifte ich durch Becs Haus, das sehr stark unserem Sommerhaus nachempfunden und genauso bescheiden eingerichtet ist, bis auf einen noblen viktorianischen Schreibtisch mit kleinen Schubladen und schmalen, hohen Fächern. Der Schreibtisch steht in einer Ecke des Wohnzimmers. Als ich die Schubladen aufzog, hatte ich plötzlich Gewissensbisse, denn dieses Eckchen war eindeutig Becs privates Refugium gewesen, das Eckchen, das Fenster und der herrliche alte Schreibtisch, dessen Schubladen voller Briefe, Skizzenbücher und Zettel steckten, manche mit Adressen beschriftet, andere mit weiteren Zeichnungen von Bec bemalt. In einem der untersten Schubfächer lagen ältere, noch stärker vergilbte Skizzenbücher. In einem fand ich eine Seite mit dem Datum vom 7. Januar 1950, darunter statt einer Zeichnung etwas Handschriftliches. Damals, fiel mir ein, hatte Bec nach Davys Tod bei uns gelebt. Im Alleingang, so kam es mir vor, hatte sie unsere Familie gerettet, uns durchgebracht. Obwohl Becs Schrift in dem Skizzenbuch außergewöhnlich winzig war, konnte ich sie gut entziffern. »Ich könnte sterben«, hatte sie geschrieben. »Nein, nein, ich bin schon längst tot.«

Als Bec an jenem Dienstag im Juli 1948 schließlich kurz vor dem Abendessen und in bester Stimmung vor unserem Sommerhaus hielt, machte uns das Röhren des Buick Roadmasters ihres Chefs – das einzige Geräusch an jenem Nachmittag, das das Wellenrauschen im Hintergrund übertönte – darauf aufmerksam, dass sie im Anmarsch war. Nachdem Vivie und Ada vom Strand zurückgekehrt waren und sich endlich umgezogen hatten, nach dem Saubermachen und Auspacken und nachdem meine Mutter schließlich doch noch meinen Vater angerufen hatte, um ihm zu sagen, dass alles in Ordnung sei, versammelten wir uns auf der Veranda vor dem Haus, wo wir im Wesentlichen untätig herumstanden und frische Luft schnappten. Nur Howard fehlte.

Der Roadmaster war eine glänzende, rot-weiße Limousine, entschieden schicker als unser blässlicher grüner Dodge mit seinen vielen Rostflecken. Im Jahr zuvor hatte Tyler McMannus, Becs Chef, sie ebenfalls hergebracht, allerdings nicht in einem so herrlichen Wagen. Diesmal parkte er den Roadmaster neben unserem Dodge und hupte zur Begrüßung. Dann stieg er aus und tippte an seinen Hut. Vivie und Ada rief er »Hallo, die Damen« zu, wenn auch eher leise. Da er hinkte – das Überbleibsel einer Kriegsverletzung, aufgrund derer er früher als gedacht wieder aus Europa zurückgekehrt war –, konnte er nur langsam um das Auto herumgehen. Bec war mit diesem Ritual vertraut und wartete im Wagen. Wir kannten es auch schon. Als Tyler auf der anderen Seite angekommen war, öffnete er die Wagentür und reichte Bec beim Aussteigen den Arm. Einen Moment lang trafen sich ihre Blicke.

Bec trug ein kurzärmeliges rotes Kleid mit einem weißen Gürtel, einem dazu passenden weißen Kragen und einer weißen Bordüre an den Ärmeln und sah elegant aus. Seltsamerweise entsprachen diese Farben genau denen des Roadmasters. Sie wandte sich von Tyler ab und rannte, unsere Namen vor sich hinträllernd, die Verandatreppe hoch. Während sie umherwirbelte und »Hallos« hervorsprudelte, wehte ihr das Kleid um die Beine. Dass sie das Kleid selbst gemacht hatte, stand außer Zweifel, denn Bec war eine Schneidermeisterin. Sie arbeitete in Tyler McMannus' Kleidergeschäft in New Haven, und nach allem, was man hörte, schätzte insbesondere die höhere Gesellschaft die von Bec entworfenen und dort zum Kauf angebotenen Kleidungsstücke. Sie war sogar so gut, dass Tyler ihr jeden Sommer acht Wochen mit ihren Schwestern am Meer zugestand – er würde alles tun, um seine wertvollste Angestellte zufriedenzustellen, hatte er uns mehr als einmal erklärt.

Während Bec alle begrüßte, blieb Tyler neben dem Auto stehen und sah zu. Er schien sich aufrichtig für Bec zu freuen und begleitete die Begrüßungsarien mit einem Lächeln. Als es dann auf der Veranda etwas ruhiger wurde, gesellte sich Tyler zu uns und stand schon bald neben Bec, den Hut in der Hand, die Anzugjacke aufgeknöpft. Sein Hinken, das beim Treppensteigen nicht zu übersehen gewesen war, war hier weniger auffällig, und das fast schwarze Haar und die grauen Augen schimmerten, von einem spätnachmittäglichen Sonnenstrahl beleuchtet. »Was für ein Tag, nicht?«, sagte er, während er den Arm ausstreckte und erst Adas, dann Vivies Hand schüttelte.

Als Bec näher zu ihm trat, stand auch sie im Sonnenschein, und da waren sie dann, zwei außergewöhnlich gut gekleidete Menschen, deren Lächeln, als sie sich einen Augenblick später ansahen, fast so strahlend war wie das Sonnenlicht, an dem sie sich für einen Moment erfreuten. Es sollte Jahrzehnte dauern, bis ich verstand, wie sehr sie in jenem Sommer ineinander verliebt gewesen waren. Genau genommen hatte Tyler ihr damals, obwohl er noch verheiratet war, gerade vorgeschlagen, ein gemeinsames Leben in New York City zu beginnen. Doch selbst als ich die beiden mit der unübertrefflichen Ignoranz einer Zwölfjährigen auf der Veranda beobachtete, kam mir der Gedanke, man könne sich nichts Besseres wünschen, als zu sein wie sie, so prächtig herausgeputzt, so prächtig miteinander harmonierend.

Bec musste während ihrer Zeit am Meer ein wenig nähen, und hin und wieder würde sie freitags für Anproben, die nicht bis zum Herbst warten konnten, sogar zurück nach New Haven fahren müssen. Deshalb hatte sie ihre Nähmaschine mitgebracht, die Tyler ungelenk die Verandatreppe hoch und bis in Becs Glasveranda schleppte. Als Nächstes wuchtete er leise summend ihre Koffer und ihren großen Nähkorb ins Haus. Tyler gewährte Davy das Privileg, Becs Schneiderpuppe tragen zu dürfen – Eleanor Roosevelt nannten wir sie anerkennend –, ohne die sie nicht arbeiten konnte.

Kurz bevor Tyler ohne großes Trara wieder abfuhr – der einzige Hinweis darauf, dass zwischen Bec und ihm irgendetwas war: sein linker Arm, den er aus dem Wagenfenster baumeln ließ und nach hinten ausstreckte –, schoss Bec noch einmal die Verandatreppe hinunter und schnappte sich einen letzten Gegenstand aus dem Wagen. Von einem Bügel wallte ein hellgelbes Kleid mit kleinen weißen Blümchen herab, darüber hing eine kurze Jacke aus dem gleichen Material.

Als sie damit auf die Veranda kam, hielt sie es Nina hin. »Schulterfrei.« Bec schob das Jäckchen zur Seite, damit man das Kleid sehen konnte. »Habe ich für dich gemacht«, sagte sie und schien sich für Nina zu freuen. Sie streckte es Nina entgegen und ergänzte mit hochgezogenen Augenbrauen: »Könnte dein ganzes Leben ändern. Weißt du, Kleider können so etwas. Wirklich.«

Zum Abendessen trugen die drei Schwestern dann eine fast identische Garderobe: labberige Hauskleider aus Baumwolle. Sogar Bec. Ja, Kleider konnten das Leben ändern, das sah ich, und zwar sehr zum Vorteil.

Und mit der Rückkehr zur Zwanglosigkeit waren wir dann auf jeden Fall wieder *hier*.

Am Tag darauf, dem Mittwoch, krochen die Schwestern früh aus den Federn, damit sie kurz ins Meer eintauchen konnten, und verbrachten den restlichen Vormittag dann damit, am Küchentisch mit Mrs Isaacson zu plaudern, die mit einem frisch gebackenen Kuchen und den Neuigkeiten der letzten zehn Monate vorbeigekommen war. Sie hatte ihre Enkelin Judy mitgebracht, die sich im zweiten Jahr ihrer scheiternden Ehe befand und eine Auszeit brauchte. Mrs Isaacsons größter Wunsch war es bekanntermaßen, dass Judy eines Tages eine genauso liebevolle Ehe führen würde wie sie und Mr Isaacson – »Zweiundfünfzig Jahre und immer noch Zungenküsse«, wie sie sich ausdrückte –, aber wir merkten alle, dass es in Judys Leben, obwohl sie sogar schwanger war, keine rechte Freude gab. Sie nahm sich keinen Kuchen, rührte endlos lange in ihrem schwarzen Kaffee und sagte kein Wort.

Als Mrs Isaacsons Redefluss endlich versiegt war, brachen die Schwestern zu einem Spaziergang auf, und zwar zunächst auf den

Straßen zwischen dem Bagel Beach und dem Anchor Beach. Selbst als sie die Autostraße verließen und über die Felsen vor dem Anchor Beach erst kletterten und später nur noch krabbelten, taten sie so, als wüssten sie nicht, dass Davy und ich direkt hinter ihnen unseren eigenen Spaziergang machten und dabei Muscheln, Möwenfedern und gelegentlich einen Seestern aufsammelten.

Nach dem Mittagessen und einer Zigarette in ihrer Glasveranda begann Bec zu nähen, ein Partykleid, meinte sie, für eine gewisse Mrs Arthur Coventry aus New Haven, die Frau eines pensionierten Juraprofessors von der Yale University. Ein bisschen hochnäsig, wie viele dieser Yale-Gattinnen, aber nett. Damals wussten wir nicht, dass sich Bec an jenem Nachmittag an ihrer Nähmaschine Tylers Vorschlag durch den Kopf gehen ließ, wie schon die ganze Woche zuvor, seit er ihn ihr unterbreitet hatte. (»Wir könnten in New York glücklich sein. Das weiß ich. Davon bin ich überzeugt, Bec«, hatte er gesagt.) Es war zwar kein Heiratsantrag – als Katholik brachte er es nicht fertig, sich scheiden zu lassen –, aber sie wusste, dass es trotzdem eine lebenslange Verpflichtung sein würde.

Nina saß den ganzen Tag über auf der Veranda und las Darwin. Der wuchtige Wälzer bot schier endlosen Lesestoff und der Sommer würde, so befürchtete ich, verstreichen, ohne dass sie je mit mir am Strand gewesen wäre. Ich hoffte sehr, wir würden uns einander wieder so nahe fühlen wie in den Sommern zuvor, in der Art der drei Schwestern, die am Vormittag, während Mrs Isaacson herumschwadronierte, angesichts der schweigsamen Judy bedeutungsvolle Blicke gewechselt hatten und später bei ihrem Spaziergang im Gespräch vertraulich die Köpfe zusammensteckten; oder auch nur wie Howard und sein Kumpel Mark Fishbaum, der als Einzelkind immer Lust auf Gesellschaft hatte und deshalb gleich an unserem ersten Tag sowohl zum Frühstück als auch zum Mittagessen bei uns aufgetaucht war. Am Vormittag ging Howard mit Mark, der eine dreieinhalb Meter lange Sailfish-Jolle in Bewegung zu setzen hatte, segeln, nachmittags trennten sie sich dann jedoch und Howard machte sich auf den Weg zu Treat's Obst- und Gemüsestand am Rand von Woodmont, wo er einen Halbtagsjob zu ergattern hoffte. »Zwölf bis halb fünf«, verkündete er stolz, als wir uns abends draußen auf der Veranda zum Essen versammelten.

Nach Howards Neuigkeiten gab Davy ebenfalls etwas bekannt. Auch er würde den Sommer über arbeiten, ließ er uns wissen. Allerdings klang er nicht ganz so glücklich wie Howard. Er erwartete in Kürze Post von Lucinda Rossetti, die im vergangenen Schuljahr in Middletown mit ihm in die zweiten Klasse gegangen war. Die Lehrerin hatte den Schülern ein Sommerprojekt aufgegeben: Je zwei von ihnen sollten sich zusammentun und gemeinsam ein Bild malen. Einer würde einen Teil malen und das Bild dann dem anderen zuschicken und so weiter. »Sie hat gegen die Regeln verstoßen«, beschwerte er sich über seine Lehrerin, die er bis dahin förmlich vergöttert hatte, so schien es zumindest. »Im Sommer gibt es keine Hausaufgaben. Das weiß doch jeder.«

»Hör mal, Kumpel, eines Tages wirst du dich freuen, wenn du Post von Mädchen bekommst«, sagte Howard mit einer Selbstsicherheit, die der Tatsache geschuldet war, dass er nur selten ohne Freundin war, wenn er auch im Augenblick keine hatte.

Darauf hatte Davy, vollkommen perplex, keine Antwort.

Am Tag darauf erhielten wir tatsächlich die erste Post, einen weißen Umschlag aus Middletown, was Davy nichts Gutes ahnen ließ. Wir Kinder saßen gerade in der Küche und aßen zu Mittag, als Bec damit hereinspaziert kam.

Zu Davys Erleichterung reichte Bec den Umschlag Nina, die ihn sofort aufriss und die Worte ihres Vaters vorlas: *Es gibt im Le-*

ben so viele Geheimnisse, Nina. Darwin sah genau hin, und er sah lange hin, und schließlich, so scheint es mir, löste er eins der größten Geheimnisse, die es gibt. Ich freue mich darauf, mich mit dir – in absehbarer Zeit – über ihn zu unterhalten.

»Nett«, meinte sie, faltete Leos Brief zusammen und steckte ihn wie ein Lesezeichen zwischen die dicken Buchseiten der *Entstehung der Arten*. Dann nickte sie und wiederholte: »Nett.«

Und dann sagte sie zu Davy: »Siehst du? Post zu bekommen ist was Schönes. Kriegst du auch manchmal welche? Nur für dich?«

»Ich habe noch nie einen Brief bekommen«, gab Davy zu.

Am Nachmittag begegneten Davy, Nina und ich zufällig Sal Baby, unter den Erwachsenen als Sal Luccino bekannt, dem örtlichen Eismann – dem Mann, der am Freitag der dritten Augustwoche mit seinem Wagen Davy überfahren sollte. Während wir auf der Hillside Avenue Sal und sein Sortiment ansteuerten, sahen wir, dass er gerade eine Prügelei zwischen den Weinstein-Zwillingen schlichtete. Einer der beiden, Jimmy Weinstein, hielt bereits einen Eisriegel in der Hand und hatte, obwohl ihm noch die Tränen über die Wangen liefen, gerade den ersten Bissen im Mund. Der andere Junge, Arthur Weinstein, hatte eine blutige Nase. »Wenn du eine Woche lang keinen Ärger machst, kriegst du einen umsonst«, sagte Sal zu Arthur, während er das Blut mit einer Papierserviette abwischte. In der linken Hand hielt er währenddessen eine brennende Zigarre. Als wir an seinem Wagen ankamen, sah Sal zu uns hinüber, zwinkerte uns zur Begrüßung zu, paffte an der Zigarre und verhandelte weiter mit Arthur Weinstein. Zehn Minuten und fünf blutige Servietten später bekamen wir endlich unsere Eisriegel.

Am späten Nachmittag, nachdem Howard von Treat's zurückgekommen war, zogen Wolken auf. Meine Mutter stand am Strand und redete Howard und Mark ins Gewissen, und irgendwann flehte sie sie an, nicht segeln zu gehen. »Könnt ihr euch nicht mit irgendeinem Kartenspiel beschäftigen?«, fragte sie fast schon verzweifelt. »Oder Mr Weinstein da drüben mit seinem Radio helfen?« Doch die beiden gingen segeln, vom Bagel Beach hinüber zum Anchor Beach, wo sie am Signal Rock vorbeiglitten, dann via Crescent Beach zum Long Beach, und schließlich waren sie auf der anderen Seite von Woodmont, überquerten die Grenze nach West Haven und gelangten in für sie unbekannte Küstengewässer, harmlos, keine Frage, aber doch von unbekannter Tiefe.

Auf dem Foto von Maks und Risel vom Juni 1939 sitzen die beiden Hand in Hand am Strand und sehen nicht in die Kamera, sondern einander in die Augen. Zuvor hatten sie, nachdem sie überall im Sommerhaus Mesusot angebracht hatten, die Abzahlung der Hypothek noch auf eine andere Art gefeiert. Es war Risels Idee gewesen. Korpulent und einem Nickerchen nicht abgeneigt, trippelte sie mit wabbelndem Bauch und Busen zum Ufer hinunter. Sie trug noch immer ihr Schabbatkleid und ihre Nahtstrümpfe, hatte jedoch die Stöckelschuhe schon vor dem Annageln der letzten Mesusa ausgezogen. In der Hand hielt sie den Hypothekenbrief, zusammengerollt und in eine leere Coca-Cola-Flasche gestopft, deren Kronkorken mit Klebeband befestigt war. Es war Ebbe. Mein Großvater, dem das kühle, aber erträgliche, flache, abfließende Wasser, die weichen Furchen im nassen Sand unter seinen Füßen und die neu erwachte Energie seiner normalerweise eher unbeweglichen Frau große Freude bereiteten, folgte Risel, die bis zu den Knien ins Wasser watete. Dann blieb sie stehen, mit durchnässtem Kleidersaum, ruinierten Strümpfen und verdrehter Hüfte, und schleuderte die Flasche mit dem Geschick einer Diskuswerferin ins Meer. Sie jauchzte vor Freude und spritzte ihren Mann nass. Doch Maks blieb, nicht einmal einen halben Meter von Risel entfernt, ruhig stehen und sah zu, wie die tanzende Flasche vom Wasser weggetragen wurde. Erst als sie den Blicken entschwunden war, stellt er sich neben Risel und ergriff die Hand, mit der sie die Flasche hinausgeschleudert hatte. Eine Zeit lang standen sie nur da und starrten auf den fernen, dunstigen Horizont. Über ihnen flogen die unvermeidlichen Möwen, und an ihren Beinen glitt eine Qualle vorbei, die in dem schwappenden Wasser kaum zu erkennen war. »Die Zeit ist schon etwas Komisches«, murmelte Maks Risel zu und zog sie an sich. Und damit meinte er, dass es kaum möglich schien, dass sie schon vierundvierzig Jahre verheiratet waren.

Am Freitagmorgen ging es ziemlich unspektakulär zu. Howard, der am Abend zuvor mit Mark Fishbaum gezecht hatte, brach verspätet zum Morgen-Minjan in Middletown auf. Als er endlich mit dem Dodge auf die Hillside Avenue hinausfuhr, glaubte er zu träumen, denn dort stand ein gähnender Davy neben den Briefkästen und wartete Stunden zu früh auf den Postboten.

Über die Hand hatte er sich Samson, seine Lieblingspuppe, gestülpt, den Jungen aus einer Puppenfamilie, die wir nach unserem Strand benannt hatten: Lenny Bagel, Esther Bagel, Linda Bagel, Samson Bagel. Ein Geniestreich, fanden wir, ihnen so einen passenden Namen zu geben: die Bagels vom Bagel Beach.

2 Atmen

Sal Luccino hatte 1948 schon zwölf Jahre lang Zigarren geraucht, das heißt, seit er als Eismann arbeitete. Gebürtig aus Milford und von seinem Vater in der Installateurskunst unterwiesen, hatte Sal sich 1936 mit vierzig vom Familienbetrieb Giuseppe Luccino & Sons abgenabelt. Zu jenem Zeitpunkt hatte er genug Geld auf der hohen Kante für eine Anzahlung von eintausendsiebenhundert Dollar für eine Beteiligung am Speiseeisunternehmen und einen Eiswagen. Mit der ersten Zigarre, die er an dem Tag rauchte, an dem er seine Unterschrift unter den Franchisevertrag setzte, wollte er seine Unabhängigkeit feiern, genau wie mit der zweiten, die er um zehn Uhr abends rauchte, als er nach seiner ersten vollen Runde den Eiswagen endlich vor seiner Haustür parken konnte. Er hatte den Tag pünktlich um neun Uhr morgens begonnen. Unabhängigkeit, stellte er sofort fest, hatte ihren Preis – beängstigend lange Arbeitstage –, aber er strebte nach Erfolg, und nach jenem ersten Tag rauchte er die Zigarren, weil er sich dann nicht mehr so allein in seiner Fahrerkabine fühlte. Ihm war dann, als wären sein Vater und seine Brüder bei ihm, so wie früher, als sie in den innerstädtischen Gebäuden von Milford gemeinsam Wasserrohre repariert hatten. Das Rauchen wurde schnell zur Gewohnheit, und schon bald nannte er die Zigarren aus rein sentimentalen Gründen sogar »Rohre«. »Ich repariere keine Rohre mehr«, sagte er an einem Sonntagmorgen im Juli 1936 zu seiner Frau Marie und ihren fünf Kindern, einen Monat nachdem er mit der neuen Arbeit begonnen hatte. In vier Wochen hatte er siebenundachtzig Dollar verdient, mehr als je zuvor. Stolz zeigte er ihnen seine Zigarre. Da es Sonntag war, hatte er den Gottesdienst besucht und sich den Rest des Vormittags freigenommen. »Nein, ich reparier keine Rohre mehr. Jetzt rauch ich sie nur noch«, meinte er. Als Eismann arbeitete er von Ende April bis Mitte September, und während der restlichen Monate, wenn die Familien, die auch außerhalb der Saison in den Küstenvororten von Milford blieben, nicht nach draußen rennen wollten, um sich etwas zu kaufen, was noch kälter als das Wetter war, reparierte er in Wahrheit doch wieder Rohre. Sobald er sich jedoch an seine Rolle als Eismann gewöhnt hatte – und dazu gehörte, seinen Wagen zu fahren und in Schuss zu halten, sich jeden Morgen in Schale zu werfen und akkurat in gebügeltes Weiß zu kleiden, mit diesen verführerischen Glöckchen zu bimmeln und seine Kunden, die Kinder dieser Welt, in Gespräche zu verwickeln –, waren die Monate, in denen ihn alle »Sal Baby« nannten, bei Weitem die angenehmere Zeit des Jahres.

Der Name »Sal Baby« stammte von ihm selbst. Im August 1937, als der zweite Sommer des neuen Franchisevertrags fast schon verstrichen war, hatte ein Trupp von sechs Kindern, alles McMurrays aus Morningside, ihn um etwas gebeten. »Pfeif noch mehr, bitte«, wie das Nesthäkchen, ein vierjähriger Junge, es ausgedrückt hatte. Sal war lange überhaupt nicht klar gewesen, dass er die ganze Zeit pfiff. Aber so war das Pfeifen nun mal für ihn – wie atmen; er tat es einfach. Er hatte sogar erst auf die harte Tour, durch das Geheul und Gejammer seiner eigenen Kinder, lernen müssen, nachts still zu sein, wenn er sie nicht wach halten wollte. Doch auf den Küstenstraßen von Milford, unter freiem Himmel, in der Ferne das schimmernde Meer, hatte er für die sechs rotblonden

McMurrays hemmungslos losgepfiffen. Die Kinder starrten ihn so fasziniert an, dass drei von ihnen nicht einmal merkten, wie ihnen die geschmolzene Schokolade auf die Hände tropfte. Auch als er mit seinem Lied fertig war, wich der Ausdruck entzückten Staunens nicht von ihren Gesichtern. »Sal Baby bedankt sich«, sagte er mit einem Zwinkern. »Sal Baby«, wiederholten sie, und da mussten alle lachen. Also probierte er noch einen anderen Spruch aus. »Bye-bye, Hawaii«, sagte er, und auch den wiederholten sie, ohne eine Sekunde zu zögern.

Irgendetwas überkam Sal an jenem Tag, ein Gefühl des Wohlbehagens, der Gewissheit, dass diese seine Idee, dieses kleine Geschäft für Schleckermäuler, genau die Art von Arbeit war, für die er wie geschaffen war. Diese Erkenntnis packte ihn das erste Mal, als er zusah, wie die besorgte Mrs McMurray, die ihre Kinder suchte, sie holen kam und nach Hause trieb, was jedoch die Wonne, die die Kinder umgab, kein bisschen verscheuchte. Im darauffolgenden Januar 1938 ließ sich Sal, während er nach einem ungewöhnlichen Kälteeinbruch, der zu einer wahren Explosion von geplatzten Wasserleitungen geführt hatte, im Auftrag von Giuseppe Luccino & Sons hektisch die Rohre eines Wohnblocks im Stadtzentrum reparierte, plötzlich auf die Knie sinken. Sein Hals war wie ausgedörrt, der Atem ging flach, weil er beim Arbeiten ständig den Oberkörper nach unten beugen musste. Ein Bild tauchte vor ihm auf, ein Bild von Tommy, dem jüngsten Kind der McMurrays, der gesagt hatte: »Pfeif noch mehr, bitte«, und der sich später, als seine Mutter ihn an einer seiner klebrigen Hände fortgezogen hatte, noch lange den Hals nach Sal verrenkt hatte. Ein paar Sekunden lang war das Kind dort auf der Küstenstraße, unter der sengenden Sonne, derartig beeindruckt gewesen, dass Sal ihm alles hätte erzählen können, auch dass er höchstpersönlich die Eiscreme erfunden habe. Der Junge hätte es ihm geglaubt.

Er legte den Schraubenschlüssel auf den Boden und sah sich in dem düsteren Kellerloch um, in dem er einen Großteil des Vormittags verbracht hatte. Es gab keine Heizung. Er trug fingerfreie Wollhandschuhe. Noch drei Monate, sagte er sich, dann wäre er wieder dabei. Draußen. Wo er atmen konnte. Und pfeifen, wenn ihm danach zumute war. Und zwar aus voller Kehle.

Und genau das tat Sal an jenem Freitag unserer ersten Woche in Woodmont, er pfiff aus voller Kehle, während er nach New Haven fuhr, um neue Ware zu holen, und da kam er dann auch an Davy vorbei, der auf die Post wartete, mit einer Puppe im Arm, in Shorts und einer Pyjamajacke, noch ganz verschlafen, sodass er gar nicht merkte, dass er sie verkehrt herum trug. Und als wäre ich Sal an jenem Tag, so kann ich Davy nach all diesen Jahren ganz deutlich vor mir sehen. Ich höre sogar, wie er »Sal Baby!« ruft – mit seiner piepsigen Kinderstimme, ein wenig atemlos. Und da waren wir, die Familie, die in jenen Frühsommertagen um ihn herumwirbelte, jeder von uns für eine Weile ganz unbeschwert, auch wenn wir uns dessen gar nicht bewusst waren. Diese Leichtigkeit hatte nicht nur mit Davy zu tun, nicht nur mit der Tatsache, dass er noch ein Kind war. Es war etwas Größeres. Im Gegensatz zu meinem Großvater Maks während seiner Zeit in Russland war es uns in Amerika bis dahin gut gegangen. Selbst der jüngste Krieg hatte uns, trotz all des Leids, das er mit sich gebracht hatte, nicht seelisch gebrochen; tatsächlich waren wir in jenem Sommer 1948, wegen Israel und überhaupt, besonders optimistisch. »Ich bin frei!«, rief Davy, als er auf seinem Bett herumhopste, und das waren fast seine allerersten Worte nach unserer Ankunft in Woodmont. Und während ich jetzt hier abermals an Becs Schreibtisch sitze und schon den zweiten Tag auf die bedeutungsschwere Notiz starre, die sie niedergeschrieben hatte, nachdem die Leichtigkeit verschwunden war, vor langer Zeit also, habe ich folgenden Eindruck: Zu Beginn jenes Sommers trafen Davys Worte auf jeden Einzelnen von uns zu, wenn auch nicht aus den gleichen Gründen, und alles – wie wir auf die unterschiedlichste Art und Weise unsere Freiheit fanden oder nach ihr griffen – hatte letztendlich sehr viel mit dem Tod des Jungen zu tun.

Aber wenn alles gut läuft, wenn die Tage sonnig und hell sind, wie soll man dann nicht nach der Freiheit greifen?

Wie meine Mutter beispielsweise, die, ähnlich wie ihr zukünftiger Todfeind Sal Luccino, nicht einmal wusste, dass sie es überhaupt tat.

»Hier habe ich das Gefühl, atmen zu können«, sagte meine Mutter immer über Woodmont und demonstrierte das auch ständig. In unserem Haus am Meer, wo sie gemeinsam mit ihren Schwestern jeden Sommer verbrachte, konnte ich mit ansehen, wie sich ihre gewöhnlich in Falten gelegte Stirn glättete, wie sich die gespannten Halsadern entkrampften, wie die Schürzenbänder, die sie in unserer Küche in Middletown stets um die Taille band, plötzlich lose hinunterhingen. In ihrem Hauskleid, einem ihrer zahlreichen unförmigen baumwollenen Hemdkleider, den Haarwust aufs Geratewohl hinter dem Kopf zusammengesteckt, an den Füßen ihre geliebten, in Anbetracht ihres restlichen Erscheinungsbildes seltsam eleganten Keilsandaletten, sah sie fast schon ein wenig komisch aus. Doch sie war zufrieden, ja sogar glücklich. Denn in Woodmont war ihr Leben auf eine Art selbstbestimmt, und das war es in Middletown nicht. Zum einen befand sie sich, als Miterbin des Sommerhauses, in ihrem eigenen Revier. Sie war gerne Eigentümerin, machte gerne jeden Sommeranfang eine Bestandsaufnahme und streifte durch das Haus – wie mein Vater es in unserem Haus in Middletown tat – auf der Suche nach Dingen, die repariert werden mussten, oder Ecken, die ausgebaut werden konnten. Selbst die kleineren Hausarbeiten, die tägliche Instandhaltung, verrichtete sie gerne, etwa das Fegen der ewig sandigen Eingangsveranda. Ich sah sie morgens oft dort, und immer summte sie vor sich hin. Wenn sie fertig war, lehnte sie den Besen gegen die Wand, setzte sich auf einen der Verandastühle und summte noch lauter, was sie in Middletown bei der Hausarbeit nie tat.

Außerdem teilten sich die Erwachsenen in Woodmont das tägliche Kochen, Saubermachen, Einkaufen und Beaufsichtigen der Kinder. Auch das war eine Besonderheit des Sommers und so ganz anders als unser Leben in Middletown. Unser Sommerhaus war eine Art Kommune, und falls meine Mutter je irgendwelche Ambitionen außerhalb des häuslichen Lebens gehabt hätte, so hätte ihr das Hauspersonal in Gestalt ihrer Schwestern Zeit dafür gegeben. Sie hätte zum Beispiel Aquarelle malen oder Küstenvögel beobachten können. Wie Nina hätte sie ein extrem langes Buch lesen können. Doch Ada hatte keine derartigen Pläne. Jahre zuvor, als sie mithilfe gewagter Tricks Vivie meinen Vater ausspannte, hatte sie sämtlichen je existierenden Ehrgeiz befriedigt. Sie hatte ihren Mann bekommen. Sie hatte zwar bereits achtzehn Jahre gelebt, aber nun würde ihr Leben noch einmal richtig beginnen, so viel war ihr damals klar.

Seltsam also, dass während unserer Kindheit die fünf Wochentage im Sommer, an denen die Männer nicht da waren, die entspanntesten im ganzen Erwachsenenleben meiner Mutter waren. Ich kann mich noch an die Geräusche erinnern, mit denen sie jeden Morgen aufwachte, sehr früh, kurz nach Tagesanbruch, zusammen mit Vivie und Bec. Das war an jenem Freitagmorgen während unserer ersten Woche nicht anders. Ich lag unter die Baumwolldecke gekuschelt noch ganz verschlafen auf dem Sofa, das ich mir mit Nina teilte, als das Knarren im ersten Stock begann. Noch bevor sich im Zimmer der Jungen etwas regte, war klar, dass Ada weiter vorne im Haus aufgestanden war. Genau wie Vivie am anderen Ende des oberen Flurs. Und auch Bec stand auf und kam aus ihrer Glasveranda, und dann quietschten die Türen zwischen ihrem Raum und dem von Nina und mir, wenn sie auf die Toilette ging, die neben dem Hinterausgang lag. Sie kam recht bald zurück, und dann schlüpften die drei Schwestern, in meiner Vorstellung immer vollkommen synchron, in ihre identischen Badeanzüge, schwarze Einteiler mit Röckchen, die bis zur Hälfte ihrer Oberschenkel reichten. Das waren ihre Morgenanzüge, die später durch hellere oder sogar geblümte ersetzt wurden und die sie statt Unterwäsche unter ihren unvermeidlichen Hauskleidern trugen. In die schwarzen Badeanzüge schlüpften sie jeden Morgen vor ihrem täglichen »Eintauchen«, wie sie es nannten.

Während ihrer ganzen Jahre am Meer waren auch ihre Eltern immer zum Eintauchen gegangen; jeden Morgen waren sie als Allererstes Hand in Hand von der Veranda losgezogen, um das Haus der Isaacsons herum zum Sandstrand, zum Bagel Beach, und weiter bis ans Wasser. Als Maks und Risel starben, hinterließen sie ihren Töchtern nicht nur das Sommerhaus samt Inhalt, sondern auch langjährige, allein in Woodmont geltende Traditionen: den Salat aus Hüttenkäse und frischem Obst, den Risel zum Mittagessen liebte, die Rommérunden am Samstagabend, das frühmorgendliche Eintauchen.

Die Treppen, die genauso knarrten wie die Fußböden, ächzten vernehmlich, als meine Mutter und Vivie mit Handtüchern und Badekappen in der Hand herunterkamen. Meine Lider waren noch immer schwer, aber ich musste nicht hinsehen, um zu wissen, was als Nächstes kam. Am Fuß der Treppe blieben Vivie und Ada stehen und lehnten sich übers Geländer, um einen Blick zu Nina und mir zu werfen. Parallel dazu tauchte Bec, ebenfalls mit Handtuch und Badekappe in der Hand, wieder aus ihrer Glasveranda auf. Die Schwestern hielten kurz im Wohnzimmer inne, um sich zu begrüßen, flüsterten sich ein gedämpftes »Morgen« zu und huschten durch die Hintertür hinaus. Arme, Beine, Dekolleté und Rücken waren entblößt, und so stolzierten sie los in ihren Badeanzügen, die zu dieser Tageszeit – und nur zu dieser Tageszeit – unbedeckt blieben. Beim Blick aus dem Fenster hätte man sehen können, dass die drei fast gleich groß waren (nur Bec war ein kleines bisschen größer als die beiden anderen), dass Vivie deutlich breitere Hüften hatte als die anderen und meine Mutter die schlankeste Taille, obwohl sie die meisten Kinder bekommen hatte. Man hätte gesehen, dass sie alle den Kopf hoch trugen, einen aufrechten Gang hatten, ihnen die noch für die Nacht zum Zopf gebändigte, fast schwarze Mähne über die Schultern auf den bloßen oberen Rücken fiel. Man hätte gesehen, dass sie wunderschön waren, alle drei, wie sie da schweigend das neblige Grau der frühen Morgenluft durchquerten.

Doch wer war um halb sieben schon auf und hätte sie sehen können? Daher die Badeanzüge, die entblößte Haut, die Gänsehaut an den Armen, der zielstrebige Schritt. Denn dieses Eintauchen, diese tagtägliche Erinnerung an Maks und Risel, dieses Morgengebet war eine Pflicht, eine Art Kaddisch, nur dass es schweigend vonstattenging und etwas ganz und gar Physisches war. Und im nächsten Augenblick ließen die Schwestern die Handtücher fallen, senkten die Köpfe und begannen, sich synchron die dichten Mähnen unter die engen Badekappen zu stopfen.

Doch diese friedliche Synchronizität hatte nicht immer geherrscht. Meine Mutter war siebzehn, als sie Vivie betrog, die daraufhin fünf Jahre lang nicht mit ihr sprach. Das Verhängnis begann, als Vivie, die damals zwanzig war, mit einer Grippe flachlag. Das war im Winter 1926, und Vivie war gute drei Wochen außer Gefecht gesetzt. Bec war ebenfalls krank. Meine Mutter war abgehärtet und steckte sich nicht an. Stattdessen übernahm sie zu Hause, nicht ungern, die Rolle der Krankenpflegerin und brachte ihren Schwestern Krüge mit Saft und Wasser ans Bett, maß ihr Fieber, butterte ihre Toasts, eilte zu ihnen, wenn sie sie mit heiseren Stimmen rufen hörte.

Ihre Mutter Risel war mehr als dankbar, dass sie ihren Liebling Ada hatte, ihr mittleres Kind, das nicht kleinzukriegen war und rein zufällig auch noch ein bezauberndes Gesicht und einen lebhaften, eigensinnigen Charakter hatte. Risels dankbare Bewunderung während jener langen Wochen war die Art verhätschelnde Zuneigung, mit der Ada ihre Schwestern bedachte. Risels Anerkennung stärkte sogar noch die gesunde Portion Selbstvertrauen, die Ada aufgrund ihres hinreißenden Aussehens und ihrer Extravertiertheit sowieso schon in sich trug. Deshalb war meine Mutter noch großartiger als gewöhnlich und in ihrer Rolle als Krankenpflegerin zielstrebiger denn je. Der Unterricht, den sie versäumte, weil ihre Schwestern sie brauchten, schien bereits der Vergangenheit anzugehören, obwohl sie erst in vier Monaten die Schule abschließen würde. Doch angesichts ihrer häuslichen Aufgaben begann Ada, über die Schulzeit hinauszudenken, denn es wurde ja von ihr erwartet, einen Beruf auszuüben, einen Pflegeberuf, ähnlich der Position der Krankenpflegerin, in die sie zu Hause hineingerutscht war, und dann in absehbarer Zeit einen Mann zu finden und eine Familie zu gründen – und das war, wie jeder wusste, die eigentliche Aufgabe einer Frau, ihre zukünftige feste Stelle. Vivie, die nach dem Highschool-Abschluss in der Innenstadt von Middletown eine Teilzeitstelle bei Leibritskys angenommen hatte, war eindeutig mit ähnlichen Zielvorstellungen ausgerüstet, nur dass sie Ada ein wenig voraus war. Und alle anderen jungen Frauen, die

Ada persönlich oder vom Hörensagen kannte, hatten ebenfalls diesen Weg eingeschlagen. Bei Leibritskys hatte Vivie Mort kennengelernt, den ältesten Sohn des Eigentümers, der dort gemeinsam mit seinem Vater arbeitete. In den letzten drei Monaten war Mort jeden Samstag nach dem Schabbat vorbeigekommen, um Vivie den Hof zu machen. Zwei Mal hatten sie ganz allein im Wohnzimmer zusammengesessen, nur sie beide, und hatten sich leise unterhalten. Einmal waren sie ins Kino gegangen.

In drei Tagen, erzählte Vivie Ada eines Abends, habe Mort Geburtstag. Er werde vierundzwanzig. Sie habe gehofft, ihn mit einem selbstgebackenen Kuchen zu überraschen. Sie wollten im Kaufhaus eine kleine Feier veranstalten – Vivie, Mort und der alte Mr Leibritsky.

»Ich hatte doch schon alles geplant«, beklagte sich Vivie, zog sich verzweifelt die Decke über den Kopf und stieß sie wieder bis zur Hüfte hinunter. Sie glühte immer noch vor Fieber und war schweißgebadet. Ada drängte sie, mehr Eiswasser zu trinken, um das Fieber zu senken.

Vivie nippte an dem Glas, das Ada ihr hinhielt. Als ihr Durst vorläufig gestillt war, ließ sie den Kopf auf das Kissen zurücksinken. »Es sollte ein Sandkuchen mit Schokoladenglasur werden«, sagte sie, fast schon wimmernd.

Ada nickte. Jeder mochte Sandkuchen mit Schokoladenglasur. Es war eine vernünftige Entscheidung, vielleicht jedoch etwas zu vorhersehbar, etwas zu fade.

»Mein Gott, Ada. Meinst du, das hört jemals auf?«, stöhnte Vivie. Sie fuhr sich über die Stirn und Ada hielt ihr ein Taschentuch hin, damit sie sich den Schweiß abwischen konnte. Ob Vivie das Fieber meinte oder Morts Werben, wusste Ada nicht recht. »Ich glaube, ich muss jetzt schlafen«, setzte Vivie mit schwächerer Stimme hinzu. Im nächsten Moment fielen ihr die Augen zu.

Ada brachte Mort den Kuchen. Sie backte ihn im Auftrag von Vivie, überlegte allerdings, statt Vivies Sandkuchen einen Schokoladenkuchen mit Buttercremeglasur zu backen, und Risel ermunterte sie dazu. »Ja, ja. Bring ihm wenigstens einen *guten* Kuchen«, sagte sie. Und »gut«, das wusste Ada, war Risels Wort für »erstklassig«.

Einen *guten* Kuchen – der Teig leicht, die Glasur dick – brachte meine Mutter ihm dann auch, auf einer Platte, abgedeckt mit Wachspapier. Sie zog ihre Stiefel an, ihren Mantel, Handschuhe und Schal, und als sie den Kuchen dann zu Leibritskys in der Main Street trug, ein Fußweg von anderthalb Kilometern, ging sie sehr vorsichtig, damit sie nicht auf einer vereisten Stelle ausrutschte.

»Der ist für dich«, verkündete sie bei ihrer Ankunft im Kaufhaus, wo die bimmelnden Glöckchen am Eingang sie zusammenschrecken ließen. Mort stand vor ihr, mager und nicht besonders groß, ein Grübchen im Kinn, Locken in der Stirn, ein warmes Lächeln im Gesicht. Auf seine Art sah er gut aus, fand sie, im Kaufhaus eher als an den Abenden bei ihnen zu Hause, wo sie im Vorübergehen immer nur kurze Blicke auf ihn erhaschte, wenn er im Wohnzimmer mit Vivie zusammensaß. Dort war alles an ihm verkrampft, die Haltung ebenso wie der Gesichtsausdruck, aber hier war er viel mehr er selbst: freundlich, selbstsicher, offen. »Vivie konnte ihn nicht selbst vorbeibringen«, sagte sie, »sie ist immer noch richtig krank. Aber ich weiß, dass sie dir einen backen wollte.«

»Wie geht's ihr?«, fragte er, während er Ada den Kuchen abnahm und auf einen Sessel deutete.

»Schon besser.«

Mort bestand darauf, dass Ada Platz nahm. »Da hast du dir aber große Umstände gemacht«, sagte er. Er brachte ihr eine Tasse Kaffee und beäugte dabei den Kuchen.

»Allerdings.«

Als er große Augen machte, lachte sie schallend.

Sie blickte sich neugierig um und setzte sich dann in einen der Ledersessel, die ungefähr in der Mitte des Ladens standen. Sie war schon öfter hier gewesen, unzählige Male im Laufe der Jahre, aber nie allein. Irgendwie sah alles anders aus, jetzt, wo sie zum ersten Mal ohne Begleitung dort war. Interessanter. Das Geschirr mit dem grünen Rand links von ihr war ziemlich hübsch, fand sie. Die Krawatten auf dem Regalbrett gegenüber waren bunt wie ein Regenbogen. Wie immer schien das Warenangebot bei Leibritskys keinem erkennbaren Konzept zu folgen, aber zum ersten Mal wirkte das Durcheinander eher ansprechend als verwirrend.

»Hast du einen besonderen Wunsch?«, fragte Mort. Kurz zuvor hatte sie gehört, wie er die gleiche Frage an einen Kunden richtete, einen älteren Mann, der sich jetzt mit Morts Vater unterhielt.

Sie grinste. »Wie wär's mit Kuchen?«

Schon bald aßen alle ein Stück: Ada, Mort, der alte Leibritsky und der Kunde. Ada unterhielt sie mit Geschichten über den anderen Kuchen, den sie fast gebacken hätte. »Gar nicht so übel«, sagte sie über Vivies Sandkuchen. »Aber Sie müssen das verstehen. Meine Schwester hat hohes Fieber und kann nicht klar denken. Wenn sie das nächste Mal herkommt, sagen Sie ihr einfach, wie gut Ihnen ihr Kuchen geschmeckt hat, wie unwiderstehlich die Schokoladenglasur war.« Sie schob sich eine Gabelladung Buttercreme in den Mund und zwinkerte.

Und das war das letzte Mal, dass Vivie an jenem Nachmittag erwähnt wurde.

»Sie sind ja eine ganz Lebendige«, lachte Mr Leibritsky anerkennend.

Dann drehte sich das Gespräch um Kuchen: zuerst um einen Kokoskuchen, den Lieblingskuchen des Kunden, eines gewissen Thomas Tucelli, den dieser fast schon zwanghaft in allen Einzelheiten beschrieb. Mr Leibritskys Lieblingskuchen war der Napfkuchen seiner Mutter, mit Zimt, Rosinen und Nüssen, ein altes Rezept aus der Heimat.

»Mein Gott, Kindchen«, sagte er zu Ada, an der er nach jedem Bissen mehr Gefallen fand, und nahm sich gleich noch ein Stück. »Weißt du überhaupt, wie gut dieser Kuchen ist?« Sie war sich nicht hundertprozentig sicher, ob er diesen oder den Napfkuchen seiner Jugend meinte. Trotzdem nickte sie. Sie fühlte sich immer wohler in der Gesellschaft der drei Männer.

Mort sagte währenddessen kaum etwas, weder über den Kuchen noch über irgendetwas anderes, aber er ließ Ada nicht aus den Augen. Sie merkte es, und es gefiel ihr. Als sie nach einer Weile in ihren Mantel schlüpfte, weil sie aufbrechen wollte, wurde ihr klar, dass sie dank der verbalen Aufmerksamkeiten des Vaters und der nonverbalen Aufmerksamkeiten des Sohnes einen der schönsten Nachmittage ihres Lebens verbracht hatte.

Ob sie in Betracht ziehen würde, bald wieder einmal vorbeizukommen, fragte der alte Leibritsky, als sie bereits an der Tür stand und gehen wollte. Mort starrte sie über die Schulter seines Vaters an. Selbst Thomas Tucelli, dem Kunden, schien daran gelegen, dass sie wiederkam.

Sie richtete den Blick auf Mort und nickte. Als sie die Tür öffnete, wurde sie erneut von den bimmelnden Glöckchen überrascht.

»Hat ihm der Kuchen geschmeckt?«, fragte Vivie. Sie quälte sich aus dem Bett hoch, setzte sich auf den Bettrand und baumelte mit den Füßen. Der Kuchen habe beiden geschmeckt, Mort und seinem Vater, antwortete Ada.

»Mr Leibritsky auch?«

»Ja, Mr Leibritsky auch. Er war richtig süß. Wir haben uns sehr angeregt unterhalten.«

»Mr Leibritsky? Im Ernst?«

»Ja. Der alte Herr persönlich. Er meinte, ich solle bald mal wiederkommen.«

»Nein!«

»Aber sicher. Warum bist du so überrascht?«

»Mit mir redet er fast nie, deswegen«, sagte Vivie.

»Das liegt daran, dass du zu nett bist, Vivie. Zu farblos. Er mag es, wenn er ein bisschen Kontra kriegt. Du musst es ihm einfach mal ein bisschen zeigen. Dann wacht er auf.«

»Du meine Güte, Ada. Ich bin mir sicher, du hast's ihm gezeigt. Da bin ich mir absolut sicher.« Vivie schüttelte den Kopf. »Aber jetzt erzähl mir von Mort«, fuhr sie fort. »Was hat der gesagt?«

Doch bevor Ada antworten konnte – auf dem Nachhauseweg hatte sie sich einen Haufen Lügen überlegt –, wurde Vivie schon wieder vom Schlaf übermannt.

Als Ada drei Tage später das nächste Mal hinging, nahm sie ein Glas Heringe mit. Vielleicht würden die Männer sie ja mit Crackern zum Mittag essen wollen. Als sie das Geschäft betrat, warf der alte Herr die Hände in die Luft. »Was ist das? Napfkuchen?«, fragte er munter. Seine Freude schwand auch nicht, als er merkte, dass sie Fisch mitgebracht hatte.

Mort bediente gerade einen Kunden, doch als er fertig war, setzten sich die drei wie beim ersten Besuch wieder in die Mitte des Ladens. Die Männer mochten den Hering und aßen ihn, auf Adas Empfehlung hin, mit Crackern. Anschließend erwähnte Mr Leibritsky eine neue Lieferung von Damenschuhen. »Etwas Besonderes«, sagte er. »Abendschuhe. Aus New York.« Bei den Worten »New York«, die er so gedehnt aussprach, als ginge es um so exotische Orte wie Buenos Aires oder Hongkong, zwinkerte er Ada zu. Sie traten an ein Wandregal voller Schuhschachteln. Das Paar, das Mort herauszog und ihr zeigte, war aus glänzendem schwarzem Leder, hatte kleine Absätze und Knöchelriemen. »Oh«, flüsterte Ada, die eine solche Qualität nicht erwartet hatte.

»Probieren Sie sie an«, drängte Mr Leibritsky. »Na los, ist doch egal!« Er warf Mort einen Blick zu und schüttelte den Kopf. »Nun hilf dem Mädchen doch«, forderte er ihn schließlich auf.

Ein Paar betrat das Kaufhaus. Mort erhob sich, doch sein Vater erklärte, er würde sich um die beiden kümmern.

Während Mr Leibritsky sichtlich erschöpft davontrottete, kehrte Ada zu ihrem Sessel zurück und seufzte. Sie war auch ein wenig müde – oder eher ein wenig ungeduldig. Mort nahm im Stehen einen Schuh aus der Schachtel und kniete sich, den Schuh in der Hand, vor Ada. Als sie ihm den rechten Fuß hinhielt, den großen Zeh in die Luft gereckt, sah sie, dass Mort errötete. Auch ihre Wangen fühlten sich, wenn sie ehrlich war, wärmer an als sonst und waren möglicherweise ebenfalls gerötet. Plötzlich war sie überhaupt nicht mehr müde oder ungeduldig. Als er die Hand nach ihrem linken Fuß ausstreckte, hielt sie den Atem an.

»Hübsch«, sagte Mort, als der Schuh an ihrem Fuß steckte. Er starrte, immer noch rot im Gesicht, auf ihren Fuß.

Sie nickte, und schon bald hatte er ihren rechten Fuß in den anderen Schuh geschoben. Zufrieden wartete sie, bis Mort mit den beiden Knöchelriemen fertig war. Als sie aufstehen wollte, bot Mort ihr seine Hand an. Sie war froh darüber und hielt sie etwas länger als notwendig. Wieder fühlte sich ihr Gesicht warm an. Seines war noch dunkler geworden.

Als sie sich anblickten, fragte sie sich, ob sie wohl genauso schockiert aussah wie er.

»Drehen Sie doch einfach eine Runde«, rief Mr Leibritsky quer durch das Geschäft. Er zeigte auf die Eingangstür, und auf dem Weg dahin spürte sie die verzückten Blicke der beiden Männer und auch die der Kunden. Dadurch kam sie sich noch bedeutender vor, als sie sich aufgrund ihres gestiegenen Ansehens zu Hause ohnehin schon vorkam. Ihr wurde klarer denn je, welche Macht ihrer Schönheit innewohnte. Auf dem Weg durch das Kaufhaus legte sich das kindliche Erröten und sie trug den Kopf hoch. An der Tür wandte sie sich um, zupfte an ihrem Pullover und ihrem Rock und schritt stolz wieder zurück. Vor Mort blieb sie stehen, drehte sich einmal kurz im Kreis und ließ sich wieder in ihren Sessel fallen.

»Ein schöner Schuh«, rief Mr Leibritsky. »Ein wunderschöner Schuh, was, Mort?«

Mort nickte. Ada sah ihn an, bis er ihren Blick erwiderte, dann lächelte sie.

Sie beugte sich vor, um die Riemchen aufzumachen. Sofort fiel Mort auf die Knie und zog ihr beide Schuhe aus, wozu er ihre Knöchel festhielt. »Du wirst mich auf keinen Fall dazu überreden können, mir ein Paar Schuhe zu kaufen«, sagte sie. »Wer hat denn heutzutage schon Geld? Spaß hat's aber trotzdem gemacht.«

»Darum geht's doch auch«, sagte Mr Leibritsky im Näherkommen. Und dann fügte er, den Blick auf Mort gerichtet, fast ernst hinzu: »Jeder braucht ein bisschen Spaß.«

»Hat er irgendetwas gesagt?«, fragte Vivie.

»Wer?«

»Wer wohl? Mort natürlich! Hat er sich nach mir erkundigt, Ada?«

»Ja, hat er. Klar hat er sich erkundigt. ›Wie geht's Vivie?‹, hat er gefragt. ›Geht's ihr gut?‹«

»Und? Was hast du ihm gesagt?«

»Ich habe ihm gesagt, dass es dir hundeelend geht. Ich habe ihm gesagt, dass du eine schlappe Nudel bist.«

»Aber ich kann doch schon wieder laufen. Ich war gestern und heute auf den Beinen. Ich bin keine schlappe Nudel. Bitte, Ada.«

»Doch, Vivie, das bist du. Du bist noch nicht gesund. Jetzt leg dich hin und entspann dich.« Ada schüttelte die Kissen ihrer Schwester auf und wischte ihr die immer noch schweißbedeckte Stirn ab. »Eine schlappe Nudel«, setzte sie hinzu, »genau das bist du.«

Nur eine Woche später ertappte Vivie, der es jetzt gut genug ging, um im Haus umherzulaufen, die beiden dabei, wie sie vor der Eingangstür Händchen hielten. Mort hatte Ada nach ihrem letzten Besuch im Kaufhaus nach Hause begleitet. Sie wäre auf dem vereisten Bürgersteig fast ausgerutscht, deshalb hatte er sie am Arm gehalten, um sie wieder ins Gleichgewicht zu bringen, und dann hatte er ihre Hand genommen. So waren sie, Hand in Hand, den letzten halben Kilometer schweigend weitergegangen. Als Vivie die Post hereinholen wollte, stand das zukünftige Liebespaar direkt vor der Tür, dicht voreinander, und hatte die Finger noch immer ineinander verschränkt.

»Oh!«, sagte Vivie. Sie trug einen Bademantel und Pantoffeln. Ihr Haar war bereits für die Nacht zurechtgemacht, der geflochtene Zopf hing ihr auf den Rücken.

Ada ging ins Haus. Mort versuchte, mit Vivie zu reden, die ihn jedoch mit einem ungewöhnlich nachdrücklichen »Verschwinde!« abblitzen ließ. Daraufhin knallte sie die Tür zu. Im Flur standen sich die beiden Schwestern dann gegenüber. Ada begann, sich den Mantel aufzuknöpfen, als die Worte ihrer Schwester, eine Flut von Jiddisch, über sie hereinbrachen: *»Waksn solstu wi a tswibele, mitn kop in dr erd!«* Wie eine Zwiebel sollst du wachsen, mit dem Kopf in der Erde!

Ich hörte diese Worte zum ersten Mal rund zwanzig Jahre später, im Januar 1947, als Nina und ich, vierzehn beziehungsweise elf Jahre alt, uns eines späten Freitagnachmittags in unserer Küche unterhielten. Nina war zu einer der seltenen Winter-Pyjamapartys herübergekommen. Wir halfen meiner Mutter gerade, das Schabbatmahl vorzubereiten, und ich war überglücklich, dass Nina mich besuchte.

Meine Mutter hatte mich und Nina gebeten, je eine Zwiebel zu hacken, und kaum hatten wir mit dem Schälen begonnen, da sprudelte es aus Ninas Mund:

»Wie eine Zwiebel sollst du wachsen, mit dem Kopf in der Erde!«

Sie hatte es nur als Witzelei gemeint, und tatsächlich mussten Nina und ich wegen der seltsamen Redensart sofort loslachen.

Doch meine Mutter erstarrte. Gerade noch hatte sie vor dem Ofen gekniet und nach den Challa-Broten geschaut, aber als sie Ninas Worte hörte, schnellte sie hoch.

Minutenlang sagte sie kein Wort, wirkte wie versteinert. Derweil dachte sie vielleicht, so vermutete ich, über uns Kinder nach, ob wir wohl regelmäßig badeten oder mit unseren Hausaufgaben fertig oder am Abend zuvor pünktlich zu Bett gegangen waren oder ob wir, grundsätzlicher gesehen, auf dem »richtigen Weg« seien, wie sie es oft ausdrückte. Andererseits hätte sie auch über meinen Vater nachdenken können, darüber, ob sie seine Kleider genügend gesäubert und gebügelt hatte oder ihn am Morgen mit einem hinreichend anständigen Frühstück und einem hinreichend fröhlichen Winken zur Arbeit geschickt hatte oder ob sie am Abend genügend Energie aufbringen würde, um ihn wieder willkommen zu heißen. Die Tradition wolle es so, hatte mein Vater einmal erklärt, dass ein Mann seine Frau am Schabbat liebt, und auch dieses Verlangen musste berücksichtigt werden. So musste sie also jeden

Freitag Staub wischen, fegen und aufräumen, dafür sorgen, dass wir Kinder uns wuschen, den Teig für die Challa-Brote kneten, flechten und backen, den Tisch decken, das Fleisch zubereiten, die Kartoffeln schälen, das Gemüse waschen und schneiden, sich selbst waschen, das Abendessen auftragen, den Tisch abdecken, das Essen wegräumen und das Geschirr spülen. Und nachdem das alles getan war, musste sie nach oben gehen und sich vorbereiten für »du weißt schon«, wie sie es mir gegenüber einmal ausdrückte. Sie glaubte nicht, dass Gott diesen Brauch guthieß, sie hielt ihn für gottlos und eindeutig von Männern ersonnen. Viele, viele Schabbatabende war meine Mutter genau davon überzeugt, wenn sie in ihr Zimmer hochtrottete. Das alles musste erledigt werden, und dazu noch, übers Jahr verteilt, das zusätzliche Saubermachen und Kochen an sämtlichen jüdischen Feiertagen, nicht nur das wöchentliche Schabbatmahl, sondern auch die Festessen zum Neujahrs- und zum Passahfest sowie zu vielen anderen Feiertagen, selbst zu den kleineren Festen wie etwa Purim und Hanukkah, und irgendwann im Laufe der Zeit war dieser Preis, den sie angestrebt und dann auch ergattert hatte, nämlich Mort Leibritsky zu heiraten und seine Kinder auszutragen, dann etwas geworden, was sie zugleich liebte und hasste. Verwirrt und müde hatte meine Mutter an jenem Freitag vielleicht auch darüber nachgedacht.

Schließlich sagte sie zu Nina: »Das ist eine furchtbare Redensart. Ein Fluch. Ich möchte das nicht noch einmal von dir hören.« Sie blickte mit schmerzerfülltem Gesicht auf und sah erst Nina und dann mich an. Wir hatten noch gar nicht die Gelegenheit gehabt, sie zu fragen, was sie damit meine als sie sich eine der vor uns liegenden, noch unberührten Zwiebeln schnappte und sie wegwarf, als sei sie urplötzlich verfault.

»Merkt ihr's denn nicht?« Sie wischte sich die Hände an der Schürze ab. »Molly. Nina. Auf mir lastet ein Fluch.«

Doch während jener kostbaren Wochen am Meer löste sich der Fluch in Wohlgefallen auf. In Woodmont war meine Mutter davon überzeugt, dass es zwischen ihr und Vivie, trotz der unterschiedlichen Entwicklungen im Erwachsenenalter, keine wesentlichen Differenzen mehr gab, dass keiner von beiden ein größerer Glückspilz war, eine bessere Ehe führte, hübscher oder temperamentvoller war und dass alles, was sie Vivie je angetan und womit sie ihr das Herz gebrochen hatte (der Schock, die Tränen, die Wut, die fast fünfjährige Nichtachtung, mit der sie gestraft worden war), und auch die jahrelange belastende Ungewissheit (Würde Vivie je heiraten? War es an der Zeit, Krankenschwester zu werden?) keine Rolle mehr spielten und sie wieder die waren, die sie *davor* gewesen waren. Doch wovor? Meine Mutter hatte keine Worte für das, was sie dazu getrieben hatte, blindlings auf etwas zuzusteuern, was beide Schwestern fast zugrunde gerichtet hatte.

Nachdem Ada, Vivie und Bec an jenem ersten Freitag am Strand ihre langen Mähnen unter ihre Badekappen gestopft hatten, schlenderten die drei Schwestern, bedächtiger als sonst, in Richtung Meer. Am Wasser angekommen, war es Bec, die, ohne zu zögern, hineinsprang und jauchzend und lachend wieder auftauchte. Ada und Vivie, bis zu den Knöcheln im Wasser stehend, sahen ihr zu. Sie warfen sich einen kurzen Blick zu. Wenn du reingehst, gehe ich auch rein, dachte Ada. Sie standen erst bis knapp über die Knie im Wasser, aber streckten die Arme aus, als reichte es ihnen bereits bis an die Hüften. Sie lachten. Sie kreischten. Vivie beugte sich vor und spritzte sich Wasser auf den Bauch und die Schultern. Ada beobachtete sie und ahmte die Bewegungen ihrer Schwester genauso automatisch nach, wie sie es bereits als Kind getan hatte. Ach, wie gerne war sie doch ein Kind gewesen! Damals, in den Jahren der frühen Unschuld, hatten sie sich nie gestritten, damals hatte Vivie, die Ältere, alles gemacht, was Ada gern gemacht hätte, nur dass sie es besser hinbekam, leichter, und man sie nur imitieren musste, verehren, zum Vorbild nehmen, vergöttern. Hier am Strand ließen sie jeden Morgen, wenn sie ins Meer eintauchten, all das Gute wieder aufleben, in das sie hineingeboren worden waren, das sie stets füreinander verkörpert hatten. Die salzige Luft, die kühlen Brisen, so vollkommen anders als in Middletown, mussten der Grund dafür sein, dachte Ada. Wie ließ sich dieser Wandel in ihrer Beziehung sonst erklären? Wenn du reingehst, gehe ich auch rein, sagte ihr Blick noch einmal. Worauf Vivie die Hände zusammenlegte, die Arme über den Kopf hob und ins Wasser hechtete, und auch Ada hob mit zusammengelegten Händen die Arme über den Kopf und folgte ihrer Schwester ins kühle Nass des Long Island Sound.

Die drei Schwestern ließen sich auf dem Rücken treiben und bewegten ab und zu die Beine, während sie die Arme im rechten Winkel von sich streckten, damit sie nicht untergingen. Das war Glückseligkeit, dessen war sich meine Mutter sicher, diese frühmorgendliche Abkühlung, die sie so bereitwillig ertrugen, war das Glück. Kurz hob sie den Kopf, um zum Ufer hinüberzublicken, zu ihrem Haus und der Hillside Avenue dahinter. Im Laufe des Tages würden sie sich einer ganzen Reihe von Männern gegenübersehen: den mobilen Händlern – dem Eismann, dem Fischmann, dem Milchmann, dem Obst- und Gemüsemann –, und noch später würden ihre Ehemänner dann zum Schabbatmahl zurückkehren, an das keine von ihnen bisher auch nur einen einzigen Gedanken verschwendet hatte. Doch jetzt war sie erst einmal hier, neben ihren beiden Schwestern, trieb beschwingt auf dem Rücken in den Gewässern ihrer Kindheit dahin, und kein einziger der vielen Männer vermochte irgendetwas daran zu ändern. Sie waren hier und taten genau das, wozu sie Lust hatten. Ada holte tief Atem. Wie herrlich, dachte sie, einfach zu atmen.

3 Von Minjans und Baseball

An demselben Freitag wachte mein Vater, Mort, allein in seinem Bett in Middletown aus einem herrlichen Traum auf. Mein Vater hatte diesen Traum zwar auch schon früher einmal geträumt, doch das war lange her. Im Traum war er in der Synagoge und betete beim Morgengottesdienst. Die anderen Männer, die zum üblichen Minjan gehörten, waren auch da – Jerome Kaminsky, Nathan Novak, Abe Leiberman, Stanley Levine, Harold Sokull, Marvin Abkin, Sid Pasternack, Freddy Horowitz, Morts Bruder Nelson Leibritsky sowie sein Schwager, dieser Lahmarsch (wie mein Vater sich auszudrücken pflegte) Leo Cohen –, doch das Besondere an diesem Gottesdienst war, dass auch der Vater meines Vaters dort war und direkt neben ihm stand; Zelik Leibritsky war in seinen alten Gebetsmantel gewickelt, dessen weißer Stoff so alt aussah wie Zeliks Bart, während die goldenen Stickereien noch immer kräftig glänzten. Mein Großvater Zelik betete, im Vergleich zu den anderen, besonders inbrünstig, wie er es auch zu Lebzeiten immer getan hatte, er verbeugte sich und wippte vor und zurück, murmelte die hebräischen Worte und sang sie auch streckenweise. Da die Gesetze des Traums jedoch nicht die Gesetze des Lebens sind, redeten die beiden Männer – Vater und Sohn – gleichzeitig.

»Wie läuft das Geschäft?«, fragte Zelik.

»Gut, gut«, antwortete Mort, erleichtert, wenigstens das sagen zu können. Er erklärte seinem Vater, wie der Krieg die unerbittliche Wirtschaftskrise unterbrochen habe. Und jetzt, wo der Krieg und damit auch die Rationierungen vorbei seien, würden sie viel bessere Umsätze erzielen. Seit ihrem letzten Traumgespräch, das ein Jahr zurücklag, habe sich das Geschäft als finanziell stabil erwiesen, sodass er, Mort, den Fußboden des Kaufhauses fachmännisch reinigen und die Wände streichen lassen könne. »Das Geschäft ist nicht nur wieder in Schwung gekommen, es läuft *richtig* gut«, sagte er, noch erleichterter.

Sein Vater nickte. »Und wie geht's der Familie? Wie geht's der schönen Ada?«

»Niemand ist krank«, begann Mort.

Wieder nickte sein Vater.

»Und wir haben unseren Cousin gefunden«, erzählte Mort. »Reuben Leibritsky, er ist von Polen nach Palästina nach Israel. Ein Überlebender.«

»Überlebender«, echote Zelik. Er schwieg einen Moment lang, dann sagte er leise: »Gut, gut.«

»Und die Kinder, meine Kinder, schlagen sich gut in der Schule, jedenfalls gut genug«, sagte Mort.

Wie zu erwarten zog Zelik aufmerksam die Augenbrauen hoch; für das Thema Kinder, das wusste mein Vater, konnte sich der alte Herr immer erwärmen. Er war gestorben, als Davy zwei war.

Mort redete weiter. »Molly ist ein braves Mädchen. Und Davy könnte sogar der Baseballspieler werden, der ich nie war. Shortstop. Shortstop.« Unbewusst wiederholte mein Vater das Wort noch einmal, und es fügte sich nahtlos in den Rhythmus des Gebetes ein, das die Männer des Minjans um ihn herum sprachen.

»Und Howard«, ergänzte Mort blinzelnd, »wie sich herausstellt, besitzt Howard ein gewisses Geschäftstalent. Er war das ganze Jahr über jeden Tag für drei Stunden nach der Schule bei uns – der Junge kriegt zwar keine glatten Einsen, aber verkaufen kann er.«

Zelik zog die Augenbrauen noch höher. Gleichzeitig pfiff er, und zwar einen Ton, der im Takt mit dem schnellen Wippen seines betenden Körpers stieg und fiel.

Da ungefähr wachte mein Vater auf, und obwohl der Traum verblasste, hörte er noch die Antwort seines Vaters und ein seltsames Klopfen an der Tür zur Synagoge.

»Das könnte jetzt Howard sein«, sagte sein Vater nickend. »Und was das Talent angeht«, fügte er hinzu, »das hat er von mir.«

Mort setzte sich, nun vollkommen wach, im Bett auf. »Vielleicht«, antwortete er seinem Vater lächelnd, froh, ihm eine Freude gemacht zu haben.

Mein Vater konnte sich problemlos selbst das Frühstück zubereiten, ganz ohne die Hilfe meiner Mutter. Eine Tasse Nescafé, ein paar Scheiben Toast, zwei gekochte Eier. Wie schön, dachte Mort an jenem vierten Morgen ohne uns. Der *Hartford Courant* lag ausgebreitet vor ihm, der Toast war gebuttert, die Eier gepellt, der Kaffee umgerührt. Genau wie an den drei vorangegangenen Tagen war mein Vater auch an diesem Morgen erstaunt, wie friedlich das Leben als Familienmensch ohne die Familie sein konnte.

Während er an seinem Kaffee nippte, begann er, den Sportteil der Zeitung durchzublättern, wie immer in den letzten Tagen auf der Suche nach Neuigkeiten über Babe Ruth, der zwei Wochen zuvor im Yankee Stadium dessen fünfundzwanzigjähriges Bestehen gefeiert hatte. Er konnte es sich erlauben, zuerst den Sportteil durchzusehen, weil er die neuesten Nachrichten aus Israel bereits am Vorabend im Radio gehört hatte. Nach den monatelangen Kämpfen, die der israelischen Unabhängigkeit auf dem Fuße gefolgt waren, herrschte im Nahen Osten jetzt Waffenstillstand. Es gab also Hoffnung, folgerte mein Vater. Diese Hoffnung hatte er gegenüber seinem Cousin Reuben, der sich noch immer damit schwertat, in Israel sesshaft zu werden, in seinem zweiten Brief hervorgehoben. Für Babe Ruth jedoch, den ein Foto im Yankee Stadium mit seinem Schläger zeigte, auf den er sich wie auf einen Stock stützte, gab es offensichtlich weniger Hoffnung. Er war zwar ein Held, aber es ging ihm hundeelend, und es blieben ihm garantiert nur noch ein paar Tage. »Sie hören ja, wie furchtbar meine Stimme klingt«, soll er an jenem Tag zu der Menge gesagt haben. »Tja, und genauso furchtbar fühle ich mich auch.«

Mort blickte von der Zeitung auf. »Hast du das von Babe gehört?« Er sprach Zelik an, der, wie er wusste, immer noch da war, noch ein wenig verweilte, genauso erpicht auf Kaffee und Neuigkeiten wie er selbst. Sein Vater war der Erste in der Familie gewesen – der erste Leibritsky in Amerika –, der sich für Baseball begeistert hatte. Und weil er seinen alten Herrn vermisste, mit dem er schon immer gerne über Sport geredet hatte, erzählte Mort ihm ausführlich, was er über Babe Ruths Krankheit wusste.

Tatsächlich war Zelik der gleichen Art von innerer Fäulnis erlegen, die jetzt auch Babe Ruth zum Verhängnis wurde, und das war womöglich der Grund dafür, dass Mort, als er an die Stelle kam, wo Babe Ruth zitiert wurde, die Worte beim zweiten Mal mit der Stimme seines Vaters hörte. »Sie hören ja, wie furchtbar meine Stimme klingt«, wiederholte der alte Herr anstelle von Babe Ruth traurig. »Tja, und genauso furchtbar fühle ich mich auch.«

Mort wollte seinem Vater antworten und ihm sagen, er solle durchhalten, denn Gott würde auf jeden Fall sein Gebet erhören, doch genau in dem Moment hupte draußen sein Bruder Nelson. Mort schoss hoch, schnappte sich seinen Hut und stürzte zur Hintertür, den Nescafé halb ausgetrunken und den aufgeschlagenen Sportteil über den ganzen Tisch verteilt. Dann kehrte er um. Er stellte die Kaffeetasse und das restliche Geschirr in die Spüle und faltete die Zeitung sorgfältig zusammen, jeden Teil einzeln, genau wie früher sein Vater.

Nelson und er waren schon fast an der Synagoge angelangt, als Mort Howards Versprechen einfiel, an jenem Morgen rechtzeitig zum Minjan von Woodmont nach Middletown zu fahren. Er erinnerte sich an das Klopfen in seinem Traum. Sein Vater hatte recht gehabt, dachte er. Das war vermutlich Howard gewesen.

Während Nelson und er die Wagentüren schlossen, blickte Mort die Broad Street hinauf und hinunter und suchte seinen Dodge unter den längs des Bürgersteigs geparkten Fahrzeugen. Da er ihn nirgends entdecken konnte, spähte er noch einmal in beide Richtungen, suchte aber diesmal nicht nach dem Wagen, sondern nach Howard. Doch auch ihn entdeckte er nirgends. Stattdessen sah er an der Seitentür der Synagoge seinen Schwager Leo Cohen, einen Mann, der so gebrechlich wirkte, dass es kurz den Anschein hatte, als würde es ihn bereits überfordern, die Tür einfach nur so weit aufzuziehen, dass er hindurchschlüpfen konnte.

Mort wandte den Blick von Leo ab. »Kann nicht mehr lange dauern«, sagte er zu Nelson, womit er Howards Ankunft meinte, und klopfte seinem Bruder auf den breiten Rücken, während die beiden auf die inzwischen wieder geschlossene Tür der Synagoge zustrebten. Vielleicht war Howard ja auch bereits da und hatte den Wagen hinter der Synagoge geparkt, wo sie ihn von der Straße aus nicht sehen konnten. Ja, dachte er bei sich, kann nicht mehr lange dauern.

Mort stürmte an Nelson vorbei, wie immer motiviert durch sein Bestreben, mit anzupacken. Dass er Nelson hinter sich ließ, hatte auch mit Nelsons Körperfülle zu tun; sein jüngerer Bruder tapste immer hinterher. An der Tür wartete Mort jedoch auf Nelson und hielt sie ihm auf. Wie er dort stand, die Metallklinke in der Hand, mit einem Fuß auf dem Bürgersteig, mit dem anderen bereits im Gebäude, da konnte er sie schon fast schmecken, die süße Freude des Eintretens in die Synagoge, das Wohlbehagen, das er in wenigen Sekunden verspüren würde, sobald der Trubel der amerikanischen Gesellschaft, dieses Schmelztiegels von Menschen aus aller Welt, hinter der Tür zurückgeblieben war. Jeden Tag konnte mein Vater hinter der geschlossenen Synagogentür ein paar Minuten lang so tun, als gäbe es nur sie: die Juden. Als befänden sie sich in einem kleinen Schtetl irgendwo in Osteuropa, täten das, was Juden immer getan hatten, und würden dabei nicht in Fetzen gerissen. In letzter Zeit stellte er sich gelegentlich auch vor, sie wären in Israel, dem Israel, das es geben könnte, sobald der derzeitige Waffenstillstand zu einem dauerhaften Frieden herangereift wäre.

Auf dem Weg zum Wirtschaftsraum im Keller, der für den Morgen-Minjan genutzt wurde – wegen eines so alltäglichen Treffens wollte man nicht die Gebetshalle im Erdgeschoss verunreinigen –, hörten Mort und sein Bruder bereits das Gemurmel, die leisen Gespräche ihrer Minjan-Brüder. Einen kurzen Moment lang hatte Mort das Bedürfnis, Nelson zu überholen, der ihm im Gang den Weg versperrte. Doch bald darauf stand er im Wirtschaftsraum, einem leeren Zimmer mit nichts als weißen Wänden, einem Holzfußboden und von der Decke flutendem Neonlicht. Da der ganze Minjan im Stehen betete, lehnten die Metallklappstühle, die die Gruppe hätte benutzen können, ungenutzt an der Wand. Dies war schon seit einigen Jahren eine konservative Synagoge, keine orthodoxe wie die in Woodmont, und das bedeutete, dass die Frauen gemeinsam mit ihnen hätten beten können, doch letztlich hatten die Frauen morgens andere Dinge zu tun. Sie ließen sich jedenfalls nie beim Gottesdienst blicken.

Und so stand er dort mit seinen Freunden, die gleiche andächtige Gruppe wie in seinem Traum. Er warf einen kurzen Blick auf Jerome Kaminsky, der sich mit Nathan Novak unterhielt. Dann trat er zu Abe Leiberman, Stanley Levine und Harold Sokull, die nicht redeten, sondern stumm in einer Reihe standen und warteten.

Aber wo war Howard?

Als hätte der Minjan nur auf Nelson und ihn gewartet, begann im nächsten Augenblick der Gottesdienst mit einem kollektiven hebräischen Genuschel. Schon bald akzeptierte die Gruppe seinen Schwager Leo Cohen stillschweigend als ihren Minjan-Leiter, vielleicht, weil Leo ein klein wenig abseits stand, und so hörte Mort schon nach kurzer Zeit, dass sich Leos hebräisches Gemurmel von dem Gemurmel der anderen abhob und sich dabei hin und wieder erkennbare Wörter herauskristallisierten, gerade laut genug, dass die ganze Bande beim Beten das gleiche Tempo beibehielt. Im Kaufhaus, wo er Leo Vivie zuliebe trotz seiner Gebrechlichkeit und Krankheit beschäftigte, empfand er ihn als Nichtsnutz. Doch jetzt gerade war Leo Cohen doch zu etwas nütze. Der Rabbi glänzte wie so oft beim Morgen-Minjan durch Abwesenheit. Mort war froh darüber, es gefiel ihm besser so, ein Minjan auf gleicher Augenhöhe, von Männern, die durchaus in der Lage waren, die Sache allein und ohne Aufsicht über die Bühne zu bringen. Schließlich war Gott bei ihnen, mehr Aufsicht brauchten sie nicht.

Die Gebete begannen, das Barchu, das Sch'ma, und schon preschten sie auf das zweite Kaddisch zu, kein Kaddisch der Leidtragenden, sondern lediglich ein normales Kaddisch, eine Art von Markierung, fünf Gottesdienstabschnitte, fünf Kaddische. So wie immer. Mein Vater konnte sie fast im Schlaf, er sprach jedes Kaddisch, ohne überhaupt noch zu wissen, dass er es sprach. Tatsächlich konnte er, wenn er diese Art von Trance beibehielt, das gesamte Morgengebet abspulen und am Ende wie nach einem Nickerchen aufwachen. Das hatte er schon so oft getan, dass er sich dessen regelrecht schämte; an Jom Kippur hatte er jedes Mal eine Menge abzubüßen. Ja, das war eine Gefahr, aber andererseits gab es auch andere Tage. Es gab da diesen Punkt, und vielleicht näherten sie sich ihm gerade, wo er vollkommen ins Beten vertieft war, wo der Klang des hebräischen Gemurmels um ihn herum und die hebräischen Laute, die ihm selbst über die Lippen flossen, und die hebräischen Laute, die ihm ständig im Kopf herumgingen, ihn in einen anderen Zustand versetzten und er das Gefühl bekam, er und die Sprache seien eins, er und die Gebete seien eins, er und Gott seien eins. Dieses Phänomen, das wusste er, war die Transzendenz des Betens, eine Art von Freiheit, die er als Kind hin und wieder empfunden hatte, als Erwachsener jedoch immer häufiger, und je älter er wurde, desto öfter fand er sich in jenem fremden, unkartierten, entrückten Zustand wieder, einem wunderbaren, himmlischen Zustand, hervorgezaubert durch die Schönheit der uralten Worte, und seine Seele floss fast über vor Dankbarkeit, und sein Herz tat ihm weh vor Freude. Es stimmt, das Herz kann einem tatsächlich vor Freude weh tun, sagte mein Vater mehr als einmal zu uns, obwohl wir nie wussten, dass er da vom Beten sprach. Es kann sich wirklich wie ein Schmerz anfühlen, fuhr er fort, ein furchtbarer, wunderbarer Schmerz. Ich dachte immer, er spräche vom Vatersein.

An jenem Freitagmorgen in der Synagoge hoffte Mort, er würde sich dem Punkt nähern, an dem er die Segnungen der Transzendenz erlangen würde, er hoffte, dieser Moment stünde unmittelbar bevor, würde sich nach dem zweiten Kaddisch, zu Beginn des nächsten Gebets, der Amida, auf ihn herabsenken, und so ging er, wie alle anderen, drei Schritte rückwärts, dann drei Schritte vorwärts, um sich vorzubereiten auf die Gegenwart Gottes. Er würde Ihm, solange er ruhig und konzentriert blieb, im Gebet begegnen, in diesem tiefernsten Gebet, einem so großen, so zentralen Gebet, dass einer seiner vielen Namen, wie sein eigener Vater ihm einmal erklärt hatte, einfach *Das Gebet* war. Doch genau in dem Augenblick, nach den drei Schritten rückwärts und den drei Schritten vorwärts, setzte ein noch leiseres hebräisches Gemurmel ein, und während die Erzväter aufgezählt wurden, der Gott Abrahams, der Gott Isaaks, der Gott Jakobs, fiel ihm ein lebender Verwandter ein, sein Sohn Howard, der versprochen hatte, rechtzeitig aus Woodmont zu kommen, um am Morgen-Minjan teilzunehmen, sein Versprechen aber ganz eindeutig nicht halten würde.

Gott Abrahams, Gott Jakobs, Gott Isaaks, *Gott, vergib mir*, fuhr Mort fort und improvisierte, was nicht erlaubt war und was er letztlich würde abbüßen müssen: Gott, vergib mir, aber da erfüllt man seinem Sohn einen Wunsch, hilft ihm und der Familie, ans Meer zu fahren, zu einem Sommer voller Spaß und ohne jede Arbeit, einem paradiesischen Sommer voller Sonnenschein und endlos vielen Schüsseln Obstsalat, ein Sommer, wie ihn mein Vater und ich uns nicht einmal vorzustellen wagten, und was macht dieser Sohn? Er betrachtet es als eine Selbstverständlichkeit. Gott, vergib mir, sagte er im Stillen, aber von Howard hatte ich mehr erwartet, niemals hätte ich meinem Vater gegenüber mein Wort gebrochen, meinen Vater, Gott hab ihn selig, ignoriert, hoffen wir bei Gott, dass die alte Seele nicht wirklich Schmerzen leidet, und wenn doch, so möge Gott ihr beistehen. Und dann war Mort wieder bei dem geschriebenen Wort, wieder bei dem Gebet und bei Gott, der geschäftig und unermüdlich – so vollkommen anders als Howard – die Lebenden mit Güte stärken möge, die Toten mit großer Barmherzigkeit wiederauferstehen lasse, die Gefallenen aufnehme, die Kranken heile, die Gefesselten befreie und sein Wort gegenüber denjenigen halte, die im Staub schlafen.

Einmal hatte er selbst im Staub geschlafen, erinnerte sich Mort, der von dem Wort ergriffen wurde, und mit »Staub« meinte er »Unwissenheit«, und mit »Unwissenheit« meinte er sich selbst vor seiner Hinwendung zum Glauben, für die er seinem Vater Zelik zu danken hatte. Er war damals ein paar Jahre jünger gewesen, als es Howard jetzt war, erst zwölf, seine Bar-Mizwa rückte näher, aber er begeisterte sich zu jener Zeit viel mehr für Baseball als für das Judentum. Gespielt und trainiert wurde samstags, weshalb er seinen Vater um Erlaubnis bat, auf die Schabbatregeln verzichten zu dürfen, damit er an den Spielen am Samstag teilnehmen könne. Seine Mannschaft wollte ihn, den geborenen Shortstop, und er wollte sie. Doch Zelik hatte den Kopf geschüttelt. Das Gesetz sei das Gesetz, hatte er gesagt, obwohl er Verständnis für Morts Bitte aufbrachte. Baseball sei natürlich auf jeden Fall eine wertvolle Beschäftigung, hatte sein Vater gesagt, aber man könne die Bedeutung von Baseball nicht mit den Regeln des Judentums, den Lehren der Thora, der Liebe Gottes und – hier räusperte sich Zelik um der dramatischen Wirkung willen – dem Schicksal der Juden vergleichen. Dann kam die Rede auf die alten Zeiten, das Leben vor Amerika: die Vertreibung aus Moskau, das Leben im Ansiedlungsrayon, die drückende Armut, Raub und sogar Mord, die Gesetze, die allesamt darauf ausgerichtet gewesen seien, sie kleinzuhalten. All das habe die Familie erlitten, weil sie Juden seien. Doch hatte Mort das nicht alles schon tausend Mal gehört? Er sah seinen Vater an. »Wir müssen den Schabbat einhalten«, befand dieser abschließend. »Wir können uns nicht einfach dagegen entscheiden. Das wäre so, als entschiede man sich gegen das Judentum.«

»Dann entscheide ich mich dagegen.«

»Du weißt doch gar nicht, was du da redest.«

Zelik war einen Schritt zurückgetreten, als wäre er verletzt, und für den Rest des Nachmittags waren sie sich aus dem Weg gegangen. Später, als mein Vater zum Abendessen herunterkam, wartete Zelik am Fuß der Treppe auf ihn. Er sprach nicht mehr in hitzigem Ton, seine Worte waren jetzt ruhig, ja sogar freundlich.

»Hör zu«, sagte er. Die ungewohnt liebenswürdige Stimme nahm Mort gefangen, und er hörte tatsächlich zu. »Es geht hier«, sagte Zelik, »um Verantwortung. Du wurdest als Jude geboren. Und du wurdest in diese Familie hineingeboren, in die Familie von Abraham, Isaak und Jakob. Das kannst du nicht ändern, und damit ist etwas verbunden, nämlich Verantwortung. Der müssen wir uns stellen oder …«

Zelik sah ihn an, und plötzlich schienen sich ihm die Worte zu entziehen, die ihm zuerst so leicht über die Lippen gekommen waren und fast wie Musik geklungen hatten. »Verstehst du nicht?«, fügte er hinzu und schüttelte den Kopf, als könne er nicht klar denken. »Verantwortung«, wiederholte er leise.

Das war das erste Mal, dass sein Vater mit ihm gesprochen hatte, als hätte Mort tatsächlich eine Wahl, nämlich sich seiner Verantwortung zu stellen oder sich ihr zu entziehen. In wenigen Monaten würde seine Bar-Mizwa ihn zum Mann machen, zumindest in religiöser Hinsicht, und damit konnte seine volle Teilnahme am jüdischen Erwachsenenleben beginnen, doch für meinen Vater war dieser Moment im Gespräch mit Zelik immer der Augenblick, an dem er wirklich erwachsen geworden war. Er hatte erkannt, dass er Verantwortung trug, und blinzelte, als wollte er die Staubkörnchen schläfriger Gleichgültigkeit wegzwinkern. So hatte er sein Leben einfach noch nie gesehen. Er hatte nicht gewusst, dass er die nötige Willenskraft besaß, doch schließlich traf er seine Wahl, und sie fiel gegen den Baseball aus.

Die Worte des Gebets, der Amida, gingen weiter, und während Mort vor und zurück wippte, den Blick auf das Gebetsbuch gerichtet, den Geist darauf konzentriert, den Mittelpunkt zu finden, den Ort, der seine zunehmend wirren Gedanken beruhigte – *Wo ist Howard? Wo ist er?* –, ließ er sich vom Hebräischen erden:

»Bring zurück unsere Richter wie vordem«, betete er, »und unsere Ratgeber wie einst; wende ab von uns Seufzen und Klage und regiere über uns, Du allein, Herr in Gnade und Erbarmen, Herr, der Gerechtigkeit und Recht liebt.« Er las es und betete und hörte immer noch, wie Howard sehr überzeugend zu ihm sagte: »Ich komme früh zurück, rechtzeitig zum Morgen-Minjan.« In seinem Gebetbuch las er: »Gelobt seist Du, Herr, der die Feinde zerbricht und die Frevler demütigt«, und in Gedanken sagte er zu Howard mit erhobenem Zeigefinger, die Sache mit dem Judentum sei die: entweder gehöre man dazu oder man gehöre nicht dazu. Das auserwählte Volk. Man konnte allerdings nicht auserwählt sein, wenn man sich nicht im Gegenzug auch dafür entschied. Und er hatte es getan. Mort gehörte dazu. Er war da. Er war zugegen. *Aber wo zum Teufel bist du?*, fragte er Howard.

Er schüttelte den Kopf, versuchte, ihn klar zu bekommen, verneigte sich tief und begann von Neuem.

»Hab Wohlgefallen, Herr, unser Gott, an Deinem Volk Israel und an seinem Gebet«, betete Mort, hörte allerdings gleichzeitig, wie sein Vater über Howard sagte: »Das hat er von mir.« Mort las: »Allbarmherziger, Deine Güte hört nie auf«, doch in seinem Kopf formten sich die Worte *gottverdammich, gottverdammich, gottverdammich*. Das Gebet ging zu Ende. »Es seien zum Wohlgefallen die Worte meines Mundes und das Sinnen meines Herzens vor Dir, Herr«, sprach Mort, während es in ihm seltsamerweise *Shortstop, Shortstop* sagte. Plötzlich musste er an Davy und dessen gekonnten Umgang mit Handschuh und Ball denken, und er wandte sich seinem Phantomvater zu und sagte selbstgefällig: *Das hat er von mir.*

Dass die Amida so verlaufen würde, damit hatte Mort nicht gerechnet. Statt Transzendenz verspürte er jetzt Beschämung. Sein normalerweise federleichtes Gebetbuch lag in seiner Hand wie ein Stein. Selbst sein Körper, beim Betreten der Synagoge noch von der Leichtigkeit des Geistes erfüllt, war durch sein Versagen wie betäubt, wackelig, schwach. Sein Gesicht, wurde ihm schnell klar, war schweißnass.

Als er in die Runde blickte, sah er, dass sich die Männer um ihn versammelt hatten, und Nathan Novak, der am nächsten stand, legte ihm auch schon einen Arm um die Schulter. Jerome Kaminsky zog einen Stuhl von der Wand und klappte ihn auf, dann zeigte er auf Mort, danach auf den Stuhl.

Sie hören ja, wie furchtbar meine Stimme klingt. Tja, und genauso furchtbar fühle ich mich auch, hätte er fast als Erklärung gesagt, und seine Knie zitterten genau so wie angeblich die von Babe Ruth im Yankee Stadium.

Innere Fäulnis. Sicherlich war sie angesichts der Verbitterung, die sein Gebet durchzogen hatte, bei ihm schon genauso weit fortgeschritten wie bei Ruth, genauso schlimm wie bei seinem toten Vater. Würde auch er daran sterben?, fragte er sich. War die Tatsache, dass ihm am Morgen der Geist seines Vaters und der von Babe Ruth erschienen waren, eine Art Vorahnung gewesen? War das Klopfen im Traum nicht Howards Klopfen gewesen, sondern das Anklopfen einer anderen Welt? Dann kam ihm ein anderer, noch schlimmerer Gedanke: War er etwa kein guter Vater?

Für einen Augenblick verstummten alle Gebete und die Männer scharten sich noch enger um ihn. Harold Sokull drängte ihn, sich hinzusetzen; er meinte, er sehe nicht besonders gut aus, vielleicht solle er sich ausruhen, er sei sicher müde. Es müsse schon schwer sein, sagte Freddy Horowitz, wo doch jetzt die ganze Familie weg sei und so. Abe Leiberman und Stanley Levine deuteten auf einen Stuhl, Jerome Kaminsky klopfte ihm auf die Schulter.

Als sich Mort auf den Stuhl sinken ließ, wollte Nathan Novak ihn nicht loslassen und hielt seinen Arm umklammert. Sobald er saß, trat Jerome Kaminsky vor und lockerte Morts Krawatte. Dann stand sein Schwager Leo Cohen mit einem Glas Wasser vor ihm, das er aus dem Nichts herbeigezaubert zu haben schien. Einen Moment lang starrte mein Vater ihn ungläubig an: Noch nie während all der Jahre im Geschäft hatte er Leo sich so schnell bewegen sehen. Doch schon bald war er wieder abgelenkt. Marvin Abkin redete mit einer so sanften Stimme auf ihn ein, wie er sie sein Lebtag nicht gehört hatte. »Trink aus, Junge. Trink aus.«

Keiner betete ohne ihn weiter.

Schließlich sagte Marvin Abkin mit gedämpfter Stimme: »Das Herz? Macht dir das Herz zu schaffen?«

Mort schüttelte den Kopf. »Keine Herzbeschwerden«, sagte er leise. »Gott bewahre. Nur eine leichte Unruhe. Das ist alles.«

Er blickte zu den besorgten Männern auf, die um ihn herumstanden. Wie froh war er doch, sie zu kennen, dachte er, während sein Blick über die bekannten Gesichter glitt. Was für ein Glück hatte er doch, jeden Morgen hier mit ihnen zusammen sein zu dürfen. Genau genommen war die Liebe dieses Minjan-Grüppchens im Moment genauso greifbar und deutlich wie jede andere Liebe, die mein Vater erfahren hatte, selbst Adas Liebe, das erkannte er jetzt, selbst die seiner Kinder. Er saß auf dem Stuhl und die Gruppe von Männern bewegte sich amöbenartig auf ihn zu, wie ein ständig die Form wechselndes Klümpchen Leben und Energie. Jerome Kaminsky begann, ihm Luft zuzufächeln, während sein Bruder Nelson und Nathan Novak ihn jeder an einer Schulter packten. Die Aufmerksamkeit, mit der die Männer ihn bedachten, erinnerte ihn an seinen Hochzeitstag, als er von einer ähnlichen Gruppe von Männern auf einem Stuhl hoch in die Luft gehoben worden war, genau hier, in dieser Synagoge, genau in diesem Raum, der an jenem Tag mit Blumen geschmückt gewesen und mit Tischen vollgestellt war, die sich unter dem Essen bogen. Genau so fühlte er sich jetzt wieder. Ihm war, als hätten sich alle um ihn herum versammelt und ihn allein durch ihr Dasein emporgehoben, aufgerichtet. Dankbar blickte er noch einmal von einem Mann, Freund, Gebetsbruder zum anderen. Howard, würde er beim nächsten Mal zu seinem Sohn sagen und ihn sanft und vernünftig belehren, so wie sein Vater ihn belehrt hatte: Dieses Judesein ist kein Spiel. Damit spielt man nicht. Es ist schlicht und einfach der Kern deines Wesens. Es ist deine innerste Seele.

Jetzt, wo er sich erholt hatte, widmeten sich die Männer wieder ihrem Gebet, denn sie waren durchaus in der Lage, zu beten und gleichzeitig ein Auge auf ihn zu werfen und bei Bedarf wie ein amöbisches Klümpchen ihre Konfiguration zu ändern, ohne mit dem Gottesdienst aus dem Takt zu kommen. Gleich kam das letzte Kaddisch, ein Kaddisch der Leidtragenden, wie Mort wusste. Während er sich mühsam hochstemmte und, als es ihm gelungen war, sich um einen festen Stand bemühte, wandte sich die Gruppe zu ihm um, und er sah in vielen Augenpaaren Zweifel, ob er überhaupt hätte aufstehen sollen, noch dazu, um zu trauern.

»Babe Ruth«, sagte er als Erklärung. Alles andere war einfach zu kompliziert. »Ich mache mir in letzter Zeit Sorgen um Babe.«

Doch eine andere Erklärung brauchten sie auch nicht.

Denn bei der Erinnerung an Ruth trauerten plötzlich alle, obwohl dieser große Mann – kein Jude, aber nah genug dran – noch gar nicht das Zeitliche gesegnet hatte. Die Männer verneigten sich, begannen mit dem Kaddisch und beteten gemeinsam.

Als er kurz darauf die Synagoge verließ, fühlte sich mein Vater so wie immer: geläutert und aufgeräumt. Er schüttelte seinen Minjan-

Brüdern die Hand, gab ihnen einen Klaps auf den Rücken und sah zu, wie sie auseinandergingen.

Letztendlich, wurde ihm erneut klar, während er hinter Nelson zum Wagen trottete, ist das Leben ziemlich einfach. Es gab nur eine entscheidende Regel. Er blickte zum makellos hellblauen Himmel empor, auf die Häuser und Gebäude an der Broad Street, auf die zu beiden Seiten ordentlich hintereinander geparkten Wagen.

Alles ist Gott, sagte er zu sich und nickte.

Dann atmete er tief ein.

Denn jeder Atemzug war Er.

Howard schnarchte. Daher wusste ich, dass er an jenem Freitagmorgen zu spät kommen würde, denn weit nach sieben, als er schon längst auf den Beinen hätte sein müssen, drangen noch immer Geräusche durch die dünnen Wände des Sommerhauses. Die Freiheit kann eine komplexe Angelegenheit sein, und Howard hatte sie gleich am Anfang des Sommers am Schopf gepackt, zu viel davon und zu früh.

Als er dann tatsächlich aufwachte, war es schon zwanzig nach, und die Schwestern, die sich vor geraumer Zeit zu ihrem täglichen Eintauchen ins Meer auf den Weg gemacht hatten, waren noch nicht zurück. Das Sommerhaus war still. Howard änderte das mit einem Plumps, gefolgt von einem besorgten »O Scheiße, *Scheiße!*«. Kurz darauf kam er die knarrende und zu diesem Zeitpunkt schon recht sandige Treppe herunter, schlich auf Zehenspitzen um das Schlafsofa herum, auf dem Nina und ich lagen, und suchte die Autoschlüssel, die er zuletzt in einem Aschenbecher im Wohnzimmer deponiert hatte. Ein paar Sekunden später umrundete er uns noch einmal auf dem Weg ins Esszimmer, wo er in einem Haufen ungefalteter Wäsche auf dem großen Eichentisch herumwühlte, dann ging er in die Küche und öffnete den Kühlschrank. Ich hätte ihm sagen können, dass zumindest ich schon wach war, dass die Schwestern mich aufgeweckt hatten, als sie zum Meer gegangen waren. Hätte ich. Aber mitzubekommen, wie Howard sich abquälte, war eines meiner größten Vergnügen, jedenfalls in den Tagen, bevor wir Davy verloren.

Weit über eine Stunde später kam Howard in Middletown an, parkte den Dodge in der Broad Street, schlug die Tür zu und rannte zur Synagoge. Doch schon nach wenigen Schritten sah er Mort und Nelson. Ihre Kippas, die die kahlen Stellen am Kopf perfekt bedeckten, hatten sie bereits abgenommen und in die Tasche gesteckt.

Nervös rief mein Bruder ihnen etwas zu. Als sie sich zu ihm umdrehten, winkte er, und sie winkten zurück, doch Morts Hand verharrte in der Luft.

»Da bist du ja«, sagte Mort und klang seltsam sachlich, was Howard ein wenig die Sorgen nahm, die während der Fahrt auf ihm gelastet hatten.

»Entschuldigung«, sagte Howard. »Bin ein bisschen spät losgefahren.«

Während Mort ihn eingehend musterte – die zerknitterten Khakihosen, das halb heraushängende Hemd, die Slipper an den nackten Füßen, die Stoppeln am Kinn (die Howard erst bemerkte, als er sich kratzte) –, trat Howard von einem Fuß auf den anderen. Er steckte das Hemd in die Hose, und Morts fast freundlicher Gesichtsausdruck veränderte sich nach und nach, bis er zum Schluss ausgesprochen grimmig war.

»Das brauchst du *mir* nicht zu sagen«, raunzte er schließlich. »Sag es Gott.« Er ging an Howard vorbei und wartete neben dem Dodge. »Wirf mir die Schlüssel rüber.« Howard tat, wie ihm geheißen.

Als Mort den Wagen anließ, warf Howard ihm einen fragenden Blick zu. Er stand neben Nelson, ein paar Meter vom Wagen entfernt, und wusste nicht, ob er einsteigen sollte oder nicht.

»Wir sehen uns im Geschäft«, sagte Mort noch immer in einem sachlichen Ton, doch er starrte stur auf die Straße. Im nächsten Moment fuhr er los.

»Das wird ein langer Tag«, sagte Howard zu Nelson. Er blickte Mort hinterher und ihm rutschte das Herz in die Hose, ein Gefühl, das er schon öfter gehabt hatte, und zwar immer im Zusammenhang mit seinem Vater. *Ein langer Tag*, wiederholte er im Geist.

Genau in dem Augenblick legte Nelson seinem Neffen den Arm um die Schultern. »Hör mal zu«, sagte Nelson und klopfte ihm auf den Rücken. »Bleib einfach bei mir.«

Die Männer – Mort, Nelson, Leo und manchmal auch Howard – arbeiteten alle in Leibritsky's Department Store in der Main Street. Ich betrachtete die Zeit, in der mein Bruder während seiner Highschool dort aushalf, rückblickend gewissermaßen als einen männlichen Initiationsritus, als hätte die Tortur der Bar-Mizwa allein noch nicht gereicht, um ihn vom Jungen zum Mann werden zu lassen. Regelmäßige Arbeitsstunden in Leibritsky's Department Store waren dazu wie geschaffen. Vor Jahren war der Store ein kleiner Kramladen am nördlichen Ende der Main Street gewesen – zumindest war das die Geschichte, die man uns Kindern immer erzählte –, doch während unserer gesamten Kindheit war er ein eher am südlichen Ende der Straße gelegenes geräumiges Kaufhaus mit fünf Abteilungen (Herrenbekleidung, Damenbekleidung, Kinderbekleidung, Schuhe und Haushaltswaren), in dem sich mein Bruder, weil er so häufig dort war, genauso gut zurechtfand wie bei uns zu Hause. An jenem Morgen betrat Mrs Rossetti das Geschäft, die Mutter jener Lucinda Rossetti, die Davy demnächst den Anfang eines Bildes schicken sollte, und Howard verkaufte ihr prompt den neuesten Sunbeam-Mixmaster.

»Der macht Ihnen das Leben leichter. Das haben Sie sich verdient«, sagte er zu Mrs Rossetti, die ihn überrascht ansah und ihm dann beipflichtete.

An einem guten Tag, einem normalen Tag, hätte solch ein bedeutendes Geschäft Mort dazu veranlasst, Howard stolz auf die Schulter zu klopfen, doch als Nelson an jenem Morgen applaudierte, um auf das Geschäft aufmerksam zu machen, und dann absichtlich laut »Sehr gut, Howard, sehr gut« sagte, tat Mort, obwohl er nur wenige Meter entfernt stand, als hätte er nichts gehört. Wieder rutschte Howard das Herz in die Hose, und eine Weile ließ er den Kopf hängen. Er hätte noch mehr verkaufen oder es zumindest versuchen können, verspürte aber keinerlei Lust, irgendjemanden anzusprechen. Stattdessen verkroch er sich im hinteren Teil des Kaufhauses und faltete unnötigerweise stundenlang Kinderkleider.

Am späten Vormittag, fast schon zur Mittagszeit, kam Nelson zu Howard und lud ihn zum Lunch ein. Howard wollte nichts essen, obwohl er, wie er zugab, nicht viel zum Frühstück gegessen hatte und ihm der Magen knurrte.

Nelson ließ nicht locker. »Na komm. Täte dir gut. Was meinst du?«

Diesmal nickte Howard. Nelson war immer gut zu ihm gewesen. Howard konnte sich selbst zwar nicht daran erinnern, aber es war ihm schon mindestens hundert Mal versichert worden, dass er Nelson von Anfang an gemocht habe, schon als Baby. Wenn Howard geweint hatte, etwa wegen einer leichten Kolik, fand er auf Nelsons kräftigen Armen zuverlässig Trost, beruhigte sich sofort und schlief sogar ein. Nelson war immer wieder einfach vorbeigekommen und mit dem kleinen Howard losgezogen, oft zum Spielplatz in der Nachbarschaft, wo er Howard auf die Schaukel setzte und sanft anschubste. In den folgenden Jahren hatte Nelson Howard immer zur Samstagsmatinee ins Palace Theater in die Main Street mitgenommen. Ihn allein. Zusammen hatten sie *Robin Hood, König der Vagabunden* gesehen, *Mr Smith geht nach Washington* und *Der Zauberer von Oz*. 1942 und 1943, als Howard zwölf beziehungsweise dreizehn war, gingen Nelson und er während des gesamten Schuljahres einmal im Monat zusammen ins Kino. Sie sahen sich einen Film an, und Nelson, der stets mit diesen genau mundgerechten Tootsie Rolls ausgerüstet war, steckte Howard während der ganzen Vorstellung Süßigkeiten zu, die nach Karamell schmeckten. Das gehörte alles der Vergangenheit an. In der Highschool hatte sich Howard natürlich mehr an seinen Freunden als an seinem Onkel orientiert, egal, wie nett dieser war. Trotzdem fühlte er sich in Nelsons Gesellschaft weiterhin wohl, ja, sogar wichtig, und Nelson wiederum strahlte vor Freude, wenn er Howard bloß sah.

An jenem Freitag aßen sie zusammen bei Regina, mit bürgerlichem Namen Regina Scantelli, die vier Tische in ihr Wohnzimmer gestellt hatte und ein winziges Lokal betrieb. Sie hätten auch bei Angelina essen können, genauer: in Angelina Tuccis Wohnzimmer-Restaurant, doch Nelson gefiel es bei Regina besser. Es war außer ihnen nur ein Gast im Lokal, Richter Luigo vom Amtsgericht des Middlesex County. Als Nelson Platz nahm, nickte er, und der Richter nickte zurück. »Was darf's sein?«, fragte Regina, und damit meinte sie entweder Spaghetti mit Fleischsoße oder Hähnchen mit Parmesankruste. Das war alles, was sie an jenem Tag gekocht hatte.

Da die Chancen sehr gut standen, dass es am Abend zum Schabbatmahl in Woodmont Hähnchen geben würde – Brathähnchen, kein Hähnchen mit Parmesankruste, aber immerhin Hähnchen –, bestellte sich Howard die Spaghetti. Außerdem war Hähnchen mit Parmesankruste, eine Kombination von Fleisch und Käse, nicht koscher, nicht einmal nach der relativ liberalen Definition seiner Familie. Nelson jedoch, der am Wochenende nicht mit nach Woodmont fuhr, der ledig war und fast jeden Abend Mortadella-Sandwiches aß, wie er Howard einmal erzählt hatte, bestellte das Hähnchen mit Parmesankruste – bedenkenlos und offenbar ohne einen Gedanken an die Kaschrut-Regeln zu verschwenden.

Während des Essens unterhielten sie sich nicht, doch bei der abschließenden Tasse Kaffee sagte Nelson: »Du siehst das jetzt nicht, aber du hast deinem Vater heute Morgen mit dem Verkauf eine Freude gemacht. Die andere Sache vergisst er irgendwann. Das war schließlich nur ein Minjan von Millionen.«

»Ich wollte nicht zu spät kommen«, sagte Howard, und das Bild von Mort, wie er einfach losgefahren war, an ihm vorbei, stand ihm wieder vor Augen.

»Kein Mensch hat gesagt, dass du das wolltest«, erwiderte Nelson. Er klopfte leise mit der Gabel gegen den Tischrand.

Howard sah zu, wie sein Onkel mit der Gabel spielte. »Er hat sich aber so benommen, als denke er das. Du hast es doch selbst gesehen. Wie er davongefahren ist.«

Nelson nickte. Er legte die Gabel auf seinen leeren Teller. Dann warf er einen Blick in Richtung Küche, als habe er noch einen Wunsch, wandte sich jedoch wieder Howard zu. »Manchmal hat man es schwer als Sohn«, sagte er schließlich. »Ich weiß, wovon ich rede.«

Ein Ausdruck tiefer Traurigkeit legte sich auf Nelsons Gesicht. Howard wartete auf mehr – Sohn zu sein war allerdings eine schwierige Aufgabe, bisher die schwierigste seines Lebens –, doch Nelson schwieg. Stattdessen winkte er Regina zum Tisch. »Haben Sie irgendeinen Nachtisch?«, fragte er unerwartet lebhaft. »Ein Häppchen für mich, ein Häppchen für ihn. Egal, was Sie haben, wir teilen es uns.«

Als Regina ihnen zwei Schüsselchen Obstsalat brachte, stürzte sich Nelson sofort darauf. Howard, der nicht einmal das Hauptgericht geschafft hatte, schob seine Schüssel Nelson zu, weil ihm der Appetit vergangen war.

»Ich erzähle dir irgendwann mal davon«, sagte Nelson schließlich in ruhigerem Ton, nachdem er die beiden Schüsselchen Obstsalat restlos verputzt hatte. »Es geht dabei nicht um deinen Vater, sondern um meinen«, fügte er hinzu – wenigstens etwas.

Howard nickte.

Um drei Uhr nachmittags schnappten sich Mort und Leo ihre Wochenendkoffer, die hinten in einer Ecke des Büros im Geschäft standen, und machten sich zusammen mit Howard auf den Weg von Middletown nach Woodmont. Da Leo beim Autofahren schnell übel wurde, saß er vorne neben Howard, der den Wagen lenkte. Leo las in einem Buch von Charles Darwin mit dem Titel *Die Bildung der Ackererde durch die Tätigkeit der Würmer.* Der Titel nahm Howard jede Lust, ihm irgendwelche Fragen über das Buch zu stellen. Hinter Howard saß Mort zwar lammfromm auf dem Rücksitz, doch für Howard war der Anblick seines Vaters im Rückspiegel, ganz gleich, ob er ernst wie immer aus dem Fenster sah oder gelegentlich einnickte, ausgesprochen beängstigend.

Um vier Uhr lenkte Howard den Dodge auf den Parkplatz des Vergnügungsparks Savin Rock in West Haven. Sein Vater schlief noch, doch Howard wusste, dass dieser Abstecher eingeplant war, und so fuhr er nur mit Leos, aber ohne Morts Zustimmung auf den Teil des Parkplatzes, der an Jimmie's, einen Hotdog-Stand, grenzte. Dort würde sich jeder einen Imbiss holen, denn Jimmie's war bekannt für seine perfekt gebratenen aufgeschnittenen Hotdogs.

Diesen Zwischenstopp hielten sie vor den Frauen in Woodmont geheim. Die Männer wussten, dass die Frauen mit ihnen schimpfen und ihnen vorwerfen würden, sich den Appetit verdorben zu haben, aber da sie frühestens um halb acht zu Abend aßen, war eine Stärkung tatsächlich hilfreich, und außerdem »ist irgendwann ein Punkt erreicht«, hatte Mort beim ersten Mal gesagt, »da muss sich ein Mann einfach eine kleine Auszeit von der Familie nehmen«. Als sie kurz darauf zu Jimmie's schlenderten, dachte Howard, der hinter seinem gerade erwachten Vater herlief, bei sich, dass das eine sehr seltsame Begründung war. Schließlich hatten die Männer sich ja bereits eine Auszeit genommen – beim morgendlichen Gottesdienst zum Beispiel, von der kompletten Woche im Geschäft ganz zu schweigen. Doch Howard wagte nicht, den Routinestopp infrage zu stellen: Die Männer, Leo ebenso wie Mort, verzehrten ihre vorschabbatlichen Hotdogs mit religiöser Inbrunst. Anscheinend brauchten sie diese Zwischenstation, konnten ohne sie die Umstellung von Middletown nach Woodmont nicht bewältigen. Und außerdem war heute nicht der richtige Tag für eine Diskussion mit seinem Vater, so freundlich sie gemeint sein mochte.

Als die Hotdogs bezahlt waren, setzten sich die Männer an einen Picknicktisch. In der Ferne sah man die berühmte Savin-Rock-Achterbahn. Ganz in der Nähe, zu ihren Füßen, war der Boden buchstäblich übersät mit weggeworfenen Servietten. Die Gegend war heruntergekommen, fand Howard immer. Aber die Hotdogs waren wirklich gut. Eine Weile saßen sich die Männer schweigend gegenüber und aßen. Howard sah immer wieder zu Mort hinüber, doch sein Vater blickte unverwandt hinaus auf den Long Island Sound. Auch Leo starrte in Richtung Meer. Nach einer Weile ergriff er das Wort.

»Dein Vater hat uns beim Minjan einen Schrecken eingejagt. Er sah aus, als würde er ohnmächtig werden.«

»Das war überhaupt nichts«, sagte Mort, sah kurz Leo an und blickte wieder aufs Wasser.

Leo blieb fest. »Vielleicht ein bisschen mehr als überhaupt nichts.« Er sah wieder zu Howard hinüber. »Sein Gesicht war bleich. Sein Herz hämmerte.«

»Das weißt du doch gar nicht«, protestierte Mort nachdrücklich, aber nicht unfreundlich. »Mein Herz war die ganze Zeit in Ordnung. Ich habe mich nur plötzlich matt gefühlt. Musste mich hinsetzen.«

»Ich weiß nicht«, erwiderte Leo. »Scheint mir mehr dahinterzustecken. Zieh es ihm aus der Nase, Howard.«

Doch Howard sagte kein Wort. Ganz offensichtlich wollte Mort mit ihm nicht darüber reden. Im Grunde, wurde Howard klar, ignorierte er ihn ganz bewusst, so wie er aufs Meer hinausstarrte und ihm den Rücken zukehrte, sogar wenn Leo etwas sagte.

Howard wandte sich nun selbst dem Meer zu, das einen freundlichen Eindruck machte, und dann Morts abweisendem Rücken. Im letzten Sommer, an einem Freitag im Juli, war die Stimmung ganz anders gewesen, fröhlicher. Damals hatte Mort am Steuer gesessen. Als sie bei Savin Rock auf den Parkplatz eingebogen waren und Howard hatte wissen wollen, warum, hatte Mort gelacht. »Endlich mal was für uns«, hatte er schließlich erwidert. Dann waren sie aus dem Wagen gestiegen, und auf dem Weg zu Jimmie's, während ihnen immer intensivere Bratdüfte in die Nase stiegen, hatte Mort Howard immer wieder auf die Schulter geklopft. »Für uns, uns, uns«, hatte er voller Vorfreude wiederholt. Und dann zwinkernd hinzugefügt: »Aber nichts verraten.«

Howard war in jenem Sommer noch einmal mit den beiden Männern zu Jimmie's gegangen, und auch da hatte sich Mort über Howards Anwesenheit gefreut. Er war sogar stolz auf Howard gewesen, der für eine Woche in Middletown bei der Sommerinventur geholfen hattre. »Nun iss schon«, hatte Mort ihn aufgefordert. »Ach, was soll's, du kannst auch zwei haben, wenn du willst.«

Diesmal fragte Mort jedoch nur: »Fertig?«, und zwar allein Leo, der stumm nickte.

Um fünf Uhr trafen sie am Sommerhaus ein.

Howard trat in eine makellos saubere Küche, ging an einem perfekt gedeckten Esstisch mit Blümchengeschirr, Weingläsern und Kerzen vorbei ins Wohnzimmer, wo das Schlafsofa zusammengeklappt war und nichts darauf hindeutete, dass dort zwei Mädchen ihre Nächte verbrachten, und rief: »Hoppla, was ist denn *hier* los?«

Mort stand hinter ihm, und als Howard sich umwandte, sah er noch, wie sein Vater den Hut abnahm und ihn, damit ihn eine der Frauen wegräumen konnte, auf den kleinen Telefontisch im Esszimmer legte.

Mort blickte sich um und nickte beifällig.

»Wenigstens manche Leute haben Respekt«, sagte er und starrte Howard am Ende doch noch an, aber nur, um die implizite Kritik in seine Richtung zu lenken. Dann wandte er sich dem Esstisch zu und betrachtete eingehend die noch nicht angezündeten Kerzen in der Tischmitte.

Auch bei seinen nächsten Worten starrte Mort auf die Kerzen, wie hypnotisiert von Flammen, die noch gar nicht brannten.

»Schön, wunderschön«, sagte er.

4 Sie sagen uns, was wir sind

Irgendetwas an Davys Charakter – die Spur von Albernheit, die geballte Energie, die unkomplizierte, sympathische Art – erlaubte es uns allen, in ihm das zu sehen, was wir sehen wollten. Mein Vater sah in dem Jungen, der so ein fantastischer Shortstop war, den Teil seines Selbst, den er nie hatte ausleben dürfen. Howard dagegen sah sehr häufig jemanden, der Schutz brauchte, vielleicht vor dem Vater, dem gegenüber er selbst sich mitunter so wehrlos vorkam. Gleichzeitig konnte Davy für Howard jedoch auch eine Art Puffer gegen Mort sein. Das war möglicherweise der Grund dafür, dass Howard an jenem Freitag gleich nach ihrer Ankunft in Woodmont Davy packte, ihn sich über die Schulter warf und den Jungen, obwohl er schrie und um sich schlug, nach draußen trug, um vor dem Abendessen noch schnell eine Runde zu werfen. Die Baseballhandschuhe und der Ball lagen, für solche Fälle immer einsatzbereit, in einer geschützten Ecke der Veranda. Ohne auch nur einen Moment stehen zu bleiben, um Krawatte und Schuhe abzustreifen, schnappte sich Howard Handschuhe und Ball und ging mit Davy zum Strand hinunter, und dort sahen wir sie dann den Ball hin und her werfen, hörten das unverwechselbare dumpfe Klatschen, mit dem der Baseball gegen das Leder der Handschuhe prallte, und sogar Howards freundliche Anweisungen – *gut gemacht, renn, fang ihn* – an Davy, dem es am meisten Spaß machte, Bälle, so hoch sie Howard nur werfen konnte, direkt aus der Luft zu fangen. Hätte er lange genug gelebt, um auch noch nach seiner Kindheit Baseball zu spielen, wäre Davy, daran besteht für mich kein Zweifel, ein Outfielder geworden und nicht der Shortstop, in den mein Vater seine Träume projiziert hatte. Doch so ist es in Familien: Sie sagen uns, was wir sind, und das sind wir dann, und deshalb besteht ein Teil des großen Lebenskampfes darin, so kam es mir immer vor, sich jenseits der Last der erdrückenden kollektiven Definition selbst kennenzulernen.

Diese Anstrengung war, neben dem Versuch, so viel Zeit wie möglich mit Nina zu verbringen, vielleicht meine große Aufgabe in jenem Sommer, und in unserer ersten Woche in Woodmont suchte ich gelegentlich die krallenfüßige Wanne im oberen Badezimmer auf, die sich, wie ich unlängst herausgefunden hatte, sehr gut zum Nachdenken eignete. Voll bekleidet kletterte ich über den hohen Rand in die trockene Wanne und ließ mich wie zu einem Bad zurücksinken, allerdings nicht ins Wasser, sondern in die Stille. Und irgendetwas an dieser Stille, in Kombination mit der Enge der Badewanne, versetzte mich in eine ganz besondere Gemütsverfassung, in der mir überdeutlich bewusst wurde, dass das alles eigentlich unheimlich war – das Leben, die ganze Existenz. Damit meinte ich, dass es mir ausgesprochen seltsam vorkam, ich zu sein, nur ich, dieses stille innere Ich, das in Wirklichkeit nur ich selbst kannte. Das äußere Ich, das die Familie ziemlich gut kannte, war nichts anderes als eine Hülle, ein Deckmäntelchen, und ich hatte in jener Woche gerade erst zu verstehen begonnen, dass nichts, kein noch so enges Zusammenleben mit der Familie in unserem Sommerhaus, daran jemals etwas ändern würde. Er hatte nicht einmal einen Namen, dieser innere Kern, diese Nicht-Molly, die ich sympathisch fand und mit der ich mich rasch anfreundete. Doch an jenem Freitag, nachdem Howard mit Davy losgezogen war und wir auf das Schabbatmahl warteten, konnte ich sie in meinem Schneckenhaus, hinter der abgeschlossenen Tür des Badezimmers und umgeben von den uterusähnlichen Wänden der Badewanne, in wenigen stillen Minuten aus der Höhle meiner Seele hervorlocken. *Hallo*, flüsterte ich meinem fast vollkommen fremden Ich zu. *Hallo*.

Kurz zuvor, die Männer waren soeben eingetroffen und mein Vater hatte schon die Krawatte gelockert, war meine Mutter in ihrer korrekten Schabbatkleidung, bestehend aus Rock und Bluse, aus der Küche gekommen, hatte ihm ein Glas Wasser gebracht und »Setz dich, setz dich« gesagt, worauf er erwidert hatte: »Ich habe schon gesessen, viel zu lange gesessen.« Sie ging, als hätte sie ihn nicht gehört, in die Küche zurück, und er setzte sich, als hätte er sich selbst nicht gehört, in den Sessel in der Ecke des Wohnzimmers. So gingen meine Eltern damals miteinander um, höflich, aber kühl, den anderen wahrnehmend, aber auf eine gleichmütige Art, als lebten sie in getrennten Welten und sähen sich lediglich aus der Ferne. Nach allem, was ich mitbekam, konnte ich mir kaum vorstellen, dass sie jemals Leidenschaft füreinander empfunden hatten, dass Ada einmal achtzehn und Mort vierundzwanzig gewesen war und sie derartig heftig füreinander entbrannt waren, dass Vivie einfach auf der Strecke geblieben war.

Für Vivie begann die Tortur – die sie rückblickend ihren »langsamen Marsch in die Freiheit« nannte, einen Marsch zu einem Ich, von dessen Existenz sie überhaupt nichts gewusst hatte – auf folgende Weise.

Eine Woche nachdem sie Ada und Mort Hand in Hand vor ihrer Haustür ertappt hatte, musste Vivie damit fertigwerden, dass Mort, als er schließlich zu ihr kam und sich bei ihr entschuldigte, das Wiederaufflackern ihrer Romanze nicht einmal andeutungsweise in Betracht zog. Es war also ernst: Das Händchenhalten war kein Zufall gewesen, wie Ada ihr mit Nachdruck weismachen wollte, indem sie immer wieder beschrieb, wie sie Sekunden zuvor auf dem Weg zum Haus gestürzt war.

»Er hat mich hochgezogen«, beteuerte Ada beharrlich. »Das war alles. Ehrlich. Es war mir schrecklich peinlich, so hinzufallen – direkt auf den *Hintern*. Aber er hat getan, als hätte er es nicht gesehen.«

Doch nach Morts Entschuldigung wusste Vivie Bescheid, und sie wusste, dass ihre Schwester in der Lage war, eine Lüge nicht nur überzeugend, sondern sogar zuckersüß klingen zu lassen.

Einige Wochen später musste Vivie dann zum ersten Mal von ihrem Fenster aus miterleben, wie Mort an die Haustür trat, klingelte und, wenn auch zaghaft, nach Ada fragte. Vivie schlich zur Treppe, von wo aus sie, ohne gesehen zu werden, alles mithören konnte. Dass Mort und Ada lachten, als sie sich wiedersahen, verschlug ihr den Atem. Es war ein leises Lachen, das niemand hören sollte, aber es war trotzdem ein Lachen, es drückte Freude aus. In dem Moment beschloss meine Tante, dass sie das nur überleben und ihre Würde wahren konnte, wenn sie auszog.

Ein Stückchen die Straße hinunter, bei den Bloombergs, auf deren Tochter Lorna sie jahrelang als Babysitterin aufgepasst hatte, war ein Zimmer frei. Die Familie war gern bereit, es an sie zu vermieten, und erklärte sich zu ihrer Erleichterung mit der Zahlung einer rein symbolischen Summe einverstanden. »Für uns gehörst du zur Familie«, sagte Mrs Bloomberg, was Vivie erstaunte. Für sie selbst waren das nur die Bloombergs, ein Ehepaar, das in vorgerücktem Alter eine Nervensäge von Kind bekommen hatte, Leute, die sie eigentlich kaum kannte.

Die erste Nacht bei den Bloombergs, gegen Ende Februar 1926, war die erste Nacht, die meine Tante je weg von zu Hause verbrachte. Das Zimmer war klein und lag im zweiten Stock, es war die ehemalige Kammer des Kindermädchens, nur sehr spärlich möbliert. Als sie es an einem Sonntagabend betrat, stellte sie ihren Koffer neben der Tür ab, ging ein paar Schritte ins Zimmer und setzte sich auf das schmale Bett. Über eine Stunde saß sie dort, im Mantel, den Hut in den Händen, fest entschlossen, die vierzehnjährige Lorna Bloomberg zu ignorieren, die andauernd in der Tür stand und sich erkundigte, ob sie dies oder jenes brauche. Noch etwas Wasser? Eine Extradecke? Etwas zum Lesen? Jedes Mal schüttelte Vivie den Kopf und blieb einfach still sitzen, stocksteif, selbst als sie hörte, wie Mrs Bloomberg mit Lorna schimpfte und ihr sagte, sie solle »die arme Vivie« in Ruhe lassen.

»Die arme Vivie.« Diese Worte klangen in ihr nach, denn sie beschrieben, wie sie sich fühlte, eine alleinstehende Frau in einem Zimmer mit einem Einzelbett, einem einzigen Kopfkissen, einer einzigen Kommode und einem einzigen Fenster zum Hinausschauen. Neben dem Bett ein kleiner Nachttisch, darauf ein volles Glas Wasser und eine verstaubte Vase mit einer einzigen roten Plastikrose. Auch sie völlig verstaubt.

Um sieben war sie bei den Bloombergs angekommen. Gegen neun begannen die Heizkörper, laut zu knacken. Um halb zehn flackerte die Glühbirne in der Lampe neben dem Bett. Vivie dachte, das Licht würde ausgehen, aber das passierte nicht. Es hätte sie nicht gestört, denn dadurch hätte sich die reale Umgebung verdunkelt und das Bild vor ihrem geistigen Auge wäre heller geworden, das Bild von einem anderen Zimmer, dem Zimmer, das ihr als Mrs Morton Leibritsky gehört hätte. Diese Frau hätte, so ihre Vorstellung, vielleicht eine Zeit lang im Kaufhaus gearbeitet, aber nur bis zum ersten Kind, denn danach hätte sie der Strudel der Verantwortung erfasst, den das Muttersein mit sich brachte. Das Schlafzimmer, das sie ihr Leben lang mit Mort geteilt hätte, wäre mit seinem Doppelbett, seinen diversen Kommoden, seinen wunderschön herabfallenden Vorhängen und seiner farbenfrohen Bettwäsche vollkommen anders gewesen als das Zimmer, in dem sie jetzt wohnte. Um zehn Uhr griff sie nach der Extradecke und warf sie sich über den Schoß. Obwohl sie noch immer ihren Mantel trug, fröstelte sie. Um elf stand sie auf, zog Mantel und Schuhe aus, lehnte sich auf dem Bett zurück und legte den Kopf auf das Kissen. Schließlich wischte sie sich die Augen trocken, knipste die flackernde Lampe aus und schlief ein.

Weil sie allein lebte, zwar nur eine halbe Straße von ihrer Familie entfernt, dem Gefühl nach aber meilenweit weg, und weil sie, nachdem sie Ada und Mort zusammen gesehen hatte, nie mehr Leibritsky's Department Store betreten würde, brauchte Vivie eine neue Arbeit. Die bekam sie dank einer Anregung von Mr Bloomberg sofort. Sie solle doch einmal zu seinem Arzt gehen, schlug er vor, der brauche eine Sekretärin. Noch in derselben Woche begann sie, für Dr. Walter Shapiro zu arbeiten, einen der beiden jüdischen praktischen Ärzte in Middletown.

Die Arbeit brachte ihr genügend Geld ein, um weiterhin in Pension zu wohnen, und sie gab ihr etwas zu tun. In jenen ersten Wochen führte sie sich immer wieder vor Augen, dass diese Stelle im Vergleich zu ihrer früheren Arbeit als Verkäuferin, die nur endloses Gerede bedeutete, ein Schritt nach vorn war. Sie führte es sich vor Augen, und dann führte sie es sich erneut vor Augen, denn tatsächlich war es ausgesprochen still in Dr. Shapiros düsterem Wartezimmer, einem Raum mit ausgeblichenen blauen Vorhängen vor den Fenstern, einem abgetretenen Teppich, wenigen Bildern mit fremdländischen Landschaften und den matten und ängstlichen Patienten, die hereinkamen.

Trotzdem gab die Arbeit den Tagen eine Struktur, Tagen, die sich sonst unendlich zäh dahingeschleppt hätten, ohne Sinn und mit viel zu viel Zeit zum Grübeln. Noch Wochen nach ihrem Einzug nannte Mrs Bloomberg sie »arme Vivie«, und wer weiß, wer sie noch so einschätzte, in ihr jemanden sah wie einen von Dr. Shapiros Patienten, trostlos und bis ins Mark geschwächt.

Jungfer. Allein das Wort ließ sie erschauern.

Die Arbeit gab ihr einen anderen Titel: Sie war jetzt Sekretärin, Mädchen für alles, Dr. Shapiros treue Viv. Vivie erschien um neun Uhr morgens und brachte die ersten Stunden damit zu, Patienten zu begrüßen und Termine zu arrangieren. Nachmittags schrieb sie Rechnungen. Irgendwann tauchte dann Tillie Hirschfield auf, Dr. Shapiros Assistentin, die schon wenige Wochen nach Vivies Einstellung nicht mehr der täglichen Versuchung widerstehen konnte, ihr Hinterteil direkt auf Vivies Schreibtisch zu platzieren und zu reden, allerdings weniger mit ihr als auf sie ein. So wusste Vivie, was Tillie Hirschfield abends essen würde, am Wochenende unternehmen wollte und, hochinteressant, was sie bei ihren beiden Scheidungen durchgemacht hatte. Dass die Patienten alles mitbekamen, schien sie in ihrem Redefluss nicht zu bremsen. Vielleicht, vermutete Vivie schon bald, war das sogar der Zweck der Übung. Um fünf verließ sie die Praxis und schlenderte zu den Bloombergs zurück. Mrs Bloomberg begrüßte sie unweigerlich mit »Arme Vivie« und schien gar nicht mehr zu merken, was sie da sagte. Als Nächstes kam ein melancholisches »Wie war's bei der Arbeit?«, und dann klingelte eventuell das Telefon, weil ihre Mutter Risel sie anrief, oder es klingelte nicht, aber wenn es klingelte, hörte sie auch da das unvermeidliche »arme Vivie« aus dem Mund irgendeiner verheirateten Frau. Diese Aussicht war kein großer Anreiz, schnell nach Hause zu gehen, und deshalb schlenderte Vivie für gewöhnlich ganz gemächlich durch die Straßen, atmete tief durch und saugte die Abendluft manchmal regelrecht in sich ein, als wäre die Mischung aus Wind und Düften, Wärme oder Kühle, die auf sie einströmte, ein Rezept von Dr. Shapiro, belebend und heilend.

Nach ein paar Monaten ging es ihr allmählich etwas besser. Es war April, und sie spazierte langsamer denn je zu den Bloombergs zurück, allerdings nicht weil es ihr vor ihrem Zimmer graute, sondern weil sie sich mit der Abendluft gewissermaßen angefreundet hatte: Sie duftete köstlich, fühlte sich gut an, hatte etwas Tröstliches an sich. Einmal war sie auf halbem Wege zu den Bloombergs, ganz benommen von der wundervollen Frühlingsluft, fast mit einem jungen Paar zusammengestoßen. Der Mann hatte den Arm um die Schulter der Frau gelegt, die ihrerseits den Arm um den Rücken des Mannes geschlungen hatte.

»Tut mir leid«, sagte der Mann.

»Oh«, stammelte Vivie, aber nicht wegen des Beinahe-Zusammenstoßes, sondern weil der Anblick des Liebespaares ihr einen Stich versetzte. Statt auf die Gesichter richtete sie ihren Blick auf die Schuhe, seine und ihre. Und dann, weil selbst das zu viel war, auf die leere Veranda des Hauses, vor dem sie gerade standen, und den neben die Haustür genagelten überquellenden Briefkasten.

»Ja, mir tut es auch leid«, sagte sie, das Gesicht noch immer abgewandt. Dann stürzte sie davon und rannte zum Haus der Bloombergs, das ihr auf einmal als sicherer Hafen erschien. Die Zeit nach dem Abendessen verbrachte sie auf ihrem Zimmer, lag auf ihrem Bett und verschaffte sich mit tiefen Seufzern Erleichterung. Sie hatte Lorna Bloomberg versprochen, Karten mit ihr zu spielen, doch als Lorna an die geschlossene Tür klopfte, meinte Vivie, es gehe ihr nicht gut, sie habe Magenschmerzen, aber morgen würde sie mit ihr spielen, was immer sie wolle: Rommé, Hearts, Schwarzer Peter.

Tillie Hirschfields beachtliche zwei Scheidungen bedeuteten nicht, dass sie mit den Männern abgeschlossen hatte. Im Gegenteil, sie war auf der Pirsch, wie sie sich ausdrückte, auf der Suche nach Mr Right. »Zwei Mr Wrong ergeben leider keinen Mr Right«, witzelte sie eines Nachmittags. »Nach allem, was ich durchgemacht habe, habe ich mir einen Mr Right verdient.« Diesmal saß sie nicht auf, sondern neben Vivies Schreibtisch und hatte die Stimme gesenkt, was ein ungewohntes Bedürfnis nach Diskretion offenbarte. Es ging schon auf den Sommer zu, und der blumige Duft von Tillies Parfum erinnerte Vivie an den blühenden Flieder auf ihrem Weg zur Arbeit.

»Vielleicht könnten wir beide mal abends zusammen ausgehen«, schlug Tillie vor. »Verstehst du, wir wären zwei Damen, die zu Abend essen, vielleicht sogar ein oder zwei Drinks nehmen.« Als Tillie ihr zuzwinkerte, bemerkte Vivie die ersten Fältchen um ihre Augen. »Man weiß ja nie, was sich so ergeben kann. Vielleicht treffen wir zwei attraktive Männer.«

Tillie lächelte verheißungsvoll.

»Ich verbringe meine Wochenenden mit meinen Schwestern«, log Vivie. »Das ist meine einzige Zeit mit ihnen.« Sie verbrachte tatsächlich einen Teil jedes Wochenendes zu Hause, zu Besuch bei ihren Eltern und einer Schwester. Mit der anderen, derjenigen, die mit Mort Leibritsky ging, wollte sie immer noch nichts zu tun haben.

»Na, denk mal drüber nach. Du wirst auch nicht jünger.« Tillie erhob sich und gähnte. »Mein Gott, bin ich groggy«, murmelte sie, während sie ins Behandlungszimmer zurückging.

Solche Gespräche über Männer und das Alter und damit indirekt über das Scheitern – die beiden Scheidungen, deretwegen Tillie Hirschfield weiterhin auf der Pirsch war – brachten Vivie aus dem Gleichgewicht. Traurig seufzte sie auf und ließ den Blick durchs Wartezimmer schweifen. Zwei Personen saßen da, eine junge Frau ungefähr in Vivies Alter, und ihr kleiner Sohn, der bleich aussah und nicht stillsitzen konnte. Die Mutter bemühte sich, ihn ruhig zu halten. Sie redete mit ihm, las ihm vor, strich ihm beruhigend den Rücken. Ganz selten schimpfte sie. Sie wirkte erschöpft. Vivie beobachtete die beiden, aber Tillie ging ihr nicht aus dem Kopf, die demnächst fünfunddreißig wurde, wie sie Vivie kürzlich in einem ängstlichen, ernsten Ton gestanden hatte, einem Ton, der zweifellos mit ihrer zunehmend aussichtslosen Suche nach Mr Right zu tun hatte. Eine neue Erkenntnis regte sich in ihr, die die Härten des Erwachsenenlebens betraf, die furchtbare Einsamkeit, die einen erfasste, ganz egal, ob man verheiratet war oder nicht, die auch die Ehe selbst betraf, die nicht der sichere Hafen oder auch nur der große Preis war, für den sie sie immer gehalten hatte. Sie erhob sich und reichte dem Jungen einen Block und einen Bleistift. »Willst du ein Bild malen?«, fragte sie und kniete sich vor ihm auf den Boden. Als er zugriff, streichelte sie ihm den Kopf. »Wie sagt man da?«, mischte sich die Mutter ein, doch noch ehe der Junge ihr danken konnte, sagte Vivie zu der jungen Frau: »Keine Ursache. War doch das Mindeste, was ich tun konnte. Der Herr Doktor müsste gleich da sein.«

Dieser Augenblick war ein Wendepunkt für Vivie, die sich von da an frei fühlte, von ihrem Stuhl hinter dem Empfangstresen aufzustehen, ins Wartezimmer hineinzugehen und mit einem hilfsbedürftigen Patienten zu reden. Manchmal brachte sie einem von ihnen ein Glas Wasser. Manchmal eine bessere, aktuellere Zeitschrift. Manchmal saß sie da und hörte den Patienten zu, wenn sie über ihre Schmerzen und Leiden klagten. Oft hörte sie von ihnen, sie wüssten nicht, was sie ohne Dr. Shapiro täten.

Ihr Chef war ein ungewöhnlicher Arzt, das wurde ihr allmählich klar. Er behandelte oft Patienten mit unlösbaren Problemen, Leute, die andere Ärzte abgeschrieben hatten, für überempfindlich oder für eingebildete Kranke hielten. Doch in Dr. Shapiros Praxis, in seiner außergewöhnlich wohlwollenden Obhut, schöpften diese geschwächten Seelen wieder Hoffnung, bekamen sogar wieder die dringend benötigte Farbe ins Gesicht. Einige von ihnen nahmen zu und gewannen neue Energie. Nicht mit allen Patienten von diesem Schlag ging es aufwärts, doch es gab genügend, deren Gesundheitszustand sich verbesserte, sodass sich Vivie nach einer Weile fragte, ob Dr. Shapiro eine Zaubermedizin besaß, die er hinter den geschlossenen Türen seiner Behandlungszimmer ausgab. Eigentlich hätte sie nichts dagegen, sich selbst von ihm behandeln zu lassen, dachte sie des Öfteren. Doch als Tillie Hirschfield ihr anvertraute, dass Dr. Shapiro als letzten Ausweg eine tägliche Dosis Lebertran und Berge von Brokkoli verschrieb, flaute Vivies Interesse an seiner Spezialbehandlung rasch ab, so wirkungsvoll sie auch sein mochte.

Eines Abends im Frühsommer, nach einem geruhsamen Tag in der Praxis – die Kranken machten nun mal Ferien, genau wie alle anderen, hatte Dr. Shapiro geflachst –, ging Vivie die Main Street hinauf, um vor ihrer Rückkehr zu den Bloombergs noch bei einer Apotheke vorbeizuschauen. Da Leibritsky's Department Store ebenfalls am nördlichen Ende der Straße lag, hatte sie seit Monaten keinen Schritt mehr in diese Richtung getan. Doch bis zur Apotheke, überlegte sie, war es nur ein kurzes Stück. Auf dem Weg dorthin kam sie an einer Reihe von Geschäften vorbei – einem Blumenladen, einem Schuhgeschäft, einem Schönheitssalon und einem italienischen Lebensmittelgeschäft –, die ihr Interesse weckten. Fasziniert betrachtete sie die Schaufensterauslagen. Als sie an einem Billigkaufhaus vorbeiging, sah sie auf zwei Drehstühlen an der bereits geschlossenen Imbisstheke ein Pärchen sitzen. Die Frau, die ein ärmelloses blaues Kleid trug, streckte die Arme dem Mann entgegen, der sich zur Seite gedreht hatte, um ihr ins Gesicht sehen zu können. Was immer er gerade sagte, es brachte sie zum Lachen. Er beugte sich vor, schmiegte sich in die Arme der Frau und küsste sie.

Wie in Trance verlangsamte Vivie ihren Schritt. Plötzlich erhob auch sie einen Arm, genau wie die Frau hinter der Scheibe, allerdings nur, um sich ans Herz zu fassen. Dann stolperte sie weiter. In der Apotheke musste sie ein paar Tränen wegdrücken, und sie schämte sich, als der Apotheker sie fragte, ob er ihr behilflich sein könne. Alles in bester Ordnung, nuschelte sie, aber als sie an jenem Abend und an vielen darauffolgenden Abenden und Tagen nach Hause lief, verspürte sie einen großen Schmerz, der vieles umfasste: ihr Leben ohne Liebe, ihre eintönige Routine, ihre düstere Zukunft, eine Zukunft ohne Mort, den Mann, auf den sie gezählt hatte, in dem sie ihre Zukunft gesehen hatte, den Mann, der plötzlich in ihren Gedanken auftauchte – trotz allem, trotz der Fortschritte, die sie gemacht zu haben glaubte –, immer und immer wieder.

Mitte Juli, als Bec gemeinsam mit ihren Eltern, Ada und Mort in Woodmont war und Vivie in Middletown blieb, um bei Dr. Shapiro die Stellung zu halten, wie sie es ausdrückte, beschloss Vivie eines Abends, mit Tillie Hirschfield essen zu gehen. Warum nicht? Sie hatte ein bisschen was gespart, konnte sich einen kleinen Luxus leisten. Sie aßen bei Angelina, einem der vielen italienischen Lokale in Middletown. Tillie trug eine künstliche Perlenkette um den Hals, Vivie ein altes Bettelarmband am Handgelenk. Sie unterhielten sich über dieses und jenes, hauptsächlich über ihre Kindheit. Tillie kam aus West Hartford. »Es ist schön dort«, sagte sie wehmütig, als gäbe es den Ort nicht mehr.

Sie lernten keine ledigen Männer kennen. An den drei anderen Tischen saßen Familien. »Na ja«, hatte Tillie schon ziemlich früh am Abend gesagt. »Dann können wir uns ja mit dem Essen beeilen.«

Was sie auch taten. Sie waren begeistert von dem Kalbfleisch, das Angelina ihnen brachte, ebenso von den Nudeln und der Marinarasoße. Danach flanierten sie mit vollen Bäuchen untergehakt die Main Street entlang.

»Ich wette, Sie sind eine ganz Schlimme«, sagte Tillie und neigte den Kopf zu Vivie hinüber.

»Da wäre ich mir nicht so sicher«, antwortete Vivie ganz sachlich. Als Tillie jedoch grundlos zu lachen begann – wahrscheinlich war ihr der Wein vom Abendessen zu Kopf gestiegen –, lachte Vivie ebenfalls, denn selbst ohne die Hilfe des Alkohols fühlte sie sich seltsam unbekümmert. Sie müsste öfter mal essen gehen, sich vielleicht neue Strümpfe oder sogar ein neues Kleid kaufen. Eine berufstätige Frau konnte so etwas tun, das wurde ihr plötzlich klar. Und bei diesem Gedanken musste sie erneut lachen, noch lauter.

Anfang Herbst hatte ihre Mutter ihr von Morts und Adas Verlobung erzählt, wozu sie vor Mrs Bloombergs Haustür aufgetaucht war, neben der sie dann am Küchentisch gesessen hatte, der »armen Vivie« gegenüber, wie die beiden Frauen sie unisono nannten. Doch sie hatte bereits davon gehört. Eine Patientin von Dr. Shapiro hatte ihr in der Annahme, sie wisse es schon, dazu gratuliert.

Überrascht stellte sie fest, dass die Nachricht sie nicht umwarf. Sie riss die Augen auf, sicher, und sie rang nach Luft, aber nahezu unbemerkt. Dann arbeitete sie weiter. Im Wartezimmer saßen die erschöpfte Frau, der sie schon einmal geholfen hatte und die sie jetzt Frances nannte, und deren Sohn Thomas, und so stand Vivie schon bald auf, ließ die Patientin, die es ihr erzählt hatte, allein und ging zu Frances und Thomas hinüber, die sich beide ganz offensichtlich über ihre Gesellschaft freuten, die Mutter, weil sie Trost suchte, das Kind, weil es auf ein neues Spiel hoffte, irgendeine kleine Abwechslung.

Im November würde es ein Familienessen zur Feier der Verlobung geben, und Vivie sollte auch kommen. »Du kannst ihnen nicht ewig aus dem Weg gehen«, hatte ihr Vater Maks mit fester Stimme gesagt, während ihre Mutter und Bec hinter ihm nickten.

»Ich komme«, sagte Vivie schlicht und einfach.

Am Abend des Familienessens saß Vivie am hinteren Ende des Tisches, weit weg von Mort und Ada und auch von Morts Eltern. Zuerst wurde eine Suppe serviert, aber sie hatte keinen rechten Appetit. Darauf entspann sich eine seichte Konversation, doch Vivie war still und hörte nur zu. Als Nächstes gab es Rinderbrust, Kartoffeln und grüne Bohnen, aber auch während des Essens unternahm sie nicht einmal den Versuch, mit Bec zu plaudern, die neben ihr saß und sich ihr immer wieder aufmerksam und fürsorglich zuwandte und damit das tat, was die ganze Familie, wie Vivie wusste, für notwendig hielt.

Beim Nachtisch drehte sich die Unterhaltung dann um die bevorstehende Hochzeit; jetzt dominierte Ada das Gespräch und erzählte allen, welches Essen sie bei der Feier gern hätte, wie die Tische in der Synagoge angeordnet sein sollten, wen sie einladen wolle, bei welchem Schneider sie wegen ihres Kleides bereits gewesen sei. Sie holte kaum Luft zwischen den Sätzen. Ihre Aufregung und Selbstgefälligkeit durften sich voll entfalten, während Vivie stumm am anderen Tischende saß und, obwohl sie verstand, was dieser Augenblick für Ada bedeutete, an die nächste Arbeitswoche dachte, daran, welche Patienten an welchen Tagen kommen würden, am Montag wieder Frances und Thomas, am Dienstag die kurzatmige, aber liebenswerte Mable Stump, am Donnerstag ein neuer Patient, ein gewisser Leo Cohen, mit irgendeinem chronischen Husten. Und sie musste an Tillie denken, an ihre herzergreifende Verzweiflung, und ein Gefühl von Zärtlichkeit überkam sie, alle jenen gegenüber, die sie durch ihre Arbeit bei Dr. Shapiro kennengelernt hatte, all den Versehrten dieser Welt. Ada schnatterte derweil immer weiter, doch Vivie war das ganze Gerede eigentlich egal.

Bis es ihr plötzlich nicht mehr egal war. »Du wirst dich nicht auf ewig so groß fühlen«, sagte sie zu Ada und unterbrach damit abrupt deren munteren Monolog. Es waren die ersten Worte, die sie seit Adas Verrat an ihre Schwester gerichtet hatte, und sie brachen in einem selbstbewussten und klaren Ton aus ihr hervor, von dem Vivie nicht gewusst hatte, dass sie zu ihm fähig war.

Das Gespräch im Raum verstummte.

»Was? Was hast du gesagt?«, fragte Ada, sichtlich überrascht, dass Vivie mit ihr geredet hatte.

»Du wirst dich nicht auf ewig so groß fühlen«, wiederholte Vivie, die Stimme immer noch durchdrungen von der Wahrheit ihrer Worte. Sie wusste ganz genau, dass alle sie anstarrten und niemand besonders glücklich dabei aussah.

»Was soll das denn bitte schön heißen?«, fragte Ada. Sie legte die Hand aufs Schlüsselbein und neigte sich leicht nach hinten, als hätten Vivies Worte sie aus dem Gleichgewicht gebracht.

»Jetzt ist die Zeit zum Glücklichsein«, antwortete Vivie. »Ada, genieße dein Glück, solange es bleibt. Mehr will ich gar nicht sagen. Sei glücklich, Ada. Sei jetzt glücklich.«

Alle starrten sie verwirrt an, einschließlich Ada. Dann nickte sie, sagte: »Danke, ich bin glücklich. Sehr glücklich«, und im nächsten Augenblick fing der Monolog der zukünftigen Braut von vorne an. Vivie seufzte.

Sechs Wochen nach Davys Tod erinnerte sich meine Tante an die Worte, die sie meiner Mutter an jenem so weit zurückliegenden Abend hingeworfen hatte. Damals hatte sie sie ärgern, ihr einen Dämpfer verpassen wollen. »Genieße dein Glück, solange es bleibt«, hatte sie zu ihrer jüngeren Schwester gesagt, was eigentlich nicht wirklich gemein war, aber immerhin so gemein, dass Adas gerötetes Gesicht blass geworden war. Im Laufe der Jahre, und nachdem Vivie einen Mann geheiratet hatte, den sie bewunderte, wurde ihr klar, dass Adas Glück tatsächlich geschrumpft war, schon lange vor Davys Tod, und dass man ihre uralte Warnung inzwischen eher als Weitblick denn als Gehässigkeit deuten konnte, auch wenn letztere damals im Vordergrund gestanden hatte. Zu dem Zeitpunkt verspürte Vivie keinen Hass mehr, sondern lediglich Mitleid, wenn sie sah, wie Adas diffuse Unzufriedenheit sich immer mehr verwurzelte. Ada hatte offenkundig das Gefühl festzustecken, war jedoch, wie Vivie sehen konnte, dazu verdammt, ihre eigene Situation nie ganz zu durchschauen, geschweige denn sich am eigenen Schopf aus dem Sumpf zu ziehen. Nach Davys Tod wurde Vivie von dem Gedanken heimgesucht, dass sie Ada hatte leiden sehen wollen – auch wenn solch ein Wunsch zum damaligen Zeitpunkt durchaus verständlich gewesen war. Sie fragte sich, ob sie ihren früheren Hass wirklich ganz und gar abgelegt hatte. »Das Ganze macht mich so traurig«, versicherte sie ihrer Schwester unzählige Male.

»Wie bitte?«, antwortete Ada einmal, als Vivie anrief, um es ihr erneut zu sagen. »Wer ist da?« Man hörte ihr an, wie verwirrt sie war, und Vivie wusste, dass diese Verwirrung zu dem Absturz, der auf solch einen schweren, unzumutbaren Verlust folgte, untrennbar dazugehörte.

»Hier ist Vivie«, sagte sie ganz langsam, als wäre ihr Name ein Fremdwort.

»Oh. Vivie«, sagte Ada mit ausdrucksloser Stimme.

»Ja, ja, ich bin's. Ada, das Ganze macht mich so traurig. Weißt du, dass ich traurig bin? Zutiefst traurig?«

»Nicht so traurig wie ich«, flüsterte Ada.

»Nein. Natürlich nicht. Niemand könnte so traurig sein wie du«, erwiderte Vivie.

Auf Morts und Adas Hochzeit, einen Monat nach dem Verlobungsessen, hielt sich Vivie abseits, stand in einer Ecke, sagte sich, wenn sie wirklich umkippen sollte, könnte sie dort unauffällig zu Boden sinken, doch zu ihrer Überraschung gaben ihre Beine nicht nach und ihr Kopf fühlte sich überhaupt nicht benommen an. In einer anderen Ecke saß eine ältliche Tante von Mort – eine Frau, die sie einmal im Kaufhaus getroffen und die offensichtlich geistig stark abgebaut hatte – alleine auf ihrem Sessel, und Vivie wuchtete noch einen zweiten hinüber, um sich neben die alte Dame zu setzen.

»Ich hole Ihnen etwas zu essen«, sagte Vivie, und die Frau nickte.

Sie kam mit Hering, einem Bagel und ein paar Tomatenscheiben zurück. Auf einem zweiten Teller lagen die guten Sachen: Hochzeitskuchen, Rugelach und Weintrauben.

Als deutlich wurde, dass die Frau das Besteck nicht ruhig halten konnte, nahm Vivie ihr die Gabel aus der Hand und fütterte sie behutsam. Währenddessen kam eine Verwandte der alten Dame dazu, redete sie mit »Old Rose« an, strich ihr über den Kopf und ging wieder. Vivie fütterte sie weiter, redete dabei mit ihr und nannte sie bei ihrem Namen. »Essen Sie auf, Rose«, drängte sie, »wir sind hier auf einer Feier.« Als Rose fertig war, wischte sie ihr den Mund ab und hielt ihre Hand. Die ganze Zeit über starrte Rose leer vor sich hin. Doch dann schlug ihre Stimmung unvermittelt um, sie wurde wacher, wandte sich zu Vivie und ihr Blick begriff.

»Ich kenne Sie«, sagte sie zu Vivie, und die schlaffe Hand in Vivies Hand wurde lebendig und schloss sich um ihre Finger.

Vivie lächelte: »Ich kenne Sie auch, Rose.« Danach beobachteten die beiden wieder schweigend das Geschehen. Gerade wurden Mort und Ada auf ihren Stühlen hochgehoben. Klatschend tanzte man um sie herum. Ada quietschte vor Vergnügen, und ihre Stimme übertönte den allgemeinen Lärm. Vivie nickte in ihrer Ecke im Takt der Musik. Sie sah, dass Rose es ihr gleichtat.

»Möchten Sie tanzen?«, fragte Vivie im Spaß.

»Heute nicht«, antwortete Rose. »Kommen Sie morgen wieder, ja?« Vivie blickte zu ihr hinüber, während Rose unsicher fortfuhr: »Vielleicht kaufe ich morgen etwas bei Ihnen. Ja, morgen habe ich genug Geld …«

Auf diese Weise überstand Vivie die Hochzeit ihrer jüngeren Schwester. Sie redete immer noch nicht mit Ada, war noch immer fassungslos über die Lügengeschichten ihrer Schwester. Doch wenigstens konnte Vivie jetzt, wo Ada ausgezogen war, wieder nach Hause zurückkehren.

Bec wohnte auch noch zu Hause, bereitete sich auf den Highschool-Abschluss vor und hatte einen Freund, ihren Klassenkameraden Milton Goldberg. Eine Zeit lang verliefen die Tage nach Vivies Rückkehr ereignislos. Sie war erleichtert, wieder zu Hause zu sein, obwohl ihr Vater einen gewissen Druck auf sie ausübte, sie solle eine langfristige Karriere ins Auge fassen. Lehrerin sei eine gute Möglichkeit, sagte Maks. Oder natürlich Krankenschwester.

»Ich bin ganz zufrieden bei Dr. Shapiro«, antwortete Vivie dann, und zwar wieder in dem selbstbewussten Ton, von dem sie eigentlich gar nicht genau wusste, wie sie ihn sich angeeignet hatte.

In der Praxis stellte sich heraus, dass Frances ihren Sohn nicht mehr zum Arzt bringen musste. Doch inzwischen hatte Vivie andere Bekanntschaften geknüpft. Besonders freute sie sich, wenn eine junge Frau namens Ruth Brintler erschien, die von Dr. Shapiro ihre Erschöpfungszustände behandeln lassen wollte. Dr. Shapiro hatte, erfuhr Vivie, Mühe, die Ursache des Symptoms zu finden – genau wie die anderen Ärzte, die Ruth bereits aufgesucht hatte –, redete der Patientin jedoch gut zu, sie dürfe sich nicht entmutigen lassen. Doch Ruth war mutterseelenallein: Sie war nicht verheiratet, hatte keine Verwandten in der Nähe und verdiente sich ihren Lebensunterhalt in einer Bücherei, war zu dieser Arbeit angesichts ihrer Erschöpfung aber kaum noch imstande. Keine Verzweiflung aufkommen zu lassen, sagte sie einmal zu Vivie, sei das Allerschwerste. Da begann Vivie, einmal die Woche für Ruth zu kochen und ihr das Essen nach Hause zu bringen. Ruth wohnte in einem Apartment über dem italienischen Lebensmittelladen in der Main Street, und in dieser Wohnung aßen die beiden Frauen von da an jeden Dienstag zu Abend, wobei sie sich kaum unterhielten, sondern den verschiedenen Geräuschen lauschten, die aus dem Laden zu ihnen hinaufdrangen. Schon bald ging Vivie auch donnerstagabends regelmäßig aus, da Mrs Bloomberg und Lorna sie vermissten und darauf bestanden, dass sie wenigstens an einem Tag in der Woche zu ihnen zum Essen kam. Sie wollten alles wissen, sagten sie, als hätte Vivies Leben nach ihrem Auszug eine abenteuerliche Wendung genommen, die ihre Fantasie anregte. Mrs Bloomberg verzichtete auf das »arme« und begrüßte sie jetzt einfach mit »Vivie«.

Auf diese Weise verging ein ganzes Jahr: Sie arbeitete, ging dienstags und donnerstags regelmäßig aus, aß gelegentlich mit Tillie Hirschfield im Restaurant und verbrachte mehrere heikle Schabbatabende zu Hause mit den Jungvermählten, konfrontiert mit einer Ada, die sich mit der Selbstgefälligkeit einer frisch verheirateten Ehefrau immer noch gewaltig aufblies. Am ersten Sederabend, dem Auftakt des Passahfestes, war es nicht anders:

Ada strahlte und plapperte, was Vivie mittlerweile nur noch ermüdete. Der Abend danach machte den ersten jedoch wieder wett. Vivie wurde, zusammen mit Tillie, zu Dr. Shapiro eingeladen, und als sie dann bei ihm am Esstisch saß und interessiert feststellte, dass er statt des weißen Arztkittels einen Anzug und eine Kippa trug, als sie erfreut registrierte, dass er verschämt tat, als seine Frau Penny ihm Komplimente über seinen Haarschnitt machte, als sie überglücklich zur Kenntnis nahm, dass er den Seder nicht mit dem Anzünden der Kerzen begann, sondern damit, dass er Tillie und sie als seine zweite Familie würdigte, da ertappte sie sich dabei, dass Dr. Shapiros Herzlichkeit sie noch stärker als sonst anrührte und sie froh war, ihr Leben so weit geöffnet zu haben, dass das, was sie für sich als seine besondere Güte bezeichnete, darin Platz hatte.

An dem Märztag im Jahr 1928, an dem Bec ihre Verlobung mit Milton Goldberg bekannt gab, hätte Vivie auf den Gedanken kommen können, ihr eigenes Leben liege hinter ihr, genau wie der Winter. Das hätte sie denken können, hätte glauben können, dass die neue Fülle in einem einzigen Augenblick schon wieder zusammengeschrumpft sei, doch am Abend zuvor hatte sie eine Begegnung gehabt, die so viel Hoffnung in ihr geweckt hatte wie schon lange nichts mehr. Nach der Arbeit war sie wieder einmal die Main Street hinauf zur Apotheke gegangen. Gerade als sie sie betreten wollte, sah sie ein junges Pärchen vor sich, Hand in Hand. Die beiden redeten nicht, sahen aber zufrieden aus. Während sie kurz darauf die Seifenauslage anstarrte, wurde Vivie klar, dass der Anblick des Pärchens sie weder ins Stolpern noch in Atemnot gebracht hatte. Offenbar war sie schon seit geraumer Zeit an Pärchen vorbeigegangen, ohne sie überhaupt wahrzunehmen. Deshalb war sie am nächsten Tag entschlossen, durch Becs Neuigkeit nicht wieder den Boden unter den Füßen zu verlieren, den sie anscheinend gerade gewonnen hatte. »Ich freue mich für dich«, sagte sie in nüchternem Ton zu ihrer Schwester und beugte sich pflichtbewusst vor, um sie zu umarmen. Doch im nächsten Moment zog sie Bec an sich. »Ich freue mich sehr für dich«, wiederholte sie. »Ehrlich, Bec, ungelogen.«

Im Herbst 1928, etwa ein halbes Jahr nach Becs Verlobung, begann Vivie, sich für Leo Cohen zu interessieren, einen mageren Mann mit schütteren Haaren, einen der Patienten mit chronischen Problemen. Ein Anflug von Kopfschmerzen, ein leichter Husten, Schwäche in den Knien – das waren die stets etwas vagen Beschwerden des Leo Cohen. Wenn er, ungefähr alle zwei Monate, in die Praxis kam und sie sah, wirkte er verlegen und sprach sie auch nie an, sondern nickte lediglich in ihre Richtung und setzte sich dann schnell in die entfernteste Ecke des Wartezimmers, wo eine Lampe stand, in deren Licht er das Buch, das er unweigerlich mit sich führte, besonders gut lesen konnte.

Es schien sich immer um eine wichtige Lektüre zu handeln, das merkte Vivie sehr schnell. Einmal hatte sie einen Blick auf den Titel erhaschen können: *Die Traumdeutung*. Ihre eigenen Träume waren eine chaotische Angelegenheit: Züge rasten an ihr vorbei, wütende Hunde waren ihr auf den Fersen, einmal rutschte ihr korrekt geknöpftes Kleid unerklärlicherweise über die Schultern; die Träume waren so beklemmend, dass sie sie so schnell wie möglich vergessen wollte, statt sie aufzuschreiben, um sie zu deuten. Von dem Verfasser des Buches hatte sie noch nie gehört, doch Leo Cohens feierlicher Gesichtsausdruck beim Lesen ließ sie vermuten, dass es sich um einen recht bedeutenden Autor handelte. Außerdem hielt sie Leo Cohen, da er jedes Mal mit einem derart ernst betitelten Buch hereinkam, für einen ausgesprochen tiefsinnigen Mann, vielleicht war er sogar ein Professor, jemand mit einem Büro in einem dieser imposanten Brownstonegebäude, die den Campus der Wesleyan University in der High Street schmückten.

Doch ungeachtet der Tatsache, dass Vivie durchaus Notiz von ihm nahm, schien Leo Cohen entschlossen, unbemerkt hinein- und hinauszuschlüpfen. Doch dann, an einem Märztag 1929 – Vivie war mittlerweile fünfundzwanzig –, gelang es ihr, ihn in ein Gespräch zu verwickeln. In der Stadt ging die Grippe um, und das Wartezimmer war ungewöhnlich voll, weswegen Leo statt hinten in seiner Ecke neben ihrem Schreibtisch sitzen musste. Und seltsamerweise hatte er kein Buch dabei.

»Hier«, sagte Vivie und reichte ihm den *National Geographic*.

Als er fertig war und ihr das Heft zurückgab, fragte sie ihn, was er darin gerade so interessant gefunden habe. Das spanische Sevilla, erwiderte er. Er beschrieb die aufwendigen Prozessionen während der Karwoche, von denen er gerade gelesen hatte, und die kurz darauf stattfindende, ebenso aufwendige Aprilmesse. Er meinte, sie solle sich einmal ein Bild von den Frauen in ihren Flamenco-Kostümen ansehen, und lehnte sich zum ersten Mal zu Vivie hinüber. Dann stellte sie ihm noch ein paar Fragen, diesmal nicht über Sevilla, sondern über ihn. Nein, meinte er, er arbeite nicht an der Wesleyan University, obwohl er von ihr gehört habe; nein, er habe weder Frau noch Kinder; und, nein, er stamme nicht aus Middletown.

»Geboren und aufgewachsen in Bridgeport«, sagte er und stand auf, um ins Behandlungszimmer zu gehen.

Bei seinen nächsten Praxisbesuchen unterhielten sie sich zwar nicht, doch er achtete darauf, ihr Guten Tag zu sagen, wenn er kam, und Auf Wiedersehen, wenn er ging. »Auf Wiedersehen, Mr Cohen«, erwiderte sie dann. »Einen schönen Tag noch. Und lassen Sie es sich gut gehen.«

Im Juni 1929 betrat Leo Cohen an einem Freitag unangemeldet die Praxis. Er hatte kein Buch bei sich und hielt in einer Hand einen kleinen Strauß Gänseblümchen.

»Mr Cohen?«, fragte Vivie verwirrt. »Habe ich vergessen, Sie einzutragen?« Sie blätterte in ihrem Terminkalender.

Er räusperte sich. »Deshalb bin ich nicht hier.« Er reichte ihr die Gänseblümchen. »Ich bin gekommen, um Sie zum Essen einzuladen«, wisperte er und schlug zaghaft den darauffolgenden Samstagabend vor.

Und so hatte sie plötzlich eine Verabredung. Einfach so, aus heiterem Himmel. Und mit solch einem tiefgründigen Mann, dachte sie, auch wenn er furchtbar still war. Auf dem Nachhauseweg schaute sie bei den Bloombergs vorbei, um zu hören, was Mrs Bloomberg von der ganzen Sache hielt. Später würde sie dann ihrer Mutter und Bec davon erzählen. Bei einer Tasse Tee hingen Mrs Bloomberg und Lorna an ihren Lippen und wollten sämtliche Einzelheiten wissen. Die Tatsache, dass Leo Cohen kaum ein Wort herausgebracht hatte, sei das Beste an der ganzen Sache, sogar noch besser als die Gänseblümchen.

»Ich würde es Tillie nicht erzählen«, riet Mrs Bloomberg, als Vivie sich erhob, um zu gehen.

»Arme Tillie«, sagte Vivie.

»Arme Tillie«, stimmte ihr Mrs Bloomberg nickend zu.

Im Laufe der nächsten Monate, während derer Leo Cohen immer häufiger gegen Ende des Tages in Dr. Shapiros Praxis auftauchte, Vivie anbot, sie nach Hause zu begleiten, und sie gelegentlich zum Abendessen einlud, wurde ihr allmählich klar, dass sie sich ein vollkommen falsches Bild von ihm gemacht hatte. Leo Cohen war alles andere als ein Professor; er war Bäckergehilfe und stand jeden Morgen um halb fünf auf, um den Teig vorzubereiten. Und Leo Cohen besaß nicht nur keinen Universitätsabschluss, er besaß auch keinen Highschool-Abschluss. Er sei, erklärte er, mit vierzehn von der Schule genommen worden, da er aufgrund der Armut seiner Familie habe arbeiten müssen. Das habe er in einer Waffenfabrik bei Bridgeport getan, aber wegen des Bleis, das dort verarbeitet worden sei, habe er seither Gesundheitsprobleme. Dr. Shapiro behandele ihn fast gratis, fügte er hinzu. Vivie reagierte darauf mit der Bestimmtheit, die sie immer häufiger an den Tag legte. »Das macht er oft«, sagte sie. »Da brauchen Sie überhaupt kein schlechtes Gewissen zu haben.«

Es dauerte lange, bis sie Leo Cohen diese Informationen aus der Nase gezogen hatte, da er mitunter, gerade dann, wenn Vivie glaubte, die Sache zwischen ihnen sei klar, plötzlich nicht mehr vorbeikam, um sie nach Hause zu bringen – Wochen vergingen ohne ein einziges Wort und Vivie stand vor einem Berg von Selbstzweifeln. Hatte sie sich das alles nur ausgedacht? War sie ein derart hoffnungsloser Fall? Und wieso kannte sie sich nicht einmal mehr mit sich selbst aus? Doch dann tauchte er wieder auf, schüchtern wie immer, und sie bekam den Eindruck, dass er sogar noch größere Angst hatte als sie selbst. Und dann musste sie seine Schale erneut knacken. Fragen über seine Lektüre konnten ihm die Zunge lösen, ihn sogar lebhaft werden lassen, doch was seine eigene Person betraf, blieb er zurückhaltend. »Da gibt's nicht viel zu erzählen«, sagte er mehr als einmal. Doch als er das zum ersten Mal sagte, wusste Vivie schon genug, um von seiner Geschichte gerührt zu sein: Das von heftiger Neugier getriebene Kind, das die Schule nicht beenden durfte, tat ihr leid, und der persönliche Einsatz, den er zeigte, um dieses Handicap zu überwinden, begeisterte sie. Die Bücher waren alle aus der Stadtbibliothek, die er seit seiner Kindheit jede Woche einmal aufsuchte. Niedergeschmettert, wie er war, weil er von der Schule genommen worden war, hatte er den Rat seines Vaters befolgt, die Bibliothek mit ihrem reichen und kostenlosen Angebot an Büchern zu nutzen. »Das war die beste Idee, die mein Vater je hatte«, sagte Leo, und sein Gesicht leuchtete auf.

Einen Antrag machte er ihr, in althergebrachter Weise, auf einem Knie, an einem nieseligen Maiabend. Sie waren nach einem Restaurantbesuch spazieren gegangen und standen danach bei ihr vor dem Haus unter einer Eiche am Rand des Grundstücks. Als er sich wieder aufrichtete, war an einem Knie seiner Hose ein feuchter Fleck, den sie sogar im Dämmerschein sehen konnte. Er war mager wie eh und je, und das Licht der Straßenlaterne schimmerte auf seiner beginnenden Glatze. Er sah wirklich nicht besonders gut aus. Aber sie hatte Ja gesagt, und er lächelte, wie sie ihn noch nie hatte lächeln sehen.

»Bist du dir sicher?«, fragte Maks sie später am Abend, nachdem Leo gegangen war und ihre Eltern und Bec die Neuigkeiten erfahren hatten. »Er scheint einfach nicht, wie soll ich sagen, viel herzumachen«, worauf Vivie schnell und entschieden erwiderte: »Für mich macht er sehr viel her.«

Mit sechsundzwanzig war Vivie also endlich verheiratet, als zweite der Syrkin-Schwestern. Bec war die ganze Zeit verlobt gewesen und wartete nur noch darauf, dass Milton Goldberg sein Studium abschloss. Und so ließ Vivie eine Schwester zu Hause zurück, als sie mit ihrem Mann in eine winzige Wohnung über einem Stoffgeschäft in der Washington Street zog, eine Wohnung, die genauso klein war wie die von Ruth Brintler. Ruth war im Jahr zuvor verstorben, und ihr Verlust ging Vivie näher, als sie es erwartet hätte. Dennoch begann das erste Jahr ihrer Ehe nicht übel, da Mort Leo umgehend eine gut bezahlte Stelle in Leibritsky's Department Store anbot; Leo fühlte sich manchmal gesund, manchmal aber auch nicht, und dann kochte Vivie eine Suppe und fütterte ihn abends im Bett. Wegen Leos angegriffener Gesundheit behielt sie ihre Stelle bei Dr. Shapiro – anders als Ada, die zu Hause blieb, während Mort arbeitete. Manchmal beschwerte sich Leo über die Arbeit, insbesondere über Morts jüngeren Bruder Nelson, den er um seine Hochschulbildung beneidete. »Warum kriegen immer die Leute die guten Dinge im Leben, die es nicht verdient haben?«, sagte Leo über Nelson, dem er vorwarf, kein einziges Buch mehr in die Hand zu nehmen und dadurch den Wert seiner Ausbildung zu missachten. Und er sei auch einsam, nörgelte Leo gelegentlich, Tag ein, Tag aus als Verkäufer bei Leibritsky's, als Leser unter Nichtlesern. Da könne man sich schon vorkommen, als wäre man unsichtbar, wenn niemand je über die Dinge mit einem redete, die einem im Kopf herumgingen, die Dinge, die wirklich zählten. Doch Vivie ließ sich von Leos Beschwerden nicht stören, weder von den körperlichen noch von den seelischen, da sie bei ihrer Heirat genau gewusst hatte, dass die Ehe kein Zuckerschlecken war. Und sie hatte außerdem gewusst, dass die Ehe keine Mauer war, die einen vor den Tiefschlägen des Lebens schützte. Eigentlich war die Ehe gar nichts, sagte sie sich einigermaßen zufrieden, lediglich eine Art zu leben, eine Art, einen anderen Menschen zu lieben. Die meisten kamen früher oder später dahinter. Ja, erkannte meine Tante schon sehr früh, selbst jemand wie ihre Schwester Ada, deren ungeniertes, vergnügtes Quietschen am Tag ihrer Hochzeit sie immer noch im Ohr hatte, die seither unbekümmert eine überhebliche Miene zur Schau getragen und das Ganze inzwischen mit einem ersten Kind – natürlich einem Jungen – gekrönt hatte, würde irgendwann dahinterkommen.

Doch das war Ewigkeiten her. Anfang Juli 1948: unser erstes Wochenende in Woodmont. Zwei Tage Wolken, Luftfeuchtigkeit, Wind, aber kein Regen; zwei Tage lang ein stärker als sonst anschwellendes und zurückweichendes Meer; zwei Tage intensives

Rommméspielen auf der Veranda (Bec, Vivie, Ada, Davy und ich); zwei Tage Lesen im Sand am Bagel Beach, Leo und Nina nebeneinander unter einem großen, der Wolken wegen allerdings meist unnötigen Sonnenschirm (aber wenigstens war Nina überhaupt am Strand, dachte ich); und zwei Tage Trübsalblasen seitens Howards, weil unser Vater ihn weiterhin dafür bestrafte, dass er sein Wort gebrochen und nicht am Morgen-Minjan teilgenommen hatte. Er ignorierte ihn und gab Davy den Vorzug als Angelpartner, als sich am frühen Sonntagnachmittag endlich der Himmel auflockerte. Die Schwestern waren die meiste Zeit im Kümmermodus – um die Männer, die Mahlzeiten, die Kinder –, und der Nachhall einer jüngeren, quietschenden Ada, den Vivie irgendwann einmal gehört hatte, war längst verklungen. Viel Zeit war verstrichen. Das erkannte man am besten daran, wie meine Mutter, nachdem die Männer das Auto gepackt und am Sonntagabend wieder abgefahren waren, ihre winkende Hand sinken ließ und von der Hillside Avenue zum Sommerhaus zurückging – mit einem Ausdruck unbändiger, wenn auch unbewusster Erleichterung.

Auch Howard war erleichtert. Doch das Wochenende hatte ihn mitgenommen, und er blies weiter Trübsal, selbst als die Männer abgefahren waren. Statt sich mit seinem Kumpel Mark Fishbaum einen schönen Sonntagabend zu machen, blieb er bei uns zu Hause. Er sei müde, meinte er am Telefon zu Mark. Und er hätte am letzten Donnerstagabend nicht so lange mit ihm zusammen aufbleiben sollen, fügte er hinzu, am nächsten Morgen habe er verschlafen. Sein Vater tue deswegen so, als habe er jemanden umgebracht!

Die Männer waren noch keine Stunde weg, da entspann sich zwischen Howard und Nina der erste ernsthafte Streit dieses Sommers. Es begann damit, dass ich Nina fragte, ob ich das Kleid anprobieren dürfe, das Bec für sie genäht hatte. Nina und ich waren im Zimmer ihrer Eltern, wo die Sommersachen hingen, die auf einen Bügel gehörten.

»Los, komm«, drängelte ich. »Willst du es denn gar nicht anprobieren?« Ich spähte in den Schrank, konnte die Augen auch diesmal einfach nicht von dem Kleid lassen, obwohl ich während der Woche bereits jeden Tag einen verstohlenen Blick darauf geworfen hatte. Der Stoff war von einem wohltuend blassen Gelb, über das sich sommerlich zart die cremefarbenen Blumen zogen. Die Jackenärmel reichten bis knapp über die Ellbogen, eine passende, perfekte Länge. Ich fasste es nicht, dass Nina das Kleid nach einer ganzen Woche immer noch nicht anprobiert hatte.

»Ich kann mir nicht vorstellen, so was zu tragen«, sagte Nina, nicht ohne ein gewisses Bedauern. »Das bin ich nicht.«

»Dann trage ich es eben«, sagte ich und riss das Kleid aus dem Schrank.

»Dir ist es zu groß«, widersprach sie. »Du bist eine Bohnenstange.«

»Kann ich es nicht wenigstens anprobieren? Ich will nur mal sehen.« Ich wedelte mit dem Kleid, das immer noch auf dem Bügel hing, vor ihr herum.

»Okay, Molly. Hör auf zu betteln. Das ist doch nur ein blödes Kleid.«

Ich schälte mich aus den Shorts und dem Oberteil. Als sie mich in meinem BH sah, der neu und kaum nötig war, verzog Nina den Mund zu einem leichten Lächeln, genau dem gleichen eher schwermütigen als fröhlichen Lächeln, das mir an meiner Mutter aufgefallen war, als sie mich wenige Monate zuvor zum Einkauf begleitet hatte.

Als ich in das Kleid gestiegen war, drehte ich mich zu Nina um, damit sie den Reißverschluss hochziehen konnte. Doch selbst der geschlossene Reißverschluss hinderte das Kleid nicht daran, an mir herunterzurutschen, wobei das Oberteil wellig auf meinen Hüften hängen blieb.

»Siehst du? Zu groß«, sagte Nina, ohne zu lachen. Sie betrachtete mich mit einer Nüchternheit, die wie Gleichgültigkeit wirkte.

»Hey«, sagte plötzlich eine Stimme, mit der wir nicht gerechnet hatten. Howard stand im Türrahmen. Ich griff nach dem Kleid, riss es hoch und hielt es wie ein Handtuch vor mich.

»Wo kommst du denn her?«, fragte ich ihn verlegen.

»Aus meinem Zimmer. Ich hab mich nicht gerade angeschlichen.« Er drehte sich um, als wollte er beweisen, dass er ganz in der Nähe gewesen sei.

»Kannst du nicht klopfen?«, maulte ich.

»Schieb gefälligst nicht mir die Schuld in die Schuhe«, sagte Howard und zeigte auf die offene Tür. »Und außerdem, Molly« – er beugte sich vor –, »gibt's da ja kaum was zu sehen.« Er kam ein paar Schritte auf mich zu.

»Untersteh dich«, kreischte ich, machte einen Satz rückwärts und landete neben Nina auf dem Bett ihrer Eltern. Howard war es durchaus zuzutrauen, dass er mir das Kleid wegzog, das wusste ich. So ein Bruder war er nämlich, wenn ihm danach war.

»Hey, Kleine«, sagte Howard, anscheinend überrascht von meiner Reaktion, »du weißt, dass ich so was nicht machen würde.« Doch als er einen weiteren Schritt nach vorn machte, auf uns zu, saßen Nina und ich noch aufrechter auf dem Bett, waren noch mehr auf der Hut.

»Entspannt euch«, sagte Howard ungehalten. »Ich fasse dieses blöde Kleid schon nicht an, Molly.«

»Es ist nicht *blöd*«, sagte Nina, obwohl sie es noch vor ein paar Minuten selbst so genannt hatte.

»Ich zieh es dir nicht runter«, wiederholte Howard. Nina und ich wechselten einen skeptischen Blick.

Dann machte er einen Satz nach vorn, aufs Bett. Wir schrien auf.

»Ihr bescheuerten Mädchen«, murmelte er, während er es sich hinter uns auf dem Bauch bequem machte. »Ihr bescheuerten Mädchen habt es derartig leicht.«

Das Wochenende, an dem unser Vater ihn ignoriert hatte, saß ihm offensichtlich noch in den Knochen, aber wahrscheinlich auch seine Rolle als ältester Sohn, als das Kind, das die größte Verantwortung zu tragen hatte.

Vielleicht war es das, was er gemeint hatte, aber so hätte er es nie formuliert.

»Bescheuert? Leicht?« Nina drehte sich streitlustig zu ihm um. »Ehrlich, Howard, manchmal glaube ich, du weißt gar nichts. Und du siehst nichts. Und du hörst nichts. Eins ist allerdings leicht zu erkennen, Howard: dass *du* bescheuert bist.«

Howard war nicht darauf aus gewesen, uns in Rage zu bringen, das war mir klar, vielmehr versuchte er, sich durch diese Stippvisite bei uns abzulenken. Doch seine Worte waren schlecht gewählt, und allein seine Anwesenheit machte Nina nervös. Ich hatte ihr Gezänk schon öfter miterlebt, aber wenn der tief sitzende Groll zwischen ihnen aufflammte, überraschte mich das trotzdem jedes Mal wieder. Nina hatte die Arme vor der Brust verschränkt, während sie Howard provozierte, als wäre nicht ich halb entblößt, sondern sie, als würde Howard immer noch, so wie am Tag unserer Ankunft, auf sie zeigen und eine Bemerkung über ihre »Möpse« machen.

Howard hob den Kopf, rollte an uns vorbei und stand auf. »Ich weiß was, Nina«, sagte er und baute sich vor uns auf. Er streckte die Brust heraus, um den Eindruck eines Busens zu erweckte. In dieser Haltung stolzierte er im Zimmer herum. »Zu groß«, stichelte er immer wieder.

»Du bist ekelhaft«, rief Nina. »Hör auf.« Als er das nicht tat, spöttelte sie, auf seine vielen Exfreundinnen anspielend: »Ich verstehe nicht, dass sich überhaupt je ein Mädchen für dich interessiert hat.«

Howard seufzte, fast schon glücklich. »Ach, du weißt doch, dass ich es nicht so meine.« Sein Ton war von einer Sekunde auf die andere ausnehmend freundlich. Und da war er dann, der berühmte Charme, der ihm seine Freundinnen eintrug. In diesem Augenblick tat er wieder seine Wirkung, selbst auf die rechtschaffen empörte Nina.

Gerade wollte sie ihre verschränkten Arme lösen, als Howard die Lippen spitzte und ein paar laute Schmatzgeräusche von sich gab.

»Ekelhaft!«, fauchte sie.

»Du glaubst, ich weiß nichts?«, sagte Howard. »Also, hier ist etwas, das alle wissen: Nina ist noch nie geküsst worden!«

Als er sah, dass Ninas Gesicht und Hals sich feuerrot verfärbten, trieb er sein Spiel genüsslich weiter. Erneut spitzte er die Lippen und schmatzte auf ganz widerliche Art. Er beendete seine Vorstellung mit den Worten: »Küssen macht Spaß, Nina. *Spaß*. Wärst du nicht froh, wenn du darüber auch mal Bescheid wüsstest?«

Anschließend ging er in sein Zimmer und knallte die Tür zu. Durch die Wand konnten wir hören, wie er sich noch einmal laut beschwerte: »Ihr bescheuerten Mädchen habt es leicht.«

Stöhnend ließ sich Nina aufs Bett zurückfallen. Als ich aus dem Kleid stieg und es wieder aufhängte, sah ich, dass ihr etwas durch den Kopf ging, obwohl sie kein Wort sagte, sondern nur gelegentlich wütend um sich trat.

Als ich wieder meine eigenen Sachen angezogen hatte, legte ich mich zu ihr aufs Bett, den Kopf auf dem zweiten Kissen. »Es ist wohl wirklich zu groß«, sagte ich, mit meinen Gedanken noch bei dem Kleid, und seufzte resigniert.

»Was dachtest du denn?«, fuhr mich Nina an.

»Ich dachte, es würde vielleicht passen.«

»Und dann? Würde ich es dich tragen lassen? Einfach so?«

»Ich weiß nicht. Ich dachte, es würde Spaß machen, es anzuziehen.«

»Na ja, jetzt weißt du, dass das nicht stimmt.« Sie versetzte der Luft noch ein paar Fußtritte und sagte schließlich: »Und außerdem, Molly, was weißt *du* schon von Spaß?«

An dem Abend aßen wir nahezu schweigend zusammen, die Schwestern auf den Verandastühlen, wir Kinder über die Treppe verteilt – Howard an einem Ende, Nina am anderen. Davy, der den ganzen Nachmittag mit unserem Vater geangelt hatte, war erschöpft und gereizt, mochte den Eiersalat nicht so richtig und die halbsauren Gurken auch nicht. Als meine Mutter ihn fragte, ob er lieber Hühnchensalat hätte, krächzte er albern herum, ein schwacher Versuch, Möwen zu imitieren, woraufhin meine Mutter mit den Augen rollte, sich dann neben ihn setzte und ihn an sich zog. »Iss«, sagte sie, doch Davy hörte auf zu essen und legte den Kopf in ihren Schoß. Daraufhin bat sie: »Howard, könntest du ihn hochtragen?«

Später hörte ich sie mit Howard reden. Sie saßen wieder auf der Verandatreppe, auf die Howard nach dem Abendessen zurückgekehrt war. Über dem Meer näherte sich die sinkende Sonne dem Horizont.

»Es ist meine Schuld«, behauptete sie. »Ich hätte dir sagen sollen, wann du wieder zu Hause sein musst. Ich hätte euch Jungs nicht euch selbst überlassen dürfen. Man lernt nie aus.« Sie legte ihm den Arm um die Schultern.

»Es ist nicht deine Schuld«, widersprach Howard. »Mein Gott, ich bin achtzehn Jahre alt.«

»Achtzehn«, wiederholte Ada. »Himmel noch mal, ich habe mit achtzehn eine folgenschwere Entscheidung getroffen. Und deswegen habe ich dann auch ziemlich bald *dich* bekommen.« Sie lachte, Howard nickte und lächelte schließlich.

Während Howard und meine Mutter auf der Verandatreppe miteinander redeten, saß Vivie stumm mit Nina am Tisch. Die beiden nippten an ihrem Tee. »Kommst du mit spazieren?«, hörte ich Vivie Nina vorsichtig fragen.

Sie verließen das Sommerhaus in Richtung Hillside Avenue. Ich stand vom Wohnzimmersofa auf und sah ihnen nach. Nina hatte die Arme vor der Brust verschränkt, genau wie am Nachmittag, als Howard ins Zimmer gekommen war. Doch Vivie zog an einem ihrer Arme und hakte sich bei ihr unter. Sie gingen nach Osten, in Richtung Sloppy Joe's und Villa Rosa und dann weiter zu dem abendlichen Massenauflauf am Anchor Beach. Gleich, das wusste ich, würden sie auf die Beach Avenue abbiegen und, am Anchor Beach angekommen, immer noch untergehakt, vor Sals Eiswagen stehen bleiben und beratschlagen, Mutter und Tochter, welches Eis sie sich teilen sollten.

Später fanden sich Howard, Ada, Nina und Vivie zufällig gleichzeitig in der Küche ein. Inzwischen war eine Art Waffenstillstand zwischen Howard und Nina eingetreten, da beide erfolgreich von ihren jeweiligen Müttern getröstet worden waren, die nun, den Rücken gegen die neue Waschmaschine gelehnt, gar nicht ungern nebeneinander zu stehen schienen. Wäre da nicht dieser seltsame Abstand – genau eine Körperbreite – zwischen ihnen gewesen, hätte man meinen können, es stünde wirklich endlich alles zum Besten.

5 Feen und genetische Mutationen

Das Leben mit zwölf – mein Alter, als ich Davy verlor – ist interessant. Mit zwölf ist man noch ein Kind, aber gleichzeitig auf dem Weg in die körperliche und emotionale Reife. Zu Hause begreift man Dinge, unsichtbare Dinge, die einem bis dahin entgangen sind: dass die Eltern nicht so ungetrübt glücklich sind, wie man immer angenommen hat; dass die schöne Cousine sich in ihrer schönen Haut gar nicht wohlfühlt; dass man in Middletown, Connecticut, geboren ist und die Sommer in Woodmont, Connecticut, verbringt, es aber alles auch anders hätte kommen können. Das Leben ist voller Zufälle und Beliebigkeiten, das erkennt man mit zwölf plötzlich. Zum Beispiel hätte man andere Eltern haben können, in einem anderen Bundesstaat geboren sein können, vielleicht sogar in einem anderen Teil der Welt. Man ist Jude, aber man hätte genauso gut als Katholik oder Kongregationalist oder gar Buddhist das Licht der Welt erblicken können. Oder in einer anderen Zeit, viele Jahre früher, wie die Großeltern, in Russland. Oder auch gar nicht, auch das war ohne Weiteres denkbar. Mit zwölf kennt man die Fakten: ein Ei, ein Spermium, ein Leben. Aber wie stehen die Chancen, dass es *dein* Leben wird, genau zu dieser Zeit, genau dort? Die Wahrscheinlichkeit, dass du es wirst, ist im Grunde so klein, dass du nichts weniger als ein Wunder bist. Und so sagst du dir im Stillen: *Ich bin ein Wunder, ich bin ein Wunder.* Was keine

Angeberei ist. Mit zwölf begreift man dieses Wunder als das, was es ist: eine der Tatsachen des Lebens, weiter nichts.

Eine andere schlichte Einsicht war in jenem Sommer, in dem ich zwölf war, neben meiner schrittweisen Erkenntnis, dass Nina sich in ihrer Haut nicht wohlfühlte und Howards besonders kränkende Bemerkungen – die über den Geist und Körper von Frauen – sie folglich schwer trafen, die, dass sie mit sich beschäftigt war und für mich folglich nicht viel Zeit haben würde. Sie las und las und las. Auch in den Sommern davor hatte sie viel gelesen, aber in diesem Sommer hörte sie gar nicht mehr auf damit. Was immer Darwin ihr mitteilen wollte, musste in der Tat »fantastisch« sein – so hatte sie es anfangs ausgedrückt –, denn sie konnte oder wollte sich so gar nicht mehr von ihm losreißen.

Und so fühlte ich mich in jenen frühen Tagen des Sommers ungewöhnlich einsam, obwohl unser Sommerhaus voller Menschen war und ich jede Menge Kinder in den Nachbarhäusern kannte. Doch ich wollte nicht nur Freunde in der Nachbarschaft, ich wünschte mir eine Freundin gleich hier, bei mir zu Hause, wie meine Mutter sie in ihren Schwestern hatte. Wie meine Mutter wollte ich beim Aufwachen fröhlich vor mich hin summen und nicht nach etwas hungern. Doch nach einer Woche Woodmont hatte sich keine derartige Verwandlung bei mir eingestellt. Die Schwester, die ich mir in Gestalt von Nina wünschte, war nicht greifbar.

Im Rückblick stelle ich erstaunt fest, wie häufig Davy in jenen Tagen die Leere füllte und damit das tat, was ich mir von Nina erhofft hatte. Nach dem Frühstück, wenn Nina auf der Veranda auf einen der Metallstühle plumpste und zu lesen anfing, während ich wartend auf den Verandastufen saß, als würde sie an diesem Tag, anders als am Vortag oder Vorvortag, allen Ernstes das Buch weglegen und mit mir einen Spaziergang machen oder reden oder schwimmen, hockte irgendwann unweigerlich Davy neben mir, mit Samson Bagel auf der linken Hand.

Nina, Davy und ich hatten die Bagels vor drei Sommern gebastelt, als Bec vier identische Baumwollhandschuhe aus New Haven mitbrachte, sozusagen das Ebenbild nackter Körper in Puppenformat, und dazu einen Beutel voller Stoffreste, Knöpfe, Pailletten und Garn. Davys Samson hatte, wie sein biblisches Vorbild, den Kopf voller Haare und war ungeheuer stark. Zwar hatten die Männer in unserer Familie im Krieg keine Schlachten geschlagen – der erste war zu alt, der zweite zu fett, der dritte zu krank –, doch Samson Bagels Heldentaten machten das alles wett. Außerdem, davon war Davy überzeugt, hätten die Deutschen Samson nie im Leben geschnappt und eingesperrt. Gerade hatten wir nämlich Neuigkeiten von unserem Cousin Reuben aus Polen bekommen, der interniert gewesen war, sich mittlerweile jedoch in einem Lager für *Displaced Persons* befand – heimatlos, aber frei. Davy war auch der Schöpfer von Lenny Bagel, dem Vater, der wie unser eigener Vater ein kleines Kaufhaus führte. »Du meine Güte, schon wieder so ein Tag«, lautete einer seiner Lieblingssätze. Nina hatte Esther Bagel entworfen, die Mutter, die zwar von Nina Eigenschaften verpasst bekommen hatte, die sich von unseren Müttern unterschieden – Esther arbeitete als Teilzeit-Journalistin und trug sowohl zu Hause als auch bei der Arbeit Hosen –, die jedoch in Haushaltsfragen genauso pingelig war wie unsere richtigen Mütter. Meine Puppe war ein Mädchen, Linda Bagel, gehorsam und zufrieden. Was ich über Linda sagen konnte, war das, was ich von mir selbst wusste: Sie würde heranwachsen, heiraten, Kinder bekommen und noch zufriedener werden. Ich war neun, als ich sie erfand, und ich liebte sie abgöttisch. Mit zehn und elf waren meine Gefühle für sie immer noch stark. Mit zwölf allerdings hatte ich beinahe aufgehört, an Linda Bagel zu denken.

Doch an diesen ersten einsamen Vormittagen in Woodmont blieb mir kaum etwas anderes übrig als Linda aus der Versenkung zu holen und Davys Faxen mitzumachen. Manchmal beschränkte sich Davy darauf, eine Puppe zu packen und sie ohne Sinn und Verstand durch die Luft zu schwenken, und dann packte ich Linda und schwenkte sie ebenfalls ohne Sinn und Verstand hin und her. An anderen Tagen brachte er mich dazu, kleine Szenen mitzuspielen: Familie Bagel fährt nach Woodmont (Samson und Linda geben sich heimlich Fußtritte auf dem Rücksitz), Familie Bagel geht schwimmen (Mama Esther läuft vor Papa Lenny weg, der sie unbedingt nass spritzen will), Familie Bagel zündet die Schabbatkerzen an (Mama Esther vergisst unerklärlicherweise die Worte des hebräischen Segens und bricht in haltloses Kichern aus). Am meisten Spaß hatte ich jedoch, wenn ich einfach als Davys Publikum fungierte und zuhörte, wie er die eine oder andere Puppe nahm und zu einem spontanen Monolog ansetzte. »Womit habe ich nur solche fürchterlichen Kinder verdient?«, grummelte Lenny Bagel eines Morgens, und sogar Nina legte ihr Buch beiseite und lachte. Woher Davy diesen Satz hatte, war klar – genau das hatte Mr Weinstein am Vortag gebrüllt, als sein Sohn Arthur schon wieder in eine Prügelei geraten war –, aber häufig kannte ich seine Quellen nicht. Und das war mir auch egal. Ich ging davon aus, dass das ganze Spiel nur der Ersatz für das echte Leben war, das mit Sicherheit anfangen würde, wenn Nina ihr Buch ausgelesen hatte. Doch ein paar Wochen später verloren wir Davy. Und ich begriff auf einmal, dass die Zeit mit den Puppen das echte Leben gewesen war, denn ohne Davy fühlte ich mich so einsam wie nie.

Seit Herbstbeginn gehe ich ungefähr einmal pro Woche zu Becs Haus, um es zu erforschen und die Puzzleteile der Vergangenheit zusammenzusetzen, als ob sie sich hier versteckte, in den Wänden und Fußböden, Notizheften und Fotoalben der jüngsten Syrkin-Tochter. Ich bin hergekommen, weil ich allein bin, mehr als je zuvor, und ich meine das diesmal ganz wörtlich. Bec starb als Letzte ihrer Generation. Aus meiner Generation lebt nur noch Nina, und sie ist schon lange von New England nach Kalifornien gezogen. Ich bin schon länger, als ich mir eingestehen möchte, von Howards bestem Freund Mark Fishbaum geschieden, und wir hatten keine Kinder. Ich habe kein zweites Mal geheiratet.

Der September kam und ging und nun haben wir Mitte Oktober, das meiste Laub ist abgefallen, die Luft ist kühl. Dennoch nehme ich mir bei jedem meiner Besuche ein wenig Zeit, um auf der Veranda zu sitzen und nachzudenken. Bec hatte zwei Schaukelstühle auf der Veranda stehen, und obwohl ich mich nicht erinnern kann, sie je in einem gesehen zu haben, spüre ich, wenn ich mich dort aufhalte, eine Art Präsenz. Sie hatte auch Blumenkästen auf die Veranda gestellt, die ich, weil alles verblüht war, geleert habe, und als ich so die Kästen betrachtete, stellte ich mir vor, wie sie im nächsten Frühjahr wieder bepflanzt würden, vielleicht mit Springkraut oder Petunien. Dein Haus, sagte ich in Gedanken zu Bec, wird wieder erblühen.

Heute früh nieselte es, aber das hielt mich nicht von der Veranda fern. Ich setzte mich hin, wie üblich, winkte einer Nachbarin zu, mit der ich mich noch nicht bekannt gemacht habe, eine Frau mittleren Alters wie ich, die Einkäufe aus ihrem Auto hievte und sie eilig ins Haus trug, und dann ging ich auch nach drinnen, um mich aufzuwärmen. Becs Essecke ist eigentlich eine Nische, ähnlich denen in einem Restaurant, sie besteht aus bequem gepolsterten Holzbänken mit einem Holztisch dazwischen, und das Ganze ist gegen die Wand geschoben. Es gibt auch ein Fenster, durch das man den Japanischen Fächerahorn sieht, den Bec gepflanzt hatte, damit er sie an einen bestimmten Fächerahorn erinnerte, den sie in Woodmont immer so gerne im Vorübergehen betrachtet hatte. Während ich an meinem heißen Tee nippte, blätterte ich in einem alten Fotoalbum, das ich im Arbeitszimmer aus dem Regal gezogen hatte. Ganz vorn im Album steckte ein Foto von Bec, meiner Mutter und Vivie, das die Schwestern zeigte, als sie noch jung waren, noch identische Badeanzüge und identische Zöpfe trugen. Auf diesem Schnappschuss waren sie am Strand, hinter ihnen glitzerte das Wasser. Vivie, elf und damals noch die größte, posiert kerzengerade mit über der Brust verschränkten Armen, als würde sie brav darauf warten, dass Maks abdrückt. Doch Ada, acht, hat sich an ihr vorbeigemogelt, näher an die Kamera heran. Schon zu diesem Zeitpunkt ist sie die hübscheste der drei und grinst übermütig, doch ihr breites Lächeln ist zum Teil verdeckt, weil sie den Kopf ein Stück weit ihrer älteren Schwester zugewandt hat. Bec, sechs Jahre alt, hockt an der Seite und blickt nicht in die Kamera, sondern auf die Sandgebilde, in denen ihre Hände stecken. Sie sieht entspannt und, im Gegensatz zu ihren Schwestern, wahrhaft glücklich aus. Sie muss im Sand gegraben, etwas gebaut haben, ein Schöpfer im Moment des Erschaffens, dachte ich, als ich das Foto anschaute.

Mir schien, als wäre sie schon als Schneiderin auf die Welt gekommen, als habe der Keim für ihre Leistungen oder das Naturell, das die Arbeit erforderte, schon immer in ihr geschlummert. Und ich glaube, sie hätte mir zugestimmt. Tatsächlich sagte sie einmal zu mir, dass es gefährlich sei, unsere eigentliche Bestimmung zu ignorieren. Doch so hat sie es nicht ausgedrückt. Ihre Worte waren schlichter. »Du musst du selbst sein, Molly«, hatte sie gesagt. »Du *musst.* Sonst stirbt etwas in dir.«

Jahre zuvor hatte sie geschrieben: *Ich könnte sterben. Nein, nein, ich bin schon längst tot.*

Da hatte sie schon aufgehört zu nähen und aufgehört, die Kleider zu entwerfen, die nur sie entwerfen konnte.

Mach weiter, sagte ich zu dem aufgeweckten kleinen Mädchen auf dem Foto. Mach weiter, wühle im Sand und erschaffe, was immer du willst. Ich sagte das nicht, weil ich glaubte, ich könne die Geschichte neu aufrollen und die schrecklichen Worte ausradieren, die ich auf dem Zettel gefunden hatte. Ich sagte es, weil es unmöglich war, die junge Bec anzusehen – schmuddelig, glücklich, zuversichtlich, gar nicht so anders, als ich einmal ausgesehen habe – und sie nicht anzufeuern.

Das Kleid, das Bec im Juli 1948 für Mrs Arthur Coventry aus New Haven nähte, bestand aus steifem, burgunderrotem Taft, einem unhandlichen Stoff, den Bec bisher nur selten verwendet und mit dem sie ihre Mühe hatte. Aber er hatte einen wunderbaren Schimmer, und das machte ihn zum idealen Material für das Kleid, das Mrs Coventry auf der Überraschungsparty zum fünfzigsten Hochzeitstag für ihren Mann, einen pensionierten Juraprofessor, tragen wollte. Er sei ein Mann von großer Würde, war Bec von Mrs Arthur Coventry mitgeteilt worden. Viele seiner Studenten in Yale seien Richter geworden, im ganzen Land verteilt. Andere besäßen florierende Kanzleien. Zudem sei er immer ein guter Ehemann gewesen. Treu ergeben und gütig, hatte Mrs Coventry gesagt. So hatte er es beispielsweise nie versäumt, sie jedes dritte Jahr im Juli für zwei Wochen nach Paris zu entführen. Dort seien sie dann Hand in Hand am Ufer der Seine entlangspaziert, wie Jungverliebte, als sei die Zeit stehen geblieben. Jeden Nachmittag kehrten sie in derselben Patisserie ein, aßen süße Cremeschnitten und nippten an ihrem Kaffee. Ihre Ehe lebe von den einfachen Freuden, sagte sie, von einer unkomplizierten Vertrautheit. Mrs Coventry hatte vier Kinder großgezogen, aber das war lange her, wie sie Bec mitteilte. Fünfzig Jahre Ehe. Sie seufzte ermattet. Sie habe Cremeschnitten immer gehasst, gestand sie schließlich.

Das Kleid sollte dieser Leistung, dieser gewaltigen Zeitspanne irgendwie gerecht werden, und die Würde (oder den Preis?, fragte sich Bec) dieses Lebens reflektieren, das sie an der Seite des Professors verbracht hatte, und auch die wiederholten Reisen nach Paris einfangen, ihre Freuden und Defizite, und sogar die Herausforderung, die es bedeutete, vier Kinder aufzuziehen und jeden Abend ruhig zu halten, damit der Professor lesen konnte. Das Kleid sollte mehr sein als ein Kleid. Es sollte die Komplexität eines ganzen, langen Lebens ebenso deutlich ausdrücken wie es die Falten in Mrs Coventrys zweiundsiebzigjährigem Gesicht taten.

Aber der Stoff – dieser steife Taft – machte es der Schneiderin nicht eben leicht.

In der zweiten Woche in Woodmont hörten wir mehr als einmal ein frustriertes Stöhnen aus Richtung der Singer, an der Bec saß und mit den Füßen das Pedal traktierte, während sie mit den Händen den Taft auseinanderzog und sich mit den Nähten abmühte. Das tragbare Radio, mit dem mein Vater an den Wochenenden draußen auf der Veranda seine Baseballspiele anhörte, stand jetzt auf der Kommode in Becs »Sonnenraum«, und wenn Bec an eine besonders schwierige Stelle kam, hielt sie das Schwungrad der Singer an, blickte aufs Meer, lauschte Doris Day oder Bing Crosby und summte ein Weilchen mit, während das Kleid scheinbar unbeachtet auf ihrem Schoß lag. Dann hörten wir ein resigniertes Seufzen, welches anzeigte, dass sie sich vom Anblick des Meeres losgerissen hatte, die Singer in Gang gesetzt und ihren Kampf mit dem Kleid wieder aufgenommen hatte.

Die Luft da draußen in ihrem Sonnenraum sei besonders gut, behauptete Bec, ganz gleich, wie schwierig ihr jeweiliges Nähprojekt sich gerade gestaltete, und so waren wir immer ganz besonders stolz, wenn wir dorthin eingeladen wurden, so wie Nina und ich am Mittwoch unserer zweiten Woche in Woodmont. Es war uns ebenso klar wie unseren Müttern, dass wir die Glasveranda nicht ohne eine explizite Einladung betreten durften. Wir wussten auch, dass dies ein offizieller Besuch war, bei dem es nicht erlaubt war, Becs Näharbeiten zu unterbrechen, und Nina, die immer noch *Über die Entstehung der Arten* las, war klug genug, ihr Buch mitzubringen. Sie ließ sich auf Becs Feldbett fallen, schlug die Beine unter, und bald darauf blätterte sie in regelmäßigen Abständen eine Seite nach der anderen um.

Ich setzte mich ans andere Ende des Bettes, schlug ebenfalls die Beine unter und fing an, auf dem leeren Notizblock herumzukritzeln, den ich mitgebracht hatte. Ich zeichnete einen Seestern, dann eine Möwe, dann einen ganzen Schwarm Möwen, die am Strand auf etwas herumpickten, dann eine Serie von Wildrosensträuchern, denen wir überall in Woodmont begegneten, dürre Strandgewächse, die nur gelegentlich eine Blüte hervorbrachten. Während ich zeichnete, blätterte Nina Seite für Seite um, und die hektische Nadel an Becs Singer hörte nicht auf, mit unbeirrbarem Elan den steifen Taft zu attackieren. Doch an jenem Nachmittag schien es für Bec gut zu laufen. Wenn sie einen Saum fertig hatte, stimmte sie triumphierend eine Melodie an, die sie kürzlich gehört haben musste, in dem Radioapparat, den sie an jenem Tag nicht angestellt hatte, damit sich Nina besser konzentrieren konnte. Ein paar Mal drehte sich Bec im Sitzen um und hielt einen Ärmel oder ein Stück Kragen in die Höhe. Zwischendurch wandte sie sich uns zu, um eine Bemerkung über das Seeklima zu machen. »Die Luft ist angenehm hier, findet ihr nicht?«, fragte sie uns mehr als einmal. Jedes Mal nahm sie dann einen tiefen Atemzug, wie ich es von meiner Mutter kannte, allerdings wusste ich, dass Bec mit der »frischen Luft« speziell die in ihrem Sonnenraum meinte. Anschließend kehrten wir drei wieder zu unseren jeweiligen Beschäftigungen zurück: dem Buch, den Kritzeleien, dem Kleid zum fünfzigsten Hochzeitstag.

An jenem Mittwoch war es nicht besonders heiß, aber wenn hin und wieder eine frische Brise durch den Raum wehte, war das ausgesprochen angenehm, und die Winde schienen all die guten Gefühle mitzubringen, die dieses stille, fleißige Miteinander ausmachten. In dieser Hinsicht war die Luft, die in Becs Sonnenraum zirkulierte, tatsächlich gut, auf ihre ganz eigene Weise. Mehrfach kamen meine Mutter und Vivie an jenem Nachmittag wie zufällig an den Doppeltüren vorbei, die den Übergang vom Wohnzimmer zu Becs Sonnenraum markierten, und warfen von der Schwelle neugierige und, wie mir schien, neidische Blicke zu uns hinein. Aber sie hatten andere Lebensentscheidungen getroffen: Sie besaßen keine Singer, keine nennenswerten Berufe, keinen Grund für ein eigenes Schlafzimmer, das ebenso gut als Atelier genutzt werden konnte. Was hätten sie dort mit sich anfangen sollen, selbst wenn wir ihnen Platz gemacht hätten? An jenem Nachmittag war ich davon überzeugt, dass Becs Sonnenraum von Adas und Vivies Welt meilenweit entfernt war, dass wir drei eine eigene Welt hatten, und obwohl ich keine Intellektuelle wie Nina war und auch keine Schneidermeisterin wie Bec, hatte ich an jenem Tag das Gefühl, *etwas* zu sein, auch wenn ich nur an etwas herumkritzelte, etwas, das nicht einmal meine eigene Mutter erkannt hätte.

So sehr die Kleider, die Bec entwarf, für sie eine Form von Freiheit waren, eine Möglichkeit, sie selbst zu sein, so war ihr Berufsweg, genau wie Vivies Beziehung mit Leo, geprägt von Irrungen und Risiken. Ich glaubte lange, Bec habe sich *entschieden*, ein weniger konventionelles Leben als ihre Schwestern zu führen, doch sie war – auch wenn ich das im Sommer 1948 noch nicht wusste – in die Existenz einer Damenschneiderin hineingestolpert und erst ganz darin angekommen, nachdem ihr das eigentlich geplante, viel normalere Leben genommen worden war, das sie während ihrer langen Verlobungszeit mit Milton Goldberg für ihre Bestimmung gehalten hatte.

Er liebe sie, hatte er ihr bei ihrer – wie sich zeigen sollte – letzten Begegnung versichert, er liebe sie noch immer und würde sie immer lieben, aber er könne sie nicht heiraten. Er hatte gerade am Amherst College sein Studium beendet. Sie waren während seiner gesamten vier Studienjahre verlobt gewesen. In dieser Zeit hatte sie zu Hause auf ihn gewartet, Flickarbeiten von Kunden aus der Stadt angenommen und gelegentlich auf Bestellung ein Kleid oder einen Rock genäht. In Milts zweitem Studienjahr hatte Bec bereits für jedes Familienmitglied eine komplette Ausstattung beisammen. Und obwohl Milt schon immer ein langer Kerl gewesen war – er war Aufbauspieler im Basketballteam der Middletown High –, kam er ihr bei seiner Rückkehr noch größer vor, als hätte er durch die Ausbildung noch einige Zentimeter hinzugewonnen. Ende Mai 1932 standen sie vor der Hintertür von Becs Haus, wo er sie küssen konnte, ohne dass es jemand sah. Das war immer das Erste, was sie taten, wenn er zu Besuch nach Hause kam. Bei jedem Wetter standen sie da draußen. Aber diesmal fing er an zu reden. Seine Stimme klang tiefer und gebieterischer als früher, das fiel ihr sofort auf. Mit dieser neuen Stimme erklärte er, dass er plane, Betriebswirtschaft zu studieren. Die Banken und Geschäfte von Middletown seien in viel besserer Verfassung als in vielen anderen Orten, fast überall sonst herrschten katastrophale Zustände. Er schüttelte den Kopf. Er wolle helfen, sagte er. An so etwas habe er beileibe nicht gedacht, als er fortgegangen sei. »Wenn ich damals nur gewusst hätte, was ich jetzt weiß«, wiederholte er eindringlich und fahrig zugleich, wobei er nicht einmal ihre Hand nahm oder sich zu ihr hinunterbeugte, um sie zu küssen.

Über ihren Kopf hinweg auf das Nachbarhaus blickend sagte er, dass er damals auch etwas anderes noch nicht gewusst habe, und zwar, dass er ein Mädchen namens Audrey kennenlernen würde, an einem der vielen gemischten Abende von seinem College und dem Mädchencollege nebenan, Smith. Und dadurch, dass er sie kennengelernt habe – erst im letzten Semester übrigens –, habe er festgestellt, dass er lieber mit jemandem zusammen sei, der wie er war.

»Wie du?« Bec konnte sich nicht vorstellen, was er damit meinte. Sie und Milt waren zusammen aufgewachsen, hatten dieselben Lehrer gehabt, hatten als Kinder auf denselben Spielplätzen gespielt, kannten ihre jeweiligen Freunde und Verwandte. Sicher, sie waren erst im letzten Jahr der Highschool zusammengekommen, aber sie wussten seit ewig langer Zeit alles übereinander. Wieso war sie nicht wie er?

»Gebildet«, antwortete Milt. »Ich ziehe gebildete Frauen vor.«

Wenn je die Schwestern gefragt waren, dann jetzt, nach Becs abrupter Trennung von Milton Goldberg. Und wie vehement Vivie und Ada ihrer Schwester zu Hilfe eilten, trotz aller unterdrückten Spannungen! In einem einzigen Augenblick hatte sie sich von der heftig bewunderten Schwester, die im Begriff war, die vorteilhafteste Ehe zu schließen – Milts höhere Ausbildung machte ihn zu einer besonders guten Partie –, in die Schwester verwandelt, der das größte Unrecht angetan worden war, der nach ihrer vierjährigen Verlobung noch übler mitgespielt worden war als Vivie.

»Dieser Snob!«, rief Ada empört. Sie saßen in der Küche der Syrkins am Esstisch, wo schon immer alle wichtigen Gespräche zwischen den Schwestern stattgefunden hatten. Vivie war inzwischen mit Leo verheiratet, aber bis zu diesem Moment – dem noch nicht erkannten Beginn einer allmählichen Versöhnung – war sie Ada trotzdem am liebsten aus dem Weg gegangen.

»Er ist ganz mieser Abschaum!«, fügte Vivie ungewohnt beleidigend hinzu und überraschte damit die anderen beiden. »Das meine ich ernst! Man vergisst nicht, woher man kommt! Dieser Milton Goldberg ist ein Idiot, jawohl, das ist er. Ein kompletter Idiot.« Sie schwieg. »Und außerdem«, setzte sie mit einem boshaften Grinsen hinzu, »konnte der Bursche nicht mal seinen Teller leer essen, ohne die Hälfte auf seine Hosen zu kleckern.«

Bec warf Vivie über den Tisch hinweg einen verdutzten Blick zu.

»Das stimmt«, bestätigte Ada, die auf einmal auf ihrem Stuhl herumhopste. »Und er hat in jeden Satz so viele ›ähm‹ eingebaut, dass man ihn ähm irgendwann ähm am liebsten ähm erwürgt hätte.«

»Und trotz seiner ganzen tollen Ausbildung«, übernahm Vivie wieder, »hing ihm immer, wenn er hier aufgetaucht ist, das Hemd aus der Hose und sein Gesicht war ungewaschen.«

»Das stimmt doch nicht«, protestierte Bec. Aber nicht einmal sie konnte sich ein Lächeln verkneifen.

»Dieser ungehobelte Klotz«, sagte Ada und knallte die Handflächen auf den Tisch. »Abgesehen von einem Basketball konnte der Kerl doch nichts in der Hand halten, ohne dass es ihm runterfiel. Moment mal, hat er den Basketball nicht auch dauern fallen lassen? Zum Glück springt der immer wieder hoch. Wenn du jemanden wie den heiratest, hast du nie ein vollständiges Tafelservice. Weiß der Himmel, wenn er dich je hochgehoben hätte, hätte er dich wahrscheinlich auch fallen lassen!«

»Und hat er jemals einen wirklich lustigen Witz erzählt?«, fragte Vivie und warf die Arme in die Luft.

Dicht vor dem Fenster setzte sich ein Pärchen Rotkardinale auf einen Ast, und die Schwestern waren unwillkürlich still. Abenddämmerung, Ende Mai, das Fenster stand offen.

»So ein Snob«, wiederholte Ada nach einer Weile in ernsthafterem Ton und wandte den Blick vom Fenster ab. »Wer heiratet ein Mädchen, nur weil es aufs Smith College geht? Wer tut so etwas? *Wer?*« Sie dachte nach, und dann hob sie die rechte Hand und stieß den Zeigefinger kämpferisch nach vorne. »Episkopale!« Sie spuckte das Wort regelrecht aus. Die Vögel flogen davon. »Die tun das!«

»Ada, du weißt, dass das nicht stimmt«, widersprach Bec, aber sanft, ohne Adas Angewohnheit, Menschen auf eine einzelne schlechte Eigenschaft zu reduzieren, infrage zu stellen. Eine Weile plapperte Ada weiter über versnobte Episkopale und idiotische Kongregationalisten, dann über die hochnäsigen Katholiken, dann über speziell die hochnäsigen *und* niederträchtigen irischen Katholiken, dann über die hochnäsigen und niederträchtigen italienischen Katholiken. Aus irgendeinem Grund trudelten ihre Gedanken als Nächstes zu den Schwarzen, die aus keinem besonderen Grund die Schlimmsten von allen waren.

Bec versuchte gar nicht erst, den Gedankenschleifen ihrer Schwester zu folgen. Schließlich unterbrach sie Adas Redeschwall. »Stimmt, er hat mir todlangweilige Briefe geschrieben.«

»Siehst du?«, riefen beide Schwestern wie aus einem Mund.

»Und wenn er lachte, hat er manchmal wie ein Schwein gegrunzt.« Als das heraus war, kicherte Bec ein Weilchen vor sich hin, und die Schwestern stimmten ein.

»Das Leben geht weiter, Schatz«, erklärte Vivie vollkommen ernst, nachdem sie sich beruhigt hatten. »Was das angeht, musst du mir vertrauen.«

Die Rotkardinale kehrten zurück.

»Und du bist noch jung«, fügte Ada hinzu. »Lass dir das von mir gesagt sein. Wozu überhaupt die Eile?«

In jenem Sommer in Woodmont schlug Bec lediglich die Zeit tot, so verletzt und niedergeschlagen war sie. Selbst während der Wochen, in denen ihre Schwestern zu Besuch waren – Ada und Mort Ende Juni, Vivie und Leo Anfang Juli –, schlief sie morgens länger als sonst. Sie unternahm lange, einsame Spaziergänge. Sie wanderte die gesamte Beach Avenue entlang, bis zu einem Park mit einer Rasenfläche am Ende der Straße, in dem das eigenartige, burgunderrote Laub eines Japanischen Ahorns etwas in ihr ansprach und sie tröstete, solange sie sich die Zeit nahm, es anzuschauen. Mit Ausnahme dieses Baums war sie auf alles wütend, sogar auf den Sonnenschein, sogar auf die weißen Quellwölkchen.

Im Hochsommer fuhr Bec mit ihren Eltern für einen Tag nach New Haven. An ihrem Geburtstag wollte Risel nicht weniger als ihre Lieblingspizza bei Pepe's. Nach dem Essen schlenderte Bec Arm in Arm mit ihrer Mutter durch die nahe gelegene George Street, als Risel eine Frau bemerkte, die in das Schaufenster eines Kleidergeschäfts ein Schild mit der Aufschrift *Schneiderin gesucht. Bewerbungen im Laden* stellte. »Schau mal«, sagte Risel zu Bec.

Bec war nicht weniger erstaunt als ihre Mutter. Dass jemand Mitarbeiter suchte, war in der Tat ein Wunder. Aber Risel meinte etwas anderes.

»Ich?« Bec schüttelte den Kopf.

»Du«, antwortete Risel, und dann warf sie die Schultern zurück und posierte für Bec, mitten auf dem Gehweg der George Street. Tatsächlich hatte Bec das blau-weiß gepunktete Baumwollkleid, das Risel trug, selbst entworfen und genäht. Als Geburtstagsgeschenk. Eine Beschäftigung für zwei, drei einsame Wochen. Ihre Mutter hatte eine kräftige Taille, ein schmales Gesäß und einen großen Busen, und doch passte ihr das Kleid wie angegossen. Als Bec sie betrachtete, wusste sie selbst nicht, wie ihr das gelungen war.

»Was ist los?«, fragte Maks, der eine Zigarre paffend hinter den Frauen hertrödelte.

Risel deutete auf das Schild im Schaufenster. Quer über dem Glas prangte in großen, schwarzen Lettern der Name *McMannus*.

»Ein Hirngespinst«, sagte Bec. »Komm weiter.«

Hirngespinst hin oder her, am nächsten Vormittag ging Maks noch einmal zu McMannus, Risels zusammengefaltetes Kleid in einer Papiertüte, die er so vorsichtig trug, wie er einst die angehende Schneiderin getragen hatte, als sie noch ein Baby gewesen war, das Nesthäkchen der Familie. Stunden zuvor waren Maks und Risel auf dem Weg zum Eintauchen übereingekommen: Wenn die Chance bestand, dass Bec dadurch diese Stelle bekam, würde Maks den Leuten von McMannus Risels Kleid als Muster für ihre Arbeit zeigen. Risel liebte das Kleid und hatte es nur einmal bei Pepe's getragen, aber für ein, zwei Tage, meinte sie, könne sie sich davon trennen.

Als Maks den Laden betrat, teilte man ihm mit, Mr McMannus sei nicht im Hause, er leide an Rückenschmerzen. Pearl Delaney, die Frau, mit der er sprach, war Mr McMannus' Assistentin. »Vorübergehend führe ich die Aufsicht«, erklärte sie Maks mit resoluter Stimme und einem unverkennbar irischen Akzent. Ihr Gesicht war zerfurcht und verwittert, wie der Schiefer von Woodmont, wie Maks' eigenes Gesicht, aber merkwürdigerweise war ihr Haar kaum mitgealtert und immer noch rabenschwarz. Die Suche nach einer Mitarbeiterin, erläuterte Pearl, sei auf das kürzliche Ausscheiden der einzigen anderen Schneiderin des Betriebs zurückzuführen. »Sie ist achtzig und hat blind genäht«, sagte sie.

Maks erzählte von Bec, »unsere Familienschneiderin«, wie er sie stolz nannte, dann zog er das Kleid aus der Papiertüte, wobei es ihm leidtat, es nicht etwas eleganter verpackt zu haben. Er sah zu, wie Pearl Delaney nach dem Kleid griff, von dem sie nicht wusste, dass es ein Geschenk für Risel gewesen war, es auf links drehte und daran zerrte, als wünschte sie sich, es würde einreißen. Minutenlang prüfte sie jede einzelne Naht. »Du lieber Gott«, stieß sie einmal kopfschüttelnd hervor. Als sie fertig war, warf sie sich das Kleid über die Schulter, wie einen länglichen Stofffetzen. Angesichts dieser Behandlung war Maks froh, dass Risel nicht mitgekommen war und er den Besuch vor Bec geheim gehalten hatte.

Zwei weitere Bewerberinnen betraten mit ihren Nähproben den Laden. Pearl Delaney wies sie an zu warten und sagte zu Maks: »Sie werden auf eine Antwort von Mr McMannus warten müssen.«

»Dann behalten Sie das Kleid?«, fragte er verblüfft.

Eine Woche später klingelte das Telefon im Sommerhaus. »Soll ich es abholen?«, fragte Maks, sobald er begriffen hatte, dass Pearl Delaney am Apparat war. Er hoffte inständig, dass gerade niemand außer ihm den Gemeinschaftsanschluss benutzte und mithörte.

»Im Gegenteil. Wir sind interessiert. Mr McMannus steht hier neben mir. Er hat mich gebeten, Ihnen auszurichten, dass Sie Ihre Tochter zu einem Gespräch zu uns bringen möchten.« Am nächsten Montag sollten sie erscheinen, pünktlich um neun. »Unpünktlichkeit kann er nicht besonders gut leiden.«

Es dauerte ein Weilchen, bis sie Bec dazu überredet hatten, sich am nächsten Montag nach New Haven aufzumachen. Seit Maks ihr von dem bevorstehenden Bewerbungsgespräch erzählt hatte, war sie jeden Abend in Tränen ausgebrochen.

»Ihr wollt mich nicht!«, hatte sie sich beklagt. Die gegenteiligen Beteuerungen hatten nur noch mehr Tränen hervorgelockt und sie wiederholte störrisch: »Milt hat mich nicht gewollt, und jetzt wollt ihr mich auch nicht mehr!«

Am Ende ließ sie sich dann doch von ihrem Vater nach New Haven fahren. Und nachdem sie Tyler McMannus kennengelernt und gehört hatte, wie er zu ihrem Vater »Ihre Tochter kann sehr gut mit Stoffen umgehen« sagte, nickte sie und sagte zu Maks, es sei einen Versuch wert, wenigstens für eine Woche.

Pearl Delaney, die geschwiegen hatte, sagte: »Eine Woche?«, und lachte.

»Gut, dann für eine Woche«, sagte Tyler an Bec gewandt. Lächelnd reichte er ihr Risels Kleid.

»Ich nehme das an mich«, griff Maks sichtlich erleichtert ein.

Eine Woche war keine lange Zeit, aber Bec hatte von Anfang an ein Faible für den Geruch des Ladens: der feine Duft noch ungetragener Kleider, eine Frische, die man in keinem Kleiderschrank fand. Auch die schlichte Ausstattung des Ladens gefiel ihr: Kleiderständer mit gebügelten Kleidungsstücken entlang der Seitenwände, Polsterstühle in einer Reihe an der hinteren Wand. Und die Arbeit selbst stillte ihr Bedürfnis, etwas zu tun, irgendetwas, damit sie nicht unentwegt über Milt nachgrübeln musste. Mr McMannus, wie Bec ihn damals nannte, konnte ihr von Anfang an jeden beliebigen Auftrag geben – einen Männeranzug, ein Abendkleid – und sicher sein, dass Bec der Aufgabe gewachsen war, ja, zuweilen schien ihr das Erreichte fast schon perfekt. All die Jahre, in denen sie zu Hause gesessen, auf Milt gewartet und Flickarbeiten angenommen hatte, waren endlich zu etwas nütze. So erschien es ihr zumindest während der langen Tage jener ersten Woche, bis sie von Pearl Delaney etwas anderes hörte, die, wie sie bald erfuhr, sogar schon in dem Geschäft gearbeitet hatte, als es noch kein Geschäft gewesen war. Pearl war im zarten Alter von fünfzehn von Tylers Vater, einem Schneider, eingestellt worden. Im Jahr zuvor war sie mit ihren beiden Schwestern von County Cork nach Amerika eingewandert. Sie hatte verzweifelt nach Arbeit gesucht, als Tylers Vater sie in Lohn und Brot genommen hatte. Damals war Tyler noch ein Baby gewesen.

»Nein«, tadelte Pearl in jenen ersten Tagen mehr als einmal, »Ihre Arbeit ist unzulänglich.« Becs Stiche seien ungleichmäßig, stellte sie ungnädig fest, und sie bestand darauf, dass Bec manche Handnähte auftrennte und sich neu ans Werk machte.

Tyler war nicht dabei, wenn Pearl sie in dieser Form kritisierte, und wenn er da war, hörten sich seine Kommentare anders an. »Gut gemacht«, sagte er meistens knapp. Oder, wie bei ihrer ersten Begegnung: »Sie können sehr gut mit Stoffen umgehen.« Aber Tyler hielt sich in der Regel im Verkaufsraum auf und versuchte mit allen Mitteln, den Lagerbestand an Herrenanzügen und Damenkleidern an den Kunden zu bringen. Im selben Maß, wie sie gut mit Stoffen umgehen konnte, konnte er gut mit Menschen umgehen. Das begriff Bec sehr bald. Die Anfertigung der Kleidungsstücke überließ er im Großen und Ganzen Pearl, und nun auch Bec. Aber Bec stand an zweiter Stelle, sie musste sich erst noch beweisen, und indem Pearl Bec so häufig anwies, ihre Arbeit aufzutrennen, sorgte sie auch dafür, dass Bec das nie vergaß.

Es gab also Elemente in Becs neuem Leben, an denen Bec von Anfang Gefallen fand – der Geruch des Ladens, Tylers seltene, aber aufrichtige Bewunderung ihres Könnens –, und Elemente, auf die sie gut hätte verzichten können, insbesondere Pearl Delaney, und zwar auf jeden ihrer hundertfünfzig Zentimeter. Aber Tyler schien Pearl zu vergöttern, er beugte sich jeden Abend, bevor sie den Laden verließ, tief zu ihr herunter und wünschte ihr mit einem Kuss auf die Wange eine gute Nacht, und Bec verstand, dass sie auch mit noch so viel Willenskraft Pearl Delaney nicht einfach wegzaubern konnte. Sie gehörte zum Inventar und war so unverzichtbar wie die Kleiderständer und die Polsterstühle an der Rückwand. Und es musste, da war sich Bec sicher, eine Geschichte zwischen Pearl und Tyler geben. Etwas an Tylers Gute-Nacht-Kuss ließ die sonst so harte Frau dahinschmelzen, sodass sie nach einem

Tag voller Klagen das Geschäft unweigerlich mit einem schüchternen, mädchenhaften Lächeln auf dem Gesicht und oft sogar kichernd verließ.

»Nur zu, erzählen Sie mir etwas«, forderte Tyler einmal Bec auf. Es war an einem Abend Mitte März kurz vor Ladenschluss. Sie arbeitete – kaum zu glauben – bereits seit acht Monaten bei McMannus. Noch unglaublicher war die Tatsache, dass sie drei Straßen weiter an der Howe Street lebte, allein in einer Wohnung, von der ihr Vater ihr abgeraten hatte. »Ich wollte doch nicht, dass du für immer dort arbeitest«, hatte Maks im August gesagt, als er Bec beim Einzug geholfen hatte. Bec hatte ihn ungläubig angesehen. »Wie stellst du dir das vor? Dass ich ihn einfach im Stich lasse?«, hatte sie gefragt und dabei ihr Skizzenbuch an sich gedrückt. In den letzten Monaten hatte sie angefangen zu zeichnen und fühlte sich dabei in einen fast tranceähnlichen Zustand versetzt. Sie zeichnete Kleider, Kleider und noch mehr Kleider. Nun saß sie auf einem Stuhl an der Rückwand des Ladens und säumte ein Kleid. Tyler saß neben ihr, zerstreut wie so oft, und schien vergessen zu haben, dass das Maßband noch um seinen Hals hing. Pearl Delaney hatte bereits ihren Kuss bekommen und war gegangen. »Erzählen Sie mir nur etwas über sich«, bat Tyler.

»Ich bin keine von der gebildeten Sorte«, sagte Bec und ergänzte nach einer Weile: »Und das ist mir vollkommen egal.«

»Ah, gut. Das ist eine klare Aussage. Ich werde nicht versuchen, Sie zu bilden.«

Sie legte die Näharbeit beiseite und warf Tyler einen Seitenblick zu. Er betrachtete sie amüsiert. »Noch etwas, das ich tun oder nicht tun sollte?«

Sie lachte und nickte. »Könnten Sie mir endlich mal verraten, was das da bedeutet?« Sie zeigte auf die Wand über ihm. Dort hing eine gerahmte Stickerei mit den Worten *Die Feen gehen im-*

merfort vorüber. Unter den Satz hatte Pearl ihren Namen gestickt. Und das Datum, 1921.

Tyler zog sich das Maßband vom Hals, das er schließlich doch registriert haben musste, stand auf und nahm seinen Mantel vom Haken. »Kommen Sie«, sagte er, »Feierabend. Ich erzähle es Ihnen unterwegs.«

Während sie bis zur nächsten Querstraße gingen, dann wieder bis zur nächsten, erzählte er ihr, dass der Spruch »Die Feen gehen immerfort vorüber« von Pearl stamme. Er hatte etwas mit der alten Geschichte von Paddy Corcorans Frau Kitty zu tun, die sieben Jahre lang bettlägerig war und schließlich Besuch von einer Fee erhielt, die ihr verriet, dass Kittys Kinder das Schmutzwasser immer genau dann zur Hintertür hinausschütteten, wenn die Feen vorübergingen. Eine kleine Korrektur, schlug die Fee vor: Das Schmutzwasser aus dem Seitenfenster, bitte – und prompt wurde Kitty gesund.

»Das ist eine Geschichte aus Irland. Wahrscheinlich soll sie uns sagen, dass wir, wenn wir uns bewusst machen, dass die Feen *immer* an uns vorübergehen, mit mehr Bedacht handeln«, sagte Tyler. Sie waren an einer Straßenecke angelangt. Becs Wohnung lag in der einen Richtung, Tylers in der anderen. Die Märzluft war frisch, aber nicht kalt. Dennoch trugen beide ihre Wintermäntel. Eine Straßenlaterne warf ihren Schein auf Tylers Gesicht. Er lächelte nicht, aber Bec sah, dass es ihn froh machte, da zu stehen und zu reden.

»Mit mehr Bedacht handeln? *Das* will sie uns sagen?«

»Wir mögen nicht immer die Menschen sein, die wir gerne wären, aber wir können uns immer darum bemühen«, sagte Tyler, und Bec entnahm seinen Worten mit Erleichterung das Zugeständnis, dass Pearl streng war.

»Die Feen gehen immerfort vorbei«, wiederholte sie, versöhnlicher als vorher. Sie sah sich um.

Auch Tyler blickte sich suchend um, und als er auf der Straße offenbar keine Feen entdeckte, hob er den Kopf. Bec folgte seinem Blick. Sie betrachteten beide die Straßenlaterne.

»Sehen Sie welche?«, fragte er.

»Eine oder zwei vielleicht«, antwortete Bec, ins Licht blinzelnd.

Jeden Samstag führte Bec drei Ferngespräche, eines mit ihrer Mutter, zwei mit ihren Schwestern. Und einmal im Monat holte ihr Vater sie ab, und sie verbrachte ein Wochenende zu Hause. »Du musst hier nicht bleiben«, sagte Maks jedes Mal, wenn er sie in die Howe Street zurückbrachte. »Wir haben zu Hause Platz für dich. Genau wie immer.«

Sie reagierte darauf, indem sie auf die Fenster ihrer beiden Zimmer deutete. »Es gefällt mir hier«, hörte sie sich zu ihrer eigenen Überraschung sagen. Da war gerade ein Jahr vergangen, seitdem sich das angebahnt hatte, was sie »ihr neues Leben« nannte.

Zweieinhalb Jahre und zahllose irische Volksmärchen später gab Tyler ihr mehr Platz im Hinterzimmer, einen eigenen Arbeitstisch mit einer neuen Singer-Nähmaschine. Es war eine Investition, die er sich, wie er betonte, leisten konnte und die sich zweifellos auszahlen würde. Außerdem gab er ihr Zeit, um Kleider zu entwerfen. Sie hatte ab und zu einmal Kleider nach Maß geschneidert, wie das für ihre Mutter, und die Kundinnen waren zufrieden gewesen. Dann kamen Freundinnen dieser Kundinnen und wollten auch ein Kleid von Bec. Als sich der Kreis der Kundinnen erweiterte – ein Segen in Zeiten wie diesen, betonte Tyler –, war es nur angemessen, dass Bec mehr Platz für ihre Entwürfe erhielt. Tyler kaufte noch mehr Skizzenbücher, einen ganzen Stapel davon. Die Maßanfertigungen gäben ihrem Angebot eine interessante zusätzliche Note, sagte er. Wenn man moderate Preise verlange, könne es durchaus sein, dass sie das Geschäft retten oder es zumindest über Wasser halten würden, bis sich die Dinge wieder eingerenkt hätten. Bec starrte zu Boden. Das waren gute Neuigkeiten, trotzdem genierte sie sich ein wenig.

Pearl Delaney reagierte erbost auf die neue Entwicklung, und in den Wochen nach dem neuen Arrangement bekamen ihre Bemerkungen Bec gegenüber eine persönliche Note. »Sie sehen gar nicht gut aus«, sagte sie mehr als einmal. »Alt«, setzte sie hinzu. »Älter, als Sie sind. Das ist nun mal das Los berufstätiger Frauen, die nicht heiraten.«

»War das auch Ihr Los?«, wagte Bec erneut zu fragen.

Pearl kicherte. »Ich hatte meinen Billy«, entgegnete sie. »Ich war keine alte Jungfer, hatte nur eben Pech in der Rubrik Kinder. Aber bis Billy starb, hatte ich jede Nacht einen Mann in meinem Bett.« Sie lachte wieder und sah Bec an. »So war das. Jede Nacht.«

Ihre Bemerkungen verfehlten ihre Wirkung nicht. Sie trafen Bec, weil sie ihr das Offensichtliche in Erinnerung riefen: dass niemand mit ihr das Bett teilte. Vielleicht lag es an Pearls Bemerkung, dass sie in den folgenden Nächten hin und wieder von Tyler träumte. Am Morgen schämte sie sich, aber dann sagte sie sich, dass eine bestimmte Art von Einsamkeit so etwas nun mal verursache. Sie mache einen hungrig. Sie mache einen hilflos, und man greife nach allem, was in Reichweite sei. Sie träumte von Tyler, obwohl er verheiratet war, weil sie keinen anderen kannte, von dem sie träumen konnte.

Hin und wieder sah sie seine Frau, eine hübsche Person, die immer genau die richtige Menge Rouge aufgelegt hatte und immer etwas Modisches aus dem Laden trug. Sie schaute nur gelegentlich vorbei, aber wenn sie da war, kam alle Arbeit zum Erliegen. Sie wurden mit ihrer Anwesenheit beehrt, es war, als käme die Königin. Und wie beim Besuch einer Monarchin zeigten sich alle, sogar Pearl, von ihrer besten Seite. Gewöhnlich erschien Mrs McMannus am Vormittag, doch eines schönen Herbsttags betrat sie das Geschäft am Spätnachmittag. Tyler nahm seine Frau am Arm, führte sie zu einem Stuhl, kochte ihr Tee. Bec und Pearl wurden dazugebeten. Von früheren Besuchen wusste Bec, dass Tylers Frau gerne redete, es kam ihr sogar so vor, als lechze sie nach Gesprächen. Zumindest stellte sie eine Frage nach der anderen. Wie liefen die Geschäfte? Woran arbeiteten sie beide gerade? Für wen würden sie bei den anstehenden Wahlen stimmen? Sie war der Ansicht, Tyler solle sich für irgendein politisches Amt in der Stadt aufstellen lassen. Er habe die Persönlichkeit dazu, meinte Mrs McMannus, und könne gut mit Menschen umgehen. Er könne mehr tun, sich einen Namen machen. Ihr Vorschlag veranlasste Tyler aufzustehen und stumm auf die schwarzen Lettern am Schaufenster zu deuten. »Siehst du das nicht?«, fragte er seine Frau. »Ich habe einen Namen. Und es gefällt mir hier.«

Im Dezember '37 – Bec arbeitete seit fünf Jahren bei McMannus – wurde Pearl Delaney krank. Sie fehlte eine Woche, dann eine zweite. Als sie in der dritten Woche nicht wiederkam, machte es sich Tyler zur Gewohnheit, auf dem Heimweg mit etwas Essbarem bei ihr vorbeizuschauen. Zuerst brachte er ihr Sandwiches aus dem Coffee Shop gegenüber, dann kaufte er ihr ganze Tüten voller Lebensmittel. Gegen Ende der dritten Woche fragte Tyler Bec, ob sie ihm helfen könne, etwas für Pearl zu kochen. Pearl sei ans Bett gefesselt, erklärte er, sie könne sich selbst nichts zubereiten und er sei auch keine große Hilfe. Sie könnten doch am Abend gemeinsam zu Pearl gehen, schlug er mit einer gewissen Dringlichkeit vor – falls Bec nichts dagegen habe.

Als sie an jenem Abend – es war ein Donnerstag – Pearls Wohnung betraten, brannte kein Licht, und Tyler ließ, nachdem er die von Bec und ihm mitgebrachten Lebensmittel in der Küche abgestellt hatte, die Räume noch ein paar Minuten dunkel.

»Sie schläft«, flüsterte er, als er aus Pearls Schlafzimmer zurückkam.

Als er schließlich die Lampen angeschaltet hatte, begann Bec eine Suppe anzusetzen. In einem zweiten Topf kochte sie Kartoffeln. Pearls Küche war eng und nur mit den nötigsten Utensilien ausgerüstet. Bec hatte die Töpfe gezählt, die über dem Herd hingen – drei –, um sicher zu sein, dass sie für das geplante Essen reichten. Suppe, Kartoffeln, Erbsen.

Als sie Pearl dann das Essen brachten, sah Bec, dass der angrenzende Raum, ein Wohnzimmer – zwei Sessel an einem Couchtisch –, ebenso winzig war wie die Küche. Nur das Schlafzimmer war einigermaßen geräumig. Zwischen dem Bett, der Kommode und dem einzelnen Stuhl in der Ecke konnte man ein paar Schritte machen, und der Anblick dieser paar Quadratmeter – das bisschen Lebensraum, das Pearl auf dieser Welt gehörte – bewirkte, dass Bec verstand. Pearl Delaney, dachte sie, jetzt weiß ich, was es für dich bedeutet hat, mit vierzehn nach Amerika auszuwandern.

Pearls Anblick bot Anlass zur Sorge. In nur drei Wochen war sie dramatisch abgemagert. Die Augen lagen tief in dem eingefallenen Gesicht. Ihr dunkles Haar war nun doch von grauen Strähnen durchzogen. Sie aß schweigend, aber sie hörte aufmerksam zu, als Tyler von den Ereignissen des Tages berichtete, vom Wetter und wer in den Laden gekommen sei.

In der nächsten Woche bat Tyler Bec erneut, ihn zu begleiten, obwohl es erst Montag war, und Bec hatte das Gefühl, dass er sie auch am Dienstag und womöglich am Mittwoch wieder darum bitten würde. Mrs McMannus, erfuhr sie, mochte Pearl nicht und fühlte sich bei ihr nicht wohl. Also gut, dachte Bec. Was bleibt mir anderes übrig? »Gibt es Hoffnung?«, fragte sie.

»Hoffnung, ja. Aber vorläufig kann sie sich keine Mahlzeit zubereiten. Wollen Sie nicht mitkommen?«

Und Bec nickte.

Sie kochte am Montag und dann am Dienstag und dann wieder am Mittwoch, wie sie es vermutet hatte. Am Donnerstag, nachdem Bec für alle einen einfachen Imbiss, Rührei auf Toast, zubereitet und Tyler mit Pearl den Tag durchgesprochen hatte, fragte Pearl Bec, ob sie ihr unter Umständen den Rücken schrubben könnte. Bec nickte und stand auf.

In der Badewanne zitterte Pearl trotz der Hitze, die der klopfende Heizkörper ausstrahlte. Auf Becs Geheiß legte sie den Kopf in den Nacken, sodass diese ihr die Haare einschäumen und ausspülen konnte. Dann hob Pearl, auf Becs Zeichen hin, den Arm und ließ zu, dass sie ihr die Achselhöhle einseifte. Es war eine neue Pearl, die Bec da kennenlernte: willfährig, stumm, gebrechlich. Beim Abtrocknen legte Bec die Arme um die ältere Frau und hielt sie fest, als könne sie durch reine Willenskraft die alte, angriffslustige, sture und garstige Pearl wieder zum Leben erwecken.

In der Stunde nach dem Bad schien Pearl tatsächlich aufzuleben. Sie hielten sich zu dritt in Pearls Schlafzimmer auf, in dem sie bereits so viele Abende verbracht hatten, aber diesmal saß Pearl aufrecht im Bett, mit tropfenden Haaren und endlich auch einem Hauch Farbe im Gesicht.

»Wissen Sie«, sagte sie zu Bec, »um ihn habe ich mir immer Sorgen gemacht.« Sie deutete auf Tyler.

Bec beugte sich vor und klopfte ihr das Kopfkissen auf, dann rückte sie das Handtuch auf Pearls Schultern zurecht. Plötzlich gefiel es ihr, in diesem Raum zu sein und das alles für Pearl zu tun. Auf gewisse Weise hatte das Bad auch sie gereinigt. Sie platzierte ein zweites Handtuch hinter Pearls Kopf. »Was haben Sie gesagt?«, fragte sie.

»Dass ich mir immer Sorgen um ihn gemacht habe«, antwortete Pearl. »Ja, um dich, Tyler. Nicht um deinen Bruder. Nicht um deine Schwester. Du warst anders. Ein bisschen stiller vielleicht. Ein bisschen … ich weiß nicht, was. Ich habe deinem Vater oft gesagt, er solle auf dich aufpassen, aber er hat nur den Kopf geschüttelt. Und ich habe mir wirklich Sorgen gemacht. Ich habe nicht geglaubt, dass du dich behaupten kannst.«

Pearl trank einen Schluck Tee, was Bec dazu veranlasste, auch zu ihrer Tasse zu greifen. Tyler, der auf der anderen Seite des Bettes saß, ignorierte seinen Tee. Er blickte mit nachdenklicher Miene auf Pearl, die ihm seine Kindheit in Erinnerung rief.

»Oh nein. Ich habe nicht geglaubt, dass du in der Lage sein könntest, dich durchzusetzen, aber dann tauchte eines Abends, als ich auf dich aufgepasst habe, dieser Grobian aus der Nachbarschaft auf und wollte Ärger machen. Ihr Kinder wart alle draußen, die Jungs spielten Baseball und die Mädchen standen an der Seite und schauten zu, und der Grobian – Jerry McAndrews hieß er, glaube ich – beschimpfte euch, einen nach dem anderen. Ihr wart zwölf damals, Tyler, und Jerry vielleicht dreizehn, und er ging von einem zum anderen und hatte für jeden von euch eine Beleidigung parat. Und dann machte er bei den Mädchen weiter, als könnte er einfach nicht anders, er hat sein Gift verspritzt wie ein Verrückter. Deine Schwester nannte er ›das Oberscheusal‹. Vor allen anderen. Und das war zu viel.«

Becs Blick wanderte von Pearl zu Tyler, der aussah, als hörte er die Geschichte zum ersten Mal.

»Ja, das war zu viel«, fuhr Pearl fort. »Dass er Margaret beleidigte. Da bist du einen Schritt vorgetreten und hast zu Jerry McAndrews gesagt, er solle seine große Klappe halten. *Es reicht*, hast du gesagt. Aber du hast es gesagt wie ein König, und das hat etwas bewirkt. *Es reicht!*« Pearl strahlte und ihre Augen traten noch mehr hervor als sonst. »Danach wusste ich, dass du zurechtkommen würdest.«

Tyler lachte leise und wandte sich an Bec. »In Wahrheit hätte Jerry McAndrews mich abgemurkst, wenn *sie* in diesem Moment nicht rausgekommen wäre.« Tyler griff nach Pearls Hand. »Sie hat an diesem Abend auf uns aufgepasst, aber dabei gearbeitet, wie immer, für meinen Vater, und sie kam mit der Schere in der einen und dem Maßband in der anderen herbeigeeilt. Da hat er kalte Füße gekriegt. Nicht ich war das, sondern *ihr* Anblick!«

Pearl hob die freie Hand, also wolle sie eine Geste andeuten, aber dann ließ sie sie kraftlos wieder sinken.

»Was sie mit dem Maßband vorhatte, werde ich wohl nie erfahren«, grinste Tyler.

»Falls ich ihn nicht hätte erstechen können, wollte ich ihn erwürgen«, antwortete Pearl mit ernstem Gesicht.

Tyler ließ sich schmunzelnd gegen die Lehne zurücksinken. Sein Blick schweifte in die Ferne, als sähe er jenen längst vergangenen Tag vor sich. Auch Pearl war in ihrer eigenen Welt versunken und schlief bald darauf ein. Tyler rührte sich nicht. Das Zimmer kam Bec auf einmal riesig vor, so ganz ohne Geschichten, die es füllten.

»Sie sind sehr gute alte Freunde, das verstehe ich jetzt noch besser«, sagte Bec nach einer Weile. Ihr Kommentar schien Tyler traurig zu stimmen, denn er senkte den Kopf. »Kommen Sie«, forderte Bec ihn auf, half ihm aus dem Stuhl und schaltete das Lämpchen an Pearls Bett aus. »Keine Sorge. Sie wird morgen noch da sein. Versprochen.«

Was Pearl am nächsten Tag sagte, überraschte Bec noch mehr als die Geschichte vom Abend zuvor. »Ich habe immer gewusst, dass Sie ausgezeichnet arbeiten. Ich konnte es nur nicht zugeben.«

»Das war einmal«, sagte Bec versöhnlich.

»Das war einmal. Ja, so ist es wohl«, erwiderte Pearl traurig.

»Pearl, du bist bald wieder auf den Beinen«, sagte Tyler fast flehentlich. »Du musst dich nur ausruhen.«

Pearl schloss die Augen und nickte. »Ja, ausruhen«, wisperte sie.

Als Bec und Tyler eine Stunde später aufstanden und gehen wollten, schlug Pearl zu ihrer Überraschung die Augen auf und brachte mühsam noch einen Satz hervor: »Vergesst nicht, das Wasser aus dem Seitenfenster zu schütten.«

Pearl starb drei Wochen später, nachdem ihr Körper in dieser kurzen Zeit immer mehr verfallen war. Drei Wochen lang saßen Bec und Tyler jeden Abend an ihrem Bett. Bec kochte Essen, und Tyler blieb bei Pearl sitzen, hielt ihre Hand, erzählte ihr, was ihm gerade einfiel, rief ihr Episoden aus der Vergangenheit ins Gedächtnis und sang ihr hin und wieder Lieder aus ihrer Jugend vor, lange Balladen mit einfachen Melodien. Pearl hielt die meiste Zeit die Augen geschlossen, aber sie nickte, wenn sie die ersten Töne vernahm. Und wenn Tyler aufhörte, seufzte sie. Sie sagte kaum ein Wort, nur wenn sie gingen, drängte sie sie in aller Ernsthaftigkeit, sie dürften auf keinen Fall vergessen, das Wasser aus dem Seitenfenster zu schütten.

»Das machen wir«, flüsterte Tyler stets. Und dann fügte er, wobei er nach Pearls Hand griff und sie fest drückte, jedes Mal hinzu: »Und dir wird es bald wieder besser gehen.«

Nach Pearls Tod senkte sich eine dunkle Stille über den Laden. Tyler war in tiefer Trauer, das sah Bec, und sie hielt sich zurück und versuchte, ihn nicht mit unnötigen Bemerkungen oder Fragen zu belästigen. Als Ersatz für Pearl stellten sie eine junge Frau namens Irene ein, die sich leidlich mit der Singer auskannte, doch sich dafür recht ungeschickt bei den Handstichen anstellte, die ein so wichtiger Bestandteil ihrer Arbeit geworden waren, seit Bec immer mehr Bestellungen für Entwürfe und Maßanfertigungen erhielt. Einmal forderte Bec Irene auf, noch einmal von vorne anzufangen, und in diesem Moment fragte sie sich, ob Pearls Mahnungen vor all den Jahren nicht doch weniger gehässig gewesen waren, als Pearl am Ende behauptet hatte. Aber immer wenn Tyler nach Irene fragte, log Bec und versicherte ihm, Irene sei überaus kompetent und genau die Mitarbeiterin, die sie brauchten. »Gut, gut«, antwortete er dann zerstreut. In seinem Schmerz schien er ständig auf der Suche nach etwas zu sein, das er nicht fand. Mehr als einmal hätte sich Bec gern vor ihn hingestellt und zu ihm gesagt: »Ich bin hier. Ich warte nur darauf, dass du mich siehst.« In den Wochen, in denen sie sich um Pearl gekümmert hatten, war noch etwas anderes mit ihr geschehen. In dieser Zeit war sie auch Tyler nähergekommen. Sie hatte sich seine Geschichten angehört, mit ihm gemeinsam gegessen und ihn bis nach Hause begleitet, denn er war sehr oft nicht in der Verfassung gewesen, allein zurückzugehen.

Und vielleicht war auch mit Tyler etwas geschehen, dachte sie, denn er fing an, länger bei ihr im Geschäft zu bleiben. Oft saßen sie noch lange nach Ladenschluss auf den Polsterstühlen an der Rückwand, nur sie beide. Sie redeten nicht viel. Bec nähte einen Saum oder einen Ärmel und er saß einfach nur neben ihr. Manchmal summte er leise. An manchen Abenden fiel ihm etwas ein, das er mit Pearl Delaney erlebt hatte. Aber dass er länger blieb, hatte – das wusste Bec – auch andere Gründe, es lag nicht nur an seiner Trauer. Wenn sie ihn von der Seite ansah, zuckte er oft nur hilflos mit den Achseln. Oder er setzte zu einem Satz an und klappte den Mund wieder zu. Einmal sagte er: »Ich versuche, etwas zu finden, was ich Ihnen erzählen könnte. Ich kann nicht umhin zu bemerken, um wie vieles besser Sie bei einer Geschichte arbeiten.« Darauf antwortete sie nur: »Ja, das stimmt.«

So ging es Abend für Abend weiter, und manchmal sah Bec

sie beide im Geist als zwei Menschen in einem Segelboot, auf hoher See, umgeben von wogenden Wellen. Die Stunden, die sie am Ende des Tages miteinander verbrachten, waren das Segelboot; all die anderen Stunden des Tages, und namentlich die anderen Menschen auf der Welt, waren die wogenden Wellen – Mrs McMannus und natürlich Ada und Vivie, die nie etwas von ihrer allmählich wachsenden Zuneigung erfahren dürften. Sie behielt ihre Gefühle für sich, entschlossen, die Segeltour nicht zu gefährden, das Boot nicht zum Kentern oder gar Sinken zu bringen. »Was denken Sie?«, fragte sie Tyler oft während dieser intimen Stunden am Abend, doch bei ihrer Frage ging es immer um einen Ärmel oder einen Rock, ein Dekolleté oder einen neuen Entwurf.

»Ich denke, es ist wunderbar«, lautete im Allgemeinen seine Antwort.

Sechs Wochen nach Pearls Tod begann ein Cousin von Dr. Shapiro, Vivies altem Chef, Bec den Hof zu machen.

»Dr. Shapiro hat dir einen großen Gefallen getan«, sagte Vivie eines Abends am Telefon, als sie Bec von Richard Shapiro erzählte, der in Yale Medizin studierte. »Wenn du es geschickt anstellst, kann das endlich ein Ende haben.«

Das.

Das Leben als alte Jungfer, meinte Vivie, und Bec hätte gern dagegengehalten, dass *das* keine Notlösung sei – es sei ihr Beruf. Sie hatte mit den Bestellungen für Kleider genug zu tun, und es gab Tyler; es gab die erstaunliche und kostbare Freundschaft, die sich am Ende zwischen ihr und Pearl entwickelt hatte, es gab Irene, der sie etwas beibringen konnte, es gab New Haven und die wenigen Straßen, auf denen sie zwischen ihrer Wohnung und Tylers Geschäft hin und her ging, hin und her. *Das*, hätte sie zu Vivie gern gesagt, das sei alles für sie.

»Aber du weißt doch, wie es ausgehen wird«, sagte sie stattdessen. »Er ist einer aus Yale. Und ich bin keine von der gebildeten Sorte.«

»Gib dem armen Tropf eine Chance«, drängte Vivie. »Er soll ein netter Kerl sein.«

Wie sich herausstellte, war Richard Shapiro alles andere als ein armer Tropf. Das musste Bec nahezu schockiert zur Kenntnis nehmen, als er eine Woche später im Laden vorbeischaute und sich vorstellte. Er sei gerade in der Gegend gewesen, erklärte er, aber Bec wusste, dass das nicht stimmte. Eine Weile sah er sich prüfend die Herrenanzüge an. »Ich könnte einen gebrauchen. Ich komme wieder und lasse maßnehmen«, verkündete er schließlich in einem Ton, mit dem er Tyler auf eine Weise, die Bec ärgerte, wissen ließ, dass er ihm überlegen war – weil er einen Anzug *brauchte*, statt ihn anzufertigen. Aber sie hatte Vivie nun mal versprochen, ihm eine Chance zu geben, und so nickte sie, als er sie zum Essen einlud.

Während der junge Mann sie zur Ladentür hinausführte, versicherte er Tyler, als nähme dieser nun die Rolle des Vaters ein: »Ich werde gut auf sie aufpassen.«

»Das will ich hoffen«, erwiderte Tyler mit Nachdruck, wandte ihnen dabei jedoch den Rücken zu.

Das Dinner war köstlich, aber endlos. Man servierte ihnen eine Vorspeise, dann einen Salat, dann den Hauptgang und dann ein Dessert und Kaffee. Bec kam es vor, als hätte sie noch nie so viel gegessen, nicht einmal beim Passahfest. Richard Shapiro schien das luxuriöse Mahl nicht zu beeindrucken. Als er sie nach Hause fuhr, erklärte er, er werde sie kommende Woche am selben Tag zur selben Zeit wieder abholen.

»In Ordnung«, erwiderte Bec zögernd, traurig, mit den Gedanken bei Tyler und der Entschiedenheit, mit der er dem jungen

Mann eingeschärft hatte, er solle gut auf sie aufpassen. Bedeutete sie ihm etwas? Steckte *das* hinter seinem Tonfall? Sie wünschte, er wäre mit herrischer Stimme dazwischengefahren, so wie bei dem Vorfall, von dem Pearl erzählt hatte. »Es reicht!«, hörte sie ihn im Geist Richard Shapiro entgegenschleudern. Aber Tyler war verheiratet. Und sie, wie konnte sie einer so guten Partie keine Chance geben? Was würde ihre Familie dazu sagen?

Und so ließ sie sich auch in der folgenden Woche zum Essen einladen. Und sie ließ es zu, dass Richard Shapiro über den Tisch hinweg nach ihrer Hand griff, und dann nickte sie, als er sagte, wie hübsch sie aussehe. Nach dem Essen stellte sie sich darauf ein, dass er sie zum Abschied küssen würde. Auch das hätte sie zugelassen. Doch zu ihrer Erleichterung ergriff er nur ihre Hand und sagte, er genieße ihre Gesellschaft. Er wolle auch in der nächsten Woche mit ihr essen gehen, aber diesmal solle es etwas Einfacheres sein, Pizza vielleicht? »Bei Pepe's?«, fragte er. Schon beim Aussprechen des Namens verzog sich sein Mund zu einem jungenhaften Grinsen, das sie bisher noch nie an ihm gesehen hatte. Sie lachte, froh über die Aussicht, in ein Restaurant zu gehen, das sie kannte. »Nett hier«, sagte er in der nächsten Woche bei Pepe's zu ihr, und Bec musste zugeben, dass die dritte Verabredung besser gelaufen war als die beiden ersten. Als Richard Shapiro sie an jenem Abend küsste, nur kurz, stellte sie fest, dass sie es ertragen konnte. Also gut, sagte sie sich, zu Hause angekommen, wo sie die Tür sofort hinter sich verriegelte, als stünde er unmittelbar hinter ihr und wäre dabei, die Schwelle zu überschreiten. Also gut. Dann soll es eben so sein.

»Werden Sie mich verlassen?«, fragte Tyler ungewohnt direkt nach sechs Abendessen mit Richard Shapiro, jeweils im Abstand von einer Woche. Seit ihrer ersten Pizza waren sie bei diesem Modell geblieben. Etwas an der Pizza und dem vertrauten Restaurant entspannte Bec. Als Tyler ihr seine Frage stellte, konnte sie es sich schon fast vorstellen: ein Leben mit Richard Shapiro. Und vielleicht hatte sie Glück und konnte sogar Mutter werden.

»Werden Sie mich verlassen?«, wiederholte Tyler.

Sie sah ihm ins Gesicht. Den ganzen Tag über waren sie in Eile gewesen, um ein Abendkleid rechtzeitig fertig zu bekommen. Bec hatte noch in letzter Sekunde Änderungen vorgenommen, Irene hatte es mehrmals gebügelt, und Tyler hatte das Reden besorgt: »Nur noch ein paar Minuten«, hatte er bei jedem Mal beteuert, wenn die Kundin wieder anrief. Sie hatten gearbeitet und gelacht und waren hektisch hin und her gelaufen. Jetzt war er ernst geworden. Doch dann versuchte er es mit einem Witz. »Sie wissen schon. Verlassen Sie mich, um in den sicheren Hafen der Ehe einzulaufen?«

Bei seinen Worten hatte ihr Herz höhergeschlagen, dann war es schwer geworden, abgestürzt und irgendwo knapp über dem Fußboden gelandet. Aber es wurde wieder leichter, als Tyler ihre Hand ergriff. Wie üblich saßen sie Seite an Seite auf den Stühlen an der Rückwand. Bec trennte einen Saum auf, den Irene genäht hatte, und er saß einfach nur neben ihr.

»Wie meinen Sie das – Sie verlassen?«, fragte sie und zog die Hand weg, damit er erneut nach ihr greifen konnte.

»Werden Sie diesen Burschen heiraten? Ist das der Plan?«

»Es gibt keinen Plan«, antwortete sie. »Das Planen habe ich schon lange aufgegeben.« Dann erzählte sie ihm von Milt Goldberg und dem nutzlosen Vier-Jahres-Plan.

»Wenn das nicht der größte Dummkopf ist, der mir je untergekommen ist«, erklärte Tyler, als die Geschichte zu Ende war.

»Spielt keine Rolle mehr«, sagte Bec. »Die meisten Dinge im Leben regeln sich von alleine.«

Sie wechselten einen langen Blick, bis Tyler verwirrt den Kopf wegdrehte.

»Die Sache mit Richard Shapiro ist die«, setzte Bec wieder an, ihre Worte sorgfältig abwägend, »dass er einfach nichts für Stoffe übrig hat. Sie interessieren ihn nicht.«

Tylers fragender Blick verriet, dass er ihrer Argumentation nicht folgen konnte. Er fingerte an dem Maßband herum, das an seinem Hals hing, zog es herunter und wickelte es zu einer kompakten kleinen Kugel.

»Und er denkt, ein Geschäft ist einfach nur ein Ort, an dem man etwas kauft, nicht ein Ort, an dem man sich ein Leben aufbaut.«

»Aber er wird bald für das Krankenhaus das empfinden, was wir für den Laden empfinden«, entgegnete Tyler, nicht weniger vorsichtig als sie.

»Und er kennt kein einziges irisches Märchen. Nicht ein einziges.« Fast hätte Bec mit dem Fuß aufgestampft, um diesen Makel zu betonen, so albern das auch gewesen wäre.

»Der Mann ist nun mal in die falsche Märchentradition hineingeboren worden«, sagte Tyler verständnisvoll, sogar großzügig, aber auch selbstsicherer als vorher. Er zupfte an dem Maßband und zog ein Stück heraus. »Man kann keinen Menschen für die Launen der Natur verantwortlich machen.«

»*Tyler*«, warnte Bec. Und diesmal stampfte sie mit dem Fuß auf, dem linken. »Ich versuche, dir etwas zu sagen.«

Er griff wieder nach ihren Fingern. »Du solltest auf mich keine Rücksicht nehmen.« Er streichelte ihre Hand und hob sie kurz an die Lippen. »Du solltest ihn heiraten. Er wird wunderbar für dich sorgen. Doch, das solltest du tun.«

Sie schwiegen eine Weile, dann hob Bec ihre Näharbeit vom Schoß und machte sich wieder ans Werk. Als sie fertig war, stand sie auf, sagte: »Na, dann«, und nahm ihren Mantel vom Haken.

»Verlässt du mich?«, fragte Tyler noch einmal, kurz bevor sie die Ladentür öffnete, und diesmal lag nicht eine Spur von Humor in seinen Worten.

»Natürlich verlasse ich dich. Aber nur für eine Nacht.« Sie ging hinaus, aber sie schlug nicht den Weg ein, der zu ihrer Wohnung führte. Ihre Füße strebten wie von selbst ins Zentrum von New Haven, zum Park, und von dort schlenderte sie durch ein Gewirr von Straßen, bis sie wieder an ihrem Ausgangspunkt angelangt war, dem inzwischen geschlossenen, dunklen Laden. Doch sie ging immer noch nicht nach Hause, sondern setzte sich im Coffee Shop auf der anderen Straßenseite an einen Tisch am Fenster und trank bitteren Kaffee, aus der letzten Kanne des Abends, und starrte, noch nachdem es Zeit für das Abendessen geworden war, auf die zweite Heimat, zu der ihr Arbeitsplatz geworden war.

Eine Woche später berichtete ihr Tyler, er sei von zu Hause ausgezogen, und er und seine Frau – die, wie Bec inzwischen sehr wohl wusste, nicht gut zueinander passten – hätten sich endlich getrennt. »Ich kann dir nicht viel bieten«, sagte er, »nur mein Wort. Verstehst du?«

In Sekundenschnelle lösten sich all die Möglichkeiten, die in einem Leben mit Richard Shapiro steckten, mitsamt seinem größten Vorzug, der ungetrübten Normalität, in Luft auf. Stattdessen gab es nun *dies* – ein kleines, freilich unnormales, aber ungemein wertvolles Leben mit Tyler. Mit den Jahren hatten sich ihre Wünsche, oder das, was sie für ihre Wünsche gehalten hatte, anscheinend unmerklich verändert.

»Ich verstehe«, sagte sie.

Zu Richard Shapiro, der sie am nächsten Abend zum Essen ausführte, sagte sie so sanft wie möglich: »Es reicht.«

Sieben Jahre nach Becs erstem Arbeitstag – sie war mittlerweile neunundzwanzig – starben ihre Eltern im Abstand weniger Monate, und Tyler ermunterte sie, unbedingt mit ihren Schwestern den ganzen Sommer am Meer zu verbringen, wenn ihr danach sei. »Lass dir alle Zeit der Welt«, sagte er und fügte hinzu: »Nur komm zu mir zurück.«

»Wo sollte ich denn sonst hin?«, lautete ihre Antwort.

Und so bildete sich ein Muster heraus – die Sommer verlebten sie getrennt, die anderen Jahreszeiten im Wesentlichen zusammen, wenn auch heimlich. Die ganze Zeit über wahrten sie den Schein. Solange Maks und Risel noch am Leben waren, fuhr Bec einmal pro Monat übers Wochenende nach Hause, und als es mit Risel zu Ende ging, sogar jedes Wochenende. Tyler feierte Weihnachten weiterhin wie ein verheirateter Mann, begleitete seine Frau zur Kirche und zu den Feiertagsbesuchen bei ihrer Familie. Im Sommer 1948 hatten die Liebe zwischen Bec und Tyler und die Arrangements, die sie getroffen hatten, um sie am Leben zu erhalten, noch nichts von ihrer Kraft verloren. Und in all den gemeinsamen Jahren, sogar in dem Jahr, das er im Krieg verbrachte, selbst in den verwirrenden Monaten nach seiner Rückkehr, mit einem verletzten Bein und einem Geisteszustand, der dem unmittelbar nach Pearls Tod ähnelte, war Bec nie von ihrer Überzeugung abgekommen, dass sie beide füreinander bestimmt waren. Nicht einmal während seiner Abwesenheit überfiel sie die Angst, dass er nicht mehr zu ihr zurückkäme. Und so war nicht nur sein Hinken für sie ein Schock, sondern auch die jähe Erkenntnis, dass ihre Liebe, so wie jede andere, zerbrechlich war.

In unserer zweiten Woche in Woodmont, als Bec das Abendkleid für Mrs Arthur Coventry schon fast fertig hatte, war sie noch ebenso verliebt in Tyler wie in jener Nacht, in der sie zum ersten Mal mit ihm geschlafen hatte, nur Stunden nachdem er ihr von seiner Trennung berichtet und ihr sein Wort gegeben hatte. Ihre Liebe hatte gehalten und sich vertieft, und 1948 wollte Tyler einen Schritt weitergehen. In jenen Nähstunden in ihrem Sonnenraum wälzte Bec Tylers Vorschlag, mit ihm nach New York zu ziehen, hin und her und suchte nach einem Ausweg, damit eine Entscheidung dafür nicht bedeutete, dass alles herauskam und ein Bruch mit ihren Schwestern unvermeidlich würde, die – das wusste sie – eine eheähnliche Lebensgemeinschaft mit einem verheirateten Katholiken nie gutheißen würden.

Und so war sie zwar bei uns, aber doch auch mit ihren Geheimnissen und Sorgen allein. Mehr als je zuvor.

Aber was wussten wir schon? Auf uns wirkte sie glücklich, geschäftig, berauscht von der besonderen Atmosphäre ihres Sonnenraums. Wir hegten überhaupt keinen Verdacht und waren in Anspruch genommen von unseren sommerlichen Aktivitäten.

Am Mittwoch jener zweiten Woche erhielt Davy seinen ersten Brief von Lucinda Rossetti – ein Ereignis, dass ihn hellauf entzückte. Er riss den großen Umschlag ungeduldig auf und zog aus ihm ein noch größeres Blatt Papier hervor, das Lucinda zum Verschicken doppelt geknickt hatte. Davy faltete es auseinander und starrte verdutzt auf die ersten Anfänge des Bildes, das er mit Lucinda zusammen malen sollte. Er hatte keine Ahnung, was es darstellen sollte. Er habe oben etwas Blaues erwartet, sagte er, als Himmel, oder vielleicht unten Grün als Gras. »So fange ich immer an.« Aber Lucinda Rossetti hatte am unteren Rand einen roten Streifen gezeichnet, der sich vom linken bis fast zum rechten Rand zog. An verschiedenen Punkten sprossen aus dem Rot andere Farben hervor, eine braune Linie, eine graue Linie und eine blaue Linie. Davy setzte sich mit dem Bild in der Hand auf die Verandastufen und blieb lange dort sitzen. Einmal legte er das Blatt neben sich, stand auf und sah es sich von oben an, so als könne ein neuer Winkel Licht in Lucindas obskure Absichten bringen. Als Bec ihn fragte, ob er Hilfe brauche, wiederholte er nur seine Klage, es sei nicht fair, in den Sommerferien Hausaufgaben zu bekommen. Da hörte Bec auf, im Sonnenraum mit dem Fuß das Pedal der Singer zu betätigen, ging zur Veranda und zog Davy auf den Schoß. Wenn irgendeine andere Person das versucht hätte, einschließlich unserer Mutter, hätte sich Davy augenblicklich ihrem Griff entwunden, aber vielleicht war Becs Schoß eine Ausnahme, weil Bec nur in den Sommermonaten an unserem Leben teilnahm. Davy kuschelte sich eng an sie, und ihre zufriedenen Mienen verrieten, dass sie, wie so oft, eine ganze Weile so sitzen bleiben würden.

Was man im Sommer eben so tat.

In derselben Woche war Howard bei Treat's die hübsche Kassiererin aufgefallen, doch er kannte ihren Namen nicht und wusste nicht, woher sie kam. Er konnte sich auch überhaupt nicht erinnern, sie in früheren Sommern gesehen zu haben. Sie konnte gut rechnen; oft erhaschte er einen Blick auf sie, ihren rotblonden Wuschelkopf und die Sommersprossen im runden Gesicht, wie sie einen ganzen Berg Einkäufe mit gespitzten Lippen im Kopf addierte. Während er seine Tomaten und Gurken und unzählige Maiskolben einpackte, beobachtete er unauffällig, wie sie die vor ihr stehende Kundin – irgendeine langweilige Hausfrau – anlächelte und dann den Kopf senkte und konzentriert und blitzschnell die entsprechende Summe ausrechnete. Megan hieß sie, erfuhr er endlich, an demselben Mittwochnachmittag, an dem Davy ratlos Lucinda Rossettis Bild anstarrte. Das Mädchen an Treat's Registrierkasse hieß Megan O'Donnell.

Gegen Ende der zweiten Woche hatte Nina endlich *Über die Entstehung der Arten* ausgelesen. Und erklärte sich nun endlich bereit, mich zum Strand zu begleiten. Als wir nebeneinander auf identischen Handtüchern lagen, erklärte mir Nina, so gut es ging, dass Darwins Theorie der Evolution auf einem Prozess beruhe, der »natürliche Auslese« genannt werde. Im Lauf der Zeit – einer Menge Zeit – seien zufällige genetische Mutationen von einer Generation an die nächste weitergegeben worden und hätten im Idealfall beim Kampf ums Überleben geholfen. Obwohl ich aufmerksam zuhörte, verstand ich vieles nicht. Aber es war mir egal, worüber Nina sprach, solange sie nur überhaupt mit mir redete. Unsere Mütter saßen mit Mrs Isaacson hinter uns und waren wie üblich in ein Gespräch vertieft, in dem sie in einem ruhigen, aber nie versiegenden Redefluss das Auf und Ab ihres Lebens erörterten. Mrs Isaacsons Enkelin Judy beispielsweise war immer noch übellaunig, und das konnte für das ungeborene Kind nicht gut sein. Obwohl ich schon viel stärker gebräunt war als Nina, hatte ich die Fantasie, sie und ich sähen uns viel ähnlicher als die Schwestern, deren Stimmen so vertraut und tröstlich hinter uns dahinplätscherten wie das leise Rauschen der unablässig an den Strand anrollenden Wellen. Als Ninas Worte allmählich in mein Bewusstsein sickerten, begann ich mich zu fragen, ob Ada und Vivie uns wohl so viele förderliche und zufällige genetische Mutationen vererbt hatten, dass Nina und ich mehr waren als Cousinen, eigentlich eher Schwestern. An einem Sommernachmittag wie diesem gab mir, einem zwischen zwei Brüdern eingeklemmten Mädchen, der Gedanke an eine solche Evolution Hoffnung für meinen eigenen nervenaufreibenden Überlebenskampf. Ich hatte bisher nur noch nicht die richtigen Worte gefunden, mit denen ich den Wunsch oder den hatte Prozess erklären können. Aber nun hatte Nina sie gefunden, Darwin sei Dank.

Der nächste Freitag kam, und im Gegensatz zu dem der Woche davor nahm sich Bec eine Auszeit von der Familie. Sie fühle sich ein wenig eingesperrt, behauptete sie, weil so viele von uns auf so engem Raum zusammenlebten und überhaupt. Aber wir wussten es besser. Der Schabbat stand bevor, was bedeutete, dass die Männer zurückkehren würden und die unter der Woche so eng miteinander verbundenen Schwestern sich voneinander lösen und wie Äste an einem Baum in unterschiedliche Richtungen streben würden. Bei zweien würde sich die ganze Energie auf den Ehemann richten, und Bec wäre wieder einmal allein. An gewissen Freitagen brauchte sie also Zeit für sich, damit sie ihre Erwartungen neu ausrichten und sich selbst wieder als die alleinstehende Person begreifen konnte, zu der sie an jedem Wochenende in Woodmont wurde. Seit Jahren wussten oder vermuteten das alle, aber niemand hatte es je ausgesprochen. Doch wenn dann ein Freitagnachmittag kam, an dem sie dies wollte, gaben wir ihr bereitwillig all den Freiraum, den sie auf einmal brauchte.

»Ich gehe spazieren«, kündigte sie an jenem Freitag an, als sie kurz nach dem Mittagessen aufbrach. »Ich brauche frische Luft! Dringend!«

Doch als sie zehn Minuten später an der Ecke Merwin Avenue und New Haven Avenue den wohlbekannten weiß-roten Roadmaster am Straßenrand entdeckte, war dieser ganze Unsinn von frischer Luft und Spazierengehen augenblicklich vergessen und sie verfiel – sie konnte nicht anders – in einen Laufschritt.

6 Ein Fremder beim Schabbat

Die Vertrautheit, die ich an jenem Freitag mit Nina am Strand so sehr genoss, hielt nicht lange an. Als ihr Vater am Wochenende kam, brachte er ihr ein neues Buch mit, eine Biografie von Abraham Lincoln, fast noch dicker als das Werk von Darwin, das sie gerade ausgelesen hatte. Oh Gott, dachte ich, jetzt wird sie mindestens wieder für eine Woche abtauchen. Dass sie sich von Naturwissenschaft auf Geschichte umstellen musste, schien sie nicht zu stören. Ihre Wendigkeit in dieser Hinsicht hatte viel mit dem Briefchen zu tun, das ihr Vater ihr zu jedem Buch schrieb und das, unabhängig vom Thema, zuverlässig ihre Neugier entfachte. Über die Lincoln-Biografie hatte Leo geschrieben: *Nina, das ist meine dritte Lincoln-Biografie in zehn Jahren und immer noch ist seinem Charakter etwas eigen, das ich rätselhaft nennen würde.* Nina las diese Anmerkung im Gegensatz zu der letzten nicht laut vor, aber als sie einmal nicht hinsah, warf ich einen Blick auf den Zettel, der zwischen den Buchseiten steckte. Danach wünschte ich mir, mein Vater hätte mir auch so ein Briefchen geschrieben, aber er war kein Vielleser wie Leo. Er schrieb keine Briefchen.

Und so kam die dritte Woche unseres Aufenthalts in Woodmont, der Juli rückte gemächlich voran, und Nina saß wieder auf ihrem Metallstuhl und las. Sie hatte immer noch nicht das Kleid mit dem Jäckchen anprobiert, das Bec für sie genäht hatte. Auch von Sonnenbräune war kaum eine Spur. Wir hätten uns mitten in New Haven oder in Middletown befinden können, so wenig interessierte sich Nina für das Strandleben. Sie blieb unbeirrt auf der Veranda sitzen, immer in Shorts und Pulli, wenn auch nie mehr in einem so eng anliegenden, seitdem Howard sie wegen ihrer großen Brüste aufgezogen hatte. Die Schwestern wunderten sich allmählich, was es mit dieser auffälligen Scheu vor Sonne, Sand und Wasser auf sich hatte. »Du verkriechst dich, Schatz«, hörte ich Vivie am Montagmorgen der dritten Woche zu ihr sagen. Ninas Antwort ließ an Deutlichkeit nichts zu wünschen übrig. »Geh weg«, sagte sie, wedelte abwehrend mit der Hand und steckte die Nase wieder ins Buch.

An demselben Montag startete Howard eine neue Attacke auf Nina. »Was liest du denn da, Nina?«, fragte er spöttisch, obwohl er genau wusste, was sie las, und während er auf ihre übliche Reaktion wartete – ein ärgerlich geblafftes »Scher dich weg!« –, streute er Sand über ihr Buch und bespritzte die Seiten mit Wasser aus seinen nassen Haaren. Bei ihm war Mark Fishbaum, wie so häufig spätnachmittags, wenn sie von ihrer Segeltour auf Marks Jolle zurückgekehrt waren. Auch an jenem Tag hatten Howard und Mark die Sailfish auf den Strand gezogen und waren danach ins Wasser gerannt, um noch schnell vor dem Essen eine Runde zu schwimmen. Laut johlend hatten sie sich in die Brandung gestürzt und waren tropfnass und aufgekratzt vom Segeln und Schwimmen den Strand hochgelaufen, direkt zu unserer Veranda, wo Howard sofort anfing, Nina zu sticheln.

Mark war netter als Howard, höflich und umgänglich, und beteiligte sich nicht an den Sticheleien, die immer nur Sekunden dauerten, gerade so lange, bis Nina sich aufregte, woraufhin Howard die Arme in die Luft warf, um ein siegreiches und leicht kindisches »Touchdown« zu brüllen.

»Bist du fertig?«, gab Nina zurück, wischte den Sand und die

Tropfen von den Seiten und hob nur für einen Sekundenbruchteil den Blick.

Am nächsten Tag segelten Howard und Mark wieder, schwammen wieder und spurteten wieder tropfnass auf unsere Veranda hinauf. Diesmal jedoch ließ sich Howard auf einen Stuhl fallen, sagte nichts und fing an, sich abzutrocknen. Zu Ninas Überraschung fragte nun Mark: »Was liest du da, Nina?«

»Du auch?«, rief sie, nahe daran, aufzuspringen. Ihr ganzer Körper spannte sich an, und sie sah aus, als würde sie ihm gleich einen Kinnhaken verpassen.

»Nein, im Ernst. Was ist das?« Er sprach in einem ruhigen, aufrichtigen Ton, der frei von jeglichem Sarkasmus war. Er wiederholte seine Frage, stellte sich hinter Nina und linste über ihre Schulter hinweg auf die Biografie auf ihrem Schoß.

Sie errötete und warf ihm einen schnellen Blick zu. »Nur so ein Buch«, sagte sie, »über Lincoln.«

»Gut?«

»Ganz ordentlich.« Nina klappte das Buch zu, sprang auf und lief Mark fast über den Haufen, als sie aufgebracht und konfus durch die Verandatür ins Haus stürzte, nur fort von ihm.

Obwohl Davy keine Ahnung hatte, worauf Lucinda Rossetti mit ihrem dicken roten Streifen am unteren Bildrand hinauswollte, fügte er schließlich einen zwei Zentimeter breiten blauen Streifen am oberen Rand hinzu. Er würde seinen Himmel malen, auch wenn im Vordergrund des Bildes nicht das geringste Grasgrün zu erkennen war. Er schickte das Bild zurück, und als Bec am Mittwoch der dritten Woche mit der Post in der Hand beim Mittagessen erschien, trällerte sie: »Brief für Davy Leibritsky!«, im melodiösen Singsang des Hotelpagen aus der Radiowerbung, der »Anruf für Philip Morris« rief. Davy sprang auf, riss den neuen

Umschlag auf, faltete das Bild auseinander und stand dann genauso ratlos in der Küche wie in der Woche zuvor. Diesmal hatte Lucinda Rossetti die drei Streifen – braun, grau und blau –, die sie auf das rote Band am unteren Rand gemalt hatte, um gut einen Zentimeter verlängert. Meine Mutter entriss Davy das Bild und fasste Davys stumme Verwirrung in Worte. »Was zum Teufel?«, sagte sie. Sie studierte das Bild mit gerunzelten Brauen und fügte mit bedeutungsschwerer Stimme hinzu: »Ist das was Katholisches? Steckt das dahinter?«

»Lass dir Zeit mit dem Weitermalen«, riet Vivie, die auf Ada zugegangen war und ihr das Bild weggenommen hatte, um zu verhindern, dass ihre Schwester sich weiter über Katholiken und andere ausließ. »Denk darüber nach. Vielleicht kommt dir eine Idee, was es sein könnte.«

Nickend schob Davy das Bild in den Umschlag zurück, den er auf das Fernsehtischchen im Esszimmer legte. Er setzte sich vor seinen Teller und stützte das Kinn in die Hand. »Ich verstehe sie einfach nicht.«

»Ellenbogen runter«, verlangte Ada. »Runter damit.«

Weil Nina so beschäftigt war, fing ich an, mich mit anderen Mädchen, die ich kannte, am Strand zu treffen, Mädchen meines Alters, die ebenso gern in der Sonne lagen und schwammen und im Sand Himmel und Hölle spielten wie ich, die noch lange nach dem Mittagessen in irgendeiner kühlen Küche herumsaßen und schwatzten und die mit großem Vergnügen Muscheln und besonders Glassteine sammelten. Melissa Bornstein war eine dieser Freundinnen, Anna Weiss eine andere. Aber ich sehnte mich trotzdem nach Nina, der Person, mit der ich in den vergangenen Sommern in der Sonne gelegen hatte und spazieren gegangen war und der ich beim Lesen zugesehen hatte; der Person, mit der ich liebend gern das Schlafsofa teilte, obwohl sie nachts regelmäßig die Decke wegkickte; der Person, der ich alles erzählt hätte, wenn sie es nur hätte hören wollen, und die, wie ich hoffte, auch mir alles erzählen würde. Aber Nina redete in diesem Sommer überhaupt nicht viel. Die Gedanken, die sie haben mochte, behielt sie immer mehr für sich. Am Ende der dritten Woche war ihr Kopf ein Bienenstock voll verborgener Geheimnisse. Als wir uns dem Wochenende näherten, begann ich über Nina das zu denken, was Davy über Lucinda Rossetti gesagt hatte: »Ich verstehe sie einfach nicht.«

Der Donnerstagmorgen war wolkenverhangen, und um sich im Haus die Zeit zu vertreiben, holte Davy die Bagel-Familie hervor und spielte mit ihr. Später am Tag versuchte er noch einmal, Lucinda Rossettis Bild einen Inhalt abzuringen, aber die braunen, grauen und blauen Streifen ergaben noch immer keinen Sinn. Davy saß mit dem Bild neben einer Schachtel Buntstifte, die er nach einer Weile zur Seite schob. Als die Zeit gekommen war, bei Sal unser tägliches Eis zu kaufen, hatte Davy nicht mehr Lucindas Zeichnung in der Hand, sondern Esther Bagel.

»Hallo, Esther«, sagte Sal, als Davy vor ihm stand und ihm Esther entgegenhielt. »Wie ist dein Tag heute, Esther?«

»Okay«, sagte Davy als Esther. »Hm, na ja.« Esther kratzte sich am Kopf, als traue sie ihren eigenen Worten nicht recht. »Ich brauche eine kleine Stärkung«, fuhr sie entschlossener fort. »Haben Sie etwas für mich?«

»Darf es das Übliche sein?«, fragte Sal beflissen.

»Ja, Sal«, antwortete Esther. »Das Übliche.«

Das Übliche war Vanilleeis mit Schokoladenüberzug am Stiel, wie auf der Seite des Eiswagens abgebildet.

»Für dich auch das Übliche, Molly?«, fragte Sal, und ich nickte. Kurz darauf reichte er mir meinen Karamelleisriegel mit Mandelsplittern.

»Und, alle versorgt?«, fragte Sal, bevor wir gingen.

»Und wie!«, antwortete Davy mit Esthers Stimme.

»Das freut mich zu hören, Esther«, antwortete Sal augenzwinkernd. »Bye-bye, Hawaii«, rief er uns hinterher, und als er wieder in seinen Eiswagen kletterte, hörten wir ihn pfeifen, durchdringend wie ein Vogel, und das war ein so bemerkenswertes Geräusch, dass Davy und ich uns umdrehten, um ihn besser zu hören, und neben dem dahinrollenden Truck hertrotteten, bis Sal uns entdeckte, die Augen aufriss und uns mit der Hand, in der die unvermeidliche Zigarre steckte, wegscheuchte. »Oh, nein«, polterte er laut, aber immer noch freundlich. »Nein, nein, nein.«

Während die Tage der dritten Woche in Woodmont vergingen, spürten wir, dass der Juli sich allmählich dem Ende zuneigte. Bei Treat's waren die Sommerpfirsiche so saftig wie nie und verkauften sich gut. Genau wie die Tomaten. Die Juni-Erdbeeren waren gekommen und gegangen, und nun wurden die ersten August-Himbeeren langsam reif. Megan O'Donnell addierte an den langen, heißen Sommernachmittagen weiterhin ihre Zahlensäulen, und Howard Leibritsky entlud und verpackte weiterhin seine Waren: grüne Bohnen, Salatköpfe und Zucchini, Heidelbeeren, Pflaumen und Pfirsiche. Wann immer er konnte, schielte er heimlich zu Megan hinüber, die ihm endlich auch den einen oder anderen Blick zuwarf. Wenn sich ihre Blicke trafen, lächelte keiner von beiden, und aufgrund dieser einvernehmlichen Ernsthaftigkeit hatte Howard den Eindruck, Megan würde, wenn er sie endlich offiziell kennenlernen und mit ihr sprechen könnte, seine Vermutungen bestätigen: Sie war anders als all die anderen Mädchen, die er kannte, und nicht nur, weil sie keine Jüdin war.

Am Freitag der dritten Woche bekamen Nina und ich den Auftrag, uns bei den Weinsteins Fahrräder zu borgen und zu Treat's zu radeln, um fürs Wochenende Tomaten und Cantaloupe-Melonen zu kaufen. Zu meiner Überraschung war Nina sofort einverstanden, und wir sausten auf den geborgten Rädern los. Bei Treat's war es Howard, der uns bediente – oder besser gesagt: mich, denn Nina drückte sich an der Kasse herum und schien Howard aus dem Weg zu gehen. Stattdessen fing sie ein Gespräch mit Megan O'Donnell an, die kaum einen Meter von ihr entfernt stand. Bald unterhielten sie sich angeregt und Nina lachte hin und wieder zustimmend. Megan tat dasselbe. Howard reichte mir erst eine Melone, dann noch eine, und ich sackte entmutigt unter ihrem Gewicht zusammen. Voller Misstrauen beäugte auch Howard das einträchtig schwatzende Paar an der Kasse.

»Hallo, Nina«, grüßte er frostig, als er mit einer Tüte Tomaten in der Hand zur Kasse ging. Die beiden Worte waren weniger ein Gruß als eine Warnung. Doch ausnahmsweise traute sich Nina, Howard zu ignorieren, und während sie weiter mit Megan O'Donnell plauderte – sie redeten über Middletown, und Megan erzählte, sie sei dort einmal durchgefahren –, drehte sie Howard den Rücken zu.

»Hallo, Nina«, wiederholte er, diesmal deutlich irritiert. Schließlich unterbrach er das Gespräch der Mädchen und richtete zum ersten Mal – auf für ihn sicherlich schmerzhaft banale Weise – das Wort an Megan. »Drei Melonen und eine Tüte Tomaten.« Er ließ die Tüte auf die Kassentheke plumpsen. Dann trat er den Rückzug an, murmelte aber vorher noch in Richtung Nina: »Lass sie gefälligst in Ruhe, okay?«

Es war Megan, die auf seine Bemerkung reagierte. »Schon gut«, sagte sie lächelnd und legte den Kopf schief, sodass die krausen Locken ihr über die Augen fielen. »Kopfrechnen kann ich wirklich gut. Ich lass mich davon nicht ablenken.«

Sie blickte von mir zu Nina und dann zu Howard, ohne dass sich ihr Gesichtsausdruck veränderte. Howard war von dieser Neutralität offensichtlich beunruhigt. Kurz sah es danach aus, als würde er etwas zu Megan sagen, etwas Bedeutungsvolleres, das sie dazu veranlassen würde, speziell in seine Richtung zu sehen, aber dann hustete er nur, gab den Gedanken auf und starrte stumm vor sich hin, mit einem sorgenvollen, geradezu verletzlichen Ausdruck, der ungewöhnlich für ihn war. Frustriert kickte er gegen eine am Boden liegende, matschige Tomate, wodurch der rote Saft über seine Turnschuhe spritzte.

Nina warf einen Blick auf die bespritzten Turnschuhe und dann auf Howards verdutztes Gesicht.

»Touchdown«, sagte sie.

An jenem Nachmittag stattete Tyler McMannus dem Sommerhaus einen offiziellen, förmlichen Besuch ab, um Bec abzuholen und nach New Haven zu chauffieren. Mrs Arthur Coventry hatte sich zu einer Anprobe im Laden angemeldet. Daraufhin hatte Bec am Morgen meine Mutter gefragt, ob sie das mittlerweile fertige Abendkleid anprobieren würde, was Ada liebend gerne tat.

Wir waren zwar schon seit einiger Zeit auf, aber das Schlafsofa war noch nicht zusammengeklappt und Nina und ich lagen darauf herum. Nina trank ihren Tee, ich lümmelte untätig herum. Aus diesem Grund war der Ecksessel, auf dem Vivie thronte, der einzig verfügbare Sitzplatz im Raum. Bec stand in der Tür zwischen dem Wohnzimmer und ihrem Sonnenraum. Vorsichtig reichte sie das Kleid an Ada weiter, die es sich überstreifte und in einem anderen Türrahmen posierte, zwischen Wohnzimmer und Esszimmer. Der Abstand zwischen den Türpfosten war so groß, dass sie die Arme seitlich ausstrecken konnte, und dazu wirbelte sie auf den Zehenspitzen um die eigene Achse, sodass sich der Rock um ihre Beine bauschte. Sie hatte ihre dunklen Haare noch nicht gelöst, und so flogen beim Drehen auch ihre Zöpfe.

»Große Klasse!«, keuchte sie aufgeregt. »Ich fühle mich wie siebzehn. Wie sehe ich aus?«

Die Frage galt Bec, die sie Zentimeter für Zentimeter musterte. »Halt still«, erwiderte Bec im Befehlston, strich den Rock glatt und schlug gelegentlich darauf, als wolle sie ihn zähmen. Dann befahl sie: »Und jetzt dreh dich. Langsam. *Langsam*.«

Meine Mutter gehorchte. Das Kleid war im klassischen Stil gehalten und hatte lange Ärmel – auf speziellen Wunsch von Mrs Coventry, wie man uns sagte – sowie ein tief ausgeschnittenes Dekolleté mit einem Krägelchen, das Mrs Coventry nicht auf Anhieb gefallen und Bec einiges an Überzeugungskraft abverlangt hatte. Von der Taille abwärts war der Taft vorherrschend, der zu einem ausgestellten Rock verarbeitet war. Obwohl es sich um einen steifen Stoff handelte, war der Gesamteindruck der von natürlich fließenden Linien. Am auffälligsten war der Kontrast zwischen dem Burgunderrot und Adas gebräunter Haut.

»Fantastisch«, kommentierte Vivie von ihrem Ecksessel aus.

»Oh, Ada«, sagte Bec schließlich. »Ein bisschen zu weit um die Taille, aber Vivie hat trotzdem recht. Die Farbe steht dir fabelhaft.«

Minutenlang konnte meine Mutter die Finger nicht von dem Kleid lassen, sie streichelte die Ärmel, den Kragen, den steifen, aber anmutig fließenden Rock. Bec hatte schon viel für uns genäht, aber noch nie etwas so Elegantes. Selbst das Jäckchenkleid für Nina, um das ich sie so beneidete, war eine deutlich simplere Angelegenheit.

Ada zuckte die Achseln. »Ach, ja.« In dem Bewusstsein, dass sie sich von dem Kleid trennen musste, ließ sie resigniert die Arme fallen. »Einen Augenblick lange habe ich mich wie Aschenputtel vor dem Ball gefühlt. Ja, so habe ich mich gefühlt.«

Sie lachte wehmütig, und ihre Schwestern stimmten ein.

»Diese Damen aus New Haven«, sagte Bec und klopfte meiner Mutter auf den Rücken, während sie sich noch einmal drehte, »man glaubt es kaum. Für sie ist so ein Kleid etwas völlig Alltägliches.«

Doch als Bec und Tyler am Nachmittag im Laden eintrafen, begriff Bec, dass sie sich in Mrs Coventry getäuscht hatte. Die Frau, voller Nervosität angesichts der bevorstehenden Party zur Goldenen Hochzeit, nahm überhaupt nichts als gegeben hin. Sie habe alle Welt eingeladen, klagte Mrs Coventry, kaum hatte sie das Geschäft betreten. »Was habe ich mir nur dabei gedacht?«

Bec war aufgestanden und drückte Mrs Coventry – die auf eine andere Art liebenswert war als vor zwei Monaten und etwas rundere Schultern bekommen hatte – zur Begrüßung kurz den Oberarm. Weißes Haar kringelte sich um das faltige Gesicht. Die alte Dame trug Perlenohrringe und eine Halskette mit einem großen Stein, den Bec nicht kannte. »Granat«, erklärte Mrs Coventry. »Stammt aus Connecticut.« Sie wirkte müde und sprach mit schleppender Stimme. Bec bot ihr einen Stuhl an. Seufzend ließ sich Mrs Coventry darauf fallen.

»Erinnern Sie mich daran, dass ich nie wieder eine Party gebe«, sagte sie kopfschüttelnd zu Bec und zog ein Taschentuch aus der Handtasche, mit dem sie sich die Stirn betupfte. »Ich bin zu alt für so etwas. Das ist mir jetzt klar geworden. Es war eine sehr alberne Idee.«

»Nicht albern. Es ist aufregend und sehr großzügig von Ihnen«, versicherte ihr Bec. Etwas an der Verletzlichkeit und Müdigkeit der Frau rührte sie. »Und ein großer Liebesbeweis«, fügte sie hinzu.

»Ja, ja«, erwiderte Mrs Coventry und schwenkte das weiße Taschentuch, als wolle sie sich ergeben. »Sicher haben Sie recht.« Sie lachte, schon wieder etwas munterer durch Becs Bemerkungen. »Jetzt muss ich zusehen, ob ich dieses alte Gerippe in das Kleid zwängen kann.« Sie hörte auf zu lachen. »Alle Welt habe ich eingeladen«, wiederholte sie traurig.

Bec nickte.

»Dumm«, sagte Mrs Coventry. »Sehr, sehr dumm.«

Tyler trat mit dem Kleid über den Armen auf die beiden Frauen zu. Der Stoff hatte dieselbe Farbe wie Mrs Coventrys Granat. Obwohl die Kundin im Planungsstadium alle möglichen Bedenken gehabt hatte, insbesondere im Hinblick auf den Gürtel an der Taille, konnte sie beim Anblick des fertigen Kleides ein spontanes Lächeln nicht unterdrücken. Sie richtete sich auf. Bec kam es vor, als würde sie ihren ohnehin kaum vorhandenen Bauch einziehen.

»Na, dann wollen wir mal«, sagte Bec und ging mit der Kundin zum Anproberaum. »Soll ich hierbleiben, während Sie es anprobieren?«, fragte sie, und Mrs Coventry nickte hektisch.

»Jemand als Stütze«, sagte sie.

»Bec«, rief Tyler ein paar Minuten später. »Wie sieht es aus da drinnen?«

Bec wandte sich an Mrs Coventry, die noch keinen Ton gesagt hatte. »Nun?« Beim Zeichnen hatte sie sich besorgt gefragt, ob der Stil nicht etwas zu jugendlich für die Auftraggeberin sei, aber sie war dabei geblieben, denn Mrs Coventry hatte eine schlanke Figur, die einen Gürtel um die Taille vertrug, und beim ersten persönlichen Kennenlernen waren ihr die Energie und geistige Beweglichkeit der alten Dame aufgefallen. Sie schien jung geblieben zu sein, trotz ihres vorgerückten Alters. Bec hatte sich am Tag ihrer ersten Begegnung beim Maßnehmen viel Zeit genommen, Mrs Coventry im Verlauf eines Gesprächs über mögliche Modestile ein wenig kennenzulernen. Am Ende des Treffens hatte Bec ihr gewohntes »Vertrauen Sie mir« vorgebracht, woraufhin Mrs Coventry »Aber natürlich, deshalb bin ich doch hier« geantwortet hatte.

Sie hatte Bec die Hand an die Wange gelegt, eine so sanfte, reizende Geste, dass Bec am liebsten ebenfalls die Hand ausgestreckt und ihr auf dieselbe Weise die Sorgen weggestreichelt hätte.

»Ich weiß nicht, was ich sagen soll«, platzte Mrs Coventry schließlich heraus.

Mit ihrer Erlaubnis zog Bec den Vorhang zur Seite. Tyler machte große Augen. Irene, die zweite Schneiderin, die hinter ihm stand, schnappte hörbar nach Luft.

»Ich muss schon sagen«, flüsterte Tyler Mrs Coventry zu, »Sie sehen umwerfend aus.«

»Mrs Coventry?«, fragte Bec fast ebenso leise wie Tyler. »Sie haben noch gar nichts gesagt. Gefällt es Ihnen denn überhaupt?«

Die Frau trat einen Schritt vom Spiegel zurück. »Ob es mir gefällt?«, wiederholte sie, hob den Rock ein Stückchen und ließ ihn wieder fallen, sodass er sich bauschte. »Ehrlich gesagt, habe ich so etwas wie das hier keine Sekunde lang erwartet. Das Kleid erinnert mich daran, wie ich einmal ausgesehen habe. Das ist der Grund. Deshalb bin ich so sprachlos.« Sie hob den Rock noch einmal ein paar Zentimeter in die Höhe. »Oh, ich liebe dieses Kleid!«

Bec klatschte vor Freude in die Hände. Dass Mrs Coventry fast dieselben Worte benutzte wie Ada, überraschte sie ebenso sehr wie das Hochgefühl der Kundin. Irene bestand darauf, loszulaufen und eine Flasche Sekt zu kaufen.

Als sie zurückkam, setzten sich die vier auf die Stühle an der Rückwand des Ladens, nippten an ihren Gläsern und plauderten angeregt. Bec hatte sich das Kleid über den Schoß gelegt, während sie die etwas zu langen Ärmel kürzte, und bügelte es dann noch rasch auf. Sie brauchte dazu nicht lange, und bald konnte Tyler das Kleid in Papier einschlagen, in eine Schachtel packen und diese Mrs Coventry zu Füßen legen. Als sie bereit zum Aufbruch war, wandte sich Mrs Coventry an Bec.

»Sie werden das vielleicht nicht verstehen können, aber ich erkenne mich zu einem guten Stück in Ihnen wieder.« Sie zog Bec zu sich heran. »Ich kann natürlich nicht so nähen wie Sie, aber ich bringe auch gern Dinge zustande. Wie diese verdammte Party.« Sie klang ein wenig verschmitzt. »Da habe ich mir ganz schön was einfallen lassen. Verstehen Sie, was ich meine?« Sie hielt den Champagnerkelch schräg und ließ die letzten Tropfen in ihre Kehle rinnen. »Ich hätte gern, dass Sie zu der Party kommen«, sagte sie dann fast flehentlich. »Es ist mir ernst. Sie und Tyler und Irene. Ich betrachte Sie als Freunde. Es wäre mir eine große Ehre.«

Bec geleitete die Frau an die Tür. Tyler folgte ihnen, er trug die Schachtel mit dem Kleid. »Das ist sehr freundlich«, sagte Bec, »aber wir können nicht. Das ist nicht der richtige Ort für uns. Aber kommen Sie wieder und erzählen Sie uns davon. Werden Sie das tun?«

»Natürlich. Ich werde Ihnen alles erzählen«, erklärte Mrs Coventry bereitwillig und hob das Gesicht, um Bec und Tyler auf die Wange zu küssen. »Aber wollen Sie es sich nicht noch einmal überlegen? Es *ist* der richtige Ort für Sie. Weil es *meiner* ist.« Sie sprach mit einer Ernsthaftigkeit, bei der Bec an den Laden denken musste, in dem sie standen, den Ort, der für sie inzwischen *ihr* Ort war, Tylers und ihrer, zwar nicht direkt ein Zuhause, aber doch etwas, das dem sehr nahe kam. Und war das nicht in Ordnung so? Diese Übereinkunft?

An jenem Freitagnachmittag wurde, nachdem Mort und Leo nach Woodmont aufgebrochen waren, ein Posten Männerhemden an Leibritsky's Department Store in Middletown geliefert, kurzärmelige Hemden für den Sommer. Als Nelson sie aus der Kiste holte, erinnerte er sich plötzlich an eine andere Kiste im Kellergeschoss, die fast identische Hemden enthielt. Er hatte sie dort vergessen, sie im Vorjahr nie in die Geschäftsräume hochgebracht. Warum zum Teufel kamen die Sommerhemden aber auch immer so spät im Jahr?, fragte er sich frustriert. Und warum hatte er nach dem Patzer vom Vorjahr gleich wieder dieselben Hemden bestellt? Er zuckte die Achseln. Er kannte die Antwort sehr wohl. Er war ein lausiger Geschäftsmann. Das war eine schlichte, unleugbare Tatsache. Nelson war froh, dass zu Leibritsky's Department Store ein so geräumiges Kellergeschoss gehörte, das er oft aufsuchte, wenn er ein paar Minuten für sich allein brauchte, und das groß genug war, um seine vielen Schnitzer zu verstecken.

In gewisser Weise war er ins Untergeschoss gezogen, hatte sich einen Winkel gesucht und ihn sich mit einem Schaukelstuhl, einer Lampe und einem Schreibtisch mit zwei Schubladen eingerichtet. Auf dem Schreibtisch stand ein Grammofon, neben dem ein Stapel Schallplatten lag, hauptsächlich zerkratzte 78er, aber in den letzten Wochen waren ein paar Langspielplatten dazugekommen, die ganze vierzig Minuten lang spielen konnten, ein Produkt, das diesen Sommer neu auf den Markt gekommen war. Am liebsten hörte er Benny Goodman, wenn er einen Lichtblick während seines Arbeitstages brauchte, und *»Sing, Sing, Sing«* war das Musikstück, das ihn zuverlässig in Entzücken versetzte und mit seinen beharrlichen Rhythmen sein Blut heftig in Wallung brachte. Doch als er sich an diesem Freitag in seine Kellerecke verzog, den einen Ort im Leibritsky-Universum, an dem er sich zu Hause fühlte, in dem ihm trotz der Feuchtigkeit das Atmen leichtfiel, entschied er sich gegen *»Sing, Sing, Sing«* oder etwas anderes von Goodman. Er suchte die Stille. Eine Weile wiegte er sich auf seinem Schaukelstuhl vor und zurück, wickelte erst ein Tootsie Roll aus, steckte sich das Bonbon in den Mund, dann ein zweites, und anschließend stellte er sich vor den Schreibtisch, zog die obere Schublade auf und nahm eine alte, gerahmte Fotografie heraus.

Er wischte die Glasscheibe über dem Bild ab. Das Frauengesicht, das er ansah, war jung und lächelte wie immer. Gerade mal einundzwanzig. Nelson war jetzt zweiundvierzig. Er dachte seit seinem Mittagessen mit Howard vor zwei Wochen an dieses lächelnde Gesicht. »Es ist nicht immer leicht, ein Sohn zu sein«, hatte er zu Howard gesagt, und das war eine indirekte Anspielung auf seine lange zurückliegende Liebesgeschichte mit dem Mädchen auf dem Foto, Mimmie Klein. An dem Verlust dieser Liebe war eine Äußerung seines Vaters, Howards Großvaters, nicht ganz unschuldig. Hätte sich Nelson beim Lunch mit Howard an jenem Tag nicht mit Fruchtcocktail vollgestopft, hätte er womöglich über Mimmie geredet, das Mädchen, das er vor tausend Jahren gekannt hatte, doch ihm kam es vor wie gestern.

Und jetzt, zwei Wochen nach dem Essen mit Howard, war sie ihm immer noch nicht aus dem Sinn gegangen. Er aß noch ein Tootsie Roll. Ihren Namen sprach er nicht laut aus, weil er befürchtete, sein Kummer würde alle Dämme brechen lassen und er würde ihn nicht mehr zurückhalten können. »Ein Versager in puncto Liebe«, sagte er zu dem leeren Raum. »Ein Versager in puncto Sommerhemden.«

Während Nelson im Keller saß und die Fotografie anstarrte und während sich Bec zum zweiten Mal von Mrs Coventry verabschiedete und sie noch herzlicher drückte, standen Mort und Leo in West Haven vor Jimmie's, dem Hotdog-Stand im Vergnügungspark Savin Rock, und verzehrten ihren wöchentlichen Prä-Schabbat-Imbiss: zwei Hotdogs und eine Coca-Cola für jeden. Sie hatten sich während der ganzen Autofahrt ein Spiel angehört, die New York Giants gegen die Dodgers, das Team, das in dieser Saison in aller Munde war wegen dieses »Blackie Jackie«, wie Mort den Schwarzen Jackie Robinson nannte. Aus irgendeinem Grund konnte Mort nicht damit aufhören. »Blackie Jackie«, sagte er noch einmal, während er auf seinen Hotdog wartete.

Leo zog die Augenbrauen hoch.

»Ach, verdammt. Hab das nur so dahergesagt«, knurrte Mort. »Ich bin nicht Ada, weißt du.«

Leo nickte nur.

Zur selben Zeit saßen meine Mutter und Vivie noch am Strand auf ihren Klappstühlen, die alten Hauskleider über den Badeanzügen, die Füße bis zu den Knöcheln im Wasser des Long Island Sound, das Haar noch zu Zöpfen geflochten, ihre Bettfrisur. Sie hatten das Haus noch nicht aufgeräumt. Und auch noch nicht angefangen, das Hühnchen für's Abendessen zu marinieren. Auch der Esstisch musste noch gedeckt werden.

Vivie gähnte. Ada seufzte.

»Es ist Freitag, nicht vergessen«, ermahnte Vivie ihre Schwester.

Ada seufzte noch einmal, aber diesmal hörte man ihre Gereiztheit durch. »Du lieber Himmel, gönnen wir uns doch noch zehn Minuten«, nörgelte sie. »Wozu die Eile? Hm?«

Folglich war das Sommerhaus noch ein wenig unordentlich, als die Männer am Spätnachmittag ankamen; der Esstisch war noch nicht bereit, die Frauen trugen noch ihre geblümten Hauskleider, Davy steckte noch in seiner Badehose und hatte noch nicht geduscht. Mort inspizierte das Haus, inspizierte die Frauen, inspizierte seinen jüngsten Sohn und wirkte für einen Moment alarmiert. Aber das Huhn brutzelte, umgeben von Kartoffeln, im Ofen und der Essensgeruch beruhigte ihn. Es würde ein Schabbatmahl geben, wie es immer ein Schabbatmahl gegeben hatte.

Und das gab es, nur Becs Abwesenheit war ungewöhnlich. Als

wir uns an den Tisch setzten und uns auf die Segenssprüche gefasst machten, war Bec immer noch nicht von Mrs Coventrys Anprobe aus New Haven zurück. Die Sonne sank, der Wind vom Meer her hatte sich gelegt und Mort saß mit der Kippa in den Händen vor dem aufgeschlagenen Gebetbuch am Kopf des Tisches und wartete. Einer nach dem anderen versammelten wir uns um ihn und warteten mit ihm.

»Wo ist Bec?«, erkundigte er sich schließlich nach einem langen, eisigen Schweigen. Er trommelte mit dem Zeigefinger auf die Tischkante. Die Sonne war mittlerweile hinter dem Meer untergegangen. Mein leerer Magen grummelte gewaltig und bei den anderen war es vermutlich genauso. Davy schielte gierig auf den Berg von Schabbat-Broten.

Niemand gab eine Antwort. Ada warf Vivie einen fragenden Blick zu, aber Vivie zuckte nur die Achseln. »Ach, weißt du«, begann Vivie mit ruhiger, gefasster Stimme, »es könnte sein, dass sie sich an den Wochenenden unbehaglich fühlt. Sie hat zum Schabbat nicht dasselbe Verhältnis wie wir, glaube ich.« Ich nahm an, Vivie spräche über Becs Freitagsklaustrophobie, ihr wöchentlich auftretendes Bedürfnis, sich als Vorbereitung auf das Wochenende von uns zu entfernen. »Geben wir ihr noch ein bisschen Zeit.«

Mort blickte erst missbilligend zu dem sich rasch verdunkelnden Himmel hinauf und dann auf seine Armbanduhr. Er seufzte und rang sich ein »Nun gut« ab.

Doch kurz darauf nickte er Ada ungeduldig zu, ihr Signal, aufzustehen und die Schabbatkerzen zu entzünden und danach die Hände über den Flammen kreisen zu lassen, als würde sie das heilige Licht hervorzaubern, es ins Sein rufen.

Auch für Bec hatte der Schabbat begonnen, allerdings auf andere Weise. Nachdem die Anprobe beendet, der Sekt getrunken und der

Laden übers Wochenende abgesperrt war, hatten Bec und Tyler sich von Irene verabschiedet (Tyler sang dabei den alten Song *»Goodnight, Irene, goodnight, Irene, goodnight«*) und waren in den Buick Roadmaster gestiegen. Kurz hinter New Haven, auf dem Weg nach West Haven und Woodmont, schlug Tyler vor einer roten Ampel sichtlich entnervt die Hände auf das Lenkrad.

»Bleib noch ein Weilchen bei mir«, sagte er, zu Bec gewandt. »Komm, lass uns irgendwo etwas essen, Bec, bitte.«

Seine Worte überraschten sie. Er hatte sich nie zuvor in ihr Familienleben eingemischt. Und genau darum ging es: Solange sie ihre Welten schön getrennt hielt – das unabhängige, private Leben in New Haven, das Familienleben in Woodmont –, konnte sie beide haben. Aber sie konnte sie nicht zusammenbringen, das wusste sie sehr wohl. Sie hatte oft genug versucht, sich vorzustellen, wie sie Tyler ins Sommerhaus mitbrachte, nicht als ihren Arbeitgeber, sondern als ihren Liebsten, und wie sie beide freitags nebeneinander beim Schabbatmahl saßen. Das Bild war kaum zu ertragen. Ein Fremder am Schabbat. Ein verheirateter Katholik am hübsch gedeckten Tisch ihrer Schwester, ein Mann, der nicht wusste, was um alles in der Welt hier vor sich ging, wenn sie die Kerzen entzündeten, den Wein und das Brot segneten und alte hebräische Gebete anstimmten. Ihr Ritual besaß eine heilige Qualität, die durch die Anwesenheit eines Außenstehenden nun mal gestört wurde. Und Mort erst! Schon allein der Gedanke, dass Mort gemeinsam mit Tyler am Tisch sitzen könnte, ließ Bec erschauern. Sie würde ihm seinen Schabbat zerstören, der auch ihr gemeinsamer Schabbat war, ihre Welt. Ein Fremder beim Schabbat – dann konnte die Familie gleich gewöhnliches Brot essen statt Challa-Brot. Ein Ungläubiger am Tisch, und jeder würde in Sekundenschnelle den Unterschied merken, die Verwässerung spüren, die Schwächung von allem, was ihnen etwas bedeutete. Ja, so war es:

Was sie mit Tyler tat, lag so weit jenseits aller Grenzen der sozialen Verträglichkeit, dass niemand auch nur einen Verdacht hegte, nicht einmal nach all den Jahren. Ja, mit Tyler alles zu haben, was sie sich wünschte, hieß, alles zu verlieren, was sie mit ihren Schwestern hatte. In dieser Hinsicht war auch Tylers Bitte, mit ihm nach New York zu ziehen, in Wirklichkeit gleichbedeutend mit der Aufforderung, eine Entscheidung zu treffen, der sie all die Jahre liebend gern ausgewichen war.

»Bitte, Bec«, sagte Tyler noch einmal. Die Ampel sprang auf Grün, er fuhr ein Stück und hielt dann am Straßenrand an. Er sah Bec an und streckte die Hand nach ihr aus, und sie hörte sich Worte sagen, über die sie sich selbst wunderte: »Okay, ja.«

Sie fanden ein kleines Restaurant in New Haven, in dem keiner von ihnen je gewesen war. Vom Restaurant aus rief Bec im Sommerhaus an, um ihrer Familie mitzuteilen, dass sie sich verspäten würde, aber das wussten sie dort schon. Sie hatte sie beim Essen gestört. Mit zittriger Hand hängte sie den Hörer auf. Wie leicht man doch ausgegrenzt wurde, dachte sie, während sie zu Tyler zurückstolperte. Sie und Tyler waren an Fensterplätze geführt worden. Ihr Tisch war klein, etwas abseits und von einem weißen Tischtuch bedeckt. Draußen wurde es schon dunkel, und ein Kellner kam, noch bevor sie bestellt hatten, um die Kerze anzuzünden, die mitten auf dem Tisch stand. Als Bec in die Flamme starrte, verspürte sie immer stärker das Bedürfnis, die Hände über ihr kreisen zu lassen, wie es ihre Schwester Ada zweifellos über den zwei Kerzen auf dem Esstisch in Woodmont getan hatte. Bald darauf brachte der Kellner ihnen zwei Gläser Rotwein und einen Brotkorb. Da kam Bec der Gedanke, dass sie ihren eigenen Schabbat feiern konnten. Sie erklärte Tyler, was es mit den Kerzen, dem Brot und dem Wein auf sich hatte. Im nächsten Augenblick hob er ein Stück Brot und sein Weinglas.

»Gut Schabbes, Bec«, sagte er so aufrichtig, dass ihr die Tränen in die Augen stiegen.

Dann lachte sie. Und er lachte auch. Sie stießen mit ihren Gläsern an, nippten am Wein, kauten das weiche Brot. Dann brachte der Kellner zwei gut gefüllte Teller mit grünem Salat, Karotten und Tomaten. Sie war hungriger als gedacht. Tyler redete die ganze Zeit über das, was sich unter der Woche während ihrer Abwesenheit im Laden abgespielt hatte. Sie nickte, während sie ihre Käse-Ravioli verspeiste, die köstlichsten, die sie je gegessen hatte.

Als sie fertig gegessen hatten, war der Himmel tiefdunkel gefärbt. Im Restaurant waren nur noch zwei andere Paare, und die saßen in einiger Entfernung. Bec blickte aus dem Fenster. Da draußen irgendwo war Wasser, der Long Island Sound, der diesen Ort mit den anderen Orten verband, auch mit dem Sommerhaus am Bagel Beach, aber in der Dunkelheit konnte sie es nicht sehen. Sie wandte sich wieder Tyler zu, der ihr mit zufriedener Miene gegenübersaß. Seine grauen Augen reflektierten die glühende Kerzenflamme. Er war jetzt ruhiger, war die Alltagssorgen der Woche losgeworden, aber er sei noch nicht ganz bereit zu gehen, sagte er, und sie stimmte ihm rasch zu, nein, das sei sie auch nicht.

So blieben sie sitzen, ohne sich zu unterhalten, und genossen eine Art Inseldasein als Paar, das Bec das Gefühl gab, als wäre das kleine Restaurant einzig und allein für sie da. Der Rest der Welt war in der Dunkelheit verschwunden. Der Kellner kam und fragte, ob sie Kaffee oder ein Dessert wünschten, und Bec war angetan vom Klang seiner Stimme. Auch er schien einzig und allein für sie da zu sein. Alles, was sie wünschten, sei heute als Dessert im Angebot, sagte er. Oder, fügte er scherzhaft hinzu, vielleicht sollten sie doch besser Tiramisu bestellen oder etwas Leichteres, ein Sorbet etwa.

Sie saßen da, sie lächelten, sie nippten am Kaffee, und zum ersten Mal hielten sie sich in der Öffentlichkeit an der Hand. Wann ist ein Schabbat je so wunderbar gewesen?, fragte sich Bec.

Wann hatte sie sich jemals so im Mittelpunkt des Geschehens gefühlt, so geliebt, so satt?

Wann war sie, die alleinstehende, kinderlose Frau, jemals etwas anderes gewesen als eine Fremde beim familiären Schabbatmahl, ein Gast, eine Statistin? Und wie merkwürdig, dass sie über Jahre hinweg nie die ganze Schwere dieser einsamen Schabbatfreitage gespürt hatte.

Aber sie hatte ja nicht einmal gemerkt, dass ihr Schabbat einsam war, bis er es auf einmal nicht mehr war.

Sie fing an, den Kopf zu schütteln, als Ausdruck ihres ungläubigen Staunens, und dann nickte sie, immer und immer wieder, bis Tyler durch die beharrliche Wiederholung der Geste deren tiefere Bedeutung verstand. Ja, sie würde mit ihm nach New York ziehen und ein neues Leben anfangen, und als er sich auf seinem Stuhl aufrichtete und sich räusperte, als wolle er etwas sagen, wurde schnell deutlich, dass er kein Wort herausbrachte, sondern nur dasselbe tun konnte wie sie: Nicken, stumm *Ja* sagen, immer und immer wieder.

7 Nie wieder Freitagsklaustrophobie

Das Haus, das ich von Bec geerbt habe, liegt in Middletown. Nicht in New Haven. Nicht in New York. Sie hat in dem Haus mit meinem Onkel, Nelson Leibritsky, gelebt, nicht mit Tyler McMannus. Das heißt, sie wurde Mrs Nelson Leibritsky – Schwägerin ihrer Schwester Ada – und nie, nicht einmal inoffiziell, Mrs Tyler McMannus. Aber da Nelson so viele Jahre vor Bec starb, entdecke ich hier kaum noch eine Spur von ihm.

Die wenigen Habseligkeiten, die Bec von ihm behielt, habe ich gefunden, und zwar, wie es zu einem Kellerfreund wie Nelson passt, im Untergeschoss des Hauses. Heute ist Halloween, und vor ein paar Stunden habe ich mich entschlossen, ins Haus zu kommen und die Lampen anzuschalten, um die Parade kleiner kostümierter Wesen anzulocken, die in der Hoffnung auf Süßigkeiten an der Tür klingeln, wenn sie sehen, dass jemand zu Hause ist. Bec hatte immer ausreichend Vorräte für Halloween im Haus gehabt, und ich hatte mehrere Tüten Tootsie Rolls besorgt, Nelsons Lieblingssüßigkeit.

Doch als ich im Keller nach Deko-Material suchte, fand ich nur das übliche Trio von Waschmaschine, Trockner und Heizkessel, bis ich zu den Kisten kam, die an der Wand gestapelt waren und die eindeutige Aufschrift *Nelson* trugen. Darin lagerten, wie ich feststellte, Nelsons uralte LPs: Frank Sinatra mit der Band von Tommy Dorsey, Ella Fitzgerald, begleitet von Chick Webb und seiner Band, ein Soloalbum von Rosemary Clooney und eines von Dean Martin. Bei der Durchsicht der Stapel bemerkte ich, dass Nelson neben den Platten dieser Künstler auch die Aufnahmen der Big Bands seiner Jugend behalten hatte. Da lagen Johnny Mercer und Glenn Miller, noch mehr von Tommy Dorsey, und schließlich kam ich zu einer Reihe von Aufnahmen von Benny Goodman.

Alle wussten, dass *»Sing, Sing, Sing (with a Swing)«* Nelsons absoluter Lieblingssong war – wie oft hatten wir dieses Stück, oder wenigstens das unverkennbare Schlagzeugsolo, gehört, wenn es aus dem Keller von Leibritsky's Department Store tönte, denn Nelson war da unten keineswegs außer Hörweite; und als ich die Aufnahme fand und das alte Album aus der Kiste zog, kam es mir vor, als würde ich Nelson persönlich exhumieren. Dem Impuls, die Musik zu hören, konnte ich nicht widerstehen, und so stieg ich die Treppe hoch, legte die Platte auf den Plattenspieler in der altmodischen Musikanlage im Wohnzimmer und hob die Nadel. Schon ging es los: das unnachahmliche Tomtom-Solo, dann die dröhnenden Posaunen, dann die Trompeten und schließlich Goodman selbst mit seiner klagenden Klarinette. Aber immer wieder kehrte die Musik zum Schlagzeug zurück, dem »Paukenschlag Gottes«, wie Nelson es bei einem Familienessen in Middletown in einem seiner seltenen gesprächigen Momente einmal genannt hatte. Die Genialität des Schlagzeugers Gene Krupa sei nur ein Kniff, eine Methode Gottes, uns mitzuteilen, dass wir aufwachen und etwas von unserem eigenen Herzschlag spüren sollten.

»Gibt es denn jemanden, der *das* nicht spürt?«, hatte Davy damals Nelson erstaunt gefragt, die Hand auf die Brust gedrückt. Und diese Erinnerung hilft, das Ereignis zu datieren: ein Schabbatmahl in Middletown, im Jahr 1948, in den Wochen vor unserer Abreise nach Woodmont. Nelson war damals noch Junggeselle –

und das würde er auch bleiben, nahmen alle an – und an jenem Tag bei uns eingeladen, und Davy hatte den ganzen Abend Nelsons Anzugjacke angestarrt, als könne er dadurch die Tootsie Rolls hervorzaubern, die unweigerlich in Nelsons Taschen steckten.

Davy ließ nicht locker. »Jeder weiß, dass sein Herz schlägt«, sagte er fröhlich und presste die Hand weiter auf die Brust.

Aber Nelson grinste nicht zurück. Er antwortete mit säuerlicher Miene und kaum merklich gereizt: »Nicht jeder, mein Junge. Nicht jeder.«

Währenddessen hatte er in seine Jackentasche gelangt und, wie Davy vorausgesehen hatte, ein Bonbon herausgeholt, das er sich in den Mund schob, obwohl sich auf seinem Teller noch das gegrillte Hühnchen und der Kartoffelauflauf meiner Mutter türmten.

Davy sah ungläubig zu, wie Nelson die Süßigkeit auswickelte, kaute und herunterschluckte. Er warf einen Blick zu unserem Vater hinüber, als erwarte er, dass dieser Nelson ausschimpfen würde, denn das hätte uns geblüht, wenn wir uns mitten beim Essen ein Stück Schokolade in den Mund gesteckt hätten.

Aber Mort tat so, als sähe er es nicht, und Ada und Howard folgten seinem Beispiel. Sogar ich wandte den Blick ab.

»Kann ich eins haben?«, fragte Davy Nelson nach einer Weile.

»Wenn du fertig bist«, antwortete meine Mutter.

»Aber …«, setzte Davy an.

»Kein Aber«, sagte Mort.

»Aber …«, probierte es Davy noch einmal.

Ada streckte den Arm aus und deutete auf die Gabel neben Davys Teller.

Verwirrt sah Davy erst Nelson, dann seine Mutter, dann seinen Vater an. Er hätte liebend gern seinen Satz zu Ende gesprochen und sein Argument weiter ausgeführt. Die krasse Ungerechtigkeit der Situation sprang allen ins Auge.

»Ich sag dir was«, meldete sich Nelson zu Wort. »Du hörst dir irgendwann mal mit mir im Laden *›Sing, Sing, Sing‹* an und ich gebe dir zwei Bonbons. Und wenn das Lied dein Herz so zum Klopfen bringt wie meines, wenn es so schlägt, dass du ganz genau merkst, dass es schlägt, gebe ich dir drei.«

Aber wir fuhren in die Sommerferien, bevor Davy seine Chance bekam, drei Bonbons auf einmal zu lutschen, seine Chance, die Musik anzuhören, mit Nelson zusammen, der Davy und uns mitzuteilen versuchte, was es bedeutete, depressiv zu sein. Man fühlt nicht mehr, dass das eigene Herz schlägt. Und diese Mitteilung war, meinen Eltern zumindest, peinlich, denn sie taten so, als hätten sie sie nicht gehört.

Doch noch bevor Davy Nelsons Einladung annehmen konnte, hatte sein Herz, so jung es war, buchstäblich zu schlagen aufgehört. Eine Weile danach lebte Nelsons metaphorische Pumpe dagegen neu auf, fing noch einmal an, so kräftig zu schlagen, dass er es spüren konnte, obwohl er schon ein Mann mittleren Alters war und seit Langem davon ausging, dass die Einsamkeit, die ihm dieses taube Gefühl verursachte, lebenslang sein Schicksal sein würde. An dem Abend, an dem das Schabbatmahl stattfand, war Bec in New Haven und lebte ein Leben, das ihre geheime Liebe zu Tyler McMannus umschloss. Erst nach Davys Tod war sie in Middletown so präsent, dass Nelson sie kennenlernen und in ihr die Gefährtin finden konnte, nach der er sich heftig gesehnt hatte, so präsent, dass er sie heiraten und mit ihr in diesem Haus leben konnte. An diesem Nachmittag wippte mein Fuß im Rhythmus von *»Sing, Sing, Sing«*, und obwohl ich wusste, dass die Verbindung der beiden aus einem Verlust heraus entstanden und von einem Verlust geprägt war, schien es mir durchaus denkbar, dass sie im Bannkreis der Musik – die Pauken Gottes, oh ja! – das getan hatten, was ganz gewöhnliche Leute überall auf der Welt und zu allen Zeiten getan haben: Sie lernten sich besser kennen, lernten sich schätzen und dann, als gäbe es eine Wiedergutmachung für die vielen einsamen Jahre und die vielen Jahre voller Geheimnisse und das nur halb gelebte Leben, verliebten sie sich ineinander.

Aber so war es nicht gewesen. Tatsächlich hatte Bec drei Jahre nach Davys Tod Nelson geheiratet. Für Nelson war es durchaus Liebe – eine Liebe, die ihn verwandelte –, für Bec jedoch war es das nicht.

Sie liebte Tyler McMannus so sehr. Aber in der Zeit nach dem Unfall, der am Ende Davy das Leben kosten sollte, hatte sie, während er noch am Leben war und im Krankenhaus von Milford lag, während also noch Anlass zu Hoffnung bestand, mit Gott einen Handel abgeschlossen: Sollte Davy überleben, würde sie Tyler am folgenden Freitag nicht wie vereinbart treffen. Und es funktionierte. Davy lebte tatsächlich weiter, wenigstens diese eine Woche noch. Und so schloss sie am Ende der Woche einen neuen Handel ab: Wenn er weiter am Leben bliebe, würde sie Tyler nicht wiedersehen. Sie würde ihn ganz aufgeben, wenn das nötig war, um Davy am Leben zu halten. Das würde sie tun, versprach sie Gott, ja wirklich, das würde sie tun.

Aber Davy starb zu Beginn der zweiten Woche nach dem Unfall, an einem ansonsten schönen Samstagmorgen. Becs verzweifelte Gebete hatten es nicht verhindern können.

Die Beerdigung war für den Dienstag angesetzt, und sie sollte an jenem Samstag zusammen mit der Familie nach Middletown zurückfahren, wo sie Ada bei den Arrangements und allem anderen helfen würde. Meine Mutter konnte sich kaum auf den Beinen halten. Mit »alles andere« war genau das gemeint: aufstehen, sitzen, zur Toilette gehen, sich anziehen, essen, laufen, sich kämmen. Bec würde natürlich an der Beerdigung teilnehmen, und obwohl von ihr nicht wie von uns verlangt wurde, Schiwa zu sitzen, würde sie dennoch während dieser offiziellen, siebentägigen Trauerperiode bei uns bleiben.

»Das verstehst du doch, oder?«, fragte sie Tyler am Telefon in unserem Flur in Middletown.

»Nimm dir so viel Zeit, wie du brauchst«, antwortete er.

Zwei Tage nach der Beerdigung kamen sie überein, dass Tyler nach Middletown kommen und sie sich auf dem Campus der Wesleyan University treffen würden, der zu Fuß von unserem Haus aus erreichbar war. Dort saßen sie dann auf den Stufen eines alten, hoch aufragenden Brownstonehauses. Der frisch gemähte Campus lag leicht geneigt vor ihnen, als eine schimmernde, grüne Fläche. Obwohl es schon September war, hatte das Semester noch nicht begonnen und niemand war unterwegs. Bec lehnte den Kopf an Tylers Schulter und er legte den Arm um sie. Sie hatten sich drei Wochen lang nicht gesehen, und normalerweise wäre das Grund genug für ein freudiges Wiedersehen gewesen. Aber im Nachhall des Unglücks hatten sie sich kaum etwas zu sagen. Bec weinte die meiste Zeit leise und hob immer wieder ein besticktes Taschentuch an die Augen. Nach einer Weile schloss sie die Augen ganz, während ihr Kopf weiter an Tylers Schulter lag.

Etwa eine halbe Stunde später sagte sie: »Ich sollte los.« Sie stand auf und sah in die Richtung, aus der sie gekommen war. »Ada braucht mich.«

Als sie sich ein Stück von ihm entfernt hatte, drehte sie sich um. Tyler ging in die andere Richtung, den Filzhut in der Hand. Er hinkte stärker, als sie es in Erinnerung hatte.

»Pass auf dich auf!«, rief sie. Aber er hörte sie nicht und ging weiter, fast taumelnd, so schien es Bec jedenfalls, die sich nicht von der Stelle gerührt hatte und immer noch reglos dastand, als er um die Ecke bog und aus ihrem Blickfeld verschwand.

Nach der Woche Schiwa fuhr Bec für einen Tag und eine Nacht ins Sommerhaus zurück, diesmal mit Ada und Mort. Sie wollten packen und das Haus für den Winter schließen. Danach sollte Bec in New Haven abgesetzt werden und ihr Leben wieder aufnehmen, und meine Eltern wollten nach Middletown zurückfahren und dasselbe tun.

Obwohl sie nach Woodmont gekommen war, um etwas zu tun, saß Ada die meiste Zeit auf einem der Stühle am Küchentisch. Sie starrte dumpf vor sich hin, auf die Wände, die Spüle, die Waschmaschine mit den herabhängenden Schläuchen. Bec war es, die die Schränke und den Kühlschrank ausräumte, und sie war es, die den Esstisch und die Stühle mit einem der alten Laken abdeckte, die wir zu Beginn des Sommers abgezogen hatten. Im oberen Stockwerk holte Bec die restlichen Kleidungsstücke aus dem Zimmer der Jungen, zog die Betten ab und strich die beiden marineblauen Tagesdecken glatt. Im Badezimmer schrubbte sie die Badewanne mit den Löwenfüßen, das Waschbecken und die Toilette. Sie sparte das Zimmer von Vivie und Leo aus, denn Vivie hatte gesagt, sie würden später nachkommen, trotz Leos Abneigung gegen lange Autofahrten, und sich selbst darum kümmern. Sie sparte auch das Schlafzimmer von Ada und Mort aus, denn sie würden in dieser Nacht hier schlafen und es kam ihr falsch vor, in ihren Sachen zu wühlen, solange sie sich selbst im Sommerhaus aufhielten.

Während Bec werkelte, kümmerte sich Mort um den Außenbereich. Er fegte die Veranda und stapelte die farbigen Metallstühle aufeinander. Er klappte die Wäschespinne zusammen und verstaute sie. Anschließend schloss und verriegelte er die Fenster im ganzen Haus, mit Ausnahme derjenigen in Becs Sonnenraum, die er am nächsten Morgen zukurbeln würde, und eines Fensters im Elternschlafzimmer, damit er und Ada beim Schlafen Luft bekämen.

Aber in dieser Nacht schlief niemand. Bec wälzte sich auf ihrem Feldbett hin und her und hörte die ganze Nacht über sich Schritte, als ginge jemand im Flur auf und ab. Als sie am nächsten Morgen aufstand, stellte sie überrascht fest, dass Mort nicht oben geschlafen, sondern sich im Wohnzimmer aufs Sofa gelegt hatte.

Als Bec nach oben kam, erschrak sie über Adas dicke Tränensäcke und ihre struppigen Haare, die sie zu flechten vergessen hatte und die ihr jetzt völlig verfilzt ins Gesicht hingen. Es dauerte lange, bis Bec sie glatt gekämmt und hochgesteckt hatte. Noch länger dauerte es, Ada zu baden und anzuziehen. Während der Prozedur des Ankleidens blieb Mort unten und lief unruhig zwischen Küche und Esszimmer hin und her. Als die Schwestern endlich herunterkamen, war er wütend auf sie, ungeduldig und erschöpft von der zusätzlichen Fürsorge, die seine Frau brauchte und die sie in Wahrheit von ihm gerade nicht bekommen hatte. Bec hatte alles allein gemacht. Und die Kälte zwischen dem Paar, das fast vollständige Ausbleiben einer echten Kommunikation, zeigte ihr, dass sie, sollte sie bei ihnen bleiben, auch weiterhin alles alleine machen würde, denn Davys Tod hatte zwischen Mort und Ada etwas Schreckliches bewirkt. Mort war immer wütender auf Ada geworden. An jenem Vormittag hatte er es, als sie zu dritt am Küchentisch saßen und an ihren Kaffees nippten, kaum über sich gebracht, seine Frau anzusehen.

Wer, fragte sich Bec, sollte Ada in der nächsten Zeit versorgen, ihr eine Schulter zum Anlehnen bieten, ihr beim Aufstehen und Anziehen helfen oder bei der Zubereitung der Mahlzeiten für die Familie? Sicher nicht wir Kinder, dachte Bec. Das konnten wir nicht und das war nicht unsere Aufgabe. Und Vivie hatte sich als Folge von Davys Tod ein Stück weit vom Familienclan zurückgezogen und auf ihre eigene Familie besonnen, in der sie alle Hände voll zu tun hatte, eine fast untröstliche Nina zu trösten.

Als sie schließlich vor Tylers Geschäft hielten, hatte Bec einen Entschluss gefasst. Zu Mort sagte sie, es werde nur eine Minute dauern. Im Geschäft winkte sie Irene zu, packte Tyler am Arm und zog ihn in sein Büro.

»Ich muss zurück nach Middletown. Ada braucht mich. Sie hat nur mich.« Sie ließ sich gegen ihn sinken, rückte seine Krawatte zurecht und hielt sich an ihr fest.

Er nickte rasch und nachdrücklich, wie sie selbst an ihrem – noch nicht lange zurückliegenden – Abend in dem italienischen Restaurant in New Haven.

»Okay?«, fragte sie. »Nur, bis sie wieder auf den Beinen ist. Nur noch ein kleines Weilchen.«

Obwohl er immer noch nickte, sagte er: »Nein, überhaupt nicht okay.«

Sie umarmten sich, und sie fuhr fort: »Du hast keine Ahnung, was das für mich bedeutet.«

»Geh schon«, sagte er und entließ sie aus seinen Armen. »Ich werde hier sein und warten.«

Sie schenkte ihm ein zaghaftes, dankbares Lächeln, obwohl ihr bewusst war, was sie ihm antat; sie wusste aus ihrer lang vergangenen Verlobungszeit, was für eine seltsame Art von Hölle das Warten sein konnte.

»Nur bis sie wieder auf den Beinen ist«, wiederholte sie, und dann küsste sie ihn auf den Mund, zog noch einmal an seiner Krawatte, drehte sich um und ging.

So kam es, dass Bec Mitte September 1948 bei uns einzog und trotz ihrer anfänglichen Widerstände in Davys Zimmer schlief, sie hatte nach gut einer Woche in das für sie höchst unangenehme Arrangement eingewilligt, weil seines das einzige freie Schlafzimmer war und sie in unserem Haus ein wenig Privatsphäre brauchte. Niemand hatte etwas dagegen, dass sie Davys Sachen aus den Schränken räumte, niemand störte sich daran, weil sowieso alle ratlos waren. Das Zimmer von allem zu befreien, was nach einem Leben aussah, das sich nicht mehr darin befand, war nicht besser oder schlechter als alles andere, was man hätte tun können, um ein neues Leben zu beginnen, eine Art Leben nach dem Leben. Bec holte Davys Kleider aus den Schubladen der Kommode, seine Sammlung von Baseballwimpeln, seinen alten Plüschteddy. Das Einzige, was sie liegen ließ, war das fast fertige Bild, das Davy und Lucinda Rossetti im Lauf des Sommers zusammen gemalt hatten. Sie hatte es mitgebracht, in dem Umschlag, auf dem Davys Woodmonter Adresse stand. Der Umschlag blieb in Davys Zimmer auf seiner alten Kommode liegen.

Ihre Singer, ihre Schneiderpuppe und ihren Nähkorb hatte sie in ihrer Wohnung in New Haven gelassen. Mit der Absicht, sich vorläufig ausschließlich um ihre Schwester und um uns zu kümmern, hatte sie nur ihre Kleider eingepackt. Aber meine Mutter besaß auch einen Nähkorb, und binnen kürzester Zeit durchstreifte Bec immer wieder die Wohnung auf der Suche nach aufgehenden Nähten, losen Knöpfen und Rocksäumen, die ausgelassen werden mussten. Nicht, dass sie nicht genug zu tun gehabt hätte, denn meine Mutter war den ganzen Herbst über, während die Blätter die Farbe wechselten und von den Bäumen fielen, immer noch vollkommen kraftlos. Nach schlaflosen Nächten fiel sie endlich gegen Morgen in einen unruhigen Schlummer und wachte ungefähr um die Mittagszeit auf. So war es Bec, die früh aufstand, Frühstück machte und uns auf den Weg brachte. Howard hatte vorgehabt, im Herbst in Middletown an der Wesleyan anzufangen, aber er hatte seinen Studienbeginn um ein Jahr aufgeschoben. Stattdessen ging er jeden Morgen mit meinem Vater zum Minjan und verbrachte dann den Rest des Tages mit ihm im Geschäft. Ich ging in die achte Klasse. Wenn ich am späten Nachmittag von der Schule zurückkam, war es Bec und nicht meine Mutter, die mich begrüßte, umarmte und mir heißen, süßen Tee kochte. Oft entdeckte ich meine Mutter im Wohnzimmer, wo sie allein am Fenster saß und stumpfsinnig nach draußen starrte. Auch ihr brachte Bec Tee und Cracker. Und sie setzte sich zu ihr, wenn das Nachmittagslicht schwand, und redete mit ihr, wenn auch über nichts Wichtiges. Danach stand Bec auf und machte sich an die Vorbereitungen fürs Abendessen. Wenn mein Vater und Howard am Abend das Haus betraten, erwarteten sie der Duft von gebratenem Fleisch und Popmusik aus dem Küchenradio, die Bec mochte und die mir, ihrer Helferin, mit der Zeit immer besser gefiel. Abgesehen von der Frau, die im Wohnzimmer im Dunkeln saß, war es zumindest an der Oberfläche eine relativ normale Szene.

Bec war also beschäftigt, aber sie war auch unruhig, und das Flicken war ihre Art, den Kontakt zu ihrem geliebten Beruf nicht zu verlieren, sich abzulenken und dafür zu sorgen, dass ihr Herz schlug, auch wenn es ihr oft so vorkommen musste, als würde es jeden Moment stehen bleiben.

Und sie traf sich mit Tyler. Vormittags hätte sie ihn ohne Weiteres ins Haus einladen können, da wir alle fort waren und meine Mutter schlief, aber das kam für sie nie in Betracht, denn sie hätte es für respektlos gehalten. Sie traf ihn an einer nahe gelegenen Ecke der Hubbard Street, und von da fuhren sie zu einem Diner an der Route 66 am Stadtrand von Middletown. Beim ersten Mal saßen sie nebeneinander in einer gemütlichen Nische, und sein Arm lag die ganze Zeit über ihrer Schulter. Sie weinte nicht mehr, aber sie sagte auch nicht viel. Wie konnte sie all das, was sich verändert hatte, in Worte fassen? Sie erwähnte die vielen Tassen Tee, die Cracker, das abnehmende Licht des Spätnachmittags im Wohnzimmer. Sie zählte die Mahlzeiten auf, die sie zubereitet hatte: Hackbraten, Schmorbraten, Backhähnchen, Spaghetti mit Hackbällchen, Kohlrouladen, Grillsteaks – und sonntags, weil sie müde war, weil es schnell ging und weil Mort es so mochte, immer Würstchen mit Bohnen.

»Mrs Coventry ist vorbeigekommen und hat uns von der Party erzählt«, berichtete Tyler. »Es war eine schöne Party.« Er drückte Becs Schulter und küsste sie auf den Scheitel. »Das waren ihre Worte. Ihr Mann war sehr zufrieden.«

»Sehr, sehr«, antwortete Bec im Flüsterton. »So hätte sie es ausgedrückt.«

»Ja«, erwiderte Tyler, sanft, aber eifrig. »Genau, Bec. So hat sie sich tatsächlich ausgedrückt.«

Sie verfielen wieder in Schweigen. Er bestellte Eiersalat für zwei. Als sie zu Ende gegessen hatten, sagte sie: »Ada braucht mich«, und obwohl sie noch keinen Kaffee getrunken hatten, bezahlte er umgehend und brachte sie nach Hause.

Im darauffolgenden Monat trafen sie sich jede Woche zum Essen in dem Diner am Stadtrand, wo sie zusammensaßen, bis Bec »Ada braucht mich« sagte. Mitte November nahm die Häufigkeit ihrer Treffen ab; zuerst fuhr Tyler nur noch jede zweite Woche nach Middletown und dann jede dritte. Im Januar 1949 stellte er eine weitere Schneiderin ein, eine Frau namens Mildred Butler, aber er versicherte Bec, das geschehe nur, bis sie bereit sei, zu ihm zurückzukommen.

»Ich verstehe. Du musst das tun«, sagte sie und wusste, dass es stimmte.

Im Februar hörte er auf, sie zu fragen, wann sie zurückkomme. Warum sollte er auch?, dachte sie. Sie gab doch immer dieselbe Antwort: »Ada braucht mich.« Das traf zu, aber es gab doch auch noch einen anderen Grund, den sie ihm vorenthielt, von dem sie ihm nicht erzählen konnte: dass sie ihn nicht verdiente, dass sie kein Glück verdiente, dass sie im Lichte dessen, was geschehen war, überhaupt nichts Gutes verdiente.

In den letzten Winterwochen stand Ada gelegentlich wieder früher auf und half mit, das Frühstück für die Familie herzurichten. Bald darauf übernahm sie ein paar Hausarbeiten, einmal die Wäsche, ein andermal das Bügeln. Ein, zwei Mal kam es vor, dass sie, während Bec kochte, in den ersten Frühlingstagen spontan ein Lied mitsang, das im Radio lief. Am besten gefielen ihr *»It's Magic«* von Doris Day und Mel Tormés brandneuer Song *»Blue Moon«*. Im Lauf der vielen Stunden, die sie immer noch im Wohnzimmer saß, schaltete sie hin und wieder das Licht an. Einmal sagte sie an einem regnerischen Abend Ende April »Danke« zu Bec. Die beiden saßen im Wohnzimmer auf der Couch und blickten in den kalten Kamin. »Ich glaube, du hast mir das Leben gerettet.« Bec schüttelte nur den Kopf. Als Ada ihre Hand ergriff und sie drückte, erwiderte sie den Druck nicht.

Als der Frühling kam, blühten in Middletown um unser Haus herum Büschel von Krokussen, Tulpen und Lilien. Meine Mutter hatte nie einen Garten angelegt, aber ein früherer Besitzer hatte dies offensichtlich getan, und seine unerschrockenen Restbestände schossen aus der Erde und blühten in diesem Jahr mit auffälliger Verwegenheit – so erschien es uns jedenfalls in unserer Schwermut. Howard lebte weiterhin zu Hause und arbeitete im Geschäft. Es war im Gespräch, dass wir alle, wie jedes Jahr, den Sommer über nach Woodmont fahren würden. Ende Mai hörte ich eines Tages, wie Bec darüber am Telefon mit Vivie diskutierte.

»Du musst kommen«, bat sie Vivie inständig.

Als ich Bec fragte, was Vivie geantwortet habe, schüttelte meine Tante nur den Kopf. »Geht nicht. Das hat sie gesagt.«

»Und was machen wir dann?«

»Wir machen, was deine Mutter will«, erwiderte Bec. »Es ist ihre Entscheidung.«

Wie sich herausstellte, wollte Ada ins Sommerhaus zurück.

»Doch, ich glaube schon«, erklärte sie Anfang Juni bei einem Abendessen matt.

»Ich kann da nicht hin, das weißt du«, sagte Mort, und es schien ihm gleichgültig zu sein, was Ada tat oder nicht tat.

»Das hat noch nie eine Rolle gespielt«, antwortete Ada mit derselben Gleichgültigkeit. »Warum sollte es jetzt eine Rolle spielen?«

»Natürlich hat es bisher eine Rolle gespielt«, blaffte Mort. Es gelang ihm nicht, seine Verachtung zu verbergen, obwohl er den Blick abwandte.

»Hör auf, ihr die Schuld zu geben«, drängte Bec, die sich so weit über den Tisch gebeugt hatte, dass sie Mort hätte packen können. »Sie ist nicht schuld. Um Himmels willen, du musst damit aufhören.« Sie wandte sich zu mir. »Hör nicht zu, Molly«, befahl sie, als sei so etwas möglich.

Mein Vater ließ den Kopf auf die Brust sinken. Niemand sprach ein Wort. »Wie gesagt, ich kann da nicht hin.« Er klang eher nüchtern als zornig. In demselben distanzierten Ton sagte er: »Ich mache dir keine Vorwürfe, Ada.«

Aber im Geist hatte er genau das so lange getan, dass seine Worte an jenem Abend wenig dazu beitragen konnten, den massiven und immer gewaltigeren Eisblock zum Schmelzen zu bringen, der meine Eltern voneinander trennte. Und als Mort uns zwei Wochen später zurück nach Woodmont fuhr, setzte er uns nur ab und verabschiedete sich wenige Minuten später.

Howard war nicht mitgekommen. Es ginge ihm besser, sagte er am Abend vor der Abreise und sah dabei vor allem Mort an, wenn er in Middletown bliebe und weiterarbeitete. Und so bezogen im

Sommer 1949 nur meine Mutter, Bec und ich das Sommerhaus. Zum ersten Mal war es Bec, die die Tür aufstieß und das Haus betrat, aber ihre Schritte waren zaghaft und tastend, nicht ungeduldig und freudig wie die meiner Mutter in den vergangenen Jahren. Bec schaltete hier und da das Licht an und ging dann in ihren Sonnenraum, wo sie die Fenster aufkurbelte. Sie hob das Laken vom Esstisch und trug es auf die Veranda, um den Staub herauszuschütteln. Meine Mutter blieb auf der Veranda stehen und ließ mit angehaltenem Atem den Staub um sich herum zu Boden sinken.

Sie schien sich vor dem Hineingehen zu fürchten, bis Bec sie unterhakte, sie mit sich zog und sanft sagte: »Es ist hier nicht schlimmer als in Middletown. Komm, Ada. Ich bin da. Molly ist da. Du schaffst das schon.«

In jenem Sommer gab es für Bec keine Freitagsklaustrophobie mehr, keine geheimen – oder überhaupt irgendwelche – Treffen mit Tyler McMannus. Sie hatten sich seit Ende Februar nicht mehr gesehen. Es gab auch keine Wochenenden, die Ada und Mort Leibritsky gemeinsam verbrachten. Mein Vater blieb den ganzen Sommer über fort, und das bedeutete, dass wir das Haus freitags nie besonders gründlich putzen und nie ein großes Schabbatmahl zubereiten mussten. Freitagabends entzündeten wir drei weiterhin die Kerzen, ließen unsere Hände synchron über ihnen kreisen und murmelten, jede für sich, leise die alten Gebete. Wir nahmen uns weiterhin jede ein Stück Challa und kauten es, und wir tranken einen Schluck Wein. Doch dann trugen wir unsere Teller, gefüllt mit aufgewärmtem Resteessen aus der Woche, auf die Veranda hinaus und setzten uns auf die bemalten Metallstühle, wo wir vom Schoß aßen. Es war angenehmer hier draußen, fand meine Mutter, weil die Chance auf eine kühle Abendbrise bestand.

In jenem Sommer war das Eintauchen das Einzige, das sich nicht wesentlich von den vorigen Sommern unterschied, nur stand ich, und nicht Vivie, neben meiner Mutter am Ufer und beobachtete Bec, die als Erste ins Wasser ging. Wenn auch meine Mutter und ich uns überwunden hatten, ließen wir drei uns eine Zeit lang auf dem Rücken treiben und dann ins salzige Meer sinken; wenn wir wieder auftauchten, waren wir weniger erfrischt als ausgekühlt und hellwach. Und wir wussten, dass uns ein weiterer schwieriger Tag bevorstand, den wir aber überstehen würden.

In jenem Sommer wurde Mark Fishbaum mein Freund. Es war so ungewohnt, so schrecklich einsam ohne Davy am Strand und ohne Nina, Howard, Vivie, Leo und meinen Vater. Ich schlief nur ungern in dem Doppelbett in Vivies und Leos altem Zimmer. Aber ohne Nina auf dem Sofa zu schlafen, wäre noch schlimmer gewesen, und in Howards und Davys Zimmer zu übernachten war ausgeschlossen. Tagsüber wusste ich nichts Rechtes mit mir anzufangen, außer meiner Mutter und Bec hinterherzutrotten, und abends, wenn die Kinder in meinem Alter sich am Strand oder in der Nähe von Sloppy Joe's trafen, fühlte ich mich ohne Nina an meiner Seite verloren. Als daher Mark Fishbaum auf der Suche nach Howard vorbeikam und ihn nicht bei uns fand, aber dennoch in unserem Sommerhaus herumlungerte, lungerte ich mit ihm herum. Wir waren offensichtlich zwei verirrte Seelen, aber zu zweit etwas weniger verirrt. Ich seufzte oft in jenem Sommer, schickte jede Menge melancholische Klagelaute in den Wind des Long Island Sound, und Mark Fishbaum reagierte auf diese unbeabsichtigten, aber häufigen Ausbrüche, indem er bemerkenswert einfühlsam nickte und mir die Schulter streichelte. »Ist er dein Freund?«, wollte Ada Anfang August wissen. Aber in jenem Sommer, als die fast sechs Jahre Altersunterschied zwischen uns noch einen wahren Abgrund darstellten und Mark noch als Howards Freund galt – und als meiner nur ersatzweise –, hatte unser Verhältnis nichts mit Verliebtheit zu tun. Dass er mir immer mehr bedeutete, war jedoch nicht zu übersehen. In diesem Sommer lautete die Antwort auf Adas ewig gleiche Frage »Wohin gehst du, Molly?« unweigerlich: »Ich geh Mark suchen.« Und wenn ich ihn fand, oder er mich, überkam mich eine Woge der Erleichterung. Um mich aufzuheitern, machte er im Sand Handstand, und manchmal lief er sogar auf den Händen und wackelte mit den Zehen in der Luft. Bald ging ich mit ihm verkehrt herum über den Strand, schlug Räder und war fasziniert vom Anblick einer Welt, die auf einmal kopfstand – hier ein bewegter, silbrig glänzender Himmel, dort eine zerbrechlich wirkende, kobaltblaue Erde.

So verging der Sommer mithilfe von Mark, und Ende August kehrten wir nach Middletown zurück. Erst da begriff ich, wie sehr die warmen Sommermonate meine Mutter beruhigt hatten und dass sie im Lauf der vielen Tage, an denen sie auf der Veranda und am Strand gesessen hatte oder die wenigen Straßen vom Bagel Beach zum Anchor Beach und wieder zurück gegangen war, mit einer Art zweckmäßiger Resignation akzeptiert hatte, dass Davy fort war, dass es nun einmal so war. Sie kam mit dieser Resignation ausgestattet nach Hause, die sich in eine Art innere Ruhe verwandelte, wie man sie an ihr seit den ersten Wochen des vorigen Sommers nicht mehr erlebt hatte. Sie war nicht glücklich, so einfach war es nicht. Aber sie lebte wieder, sie stand früh auf, interessierte sich für die Organisation ihres Haushalts, schenkte gelegentlich meinem Vater ein trauriges Lächeln und gönnte sich sogar zuweilen – das bemerkte ich immer wieder einmal – einen Augenblick, in dem sie etwas tat, was sie früher oft getan und beinah vergessen hatte: Sie nahm einen tiefen Atemzug.

Bec lebte immer noch bei uns – weil sie keine eigene Wohnung hatte, aber auch weil meine Mutter immer noch ihre Hilfe brauchte und umso vieles besser funktionierte, wenn ihre Schwester in der Nähe war. Im September räumte Bec mihilfe von Howard und meinem Vater ihre Wohnung in New Haven aus und brachte ihre Singer und die Schneiderpuppe zu uns in ihr Zimmer. Nachdem Bec nun offiziell bei uns wohnte und meine Mutter wieder auf den Beinen war, etablierte sich eine Form von Alltagsroutine. In jenem Herbst spielten Bec und meine Mutter spätnachmittags vor dem Abendessen Rommé, und ich schloss mich ab und zu an. Sie spielten am Küchentisch in der Nähe des Radioapparats, und es kam vor, dass sie, während sie die Karten sortierten und ihre Spielzüge planten, manchmal leise unisono mitsummten.

Bec und meine Mutter waren praktisch ununterbrochen zusammen, und in ihrer neuen Rolle in diesem ungewollten Leben nach dem Leben, in das wir alle geworfen worden waren, verspürte Bec eigenartigerweise kein Bedürfnis mehr, wieder einmal etwas zu nähen. Obwohl sie die Singer jetzt bei sich hatte, saß sie oft müßig neben der Kommode in dem Zimmer, das in unseren Augen jetzt ihr ebenso sehr wie Davy gehörte. Die Schneiderpuppe, die Tyler in glücklicheren Zeiten Eleanor Roosevelt getauft hatte, blieb nackt, Tag ein, Tag aus.

Als im November der Veterans Day heranrückte, las Bec verwundert in der Nachmittagszeitung, dass Tyler McMannus, neu gewähltes Mitglied des Stadtrats von New Haven, demnächst die Ehrenmedaille der Stadt erhalten solle. Die Ehrung war ein Teil der städtischen Bemühungen, ihren Stadträten mehr Beachtung zu verschaffen. Bec las den Artikel drei Mal. Dann schnitt sie ihn aus und legte ihn in die oberste Schublade von Davys alter Kommode, neben ihre Strümpfe und Büstenhalter. Danach musste sie wieder viel an Tyler denken, gefährliche Gedanken, die ihr das Herz zerrissen. Unwillkürlich sah sie sich bei der Feierstunde in New Haven im Publikum sitzen und mit ihren angemessen behandschuhten Händen laut applaudieren, während jemand ihm eine Medaille an die uniformierte Brust heftete oder ihm ein offizielles Dokument mit Siegel überreichte – oder was immer sie tun würden, um ihn zu ehren. Sie stellte sich vor, wie er auf der Bühne stand, den Blick gesenkt, nicht gewillt, für etwas Lorbeeren einzuheimsen, das während des »erbarmungslosen Projekts«, wie er den Krieg immer genannt hatte, geschehen war.

»Du hast mein Volk verteidigt«, hatte sie einmal zu ihm gesagt, als nach dem Krieg die ganze Wahrheit über die Todeslager und all ihre Hungertoten und Vergasten herausgekommen war.

»Ich habe nicht gewusst, was ich tat«, hatte er geantwortet. »Keiner von uns hat das gewusst. Ich bin einfach dahin gegangen, wo man mich hingeschickt hat, und habe gemacht, was man mir befohlen hat. Ich bin nur froh, dass nicht alles umsonst war.« Und das war so gut wie alles, was ihm über seine Kriegserlebnisse zu entlocken war, die in seiner Verwundung während der sogenannten Ardennenoffensive gegipfelt hatten.

Bei der feierlichen Ehrung würde er, so stellte sie es sich vor, leicht hinkend die Bühne verlassen, über mehrere Stufen, und seinen Platz wieder einnehmen, den Platz neben ihr.

Der Gedanke, dass dies nur eine Träumerei sei und sie nicht wirklich dabei sein würde, setzte ihr sehr zu.

Am Tag der Zeremonie, dem Veterans Day, überkam sie zum ersten Mal seit ihrem Umzug nach Middletown wieder die Klaustrophobie, auf die sie sich, solange ich denken konnte, praktisch jeden Freitagnachmittag in Woodmont berufen hatte. Nachdem sie meiner Mutter versichert hatte, sie sei bald zurück, ging sie um die Mittagszeit aus dem Haus und brach zu einem Zweistundenspaziergang auf, der sie am Wesleyan Campus an der High Street vorbeiführte, die Route 66 entlang, bis zu dem Diner, in dem sie Tyler zum letzten Mal gesehen und mit ihm – was sie damals nicht wussten – zum letzten Mal gegessen hatte: ein matschiges Frikadellen-Sandwich, dazu gab es eine Flasche Coca-Cola.

Später wollte sie vor dem Essen kein Rommé spielen, obwohl meine Mutter und ich große Lust dazu hatten. Ich nahm in der Schule gerade Asien und seine Geografie, Religionen und Kulturen durch, und im Gegensatz zu sonst wollte Bec auch davon nichts hören. Sie saß auf dem Sessel, auf dem meine Mutter sonst ihre Tage gefristet hatte, und starrte durch das Fenster in die Ferne, als könne sie dort wiederfinden, was sie verloren hatte, wenn sie nur lange und intensiv genug hinausstarrte.

»Bring mir das Autofahren bei«, bat sie Mort, als er an jenem Abend nach Hause kam. Er hatte sich den Tag nicht freigenommen, sondern im Geschäft einen *»Veterans Day Sale«* veranstaltet, eine Idee, die sogar Howard, der immer für Profit zu haben war, schon fast respektlos fand.

»Bitte«, sagte Bec, als sie Morts Mantel nahm. »Bitte.«

In den nächsten sechs Wochen nahm Mort sie regelmäßig zu Fahrten in dem alten Dodge mit, von dem wir uns einfach nicht trennen konnten. Mitte Dezember war sie bereit für die Führerscheinprüfung. Der Mittwoch war ein windiger Tag. Schnee lag in der Luft, und als mein Vater Bec um ein Uhr mittags abholte und zur Verkehrsbehörde brachte, ein schwach beleuchtetes Backsteingebäude an der Route 66, rieselten tatsächlich die ersten Flocken auf sie hinunter.

Mort redete auf sie ein, sie solle sich nicht zur Prüfung anmelden, und versicherte ihr, es mache ihm nichts aus, am nächsten oder übernächsten Tag mit ihr wiederzukommen, doch sie ließ sich nicht davon abbringen und bestand.

Mit dem Erwerb des Führerscheins verfolgte Bec einen Plan. Sie würde nach New Haven fahren. Sie würde Tyler wiedersehen und den Schaden wiedergutmachen, den sie mit ihrer langen Abwesenheit angerichtet hatte. Es musste nicht »alles oder nichts« heißen – alles für Ada, nichts für Bec. Ihre selbst auferlegte Strafe – das hatte sie vor allem in den letzten Monaten erkannt, in denen Ada zusehends besser für sich sorgen konnte – war einfach zu hart. Bec hatte sich diese Strafe in den schmerzhaften Monaten der Trauer verordnet, als Davys Tod noch wie eine Katastrophe erschien, von der sich keiner je erholen würde. Aber nun lebten sie doch weiter, ihre Tage waren schwierig, aber erträglich, und die Frage, was sie mit dem Rest ihres Lebens anfangen sollte, stellte sich immer drängender. Sie hatte ihr altes Leben zertrümmert. Ob sie es wohl wieder zusammenfügen konnte?

Der Wintertag, den sie sich für das Wiedersehen mit Tyler ausgesucht hatte, war kalt, aber kristallklar. Ohne eine einzige Frage zu stellen, hatte Mort ihr das Auto geliehen, eine großzügige Geste, über die sie auf ihrer Fahrt nach Süden über den Wilbur Cross Parkway nachdachte. Sie hatte noch nie allein in dem Dodge gesessen und ertappte sich dabei, wie sie ab und zu laut vor sich hin redete, als spräche sie mit Mort, der bei ihren Fahrstunden eine ganz unerwartete Geduld an den Tag gelegt hatte. Überhaupt war er sehr freundlich zu ihr gewesen. Sein Verhalten bewies, dass er wusste, was Bec für sie alle getan hatte. »Danke, Mort«, hatte sie an jenem Morgen gesagt, als er ihr die Autoschlüssel gab. »Du hast keine Ahnung, was du für mich getan hast.«

Sie fuhr ins Zentrum von New Haven, am Stadtpark vorbei und dann zur Howe Street, wo sie gewohnt hatte. Sie beschloss, die wenigen Häuserblocks bis zum Laden zu laufen, damit sie sich ihm so näherte, wie sie es früher immer getan hatte. Als Erstes erspähte sie die Markise über der Vorderfront, und als sie die vertrauten grünen und weißen Streifen sah, musste sie stehen bleiben. Sie hatte ein flaues Gefühl im Magen und steuerte deshalb das Café auf der anderen Straßenseite an, wo sie sich einen Fensterplatz suchte.

Seltsam, dass Tylers Schaufenster festlich beleuchtet waren. Mit Weihnachtsdekoration hatte er sich früher nie abgegeben, das fiel ihr jetzt erst auf, und sie fragte sich, ob er ihretwegen darauf verzichtet hatte. Sie hätte nichts dagegen gehabt. Da sie sich ein wenig kräftiger fühlte, beschloss sie, hinüberzugehen und Tyler das zu sagen. Sie hätte nichts gegen ein wenig Festtagsstimmung über die Feiertage, würde sie sagen. Ganz ehrlich. Aber als sie aufstand, fing ihr Herz an zu rasen und sie sank wieder auf ihren Stuhl zurück, bestellte Kaffee, nippte daran und starrte nach draußen.

Der Laden wirkte unbelebt. Doch die Lichter brannten hell, deshalb mussten sie da sein, Tyler, Irene und diese neue Schneiderin, Mildred Butler. Bec kniff die Augen zusammen und fragte sie, ob das Irene war, die gerade auf einen Kleiderständer zu- und gleich wieder von ihm wegging, doch die Entfernung war zu groß und sie war sich nicht sicher. Kurz darauf stellte sie die Tasse ab, legte ein paar Münzen auf den Tisch und stand auf.

Gerade als sie die Tür des Cafés öffnete, ging auch die Tür des Ladens auf, sodass Bec erschrocken zusammenfuhr, an den Tisch zurückhastete, von dem sie gerade aufgestanden war, und ihre fast leere Kaffeetasse wieder in die Hand nahm. Als sie den Blick hob, sah sie Irene, deren blonde Locken sich im Wind bauschten, als sie die Tür aufhielt. Offenbar wartete sie auf jemanden.

Die Frau, die schließlich durch die Tür trat, war typisch für die Klientel, an die sich Bec erinnerte: modebewusst, erkennbar betucht. Bec musterte ihr maßgeschneidertes Wollkostüm und fragte sich, ob die neue Angestellte, Mildred Butler, es wohl entworfen habe. Das Kostüm stand der Frau sehr gut, das musste Bec zugeben, obwohl der Schnitt eher konventionell war. Sie selbst hätte dem Kragen eine interessantere Note verliehen und vielleicht einen Gürtel hinzugefügt. Die Frau schob einen Kinderwagen, und als sie ihn durch die Tür manövriert hatte, folgte ihr ein Mann, eine hochgewachsene, schlanke Gestalt mit fast schwarzem Haar, ein gut aussehender Mann wie Tyler, dachte Bec und betrachtete ihn genauer, und dann schlug sie die Hand vor den Mund, denn es war Tyler, der sich jetzt aus der Ladentür lehnte und die Frau im Kostüm auf die Wange küsste, flüchtig, wie man es beim Abschied tut.

Aber es war kein Abschied, denn gleich darauf stand er auf dem Gehweg, hob das Baby aus dem Wagen und küsste auch dieses kleine Wesen. Die Küsse waren ganz und gar nicht flüchtig, sondern fröhlich und unbeschwert. Statt das Baby wieder in den Wagen zu legen, behielt er es auf den Armen und sagte noch ein paar letzte Worte zu Irene. Das Baby auf dem einen Arm, sich mit dem anderen bei der Frau unterhakend, ging er die Straße entlang. Als sich die Frau für einen Moment losmachte und sich umdrehte, um Irene noch etwas zuzurufen, erkannte Bec sie auf einmal – es war Tylers Ehefrau, die sie seit mindestens zehn Jahren nicht mehr gesehen hatte.

Als das Paar um die Straßenecke gebogen und außer Sicht war, schaffte es Bec irgendwie, die Straße zu überqueren und sich im Laden ein paar Minuten mit Irene zu unterhalten, die bei ihrem Anblick wie vom Donner gerührt war.

»Ohne Sie war er wie von Sinnen«, sagte Irene. »Ich glaube, er hat nicht mehr gewusst, was er tut. Ganz im Ernst. Er dachte, Sie hätten ihn verlassen. Aber das Baby hat ihn gerettet.« Sie verstummte und schüttelte den Kopf. »Wollen Sie Mildred kennenlernen? Mildred Butler? Sie ist im Hinterzimmer und näht. Sie ist nicht mit Ihnen zu vergleichen, aber sie arbeitet sehr gut.«

»Nein. Keine Zeit«, wehrte Bec ab. Sie blickte zu den Kleidern hinüber, die akkurat an den Ständern hingen, und war bestürzt, wie ordentlich alles aussah.

»Soll ich Tyler ausrichten, dass Sie hier waren?«, fragte Irene.

»Das hat keinen Sinn. Bitte nicht.« Becs Blick schweifte weiter durch den Laden, zu den geliebten Stühlen an der Rückwand, zu den hellblauen Wänden, deren Farbe sie ausgesucht hatte.

»Ich weiß, was zwischen Ihnen beiden war«, sagte Irene. Sie hielt sich die Hand vor den Mund. »Wie hätte ich es nicht merken sollen?«

Bec senkte den Kopf und starrte auf die Dielen des Holzbodens. »Keine Sorge«, sagte sie nach einer Weile, »ich hege keine Absichten.«

Im Auto rechnete sie nach. März. Irgendwann im März war das Baby, das jetzt ein paar Wochen alt war, gezeugt worden. Sie und Tyler hatten im März nicht miteinander gesprochen. Zuletzt hatten sie sich Ende Februar kurz gesehen. »Nimm dir Zeit«, hatte er im Hinblick auf ihre irgendwann anstehenden, aber doch sehr vagen Rückkehrpläne gesagt. »Ich bin da, Bec. Ich warte.«

Diese ganz spezielle Hölle: das Warten. Er hatte das Vertrauen verloren.

Und sie hatte mit ihrem ewigen »Ada braucht mich« die Sache natürlich auch nicht gerade besser gemacht.

Damals hatte sie nicht wahrhaben wollen, dass er bei ihrem letzten Treffen im Diner bei diesen Worten zusammengezuckt war, verletzt, und dann den Blick gehoben und sie auf eine ganz neue Art angeschaut hatte. Er hatte genickt, als habe sie gerade seine Einschätzung der Lage bestätigt. »Ja«, hatte er gesagt, »Ada braucht dich.«

Damals hatte sie es selbst geglaubt: Ada brauchte sie, was sie tat, war richtig und gut. Wie leicht es ihr gefallen war, erkannte sie rückblickend, sich von ihrer eigenen Tugendhaftigkeit zu überzeugen. Doch nun sah sie, dass es grausam gewesen war, Tyler so bedenkenlos zu verlassen.

Sie fuhr aus New Haven hinaus. Als sie sich dem Wilbur Cross Parkway näherte, zog sie kurz in Erwägung, weiter nach Süden zu fahren, an New Haven vorbei in Richtung Milford, wo sie dem Sommerhaus in Woodmont einen Besuch abstatten könnte. Es war immer noch Vormittag, und Mort hatte ihr den Dodge für den ganzen Tag geliehen. Aber innerhalb von Sekunden entschied sie sich um. »Ada braucht mich«, sagte sie sich wie betäubt, unfähig, einen anderen Gedanken zu fassen, und steuerte den Wagen dahin zurück, woher sie gekommen war, nach Middletown.

In dem Jahr, in dem meine Mutter Bec in der Tat brauchte, zunächst auf ganz elementare Weise und dann als Freundin, die sie unterstützte, brauchte mein Vater Nelson. Er brauchte ihn, damit er ihn jeden Morgen abholte und pünktlich zum Gottesdienst brachte, denn obwohl es seine Pflicht war, jeden Tag für Davy das Kaddisch zu sprechen, und es ihm nie eingefallen wäre, diese heilige Pflicht absichtlich zu versäumen, fiel es meinem Vater jeden Morgen schwer, rechtzeitig aus dem Bett und aus der Tür zu kommen. Howard war in dieser Hinsicht keine große Hilfe, denn ihm fiel es genauso schwer. Später hatte Mort Mühe, die Autotür zu öffnen und den kurzen Weg vom Auto über die Broad Street zur Synagoge zu bewältigen. Er brauchte Nelson, damit dieser auf unserer Auffahrt unzählige Male hupte, und wenn das Auto nahe der Synagoge parkte, brauchte er Nelson, damit er ihn am Arm fasste, während er selbst ängstlich zum Gottesdienst schlurfte. Nelson half auch dann, wenn Mort, das Gebetbuch in der Hand, mitten im Gottesdienst die Orientierung verlor und kein einziges hebräisches Wort mehr erkannte. Für meinen Vater war jeder Tag Jom Kippur und jedes Gebet eine Litanei der Sünden, die er verzweifelt abzubüßen versuchte. Es gab die Sünde, nicht eifrig genug zu beten und ständig abzuschweifen; die Sünde, seine Zeit – jene entscheidenden letzten Monate in Davys Leben – fern von der Familie genossen zu haben; es gab die Sünde, Howard nicht nachhaltig genug die Bindung an das Judentum ans Herz gelegt zu haben, und die Sünde – die verwerflicher war, als sie klang –, jeden Freitag auf dem Weg nach Woodmont am Hotdog-Stand angehalten zu haben. Schließlich gab es die Sünde, die eigene Lebensaufgabe nicht mehr zu kennen. »Was bin ich?«, fragte er Gott täglich in seinen Gebeten beim Morgengottesdienst, aber er hörte nie eine Antwort. »Komm«, sagte Nelson, wenn der Gottesdienst zu Ende war. »Essen wir vor der Arbeit noch einen Happen.« Und mit der Zeit fing Mort an, auf diese ruhigen Frühstückszeiten zu bauen – eine Schüssel Haferflocken für ihn, einen Stapel Eier auf Toast für seinen ewig hungrigen Bruder und seinen Sohn –, denn sie gaben ihm zumindest eine Form von Nahrung und Rückhalt, die ihm weder das Gebet noch der Beruf noch sein Zuhause noch die Familie mehr geben konnten.

Bec und Nelson liefen sich hin und wieder über den Weg, nickten einander zu und sagten gelegentlich Hallo.

Mit der Zeit wurden ihre Gespräche länger. Sie sprachen bisweilen über Ada und Mort und gaben sich gegenseitig kurze Berichte. Sie sprachen, wie alle Welt, über das Wetter. Sie sprachen über die geschäftlichen Vorgänge bei Leibritsky's, über die Auf- und Abschwünge. Einmal erwähnte Nelson Bec gegenüber etwas Persönliches: dass er Musik liebe. Big Bands, sagte er, seien das Größte.

An einem Abend im Dezember 1949 – fast fünfzehn Monate nach dem Todesfall und zwei Wochen vor Becs Fahrt nach New Haven – führten sie ihre erste richtige Unterhaltung über ihre jeweiligen Rollen als Betreuende. Nelson hatte Mort ziemlich spät von der Arbeit nach Hause gefahren und ins Haus begleitet.

»Er ist am Ende«, sagte Nelson zu Bec, die den Männern die Tür aufhielt. Nachdem Mort Bec seinen Hut und Mantel gegeben hatte und dann geradewegs nach oben ins Bett gegangen war, kam Bec zu Nelson zurück, der die ganze Zeit in der Tür gestanden hatte.

»Ich weiß, wie sehr Mort auf dich baut«, sagte sie. »Du bist ein guter Bruder.«

»Und du bist eine gute Schwester.«

Eine Weile standen sie voreinander und sagten nichts. Dann brach Nelson, den Blick auf den Küchenboden gesenkt, das Schweigen. »Weißt du, wir sollten uns was Gutes tun, mal eine Auszeit nehmen. Es hat Kraft gekostet.«

»Da hast du wohl recht«, seufzte Bec. »Vielleicht nehme ich ein Bad. Ein langes, erholsames Bad.«

Nelson nickte. Dann sagte er: »Regina kocht mittags sehr gut. Sehr gut.«

»Mittagessen?«

»Wenn du Lust hast. Als Auszeit, verstehst du.«

Sie sagte zu, und nachdem Nelson am Samstag den Gottesdienst hinter sich gebracht hatte, gingen sie zusammen zum Mittagessen. Und am ersten Samstag des folgenden Monats aßen sie mittags wieder zusammen, nur eine Woche nach Becs Fahrt nach New Haven, zu einem Zeitpunkt, als sie kaum einen Bissen herunterbekam. Sie saß Nelson fast schweigend gegenüber, nippte am Tee und nickte, während er drauflosplapperte, so gut er konnte, damit das Essen möglichst unterhaltsam verlief. Am ersten Samstag des nächsten Monats gingen sie wieder mittagessen. Ab März 1950 gingen sie bereits an zwei Samstagen pro Monat zu Regina, und das Gespräch wurde flüssiger; Nelson erzählte Bec von der Geschichte des Ladens und noch mehr von Mort und manchmal von den Schallplatten, die er sammelte, und Bec erzählte von ihrer Kindheit mit Ada und Vivie und von ihren Eltern, Maks und Risel. Ihre Jahre als erwachsene Frau, ihre Kleider, die Zeit in New Haven erwähnte sie nie. Sie hoffte, dass sie es nicht an Dankbarkeit für die Mahlzeiten mangeln ließ. Im Mai aßen sie jeden Samstag bei Regina. Nach dem Essen, wenn die Rechnung bezahlt war, beugte sich Regina für gewöhnlich über den Tisch und sagte etwas wie: »Wissen Sie was, ich koche Ihnen nächste Woche etwas Besonderes. Kalbskoteletts und Spaghetti. Hühnchen nach Jägerart. Oder so ähnlich. Bis zum nächsten Mal, ja?« Daraufhin nickten sie einfach beide, und die nächste Verabredung war in der Regel zustande gekommen, ohne dass Nelson, der sich bei solchen Sachen ungeschickt anstellte, Bec fragen musste und ohne dass Bec, die Tyler immer noch liebte, auf eine Einladung von Nelson reagieren musste.

Ende Mai, fast fünf Monate nachdem Bec Tyler, seine Frau und sein Baby gesehen hatte, beschloss sie, sich noch einmal nach New Haven aufzumachen, aber letztlich kam es irgendwie dazu, dass sie doch nach Woodmont fuhr und das Sommerhaus zum letzten Mal in ihrem Leben besuchte.

Doch das wusste sie nicht, als sie startete. Sie hatte eigentlich vor, zu Tyler zu fahren. Anders als bei ihrem letzten Versuch wusste sie inzwischen, dass sie die Vergangenheit nicht ändern oder das angerichtete Unheil wiedergutmachen konnte. Aber sie konnte Tyler wenigstens sagen, dass sie ihn liebte, nie vorgehabt hatte, sich für immer von ihm zu trennen, nur durcheinander gewesen war, konfus, regelrecht orientierungslos. Und dann konnte sie, ihre Würde gerettet, sich angemessen von ihm verabschieden.

Doch ihre kühnen Absichten nutzten ihr nichts; am Stadtrand von New Haven bog sie nicht vom Highway ab, sondern fuhr weiter in Richtung Süden.

Sie erreichte Woodmont am frühen Morgen, der Himmel war bedeckt, die Sonne versteckte sich hinter den Wolken und schob sich nur selten hell aufleuchtend hervor. Bec hätte gern irgendwo eine Tasse Kaffee getrunken, aber die Saison hatte noch nicht angefangen und Sloppy Joe's und die Villa Rosa hatten noch nicht geöffnet. Das ganze Dorf wirkte geschlossen. Bec fuhr an der Synagoge vorbei, auf deren Eingang man so deutlich wie früher die Worte *Hebrew Congregation of Woodmont* lesen konnte, aber die Fenster waren mit winterfesten Holzläden zugenagelt und die Vordertüren mit einem großen Schloss verriegelt. Wenige Minuten später blickte sie von der Terrasse des Sommerhauses auf die vielen anderen Sommerhäuser, die sich um den Bagel Beach scharten. Eine tiefe Traurigkeit überkam sie, als sie die gespenstische Szene auf sich wirken ließ: geschlossene Fenster, verriegelte Türen, Veranden ohne das sommerliche Sammelsurium von Gartenmöbeln, Handtüchern, Luftmatratzen und Schwimmringen.

Im Inneren des Hauses legte sich die Stille auf sie wie Staub. Für einen Moment ließ sie sich ganz darauf ein: das Schweigen, die Leere. Dann fing sie langsam mit der Bestandsaufnahme an, genau so, wie sie und ihre Schwestern es immer gehalten hatten: Sie wanderte von Zimmer zu Zimmer und konnte nicht umhin, die alten Familienmöbel zu streicheln. Alles war noch da, das Schlafsofa, die Eckstühle, der zugedeckte Esstisch, ihr Feldbett und der Korbstuhl. Die Badewanne im oberen Stockwerk sah noch genauso sauber aus wie an dem Sommertag im letzten Jahr, als sie sie geschrubbt hatte.

Im Hinterzimmer, das Vivie und Leo beherbergt hatte, entdeckte Bec, als sie die Schranktür öffnete, ein einsames Überbleibsel der Vergangenheit – das schulterfreie Jäckchenkleid, das sie, beseelt von großen Hoffnungen, zwei Sommer zuvor für Nina genäht hatte. Sie nahm es aus dem Schrank und setzte sich mit dem

Kleid auf dem Schoß aufs Bett. Mit dem Kleid in den Armen wiegte sie sich vor und zurück. In den Falten war keine Spur von jener Hoffnung mehr zu finden – für Nina nicht, für sie nicht und auch für sonst niemanden. Das spürte sie, als sie da saß und es hilflos an sich drückte.

Minuten vergingen. Schließlich stand sie auf, hängte das Kleid in den Schrank zurück, schloss die Tür mit einem endgültigen Klicken und ging die Treppe hinunter. Auf der Veranda angekommen, drehte sie sich um und schloss die Vordertür ab.

Draußen fühlte sie sich anders, sicherer. Hier hielt sie nichts mehr, das wusste sie jetzt. Und in der salzigen Brise vom Meer konnte sie fast schon das neue Leben riechen, ein Leben ohne Zugang zum Meer, das an jedem beliebigen Samstag Kalbskoteletts und Spaghetti oder Hühnchen nach Jägerart oder manchmal auch nur Hackbällchen zu bieten hatte.

Als sie die Tür abgeschlossen hatte, hob sie die Hand zur Mesusa, berührte sie und führte die Hand an die Lippen. Es war dieselbe Geste, die ihr Vater an einem Septembertag Anfang 1939 gemacht hatte, als er am Ende der Ferien das Haus abgeschlossen hatte und zurückgefahren war. Damals war die Mesusa noch neu gewesen. Im folgenden Januar hatte ein Herzanfall Maks im Schlaf hinweggerafft.

Risels letzter Aufenthalt im Sommerhaus hatte zu Beginn des darauffolgenden Sommers stattgefunden, eine Woche vor ihrem Tod. Bec hatte zugesehen, wie ihre Mutter anstelle von Maks die Mesusa berührte, bevor sie das Haus betrat. Doch als Risel im Haus war, hatten die Erinnerungen sie überwältigt. Sie hatte immer wieder nach Maks gefragt. »Wo ist er?« Sie war durch das Wohnzimmer und das Esszimmer in die Küche gelaufen und wieder zurück. Dann war sie mit langsamen Schritten ans Meer gegangen. »Wo ist er?«, hatte sie den Wellen zugerufen, als hätte Maks in den Monaten seiner Abwesenheit nicht auf einem jüdischen Friedhof in Middletown unter der Erde geruht, sondern hier in Woodmont, eingetaucht, unter Wasser, und nur darauf gewartet, dass sie zu ihm käme. »Ich bin müde«, hatte sie am Ende des Tages gesagt. Aber statt ins Bett zu gehen, hatte sie Mort die Autoschlüssel gegeben und ihn gebeten, sie wegzubringen. »Erledigt«, sagte sie nur. Und dann: »Weg.«

TEIL ZWEI

8 *Shnel*

Die Wochen, die wir 1948 vor Davys Tod in Woodmont verbrachten, erlebten wir noch entspannter als die Sommer davor. Tatsächlich waren unsere jüdischen Nachbarn allesamt entspannt, denn die Nachricht von der Unabhängigkeit Israels – Leben, so sahen wir es, das aus den Gräbern von sechs Millionen geboren war – füllte unsere Lungen mit leichterer Luft. Als der Sommer kam, hatte sich der Konflikt im Nahen Osten etwas beruhigt, und die Hoffnung, die Woodmont durchwehte und die so viele jüdische Familien ans Meer gelockt hatte, nachdem sie während des Krieges weggeblieben waren, war fast mit Händen zu greifen. Man hörte sie im optimistischen Ton der Gespräche. Man erkannte sie in der freundlichen, sorglosen Art, in der die Leute jeden Abend von einem Ende der Stadt zum anderen schlenderten – von der Hillside Avenue und der Merwin Avenue zum westlichen Ende der Beach Avenue und von da aus den ganzen Weg zurück bis zu ihrem östlichen Ende – und wie sie pfiffen, plauderten und sich Grüße zuriefen.

Am Ende unseres ersten Monats am Strand hatten Ada, Vivie und Bec praktisch alle Sorgen hinter sich gelassen – so jedenfalls kam es uns vor, wenn wir sahen, wie sie ihre Haushaltspflichten schleifen ließen, vor allem den Hausputz vor dem Schabbat, der normalerweise gleich am Freitagmorgen begann, in jenem Sommer aber immer weiter nach hinten verschoben wurde. Am letzten Freitag im Juli fingen die Schwestern erst am Spätnachmittag damit an, das Haus für die Ankunft der Männer aus Middletown in Ordnung zu bringen. Davor hatte Bec einen extralangen Spaziergang unternommen, da ihre Freitagsklaustrophobie schon nach dem Frühstück und nicht erst nach dem Mittagessen eingesetzt hatte. Ada und Vivie saßen derweil auf Mrs Isaacsons Veranda, schwatzten und tranken Kaffee, und Mrs Isaacson hatte besonders viel über ihre Enkelin Judy zu berichten, die wie fast jeden Vormittag noch oben im Bett lag. »Schlechte Hormone«, erklärte Mrs Isaacson seufzend. Aber dann tauchte Judy auf und sah unerwartet munter aus mit ihrem kurzen, roten Bademantel und ihren nackten Füßen, und die Frauen luden sie ein, sich zu ihnen zu setzen, und fütterten sie mit Pfirsichstückchen, kämmten und flochten ihr das Haar und machten überhaupt so ein Getue um sie, dass Judy zum ersten Mal in diesem Sommer lächelte. »Sehe ich hübsch aus?«, fragte sie und betastete ihre Frisur, und als so vielen Mündern das Wort »Ja« entfuhr, lächelte sie noch breiter. Sie war sogar bereit, mit an den Strand zu kommen, wenigstens für ein Weilchen, und nach dem Mittagessen zogen die Frauen los, vergnügten sich mit Bridgespielen und Zeitschriftenlesen und legten danach ein Schläfchen ein.

Der Nachmittag verrann, ohne dass es einer von ihnen auffiel. Um vier Uhr dreißig jedoch stand Ada im Esszimmer, ungekämmt und rotwangig, was am Sonnenbrand oder am Adrenalin liegen mochte, zerrte das gute Geschirr aus der Anrichte im Esszimmer und warf es mir förmlich zu, damit ich den Tisch decken konnte. Dazu murmelte sie »*Shnel, shnel*«, in ihrer Hektik in das Jiddische ihrer Mutter verfallend. Doch sogar ihre Mahnung, sich zu beeilen, hatte etwas Augenzwinkerndes, als wären unsere verspäteten Vorbereitungen eine Art Streich, etwas, mit dem wir, wenn wir es nur richtig anstellten, durchkommen würden. Vivie, Bec und Nina waren in der Küche, spülten und schnipselten wie die Wilden, während Howard, der gerade erst von Treat's zurückgekommen war, oben hastig den Sand einer ganzen Woche wegsaugte. Davy, der sich nicht an den Vorbereitungen beteiligt, sondern sie gebannt vom Kopfende des Esstisches aus beobachtet hatte, war schließlich beauftragt worden, noch schnell in eine nahe gelegene Bäckerei zu laufen und Challa-Brote zu kaufen, denn am Vormittag waren keine gebacken worden, weil niemand Lust dazu gehabt hatte. Davy war eben erst zurückgekommen und hatte die Brote meiner Mutter ausgehändigt, als das vertraute Scheppern, mit dem unser Dodge vor dem Haus hielt, vorübergehend alles ins Stocken brachte. Aber die Unterbrechung dauerte nicht lange. In den nächsten Sekunden lagen die Challa-Brote auf dem Tisch, mit einem Tuch bedeckt, der Staubsauger verschwand eilends im oberen Schrank, wo er nicht hingehörte, und die vier Gasbrenner am Herd wurden angeworfen, bis aus allen kleine Flämmchen hervorzüngelten.

Als Mort durch die Hintertür in die Küche trat, hatte er keine Ahnung, wie überstürzt wir sie nur Sekunden zuvor verlassen hatten. Er sah nur die bekannten, leicht zerbeulten Töpfe mit Diesem und Jenem auf dem Herd, und auch der Essensgeruch war ihm vertraut. Das Esszimmer mit dem ordentlich gedeckten Tisch sah aus wie immer. Er hätte durchaus den Eindruck gewinnen können, dass alles in bester Ordnung sei, hätte Davy nicht von oben, wo wir uns alle hastig umzogen, heruntergerufen: »Wir hätten ihn fast vergessen!«

»Was vergessen?«, rief Mort zurück.

»Den Schabbat«, antwortete Davy lachend.

Aus dem Jungenzimmer drangen Kampfgeräusche, und Davys ersticktem Kreischen war zu entnehmen, dass Howard ihm ein Kissen aufs Gesicht drückte.

Mein Vater stieg mit schweren Schritten die Treppe herauf.

»Was geht hier vor sich?«, fragte er aus dem Flur in Richtung der geschlossenen Türen. Niemand gab ihm eine Antwort. Im hinteren Schlafzimmer hatten es Nina und ich bereits geschafft, uns die Sommerkleider überzustreifen, die wir an jedem Schabbat trugen, und eine Haarbürste wechselte von Hand zu Hand. Hinter der Wand zum Jungenzimmer bemühte sich Howard erneut, Davy zum Schweigen zu bringen, der ihn anbettelte, er solle den Quatsch lassen.

»Lass *du* lieber den Quatsch«, lautete Howards gut vernehmliche Antwort.

Mort klopfte an eine Tür, und gleich darauf stand Ada im Flur und erklärte, wir hätten alle am Nachmittag ein langes Nickerchen gemacht, der ganze Clan sei eingeschlafen – »Einfach so – puff und weg!« –, aber nun seien wir ja wach, alles sei wie gehabt, nur eben eine Winzigkeit später als sonst. Sie lachte, und dann lachte sie noch demonstrativer. Damit musste sie meinen Vater davon überzeugt haben, dass nichts im Argen lag, denn ich hörte, wie er ihr die Treppen hinunter folgte, und Sekunden später bedeutete das wohlbekannte Klappern aus der Küche, dass sie startete – nach dem Essen schaute, letzte Hand anlegte –, während Mort, nachdem er sich vergewissert hatte, dass alles seinen geordneten Gang ging, bereits ins Wohnzimmer eingezogen war, wo er, bis das Essen serviert wurde, einen Eckstuhl für sich beanspruchte.

Ungefähr eine Stunde später saßen wir beim Schabbatmahl. Nach den Segenssprüchen las mein Vater uns den jüngsten Brief unseres Cousins Reuben Leibritsky vor, der in Israel lebte, dort aber nicht besonders glücklich war. *Israel!*, hatte Reuben geschrieben. *Ich höre es, Cousin, ich höre das Wort und wie es ausgesprochen wird. Israel! Aber ich muss dir sagen, so oft ich es auch höre, ich weiß immer noch nicht, wo ich bin.* Alle erwarteten, dass mein Vater nun zu einem

Vortrag über unsere jüdischen Pflichten anheben würde oder darüber wie glücklich wir uns schätzen könnten, aber die beklommene Orientierungslosigkeit seines Cousins ließ Mort verstummen. »Lasst uns heute Abend an Reuben denken« war alles, was er sagte.

Am nächsten Morgen gingen die Männer und Jungen in die Synagoge, während wir Frauen und Mädchen unser eigenes Samstagmorgenritual abhielten – wir tranken Kaffee und Kakao auf der Veranda. An diesem Morgen herrschte dabei eine besonders beschauliche Atmosphäre, als seien die Ankunft der Männer am Abend zuvor, die gehetzten Vorbereitungen auf den Schabbat und das dann folgende lange Abendessen wie eine Art Sturm über uns hinweggefegt, den wir heil überstanden hatten, und nun genossen wir die Stille danach. Nicht, dass die Männer irgendetwas Beunruhigendes getan hätten. Sie waren nur gekommen. Aber schon ihre Anwesenheit brachte eine so starke Veränderung mit sich, dass es war, als würden wir uns gegenseitig gar nicht wahrnehmen, solange sie sich im Haus aufhielten. Und so war unser Zusammensitzen auf der Veranda an jenem Samstagmorgen eine Möglichkeit, uns wieder zusammen zu finden. Wir unterhielten uns nicht. Doch die stummen Blicke, die wir wechselten, waren eine Form von Kommunikation und offenbar wesentlich dafür, dass wir wieder zu uns kamen, buchstäblich. Selbst Nina und Vivie, deren Beziehung mit Leo ausgewogener war als die, die meine Mutter und ich mit Mort hatten, brauchten diese friedliche Zeit, diesen Frauenschabbat.

Wir saßen noch auf der Veranda, atmeten tief durch, die heißen Getränke hatten wir längst konsumiert, als nur wenige Meter entfernt die Stimmen der Männer ertönten.

Meine Mutter sprang als Erste auf. »Thunfischsalat«, sagte sie, lief ins Haus und war wie durch Zauberhand verschwunden.

Unsere Eltern wollten an jenem Samstagabend nach dem Schabbat ausgehen, zu einer Wohltätigkeitsveranstaltung für Israel in der neuen Mehrzweckhalle der Hebräischen Gemeinde von Woodmont. Es sollte getanzt werden, und der Eintrittspreis war ihre Spende. Vivie und Leo gingen auch mit. Die Isaacsons gingen hin, ebenso die Radnicks und die Weinsteins, obwohl laut Mrs Weinstein Mr Weinstein lieber an seinem neuesten Radio herumgebastelt hätte, als wäre es irgendein beliebiger Abend. Im Grunde gingen alle Woodmonter Juden ab einem bestimmten Alter hin, alle Erwachsenen, außer Mrs Isaacsons Enkelin Judy, die lieber allein zu Hause blieb, und Bec, die es erklärtermaßen vorzog, bei uns Kindern zu bleiben. An jenem Abend stand sie deshalb mit Nina, Davy und mir auf der Veranda und winkte den aufbrechenden Paaren zu, den mit Schmuck behängten und parfümierten Frauen, die auf ihren hochhackigen Schuhen dahinschwankten, die sie den ganzen Sommer über nicht getragen hatten. Doch kaum waren die Paare fort, erklärte Bec, ihr stehe eigentlich auch der Sinn nach Ausgehen. Nur eben nicht nach Tanzen. Ihr sei eher nach einem Spaziergang. Aber zuerst müsse sie telefonieren. »Ja … ja … jetzt«, flüsterte sie in den Hörer. Danach bürstete sie sich das Haar und richtete ihre Frisur, trug Lippenstift auf und bat Nina und mich, auf Davy aufzupassen und brav zu sein. »Ich bin vielleicht ein Weilchen weg«, sagte sie.

Howard war schon unterwegs, mit Mark Fishbaum, nahmen wir an. Aber wie sich herausstellen sollte, irrten wir uns. Als Bec fort war, unternahmen Nina, Davy und ich unseren eigenen Spaziergang zum Anchor Beach, wo jeder von uns bei Sal ein Eis kaufte. Obwohl das Publikum am Anchor Beach gemischt war, fühlten wir Juden uns dort wohl und vollkommen sicher, und oft blieben wir ein Weilchen und kletterten auf eine der großen Felsplatten, um dort unser Eis zu schlecken. An jenem Abend sahen wir zu, wie Arthur Weinstein mit seinem Zwillingsbruder Jimmy um die Wette zu Sals Wagen rannte, aber dann sah Davy etwas, das unsere Aufmerksamkeit von den Mätzchen der Weinstein-Brüder ablenkte. Er deutete in die andere Richtung, wo er Howard erspäht hatte, der mit den Händen in den Hosentaschen von den Grüppchen am Anchor Beach wegstrebte und in einiger Entfernung zu einer kleineren Ansammlung von Felsblöcken ging, wo er sich in den Sand setzte. Zu unserer Überraschung trödelte Megan O'Donnell im Abstand von ungefähr drei Metern hinter ihm her, hockte sich vor denselben Schieferbrocken, vor dem Howard saß, und lehnte sich mit dem Rücken dagegen. Sie waren offensichtlich bemüht, nicht gesehen zu werden, und der Felsblock verbarg sie auch vor den meisten Blicken, aber wir konnten sie von unserer erhöhten Position aus sehr gut beobachten. Sie blickten starr geradeaus, auf das Meer oder den Horizont, der in der Ferne im schwindenden Licht allmählich seine Konturen verlor.

»Psst«, zischelte Nina Davy zu, riss seine Hand herunter und legte ihm den Arm um die Schultern. »Wir spionieren sie aus, ja?«

Eine Zeit lang sahen wir zu, wie Howard und Megan absolut nichts taten. Sie starrten vor sich hin. Irgendwann kreuzte Howard die Arme vor der Brust. Dann legte er sie wieder neben sich. Megan klatschte auf etwas, vermutlich ein Insekt. Endlich sagte er etwas zu ihr, was wir daran erkannten, dass sie nickte und sich ihm endlich zuwandte.

»Sie reden miteinander«, berichtete Nina und benannte damit das Offensichtliche mit einer Verwunderung, als seien die Welten, aus denen die beiden stammten, einander so fremd, dass sie keine gemeinsame Sprache haben konnten.

»Wer ist das?«, fragte Davy.

»Das Mädchen an der Kasse von Treat's«, antwortete ich, weil ich mich an sie und ihre krause, rotblonde Ponyfrisur von unserem Ausflug zu Treat's von letzter Woche erinnerte.

»Megan heißt sie«, sagte Nina. »Wir haben uns neulich ganz gut unterhalten. Weißt du noch?« Sie warf mir einen kurzen Blick zu und nahm gleich wieder Howard und Megan ins Visier.

Howard fing an zu gestikulieren, als würde er Megan eine Geschichte erzählen. Er wandte sich ihr zu und kehrte uns dadurch den Rücken. Megan O'Donnell saß regungslos neben ihm, die Knie an die Brust gepresst, und legte nur einmal die Hand auf den Mund, als wolle sie ein Lachen unterdrücken.

»Wie um alles in der Welt kann sie ihn für witzig halten?«, ereiferte sich Nina.

»Howard ist *sehr* witzig«, sagte Davy erstaunt.

Nina beugte sich vor und stieß Davy mit der Schulter an. »Soso, und was hat er in letzter Zeit Witziges gemacht?« Sie sprach absichtlich leise, um Davy nicht zu sehr abzulenken.

»Ich weiß nicht.« Davy schluckte das letzte Stückchen Eis herunter. »Ist halt so.«

»Molly, hat Howard in letzter Zeit irgendwas Witziges gemacht?«, fragte Nina.

»Wenn er morgens aufwacht, stehen ihm immer die Haare so komisch zu Berge. Das ist witzig«, gab ich zu bedenken.

»Sehr witzig«, stimmte Davy zu.

Howard gestikulierte noch immer. Nina fiel nichts mehr ein, womit sie Davy ruhig halten konnte – Howards morgendliche Frisur war doch nicht so witzig, wie sich herausstellte –, aber sie wollte, dass wir auf den Felsen blieben, daran bestand kein Zweifel.

Deshalb legte sie Davy erneut den Arm um die Schultern, und er lehnte sich an sie und ließ zu, dass sie ihn an sich drückte. Ich beobachtete nicht mehr die beiden am Felsen, sondern Nina, die zwar Davy liebevoll hielt, aber gleichzeitig mit durchgedrücktem Rücken dasaß, alarmiert. Als Howard an Megan heranrückte und den Arm um sie legte, stöhnte Nina auf wie unter Schmerzen.

»Was macht er denn da?«, sagte sie, mehr zu sich als zu uns. Sie wandte sich von Howard und Megan ab und blickte auf den Horizont.

»Er hat sie geküsst!«, sagte ich. »Schau doch hin, Nina!«

Ninas Kopf wirbelte herum, aber der Kuss war vorbei. Und Sekunden später war es, als wäre nichts geschehen. Howard und Megan saßen wieder an den Felsblock gelehnt, ohne sich zu berühren, zu unterhalten oder auch nur anzusehen. Sie starrten stumm aufs Wasser. Für mein Empfinden hätten sie genauso gut Fremde sein können. Oder zwei Leute, die sich nicht leiden konnten, aber irgendwie nebeneinander gestrandet waren, mit dem Rücken an die Schieferfelsen festgeklebt.

»Das ist ganz schön mutig«, erklärte Nina, obwohl sie den entscheidenden Moment verpasst hatte. Ich wusste, dass sie nicht so sehr darauf anspielte, dass Howard ein Mädchen geküsst hatte – er hatte schon viele geküsst –, sondern darauf, dass er *dieses* Mädchen geküsst hatte, ein Mädchen, das er nicht küssen durfte.

»Es ist ein freies Land«, sagte ich, allerdings ohne rechte Überzeugung.

»So frei nun auch wieder nicht, Molly«, konterte Nina, wodurch sie meine Skepsis nährte.

»Können wir jetzt gehen?«, fragte Davy, weniger denn je an Howard interessiert. Er stand auf und hopste flink von Felskante zu Felskante, allem Anschein nach erpicht darauf, Howard, Megan und diesen Kuss hinter sich zu lassen.

Nina und ich folgten ihm langsam, weg von den Felsen, zurück zur Beach Avenue und in unser Sommerhaus.

Inzwischen war die Sonne untergegangen. Wir saßen auf den Verandastufen, beobachteten die Glühwürmchen, die vereinzelt vor unseren Augen aufblitzten, und warteten darauf, dass unsere Eltern vom Tanz zurückkämen oder Bec von ihrem Spaziergang oder auch nur Howard von seinem nicht besonders heimlichen Rendezvous. Da flüsterte Nina in die Dunkelheit: »Es ist nicht fair. Er kriegt die Mädchen immer rum. *Immer!*«

»Jeder mag ihn«, lautete meine nüchterne Antwort. »Das hat er von unserer Mutter.«

»Verdammte Tante Ada«, erwiderte Nina seufzend. »Weißt du überhaupt, was sie meiner Mutter angetan hat?«

Natürlich wusste ich es. Die Geschichte hatte sogar einen Namen: »Die arme Vivie«. Ich hatte sie mehr als einmal gehört – jedoch nie von meiner Mutter.

In diesem Moment leuchteten mehrere Glühwürmchen gleichzeitig auf und wir stießen leise Schreie aus. Davy grapschte nach ihnen, erwischte aber keines.

Danach saßen wir wieder im Dunkeln.

»Ich mag dich genauso wie Howard«, sagte ich in die Nacht hinein.

»Oh, Molly. Glaubst du wirklich, das hilft?«, antwortete Nina.

Die wichtigste Neuigkeit des folgenden Morgens war, dass meine Eltern, meine Tante und mein Onkel wie die Verrückten getanzt hatten. Leo, der so schwächlich und vergeistigt wirkte, hat allen Ernstes getanzt?, hakten wir ungläubig nach. Sogar Nina hegte Zweifel, aber Vivie bestätigte die Aussage. Vivie, nach dem lustigen Abend in blendender Laune, hatte Haferbrei gekocht, den wir uns auf ihr Drängen hin nicht allein mit Zucker, sondern sogar mit einer Mischung aus Zucker und Zimt vermischen sollten, und wenn wir mochten, konnten wir uns auch noch Rosinen und getrocknete Aprikosen darüberstreuen. »Probiert mal was Neues aus«, sagte sie. Außerdem hatte sie Zimtmuffins gebacken. »Nehmt euch welche, solange sie warm sind«, forderte sie uns auf, übereifrig wie eine Verkäuferin. So kannten wir sie gar nicht. Sie wiederholte den

Satz, als sie einen zweiten Teller Muffins auf den Tisch im Esszimmer stellte, wo mein Vater und Leo frühstückten, weil es ihnen an unserem »Kindertisch« zu eng war. Dann kam endlich auch Howard herunter. An diesem Sonntag frühstückte er – was uns wunderte – teils am »Kindertisch«, wo er eine Schüssel Haferbrei aß, und teils am Männertisch, wo er drei Muffins herunterschlang.

Bevor er von der Küche ins Esszimmer wechselte, verkündete er: »Ich wandere weiter, wie der Ewige Jude.«

»Wandere bloß nicht zu weit«, rief ihm Nina hinterher, »sonst gerätst du noch in Schwierigkeiten.«

»Was soll das denn heißen?«, fragte Howard. Er war umgekehrt und stand im Türrahmen.

»Nur, dass du aufpassen sollst«, erwiderte Nina. Sie rührte grinsend in ihrem Haferbrei. »Wir wissen etwas, Howard.«

Howard lachte. Als die Schwestern nicht hinsahen, verzog er die Lippen zu einem Kussmund. »Du liest und liest, Nina«, spottete er, »und du begreifst gar nichts.«

Nun schritt Vivie ein. »Das habe ich gehört, Howard«, sagte sie streng.

»Schon in Ordnung«, sagte Nina. Sie lächelte ihrer Mutter zu und funkelte Howard böse an.

»Provozier mich nicht, Howard«, drohte sie, »was ich weiß, kann dir gefährlich werden.«

An jenem Wochenende hatte mein Vater das Bild nach Woodmont mitgebracht, das Davy und Lucinda Rossetti gemeinsam malten. Statt es mit der Post zu verschicken, hatte es Mrs Rossetti einfach im Geschäft abgegeben. Zu diesem Zeitpunkt war das Bild für Davy nur noch eine lästige Pflicht, und er wartete, wie er es während der Schulzeit getan hätte, mit dem Öffnen des Umschlags am Sonntag bis zur allerletzten Minute. Er drehte das Blatt hin und her und zuckte resigniert die Achseln. »Das krieg ich doch nie hin«, murmelte er. Dann verlängerte und verdickte er die braunen, grauen und blauen Röhren, die aus der roten Basis herauswuchsen.

»Soll ich Mrs Rossetti bitten, mir einen Tipp zu geben?«, fragte Mort, dessen Hand zum Abschied liebevoll auf Davys Kopf ruhte. Er beugte sich hinunter, damit Davy ihm einen Kuss auf die Wange geben konnte.

»Das schaffe ich schon«, antwortete Davy mit einer Lustlosigkeit, die das Gegenteil nahelegte.

Davys Niedergeschlagenheit musste unseren Vater gerührt haben, denn er hob Davy zu sich hoch. »So schlimm kann es nicht sein«, versuchte er ihn zu trösten.

»Hausaufgaben«, ächzte Davy bekümmert, das Gesicht an Morts Brust vergraben.

»Hausaufgaben«, wiederholte Mort mit derselben Grabesstimme. »Die sind das Ende der Welt. Keine Frage. Das absolute Ende.«

Er hob Davys Gesicht an und lächelte. »Du machst deinem Vater viel Freude«, sagte er und setzte Davy ab. Davy erwiderte nichts darauf, aber er nickte stumm – seine Art, Mort wissen zu lassen, dass er ihn auch liebte.

Mit der Rückfahrt der Männer begann unsere fünfte Woche in Woodmont, in der Howard nach Middletown fuhr, wie in den früheren Sommern, um im Laden bei der halbjährlichen Inventur zu helfen. Bec, die seit dem Prunkstück für Mrs Coventry nichts mehr geschneidert hatte, brannte darauf, ein neues Projekt anzufangen. Diesmal wollte sie für jede von uns etwas nähen. In früheren Jahren hatte sie selbst entschieden, was sie entwerfen würde, in diesem Jahr jedoch bat sie am Montag beim Abendessen Vivie und Ada, ihre Wünsche zu äußern. »Ich nähe euch alles. Ganz egal, was. Ich nähe euch das Kleid eurer Träume.« Sie sah erst die eine, dann die andere Schwester an und lief dann impulsiv auf beide zu, um sie in eine sonderbar verzweifelte Umarmung zu ziehen. Nur sie allein wusste, dass mit ihrem Entschluss, nach New York zu ziehen, der Abschied von den Schwestern eine beschlossene Sache war. »Ihr habt so viel für mich getan«, sagte sie als Erklärung.

»Na, hör mal, du hast ja auch das eine oder andere für uns getan«, entgegnete Ada, befremdet von Becs Gefühlsausbruch, aber auch sichtlich geschmeichelt. Doch vielleicht gefiel ihr auch die Vorstellung, das Kleid ihrer Träume zu bekommen, denn im nächsten Moment griff sie sich in ihre Hochsteckfrisur, was erkennen ließ, dass sie sich ihrer Schönheit sehr wohl bewusst war. »Ich will nur rasch eine Kanne Kaffee aufbrühen, dann können wir ans Werk gehen«, sagte sie zu Bec. »Burgunderrot, Bec. Mir geht das Burgunderrot von Mrs Coventrys Stoff einfach nicht aus dem Kopf.«

Bec wollte auch mir das Kleid meiner Träume nähen, aber ich träumte nicht von Kleidern und konnte ihr tagelang nichts Genaues sagen. Erst am Donnerstag der fünften Woche erzählte ich meinen Freundinnen Melissa Bornstein und Anna Weiss von Becs Angebot, und ich beschrieb ihnen das Kleid, das Bec für Nina genäht hatte. Ob das wohl auch etwas für mich wäre?, fragte ich sie. Damit sie diese Frage beantworten konnten, wollten wir uns gemeinsam das Kleid ansehen, und dazu war es nötig, dass wir den Strand verließen und die Treppen zu unserem Sommerhaus hochstiegen, wo wir an Nina vorbeikamen, die dort über den letzten Kapiteln ihrer Lincoln-Biografie saß. »Hey«, riefen wir Nina zu, die uns zuwinkte und, ohne auch nur aufzublicken, ein mattes »Hey« zur Antwort gab.

Wir marschierten im Gänsemarsch ins obere Schlafzimmer und holten das schulterfreie Jäckchenkleid aus dem Schrank. Während ich vor meinen Freundinnen das Kleid in die Höhe hielt, erklärte ich, dass die obere Hälfte an mir heruntergerutscht sei, als ich es zu Anfang des Sommers anprobiert hätte, aber sie sollten es trotzdem an mir sehen. Diesmal wusste ich, wie ich das Kleid festhalten musste, aber es rutschte doch wieder herunter, als Melissa mir das Jäckchen aus der Hand riss und ich das Kleid losließ, um es mir wiederzuholen. Doch bevor mir das gelang, hatte sie sich hineingequetscht. Die cremefarbenen Blumen auf gelbem Hintergrund sahen auf ihrem gestreiften Badeanzug mit dem gerüschten Rock lächerlich aus, aber Melissa starrte fasziniert ihr Spiegelbild an und schien es nicht zu merken.

»Kann ich mal?«, fragte sie, auf das Kleid zu meinen Füßen deutend, und ich tat ihr den Gefallen und trat beiseite.

Als Nächste meldete sich Anna. »Ich bin dran!« Sie war ziemlich stämmig, was Probleme mit dem Reißverschluss verursachte, aber solange sie den Bauch einzog und nicht atmete, ließ er sich schließen. Hochzufrieden stolzierte sie wie ein Mannequin durchs Zimmer.

»Was macht ihr da?« Auf einmal stand Nina vor ihr. Anna war so erschrocken, dass sie einen Satz rückwärts machte, als wäre Nina ein Geist, der Geist des Mädchens, an dem wir auf der Veranda vorbeigegangen waren.

»Du ziehst es sowieso nicht an!«, sagte ich.

»Es gehört mir. Sie hat es für mich genäht!«, protestierte Nina in einem besitzergreifenden Ton, der nicht zu der Gleichgültigkeit passte, die sie gegenüber dem Kleid bisher an den Tag gelegt hatte. Zu meiner Verblüffung packte sie Anna bei den Schultern, drehte sie grob um und riss energisch am Reißverschluss. Annas Körper quoll aus dem viel zu engen Kleid, und sie stand schockiert und fast nackt vor uns. Nina deutete auf das Kleid, das sich wie eine Pfütze um Annas Füße ausbreitete. »Meins«, sagte sie.

Danach wollte ich kein Kleid mehr und sagte das Bec am nächsten Tag. Es war der Freitag, und Bec machte sich gerade für ihren einsamen wöchentlichen Spaziergang zurecht. Ich hätte nicht gewusst, dass das Kleid Nina so viel bedeutete, erklärte ich Bec, aber es schien so zu sein.

»Kann ich mitkommen?«, fragte ich Bec, noch immer niedergeschlagen wegen des Vorfalls mit meinen Freundinnen und vor allem traurig, weil ich Nina enttäuscht hatte.

»Heute nicht«, sagte Bec und umarmte mich ebenso stürmisch, wie sie Ada und Vivie zu Anfang der Woche umarmt hatte. »Ich hab dich wirklich sehr, sehr gern, Molly«, sagte sie. Warum sie das sagte, war mir schleierhaft. »Ich will, dass du das weißt.« Wie sich herausstellen sollte, war Bec nicht die Einzige, die sich an diesem Tag merkwürdig benahm.

Davy hatte unsere Puppen wieder für sich entdeckt, doch statt Samson Bagel heroische Taten vollbringen zu lassen, setzte ihn Davy in die Küche neben Vivie, die in einer Schüssel Eier für ihr erstes Soufflé verrührte, und erzählte Geschichten mit einer Stimme, die sehr nach unserer Mutter klang. Als hätten sie und Davy die Rollen vertauscht, spielte meine Mutter währenddessen am Strand – aber nicht Karten mit den anderen erwachsenen Frauen, sondern Himmel und Hölle mit meinen Freundinnen Melissa und Anna, die ihre wackeligen, aber erfolgreichen Hopser auf einem Bein beklatschten. Am seltsamsten aber benahm sich Nina: Sie saß im hinteren Schlafzimmer und nicht auf ihrem üblichen Leseplatz auf der Veranda. Vor der Frisierkommode ihrer Mutter drehte sie ihr Haar zu einem Strang und steckte es zu einer Frisur hoch, die ich noch nie an ihr gesehen hatte. Eine Zeit lang saß ich auf dem Bett und schaute zu.

»Weißt du, was Howard dazu sagen würde?«, fragte sie mich. Ihr Haar türmte sich auf ihrem Kopf wie bei Bec und war zu einem interessanten, komplizierten Knoten geschlungen. »Er würde sagen: ›Du glaubst, du weißt Bescheid? Was *Spaß* ist?‹ Und dann würde er lachen. Ich hasse sein Lachen.« Sie äffte ihn nach. »Molly«, fragte sie, »warum lacht er bloß dauernd?«

»Er ist nicht hier«, rief ich ihr in Erinnerung, obwohl sie ihn und besonders sein Lachen so gut imitieren konnte, dass es mir vorkam, als stünde er in der Tür.

Aber er war wie weggezaubert, als Nina sagte: »Genau, Molly. Ganz einfach. Er ist nicht hier.«

Sie steckte ihre neue Hochfrisur mit noch mehr Haarnadeln fest und verzog den Mund zu einem breiten, wunderschönen Lächeln. Sie sah mich an. »Er ist nicht hier!«

Aber es war Freitag und die Männer kehrten zurück, auch Howard. Ungefähr um fünf Uhr betrat Mort das Haus, und diesmal standen keine Töpfe auf dem Herd, der Tisch war nicht gedeckt und auf ihm lagen auch keine Challa-Brote, denn an jenem Tag hatte keine von uns auch nur einen Gedanken an sie verschwendet. Keiner war es eingefallen, staubzusaugen, und im Wohnzimmer war das Schlafsofa von Nina und mir noch nicht zusammengeklappt. Wir hatten alle – jede auf ihre Weise – einen fantastischen Tag erlebt.

»Was für einen Unterschied macht es schon?«, fragte Ada streitlustig, nachdem Mort sie vom Strand geholt hatte. »Wir können die Kerzen immer noch entzünden und die Segenssprüche sprechen. Wir brauchen dazu keine Mahlzeit. Können wir den Sommer nicht mal genießen, Mort? Können wir nicht alle ein bisschen Spaß haben?«

»Was willst du eigentlich, Ada? Einen ganzen Sommer lang nur siebte Tage?« Mort tigerte zwischen der Küche und dem Esszimmer hin und her und starrte fassungslos in die Zimmer. »Sieh mal, ich mache die Regeln nicht, Gott macht sie.«

»Nun, Sir«, sagte Ada, deren Hände zu Fäusten geballt in den Taschen ihres Hauskleides steckten, »das wirst du mit *mir* aushandeln müssen. Dies ist *mein* Sommerhaus. *Mein* Zuhause.«

»Ich bitte dich, Ada. Wir können die Regeln nicht außer Kraft setzen«, widersprach Mort streng. »Wir halten uns an das Gesetz. Das ist für uns als Juden Pflicht. Das *macht* uns zu Juden!«

Inzwischen hatte sich die Familie im Esszimmer eingefunden.

»Regeln?«, fragte Ada. Sie klang beleidigt und sprach mit zittriger Stimme. »*Hier* ist dein Gesetz!« Ohne in den Spiegel zu schauen, drehte sie ihre üppige Haarpracht zu einem ordentlichen Knoten zusammen. Dann packte sie ihre schwarze Handtasche, die auf dem Telefontischchen lag, holte einen Lippenstift hervor und schmierte sich so übertrieben viel Farbe auf die Lippen, dass sie wie ein Clown aussah. Hoch aufgerichtet stand sie auf ihren Keilabsätzen vor Mort. Sie lächelte ihn an. »Gefällt dir dein Gesetz?« Sie kreuzte die Arme vor dem bequemen Hauskleid. Dann holte sie den Kidduschbecher und den Wein aus einem Schrank und goss den Becher voll.

»Gut Schabbes«, sagte sie zu meinem Vater, hielt den Becher in die Höhe und goss sich den Wein, ohne abzusetzen, in die Kehle. »Gutes Gesetz«, fügte sie hinzu und leckte sich schmatzend die Lippen. Dann griff sie erneut zur Flasche. »Mehr Gesetze, zum Teufel«, rief sie, »mehr Gesetze!«

Mort verließ das Zimmer.

Er ging durchs Wohnzimmer, umrundete das ungemachte Schlafsofa und stellte sich auf die Veranda, von wo aus er auf das Meer und die Rückseite des Hauses der Familie Isaacson starrte.

Ada stand im Esszimmer und hielt die Hand vor den Mund.

Als sie sie endlich wegnahm, trieb sie Nina und mich reumütig und nervös zur Eile an. »Los, Mädchen, wir müssen das Haus putzen. Auf geht's. *Shnel, shnel!*«

9 Der Grund für die Tootsie Rolls

Nelson blieb in jenem Sommer, wie in all den Jahren zuvor, an den Wochenenden in Middletown. Mort und Leo machten sich freitagnachmittags auf den Weg nach Woodmont, doch Nelson wusste, auch wenn die anderen zu höflich waren, es zu sagen, dass dort kein Platz für ihn war. »Du bist jederzeit willkommen«, hatte Ada ihm schon vor Jahren versichert und es x-mal wiederholt, aber in Wirklichkeit wäre durch ihn die ganze Konstellation im Sommerhaus durcheinandergewirbelt worden. Er wusste ganz genau, dass es dort kein Extrabett gab, dass Bec, alleinstehend wie er, in die mit Fliegengittern versehene Glasveranda abgeschoben worden war. Wo würden sie ihn hinstecken? Aufs Dach? Und außerdem, was sollte er dort anfangen? Er war so dick geworden, dass er sich schon bei dem bloßen Gedanken genierte, in der Badehose in der Sonne zu sitzen. Und mit uns Kindern tat er sich schwer, abgesehen von Howard; er wusste, dass wir ihn nur wegen seines ständigen Vorrats an Tootsie Rolls zur Kenntnis nahmen. Sein Bruder und Leo würden mit ihren Frauen und ihren Kindern beschäftigt sein. Und die Frauen – Ada, Vivie und Bec –, mit denen er sich wegen ihrer guten Laune und ihres ungezwungenen Lachens am liebsten unterhielt, tja, weiß der Kuckuck, wie man es anstellen sollte, sich ein ganzes Wochenende mit Frauen zu unterhalten.

Und so war der Sommer ein wenig ruhig, ein wenig einsam, doch in der ersten Augustwoche – der Woche vor dem Schabbatstreit meiner Eltern – hatte Mort Howard für eine Woche nach Middletown zurückgeholt, damit er bei der Sommerinventur aushelfen konnte, und als Nelson seinen Neffen sah, überkam ihn zu seiner eigenen Überraschung ein Gefühl von Erleichterung. »Hey, hey, hey«, rief er, als Howard durch die Ladentür trat. »Wer ist denn dieser Riesenkerl da? Joe DiMaggio?« Er schwang die Arme, als hielte er einen Baseballschläger in der Hand. »Onkel!«, rief Howard und schien sich genauso sehr darüber zu freuen, Nelson zu sehen, wie umgekehrt.

Obwohl Howard bereits ausgewachsen war, kam es Nelson vor, als wäre er in den Wochen seit ihrer letzten Begegnung noch einmal ein gutes Stück größer geworden. Auf jeden Fall hatte er Farbe bekommen, und da stand er jetzt, größer denn je, außerordentlich gut aussehend, mit einem strahlenden Lächeln im Gesicht und einer Haut, so goldbraun wie die Streifen auf seiner Krawatte. Der Junge umarmte Nelson. »Wie geht's dir, Onkel?«, fragte er.

»Gut, gut«, erwiderte Nelson. »Du siehst aber prima aus«, fügte er beifällig nickend hinzu.

Die anderen Männer im Laden kamen näher.

»Das kommt vom Segeln«, sagte Howard.

»Vom Segeln. Aber sicher doch. Der Wind ist dein Freund«, murmelte Nelson, voller Bewunderung für die Vitalität seines Neffen. »Und die Sonne ist auch dein Freund.«

»Aber diese Woche bleibst du, verdammt noch mal, *drinnen*«, sagte Mort und klopfte Howard liebevoll auf den Rücken. Nelson und Kurt Hanson, der neue Angestellte, brachen in schallendes Gelächter aus. Selbst der für gewöhnlich griesgrämige Leo lächelte. Ja, dachte Nelson, genau das bedeutete Arbeit: die Woche über nicht in der Sonne sein, sondern im Geschäft – als wenn sie das nicht wüssten. Er ertappte sich bei der Hoffnung, dass eine Woche Inventur Howard nicht allzu viel von seiner Sonnenbräune kosten würde. Der Bursche hatte ein Recht darauf, gut auszusehen. Er war jung.

Eine Inventur war immer eine zähe, ermüdende Angelegenheit, und das war auch der Grund dafür, weshalb Howard von der felsigen Küste vor Woodmont in die Main Street in Middletown zurückbeordert worden war. Sie mussten die knarrende Treppe in den Keller hinuntersteigen, dort unten die Kisten mit den Restposten öffnen, ihren Inhalt prüfen und zählen und entscheiden, was es wert war, hochgeschleppt zu werden: Socken und haufenweise Krawatten, Kartons voller Briefpapier und Grußkarten, ein paar Damenhüte – Leibritsky's Department Store führte einfach alles. Jeden einzelnen ausgestellten Artikel mussten sie erfassen und mit den Lagerbüchern vergleichen. Sie mussten einen Artikel nach dem anderen aus den normalen Ständern und Regalen nehmen und in Ausverkaufsständer oder -regale stecken oder fürs nächste Jahr in den Keller schaffen. Um für den Herbst vorbereitet zu sein, mussten sie die Herren-, Damen- und Kinderkleidung umsortieren. Raus mit der alten Ware, rein mit der neuen. Sie mussten die Küchengeräte umarrangieren und die neuesten Glanzstücke – die Waring-Mixer und Sunbeam-Mixmaster – so hinstellen, dass man sie nicht übersehen konnte. Da Mort ein Faible für die Schuhabteilung hatte, genoss diese bei Leibritsky's Department Store einen hervorragenden Ruf, insbesondere im Hinblick auf die praktischen Allzweckschuhe mit ihren dicken Sohlen und kräftigen Schnürsenkeln, Schuhe mit einem optimalen Preis-Leistungs-Verhältnis, und so mussten sie sämtliche Reihen Schuhkartons öffnen und den Inhalt eines jeden Kartons verzeichnen. Sie hatten noch eine Unmenge Männerschuhe von 1940, die sie nie losgeworden waren, und mehrere Paar Frauenschuhe von 1942, '43 und '44. Nelson wusste, dass die Kriegsrationierungen jener Jahre ein Grund für ihre unverkauften Lagerbestände waren. Zu diesen Kartons kamen sie am Dienstag zu später Stunde, und Howard blickte erstaunt auf.

»Das ist doch verrückt. Jetzt ist schon 1948 halb vorbei«, beschwor er Nelson.

»Lass sie stehen«, erwiderte Nelson und blickte sich kurz um, weil er sichergehen wollte, dass weder Mort noch Leo ihn gehört hatten. Die beiden waren nämlich ebenfalls der Meinung, derart alte Bestände zu haben sei verrückt. Andererseits, dachte Nelson, was tat ihre Meinung schon zur Sache? Schließlich war *er* hier der Betriebswirt, und noch dazu mit einem Master-Abschluss von Harvard – *Harvard!* Sie würden es nicht wagen, ihm zu widersprechen, selbst wenn sein Ratschlag so dämlich war, dass sogar ein Teenager instinktiv widersprach.

»So verrückt auch wieder nicht«, beharrte Nelson stur. »Es gibt Leute, die mögen das, was sie kennen. Die werden wir noch los. Glaub's mir.« Und Howard war still. Er nickte sogar voller Dankbarkeit, als sei gerade eine Lebensweisheit an ihn weitergegeben worden, und zwar nicht vom Onkel an den Neffen, sondern vom Meister an den Lehrling, vom Professor an den Studenten. Du bist ein Spinner und zerstreut dazu, beschimpfte sich Nelson insgeheim und fuhr sanft über den Karton von 1940.

Doch schon am nächsten Tag, einem Mittwoch, verkauften sie tatsächlich ein Paar dieser altmodischen Schuhe. Mitten am Nachmittag, als die Hitze von der Straße hereinwehte, alle erschlafften und auf die im Kaufhaus herumstehenden Sessel sanken, kam Giorgio D'Almato hereingezockelt; er sah aus, als würde er jeden Augenblick vor lauter Müdigkeit oder Schieflage umfallen – mit seinen siebenundachtzig weigerte er sich standhaft, einen Stock zu benutzen. Nelson und Howard standen an der Wand mit den Schuhen, der »Klagemauer«, wie sie sie seit dem Morgen nannten, und jeder hatte seinen Lieblingswitz auf einen Zettel geschrieben und diesen dann eng zusammengefaltet zwischen irgendwelche Schuhkartons geklemmt, so wie in der Altstadt von Jerusalem Gebetszettel zwischen die Steine der Klagemauer gesteckt werden. Howard hatte obendrein noch im Scherz gebetet.

»Lass uns nicht zu verrückt spielen, ja?«, hatte Nelson ihn ermahnt. »Das ist ein hartes Leben da drüben. Richtig hart. Ein Späßchen kann man drüber machen, das reicht. Ein Späßchen.«

Bisher hatte ihm allerdings jeder einzelne Augenblick der Woche mit Howard außerordentlich viel Spaß gemacht, ob sie nun offen herumalberten oder einfach nur ihrem Tagewerk nachgingen. Und das war vielleicht auch der Grund dafür, dass Nelson beim Anblick von Giorgio D'Almato plötzlich die Arme ausbreitete und in einem freundlichen Ton, den er gar nicht in seinem Repertoire zu haben glaubte, ausrief: »Mr D'Almato, Sir! Was darf es sein, junger Mann, was darf es sein?«

Und als der alte Mann dann sagte: »Etwas Praktisches darf es sein, Größe neun, weshalb fragen Sie, wissen Sie das nicht ganz genau?«, wandte sich Nelson, mit einem heimlichen Zwinkern in Richtung Howard, zum Regal und zog die angejahrten Schuhe von 1940 heraus. Der alte D'Almato beugte sich über den offenen Karton, musterte den Inhalt, roch am Leder und nickte zustimmend. Nelson hielt Mr D'Almato am Arm, während sich dieser in einen nahen Sessel sinken ließ. Dann nickte er Howard zu und stand daneben, als sein Neffe dem Mann aus seinen abgetragenen Schuhen half, deren Sohlen fast gebrochen und deren Schnürsenkel beinahe durchgescheuert waren. Er hatte auch diese Schuhe bei ihnen gekauft, das wusste Nelson, wahrscheinlich vor ungefähr zehn Jahren. Tatsächlich erledigte die ganze Familie D'Almato ihre Einkäufe in Leibritsky's Department Store, und im Gegenzug ließen sich die Männer der Familie Leibritsky in D'Almatos Friseurgeschäft die Haare schneiden. Wenn man gut zu den Menschen ist, das wusste Nelson, sind wahrscheinlich sogar die Verwandten dieser Menschen gut zu einem. Das war eine Grundregel im Geschäftsleben, und hatte auch nur ein einziger Harvard-Holzkopf je davon gehört? Den Schuhlöffel erst an einer Ferse, dann an der anderen, ließ Howard die Füße des Mannes in die neuen Schuhe gleiten. Dann hievte er ihn auf die Beine, damit er in dem neuen Paar eine Runde drehen konnte. Die Schuhe gefielen dem alten D'Almato. Er rieb sich die Hände und murmelte zufrieden vor sich hin. Nelson lächelte.

Als die Schuhe bezahlt waren – mit einem anständigen Rabatt, versteht sich –, sagte Nelson: »Ich gehe mal eben Mort holen. Er würde es bedauern, Sie nicht begrüßt zu haben.«

Der Kunde nickte. Auch das war eine Geschäftsregel – die Begrüßung durch den älteren Bruder. Und wie alle anderen kannte Giorgio D'Almato die Regeln. Er wartete.

Am Donnerstagmorgen, während die Inventur noch immer in vollem Gang war, ging Nelson auf, dass die Zeit mit Howard, eine besonders schöne Zeit, bald zu Ende sein würde, und er war traurig darüber. Das Wochenende nahte. Er würde bleiben, sie würden fahren. Als läse Mort seine Gedanken, klopfte er Nelson auf die Schulter und sagte: »Hör mal, du leistest hier gute Arbeit. Gute Arbeit. Howard macht es Spaß. Er ist gerne mit dir zusammen. War schon immer so.«

Diese Worte seines Bruders gaben ihm einen kleinen Schub, einen Energieschub, einen Vertrauensschub, und als er seinen Neffen kurz darauf neben der neuen Auslage der Küchengeräte sitzen sah, offensichtlich gelangweilt den Sunbeam-Mixmaster befingernd, gab Nelson ihm ein Zeichen. Howard erhob sich und folgte Nelson in den Keller.

»Guck mal, da hinten sind ein paar alte Sachen, siehst du – kein Mensch wird es spitzkriegen, wenn sie nicht mehr da sind. Vielleicht finden wir was für dich. Man weiß ja nie, vielleicht brauchst du ein neues Hemd, etwas in der Art. Ein Junge wie du, der bald aufs College geht. Vielleicht eine neue Krawatte.«

»Eine neue Krawatte von ungefähr wann, Onkel«, grinste Howard, »neunzehnhundertachtundzwanzig? Achtundzwanzig. War das ein gutes Jahr, Onkel?«

Nelson warf dem lachenden Howard einen Seitenblick zu und führte ihn zu einem Stapel großer Kartons, die Nelson Anfang des Sommers an einer der hinteren Wände entdeckt und, um das Gesicht zu wahren, nicht ins Inventar aufgenommen hatte.

»Alter Witzbold«, sagte Nelson und öffnete einen der Kartons. Darin lagen Herrenhemden vom letzten Sommer, kurzärmlig, aus Baumwolle. Obwohl eine Staubschicht auf dem Karton lag, waren die Hemden in ihren Originalverpackungen in einem tadellosen Zustand. »Hab sie letztes Jahr vergessen, und seitdem liegen sie hier unten rum. Aber jetzt ist ihre Zeit gekommen«, verkündete Nelson, zog mehrere hervor und reichte sie Howard. »Ja?«

»Dieser Laden ist wirklich ein einziges Durcheinander!« Howard schnappte sich die Hemden und gab dem Karton einen leichten Tritt. Doch genau wie Giorgio D'Almato am Tag zuvor murmelte auch er schon bald zufrieden vor sich hin.

Es war jetzt nicht der richtige Zeitpunkt für eine Schallplatte, aber eine gute Gelegenheit, um sich zusammenzusetzen, und so rückte Nelson seinen Schaukelstuhl auf Howard zu und sah dem Jungen über die Schulter, während er in dem Karton herumkramte. »Sind fünf zu viel?«, fragte Howard.

»Nimm dir, was du brauchst.« Nelson zog eine Packung Tootsie Rolls aus der Tasche. Er warf Howard auch eines zu, und die beiden kauten im schwachen Schein der Kellerbeleuchtung schweigend vor sich hin. Es ist warm hier unten, dachte Nelson, während er vor- und zurückschaukelte, aber so schlimm auch wieder nicht. Entspannt stieß er einen matten Seufzer aus. »Eine lange Woche.«

Howard nickte und kaute weiter. Wie Schulhefte hielt er seine neuen Hemden in den Händen. Als er sein Bonbon hinuntergeschluckt hatte, räusperte er sich.

»Onkel?« Seine Stimme war leiser als zuvor, zögernd.

Nelson hörte auf zu schaukeln. Er wartete darauf, dass Howard weiterredete, aber dieser schwieg und seine Körperhaltung wirkte plötzlich angespannt. Nelson holte noch ein Schokoladenbonbon aus der Tasche, doch sein Neffe schüttelte den Kopf. Eine Weile herrschte Stille, nur über ihnen knarrte der Fußboden in einem fort.

»Ich kann es wirklich keinem erzählen«, begann Howard. »Du weißt schon, keinem da unten.«

Nelson begriff sehr schnell, dass der Junge Woodmont meinte. *Da unten*. Dort, wo er nie hinfuhr.

»Da gibt es dieses Mädchen«, hob Howard schließlich an, und weil sein Ton ungewöhnlich ernst war, fühlte sich Nelson zurückversetzt, fand sich wieder zwischen Erinnerungsfetzen, die ein Mosaik bildeten und in denen er immer wieder neben einem viel jüngeren Howard im Palace Theater in Middletown saß. Vor jedem Film hatte Howard, als liefe der Film bereits, wie gebannt in Richtung Leinwand gestarrt, die stets noch von einem Vorhang verdeckt gewesen war. Er hatte mit einer Stimme, ähnlich der von eben, immer wieder flehentlich gefragt: »Fängt er jetzt gleich an?« – »Gleich, gleich«, hatte Nelsons Antwort Vorstellung um Vorstellung gelautet, und dann hatte er Howard gerne ein Bonbon gegeben, und da er sich dabei oft fühlte wie ein Vater, hatte er Howard bei diesen Gelegenheiten die Hand auf den Kopf gelegt und den Jungen an sich gedrückt. Ja, da gebe es ein

Mädchen, wiederholte Howard nun, und er sei sich ziemlich sicher, dass sie die Richtige sei.

Grüne Augen, jede Menge Sommersprossen, ein breites Lächeln, obwohl sie ansonsten eher ernsthaft war – bei jedem einzelnen Punkt nickte Nelson, bis Howard plötzlich trübsinnig innehielt und sagte: »Ich weiß gar nicht, warum ich dir das erzähle. Vergiss es, Onkel.«

Seine Worte machten Nelson verlegen, sie schienen zu unterstellen, dass ein Mann wie er nichts von der Liebe verstand. *Aber Howard,* hätte er zu gerne erwidert, *ich war doch nicht immer so dick.*

Auch er war ein hübscher Junge gewesen, kleiner als Howard, aber auf seine Art recht ansehnlich, ein breites Gesicht, ein sanftes Lächeln, eine gewisse Schüchternheit, die sich legte, sobald man ihn näher kannte. Damals, als er so alt gewesen war wie Howard jetzt, nahmen die Leute sich die Zeit, ihn kennenzulernen. Vor Harvard hatte er an der Boston University studiert – sein Vater hatte darauf bestanden, dass Mort und er an eine Hochschule gingen, schließlich lebten sie in Amerika, darum ging es doch letztlich, dafür sparten sie an allen Ecken und Enden. Doch Mort hatten sie nach nur anderthalb Jahren vom College genommen – das Kaufhaus war zu viel für den alten Herrn allein –, sodass Nelson von da an der Vorzeigestudent der Familie war. Er hatte Geschichte studiert, genau wie Mort bis zu seinem Studienabbruch, genau, wie sein Vater es ihm aufgetragen hatte, und während dieser Zeit hatte er Mimmie Klein kennengelernt, die aus New London, Connecticut, nach Boston gekommen war. *Mimmie Klein,* hätte Nelson beinahe laut gesagt.

»Hör mal zu«, unterbrach er seinen Neffen schließlich. »Wir können nicht ewig in diesem Keller sitzen. Wird Zeit, sich wieder an die Arbeit zu machen. Aber wir könnten doch heute Abend zusammen essen, du und ich. Dann kannst du mir die ganze Geschichte erzählen. Ich würde sie gern hören. Die Richtige? Hast du das gerade tatsächlich gesagt, Howard?»

Howards Gesichtsausdruck blieb düster. Er nickte.

Nelson hatte sich aus seinem Schaukelstuhl hochgestemmt und stieg schon die Kellertreppe hinauf, als er sich noch einmal zu Howard, der hinter ihm ging, umblickte. »Was hast du gesagt, wie heißt sie?«, fragte er.

»Ich hab nichts gesagt.«

»Keinen Namen? Deine Richtige hat keinen Namen, Howard?«

»Ach, komm, Onkel«, erwiderte Howard. »Das ist meine Privatangelegenheit. Darüber reden wir später.«

Sie saßen im Garden Restaurant an der Ecke Main und Washington Street in einer Nische, Howard und Nelson, und warteten auf die Hamburger, die sie bestellt hatten – Howard spielte nervös mit seiner Serviette und blickte in dem Lokal umher, als wäre er noch nie dort gewesen, und Nelson verspürte das alte Bedürfnis, dem Jungen über den Kopf zu streicheln und »Gleich, gleich« zu sagen. Stattdessen brachte er das Gespräch wieder auf das Mädchen, das bisher noch namenlose Mädchen, und Howard seufzte. »Lass uns erst mal essen«, sagte er, und Nelson nickte trotz seiner Neugier.

Mimmie Klein, platzte es fast wieder aus ihm heraus. *Das ist vielleicht ein Name, was?*

Als er Mimmie zum ersten Mal begegnet war, hatte er sie zu einem Imbiss eingeladen, doch im Gegensatz zu dem jetzigen Essen mit Howard war das damalige nicht geplant gewesen. Er war im Winter seines zweiten Studienjahres in einem Deli in der Commonwealth Avenue gewesen, und sie, die ihm vollkommen unbekannt war, ebenfalls. Es war fast sieben Uhr abends, und Nelson stand mit seinem bereits eingewickelten Sandwich mit knurrendem Magen an der Kasse an. Schon während das Sandwich zubereitet wurde, hatte er in seinem Wintermantel zu schwitzen begonnen, und beim Anstehen wurde ihm noch heißer. Irgendjemand brauchte ausgesprochen lange zum Bezahlen. Genau wie der Mann vor ihm knöpfte sich auch Nelson den Mantel auf und nahm den Hut ab. Mimmie stand zwei Plätze vor ihm in der Schlange. Und vor ihr stand ein älterer Herr, der, wie alle anderen auch, dicke Wintersachen trug und ebenfalls ein Sandwich zum Mitnehmen bestellt hatte. Er wollte bezahlen, aber egal, in welche Tasche er griff, es kam nicht genug Geld zusammen. Der junge Verkäufer hinter dem Tresen wurde wütend und fing an zu schimpfen. »Sehen Sie nicht die Schlange hinter Ihnen?« Der Mann wühlte in der nächsten Tasche. »Ich verstehe das nicht«, sagte er unglücklich und blickte sich zu Nelson und den anderen um, worauf der Verkäufer erwiderte: »Es ist doch ganz einfach: Entweder Sie zahlen oder Sie zischen ab. Das ist hier kein Wohltätigkeitsverein.«

Nelson ging an dem Kunden vor ihm und dann an Mimmie vorbei. Als er neben dem älteren Herrn stand, sagte er zu dem Verkäufer, er würde das Sandwich des Mannes bezahlen.

»Was?«, fragte der Verkäufer, immer noch erbost. »Sie machen was?«

Nelson überlegte. Er hatte bereits einen Dollar hervorgeholt und durchforschte seine Tasche nun nach einem zweiten. »Wissen Sie was, ich zahle für alle.«

Ein fünfter Kunde stellte sich in die Schlange.

»Sie zahlen für alle«, sagte der Verkäufer laut und spöttisch, als wollte Nelson sich lediglich aufspielen. Doch das war überhaupt nicht seine Absicht. Er konnte den Verkäufer einfach nicht leiden. Kein bisschen.

Nelson blickte sich um. Obwohl sich gerade ein sechster Kunde in die Schlange einreihte, der seine Ankündigung gehört hatte, nickte er und wollte weitere Dollarscheine hervorkramen, doch da waren keine mehr, nur ein paar Münzen. Als er alles hervorgeholt hatte, was er bei sich trug, legte ihm der ältere Herr neben ihm seine wettergegerbte Hand auf die Schulter.

Nelson fehlten elf Cent, und der Verkäufer ließ es alle wissen. »Soso, Sie zahlen für alle«, stichelte er.

»Hier«, sagte eine Frauenstimme hinter Nelson, und im nächsten Augenblick stand Mimmie neben ihm und blickte nicht ihn, sondern den Verkäufer an. Sie legte das fehlende Kleingeld dazu. Dann warf sie Nelson einen kurzen Blick zu und beugte sich um ihn herum zu dem älteren Herrn hinüber. »Großzügigkeit«, sagte sie, den Blick nun wieder auf den Verkäufer gerichtet. »Haben Sie davon schon mal was gehört?«

Der Verkäufer nahm das Geld – zwei Dollar und siebzig Cent von Nelson und elf Cent von Mimmie –, und ohne ein weiteres Wort wechselten fünf Sandwiches und ein Becher Kartoffelsalat den Besitzer.

Der letzte Kunde in der Schlange war ein Vater, der sein Kind an der Hand hielt; kaum war bezahlt, wickelte das Mädchen sein Sandwich aus und biss hinein, obwohl der Vater es ermahnte: »Langsam, Clara. Sonst kriegst du Bauchschmerzen.« Als Nelson an ihm vorbeiging, warf der Mann ihm etwas Süßes zu. Nelson fing es instinktiv auf, es war ein Tootsie Roll, der Mann nickte ihm zu und Mimmie klatschte Beifall.

Nelson war bereits wieder draußen im Freien, eine Straße weiter, vor Kälte schlotternd, weil er drinnen in seinem Mantel so geschwitzt hatte, als Mimmie ihn einholte.

Sie bot ihm fünfzig Cent an, doch er schüttelte den Kopf. Es hatte angefangen zu schneien, und der ohnehin schon geringe Verkehr auf der Commonwealth Avenue hatte weiter nachgelassen.

»Die Leute stehen nicht immer für das ein, was richtig ist«, sagte sie.

»Ich weiß nicht«, erwiderte Nelson. »Es war ja nur ein bisschen Kleingeld.« In Wirklichkeit war es sein Budget für die restliche Woche – drei weitere Tage – gewesen, und als ihm das klar wurde, machte er sich doch Sorgen. Er würde an diesem Abend nur das halbe Sandwich essen und sich die andere Hälfte für den nächsten Tag aufheben.

»Ein bisschen Kleingeld, wie Sie es nennen, kann manchmal über Leben und Tod entscheiden«, sagte Mimmie.

»Heute Gott sei Dank nicht«, erwiderte Nelson, obwohl er, was die nächsten Tage anging, nicht ganz so sicher war.

»Nein, heute nicht«, pflichtete Mimmie ihm bei. Sie war winzig und hatte Locken. Das war das Einzige, was er in der Dunkelheit erkennen konnte.

Nelson bibberte und sah, dass es Mimmie genauso ging. Er wollte sich gerade verabschieden und zum Gehen wenden, als Mimmie sagte: »Kommen Sie, wir gehen einen Kaffee trinken.« Sie zeigte auf ein Café auf der anderen Straßenseite. Da Nelson jedoch kein Geld mehr hatte, nicht einmal ein paar Cent, schüttelte er den Kopf.

Doch dann überlegte er es sich anders, denn Mimmie bestand darauf: »Ich zahle. Ist doch das Mindeste.« Sie zeigte ihm erneut die fünfzig Cent. »Ich heiße Mimmie Klein«, sagte sie.

In der Woche darauf trafen sie sich in dem gleichen Café in der Commonwealth Avenue zum Abendessen. Er wusste bereits, dass sie aus New London nach Boston gekommen war – bei ihrer ersten Begegnung hatten sie sich über ihre Herkunft und über ihr Leben in Connecticut ausgetauscht –, doch er erfuhr erst jetzt, dass sie Mathematik studierte.

»Überrascht?«, fragte sie. Er war sich nicht sicher, ob sie seine Reaktion erwartet oder vielleicht sogar provoziert hatte.

Auf jeden Fall war er tatsächlich überrascht, aber nur, weil er Mathematik so schwer fand. Es überraschte ihn, dass überhaupt jemand gut darin war.

»Oft können die Leute es einfach nicht fassen«, sagte Mimmie – weil sie eine Frau sei, verschlage es ihnen anfangs immer die Sprache. Schließlich gehöre die Boston University sowieso schon zu der Handvoll Hochschulen, an denen überhaupt Mädchen studieren dürften. Weshalb schon allein die Tatsache, dass sie studiere, die Leuten ziemlich erstaune, aber wenn *eine so süße Maus* studiere – sie sprach diese Worte mit einem Ernst aus, mit dem sie selten bedacht wurden –, dann seien sie völlig baff. Sie schüttelte den Kopf, wodurch ihre Locken auf und ab wippten, und Nelson war entzückt von dieser Geste. Sie *war* süß. Und sie war ernst und überraschend direkt. Wäre sie hässlich, erklärte Mimmie als Nächstes und beugte sich mit einem gewissen Nachdruck über den Tisch zu Nelson hinüber, wäre das Ganze natürlich etwas begreifbarer.

»Aber so übel sehe ich gar nicht aus«, schloss sie und runzelte die Stirn.

»Nein, nein«, stimmte Nelson ihr errötend zu und spürte eine ungewöhnliche Regung in seinem Herzen.

In Mathematik sei er eine Niete, gestand er – er sei ein Wortmensch, nicht unbedingt jemand, der alles laut ausspreche, das wüssten die Leute, aber ihm schwirrten die Worte nur so durch den Kopf, in sich drin sei er ungemein beschäftigt mit Worten, erzählte er ihr. Und während des restlichen Semesters, in dem Mimmie und er sich näherkamen, stellte er fest, dass er tatsächlich recht gehabt hatte: Die »Einführung in die Infinitesimalrechnung« hätte er ohne den großen mathematischen Verstand der ansonsten winzigen Mimmie Klein nicht bestanden.

Letztendlich hatte er sie jedoch verloren. Hätte er Howard von ihr erzählt, hätte er den Burger aus der Hand gelegt und auch Howard darum gebeten. Hätte er, die Serviette zusammenfaltend und ernsthaft den Kopf schüttelnd, angefangen zu reden, hätte er Folgendes gesagt: *Ich habe sie verloren. Ich habe Mimmie Klein, meine große Liebe, verloren.* Stattdessen sagte er: »Ziemlich gut, was?«, und hielt den Burger hoch. Und Howard sagte: »Irgendwann würde ich wirklich gern mal einen Cheeseburger probieren.«

»Hey, hey, hey«, erwiderte Nelson, und sein Tonfall erinnerte Howard an das Verbot, Fleisch und Käse zusammen zu essen.

»Nur so eine Idee«, sagte Howard.

Sein Mädchen in Woodmont spiele Klavier, erwähnte Howard zu guter Letzt und schob seinen Teller beiseite. Mit sechs habe sie angefangen, Unterricht zu nehmen.

»Hast du sie mal spielen hören?« Nelson zeigte echtes Interesse. Doch Howard schüttelte den Kopf. Sie habe ihm nur davon erzählt, antwortete er, plötzlich verlegen.

Nelson hörte auf zu fragen. Er würde zuhören, nur noch zuhören. Und schon bald kam Howard ins Erzählen. Zahlen seien ihre Stärke, berichtete er. »Sie ist die beste Kassiererin bei Treat's«, prahlte er und ahmte mit seiner Serviette und einem imaginären Bleistift nach, wie jemand schnell Zahlen addierte.

»Zahlen«, wiederholte Nelson, überrascht, dass Howards Mädchen mit seinem etwas gemeinsam hatte. Die Ähnlichkeit beschleunigte seinen Herzschlag, und er holte zwei Tootsie Rolls aus der Tasche. Eins warf er Howard zu, während er darauf wartete, dass sein Neffe weiterredete. Doch Howard brauchte Zeit. Erst nach einer Weile begann er, die Spaziergänge zu beschreiben, die er mit seinem Mädchen die Beach Avenue entlang gemacht hatte – ein regelmäßiger Bestandteil der vielen Abende, die sie miteinander verbracht hatten, wobei sie, sagte Howard, »nur geredet« hätten. Dann verbesserte er sich: »Hauptsächlich geredet.«

»Reden ist gut«, erwiderte Nelson. »Klingt nach einer guten Partie, Howard. Du bist ein Glückspilz.«

»Es geht noch weiter, Onkel.«

Howard rutschte auf seiner Sitzbank hin und her. Kurz zuvor, als er ganz versunken sein Bonbon ausgewickelt hatte, hatte er auf Nelson so gewirkt wie immer. Die Jahre waren vergangen, aber eigentlich hatte sich nichts geändert. Er konnte in dem hochgewachsenen Burschen noch ganz genau den kleinen Jungen erkennen. Doch Sekunden später sah Howard sehr viel älter aus, sehr viel ernster. Als er das Gesicht in den Händen vergrub und aufstöhnte, kniff Nelson überrascht die Augen zusammen – so hatte er ihn noch nie erlebt.

»Hey, hey, hey. Es klingt doch, als sei sie ein nettes Mädchen. Ein gutes Mädchen. Howard, willst du mir sagen, du steckst irgendwie in …« Nelson brach ab. Ein solches Gespräch hatte er mit seinem Neffen noch nie geführt. »Schwierigkeiten?«, flüsterte er. »Howard, steckst du in Schwierigkeiten?«

»Nicht, was du denkst«, antwortete Howard resigniert.

Verlegen wandte Nelson sich ab. Er schluckte sein Bonbon hinunter. »Lieber Himmel, Howard. Ich habe nicht an bestimmte Schwierigkeiten gedacht. Nein, nein. Wirklich nicht.«

»Willst du wissen, wie sie heißt?«, fragte Howard.

»Natürlich.«

»Megan.«

»Megan«, wiederholte Nelson nickend.

»Megan O'Donnell.«

Einen Augenblick lang war alles still, dann sagte Nelson: »Mein Gott, Howard.«

»Ich weiß.«

»Allmächtiger, Junge.«

»Ich *weiß*.«

»Heiliger Strohsack, Howard.«

»Kannst du nicht damit aufhören, Onkel? Ich dachte, ich könnte es dir erzählen. Ich dachte, du wärst der Einzige, der mir nicht an die Kehle springen würde. Was soll ich tun, Onkel?«

»Junge, Junge, Howard. Wenn du dir doch nichts weiter als einen Cheeseburger wünschen würdest! Das wäre nämlich einfach. Ich würde sagen, iss deinen verdammten Cheeseburger, Herrgott noch mal, aber nur, wenn niemand außer mir dabei ist. Nur dieses eine Mal und dann nie wieder.« Nelson schwieg und spielte mit dem Häufchen Bonbonpapier neben seinem Teller. »Aber was dieses Mädchen angeht«, sagte er schließlich, »ich bin nur dein Onkel. Ich kann dir nicht sagen, was du tun sollst.«

Nelson war schon wenige Wochen nach seiner ersten Begegnung mit Mimmie klar, was er tun sollte: sich regelmäßig mit ihr treffen. Im Frühlingssemester seines zweiten Studienjahres teilten sich Mimmie und er ihre Tage so ein, dass sie möglichst viel Zeit miteinander verbringen konnten, sie lernten abends gemeinsam in der Universitätsbibliothek, bummelten nachmittags meistens zusammen über die Commonwealth Avenue, gingen samstagabends ins Kino und hielten schließlich im dunklen Saal Händchen, wobei sie sich hin und wieder lächelnd oder leise kichernd ansahen.

Sie war, zu diesem Schluss kam er schon bald, die Richtige, daran gab es keinen Zweifel. Doch er war zu schüchtern, um sie auch nur zu küssen, geschweige denn, um es ihr zu sagen. Erst eine Woche bevor sie sich für den Sommer trennen würden, handelte er. Sie saßen im Kino, und der Film – Buster Keatons *Sieben Chancen* – war fast zu Ende. Die Musik schwoll an, der Abspann lief. Liefe er noch schneller, befürchtete Nelson, wäre die Gelegenheit vorbei. Er zog Mimmie an sich und presste schnell die Lippen auf ihren Mund. Als sich ihre Lippen trennten, flüsterte sie liebevoll seinen Namen. Er küsste sie noch einmal.

Dann folgte ein langer Sommer – Nelson fuhr nach Hause, um im Geschäft zu arbeiten, während Mimmie bei einer Tante in Boston blieb –, doch als die beiden im Herbst weiterstudierten, ließen sie ihrer Zuneigung freien Lauf. Irgendetwas war passiert in jenem Sommer; sie hatten einen regen Briefwechsel geführt und zumindest Nelson hatte rege Träume gehabt, und so konnten sie sich einfach nicht mehr zurückhalten und nutzten jede Gelegenheit für heimliche Küsse. Das dritte Studienjahr verging für Nelson wie im Flug: Die Tage waren so voll und glücklich, wie er es noch nie erlebt hatte. Er bereitete sich auf seine Seminare vor und bekam gute Noten, er hatte eine Teilzeitstelle in einem Schreibwarengeschäft – eine einfache Tätigkeit im Vergleich zu den komplexen Bestellungen, die er zu Hause für sämtliche Abteilungen von Leibritsky's Department Store in Auftrag geben musste – und er war in Mimmie verliebt, die jeden seiner Küsse, ob am Ufer des Charles River oder im Eingang zu ihrem Wohnheim, innig erwiderte. »Nelson«, murmelte sie oft, genau wie beim ersten Mal, flüsterte seinen Namen einzig und allein, um ihn aussprechen zu können.

Zweieinhalb Jahre lang küssten sie sich und beließen es beim Küssen. Dann, im Spätherbst ihres Abschlussjahres, kam es zu mehr als zu Küssen. Es kam – wie Nelson Howard leise anvertraut hätte, wenn er sich ihm hätte öffnen und ihm alles hätte sagen können – es kam zu dem anderen: Sie schliefen miteinander.

Über Thanksgiving fuhr Nelson nach Middletown zurück, um mit seiner Familie zu feiern und im Geschäft zu arbeiten. Außerdem wollte er bei seinem Vater das Thema »Mimmie heiraten« anschneiden. Im Jahr zuvor hatte sie auf dem Rückweg nach New

London einen Umweg über Middletown gemacht und kurz seine Familie kennengelernt. Es war alles gut gegangen. Sie war in Leibritsky's Department Store alle Regalreihen abgelaufen. Sie hatte Mort die Hand geschüttelt und dann Zelik. Dann waren Nelson und Mimmie die Main Street entlanggeschlendert, wobei Nelson ihr jeden Laden vorstellte wie einen alten Freund. »Aha, aha«, hatte Mimmie gesagt, während Nelson sich über die Geschichte der Geschäfte in der Main Street ausließ.

Seit zwei Jahren hatte Nelson bereits jeden Cent, den er erübrigen konnte, für einen Verlobungsring gespart. An Thanksgiving 1927 hatte er sechsundvierzig Dollar beisammen. Das musste reichen, sagte er sich, während er Pinskers Juweliergeschäft ansteuerte, an der Ecke Main und College, mehrere Straßen südlich von Leibritsky's Department Store. Eine halbe Stunde später kehrte er, um genau sechsundvierzig Dollar leichter, in den Laden zurück.

»Wir haben da eine Idee«, sagte sein Vater nach Nelsons Rückkehr vom Juwelier. Zelik saß, zusammen mit Mort, auf einer Kiste im damaligen Hinterzimmer, einem Lagerraum. Der Laden war zu jener Zeit noch kleiner, lediglich ein mit viel Krimskrams vollgestopftes Kabuff. Zuvor war Zelik jahrelang Krämer gewesen, hatte seine Waren vom Pferdewagen aus zwischen Middletown und Hartford feilgeboten; er war den Straßen entlang des Connecticut River gefolgt, bis sein Pferd eines Tages kurz vor Hartford umgeknickt war und eine Truhe voller Damenkleidung auf die Straße geflogen, aufgegangen und alles herausgefallen war – und das war's dann: Zelik Leibritsky hatte sich entschlossen, einen Laden zu eröffnen. Aus irgendeinem Grund kramte Zelik, als Nelson sich hingesetzt hatte, seine Lebensgeschichte wieder einmal hervor. Dann forderte er Nelson auf, etwas zu essen; ihr Mittagessen bestand aus kleinen Ölsardinen und Cream Soda. Zeliks

Bart war bereits völlig ergraut. Als Nelson 1906 auf die Welt gekommen war, war Zelik vierzig gewesen, jetzt ging er auf die zweiundsechzig zu. Wenn Nelson zuhörte, wie Zelik pausenlos von der Erweiterung ihres Geschäfts plapperte, kam es ihm manchmal vor, als lägen Welten zwischen ihnen. Der Alte stand noch immer mit einem Fuß im alten Europa, in Russland, wo er alle seine Ideen herhatte. Nelson dagegen war modern. Die Ideen, die er hatte, kamen direkt aus Boston, USA.

»Ja, wir haben da eine Idee. In den nächsten Jahren machst du einen MBA und wirst Betriebswirt«, sagte Zelik, als wäre das eine beschlossene Sache. Er nickte Mort zu, der seinerseits Nelson zunickte. Nelson war völlig perplex, denn diese Ankündigung hatte überhaupt nicht altmodisch geklungen. Woher wusste sein Vater überhaupt, was ein MBA war? »Versuch's an der Harvard Business School«, fuhr der alte Mann fort, was Nelson noch mehr überraschte. »Du bist doch sowieso da oben. Warum also nicht? Klopf bei denen an und sieh zu, ob sie dich reinlassen. Ich sage nur: Lasst uns doch auch mal auf vornehm machen. Es wird, weiß Gott, gut sein fürs Geschäft. Und gut für die Familie.« Zelik nahm seine mittlerweile leere Limonadenflasche in die Hand und blies über den Rand, bis ein Pfeifton zu hören war.

Bis dahin hatte Nelson überlegt, Lehrer zu werden, eine Idee, die sich just in diesem Augenblick als leises Flüstern wieder in seinem Kopf meldete. Er klappte den Mund auf. »Aber …«

»Kein Aber«, sagte Mort, der plötzlich aufstand und auf Nelson hinunterblickte. »Wir haben alle eine Menge Zeit investiert. Jetzt bist du an der Reihe.«

Nelson nickte, obwohl seine ursprüngliche Idee noch immer in seinem Kopf herumspukte und nach Aufmerksamkeit heischte. Doch nachdem er noch ein paar Mal genickt hatte, verstummte der Gedanke schließlich.

Als Nelson im Verlauf des Tages mit seinem Vater über Mimmie redete, stellte Zelik nur eine einzige Frage. »Jüdin?«

»Natürlich.«

»In Ordnung.«

Eine Woche nach Thanksgiving schliefen Mimmie und er zum zweiten Mal miteinander. Genau wie beim ersten Mal schlich er sich mit ihr auf sein Zimmer in der Beacon Street, in ein Wohnheim für männliche Studenten, was ein riskantes Unterfangen war, selbst wenn sie nur einfach so zusammen hätten lernen wollen. Er schloss die Tür ab und stellte sicherheitshalber noch einen Holzstuhl davor. Dann strich er das Bettlaken glatt.

Mimmie trug ein grünes Wollkleid und eine dazu passende Mütze. Mit ihren rotbraunen Haaren und ihrer zierlichen Figur sah sie fast wie ein Kobold aus. Ihre Wangen und ihre Nase waren von der winterlichen Kälte gerötet. Gerade als er sie in seine Arme reißen wollte, durchlief sie ein hilfloser Schauder und sie ließ sich auf dem Bett nieder.

Ihr Liebesspiel, leise, zart und vorsichtig, weckte einen unersättlichen Hunger in ihnen. »Ist das nicht interessant?«, kommentierte Mimmie diesen plötzlichen Heißhunger, und Nelson nickte und murmelte verlegen: »Na ja, das war schon ziemlich …« Er fand keine Worte für das, was sie gerade getan hatten. Und doch hatte es alles verändert. Die Straßenlaternen draußen auf der Beacon Street schienen besonders hell, und das gelegentliche Pfeifen der ablandigen Winde, so oft ein fast feindseliges Geräusch, schien sich in eine Art Musik zu verwandeln. Jedes Geschäft, an dem sie auf der Suche nach Essen vorbeikamen – eine Apotheke, eine Schuhmacherwerkstatt, noch eine Apotheke –, kam ihnen exotisch vor, verlockend. Es fühlte sich an, als wären sie noch nie die Beacon Street entlanggegangen. Aber wie kann das sein?, fragte sich Nelson, als sie auf eine Straßenbahn sprangen und ins nahe gelegene Brookline fuhren, wo sie mühelos das jüdische Essen finden konnten, nach dem es sie am meisten verlangte.

Als sie in ihrem Lieblingsdeli saßen, lachte Mimmie und schlug die Hände vors Gesicht, um nicht laut loszuprusten. Während sie Pastrami auf Roggenbrot, Hühnersuppe und einen schwarzen Kaffee bestellte, lachte sie immer noch.

Als das Essen kam, verschlangen sie es gierig, schweigend, bis auf Mimmies gelegentliches »Fast wie bei meiner Mutter«.

»Weißt du, Nelson«, sagte sie schließlich und schob ihren Teller weg. Sie hatte die ganze Suppe und den Großteil ihres Sandwiches verputzt. Er hatte nur halb so viel gegessen. »Ich habe letzte Woche, als ich zu Hause war, mit meinem Vater gesprochen.«

»Mein Vater hat auch mit mir gesprochen.«

»Ambitionierte Väter, was? Also, hör mal zu. Wir machen bald unseren Abschluss. Unsere Väter machen sich Gedanken. Meiner hat mir eine Frage gestellt, die mich verblüfft hat. Er hat mich gefragt, ob ich ein Arzt werden will, so wie er, also eine Ärztin. Ich eine Dr. med.? Kannst du dir das vorstellen? Ich habe gesagt, ich weiß es nicht, auf die Idee bin ich noch nie gekommen.«

Sie sah Nelson an, suchte nach einem Zeichen von Zustimmung, und er nickte. Sie hatte nie davon gesprochen, Ärztin werden zu wollen, immer nur Mathematikerin, was er bemerkenswert genug fand.

»Ich meine, ich habe Biologie und Chemie belegt«, fuhr Mimmie fort, »vielleicht habe ich es also wirklich die ganze Zeit im Hinterkopf gehabt. Keine Ahnung. Vielleicht. Aber weißt du was?« Sie rührte Sahne in ihren Kaffee. »Seitdem denke ich die ganze Zeit darüber nach, und ich will es. Ich kann es mir gut vorstellen. Ich will es wirklich.« Sie hob beide Hände und legte die Handflächen wie zum Gebet gegeneinander. »Es ist wie ein Traum, den ich nicht abschütteln kann«, sagte sie. »Manche Dinge sollen einfach sein.«

Eine Woche lang hatte er den Verlobungsring, den er in Middletown gekauft hatte, in der Manteltasche mit sich herumgetragen. Jeden Tag hatte er sich gefragt, ob sich eine passende Gelegenheit ergeben würde, ihn ihr zu überreichen, und allmählich machte er sich Sorgen, dass er den richtigen Moment selbst dann nicht erkennen würde, wenn jemand ein Schild mit den Worten *Das ist er* vor ihm hochhalten würde. Doch gerade hatte Mimmie gesagt: »Manche Dinge sollen einfach sein«, und obwohl ein Deli nicht gerade seine Traumkulisse war, zog er trotzdem das samtene Juweliersetui aus der Tasche.

»Manche Dinge sollen einfach sein«, sagte er, während er das Etui zwischen Mimmie und sich stellte. »Das glaube ich auch.« Er starrte schweigend auf das Etui, zu nervös, um Mimmie anzusehen. Dann fuhr er fort: »Du bist der Grund für alles. Das ist mir mit der Zeit klar geworden.«

Millimeterweise schob er das Etui in ihre Richtung, blickte ihr jedoch noch immer nicht in die Augen. »Solange du bei mir bist, Mimmie, wird das Leben es gut mit mir meinen.«

Sie lächelte ihn an und griff nach dem Etui. Ehe sie es öffnete, blickte sie auf. »Wo bei dir?«, fragte sie. Als sie seinen fragenden Blick bemerkte, fügte sie schnell hinzu: »Nelson, wir müssen uns in jeder Hinsicht sicher sein.«

Er griff nach einer Serviette, um sich die Stirn abzuwischen. »Middletown«, sagte er. »Zuerst mache ich meinen MBA. Dann gehe ich ins Geschäft zurück. Wir haben einen Familienrat abgehalten. Und das ist beschlossen worden.«

»Von wem?«

»Von meinem Vater. Mort. Mir. Wir haben es besprochen.«

»Du hast mit deinem Vater darüber gesprochen?«

Er nickte.

»Und ich?«

»Über dich habe ich auch mit ihm gesprochen.« Ihr Blick verriet ihm, dass sie das nicht gemeint hatte. »Es gibt Ärzte in Middletown«, fuhr er fort. »Und es gibt weiß Gott genug Kranke. Du könntest genauso gut in Middletown Ärztin sein wie irgendwo anders. Ich werde dich nicht zurückhalten, Mimmie, das würde ich nie tun.«

Sie schien nachzudenken, dann packte sie das kleine Etui und ließ es aufschnappen. Ihr stockte der Atem. »Nelson, was hast du da getan?«, flüsterte sie.

»Der ist für dich«, platzte er heraus und kam sich sofort albern vor, etwas so Offensichtliches benannt zu haben.

Doch das störte sie nicht. Sie nickte energisch, als habe sie etwas verstanden, als hätten seine Worte tatsächlich geholfen. Lange betrachtete sie den Ring, ohne ihn anzuprobieren oder etwas zu sagen. Sie drehte das Etui in die eine Richtung, dann in die andere. Schließlich legte sie es ab und biss in den Rest ihres Pastrami-Sandwiches. Sie kaute, dann nippte sie an ihrem Kaffee. Nelson sah ihr ungläubig zu. Die ganze postkoitale Euphorie war aus ihrem Gesicht gewichen. Sie wirkte ernst, fast schon finster. Sie schluckte den Bissen hinunter und sagte: »Aber Geschichte ist doch das Fach, das du liebst. Du bist gut darin. Du schreibst wunderbare Essays. Das sagen alle deine Professoren. Du könntest Geschichte studieren und, was weiß ich, Professor oder Lehrer oder so was werden, und ich könnte Medizin studieren, und wir könnten einfach hier bleiben. *Direkt hier.*«

Für einen Augenblick stellte er sich vor, wie es wäre, jahrelang mit ihr hier in diesem Deli in Brookline zu sitzen.

»Ich muss den MBA machen. Ich habe es versprochen. Ich habe Ja gesagt.«

»Den MBA«, sagte sie angeekelt. »Das passt überhaupt nicht zu dir.«

Unfähig, ein Gegenargument zu finden, zuckte er mit den Schultern. Er wusste nicht, wo er mit seiner Erklärung anfangen sollte. »Du machst doch auch, worum dich dein Vater gebeten hat«, sagte er abwehrend.

»Mein Vater hat mir eine neue Welt eröffnet. Er hat sie tausend Mal größer gemacht. Er hat mir etwas *erlaubt*. Aber dein Vater? Was hat dein Vater getan?«

»Alles, was er tut, tut er für uns«, antwortete Nelson, immer noch aus einer Abwehrhaltung heraus. »Wie viele können so eine Ausbildung machen? Es ist ja nicht so, dass er eine hat. Mort konnte nicht einmal das College beenden. Du redest, als wäre diese Sache etwas Schlechtes. Mimmie, das ist eine Chance für mich.«

»Und dann stehst du in seiner Schuld. Dann will er, dass du tust, was er von dir will. Und du und dein Bruder«, sie schnippte mit den Fingern, »ihr folgt ihm, einfach so.«

»Mimmie, wir *wollen* es so. Wir sind eine *Familie*.« Ihm versagte fast die Stimme. Außerdem war ihm – aus für ihn rätselhaften Gründen – soeben das bislang überzeugendste Argument der Welt abhandengekommen. Sie stammte aus einer deutsch-jüdischen, er aus einer russisch-jüdischen Familie, die viel ärmer und viel religiöser war. Vielleicht erklärte das die tiefe Kluft, die sich jetzt zwischen ihnen auftat. Kaum noch vernehmlich sagte er: »Wir sind ein *Familien*betrieb. Weißt du nicht, was *Familie* bedeutet?«

»Natürlich weiß ich das. Genau das meine ich doch.« Sie hob die Kaffeetasse und ließ sie, ohne daran genippt zu haben, wieder sinken. Den Verlobungsring ins Licht haltend, sagte sie: »Wunderschön, Nelson. Und sehr aufmerksam. Genau wie du.«

Er wartete auf mehr, aber mehr kam nicht. Sie hatte nicht Ja gesagt. Allerdings hatte sie auch nicht Nein gesagt.

»Ich denke nach, Nelson«, erklärte Mimmie. Als sie über den Tisch hinweg nach seiner Hand griff, verspürte er eine enorme Erleichterung. Sie liebten einander; es musste einfach klappen.

Ein paar Minuten später zog sie die Hand zurück und begann zu sprechen, mit wohlüberlegten Sätzen, in bestimmtem Ton. »Nelson, ich möchte nicht, dass du einen MBA machst, denn das passt nicht zu dir. Und ich möchte nicht mit dir zurück nach Middletown ziehen, denn das ist nicht der richtige Ort für mich. Deine Familie würde mich völlig vereinnahmen, und ich würde ersticken, Nelson. Das höre ich aus allem heraus, was du sagst, aus allem, was ich selbst mitbekommen habe. Aber vor allem für *dich* ist es nicht der richtige Ort. Du bist kein Geschäftsmann. Wir beide wissen das. Was ich sagen will, ist, dass es nicht zu uns passt, dieses Leben in Middletown. Und weder du noch ich haben es verdient, unglücklich zu sein.« Sie steckte den Ring in das Etui zurück. Als sie den Deckel mit einem lauten Klacken zuschnappen ließ, zuckte Nelson zusammen.

Er starrte Mimmie an. Er liebte sie.

»Du wirst eine Wahl treffen müssen«, fuhr sie fort, genauso ruhig wie davor.

»Onkel, du musst mir sagen, was ich tun soll«, wiederholte Howard. Doch noch ehe Nelson ihm erklären konnte, weshalb man ihm zuallerletzt eine solche Frage stellen sollte, wurden sie von der Bedienung unterbrochen, die die Teller abräumte und den Kaffee brachte. »Alles in Ordnung?«, fragte sie. Sie blieb zu einem kurzen Schwatz stehen, während Nelson in seinem Kaffee rührte und sich ein weiteres Tootsie Roll in den Mund schob. Es war bereits das sechste, seit sie mit den Burgern fertig waren und Howard verkündet hatte, dass Megan O'Donnell die Richtige für ihn sei.

»Bitte, Onkel«, drängte Howard, als die Bedienung fort war.

Nelson schüttelte den Kopf. Er starrte in seine Kaffeetasse. Nach einem flüchtigen Blick auf Howard – wie jung er noch war! – schaute er wieder auf sein Getränk. Die Hände, die er um die Tasse gelegt hatte, waren dick, hässlich, alt.

Sein nächster Gedanke war nicht neu, aber er schob sich mit neuer Intensität in den Vordergrund: Wie recht Mimmie doch vor all den Jahren gehabt hatte! Er hatte eine Wahl gehabt, doch das hatte er damals nicht erkennen können. Damals hatte er nur den »unausweichlichen Lauf der Dinge« gesehen, wie er es schlichtweg für sich genannt hatte. Und als er schließlich erkannt hatte, dass der Lauf der Dinge einem reißenden Fluss ähnelte, in den man aber nicht hineinfallen, von dem man nicht fortgeschwemmt werden musste, als er diese Erleuchtung hatte, hatte er sein Studium an der Harvard Business School bereits beendet, arbeitete schon lange in Leibritsky's Department Store, hatte sich in einem Leben eingerichtet, das er sich nie vorgestellt hatte, dem Leben eines Junggesellen, einem Leben, für das die anderen, respektvoll, wie sie waren, Mitgefühl empfanden.

»Onkel?«

»Gleich, gleich.«

Er hing immer noch seinen Gedanken nach, versuchte Howards Jugendlichkeit zu begreifen, setzte sie mit seinem eigenen Alter ins Verhältnis, den Dingen in seinem Leben, die er bedauerte.

Meistens kam er sich wie ein Trottel vor. Das war auch so ein Gedanke, der ihm zusetzte. Bei Familienessen, am jüdischen Neujahrsfest, dem Rosch ha-Schana, zum Beispiel oder am Sederabend des Passahfestes kam er sich wie ein Trottel vor, wenn er ohne Frau und ohne Kinder dasaß, abgesehen von ein paar freundlichen Banalitäten mit niemandem ein Wort wechselte, überhaupt ein Leben führte, das sich niemand in der Familie auch nur vorstellen konnte – zahllose Mahlzeiten, mutterseelenallein in irgendeinem Diner am Anfang oder Ende der Main Street, entsetzlich einsame Wochenenden.

Alles im Leben, im jüdischen Leben, *ihrem* Leben, drehte sich um die Familie, weshalb er sich sehr oft gefragt hatte, was für ein Jude er eigentlich sei, wenn er das Grundlegendste und Wichtigste im Leben verpasste. Die Antwort war eigentlich gar nicht so schwer. Er war ein verrückter Jude. Ein ausgestoßener Jude. Die anderen drei – Mort, Leo und Howard – würden am nächsten Tag nach Woodmont fahren, und er würde zurückbleiben, wie seit Jahr und Tag. »Du bist jederzeit willkommen«, betonte Ada, weil sie es musste, weil er der Bruder ihres Mannes war, weil es der Respekt verlangte. Aber dort war kein Platz für ihn. Das wusste er. Und sie wussten es auch.

»Bin ich verrückt, Onkel? Habe ich den Verstand verloren?«

Nelson wusste es nicht. Er wusste nicht, was zu tun war: Es war möglicherweise verrückt, Ja zu sagen, und es war möglicherweise verrückt, Nein zu sagen.

Er winkte der Bedienung und bat sie, die benutzten Servietten und die Bonbonpapiere einzusammeln. Sie erinnerten ihn an sein Leben, vor dem er in jenem Augenblick einen abgrundtiefen, überwältigenden Ekel empfand.

Es wäre verrückter, Nein zu sagen. Das war die nackte Wahrheit. Seine Wahrheit. Ein kleines Stückchen Lebenserfahrung könnte er auspacken und Howard anbieten.

»Also okay«, begann er langsam, als der Tisch abgeräumt war. Howard, der stumm und eingeschnappt dagesessen hatte, blickte auf. »Ich denke mir, sieh das Ganze als eine Theorie. Betrachte deine Gefühle für diese Megan O'Donnell als eine Theorie, die du testen musst, um dir sicher zu sein.«

»Wir haben stundenlang miteinander geredet, Onkel.«

»Dann redet ihr eben noch ein paar Stunden miteinander. Macht noch ein paar Spaziergänge mehr. Ich schlage vor, ihr seht euch ein, zwei Filme zusammen an. So wie wir das früher gemacht haben. Zwei Menschen können sich ziemlich gut kennenlernen, wenn sie zusammen ins Kino gehen.«

Howard nickte.

»Und wenn du am Ende immer noch der Meinung bist, dass sie die Richtige ist, dann sage ich: Es ist in Ordnung, im Leben das zu tun, was man unbedingt tun möchte. Du darfst bloß nicht so blöd sein und versäumen, auf Nummer sicher zu gehen, dass du es wirklich willst. Du darfst dich halt nicht wie ein Idiot anstellen. Das ist natürlich nur meine persönliche Meinung. Jemand anders …« Er musste an Mort denken. »Jemand anders würde vielleicht etwas anderes sagen. So ist das Leben nun mal, Howard. Ein Haufen Meinungen. Aber meine kannst du ruhig auch kennen.«

Howard machte große Augen. »Ich werde mich nicht wie ein Vollidiot anstellen«, sagte er feierlich.

»Das wollte ich damit auch nicht sagen. Ich meinte ja bloß.«

Howard grinste und Nelson nickte. Er griff in die Tasche, doch die Bonbons waren alle. »Toller Abend«, sagte Nelson vage, wobei er sich bereits fragte, ob er zu viel geredet hatte – eine Frage, die ihn bis zum Einschlafen nicht mehr loslassen würde.

»Toller Abend!«, pflichtete Howard ihm bei und trommelte mit beiden Händen auf die Tischplatte. »Was sagt man denn dazu!«

Am nächsten Morgen, einem Freitag, wachte Nelson mit leichten Kopfschmerzen auf. Er hatte nicht gut geschlafen. Eine Meldung in der Morgenzeitung munterte ihn jedoch wieder ein bisschen auf: Bei den Olympischen Spielen in London hatte ein Amerikaner namens Bob Mathias, ein Junge genau in Howards Alter, im Zehnkampf die Führung übernommen und damit die ganze Welt überrascht. Nelson nahm den Sportteil mit ins Kaufhaus, um ihn Howard zu zeigen, der ja vielleicht auch nicht gut geschlafen hatte. Doch Howard war überhaupt nicht müde und hatte den Artikel bereits gelesen. »Ich weiß, ich weiß«, sagte er selbstbewusst, als Nelson ihm die Zeitung reichte.

Und so wirkte Howard den ganzen Vormittag über: selbstbewusst, hellwach. Bis zum Mittag hatte er mühelos sieben Verkäufe getätigt, eine nicht unerhebliche Zahl, für einen talentierten Verkäufer wie ihn allerdings auch nicht allzu ungewöhnlich. Nach dem Mittagessen schloss er jedoch in einer einzigen Stunde weitere sieben ab. »Hey, von mir kannst du noch was lernen, was?«, scherzte Howard einmal, als er an Nelson vorbeiging, der neben der Kasse stand und auf die Main Street hinausstarrte.

Es wäre wirklich verrückt gewesen, Ja zu sagen, dachte er beklommen.

Einige Stunden später stand Nelson im Büro, während Mort und Leo, die Wochenendkoffer schon griffbereit, sich auf ihre Fahrt nach Woodmont vorbereiteten. Als er die Koffer sah, stapfte Nelson in den Keller hinunter. Kurz darauf wippte er mit dem Fuß zum Schlagzeug von *»Sing, Sing, Sing«*, ungeachtet der Melancholie, die ihn, wie jeden Freitag, gerade überkommen hatte.

Es wäre, wurde ihm erneut klar, noch verrückter gewesen, Nein zu sagen.

Als er danach die Treppe hochstieg, war es für die anderen an der Zeit, loszufahren, und plötzlich stand Howard neben Nelson. »Noch mal danke für alles«, sagte er. Durch die offene Bürotür konnte Nelson sehen, wie Mort telefonierte und sich dabei Notizen machte. Nelson räusperte sich. »Aber klar doch«, sagte er.

Dann ging er zusammen mit Howard ins Hinterzimmer.

»Was ist das?«, wollte Mort von Howard wissen, der die noch originalverpackten Hemden, die er sich am Tag zuvor ausgesucht hatte, in den Händen hielt.

»Ich dachte, er könnte ein paar Sachen fürs College gebrauchen«, erklärte Nelson und trat schützend vor Howard. Doch Howard brauchte seine Hilfe nicht. An diesem Tag nicht. Er ging in Richtung Verkaufsfläche, ungerührt vor sich hin pfeifend. Kurz darauf gingen Mort, Leo, Howard und Nelson zur Eingangstür, wobei Howard seinen Vater überholte und praktisch ungebremst aus dem dämmrigen Innenraum in den hellen Nachmittag hinausrannte. »Auf geht's«, sagte er forsch. In einer Hand hielt er einen Koffer, in der anderen den Autoschlüssel.

Mort tat ein paar Schritte ins Freie, dann ging er zurück, weil er Nelson noch etwas sagen wollte.

»Der Junge ist glücklich. Er hat diese Woche richtig genossen, Nelson. Und deine Gesellschaft am meisten.« Er klopfte Nelson ein paar Mal auf die Schulter. »Du bist ein guter Bruder. Und ein guter Onkel.«

Am Bordstein drehte sich Mort noch einmal zu Nelson um und winkte.

»Gut Schabbes, mein Bruder.«

»Aber klar doch. Gut Schabbes.«

10 Andere Wege, andere Möglichkeiten

Allerdings war es diesmal kein guter Schabbatabend in Woodmont. Als die Männer eintrafen, hatte meine Mutter in ihrer seltsamen Kombination aus Hauskleid und Keilsandaletten nämlich die Regeln infrage gestellt. Von da an – und während des gesamten Essens, das sich anfühlte wie die längste Mahlzeit aller Zeiten – schwiegen meine Eltern beharrlich, und als die Männer am nächsten Morgen vom Gottesdienst zurück waren, packte Mort seinen Koffer, sagte zu Leo, er solle seinen ebenfalls packen, und die beiden fuhren davon. »Bis in zwei Wochen«, verkündete Mort zu unserer Verblüffung. Er würde also nächste Woche nicht kommen. Das war noch nie passiert.

Meine Mutter ließ den Kopf hängen. Es war, als hätte er ihr einen Schlag in die Magengrube versetzt. Mit seiner Abwesenheit, das wussten wir alle, sollte sie bestraft, gedemütigt werden.

Doch dann heulte der Motor auf, sie waren weg, und plötzlich schlug Adas Stimmung um. Sie hob den Kopf. Sie verschränkte die Arme vor der Brust. Sie kickte eine Muschelschale weg, die sich auf die Veranda verirrt hatte. »Die wären wir los«, sagte sie zu dem Ding. Dann atmete sie tief durch. Und dann lächelte sie.

Vivie war nicht ganz so froh. »Es geht hier nicht nur um dich«, fuhr sie Ada an, als die Männer verschwunden waren. Sie stand neben ihr auf der Veranda.

»Sobald sie in Middletown sind, kann Leo umkehren und zurückkommen. Er hat schließlich ein Auto«, entgegnete Ada.

»Das würde er nie tun. Das weißt du ganz genau. Ihm wird ja schon mulmig, wenn er allein zur Arbeit fährt.« Vivie wandte sich um und ging ins Haus. »Zwei Wochen!«, stieß sie gereizt aus, während die Fliegengittertür hinter ihr zuschlug.

Zwei Wochen ohne Leo waren eine lange Zeit, doch nachdem Vivie Ada die Meinung gegeigt hatte, sprach sie das Thema nicht mehr an. Sie fand im Kochen ein Ventil für den Unmut, der noch in ihr brodelte, zumindest schien es uns so, denn die nächsten beiden Wochen verbrachte sie größtenteils in der Küche und probierte eine Reihe von neuen Rezepten aus, wobei sie am Ende der ersten Woche bereits ganz ohne Rezept kochte. Sie erfand Gerichte, wie wir sie noch nie gegessen hatten. Eines Abends servierte sie uns einen Nudelauflauf mit Tomaten, Zucchini, Zwiebeln und Erbsen in einer Pilzsoße – alle Zutaten frisch aus dem Laden, in dem Howard arbeitete. Ein andermal machte sie einen kalten Nudelsalat, ebenfalls mit saisonalem Gemüse und mit einer leichten Knoblauchmayonnaise abgeschmeckt. Das waren für uns neue Geschmackserfahrungen, ganz anders als die übliche Kost aus Hackbraten mit Kartoffeln, Rinderbraten, Brathähnchen oder Würstchen mit Bohnen, und deshalb konnten wir gar nicht genug von ihren Kreationen kriegen. Fast jeden Tag brauchte sie frisches Gemüse, und am Donnerstag der ersten Woche ohne Leo fing sie an, selbst zum Laden zu fahren, wofür sie sich eins von Weinsteins Rädern auslieh. Sie sah zum Schreien komisch aus, fanden Nina und ich, wenn sie in Rock und Nylonstrümpfen, die sie sich extra zum Einkaufen angezogen hatte, losstrampelte, und das Kopftuch, das sie sich umgebunden hatte, mit zunehmender Geschwindigkeit immer stärker flatterte.

Während Vivie in jener Woche, der zweiten Augustwoche,

ihr kulinarisches Repertoire erweiterte, ging Ada jetzt zwei Mal täglich an den Strand und gönnte sich am späten Nachmittag ein zusätzliches Eintauchen. Dabei tollten Davy und ich fröhlich um sie herum. »Wehe, ihr spritzt mich nass, dann mache ich sofort kehrt«, warnte sie uns immer, und dann stand sie einen Augenblick still, bevor sie sich umdrehte und genau das mit uns tat und dann in die Hocke ging, bis wir sie nicht mehr sehen konnten. Gleich darauf tauchte sie wieder auf, das Wasser rann von ihrer Badekappe und sie hatte die Augen zugekniffen, als befände sich ihr Kopf immer noch unter Wasser. Wenn sie klitschnass und glücklich mit uns spielte, sich Zeit für uns nahm, waren wir begeistert. Dann hechteten wir ihr hinterher, und sobald wir sie eingeholt hatten und sie mit ausgestreckten Armen zu fangen versuchten – denn das Ziel des neuen Spiels bestand darin, sie zu berühren, sie zu packen, von ihr gepackt zu werden –, tauchte sie wieder unter, nur um einen Meter entfernt wieder aufzutauchen. Und so ging die Jagd weiter, bis wir nicht mehr konnten und einfach nur noch den toten Mann machten; die sanften Wellen des Long Island Sound wogten leicht unter unserem Rücken, die Wolkenfetzen am Himmel waren interessant wie Gesichter und das Murmeln des Wassers klang wie ein Lied in unseren Ohren.

Während wir nachmittags badeten und Vivie kochte, nähte Bec mit neuem Elan. Sie war fest entschlossen, vor ihrem Umzug mit Tyler nach New York jedem von uns ihren Stempel aufzudrücken, mit extra für uns entworfenen neuen Kleidern, unseren Traumkleidern. Selbst für Nina nähte sie noch eines, diesmal in einem unauffälligeren Stil, ein Kleid, das sie eher tragen würde. »Schade, dass ich kein Mädchen bin«, sagte Davy eines Nachmittags, als er, an Becs Schulter gelehnt, zusah, wie sie mit ihrer Singer eine Naht steppte. Da beschloss Bec, Davy eine Herbstjacke zu nähen. »Ich muss nur eben nach New Haven zurück, um

Stoff zu besorgen«, sagte sie, und dann rief sie Tyler vom Telefon in unserem Esszimmer an und schlug ihm zum ersten Mal vor, sie am Donnerstag statt am Freitag abzuholen. Donnerstagnacht werde sie in ihrer Wohnung in New Haven schlafen, sagte sie, dann könne sie am Freitag bei der Anprobe sein, zu der sie sowieso müsse, und auch gleich noch den Stoff für Davy besorgen. Sie brauche ein bisschen mehr Zeit in der Stadt, meinte sie. »Will schließlich nicht wieder zu spät zum Schabbat kommen«, fügte sie lächelnd hinzu und zwinkerte, als hätte sie gerade einen großartigen Witz gemacht.

»Schabbat?«, frotzelte meine Mutter, als hätte sie das Wort noch nie gehört.

»Ach, Ada«, sagte Vivie. Doch mittlerweile musste selbst sie grinsen. »Fordere dein Glück bloß nicht zu sehr heraus«, warnte sie ihre Schwester. »Denk dran, es ist auch unser Glück.«

Auch in dieser Woche kamen Davy und seine Malpartnerin Lucinda Rossetti nicht gut miteinander klar, zumindest aus seiner Sicht. Immer wieder schickte sie ihm dieses merkwürdige Bild, auf dem die braunen, grauen und blauen Streifen auf dem roten Untergrund ständig größer und dicker wurden, wie Stiele einer nicht identifizierbaren Pflanzenart. Selbst Sal Luccino, dem Davy das Bild in einem Anfall von Verzweiflung zeigte, wurde nicht schlau daraus. »Da bin ich überfragt«, sagte Sal, reichte Davy das Bild zurück und gab ihm ein Eis. »Aber warum fragst du nicht Lenny Bagel? Der weiß alles.«

Diese Idee gefiel Davy, und obwohl Lenny Bagel zu Hause in der Kiste bei den anderen Puppen lag, schlüpfte er sofort in dessen Rolle. »Was zum Teufel soll das werden, verdammt noch eins? Das nennst du ein *Bild*?«, zeterte er, und als er sich von Sal wegdrehte, ging er nicht mit normalen Schritten nach Hause, sondern schlurfte, denn es war seit Langem bekannt, dass Lenny Bagel erschöpft war von einem Leben voller Arbeit, Arbeit und nochmals Arbeit.

Ganze drei Tage lang las Nina in jener Woche kein Buch. Mit der Lincoln-Biografie war sie fertig. Ich las zufällig gerade einen Stapel *Archie*-Heftchen, die ich mir von meiner Freundin Anna Weiss ausgeliehen hatte, und bot Nina an, die Comics mit ihr zu teilen. Zu meiner Freude war sie einverstanden. Und so lasen wir am Montag, Dienstag und Mittwoch nach dem Frühstück zusammen auf der Veranda Heftchen, lasen sie über Mittag am Strand, während wir uns bräunten, und kurz vorm Einschlafen nebeneinander auf dem Schlafsofa. Obwohl die Comics nicht unbedingt zum Brüllen komisch waren, wurde Nina lockerer und brach hin und wieder in Gelächter aus. Und je mehr sie lachte, desto mehr kicherte auch ich, hilflos und leicht hysterisch, um zu zeigen, dass wir auf einer Wellenlänge lagen.

Am Donnerstag jener Woche waren wir mit unserem Stapel Comics durch, und prompt hatte Nina mir wieder den Rücken gekehrt, zugunsten des nächsten ernsthaften Buches, das ihr Vater ihr dagelassen hatte. Dieses Werk hieß *Kindheit und Jugend in Samoa*. Über die Autorin, die Anthropologin Margaret Mead, hatte Leo auch etwas geschrieben. *Mut: Ganz allein, mit gerade erst vierundzwanzig und einem Verstand, so messerscharf wie deiner, Nina, fuhr Mead um die halbe Welt, um ein primitives Leben zu führen. Was findet sie dort? Wen lernt sie kennen? Mädchen in deinem Alter, Nina. Aber sind sie so wie du?*

Donnerstagabend, zur Schlafenszeit, hatte sie das Buch schon fast durch. Dass dort Mädchen im Mittelpunkt standen, faszinierte sie, und so hatte sie den ganzen Tag über nicht aufgehört zu lesen und das Buch nur zum Essen weggelegt.

»Und?«, fragte ich sie am Abend von meiner Seite des Schlafsofas. »Sind die Mädchen in Samoa so wie du?«

»Du liest also, was mein Vater mir schreibt?«, erwiderte Nina leicht vergrätzt. Sie drückte sich das Buch, aus dem der Zettel ihres Vaters herausguckte, an die Brust.

»Kann sein.«

»Kann sein, Molly? Kann sein?«

»Ja, kann sein. Ja, kann sein, dass der Zettel auf dem Bett lag. Tut mir leid.«

Sie nickte als Zeichen, dass sie die Entschuldigung annahm.

»Und?«, wiederholte ich.

»Willst du es auch lesen?«

»Ich würde es lieber von dir hören. Sind die Mädchen in Samoa so wie du?«

Sie starrte an die Wohnzimmerdecke. Oben knarrten die Dielen; meine Mutter machte sich bettfertig. Genau wie Vivie nebenan. Bec war an diesem Tag nach New Haven gefahren, weshalb der Sonnenraum am anderen Ende des Wohnzimmers nicht nur dunkel war, sondern auch irgendwie traurig wirkte.

Schließlich antwortete Nina: »Ich würde sagen, sie sind eher wie *du*. Sie sind locker. Entspannt. Sie sind lauter Linda Bagels, diese glücklichen Mädchen in Samoa.«

»Ich bin gar nicht so entspannt«, sagte ich und fühlte mich plötzlich in die Defensive gedrängt, im Hinblick auf mich selbst, aber auch auf den Charakter meiner Alter-Ego-Puppe, die tatsächlich ziemlich unbeschwert war.

»Molly, das ist was Gutes«, sagte Nina. »Ich wünschte, ich wäre mehr wie du.«

Das war mir neu. Hoffnungsvoll fragte ich: »Wollen wir morgen zu Sloppy Joe's gehen und einen Himbeer-Limonen-Soda trinken?« Kurz zuvor hatten Howard und Mark Fishbaum es sich zur Gewohnheit gemacht, mit einer Clique von Freunden nach dem Abendessen dorthin zu gehen. Sie hatten so kindische Dinge wie Sal Babys Eiswagen hinter sich gelassen. Ich hoffte, ihrem Beispiel folgen zu können.

»Ach, Molly«, erwiderte Nina, fast schon verärgert. Sie strampelte unter dem Laken mit den Beinen, warf das Buch hoch und fing es wieder auf. »Da würde ich lieber nach Samoa fahren«, sagte sie. »Ganz ehrlich.«

Daraufhin schwiegen wir; Nina starrte an die Decke, während ich auf das Buch in ihrer Hand starrte. Auf dem Cover war ein Foto von der jungen Margaret Mead abgebildet, wie sie in der Kleidung der Eingeborenen – Stirnband, Stufenrock, lange Perlenkette – zwischen zwei lächelnden samoanischen Mädchen stand. »Lächeln die immer?«, fragte ich nach einer Weile. »Hast du das damit gemeint?«

»Sagen wir's mal so, Molly. Wären wir in Samoa, würden wir wahrscheinlich demnächst unsere Unschuld verlieren – zumindest ich in meinem Alter –, und zwar durch einen älteren Mann. Einen erwachsenen Mann. Aber keinen, der mich heiraten wollte. Das Ganze wäre so eine Art Affäre, keine große Sache. Die Gesellschaft dort sieht das sehr entspannt.« Sie hielt inne, dann wiederholte sie das Wort »entspannt«. »Und wenn wir Samoanerinnen wären«, fuhr sie fort, plötzlich ganz leise, »hätten wir vielleicht sogar ein Mädchen in unserem Alter zum Herumspielen – du weißt schon, Herumspielen mit *Sex*.« Als Nina sich zu mir hindrehte, hatte sie die Augenbrauen emporgezogen. »Das ist zwar nicht üblich, aber möglich ist es schon. Kannst du dir *das* vorstellen, Molly?«

Sie war mir weit voraus. Ich konnte mir *gar nichts* davon vorstellen. Ich antwortete ihr, indem ich mich von den samoanischen Mädchen auf dem Buchdeckel abwandte und den Kopf unters Kopfkissen steckte. »Die sind anders als ich«, nuschelte ich ins Kissen.

»Molly, ich wollte doch nicht sagen, dass sie, was Sex angeht, so sind wie du. Ich wollte nur sagen, dass sie, so wie du, das Leben mit einer gewissen Ungezwungenheit angehen.«

Ich hob das Kissen hoch und blinzelte Nina an. Noch niemand hatte bisher in einem an mich gerichteten Satz das Wort »Sex« benutzt.

Nina ließ nicht locker. »Wenn es so weit ist, wird es ganz leicht sein«, versicherte sie mir. Sie legte das Buch auf ihrer Seite des Schlafsofas auf den Fußboden und schlüpfte unter die Bettdecke. Wir lagen einander Auge in Auge gegenüber. »Ich wollte dich nicht erschrecken«, sagte sie leise.

»Das ist ein unheimliches Buch«, sagte ich. »Dein Vater hat es gelesen, ehrlich?«

»Es ist ein wunderbares Buch. Und nein, das hat er nur für mich besorgt. Andere Welten«, sagte sie ganz leise, als wollte sie mir ein Märchen erzählen. »Andere Wege, andere Möglichkeiten.«

Ninas Atem wurde tiefer, und schon bald spürte ich, dass sie, obwohl sie gewöhnlich nach mir einschlief, bereits in angenehme Träume versank.

Howard hatte seit seiner Rückkehr nach Woodmont Nelsons Rat befolgt. Megan und er redeten jeden Tag miteinander, etwa eine halbe Stunde lang, wenn ihre Schicht bei Treat's zu Ende war. Außerdem traf er sich neuerdings auch abends mit ihr. Am Dienstag hatten sie sich nach dem Abendessen an der Hillside Avenue verabredet und waren zusammen das kurze Stück zu Sloppy Joe's gegangen. Dort angekommen, sah er weder Mark noch seine anderen Freunde draußen herumlungern, deshalb schlug er vor hineinzugehen. »Holen wir uns was Kaltes«, sagte er.

Drinnen saß Mark mit zwei Freunden, Steve Gutterman und Jack Epstein, in einer Nische. Jack besaß auch ein Segelboot, eine

Lightning, und war erst am Tag zuvor zusammen mit Steve neben Mark und Howard in Richtung Long Island und zurück gesegelt. Der Segeltörn war mit der Zeit zu einer Art Wettfahrt geworden, auch wenn das keiner zugeben wollte. Aber Howard war trotzdem froh gewesen, als Marks Sailfish dank Howards geschicktem Wendemanöver als Erste wieder angelandet war. Die Erinnerung an den Sieg beim inoffiziellen Wettsegeln gab ihm ein wenig Selbstvertrauen, und das brauchte er, als er sah, wie die drei sich zu ihnen umdrehten und dann schnell wieder abwandten, zweifellos weil sie fanden, dass er nicht mit Megan zusammen sein sollte.

Eine Hand auf Megans Kreuz, steuerte Howard auf den Tisch zu, wo er sie seinen Freunden vorstellte. Nur von Mark kam ein zögerliches »Hey«, ehe er sich, genau wie Steve und Jack, wieder mit unnötiger Konzentration seinem Getränk widmete. Die Stille war erdrückend. Normalerweise hätte sich Howard auf eine der Bänke gequetscht und Megan gesagt, sie solle sich gegenüber hinsetzen, doch keiner der drei machte Anstalten, zur Seite zu rücken.

»Sieht gut aus«, meinte Megan mit einem Blick auf die Getränke.

Wieder keine Reaktion.

»Mark?«, sagte Howard. »Mark?« Er wusste gar nicht, was er ihn eigentlich fragen wollte, doch dass Mark sich dem allgemeinen Schweigen anschloss, befremdete ihn. Mark war nicht irgendein Freund, er war sein bester Freund, und das bedeutete, dass sie einander nie in den Rücken fallen würden. »Mark?«, wiederholte Howard.

»Schon in Ordnung«, wiegelte Megan ab; als Howard sich ihr zuwandte, sah er, dass sie vor Verlegenheit rot geworden war. Sie hielt die Arme fest über ihrer weißen Bluse verschränkt, und auf ihrer Oberlippe hatten sich winzige Schweißperlen gebildet. Als sie mit dem Kopf in Richtung Tür deutete, legte Howard ihr bereitwillig die Hand auf den Rücken.

Doch zuvor appellierte er noch einmal an Mark. »Herrgott noch mal, Mark«, sagte er. »Ich bin's. *Ich.*«

»Ich weiß, dass du es bist«, erwiderte Mark und sah Howard endlich an, aber nur Howard. Megan, hatte Howard das Gefühl, wäre wahrscheinlich am liebsten im Erdboden versunken.

Howard legte den Arm um Megans Schultern, zog sie an sich und lächelte ihr zu. »Man sieht sich«, sagte er zu den dreien am Tisch. Auf dem Weg hielt er Megan weiterhin eng an sich gedrückt.

»Eigentlich hatte ich gar keinen Durst«, erklärte er, als sie draußen vor Sloppy Joe's standen.

»Ich auch nicht«, sagte sie derartig traurig, dass es ihm leidtat, sie überhaupt dorthin gebracht zu haben.

Sie setzten sich in Bewegung, ohne ein bestimmtes Ziel im Auge zu haben.

»Wo sollen wir hin?«, fragte Megan schließlich.

Beide warfen einen Blick zurück auf die zahlreichen, ausnahmslos jüdischen Gäste bei Sloppy Joe's. Wenn sie von der Küste weggingen, würden sie bei den Iren in den Hügeln von Woodmont landen, und ihre Situation würde sich umkehren – Megan würde dazugehören, er nicht –, aber nicht verbessern. Selbst das gemischte Publikum am Anchor Beach bot keine sichere Zuflucht: Zu leicht konnte man sie dort erkennen, und die Geschichte würde womöglich in Windeseile ihren jeweiligen Familien zugetragen werden.

»Wo sollen wir hin?«, wiederholte Megan, und als Howard ihr diesmal scheinbar selbstsicher die Hand auf den Rücken legte, gestand er sich ein, dass er keine Ahnung hatte, wo sie hinsollten.

»Ich glaube, wir müssen aus Woodmont raus«, sagte er schließlich.

Am Mittwoch wollten sie sich am östlichen Rand von Woodmont treffen, wo ihnen aller Voraussicht nach niemand aus ihrem Freundes- oder Bekanntenkreis begegnen würde. Auf seinem einsamen Weg an die Ortsgrenze hatte Howard bei jedem Schritt das Gefühl, dass eine Veränderung in seinem Leben anstand. Unerklärlicherweise fehlten ihm seine Freunde nicht, er sehnte sich einfach nur nach Megan, nach ihrem natürlichen, offenen Lächeln. Als er sie schließlich gleich hinter dem kleinen Schild *Woodmont on the Sound* entdeckt hatte, streng genommen schon auf dem Boden von West Haven, allerdings nur Zentimeter außerhalb von Woodmont, setzten sie sich beide an die Ufermauer, die den Strand von der Straße trennte. Eine Weile saßen sie stumm nebeneinander, so entkräftet, als hätten sie einen Tagesmarsch hinter sich und nicht nur einen kurzen Abendspaziergang, und starrten auf das Wasser. Dann ging der Mond auf, wie eine schmale, in den Himmel geworfene Sichel. Howard erzählte Megan von Mark, was für ein guter Kerl er eigentlich sei – wenn man ihn näher kannte, fügte er hinzu und nahm ihre Hand –, und sie nickte, doch dann sagte sie: »Ich weiß nicht. Da bin ich mir nicht so sicher.«

Für eine Weile verstummten sie wieder, obwohl er immer noch ihre Hand hielt. Sie starrten zu den Sternen empor, die Howard genauso zahlreich und verstreut vorkamen wie Megans Sommersprossen. Als um sie herum die Nacht hereinbrach, verspürte Howard den heftigen Wunsch, Megan zu küssen, so wie er es, mehrmals sogar, bereits zwei Wochen zuvor getan hatte. Doch er gab dieser Regung nicht nach, packte sie nicht an der Taille und zog sie an sich, wie er es bei anderen Mädchen immer getan hatte, bei den Francine Cohens und Cookie Susteins vergangener Jahre. Stattdessen hörte er auf Nelsons Stimme, die in einem rivalisierenden Teil seines Hirns angesiedelt war: »Sei kein Vollidiot!« Außerdem hörte er die Stimme seines Vaters, eine Stimme, die fast jeden Tag in seinem Kopf herumgeisterte, eine Stimme, die gerade zu ihm sagte: »Jude zu sein bedeutet Verantwortung.« Weshalb er sich rasch erhob, vorgeblich, um sich ein loses Stück Schiefer zu schnappen und es übers Wasser hüpfen zu lassen, in Wirklichkeit jedoch, um einen gewissen Abstand zwischen Megan und sich zu bringen. Doch prompt stolperte er und fiel in den Sand. »Hoppla!«, sagte er lachend. »Ich bin ja völlig aus dem Gleichgewicht.« Was Megan veranlasste, die Hand nach ihm auszustrecken, ihn am Arm zu packen und wieder neben sich zu ziehen. Als er in den Sand plumpste, lachten sie beide, und als der heftige Wunsch, sie zu küssen, zurückkehrte, nur wenige Sekunden nachdem er ihn sich selbst ausgeredet hatte, machten sich die Stimmen in seinem Kopf von Neuem bemerkbar, der Onkel, dann der Vater, bis ihm der Kopf schließlich so weh tat, dass der Wunsch, Megan zu küssen, verebbte und er seine normale Unterhaltung mit ihr fortsetzte.

Als er am Tag darauf mittags bei Treat's erschien, brummte ihm der Schädel schon wieder. Ich habe Herzschmerz, dachte er traurig und verstand, während er die Maiskolben einzeln in die Hand nahm und die Blätter abzog, endlich die volle Bedeutung dieses Ausdrucks. Er war krank vor Sehnsucht nach Megan. Das war der Grund für die ganzen Schmerzen. Irgendetwas an ihr, erkannte er, brachte ihn fast um. Und er wusste, dass seine Beklemmung mit dem Streit zwischen ihm und seinen Eltern zu hatte, zu dem es kommen würde, wenn er ihnen erzählte, dass seine Freundin, das Mädchen, nach dem er verrückt war, keine Jüdin war. Er würde nicht nur mit seinen Eltern im Streit liegen, sondern mit allen anderen auch, mit jedem Einzelnen in diesem Kosmos von Woodmont, in ganz Connecticut, ja sogar auf der ganzen Welt.

Außer mit Nelson natürlich. Seinen Onkel nahm er als ruhigen Mann wahr, mit dem er sich wunderbar verstand, der aber auch oft schwieg. Doch man rüstet sich nicht grundlos mit einem lebenslangen Vorrat an Tootsie Rolls aus, dachte Howard auf einmal; und plötzlich wünschte er sich, Nelson wäre da und er könnte ihn ein, zwei Dinge über seine Vergangenheit fragen, die Nelson nie erwähnte, ganz so, als hätte er etwas zu verbergen. Das und noch mehr hatte Howard seit seiner Rückkehr nach Woodmont begriffen, seit von ihm die Umsicht eines Erwachsenen erwartet wurde (»Sei kein Vollidiot«) und insbesondere seit er an jenem Abend bei Sloppy Joe's für Megan eingetreten war. Ja, insbesondere seit jenem Abend war etwas in ihm erwacht, und das hielt er für etwas Gutes, auch wenn es logischerweise bedeutete, dass er offensichtlich vorher tief und fest geschlafen hatte.

»Mein Lieber«, riss ihn Mrs Delmire, eine Kundin, aus seinen Gedanken. »Ich brauche außer dem Mais auch noch etwas Obst. Ein paar Pfirsiche, ein paar Kirschen. Je ein Pfund, denke ich. Wenn du mit dem Mais fertig bist, ja, mein Lieber?«

Howard nickte. Er erhob sich von der Kiste, auf der er gesessen hatte, und betrat das Obstlabyrinth mit seiner Vielzahl von Pappkörben. Als er die Ware eingepackt hatte, stellte er die Tüten nacheinander auf die Waage neben der Kasse, an der Megan arbeitete. Sie sah hübsch aus in ihrer von winzigen Knöpfen besetzten, kurzärmligen gelben Baumwollbluse. Sie nickte ihm zu und rechnete dann schnell auf ihrem linierten Block weiter. Howard lächelte, während er sie dabei beobachtete. Genau davon hatte er Nelson vorgeschwärmt: von ihrer Gutherzigkeit, ihrer Intelligenz.

Nachdem Mrs Delmire bezahlt hatte, wandte sich Megan ihm zu. »Hast du mal eine Minute?«, fragte sie heiter.

Er nickte, und sie nahm ihn beim Arm und führte ihn hinter den Gemüsestand, wo sie allein sein konnten. Sie standen neben einem Stapel leerer Holzkisten. Megan lehnte sich mit dem Rücken gegen die Wand des Schuppens und blinzelte Howard an.

Er stand mit verschränkten Armen vor ihr, die Stirn in einem plötzlichen Anfall von Panik in Falten gelegt. Würde er sich jetzt gleich wie ein Vollidiot benehmen? Die Frage kam ihm in den Sinn, weil er den Wunsch verspürte, die Hand nach ihr auszustrecken, und ihm war, als stünde es nicht in seiner Macht, eine Antwort darauf zu finden. Nein, nein, redete er sich zu. Auf keinen Fall. Er trat einen winzigen Schritt von Megan weg.

»Ich habe überlegt«, sagte sie, »ob wir heute Abend nicht vielleicht sogar noch weiter nach New Haven reingehen sollten. Um von allem hier loszukommen.« Sie sah sich um, als meinte sie das Obst und Gemüse, doch er wusste, sie sprach von dem Umstand, dass sie in Woodmont kein Pärchen sein konnten. Höchstwahrscheinlich war West Haven da nicht so anders als Woodmont, dachte er, zumindest wenn man es besser kennenlernte, aber er beschloss, das nicht auszusprechen. Stattdessen sah er zu, wie Megan das rechte Bein anwinkelte und den Fuß gegen die Wand hinter sich stellte. Ihre gelbe Bluse öffnete sich leicht am Hals.

»Hört sich gut an«, erwiderte er, die Arme noch immer verschränkt, während es in seinem Kopf immer gewaltiger rauschte. »Aber bei uns ist heute Abend ein Familienessen.« Ihm war eingefallen, dass diesmal er statt seines abwesenden Vaters am Kopfende des Tisches sitzen würde. »Heute ist Freitag«, erklärte er Megan. »Das heißt, ich komme ein bisschen später als sonst. Wäre halb neun okay?«

Sie nickte. Sie ließ den Fuß sinken und stellte sich aufrecht hin. Aus irgendeinem Grund hielt sie den Kopf gesenkt. Er folgte ihrem Blick. Als sie langsam den Kopf hob, hob er seinen ebenfalls, und ehe er sichs versah, war nur noch ein Fußbreit Abstand zwischen ihnen und sie blickten sich direkt in die Augen. Er hatte ein hohles Gefühl im Magen und er spürte einen quälenden Hunger. Ein Schwindelgefühl erfasste ihn. Megan machte einen winzigen

Schritt auf ihn zu, so winzig, dass er ihn eher ahnte als sah. Er ließ die Arme hängen. Als er das nächste Mal in ihre Richtung sah, flogen ihre Arme auf wie Flügel und lösten sich von ihrem Körper, sie streckten sich nach ihm aus, und seine Arme hoben sich ebenfalls wie von selbst und trafen sich mit ihren. Zuerst verschränken sich ihre Hände, doch schon bald lagen sie sich in den Armen. Er hätte nicht sagen können, wie es passiert war, doch plötzlich ertappte er sich bei seinem ersten langen Kuss mit Megan, der sich so ganz anders anfühlte als die kurzen, zögerlichen Küsse bisher. Als der Hunger, den er gerade verspürt hatte, zurückkehrte und er fast zusammenklappte, zog er Megan näher an sich heran – und dann noch näher, als wäre sie ein Schutzschild gegen diese überwältigende Kraft. Einmal öffnete er kurz die Augen, neugierig, ob er tatsächlich sehen konnte, wie er Megan O'Donnell küsste. Im Grunde wollte er eine Bestätigung dafür, dass dieser Augenblick, objektiv gesehen, real war und nicht zu den vielen Fantasien gehörte, die er eine Zeit lang so erfolglos unterdrückt hatte. Doch er sah nur ihre sommersprossige Stirn und dahinter das blendende Sonnenlicht, das sie zu umgeben schien, und schon bald schloss er wieder die Augen und kehrte in die Dunkelheit zurück.

Ein paar Minuten später rannte er los, rannte zurück in sein Viertel, zu seinem Sommerhaus, rannte um Ecken, über Bordsteinkanten, beflügelt von dem Glücksgefühl, dass der Kuss in ihm ausgelöst hatte. Bob Mathias nannte er sich insgeheim und kam sich sehr verwegen dabei vor, und er malte sich aus, das olympische Gold, das der junge Amerikaner gewonnen hatte, hinge an seinem Hals. Er sprintete direkt zum Strand, wo er sich in den Sand fallen ließ. Der Tag war klar, der Himmel außergewöhnlich blau. Es war niemand in der Nähe. Am späten Freitagnachmittag hatten die Menschen am Bagel Beach ihre Sachen zusammengepackt und waren nach Hause gegangen, um sich auf den Schabbat vorzubereiten. Nur Howard war noch da. Für sich. Allein.

Ich schaffe das, sagte er sich.

Dann ließ er suchend den Blick schweifen, in der Hoffnung, dass wenigstens ein anderer Mensch mit ihm am Strand wäre.

Einen Augenblick später hörte er jemanden seinen Namen rufen, und als er sich umblickte, sah er Davy näherkommen, der einen Gummiball in die Luft warf und einen Miniatur-Baseballschläger schwang. »Hey, hey, hey«, rief er hartnäckig. Ob Howard mit ihm spielen würde?

Was für ein lieber kleiner Kerl, dachte Howard, richtete sich auf und schlenderte zu dem Teil des Strandes, an dem der vom Wasser überspülte Sand fest, aber nicht so nass war, dass man einsank. Davy holte ihn ein und warf ihm den Ball zu, dann stellte er sich in einiger Entfernung in Positur und beugte sich schlagbereit nach vorn. Howard warf den Ball und Davy traf ihn voll. Der Ball flog hoch in den blauen Himmel, und die beiden Jungen standen fast nebeneinander, den Kopf in den Nacken gelegt, während sich ihre Füße mit der Flugbahn des Balles drehten.

»Ich krieg ihn«, rief Howard, doch Davy überraschte ihn, indem er konterte: »Nee, ich krieg ihn.« Sie rannten ins Wasser, weil abzusehen war, dass der Ball dort auftreffen würde, und rangelten miteinander, jeweils um ihn zuerst zu erreichen. Davy sprang hoch, doch Howard sprang höher und schnappte sich den Ball mit einer Hand. Mit der anderen drückte er Davys Kopf nach unten, bis er ganz unter Wasser war, doch Davy, der sich schnell wieder berappelt hatte, schüttelte sich das Wasser aus den Haaren und hörte nicht auf, »Ich krieg ihn, ich krieg ihn« zu rufen. Die beiden stürzten sich aufeinander, wobei Howard den Ball losließ, damit er nach Davy fassen konnte. Als er ihn packte, musste er an Megan denken, an ihre Haut, die sich so unsagbar glatt angefühlt hatte. Howard trug noch immer seine Arbeitshosen, völliger Unsinn eigentlich, aber es war ihm egal; er blieb im Wasser stehen, alberte mit Davy herum, hob ihn sich über den Kopf, meinte, er solle bloß aufpassen, sonst würde er ihn bis weit hinter den Horizont werfen, und bei diesen Worten musste er wieder an Bob Mathias denken, an seine Kraft, seine Ausdauer, sein Alter: Mathias war genauso alt wie Howard, gerade einmal zwei Monate mit der Schule fertig, und das Leben war für sie beide – zumindest in diesem Augenblick – golden, absolut golden.

Die beiden Brüder rannten aus dem Wasser und fingen an sich am Strand gegenseitig zu jagen. Zuerst jagte Davy Howard hinterher, bis dieser urplötzlich stehen blieb, sich umdrehte und auf Davy zustürmte, der laut schrie, in die Luft sprang und dann losraste, als ginge es um Leben und Tod.

Plötzlich tauchte Mark Fishbaum auf, in der Badehose und mit mehreren Handtüchern unter dem Arm. »Komm mit«, sagte er zu Howard und setzte damit der Verfolgungsjagd ein Ende. »Lass uns noch schnell eine Runde drehen, bevor es zu spät wird.«

Sie hatten sich seit dem Abend im Sloppy Joe's nicht mehr gesehen. Howard blieb keuchend mit verschränkten Armen stehen.

»Kommst du?«, fragte Mark.

»Ich weiß nicht«, sagte Howard. »Wir müssen reden.«

»Reden?«

»Ich dachte, du bist mein Freund, Mark.«

Die beiden standen mit gesenktem Blick voreinander. Howard bohrte die Zehen tief in den Sand.

»Ich *bin* dein Freund«, sagte Mark. »Ich will bloß nicht, dass du etwas tust, für das man dir den Kopf abreißen wird.«

Howard starrte an Mark vorbei auf die Sommerhäuser und die Silhouette der Hügel hinter ihnen. »Du kennst mich doch«, sagte er und suchte Marks Blick. »Ich würde mir einfach einen neuen wachsen lassen.«

Doch da kam Davy auf sie zugerannt, und Howard wollte nicht weiterreden. Mit einem Nicken signalisierte er Mark sein Einverständnis.

Sie trugen die Sailfish zum Wasser und hatten sie innerhalb von wenigen Minuten aufgetakelt und startklar. Davy stand die ganze Zeit bei ihnen, hielt, wenn es notwendig war, eine frei herumbaumelnde Leine und legte beim Hissen des Segels Hand an.

Als Howard und Mark das Boot ein Stück ins Wasser schoben, tappte Davy ihnen hinterher.

Howard dreht sich zu ihm um. »Wo willst du denn hin?«

»Kann ich nicht mit?«, fragte Davy.

»Heute nicht, Kumpel. Hab noch einiges mit Mark zu besprechen.« Howard sah Mark an, der mit den Achseln zuckte. »Und außerdem wird's ein Weilchen dauern, Davy. Ich nehme dich morgen auf eine viel bessere Tour mit.«

»Ich darf also nicht mit?«

»Heute nicht.«

»Warum darf ich denn nicht mit?«

»Ach komm. Das hab ich dir doch gerade gesagt. Und jetzt schieb ab. Ich glaube, ich kann Mommy sehen. Da hinten. Sie winkt schon.«

Davy drehte sich um, und genau in diesem Augenblick segelten Howard und Mark los. Natürlich war Ada gar nicht da. Als Davy sah, was passiert war, sprang er wütend im Wasser auf und ab. »Lügner!«, rief er und dann regelrecht verzweifelt: »Ich will auch mitfahren! Ich hab euch geholfen!«

Doch Davy gab sein Flehen und Herumhopsen schnell wieder auf und trat langsam den Rückzug aus dem Wasser an. Als Jüngster war er es gewohnt, hochgehoben und gleich wieder abgesetzt zu werden; es passierte ihm ständig, oder zumindest kam es Howard so vor, der zum Strand zurückblickte und sah, wie sich sein kleiner Bruder noch einmal zum Boot umdrehte und ihnen zum Abschied zuwinkte.

»Hör mal«, schrie Howard ihm zu. »Morgen nehme ich dich auf einen Törn mit. Einen langen Törn. Hast du gehört?«

Mark, der neben ihm saß, sagte: »Zwei Köpfe. Das ist, als hätte man zwei Leben. Kannst du das aushalten, zwei Leben?«

Doch Mark lag falsch, das wusste Howard. Es war nur ein Leben. Sein Leben. Das wollte er Mark gerade erklären, als er sich noch einmal zum Strand umblickte und Davy sah, der mittlerweile hinter der flachen Brandung auf dem Sand stand, Steine aufsammelte und sie über die Wasseroberfläche hüpfen ließ; und da sah er auf einmal in Davy etwas von sich selbst, von dem Kind in sich, das gerade in den letzten Tagen Jahrmillionen weit weg gewesen war. Zwei Leben: damals und heute. Vielleicht hatte Mark recht. »Ich kann das«, sagte Howard mit ernster Stimme zu seinem Freund, und seine Hand lag zitternd auf der Ruderpinne. »Hey!«, rief er dem immer kleiner werdenden Davy zu, doch genau in diesem Augenblick traf ein Windstoß das Boot und trieb es vom Ufer weg, und der kleine Junge am Strand, der sich gerade bückte, um weitere Steine aufzusammeln, konnte ihn nicht mehr hören.

11 Nichts mehr übrig

Ein Jahr nach Davys Tod begann Howard sein Studium an der Wesleyan University. Außerdem arbeitete er nebenbei freiwillig im Geschäft weiter. Uns allen war klar, dass er sich bewusst verausgabte. Manchmal kam ich um sechs Uhr abends ins Geschäft und er war immer noch da, half seinem x-ten Kunden, beugte sich tief hinunter, um eine Schuhgröße abzumessen, griff nach einem obskuren Haushaltsgerät oder suchte nach einem weiteres Paar Damenhandschuhe für eine wählerische Kundin. Wenn er müde war, hatte er einen bestimmten Gang, eine Art Schlurfen, genau wie unser Großvater Zelik Leibritsky, der sich seinen unverkennbaren Schritt in jungen Jahren angewöhnt hatte, als er seine Waren noch vom Pferdewagen aus feilbot und am Ende eines langen Tages, an dem er Messer geschliffen, Töpfe und Pfannen verkauft und das Wetter ertragen hatte, kaum noch stehen konnte. Wenn ich Howard so sah, dann musste ich daran denken, wie er an dem Tag ausgesehen hatte, an dem Davy von Sals Wagen erfasst worden war. Als Howard, der von der Sailfish ins Wasser gefallen war, die Schreie unserer Mutter hörte, entschloss er sich, nicht wieder ins Boot zurückzuklettern, weil er dachte, es ginge schneller, die achtzig Meter zum Ufer zu schwimmen. Dann rannte er weitere dreißig Meter den Strand entlang, hoch zu uns, zur Straße. Als er an die Unfallstelle kam, ging er erschöpft und voller Angst in die Knie, fasste aber trotzdem noch unter Sals Wagen, um den Kopf unseres Bruders zu berühren. Später hatte er immer das Gefühl, alles wäre anders gekommen, wenn er nur zwei oder drei Minuten früher da gewesen wäre. Er blieb vornübergebeugt knien, schluchzend, ohne es zu merken, mit verdrehtem Oberkörper, um Davy zu trösten, bis ein Polizist ihn fortzog.

Megan O'Donnell war nicht lange seine Freundin. Sofort nach Davys Tod machte er Schluss mit ihr. Natürlich waren Howard und Megan noch jung, und ihre Beziehung hätte durchaus auch ohne die tragischen Ereignisse des Sommers bald zu Ende gehen können. Andererseits hätte sie auch Bestand haben können, denn Howards Verbindung mit Megan setzte Eigenschaften in ihm frei, von denen er gar nicht gewusst hatte, dass er sie überhaupt besaß: einen echten eigenen Willen etwa oder größere Sensibilität. Doch er begegnete Megan nach Davys Tod nur noch ein Mal, rund eine Woche nach Davys Beisetzung, als er für einen Tag von Middletown nach Woodmont fuhr, um diversen Kleinkram zu holen, der sich noch im Sommerhaus befand – und er behandelte sie kühl und genauso abweisend, wie Mark Fishbaum, Steve Gutterman und Jack Epstein sie bei Sloppy Joe's behandelt hatten.

»Howard?«, sagte sie. »Howard?« Sie war zum Sommerhaus gekommen, stand auf der Veranda und hielt eine volle Keksdose in der Hand, die sie ihm, da er sie ihr nicht abnahm, schließlich zuwarf, was ihm keine andere Wahl ließ, als sie reflexartig aufzufangen. Unmittelbar davor hatte sie ihm gesagt, wie leid es ihr tue, dass er seinen kleinen Bruder verloren habe. Sie hatte ihre Worte sorgfältig gewählt, als hätte sie sie geübt, aber ihre Stimme zitterte dennoch unter dem Gewicht der Sätze. Danach nagte sie an ihrer Unterlippe, aber ansonsten stand sie mehr oder weniger beherrscht da und starrte ihn mit betroffener, mitfühlender Miene an. Angesichts seines Schweigens – ein dicker Nebel des

Schweigens umhüllte ihn, hielt ihn gefangen – wurde sie immer besorgter, fast panisch: »Howard? Howard, ich bin's«, beschwor sie ihn schließlich. Es waren dieselben Worte, die Howard zu Mark Fishbaum gesagt hatte, doch das war ihr in dem Moment wohl nicht klar.

Hätte er gekonnt, hätte er gesagt: »Das war ziemlich selbstsüchtig, oder?«, und damit ihre gemeinsame Zeit, ihre Spaziergänge, ihre Gespräche, die vielen Küsse gemeint. Und er hätte gesagt: »Ich war ein Vollidiot« – nicht, weil er sie verletzen wollte, sondern weil er ihr etwas mitteilen wollte, was sich ihm in der letzten Woche als eine absolut offensichtliche, eklatante Wahrheit offenbart hatte. Doch sein Hals war wie zugeschnürt, sodass er kein Wort herausbrachte. Die Keksdose in der Hand, nickte er und ging ins Haus zurück.

In jenem Herbst schrieb sie ihm aus Cheshire, wo sie wohnte, mehrere Briefe nach Middletown. Wegen des Absenders aus Cheshire wusste ich, dass sie von Megan stammten, obwohl sie ihren Namen nicht auf die Umschläge schrieb. Sie muss gewusst haben, dass unsere Eltern bereits ihre postalische Anwesenheit in unserem Haus missbilligt hätten. Howard öffnete die Briefe, las sie und legte sie fein säuberlich auf seine Kommode. An einem stillen Abend im Oktober sah ich ihn einmal in seinem Zimmer auf dem Bett sitzen, den Briefstapel neben sich, Block und Bleistift auf dem Schoß. Aber er schrieb nichts. Er starrte an die Wand, entrückt, als träumte er. Dann schien er ruckartig aufzuwachen. Er riss das oberste Blatt vom Block – anscheinend hatte er einen Brief begonnen –, zerknüllte es und schleuderte es in den Papierkorb.

»Hier, nimm du sie, Molly«, rief er zu mir herüber und stand auf. Durch die Tür reichte er mir die Briefe.

»Wieso?«, fragte ich. Ich traute mich nicht, sie zu nehmen; sie kamen mir zu persönlich vor.

»Versteck sie vor mir«, meinte er.

»Du meinst, ich soll sie wegwerfen?« Ich griff immer noch nicht danach.

»Nein. Ich meine, versteck sie. Aber wirf sie nicht weg, okay?« Er drückte sie mir in die Hand, und ich nahm sie widerstrebend entgegen und legte sie in meinem Schrank in eine Ecke. Als ich ihn einige Monate später fragte, ob er sie zurückwolle, sah er mich überrascht an, als hätte er die Briefe vollkommen vergessen. Megan hatte keinen mehr geschrieben. Er hatte seit fünf Monaten nichts mehr von ihr gehört.

Er seufzte. Diese fünf Monate hatten ihn verändert: Er war ruhiger, irgendwie rücksichtsvoller geworden – er blaffte mich zum Beispiel kaum je mehr an –, aber auch angespannter, sorgenvoller. Er war, so schien mir, um volle fünf Jahre gealtert. »Wirf sie einfach weg«, sagte er.

»Ist das nicht deine Sache?«, fragte ich.

»Weißt du, es ist einfach besser, wenn ich sie nicht mehr sehe«, erwiderte er, und ich nickte, obwohl ich mir insgeheim wünschte, er nähme sie zurück, vielleicht weil ich dachte, dann würde er wieder eine Spur mehr der Howard werden, der er seit Davys Tod nicht mehr sein wollte: ein sarkastischer, herrischer, aber auch viel lebendigerer Mensch. Doch Howard war eisern, und so holte ich nach dem Abendessen die Briefe aus meinem Schrank und legte sie zu den Küchenabfällen, die jeden Abend hinausgebracht wurden. Ich dachte, wenn Howard es wirklich so wollte, sollten die Briefe so schnell wie möglich vernichtet werden, statt oben noch in irgendeinem Papierkorb herumzuliegen. Und außerdem war ich dadurch nur ein kleines bisschen daran beteiligt, wie er sich für alle Zeit von Megan O'Donnell befreite – natürlich bis auf das, was er in seiner Erinnerung mit sich trug. Doch was immer das auch war, er zog es vor, nie mehr darüber zu sprechen.

Im ersten Jahr nach Davys Tod sahen Howard, Nina und ich uns lange Zeit fast gar nicht: Nina blieb (wenn sie nicht in der Schule war) bei sich zu Hause, rund acht Kilometer von uns entfernt; Howard (dessen Studienbeginn sich verzögerte) blieb, zusammen mit meinem Vater, im Geschäft; und ich blieb (wenn ich nicht in der Schule war) bei uns zu Hause, stand neben meiner Mutter oder neben Bec in der Küche oder saß mit einer von ihnen oder mit beiden zusammen im damals meistens verdunkelten Wohnzimmer.

Doch als Howard dann im Jahr darauf zu studieren begann, änderte sich etwas. Wir hatten alle drei nach dieser Sache die Nähe unserer jeweiligen Eltern gesucht, hatten uns praktisch an sie gehängt wie früher als kleine Kinder; nur taten wir es diesmal, zumindest Howard und ich, nicht so sehr unseretwegen als ihretwegen. Doch mit Beginn seines Studiums eroberte sich Howard als Erster von uns wieder ein kleines Stückchen von seinem Leben zurück.

Im Herbst 1950, dem Beginn von Howards erstem Studienjahr und Ninas Abschlussjahr an der Highschool, fingen wir drei an, uns wieder zu treffen, und zwar ungefähr einmal wöchentlich auf dem Campus der Wesleyan University. Nina, die inzwischen ihren Führerschein gemacht hatte und von Leo zum Fahren ermuntert wurde – er stellte ihr seinen Dodge zur Verfügung, der noch klappriger war als unserer –, initiierte diese Treffen, indem sie zu mir fuhr und mich abholte. Sie ließ den Dodge bei uns stehen, und dann schlenderten wir gemächlich zusammen an einer Reihe von Wohnhäusern vorbei zur High Street, wo die Grünanlage des Campus begann. Wir stiegen den Rasenhügel hoch bis zu einer Anzahl von imposanten Brownstonegebäuden im Herzen des Campus und setzten uns neben die Judd Hall, in der Naturwissenschaften unterrichtet wurden. »Hier würde ich gerne studieren«, sagte Nina mehr als einmal, während sie sich an die

Sandsteinmauer lehnte, aber das war natürlich ein Ding der Unmöglichkeit. Nur Jungen durften dort studieren.

Howard erfuhr immer von mir, dass wir kommen würden. Nina rief mich gewöhnlich am Abend zuvor kurz an, um eine Zeit zu vereinbaren und um mir einzuschärfen, dass ich Howard am nächsten Morgen beim Frühstück ausrichten solle, wir könnten uns treffen, wenn er Lust dazu hätte. Die Spannungen zwischen Howard und Nina waren noch so greifbar wie eh und je, was sicherlich damit zusammenhing, dass sie am Tag von Davys Unfall eine so zentrale Rolle gespielt hatten, und deshalb war es einfacher, wenn ich als Mittlerin fungierte. In Wirklichkeit wollten, ja, mussten sie sich wiedersehen, damit sie versuchen konnten, den Bruch zu kitten. Dieses fast stumme Herumsitzen auf dem Rasen neben der Judd Hall oder, wenn es schneite, auf den ausgetretenen, vereisten Stufen war also vermutlich ein Heilungsversuch. Wenn Nina Howard bat, sich mit ihr zu treffen, sagte er nie Nein.

Irgendwann im Laufe jenes Jahres fing Howard an, Zigaretten zu rauchen. Und irgendwann begann er dann, seine brennende Zigarette – immer eine Lucky Strike – an Nina weiterzureichen, die sie entgegennahm, zwischen den Fingern hielt, zusah, wie sich der Rauch emporkringelte, und schließlich einen hastigen Zug nahm, ehe sie sie Howard zurückreichte. Hin und her wanderte die Zigarette zwischen den beiden, und ich hatte den Eindruck, dass sie durch die Rauchwolken, die sie nach dem Genuss desselben Glimmstängels ausstießen, miteinander kommunizierten. Eines Tages mitten im Winter, als ich vor lauter Kälte und Untätigkeit bibbernd danebensaß, fragte ich, ob ich nicht bitte auch mal ziehen dürfe.

»O nein, Molly«, antworteten sie fast unisono, und aus ihren Stimmen sprach der gleiche Beschützerinstinkt, die gleiche fast schon elterliche Fürsorge. Dann streckten sie, noch immer ohne es abgesprochen zu haben, simultan die Hand nach mir aus, Howard, um mir leicht und liebevoll gegen die Schulter zu stoßen, Nina, um schnell den Arm um mich zu legen. Doch nicht mich wollten sie beschützen, das wusste ich, sondern Davy – oder besser: das Bild von Davy. Beide fühlten sich für seinen Tod voll und ganz verantwortlich.

Wochen vergingen. Als endlich der Frühling sich seinen Weg bahnte, Tulpen und Schwertlinien blühten und der Rasen gemäht wurde, erwähnte Howard eines Tages, während wir wieder einmal mit dem Rücken an die Judd Hall gelehnt dasaßen, dass er fast das ganze Semester hier verbracht habe, genau in dem Gebäude, an das wir uns jetzt anlehnten.

»Was willst du damit sagen?«, fragte Nina, provoziert von der Vorstellung, dass sich Howard auf einmal für Naturwissenschaften interessierte, die sie praktisch als ihre exklusive Domäne reklamierte.

»Vorbereitung aufs Medizinstudium«, antwortete Howard, ohne Nina oder mich dabei anzusehen.

Nina feixte, und ich wusste, warum: Howard hatte doch tatsächlich akademische Ambitionen! Auch ich war überrascht, da Howard im Geschäft der mit Abstand beste Verkäufer war. In dem Jahr, in dem er dort Vollzeit gearbeitet hatte, waren die Umsätze nicht unbeträchtlich gestiegen, und alle wussten, dass das Howards Verdienst war, trotz seines Kummers. Es schien nur konsequent, dass er eines Tages das Kaufhaus leiten würde.

Howard bemerkte Ninas Skepsis. »Was geht dich das denn an, du Pickelgesicht?«, sagte er, einen Moment lang in den verletzenden Tonfall von vor Davys Tod zurückfallend.

Obwohl Nina einen reinen Teint und überhaupt eine bewundernswerte Haut hatte, hob sie die Hände, um ihr Gesicht zu verbergen. Dann stand sie auf, verschränkte die Arme vor der Brust und ging mit federnden Schritten davon. Da war sie wieder, wie aus dem Nichts, die alte Feindschaft zwischen den beiden, die über so viele Monate hinweg wie unter einer Schneeschicht geruht hatte.

Doch dann blieb Nina stehen, wandte sich langsam um und saß kurz darauf wieder auf dem Rasen. »Vorbereitung aufs Medizinstudium«, sagte sie ganz ruhig.

Als Howard erklärte, als Arzt könne er vielleicht ein Kinderleben retten, nickte Nina ermunternd. Mit einer Ehrlichkeit, auf die ich nicht gefasst war, fügte Howard hinzu: »Vorbereitung aufs Medizinstudium. Nicht, dass ich darin gut bin oder so.« Diese Einschätzung sollte er in den darauffolgenden Jahren in zahlreichen Briefen an Nina wiederholen.

Als Nina zu studieren anfing, hatten die beiden zunächst aber nur selten Kontakt – alle zwei Jahre der Form halber eine Geburtstagskarte, etwas in dieser Art. Doch fünfzehn Jahre später, im Mai 1966, nahm Howard an einer Tagung der Amerikanischen Akademie für Kinder- und Jugendmedizin teil, die in dem Jahr in San Francisco stattfand, einen Steinwurf entfernt von Berkeley, wo Nina zu diesem Zeitpunkt lebte. Howard war, nach großen Anstrengungen, Arzt geworden.

»Ich war ein Idiot. Keine Ahnung, wie viele Briefe ich im Laufe der Jahre geschrieben habe, um mich dafür zu entschuldigen, wie ich dich behandelt habe«, sagte er zu Nina. Davor hatten sie im Tagungshotel zusammen zu Abend gegessen und dann beschlossen, zum nächstgelegenen Strand zu fahren. Jetzt standen sie neben Ninas Wagen und blickten hinaus auf den Pazifik. Dunkel wurde es frühestens in einer Stunde.

»Das klingt wie die Beichte eines Sterbenden, Howard«, erwiderte Nina.

»Nicht eines Sterbenden. Ich bin reifer geworden. Das ist alles.« Er neigte sich zu ihr und legte ihr zum ersten Mal im Leben einen Arm um die Schulter, eine Geste, bei der sie beide leise lachen mussten. Nach diesem Besuch schrieben sie sich regelmäßig einen Brief pro Woche.

Als Nina sich an jenem Tag auf dem Campus der Wesleyan University wieder zu uns gesellt hatte, streckte sie die Hand nach Howards Lucky Strike aus. Howard inhalierte noch einmal bewusst langsam, zwang sie zu warten, doch dann reichte er ihr die Zigarette, und mit diesem Akt – eine Art von Friedenspfeife – war ihre Feindschaft beendet.

Als Howard schließlich sein Medizinstudium in Boston aufnahm, sah er wie ein anderer Mensch aus: leicht übergewichtig, müde, graue Strähnen im dunklen Haar. Doch unsere Eltern waren stolz auf die Tatsache, dass er etwas aus sich machte, etwas, wie sie fanden, erstaunlich Großes.

Marjorie Blumfeld hieß das Mädchen, das sie für ihn aussuchten. Da er von seinem Studium, das ihn weiterhin viel Mühe kostete, restlos in Anspruch genommen war, hatte Howard während seiner Zeit an der Universität keine ernsthafte, eigentlich gar keine Beziehung gehabt, weshalb meine Mutter im letzten Studienjahr schließlich ein Machtwort sprach. »Wir wollen keinen verflixten Mönch als Sohn«, sagte sie, um das Thema Heirat aufs Tapet zu bringen.

Marjorie war die Tochter des Freundes eines Freundes, von ihr hatte mein Vater beim Morgen-Minjan gehört. Sie war Jüdin, im letzten Jahr ihres Studiums am Wellesley College und wollte nach dem Abschluss unbedingt sofort eine Familie gründen. »Nach allem, was man hört, ist sie ein gutes Mädchen«, sagte mein Vater zu Howard, der nickte und dann dem Vorschlag meiner Eltern zustimmte, zum Zweck des Kennenlernens ein gemeinsames Schabbatmahl zu arrangieren.

An besagtem Abend, Anfang April 1957, half ich meiner Mutter bei der Vorbereitung der Mahlzeit. Dann wusch und frisierte ich mir schnell die Haare, als stünde auch für mich bei dem Treffen mit Marjorie Blumfeld etwas auf dem Spiel. Das Essen hatte etwas von einer Verzweiflungstat an sich, als ginge es dabei um alles oder nichts – diesen Eindruck hatte jedenfalls meine Mutter bei mir erweckt, als sie in der Woche zuvor mehrfach mit Vivie telefonierte, um sich nach Ideen für besonders raffinierte Speisen zu erkundigen. Es ging mir wie meiner Mutter, auch ich wollte Marjorie oder ihre Eltern auf keinen Fall vergraulen. Ich fand, dass Howard, der sich mit seinem schwierigen Studium und seinem unnatürlichen Einsiedlerleben offensichtlich selbst bestrafte, genug gelitten hatte, und ich wünschte ihm alles Gute.

Marjorie Blumfeld war nicht hübsch, aber auch nicht unattraktiv. Sie war klein, zierlich und mit einer beträchtlichen Menge Schmuck behängt – Armreifen, die bei jeder Geste klimperten, und eine filigrane Perlenkette. Ihre Fingernägel waren mit genau dem gleichen Rot bemalt wie ihre Lippen, und ihre Haare waren zu einem glatten Bob nach innen geföhnt. Auf Howards Frage, was sie studiert habe, antwortete sie kichernd: »Oh, alles.« Sie kicherte oft an diesem Abend, während des Essens und besonders, als meine Mutter und ich das Geschirr abräumten und Howard ihr erzählte, dass er vorhabe, aus Boston zurückzukehren und hier eine Kinderarztpraxis zu eröffnen. Er reagierte auf ihr Gekicher mit verdatterten Blicken. Doch ich verstand sie. »Sie glaubt, sie hat das große Los gezogen«, sagte ich in der Küche wütend zu meiner Mutter.

Das Essen neigte sich dem Ende zu, es hatte bereits Nachtisch und Kaffee gegeben, als Marjories Gekicher endlich aufhörte. Sie wirkte vorübergehend beunruhigt und signalisierte ihren Eltern mit einem Blick, etwas zu unternehmen. Daraufhin fing ihr Vater an, Howard nach seinen unmittelbaren Plänen auszufragen, zum Beispiel für den Schabbat in der Woche darauf. »Ich würde zu gerne wissen, was Sie vorhaben« – so drückte sich Marjories Vater aus, während er seinen Krawattenknoten zurechtrückte.

Da wandte sich Howard an Marjorie und fragte sie zu unserer aller Überraschung, ob sie uns nächste Woche Gesellschaft leisten wolle, obwohl das für ihn eine weitere zweistündige Autofahrt von Boston nach Middletown und zurück bedeutete. Seltsamerweise sah er sie beim Sprechen nicht an, sondern starrte an ihr vorbei auf unseren Vater, der schweigend am Kopfende des Tisches saß und glücklich und zufrieden nickte, als hätte Howard soeben ihn zum Schabbatmahl eingeladen.

Das letzte Mal sah ich Howard anlässlich eines Familienessens bei meinen Eltern, zwei Monate vor seinem Tod durch einen Herzinfarkt im Alter von einundvierzig Jahren. Sein Verlust nahm meinen Eltern zum zweiten Mal im Leben alles Licht. Howard wirkte viel älter, als er tatsächlich war – die Haare grau, zumindest das, was davon noch übrig war, der Rücken krumm, der Bauch auf eine Art und Weise vorgewölbt, die mich befremdete und an unseren Onkel Nelson erinnerte. Howard war damals seit fast vierzehn Jahren mit Marjorie verheiratet und Vater von zwei Mädchen. Ich hatte ihn zwar nicht oft gesehen – genau wie in jenem ersten Jahr nach Davys Tod hatten wir auch später als Erwachsene kaum etwas miteinander zu tun –, aber viel von seiner Arbeit als Arzt gehört: Er war bekannt für seinen außergewöhnlich fürsorglichen Umgang mit Kindern, für seine Güte, für die Zeit, die er den Kindern und ihren Eltern widmete.

Als wir an jenem Abend schweigsam aßen, was unsere Mutter gekocht hatte, wirkte Howard erschöpft; seine Lider waren schwer, sein Gesicht war abgezehrt, und ich machte mir Sorgen um ihn. Doch in der Zeit danach war ich wieder mit meinem eigenen Leben beschäftigt, mit meiner öden Karriere bei G. Fox & Co., einem Kaufhaus in Hartford, für das ich Damenmode einkaufte. Seit meiner Scheidung von Mark Fishbaum fünf Jahre zuvor war die Arbeit zu einer Art Höhle geworden, in der ich jetzt lebte. Nach Feierabend trat ich blinzelnd in die Helligkeit einer Welt, die ich kaum kannte. Als ich zwei Monate später den Anruf erhielt, dass Howard tot sei, befasste ich mich gerade intensiv, wie so oft, mit Strumpfhosen, Büstenhaltern und Unterwäsche und allem, was dazugehörte.

Bei Howards Begräbnis betrachtete ich meine am Boden zerstörten Eltern und dann Howards Grab, und ich konnte nur an das denken, was ihn seit Davys Tod umgetrieben hatte: an seine unerschütterliche Absicht, nie mehr einen Fehler zu machen, nie mehr unsere Eltern zu verärgern.

»Aber du hast doch nie einen Fehler gemacht«, hatte ich einmal zu ihm gesagt. Howard war damals in seinem letzten College-Jahr, wohnte noch zu Hause und hatte sich bereits ein Medizinstudium vorgenommen, obwohl sein natürliches Talent ganz eindeutig die Geschäftsleitung nahelegte. Fast fünf Jahre waren seit Davys Tod vergangen. Ich war siebzehn und hatte von vielen Dingen immer noch keine Ahnung, aber so viel verstand ich schon: »Howard, nichts von dem, was passiert ist, war deine Schuld.«

»Es war alles meine Schuld«, erwiderte er mit fester Stimme und unerschütterlicher Überzeugung, und sein Körper war sogar im Sitzen angespannt und adrenalindurchflutet, als befände er sich immer noch in Woodmont an diesem Tag vor fünf Jahren, als käme er immer noch durchs Meer auf uns zugeschwommen, während Mark Fishbaum – erst hinter ihm, dann neben ihm und schließlich vor ihm – die Sailfish ans Ufer segelte.

Jahrelang hatte Nina Albträume von Davys Tod, obwohl sie überhaupt nicht am Unfallort gewesen war. Trotzdem wachte sie nachts schreiend auf und sah alles vor sich – den bestimmten Abschnitt der Beach Avenue, den Eiswagen, den blauen Himmel, den rennenden Davy und dann seinen verdrehten Körper –, als wäre der Unfall unmittelbar vor ihren Augen passiert. Aus diesem Grund lehnte sie ab, als Bec im Sommer nach Davys Tod anrief und Vivie und Nina bat, mit Bec, meiner Mutter und mir nach Woodmont zu fahren. »Das geht nicht«, hatte Vivie schlicht und einfach Ninas Entscheidung ausgerichtet. Vivie hatte in jenem Jahr des Öfteren in Ninas Namen gesprochen, weil Nina keine Worte fand für das, was mit ihr los war, warum sie an vielen Wochenenden im Bett blieb, warum sie in der Schule so benommen und träge war. Zum ersten Mal waren ihre Noten nicht herausragend, auch wenn sie noch für eine Versetzung reichten.

Um Abstand zu den Albträumen zu schaffen, beschloss sie, an der University of California in Berkeley zu studieren. Eine Zeit lang gefiel es ihr dort gut, ihr Eintauchen in die akademische Welt weckte ihre Lebensgeister. Außerdem hatte sie im zweiten Semester ihre allererste Romanze, mit einem Jungen aus Santa Monica namens Rick. Doch Connecticut und der Sommer 1948 gingen ihr nicht aus dem Kopf, sodass sie die Beziehung schon bald wieder abbrach. Glück, hatte Nina das Gefühl, war nichts für sie.

Doch dann begegnete sie Estelle Casey. Nina hatte gerade ihr Promotionsstudium im Fach Biologische Anthropologie begonnen (laut Leo war das so, als würde man den Verstand ihrer beiden langjährigen Helden Charles Darwin und Margaret Mead in einen Waring-Mixer stecken und auf den Knopf drücken). Estelle Casey war eine von Ninas Professorinnen, und Nina war Estelles Ausnahmetalent, ihre beste Studentin, diejenige, die nach den Seminaren jedes Mal mit intelligenten Fragen zu ihr kam und bald ihre wissenschaftliche Mitarbeiterin wurde. Den ganzen Herbst 1954 hindurch merkte Nina schockiert, wie sehr sie sich von ihr angezogen fühlte, und wünschte, es wäre nicht so. Sie schämte sich ihrer sexuellen Neigung, der wahren, die sie sich nie eingestanden hatte, seit sie mit fünfzehn Jahren zum ersten Mal eine Ahnung davon bekommen hatte. Sie versuchte, ihre Gefühle in Schach zu halten, doch wenn sie Estelles strahlende Augen und ihr intelligentes Gesicht anstarrte, konnte sie sie kaum besser zurückhalten als ein Himmel voller dunkler Wolken den unvermeidlichen Regen. Ein paar Monate lang versöhnte sich Nina auf etwas abstruse Art mit ihren Gefühlen, indem sie Estelle insgeheim »Eddie« nannte. Einmal erwähnte sie »Eddie« sogar in einem Telefonat mit Vivie, die, das wusste sie, unbedingt wollte, dass ihre Tochter glücklich war. »Ich liebe Eddie«, sagte sie zu ihrer Mutter. »Aber die Sache ist die, ich weiß nicht, ob Eddie mich liebt.«

Sie wusste, in welchem Viertel Estelle wohnte, und während der ersten Monate, die sie für sie arbeitete, ging sie an den Wochenenden dorthin, kaufte in einer Bäckerei ein Brot, das sie nicht brauchte, oder trank in einem kleinen Café eine Tasse Kaffee nach der anderen. Während eines guten Dutzends solcher Expeditionen lief sie Estelle nicht ein einziges Mal über den Weg, und wieder zu Hause angekommen, war sie überzeugt davon, dass sie die Begegnung mit Estelle, die sie erträumte, sollte sie jemals wirklich stattfinden, nicht überleben würde. Schon allein der Anblick von Estelle Casey – ihr hochgewachsener Körper, die bunten Fransenschals, die sie sich um die Schultern legte, ihr fast pechschwarzes Haar – würde sie glatt umhauen.

Ein ganzes Dinner mit Estelle zu überleben war demnach eine kaum zu bewältigende Leistung, doch als Estelle darauf bestand, mit Nina zu essen, um die Veröffentlichung von Estelles erstem Buch zu feiern, sagte Nina nicht Nein. Sie hatte während des letzten Jahres zu der Entstehung des Buches beigetragen, mit dem sich die Professorin auf ihrem Fachgebiet einen Namen zu machen hoffte. Estelle hatte darin die neuesten Forschungsergebnisse über die physiologischen Veränderungen zusammengefasst, die auftraten, sobald sich Primaten auf zwei Beinen bewegten. Der Fuß zum Beispiel hatte sich von einem eher handähnlichen Greiforgan zu einem das Körpergewicht tragenden Stützorgan entwickelt. »Du solltest jeden Spaziergang genießen«, sagte Estelle oft zu Nina, wenn sie in Estelles Büro saßen und stundenlang redigierten und Fakten überprüften, und sie sagte es, fast schon überschwänglich, noch einmal beim Essen an jenem Abend in ihrer Küche, einem kleinen Raum mit einem an die Wand geschobenen Eichentisch, auf dem eine einzige Kerze brannte. Sie saßen über Eck. Ihre Knie hatten sich bereits berührt, allerdings nur zufällig. Und trotzdem ließ Nina ihr Weinglas lieber stehen, aus Angst, man würde es zittern sehen. »Du solltest jeden Spaziergang genießen«, sagte Estelle munter, woraufhin Nina nickte und den Satz vervollständigte, wie es ihr mittlerweile zur Routine geworden war: »…denn es hat lange gedauert, bis der Mensch laufen konnte.«

In der menschlichen Evolution hatte alles lange gedauert: die Entwicklung des opponierbaren Daumens, des Gehirns, der doppelt s-förmigen Krümmung der Wirbelsäule. Auch das Abendessen mit Estelle dauerte lange, fand Nina, als sie dasaß und zusah, wie Estelle sich eine zweite Scheibe Brot mit Butter bestrich, und hoffte, sie würde nicht merken, dass sie selbst kaum einen Bissen herunterbekam.

Doch Estelle merkte es. »Keinen großen Hunger?«, fragte sie.

Nina war seit acht Monaten in Estelle verliebt. Davor war sie fast fünf Jahre lang ganz bewusst allein geblieben und dem Glück aus dem Weg gegangen. »Am Verhungern«, erwiderte Nina.

Wieder berührten sich ihre Knie, diesmal absichtlich, und diesmal tippte Estelle Nina auf eine Art an, die deutlich machte, dass sie wusste, wie das eben gemeint gewesen war. Sie hielten sich an der Hand. Sie sahen einander lange in die Augen, und als Nina versuchte, die Tränen wegzublinzeln, lächelte Estelle sanft und gütig.

»Alles in Ordnung«, sagte Estelle. »Wirklich.« Sie beugte sich zu Nina hinüber und küsste sie auf die Wange. Dann streichelte sie ihr das Gesicht, das Kinn, die Haare, die Lippen. Sie küsste sie noch einmal, diesmal inniger. Nach einigen Minuten wagte es Nina, den Kuss zu erwidern.

Estelle löste sich von ihr und nahm einen Schluck Wein. »Bist du bereit?«, fragte sie und sah Nina an.

»Wozu?«, fragte Nina, die Hand auf die Lippen gepresst, die sich vollkommen neu anfühlten.

»Zu einem kleinen Spaziergang«, flüsterte Estelle sanft, »nach oben. Ins Bett.«

Die zweibeinige physiologische Struktur hatte sowohl Vorteile als auch Nachteile. Arthritis war beispielsweise der traurige Preis, den Estelle Casey bei bestimmten Wetterverhältnissen für all die anderen Annehmlichkeiten bezahlen musste: Obwohl sie erst zweiunddreißig war, verspürte sie im Rücken und in den Hüften ein unangenehmes Pochen. »Was diesen Kram angeht, versuche ich, das große Ganze zu sehen«, erklärte sie Nina eines Morgens, drei Monate nach Beginn ihrer Beziehung. Nina war bei Estelle eingezogen. »Ja, ich versuche, das große Ganze zu sehen: Aufrecht gehen wir erst seit, was, vier Millionen Jahren? Aber dann kommt plötzlich so ein Tag wie heute.« Estelle blickte aus dem Fenster. Nachts hatte ein heftiger Regen eingesetzt, und der Tag war ausgesprochen grau. »Dieser verdammte Rücken«, stöhnte sie und fügte sich in ihr Schicksal.

Es war ein Sonntag, den sie im Bett verbrachten, aber sie liebten sich nicht wie am Abend zuvor, sondern lagen einfach nebeneinander und Nina massierte Estelle ab und zu den Rücken. Sie lasen. Irgendwann nickten sie ein. Gegen Mittag wurden sie zappelig, zogen sich etwas über, schnappten sich zwei Schirme und streiften durch Berkeley. Sie liefen kilometerweit, fast ohne ein Wort zu sagen, aber Nina begriff, dass sie vor diesem freundschaftlichen Schweigen keine Angst zu haben brauchte. Wegen des Regens war der Campus, wo sie schließlich landeten, weniger bevölkert als sonst. Nur wenige Studenten besuchten die Bibliothek. Irgendetwas an der Leere berührte Nina. »Es sieht heute wirklich schön aus hier. Irgendwie verwunschen«, sagte sie und fasste Estelle kurz an der Hand, während sie stehen blieben und sich umblickten. Estelle zog die Hand schnell wieder zurück, aus einer Vorsicht heraus, die Nina nicht auf sich bezog. »Ja, wunderschön. Aber selbst das hier, fast ein Zuhause, ist nicht unsere Welt«, stellte Estelle fest.

Von Vivie hatte Nina das eine oder andere übers Kochen gelernt, und so machte sie an jenem Abend Minestrone und Vivies geliebte Zimtmuffins. Sie aßen im Wohnzimmer, wo Nina ein schwaches Kaminfeuer in Gang hielt. Estelle beschwerte sich nicht mehr über Rückenschmerzen, obwohl sie vielleicht noch darunter litt. Und auch während der nächsten Wochen und Monate, in denen sich die beiden Frauen an ihr gemeinsames Leben gewöhnten, klagte Estelle nicht. Bei einem ihrer wöchentlichen Anrufe nach Hause berichtete Nina ihrer Mutter: »Eddie schmecken deine Rezepte sehr gut.« Auf Vivies Nachfrage, ob sie glücklich sei, antwortete sie schlicht und einfach: »Sehr.«

Sie war tatsächlich sehr glücklich, so glücklich, dass sie beim ersten Zusammentreffen mit den beiden Brüdern, die die Morgenzeitung austrugen – einer acht, der andere zehn –, überhaupt nicht an Davy denken musste. Es waren einfach nur zwei zielstrebige kleine Jungen, und wenn sie dienstagnachmittags vorbeikamen, um das Wochengeld zu kassieren, gab sie ihnen ein großzügiges Trinkgeld, fünfundzwanzig Prozent. Doch dann ging Nina, zwei Wochen nachdem sie ihrer Mutter von ihrem Glück erzählt hatte, an die Tür, als es klingelte, und sah, dass plötzlich nur noch einer der Brüder das Geld einsammelte. Sie erkundigte sich nach dem anderen, älteren Bruder und erfuhr, dass er krank war. »Wie heißt du denn?«, fragte sie den Achtjährigen. »Teddie«, sagte er, und als sie ihm ein Trinkgeld gab, diesmal dreißig Prozent, bedankte er sich bei ihr. Die beiden nächsten Wochen kam Teddie allein kassieren. »Wie geht's deinem Bruder?«, fragte sie am dritten Dienstag, an dem Teddie allein auftauchte. Dieses Mal betrug das Trinkgeld fünfzig Prozent. Der Junge senkte den Blick zu Boden.

Dann kassierte mehrere Wochen lang niemand, obwohl die Zeitung jeden Morgen pünktlich ausgeliefert wurde. Nina begann, sich um Teddie und seinen kranken Bruder Sorgen zu machen, und stellte sich am späten Dienstagnachmittag jedes Mal ans Wohnzimmerfenster und hielt Ausschau, vermisste den Jungen und nahm sich vor, ihm beim nächsten Mal sechzig Prozent Trinkgeld zu geben. Inzwischen träumte sie auch wieder von Woodmont. Als Vivie anrief und fragte, ob sie immer noch so glücklich sei, erwiderte Nina: »Das sollte ich nicht sein. Ich weiß, dass ich das nicht sein sollte.«

Und das glaubte sie sogar auch dann noch, als es am darauffolgenden Dienstag klingelte und Teddie mit seinem älteren Bruder Alfred vor der Tür stand. Abgesehen davon, dass er blasser war als sonst, wirkte Alfred gesund. Teddie vergaß nicht, ihn vorzustellen. »Sie mag uns«, sagte Teddie zu Alfred und lächelte Nina an. »Ihr könnt euch gar nicht vorstellen, wie viel ihr mir bedeutet«, hätte Nina fast erwidert. Doch sie tat es nicht. Sie gab ihnen einfach hundert Prozent Trinkgeld und schickte sie wieder fort.

An jenem Abend klagte Estelle, sie habe einen ihrer schlimmen Tage. Bei Tisch drehte sie ihre Spaghetti auf der Gabel, statt sie zu essen, und rutschte stöhnend auf dem Stuhl hin und her, um eine bequeme Position zu finden. »Ich muss mich hinlegen«, meinte sie schließlich matt und lächelte Nina entschuldigend an. Bevor sie die Küche verließ, blieb sie bei Nina stehen und küsste sie, wobei ihr langes Fransentuch heruntterglitt und sich über Ninas Schultern legte. Nina nahm die beiden Schalenden in die Hand und hielt Estelle nach dem Kuss noch einen Augenblick fest. Als Estelle gegangen war, fing Nina an, lautstark mit Töpfen und Pfannen herumzuklappern, als wäre sie wütend. Das hatte ihre Mutter mehr als einmal getan, um ihren Vater auf sich aufmerksam zu machen, wenn dieser sich zu lange in ein Buch vertiefte. Allerdings hatte Vivie es immer sehr schnell bedauert und wieder damit aufgehört.

»Was ist denn los?«, fragte Estelle, die aus dem Bett aufgestanden und wieder nach unten gekommen war.

»Meinst du, es macht Spaß, mit einer gottverdammten Invalidin zusammenzuleben?«, hätte Nina sie fast angeherrscht. Einen »gottverdammten Invaliden« hatte ihr Onkel Mort ihren Vater am Tag von Davys Unfall genannt. Doch obwohl Nina wusste, dass die Worte, die sie sich immer wieder vorgesagt hatte, ihren Zweck erfüllen würden – die Liebe zerstören, die sie nicht verdient hatte –, brachte sie es nicht über sich, sie auszusprechen. Stattdessen sagte sie: »Es funktioniert einfach nicht.«

»Im Ernst?«, fragte Estelle erschrocken. Sie machte einen Schritt auf Nina zu, die zurückwich und dabei einen Stuhl umstieß.

»Warum gehst du nicht einfach wieder ins Bett?«, sagte Nina in einem künstlich gekränkten und feindseligen Tonfall. Dass sie die Kunst der Täuschung auf so hohem Niveau beherrschte, verwunderte sie selbst. Sie verdrehte theatralisch die Augen, als könnte sie durch die Decke ins Schlafzimmer hinaufsehen. »Nun mach schon«, wiederholte sie.

Doch Estelle war zu bestürzt, um auch nur einen Schritt zu machen. Schließlich richtete sie den Stuhl, den Nina umgestoßen hatte, langsam auf und ließ sich darauf fallen. Irgendwann setzte sich Nina zu ihr. Beide saßen, die Ellbogen auf dem Tisch, fast eine ganze Stunde da und schwiegen sich an.

»Im Ernst?«, fragte Estelle endlich, die mit schmerzenden Augen und zusammengesunkenem Oberkörper fast auf dem Tisch lag.

»Im Ernst«, erwiderte Nina, diesmal jedoch leise, ja sogar sanft, und auch ihr tat alles weh und auch sie lag in sich zusammengesunken halb über dem Tisch.

Drei Monate nach ihrer Trennung von Estelle fuhr Nina zurück nach Connecticut. Ihr Vater war krank. Ihre Mutter hatte versucht, ihr diese Tatsache zu verheimlichen, aber schließlich hatte sie ihn zufällig bei einem ihrer wöchentlichen Telefonate mit den Eltern im Hintergrund reden hören. »Sag ihr, es geht mir gut«, hatte Leo Vivie gebeten. »Ich komme nach Hause«, hatte Nina in den Hörer geantwortet.

Während ihrer zweiten Woche in Middletown, als ihr Vater schon wieder gesund war und arbeitete, ging Nina auf den jüdischen Friedhof, um Davys Grab zu besuchen. Es war Anfang August, und der Dauerregen der letzten drei Tage war endlich von gelegentlichem Sonnenschein abgelöst worden. Nina trug eine Sonnenbrille und ein Seidentuch, das Estelle ihr geschenkt hatte.

Eine Weile kniete sie neben dem Grab und starrte auf das Stück Rasen vor dem Stein. Schließlich hob sie einen kleinen Kiesel auf und legte ihn neben die anderen, die bereits auf dem Grabstein lagen. »Ich erinnere mich an dich«, sagte sie, als sie den Kiesel losließ.

Sie stand auf und ging ein paar Schritte, doch noch bevor sie ihren Wagen erreicht hatte, drehte sie um und kehrte ans Grab zurück, kniete noch einmal nieder, verharrte eine Weile in dieser Position und griff schließlich nach einem zweiten Kiesel, den sie auch auf den Grabstein legte.

Vier Mal stand Nina auf, kehrte um, kniete nieder und suchte nach einem Kiesel, bevor sie es schaffte, den Friedhof zu verlassen.

Fünf Monate später zwang sich Nina zu heiraten. Sie hatte in Berkeley ein geschäftiges, aber einsames Leben geführt. Der Mann hieß Ed, was bedeutete, dass sie ihrer Mutter bei ihren allwöchentlichen Anrufen vor der Hochzeit nicht die veränderten Umstände zu erklären brauchte. Es war eine schlichte Trauung, die von einem ortsansässigen Friedensrichter vollzogen wurde. Ihre Eltern, die zu diesem Anlass zum ersten Mal ein Flugzeug bestiegen hatten, waren besser gekleidet als Nina und Ed. Vivie trug einen blauen Hosenanzug, den Bec ihr zur Hochzeit genäht hatte, und ein neues Paar weiße Handschuhe. Um Leos dünnen Hals war eine Krawatte gebunden, die er sich extra für die Zeremonie gekauft hatte, ein gerade in Leibritsky's Department Store eingetroffenes neues Modell. Nina und Ed trugen nur Hosen und Pullover. »Das willst du anziehen?«, fragte Vivie, kurz bevor sie die Wohnung verließen und zum Gerichtsgebäude fuhren. Nina nickte. »Das reicht.« Es war ein sonniger, aber ungewöhnlich kühler Nachmittag im Januar 1957.

Ihre Dissertation schloss sie im Lauf des ersten Ehejahres ab, und im Jahr darauf wurde sie wissenschaftliche Assistentin an der Universität Berkeley. Estelle Casey hatte eine Stelle in New York angenommen. Ninas Mann, Ed Glass, ein Mathematiker, wurde noch im gleichen Jahr ebenfalls in Berkeley eingestellt. Und so waren sie beide gut beschäftigt – zu beschäftigt, wie Nina fand, um sich mit solchen Details wie der Tatsache zu befassen, dass sie mit Ed nicht wirklich glücklich war, obwohl er ein guter Mensch war, nur ein wenig unzugänglich und für sie genauso schwer verständlich wie seine komplexe theoretische Arbeit, die zu enträtseln sich Nina, bei all ihrer geistigen Beweglichkeit und Neugier, einfach nicht aufraffen konnte.

In den darauffolgenden Jahren bekamen Ed und sie zwei Kinder, Max und Russell. Der erste Sohn erhielt seinen Namen zu Ehren von Ninas Großvater mütterlicherseits, der zweite zu Ehren ihrer Großmutter mütterlicherseits, obwohl es, wie Nina wusste, in einer traditionellen Familie wie der ihren als riskant galt, einen Jungen nach einer Frau zu benennen. Aber die Mutterschaft war sowieso ein riskantes Geschäft: Plötzlich lag ein ganzes Leben im wahrsten Sinne des Wortes in ihren Händen, was Nina sich nie hatte vorstellen können, bis die beiden Babys plötzlich da waren, eins nach dem anderen, zwei kleine Wonneproppen, die auf ihrer Schulter Bäuerchen machten, spuckten und einschliefen.

»Das ist ungerecht«, sagte sie einmal zu Ed. Sie standen in der Tür zum Kinderzimmer und sahen den Jungen beim Schlafen zu. Ed, der vor Nina in einer Blase reiner Mathematik gelebt hatte, wirkte genauso verblüfft über seine neue Elternrolle wie sie. Er war Nina damals nicht nachgelaufen, sondern hatte einfach nur dagestanden, während sie sich ihm förmlich an den Hals geworfen hatte.

»Was ist ungerecht?«, fragte er.

»So viel Glück«, antwortete sie kopfschüttelnd.

Tatsächlich war dieses Glück aber durch zahllose Träume von Estelle Casey und dem nicht ganz so häufigen, dafür aber entschieden brutaleren Albtraum von Woodmont beeinträchtigt. Ein Weilchen akzeptierte Nina dieses Glück: das Mutterdasein, die faszinierenden Jungen, die heranwuchsen, das Kochen und Einkaufen und Saubermachen für vier Personen, ihre Lehre und Forschung, Eds gelegentlicher Vorschlag, sie solle sich auf ihn legen statt umgekehrt, um den Sex befriedigender zu gestalten – all das, und dazu die heimlichen Ängste, die sie im Schlaf einholten.

Die Jungen waren vier und sechs, als Nina an einem Junitag auf einem Spaziergang zu ihrem Lieblingspark eine große, schlanke Frauengestalt auf sich zukommen sah, die mit ihrem dunklen Haar und bunten Tuch Estelle Casey sehr ähnlich sah. Nina packte die Jungen bei den Händen und zwang sie stehen zu bleiben. Sie brauche eine Pause, erklärte sie, während sie angestrengt zu der Frau hinüberstarrte. Fast zehn Jahre waren vergangen, seit Nina ihr Leben mit Estelle zerstört hatte, und sie hatte in dieser Zeit oft daran gedacht, an einer der Konferenzen teilzunehmen, zu denen Estelle, die inzwischen eine begehrte Rednerin geworden war, eingeladen wurde. Dort hätte sie anonym in einem brechend vollen Hörsaal sitzen und sie einfach nur ansehen können. Mehr wollte sie nicht, redete sie sich ein: sie einfach nur ansehen, ansehen, ansehen.

Max zerrte an ihrem Ärmel. »Was ist denn los, Mommy?«, fragte er.

»Mommy sieht Gespenster«, erwiderte sie, immer noch mit dem Blick in der Ferne. Dann beugte sie sich zu Max hinab. »Hab nur Spaß gemacht.« Sie lockerte ihren festen Griff um die Hände der Jungen, und sie gingen weiter.

Während ihre Söhne zu den Schaukeln liefen, setzte sie sich auf eine Parkbank. Nervös knabberte sie an einem der Kekse, die sie für die Jungen mitgebracht hatte. Die Frau saß nicht allzu weit entfernt auf einer anderen Parkbank. Nina war sich immer noch nicht sicher, ob es Estelle war oder nicht. Sie sah auf jeden Fall aus wie sie, aber Nina wusste nicht genau, ob sie Estelle überhaupt wiedererkennen würde. Sie wollte zu ihr hinübergehen, aber die Angst hinderte sie daran. »Im Ernst?«, würde Estelle womöglich sagen, mit einer noch genauso schockierten und schmerzerfüllten Stimme wie an dem Tag, als Nina sich wie aus heiterem Himmel von ihr getrennt hatte.

Die Jungen spielten jetzt mit anderen Kindern. Zu fünft jagten sie im Zickzack hin und her, wie ein Schwarm Fische. Nur wenn einer hinfiel, blieb die ganze Gruppe stehen und wartete, bis das Kind wieder aufgestanden war. Russell, ihr jüngerer Sohn, kam mit den anderen kaum mit.

Nina beschloss, den Park einmal langsam zu umrunden. An der Ecke des Parks, die Estelle – sofern es tatsächlich Estelle war – am nächsten lag, würde sie ziemlich nahe an sie herankommen, aber gleichzeitig nicht so nahe, dass sie ins Gespräch kommen mussten. Sie würde die Frau problemlos in Augenschein nehmen können.

Schon nach wenigen Schritten erkannte sie sie. Ja, es war tatsächlich Estelle Casey. Nina erkannte sie trotz der Brille, die sie früher nicht getragen hatte. Sie las irgendetwas. Das immer wildere Gekreische der Kinder störte sie nicht. Nina erstarrte, wandte sich um und ging langsam zu ihrer Bank zurück. Doch dann blieb sie wieder wie angewurzelt stehen: Es zog sie in zwei Richtungen zugleich, hin zu Estelle und weg von ihr, und in beide Richtungen wäre sie am liebsten gerannt. Plötzlich fing Russell mitten auf dem Spielplatz an zu weinen. Und so lief sie letztendlich in seine Richtung.

Nina nahm Russell auf den Arm und trug ihn zu der Bank, auf der sie die Tüte mit den Keksen liegen gelassen hatte, als eine andere Frau an Estelle herantrat. Nina sah, wie Estelle sich erhob, die Arme ausbreitete und die beiden Frauen sich umarmten. Durch die Länge der Umarmung und die Art der Berührung war Nina augenblicklich klar, dass es sich nicht um eine gute Freundin, sondern um eine Geliebte handelte. Instinktiv ließ Nina den Blick durch den Park schweifen, um zu sehen, ob den anderen Erwachsenen etwas aufgefallen war, doch es schien nicht so. Sie schüttelte verwundert den Kopf. Estelle und sie hatten es nie gewagt, in der Öffentlichkeit derart zärtlich miteinander umzugehen. In zehn Jahren hatte sich die Welt auf eine Art verändert, wie sie es sich nie hätte träumen lassen.

Seltsamerweise war ihr nie in den Sinn gekommen, dass Estelle sich wieder verlieben könnte. Sie hatte sich für sie ein Leben als reine Karrierefrau ausgemalt, so als hätte sie Estelle durch die Trennung ihrer Liebesfähigkeit beraubt.

Idiotisch, das erkannte sie nun. Und eigennützig. Denn die Verratenen ziehen weiter. Sie konnte es in dem Augenblick beobachten, in dem sich die beiden Frauen lachend voneinander lösten, wie Kinder mit den Beinen strampelten und weiterlachten.

Sie ziehen weiter zu besseren Menschen.

Dass sie Estelle Casey nach all den Jahren wiedersah, hinterließ Spuren bei Nina. In den darauffolgenden Wochen brach ein lange unterdrücktes Gefühl hervor, die Angst, nicht so zu lieben, wie sie es vielleicht konnte, nicht der Mensch zu sein, der sie in Wirklichkeit war. Ihre Kinder liebte sie von ganzem Herzen, aber ihren Lebenspartner Ed Glass liebte sie so, wie man alles Altvertraute liebt, ein Sofa, einen Lieblingsfilm, eine Aussicht, die einem gefällt, die man aber nicht um jeden Preis sehen muss.

Ich könnte sterben, sagte sich Nina schließlich. Doch dann kam sie, genau wie Bec so viele Jahre zuvor, zu dem Schluss: *Nein, nein, ich bin schon längst tot.*

Diese Erkenntnis kam ihr im Juli 1965, und im April 1971 sah ich Nina dann bei Howards Beerdigung zum ersten Mal nach fünfzehn Jahren wieder. Seit sie Davys Grab besucht hatte, war sie nicht mehr zu Hause gewesen. Und ich war, im Gegensatz zu Howard, auch nie an die Westküste gefahren. Sie war achtunddreißig Jahre alt und immer noch sehr schön, aber auch blass und schwer gezeichnet vom Kummer über Howards Tod. Genau wie ich. Dass Howard und ich uns in den letzten Jahren nicht nahe gewesen waren, spielte dabei keine Rolle. Meine Trauer war genauso unbarmherzig und überwältigend wie bei Davys Tod, und irgendwie schien der Schmerz nicht nur Howard, sondern auch noch einmal Davy zu gelten. Als ich Nina das erzählte, nickte sie. »Ich sehe auch eine Verbindung zwischen dem Tod der beiden«, sagte sie. Dann ergriff sie meine Hände. »Komm mich mal besuchen, ja, Molly?«

Einen Monat später flog ich nach Berkeley. Nina lebte dort mit ihren beiden Jungen, Wissenschaftlern in spe, in einem kleinen, hell verputzten Haus. Sie war seit fünf Jahren geschieden und hatte eine neue Geliebte, Sandra Pierce.

Wir saßen in ihrer Küche, die im gleichen Blassgrün gestrichen war wie das Haus selbst. Am Küchentisch sitzend, nippten wir an unserem Kaffee, als Nina stockend die Wahrheit über ihr Leben vor mir ausbreitete. Sie starrte dabei größtenteils auf die Tischplatte und lief fast komplett puterrot an, als sie sich mir offenbarte, mir zuerst von Estelle erzählte, dann von Ed und schließlich von Sandra. Etwas schien sie zu drängen, mir ihre Geschichte zu erzählen, egal, wie unangenehm das ihr, oder mir, letztlich sein mochte. *Andere Wege, andere Möglichkeiten* – eigentlich hatte ich das damals nicht auf Ninas Sexualität bezogen, doch jetzt war alles klar.

Aus verschiedenen Gründen – in erster Linie jedoch, um das Sorgerecht für die Kinder zu behalten – lebte sie nicht mit Sandra zusammen. Außerdem, fügte sie hinzu, wäre sie dann viel zu glücklich. »Kann ich nicht haben«, sagte sie. »Macht mich verrückt.«

»Zu glücklich?«, fragte ich angesichts der Distanz, die sie absichtlich zwischen sich und ihrer Geliebten, die nur wenige Straßen weiter wohnte, aufrechterhielt. »Würde Davy wirklich wollen, dass du dir das alles versagst?«

»Da erzählst du mir nichts Neues, Molly, das sagt mir meine Analytikerin seit sechs Jahren.«

Meine Ehe mit Mark Fishbaum war zur gleichen Zeit in die Binsen gegangen wie die von Nina mit Ed, und auch darüber sprachen wir. Meine Situation war leicht zu erklären. Ich hätte Mark nicht wirklich geliebt, sagte ich. Mit der Zeit sei mir klar geworden, dass er nur eine Lücke in meinem Leben ausfüllte, nämlich die, die durch Davys Tod entstanden sei und dadurch, dass wir uns anschließend in alle Winde zerstreut hätten. Aber ich wollte mehr von einer Beziehung. Mark, ein Einzelkind, wollte immer Kinder haben, und ich vertröstete ihn; in unserem fünften Ehejahr log ich ihn dann an und sagte, ich wolle keine Kinder und hätte auch nie welche gewollt, in der Hoffnung, er würde mich dann verlassen. »Bingo«, sagte ich zu Nina und seufzte.

Nina legte mir eine Hand auf die Schulter. »Tut mir leid, dass es mit euch nicht funktioniert hat, Molly«, sagte sie.

So begann mein Besuch bei ihr – wir brachten uns auf den neuesten Stand, gestanden uns gegenseitig, wie chaotisch unser Erwachsenenleben verlaufen war. Doch schon bald hatten wir beide wieder alle Hände voll zu tun. Nina musste jeden Tag ihre Kurse vorbereiten und unterrichten und darüber hinaus ihre Sprechstunde für die Studenten abhalten. Max und Russell, damals elf und neun, mussten ebenfalls versorgt werden. Sie sei froh über meine Hilfe, sagte sie, und am dritten Tag meines Besuches gab es dann einen Moment beim Frühstück, während ich Eier und Toast machte, in dem Nina und ich uns ansahen, unsere Mütter im jeweils anderen wiedererkannten und plötzlich loskreischten vor Lachen, wie wir es bei ihnen gehört hatten.

»Ich versteh's jetzt«, rief Nina und meinte damit die Stimmung meiner Mutter, die sich jeden Sommer im Kreis ihrer Schwestern merklich aufgehellt hatte.

»Ich auch«, sagte ich und meinte Vivie, die in meiner Vorstellung mit dem Pfannenwender in der Hand dastand und der es, genau wie mir gerade, einen Riesenspaß machte, die ganze Sippe zu bekochen. Als kurz darauf Russell auf meinen Schoß hopste, begriff ich es sogar noch besser, obwohl ich da schon gedanklich in Becs Lebensreise hinüberglitt, in den Teil, der damit zu tun hatte, dass sie nie Mutter geworden war, und wie wunderschön es war – ein heiliger Moment –, einfach dazusitzen und ein Kind auf dem Schoß zu halten.

Ninas wenig flexibler Terminkalender führte dazu, dass ich mir die Bay Area an den ersten Tagen meines einwöchigen Besuches hauptsächlich allein ansah, aber am Donnerstag begleitete ich Nina zum Campus. Ihr Unterrichtsstoff an jenem Tag beeindruckte die Studenten maßlos. »Wenn man sich die Evolution allen Lebens – vom Urknall bis heute – als ein einziges Jahr vorstellt«, erklärte sie in einem voll besetzten Hörsaal, »dann erscheint die Menschheit am 31. Dezember gegen 13:30 Uhr auf der Bildfläche. Um 23:59:59 Uhr beginnt die Renaissance. Für alles andere – die Aufklärung, die Moderne, das Leben, so wie wir es tatsächlich kennen – bleibt weniger als eine Sekunde. Und, kommen Sie sich schon ein bisschen unbedeutend vor?«, witzelte Nina, und die Studenten johlten. Ich bekam eine Gänsehaut.

Als wir den Hörsaal verließen, folgte uns eine Gruppe von fünf Studenten, die sich alle vorzudrängeln versuchten, um einen Termin bei Nina zu bekommen. Sie habe diese Woche keinen freien Termin mehr, erklärte sie, doch dann ließ sie sich doch in ein Gespräch verwickeln. Über eine Stunde wartete ich auf dem Flur.

Wir wollten gerade gehen, als noch eine Studentin näher kam. »Dr. Cohen?«, fragte sie. Es war eine junge Frau mit vor Müdigkeit verschatteten Augen, die sehr verstört wirkte.

»Nur noch ein paar Minuten, okay, Molly?«, sagte Nina, und ich setzte mich wieder auf den abgewetzten Stuhl vor ihrem Büro, von wo aus ich sie sanft sagen hörte: »Das überleben Sie. Ganz sicher.«

Als die Jungen abends im Bett lagen, war es still im Haus. Nina saß in ihrem Arbeitszimmer und korrigierte Essays oder bereitete sich auf die nächste Vorlesung vor. Wie schon so oft wanderte ich auf der Suche nach Fotos durchs Haus. Direkt vor ihrem Arbeitszimmer hing ein Bild von Howard und ihr, aufgenommen an dem Tag, als die beiden sich nach Howards Tagung der Akademie für Kinder- und Jugendmedizin zum Essen getroffen hatten. Sie standen nebeneinander, Howard hatte den Arm um Ninas Schultern gelegt, und Nina hatte gesagt: »Howard, ich hatte immer das Gefühl, wenn ich am Tag des Unfalls nicht gelogen hätte, wäre Davy noch am Leben. Ich kann das einfach nicht abschütteln. Dieses Gefühl ist ganz tief in mir verwurzelt.«

»Aber das stimmt einfach nicht, Nina«, hatte Howard eindringlich widersprochen.

»Du erzählst mir nichts Neues, das sagt mir meine Analytikerin schon seit einem Jahr«, hatte Nina erwidert, und dann hatten sie noch fünf Minuten nebeneinander gestanden und kein Sterbenswörtchen mehr gesagt.

Nina sah, wie ich das Foto anschaute, und rief mich zu sich herein. Ihr Arbeitszimmer war mit Büchern und Papieren vollgestopft. An einer Wand hingen ihre ganzen Diplome und Urkunden, und ich stand da und starrte sie an – wie viele es waren! Doch als ich eine Ehrendoktorurkunde der Georgetown University in Washington, D. C., näher betrachtete, entdeckte ich zu meiner Überraschung, dass sie nicht auf Nina, sondern auf Leo Cohen ausgestellt war.

»Oh, doch, das ist meine«, erklärte Nina. »Aber ich fand, er hätte sie mehr verdient als ich, da habe ich seinen Namen einsetzen lassen. Als ich sie ihm geben wollte, meinte er, er habe sie nicht verliehen bekommen und würde sie daher auch nicht annehmen.« Sie blieb davor stehen und wischte einen Fleck auf dem Glasrahmen weg. »Darauf bin ich eigentlich am allerstolzesten, Molly.«

Sie machte sich wieder an die Arbeit, und ich ging ins Bett. Um drei Uhr morgens wurde ich wach und stand auf, um mir ein Glas Wasser zu holen. In Ninas Arbeitszimmer brannte Licht und sie telefonierte. Ich war schon knapp eine Woche in Berkeley und nicht überrascht, dass sie immer noch auf war, immer noch arbeitete, jemandem mit Rat und Tat zur Seite stand – »Das überleben Sie«, hörte ich sie im Geiste sagen –, für jemand anderen da war, obwohl es spät war, der Tag lang gewesen war und eigentlich nichts mehr übrig sein konnte, was sie noch hätte geben können.

12 Weder Schokolade noch Erdbeere

In Becs Küche gibt es einen Wandschrank, in dem man das Bügelbrett, die Besen und die Wischmops verstauen kann, und gestern fühlte ich mich, inspiriert vom Anblick des unberührten ersten Schnees in diesem Jahr, genötigt, die Fußböden gründlich zu schrubben. Zu diesem Zweck öffnete ich die Schranktür – zum ersten Mal in meinem Leben. Dann schloss ich sie ganz schnell wieder. Doch ein paar Sekunden später öffnete ich sie ein zweites Mal, langsamer, um mich innerlich wappnen zu können, denn an der Innenseite der Tür hing Davys Bild, das Bild, das er zusammen mit Lucinda Rossetti in jenem Sommer 1948 gemalt hatte. Die beiden hatten es fast zu Ende gebracht: eine mit Buntstiften gezeichnete Reihe von Vasen, in denen Blumen steckten. Dass Bec es vor so vielen Jahren aus unserem Haus mitgenommen hatte, war mir neu, ich musste darüber nachdenken, und bei der Vorstellung, dass Bec sich jedes Mal, wenn sie den Boden aufwischen oder ein Hemd bügeln wollte, gezwungen hatte, sich der Zeichnung und allen mit ihr verbundenen Erinnerungen auszusetzen, überlief mich ein Schauer. Dann eine Woge von Bewunderung. Dann wieder ein Schauer. Dann eine Welle von Liebe.

Es war immer noch die zweite Woche im August 1948 – eine Woche vor derjenigen, von der wir wünschten, sie hätte nie begonnen –, als Davy endlich verstand, worauf Lucinda Rossetti hinauswollte.

Das Rot am unteren Rand war eine Tischplatte oder vielleicht eine Anrichte, und die Röhrchen, die daraus hervorkamen – eines grau, eines braun und eines blau –, waren Vasen. Davy war endlich darauf gekommen, als sie anfing, an der jeweiligen Stelle, wo die Vasen aufhörten, Stängel und Blätter zu malen, ungefähr da also, wo Davy das Blatt hellblau ausgemalt hatte. Mit dem Blatt in der Hand war er herumgehüpft wie ein Verrückter.

»Sie hat dir wirklich ganz schön zugesetzt«, bemerkte Ada und griff nach seinem Kinn, als würde ihn das beruhigen. Es funktionierte nicht. Er entwand sich ihrem Griff und hüpfte weiter durch die Küche. Wir saßen alle am Tisch und konnten nicht in Ruhe zu Mittag essen, solange es neben uns so hoch herging. »Geh damit nach draußen!«, sagte Ada mahnend, und als Davy nur noch wilder herumhüpfte, fuhr sie ihn an: »Sofort!«

Einen Moment lang machte er ein erschrockenes Gesicht, doch dann rannte er durchs Haus zur Vordertür und hopste auf der Veranda weiter. »Ich hab's!«, rief er immer und immer wieder.

In der Woche hatte Bec schon die Jacke entworfen, die sie Davy versprochen hatte, und auch schon Fortschritte bei den Kleidern gemacht, die sie Nina und mir für den Start ins neue Schuljahr nähen wollte. Meines bestand aus karierter Kunstseide, hatte lange Ärmel und einen Gürtel und war mit Abstand das beste Schulkleid, das ich je besessen hatte. Nina war von ihrem, einem altrosafarbenen Kleid, ebenso angetan. Für Vivie und Ada, die beiden Menschen, die Bec am meisten vermissen würde, hatte sie sich etwas Ausgefalleneres ausgedacht. Die Schwestern hatten um Kleider gebeten, die sie bei den bevorstehenden Feierlichkeiten zu Rosch ha-Schana tragen könnten. In den vergangenen Tagen hatte es Anproben gegeben, und danach wurden Nähte aufgetrennt und Abnäher hinzugefügt. Eines der Kleider hing halbfertig auf der Schneiderpuppe Eleanor Roosevelt, und das andere baumelte von einem Bügel, den Bec über einer der Glastüren in ihrem Sonnenraum befestigt hatte. Das Kleid meiner Mutter war aus burgunderroter Wolle, derselben Farbe, die Bec für das noch elegantere Kleid von Mrs Coventry verwendet hatte. Ada war hingerissen von der Ähnlichkeit. »Ich werde sehr gut aussehen«, sagte sie jedes Mal halblaut, wenn sie an Becs Sonnenraum vorbeikam. Vivies Kleid war aus demselben leichten Wollstoff, in dunkelgrün. Vivie sagte nichts, wenn sie am Sonnenraum vorbeiging, aber sie warf häufig einen Blick auf Eleanor, die das waldgrüne trug, und wölbte ihre Lippen zu einem stummen, entzückten »Oh!«.

Weil es regnete und sehr windig war, gingen Howard und Mark Fishbaum in der zweiten Augustwoche nur einmal segeln, aber in der dritten Woche – *der* Woche – hatten sie ihre täglichen Törns wieder aufgenommen. Hoch in Richtung Long Island, oder vielleicht nach West Haven hinüber, was sie inzwischen häufiger ansteuerten. Und dann kamen sie nach gut anderthalb Stunden zurück, manchmal auch später, zogen die Sailfish aus dem seichten Wasser auf den Strand, bargen die Segel, entfernten den Mast, nahmen Ruderanlage und Pinne heraus, hoben dann den nackten Rumpf hoch und zogen ihn auf den Sand, ein gutes Stück über die Flutlinie. Sie saßen häufig dort, im heißen Sand neben dem Bootsrumpf, mit den Hintern auf den orangeroten Rettungsringen, die sie an Bord hatten, und starrten die meiste Zeit schweigend auf das Wasser, durch das sie gerade geschippert waren, als hätte die lange Tour nicht ausgereicht, um über die Welt nachzudenken, die sich da so hübsch vor ihnen ausbreitete. Sie waren in der Zwischenzeit braun gebrannt. Vielleicht war es ihre Zukunft, die frei von Krieg und offen wie die See vor ihnen lag, welche sie in die Lage versetzte, so unablässig zu staunen. Vielleicht war es aber auch die Aussicht auf das, was sie an den Abenden zuverlässig erwartete. Howard hatte Mark mittlerweile so weit gebracht, Megan

O'Donnell, wenn er sie schon nicht ganz akzeptieren konnte, wenigstens freundlich zu behandeln.

»Ich war ein bisschen eifersüchtig auf dich«, hatte Mark vor Kurzem zugegeben.

»Du hast sie und mich von oben herab behandelt, weil du ein eifersüchtiger Mistkerl warst?«

»Nur zu zehn Prozent. Der Rest hat mit diesem Schlamassel zwischen Juden und Katholiken zu tun. Denk darüber nach, Howard. Willst du diesen Schlamassel wirklich?«

Am Mittwoch der dritten Augustwoche verlangte Nina kurz vor dem Abendessen lautstark aus dem Schlafzimmer ihrer Eltern nach mir. Ich war in der Küche und schnippelte Bohnen, hörte jedoch augenblicklich damit auf, um Ninas Ruf zu folgen. Seitdem Nina *Kindheit und Jugend auf Samoa* ausgelesen hatte, verbrachte sie wieder mehr Zeit mit mir. Das Buch hatte einen guten Einfluss auf sie gehabt, wie es schien. Nachdem sie die letzten Seiten beendet hatte, war sie häufiger bereit, etwas zu unternehmen: mit Ada, Davy und mir schwimmen zu gehen, in der Sonne zu sitzen und zu reden, nach dem Abendessen zum Anchor Beach zu spazieren und dort eine Weile mit den anderen Mädchen in unserem Alter zu plaudern.

Als ich das Schlafzimmer ihrer Eltern betrat, stand Nina mit verdrehtem, seitlich gebogenem Rücken neben dem Toilettentisch ihrer Mutter und kämpfte mit dem schulterfreien Sommerkleid, das Bec für sie genäht hatte. Dass Nina das Ding nun tatsächlich anzog, überraschte mich. Aber da war es, das hellgelbe Baumwollkleid mit dem weißen Blumendruck, das bisher jedes Mal, wenn es aus dem Schrank geholt worden war, für Unruhe gesorgt hatte. Obwohl es noch nicht richtig saß, konnte man sehen, wie gut es ihr stand. Die Farben bildeten einen wunderschönen Kontrast zu ihrer leicht gebräunten Haut. Nina war keine, die ihre Figur zur Schau stellte, aber das änderte nichts daran, dass sie eine sehr hübsche Figur hatte, schlank und kurvig.

»Wieso hast du so lange gebraucht?«, fragte sie und ließ entnervt den Reißverschluss los. Ihr Haar, das sie gewöhnlich durch ein Band zusammenhielt, hing ihr offen in Ringellöckchen über den Rücken.

»Wie bitte?« Ihre Zurechtweisung verblüffte mich ebenso sehr wie der Anblick des Kleides und der herabrieselnden Locken. »Ich bin hergelaufen, so schnell ich konnte!«

Im Nebenzimmer ertönte Gelächter – ein Jungenlachen, laut und sarkastisch. Howard war offenbar dabei, sich nach dem Segeln und Duschen umzuziehen, und wir hörten auch Marks Stimme, was bedeutete, dass er zum Abendessen bleiben würde.

»Mach die Tür zu, Molly!«, befahl Nina beunruhigt, und ich war mit einem Satz an der Tür, damit die Jungen, falls sie im nächsten Moment herauskämen, Nina nicht sehen könnten – sie war absolut manierlich bekleidet, aber gleichzeitig nackter denn je in diesem neuen Outfit, modisch verwandelt.

»Kannst du mir den Reißverschluss zuziehen?«, fragte Nina, gleich deutlich entspannter. »Ich glaube, er klemmt.«

Ich stand hinter ihr und griff nach dem Zip. »Halt dir die Haare hoch«, sagte ich, und Nina legte eine Hand in den Nacken und hob ihre Lockenmähne in die Höhe.

So standen wir da, meine Hand in ihrem Kreuz, ihre Hand unter den Haaren, das schulterfreie Sommerkleid verwegen um ihren Körper drapiert und immer in Gefahr herunterzurutschen, während ich an dem Reißverschluss herumfummelte, als wir hörten, wie die Schlafzimmertür knarrend ein Stück aufsprang. Ich hatte sie nicht richtig zugezogen.

Howard und Mark traten in den Flur. Howard bemerkte uns

nicht und ging auf die Treppe zu, weg von uns. Mark dagegen trödelte langsam hinter ihm her und knöpfte sich mit gesenktem Kopf das Hemd zu.

»Zieh ihn zu, Molly«, flüsterte Nina hektisch, »jetzt *sofort*!« Während ich mich abmühte, stand Mark immer noch im Flur. Er hob langsam den Kopf, bis sein Blick auf Nina haften blieb.

»Willst du das heute Abend anziehen?«, fragte er und sein Mund verzog sich zu einem leisen Lächeln.

»Bin nur am Anprobieren«, antwortete Nina ausdruckslos. Aber ich wusste, dass sie nicht so ruhig war, wie sie tat. Da meine Hände noch auf ihrem Rücken lagen, spürte ich, wie sich ihr Körper im Eiltempo erwärmte. Kaum hatte ich den Reißverschluss hochgezogen und losgelassen, da sprang ich auch schon zur Tür und schlug sie Mark, der immer noch durch den Spalt starrte, vor der Nase zu.

»Sieht gut aus!«, hörten wir ihn durch die geschlossene Tür rufen. Dann trampelte er die Treppe hinunter und wir hörten nichts mehr, nur die Schlafzimmertür, die sich erneut ächzend öffnete.

»Sie bleibt einfach nicht zu«, sagte ich.

»Scheint so«, erwiderte Nina. Diesmal knallte sie sie selbst zu und befestigte sie zusätzlich mit einem Haken, damit sie nicht wieder aufsprang. Als sie sich mir zuwandte, war ihr Gesichtsausdruck weicher. »Sieht es wirklich gut aus?«, fragte sie. »Hast du gehört, was er gesagt hat?«

Sie sah umwerfend aus, wie verwandelt. Ich fragte mich, warum mir, obwohl ich ihr so oft beim Umziehen zugesehen hatte, nie ihre geraden Schultern oder ihr langer Hals aufgefallen waren. Und das war noch nicht alles – sie hatte Hüften und Brüste und ein wohlgeformtes Hinterteil. Offen getragen sah ihr Haar dramatisch aus statt einfach nur kraus. Sie war – unübersehbar – eine junge Frau geworden, und zwar nicht auf Samoa, sondern genau hier, in Woodmont, vor meinen Augen. Aber wann war das passiert?

»Bist du es wirklich?«, fragte ich staunend.

Nina trug das Kleid an jenem Abend nicht. Stattdessen entschied sie sich für Latzhosen mit hochgekrempelten Beinen und Segeltuchschuhe, wie üblich. Doch am nächsten Abend, nur wenige Minuten bevor wir zu unserem mittlerweile zur Routine gewordenen Abendspaziergang aufbrachen, rief mich Nina zu sich. Sie war wieder im Schlafzimmer ihrer Eltern und hatte sich wieder das Kleid übergezogen, das Bec ihr genäht hatte. Diesmal hatte sie keine Probleme mit dem Reißverschluss gehabt, und als ich in der Tür stand, war sie bereits vollständig angezogen und hatte das passende Jäckchen über den Arm gelegt. Ihr Haar trug sie nicht offen wie am Tag zuvor, sondern wie gewohnt von einem Band in Schach gehalten. Doch die einfache Frisur wirkte an ihr plötzlich ebenso elegant wie das Kleid. Sie trug Sandalen an den Füßen und hatte sich sogar irgendwann im Lauf des Tages die Zehennägel rosarot lackiert. Ich trug meine Lieblingskluft, Dreiviertelhosen und ein dazu passendes bauchfreies Oberteil.

»Kannst du dir nicht was Hübscheres anziehen?«, fragte Nina. »Ich will nicht zu sehr auffallen.«

Aber für mich war dieser Aufzug mehr als in Ordnung, und das sagte ich Nina auch.

»Bitte, Molly!«, bettelte sie, hob den Fuß und hätte fast aufgestampft.

»Ist ja schon gut«, sagte ich, »dreh nicht gleich durch, Nina.«

Ich zog mir einen Rock über und sie nickte dankbar. Wir verließen zusammen das hintere Schlafzimmer, und auf dem Weg zu den Treppen zog mich Nina ins Badezimmer. Sie ging direkt auf die Regale neben dem Waschbecken zu, wo sie sich einen Lippenstift schnappte. Wir hatten das noch nie getan, aber auf einmal kam es uns ganz normal vor, uns die Lippen tomatenrot anzumalen und sie dann zusammenzupressen, wie wir es bei unseren Müttern beobachtet hatten.

Unsere Mütter und Bec saßen nach dem Abendessen noch in der Küche bei ihrer üblichen Tasse Kaffee. Wir konnten sie von der Treppe aus sehen, aber anstatt zu ihnen zu gehen, schlugen wir die Gegenrichtung ein, und Nina rief ihnen zu, wir seien auf dem Weg nach draußen. Wir überquerten gerade die Terrasse und atmeten die milde Abendluft ein, als ich meine Mutter rufen hörte.

»Molly, komm noch mal her«, rief sie, und ich blieb, verärgert über die Verzögerung, mitten auf der Veranda stehen. In letzter Zeit war es jeden Abend dasselbe Spiel: Sie wollte mich noch einmal sehen, bevor ich ohne sie in die Welt hinausstrebte. Mir war nicht klar, wonach sie sehen wollte. Sie wusste, dass ich mich ordentlich anzog. Und ich vergaß nie, mir die Haare zu kämmen. Hätte ich begriffen, dass sie durch diese prüfende Musterung sich noch für ein paar Augenblicke meiner Nähe vergewisserte, dass dieses lästige Ritual in Wirklichkeit ein Zeichen ihrer Liebe war, hätte es mich vielleicht nicht so irritiert. Aber ich verstand es nicht, und diese neue Angewohnheit erschien mir aufdringlich, lächerlich.

Ich rannte zurück. »Hier bin ich«, sagte ich ungeduldig, fast ruppig. Doch dann merkte ich, dass ihr Blick schon an mir vorbei zu Nina gewandert war, die links hinter mir im Wohnzimmer stand.

»Nina?«, sagte Ada. Sie warf Vivie und Bec einen Blick zu, und die beiden beugten sich über den Küchentisch, um besser ins Wohnzimmer sehen zu können. Alle drei stellten ihre Kaffeetassen ab.

»Nina«, rief Vivie, von Adas Tonfall alarmiert. »Komm her, Nina.«

Als Nina die Küche betrat, machte sich ein überraschtes Schweigen breit. Von allen angestarrt, senkte Nina den Blick zu Boden, als wäre sie völlig fasziniert von den ungleichmäßigen Farbflecken auf dem Linoleum.

»Schau mich an, Schatz«, ermutigte Bec sie mit ruhiger Stimme.

Langsam hob Nina den Kopf und sah Bec an, von der sie, wie ich wusste, am wenigsten ein kritisches Wort erwartete. Während sie dastand und auf eine Reaktion wartete, hob sie die Hand und strich sich unnötigerweise über die Haare.

»Das passt ja großartig. Wie angegossen. Dreh dich um. Lass dich ansehen«, sagte Bec und machte eine kreisende Handbewegung. Sie strahlte Nina an.

Nina drehte sich, und die anderen pflichteten Bec bei.

»Ich hätte ja nie gedacht, dass ich das noch mal erlebe!«, sagte Ada.

»Du nimmst mir das Wort aus dem Mund«, sagte Vivie und fing an zu applaudieren.

»Warum so überrascht?«, fragte Bec.

»Warum? *Warum?*«, sagte Vivie und sah sie ungläubig an.

»Das Mädchen hat den ganzen Sommer auf der gottverdammten Terrasse gehockt, darum«, antwortete Ada begütigend. »Ich weiß nicht, wie es mit euch beiden ist, aber ich habe schon angefangen …«, meine Mutter suchte nach den richtigen Worten, »… mir Fragen zu stellen.« Sie hob die Augenbrauen und sah erst Vivie und dann Bec vielsagend an. Mir war keineswegs klar, welche Fragen sie sich fast gestellt hätte, aber ich verstand, dass die Angelegenheit für die Schwestern klar war. Als Ada Becs Blick begegnete, wandte sie rasch den Kopf ab. Sie hatte sich auch in Bezug auf Bec Fragen gestellt, verriet diese obskure Geste.

Bec erfasste ihre Bedeutung durchaus. »Ach, hör auf«, sagte sie spitz, »wenn ein Mädchen gerne liest, kann es trotzdem ein *Mädchen* sein. Du glaubst bloß, dass alle so sein müssen, wie du gewesen bist, Ada. Verrückt nach Jungs, ja, besessen von ihnen, und nichts als Kuchen backen, Schuhe anprobieren, so wie *du*.«

Meine Mutter klappte den Mund zu und verschränkte trotzig die Arme, aber Vivie schnellte hoch, sodass die Kaffeetassen auf dem Tisch klapperten und ihr Stuhl kippelte und fast umfiel, und rannte zur Küchentür, die sie aufstieß, wobei ihr ein leiser Schmerzensschrei entfuhr. Er klang wie ein Schrei, den sie über eine lange Zeit zurückgehalten hatte. Ich wusste nicht recht, ob ihre Klage der Vergangenheit galt, auf die Bec angespielt hatte, oder der Gegenwart. Kurz darauf kam sie zurück, ein Taschentuch in der Hand, das sie aus ihrer Schürzentasche gezogen hatte. Sie tupfte sich die Augen.

»Ich bin deine Mutter«, sagte sie zu Nina, das zerknüllte Taschentuch knetend. »Und wenn ich ehrlich bin, habe ich mir tatsächlich ein paar Gedanken gemacht. Nicht wegen, du weißt schon …« Sie warf einen Blick in Adas Richtung und senkte dann den Kopf, so wie meine Mutter es getan hatte. »Nur um dich. Du solltest ein bisschen unter Leute kommen. Dich nicht immer nur in Büchern vergraben, weißt du, nicht immer so auf der Hut vor allem sein.«

Nina nickte. Das Gespräch war auf einmal eine private Unterhaltung zwischen Mutter und Tochter geworden.

»Und?«, fragte Nina.

»Ach, Schatz, alles ist *gut*!«, antwortete Vivie und gab dem letzten Wort genau dieselbe Betonung wie früher Risel, ihre Mutter.

Ninas Mund verzog sich zu einem erleichterten, beglückten Lächeln, und sie wirbelte mit wehenden Haaren und ausgestreckten Armen um die eigene Achse.

»Jetzt aber schnell raus mit euch!«, lachte Ada und johlte fröhlich, und bald lachten und johlten Vivie und Bec ebenfalls, und die drei Stimmen verschmolzen zu jenem ausgelassenen Chor, den ich schon Millionen Male gehört hatte, und begleitet von dem vertrauten Getöse brachen wir auf, durch die Hintertür diesmal, an Davy vorbei, der sich auf den Stufen mit einem Geschicklichkeitsspiel die Zeit vertrieb.

Nina und ich waren noch auf der Merwin Avenue – wir hatten erst vor wenigen Minuten das Sommerhaus verlassen –, als ein Auto, das an uns vorüberfuhr, laut hupte. Dann ein zweites. In beiden saßen Teenager, Jungen ungefähr in Howards Alter. Beide Male wechselten Nina und ich einen verwunderten Blick.

Wir bogen gerade in der Nähe des Anchor Beach auf die Beach Avenue ab, als ein Auto nicht nur hupte, sondern gezielt auf uns zusteuerte. Es bremste ab, kurvte an den Bordsteinrand und der Passagier auf dem Beifahrersitz steckte den Kopf zum Fenster heraus. »Hallo, schöne Frau! Alles klar?«, rief er Nina zu. Diesmal jedoch drehte sich Nina nicht zu mir um, sondern stolzierte mit hoch erhobenem Kopf weiter. Ich fasste instinktiv nach ihrer Hand, weil mir die Nähe des Wagens und des Mannes – der viel älter war als Howard und anzüglich aus dem offenen Fenster herausgrinste – Angst einjagte. Doch zu meinem Befremden wollte Nina davon nichts wissen. Sie schüttelte meine Hand ab, ging auf Abstand zu mir und lief mindestens zwei Schritte vor mir her. »He, warte«, jammerte ich, und weil ich so verängstigt war, blieb Nina schließlich stehen und funkelte den Mann im Auto böse an; seltsamerweise genügte das, um den Fahrer mit aufheulendem Motor davonfahren zu lassen.

»Komm, Molly«, sagte Nina lachend und gab mir zu verstehen, dass ich zu ihr aufschließen solle.

Als wir zu den Grüppchen am Anchor Beach stießen, stürzte sich Nina – völlig untypisch für sie – mitten ins Gewimmel. Sie steuerte Sals Eiswagen an, der wie üblich nach dem Abendessen von Wartenden umlagert war. Die Abendtemperatur war angenehm, fast kühl. Die Meeresbrise, die so häufig wehte, bemerkte man überhaupt nur, weil sie seltsame Gerüche mit sich brachte, eine Mischung aus Seesalz und süßlichen Parfüms, die die Körper der zahlreichen Mädchen und Frauen verströmten. Als wir ein paar Meter vor Sals Wagen stehen blieben, schweifte Ninas Blick suchend durch die Menge.

»Da!«, sagte sie bald darauf und deutete auf eine Vierergruppe, zu der auch Howard und Mark Fishbaum gehörten. Sie standen ein Stück von uns entfernt auf einem Felsvorsprung. Die anderen beiden waren zwei Mädchen: Megan O'Donnell und eines, das ich nicht kannte.

»Und?« Ich wusste nicht, was daran so bemerkenswert war. Natürlich redete Howard ständig mit irgendwelchen Mädchen. Und wir hatten ja schon gesehen, wie er Megan O'Donnell geküsst hatte.

»Ach, nichts«, sagte Nina. »Dachte nur, du willst vielleicht gern wissen, wo Howard steckt.« Aber sie sah nicht Howard an, wie mir auffiel, sie interessierte sich offensichtlich mehr für Mark.

Als meine Freundinnen Melissa Bornstein und Anna Weiss auftauchten, plauderten wir mit ihnen, bis Sal unser Gespräch mit seinem Zuruf aus mehreren Metern Entfernung unterbrach.

»Du liebes Lottchen! Bist du das wirklich, Nina Cohen?«

Nina flitzte zu Sal hinüber. Weil ich so große Lust auf ein Eis hatte, ließ auch ich Melissa und Anna stehen.

»Hallo, ihr Süßen«, sagte Sal, wobei er tatsächlich nur auf Nina zeigte, die schon ganz vorne in der Schlange stand, direkt vor ihm, weil sie sich gegen die Weinstein-Zwillinge durchgesetzt und erbarmungslos vorgedrängelt hatte. »He, he«, sagte Sal, um uns alle zu beruhigen, und zwinkerte Nina zu. Sie krümmte sich vor Lachen und kippte fast vornüber, verlegen, aber glücklich. Amüsiert fragte Sal: »Was soll's heute Abend sein, mein Süßkartöffelchen?« Er paffte seine Zigarre, während er Nina mit einer Art väterlichem Wohlwollen betrachtete, und ich dachte, dass er uns in diesem Sommer besser kannte als unsere Väter, genauso wie unsere Mütter und Bec. Er strahlte, wie Bec vorher gestrahlt hatte. Schließlich sagte er stolz: »Du bist schon eine echte Lady, Nina Cohen. Ich hab's immer gewusst. Oh ja, das hab ich.« Nina klappte schon wieder fast zusammen vor Lachen. Dann wirbelte sie vor ihm herum.

»Was darf es sein? Etwas Besonderes? Erdbeere?«, fragte Sal, weil er wusste, dass sie immer Schokolade nahm.

Aber Nina schüttelte den Kopf. Sie würde heute nichts essen, erklärte sie, sonst würde womöglich die Eiscreme schmelzen und ihr auf das Kleid tropfen.

Ich dagegen wollte etwas, und ich warf Sal meine Münzen praktisch entgegen.

»Hier, für dich, Süßkartöffelchen«, sang er und reichte mir, wie gewohnt, einen Eisriegel mit Geröstete-Mandeln-Geschmack. Dann warnte er mich: »Tropf sie nicht voll. Sie ist heute eine echte Schönheit! Halt dein Eis gut fest, Molly Leibritsky.«

Die Weinstein-Zwillinge, die hinter uns standen, drängten nach. »Bye-bye, Hawaii«, rief Sal und zwinkerte uns noch einmal zu, während er uns gleichzeitig zur Seite winkte, damit die Schlange aufrücken konnte.

»Bye-bye, Hawaii«, riefen wir zurück, und ich fügte lachend hinzu: *»Sal Baby.«*

Nach unserem Zwischenstopp bei Sal machte Nina eine Bemerkung darüber, dass Howard und Mark immer noch mit Megan und dem anderen Mädchen redeten. Ihr Gesichtsausdruck verriet mir, dass sie überlegte, wie sie sich unauffällig in ihre Nähe manövrieren konnte. Sie hatte die Arme verschränkt, wie das Mädchen neben Megan, dem man sogar aus der Ferne anmerkte, dass es wütend war, und das sich demonstrativ von Howard und Mark ab- und dem Horizont zugewandt hatte. Es kam nicht oft vor, dass ein irisches Mädchen wie Megan sich mit einem jüdischen Jungen wie Howard am Anchor Beach traf, und ich fragte mich, ob das Mädchen neben Megan auch Irin war.

Aber ich konnte diesen Gedanken nicht zu Ende denken, denn plötzlich bekam ich einen Stoß von hinten und ließ mein Eis fallen. Als ich mich umdrehte, um zu sehen, wer mich geschubst hatte – mit Absicht, so kam es mir vor –, stand da der grinsende Arthur Weinstein.

»He, 'schuldigung«, sagte er. Sein Blick wanderte von mir zu dem Eis, das auf dem Gehweg schmolz.

»Pass doch auf, wohin du trittst!«, maulte ich.

»He, 'schuldigung«, wiederholte er, schon gereizter.

»Und ich sagte, pass auf, wohin du trittst!«

»Soso, und wer bist *du*?«, fragte er, fast genauso feindselig wie ich. Er äffte mich nach, wie ich wutentbrannt und mit leeren Händen vor ihm stand, während sein Bruder Jimmy ihn wegzuziehen versuchte.

Doch nun schaltete sich Nina ein. »Wer zum Teufel bist *du*?«, herrschte sie ihn an.

Schockiert von ihrem scharfen Ton verdrückten sich die Zwillinge.

Nina schaute ihnen hinterher, knurrte ein verächtliches »Idioten« und legte mir den Arm um die Schultern. Doch ein paar Sekunden später hellte sich ihre Stimmung schlagartig auf und sie sagte: »Ich weiß! Wir gehen zu Howard und erzählen es ihm!«

Howard etwas zu erzählen, was ihn vermutlich kaum interessierte – etwas über mich –, war in meinen Augen eine riskante Strategie, aber ich folgte Nina trotzdem. Als wir uns der Verergruppe näherten, sah ich, dass das wütende Mädchen, das Dreiviertelhosen und eine weite Bluse trug, die Arme nicht mehr gekreuzt hatte, aber immer noch verkniffen dreinblickte. Megan war schicker angezogen, sie trug ein geblümtes Kleid und war damit fast so adrett gekleidet wie Nina. Sie war überhaupt nicht wütend, sondern deutete lachend auf eine majestätische Segeljacht, die am Horizont entlangglitt.

»Wie das da?«, fragte sie gerade, als wir näher kamen.

»Etwas kleiner«, antwortete Howard. »Unser Boot ist eine Spur kleiner.«

In Wirklichkeit war die Sailfish mickrig.

»Komm jetzt«, sagte das Mädchen in den Dreiviertelhosen zu Megan. »Wir sollten nach Hause gehen.«

Nina und ich waren knapp außerhalb des Kreises, den die vier bildeten, stehen geblieben.

Als Howard uns entdeckte, sah er erstaunlich erleichtert aus. »Das ist meine kleine Schwester«, sagte er zu den beiden Mädchen und deutete grinsend auf mich. Ausnahmsweise war meine Anwesenheit ihm einmal nützlich; er konnte Megans Aufbruch hinauszögern, indem er mich ihr vorstellte. »Das ist Molly. Und das ...« Er sah Nina an. Für ein paar Sekunden verschlug es ihm fast die Sprache. »Das ist meine Cousine Nina.«

Nina zwang sich zu einem Lächeln, sagte Hallo und blickte schüchtern zu den beiden Mädchen. Ihre vor ein paar Minuten noch so selbstbewusste Haltung war wie weggeblasen, sie starrte auf den Boden, dann auf Mark Fishbaums Knie, dann in sein Gesicht. »Hallo, Mark«, sagte sie gleichmütig, obwohl ich wusste, dass sie alles andere als gleichmütig war.

»Hey, Nina. Was liest du so?«, antwortete Mark, woraufhin er und Howard leise lachten.

Als Nina den Kopf wieder sinken ließ, fügte Mark begütigend hinzu: »Nur ein Witz. Hübsch, das Kleid. Ehrlich.«

Nina atmete auf. Der Abend war noch nicht ganz verloren. Sie hob den Kopf und schenkte Mark ein strahlendes Lächeln. Dann stellte Howard uns Megan vor, hochoffiziell, als hätten wir sie noch nie im Leben gesehen, und anschließend auch noch deren Schwester Sheila, das wütende Mädchen neben ihr. »Sie«, erklärte Howard mit einer Geste zu Megan, »arbeitet mit mir bei Treat's. Sie ist die Kassiererin.«

Nina und ich wechselten einen Blick. Uns war nicht klar, warum Howard sich nicht daran erinnerte, dass wir uns alle längst kannten.

»Das *wissen* wir«, sagte Nina und sah kurz zu Megan.

»Wie schnell er vergisst«, kommentierte Megan und grinste in Richtung Nina.

»Ich erinnere mich sehr wohl!«, knurrte Howard und wurde rot.

»Hast du gesehen, was Molly passiert ist?«, fragte Nina unvermittelt.

»Was denn?«, fragte Howard gereizt. Dass wir uns ernsthaft an ihrem Gespräch beteiligten, hatte er nicht gewollt.

Nina und Howard wechselten einen kurzen, feindseligen Blick, wie es im Sommerhaus häufig vorkam.

»Du hast nicht gesehen, wie Arthur Weinstein Molly umgeschubst hat?«, erläuterte Nina unwillig.

Bevor jemand antworten konnte, drehte sich Sheila plötzlich zu Megan um und drängelte: »Wir sollten los, Megan. Ich habe so ein komisches Gefühl.«

»Geh du doch«, antwortete Megan.

»Und ob«, erwiderte Sheila. Sie lief los und drehte sich dann noch einmal zu einem »Tschüss« um, wobei sie aus einem Impuls der Höflichkeit heraus, den sie nicht unterdrücken konnte, die Hand hob.

Ich hörte Megans gemurmeltes »Die sind wir los«. Zu Howard sagte sie: »Tut mir leid. Ich weiß, es war nicht einfach für dich, uns alle zusammenzubringen.«

Dann endlich berichtete Nina von dem Vorfall mit meinem Eis.

»Und?«, fragte Howard. Er war die Gleichgültigkeit in Person.

Doch Megan zeigte Mitgefühl. »Das ist echt doof«, sagte sie zu mir und anschließend zu Nina: »Hübsches Kleid.«

Nina lächelte und Megan lächelte zurück. Schüchtern sagte Nina: »Meine Tante hat es mir genäht. Ist das zu glauben?«

»Oh, du lieber Himmel«, murmelte Howard, aber Nina ignorierte ihn.

»Sie ist Schneiderin«, fuhr sie entschlossener fort. »Eine sehr gute. Sie hat das hier wahrscheinlich in ungefähr drei Tagen genäht.«

»Ich habe meinen Rock selbst genäht«, erwiderte Megan. »Aber das hat drei Wochen gedauert, nicht drei Tage.«

»Hübsch«, sagte Nina, deutlich entspannter, fast schon lebhaft. »Hey, du solltest mal zu uns kommen und meine Tante Bec kennenlernen. Sie arbeitet gerade an zwei Kleidern. Eins für meine Mutter, eins für Molly.«

»*Meine* Tante ist sie übrigens auch«, mischte sich Howard ungeduldig ein. »Und ich bin der, der Megan zu uns einlädt.« Er warf ihr einen kurzen Blick zu. »Wenn der richtige Zeitpunkt gekommen ist«, fügte er rasch hinzu.

Nina streckte die Hand aus und legte sie auf Megans Arm. »Ich kann *auch* ihre Freundin sein.«

»Soll das ein Witz sein?« Howard kniff die Augen zusammen.

»Freundinnen!«, sagte Megan, durchaus willens, den Schabernack noch ein Stück weiterzutreiben.

»Genau«, stimmte Nina zu, »Freundinnen!« Damit trat sie noch einen Schritt näher an Megan heran und legte ihr vorsichtig den Arm um die Schultern.

Howard machte ein finsteres Gesicht und sah uns alle nacheinander an, zum Schluss Nina.

»*Lesbe*«, knurrte er schließlich.

Er hatte leise gesprochen, aber wir alle hörten das Wort sehr deutlich.

Nina erstarrte. Während sie den Arm von Megans Schultern nahm, viel schneller, als sie ihn dorthin gelegt hatte, verfärbte sie sich rosa, erst im Gesicht, dann am Hals und zuletzt bis hinunter ins Dekolleté.

»Howard«, entrüstete sich Megan, »das ist gemein.«

»Ja, Howard. Unter der Gürtellinie«, stimmte Mark zu.

Ich war still, weil ich nicht genau wusste, was das Wort bedeutete.

Als Nina sich endlich wehrte, war ihre Stimme angespannt und schrill. »Du verdienst sie nicht, Howard. Du verdienst nicht mehr als eine Papierpuppe!« Bei »Puppe« brach ihre Stimme und ihr stiegen Tränen in die Augen.

»Ach, hör doch auf«, sagte Howard, immer noch verärgert, aber gleichzeitig bemüht, sie zu besänftigen. Er ging auf Nina zu, legte die Hand an ihre glühende Wange und sagte sanft: »Lach, Nina, lach. Ich weiß, du willst es auch.« Er wiederholte das »Lach, Nina, lach«, immer wieder, den Mund dicht an ihrem Ohr, bis sie unter Schluchzen lachen musste und Schluckauf bekam. Das war einer von Howards Tricks: Er konnte einen dazu bringen, dass man sich schlapplachte, während man ihn eigentlich umbringen wollte. Offensichtlich ging er davon aus, dass man, wenn man lachte, keinen Ärger mehr empfand. Doch was er – wie ich aus eigener Erfahrung wusste – nicht bedachte, war, dass man sich durch das erzwungene und ungewollte Lachen komplett wehrlos fühlte.

Ich ging auf Nina zu und fasste sie am Arm, um sie zu trösten. Diesmal hatte sie, im Gegensatz zu vorher, nichts gegen meine Berührung und kam mir sogar entgegen.

Sie lachte und weinte, obwohl sie weder das eine noch das andere wollte. Alles, was sie wollte, war eine Reaktion von Mark, eine Reaktion wie die, die sie von allen anderen an diesem Abend bekommen hatte: von Sal, von den Männern, die auf dem Weg zum Anchor Beach an uns vorbeigefahren waren, von unseren Müttern und von Bec.

Doch dann glitt ihr Blick, als hätten ihre Augen ein Eigenleben, von Mark weiter zu Megan.

»Komm mit!«, forderte sie mich auf, und ihre Wangen glühten noch mehr. Was immer sie suchte, sie war noch nicht bereit dafür. Sie packte mich am Arm und drehte sich weg.

Ich folgte ihr, als sie, zunächst aufrecht und mit gemessenen Schritten, von Mark, Howard und Megan weg und dann immer schneller in Richtung Sommerhaus strebte. Als es in Sichtweite war, stieß sie einen lauten Schrei aus und rannte los.

»Nina«, rief ich, hinter ihr herjagend. »Nina!«

Aber sie wartete nicht auf mich. Sie rannte, so schnell sie konnte, um die Nachbarhäuser herum und die Stufen vor unserem Haus hinauf, und gerade als sie die Fliegengittertür aufreißen wollte, stieß meine Mutter sie von innen auf, sodass Nina mit voller Wucht dagegenrannte. In der Zeit, in der wir weggewesen waren, hatten die drei Frauen ihre Unterhaltung auf die Terrasse verlagert, und Ada brachte ihren Schwestern gerade eine Kanne frischen Kaffee.

Als Nina mit wehenden Haaren gegen die Tür rannte und mit der Stirn an die harte Kante stieß, ließ meine Mutter die Kaffeekanne fallen. Sie landete neben der Terrasse im Gebüsch. Nachdem ihre Hände nun frei waren, fing meine Mutter die kreiselnde, schreiende Nina auf.

Als ich endlich auch am Haus angekommen war und die Stufen hinaufhetzte, standen alle um Nina herum, stützten und hielten sie.

»Du lieber Gott«, sagte Ada, »du lieber Gott.«

Von Ninas Stirn rann Blut, das auf den Jackenkragen und das Kleid tropfte.

»Lass mich mal sehen«, rief Vivie. Dann sagte auch sie: »Du lieber Gott.«

Von Bec kam der Vorschlag, sofort zu dem Arzt zu gehen, der sich vier Häuser weiter für eine Woche mit seiner Familie eingemietet hatte.

Eine von ihnen hätte hinlaufen und den Arzt zu uns holen können, aber in der allgemeinen Verwirrung zogen sie Nina einfach mit sich, während Ada unablässig »Du lieber Gott« wiederholte und Vivie Nina tröstliche Floskeln zuflüsterte: »Halte durch, Schatz. Gleich ist alles gut. Alles wird gut.« Bec rannte voraus, um dem Arzt Bescheid zu sagen.

Sie halfen Nina die Stufen hinunter, während ich in Schockstarre auf der Veranda stand, und meine Mutter rief mir im Gehen zu: »Molly, pass auf deinen kleinen Bruder auf!«

Ich nickte. Ich war mir sicher, dass sie sich noch einmal umdrehen und sich vergewissern würde, dass ich sie gehört hatte. An diesem Abend hätte ich ihren prüfenden Blick gern auf mir gespürt. Doch sie hielt Nina von einer Seite am Arm, während Vivie sie von der anderen hielt, und sie waren vollauf damit beschäftigt, sie zum Haus des Arztes zu führen.

Bald waren sie außer Sicht. Doch ich hörte immer noch Ninas entsetzlichen Schrei, als hätte er nie aufgehört, und ich sah sie vor mir, wie ihr Kopf gegen die Türkante knallte und sich fast augenblicklich eine große Beule bildete, und vor allem sah ich das Blut, das ihr übers Gesicht lief und das zarte Blumenmuster auf dem hellgelben Kleid befleckte.

Trotz meines flauen Gefühls im Magen schaffte ich es, die Tür zu öffnen, die längst wieder zugeschlagen war, und ins Wohnzimmer zu stolpern. Auch mit mir war anscheinend etwas passiert; in meinem Kopf drehte sich alles und ich hatte weiche Knie.

Lange lag ich auf dem Sofa, mal mit offenen, mal mit geschlossenen Augen. Doch so oder so sah ich das Blut vor mir, und das scheußliche Schwindelgefühl und das Grummeln in meinem Bauch wollten nicht aufhören.

Eine Ewigkeit schien vergangen zu sein, als Davy ins Wohnzimmer spazierte. Er sah mich auf dem Sofa und quetschte sich neben mich, indem er meine Füße hochhob und sich unter sie schob.

»Hey«, sagte ich matt. Meine Füße lagen auf seinem Schoß, und ich wollte ihn sachte treten, gewissermaßen als freundliche Begrüßung, aber ich hatte nicht die Kraft dazu. »Wo warst du?«

»Hinten draußen«, sagte er so gleichmütig, dass ich merkte, er hatte nicht mitbekommen, was geschehen war. Er sprach mit seiner Puppenstimme, der Stimme von Samson Bagel, den er auf seine Hand gestülpt hatte. »Was ist los?«, fragte er, nachdem er an meinen Beinen geruckelt und ich mich nicht gerührt hatte.

»Nina hat sich verletzt«, sagte ich und fing an zu weinen.

Als ich mich etwas gefasst hatte, fragte Davy, immer noch als Samson Bagel: »Ist sie tot?«

»Vielleicht.« Wieder kamen mir die Tränen. »Vielleicht nicht. Ich glaube nicht, aber vielleicht doch. Sie hat sich richtig schlimm verletzt.«

Davy sagte eine Weile nichts. Dann fragte er mit seiner eigenen Stimme: »Und was machen wir jetzt?«

»Wir sollen hierbleiben und warten«, sagte ich, und das taten wir. Zwei Stunden lang blieben Davy und ich auf dem Sofa. Das Abendlicht nahm immer mehr ab, und am Ende warteten wir stumm in der Dunkelheit. Ich lag die ganze Zeit still da, die Füße leicht erhöht auf Davys Schoß, während sich die Benommenheit in meinem Kopf allmählich legte. Davy saß geduldig auf dem Sofa und hob nur ab und zu die linke Hand, um einen Blick auf Samson Bagel zu werfen. Obwohl wir in der tiefsten Dunkelheit saßen, die nur von dem durch die Fenster einfallenden Mondlicht ein wenig erhellt wurde, zappelte er nicht und bat mich um nichts.

Dann kam endlich Nina zurück, deren Stirnwunde erfolgreich genäht und verbunden worden war. Vivie und Bec halfen ihr aus dem blutbespritzten Kleid heraus und in ihr leichtes Nachthemd hinein, während Ada ein Glas Milch warm machte, das Nina trinken musste, als sie schon im Bett lag. Alle drei Schwestern saßen am Sofarand, während Nina und ich unter die Decke schlüpften. Von allen Seiten wurden wir, aber besonders Nina, zugedeckt, gehätschelt und umsorgt.

In diesem Augenblick ging mir etwas auf, das mir neu war: dass ich sie brauchte, dass ich ohne diese Frauen nicht ich selbst sein konnte, aber auch nicht *sie* – die Person, die nur ich kannte, dieses leise Pladdern in meinem Kopf, diese verschwommene Vision, die sich einstellte, wenn ich oben in der Badewanne lag. Während ich nacheinander die drei Frauen anschaute und dann Nina, verschwand das fest umrissene Ich; die Stimme, die ich so gut kannte, verstummte, und ich wusste nicht mehr, wo ich anfing und aufhörte. In diesem Augenblick schienen sich meine Grenzen aufzulösen, es war, als würde ich mich in die anderen hinein ausdehnen, als wären Ninas Gefühle meine und als würden Adas, Vivies und

Becs tröstende Worte und ihre wohltuenden Zärtlichkeiten mir gelten.

Sogar Davys Gesten waren irgendwie auch meine. Er hatte Samson Bagel in die Luft gereckt und vollführte eine Art Tänzchen mit ihm, er schwenkte ihn vor Ninas Gesicht hin und her wie das Pendel eines Hypnotiseurs. »Alles ist wieder gut«, sang ein Samson Bagel bei jeder Schaukelbewegung hoffnungsfroh. »Alles ist wieder gut, du Schlafmütze.«

TEIL DREI

13 Die zweite Hälfte des achten Innings

Am nächsten Morgen, einem Freitag – dem Tag von Davys Unfall –, war mein Vater wie gewöhnlich früh auf. Um halb acht nippte er in Middletown an seinem Nescafé und überflog, wie er es den ganzen Sommer über gehalten hatte, die Zeitung auf der Suche nach etwas Neuem über Babe Ruth. Nur gab es jetzt keinen lebenden Ruth mehr, über den er etwas hätte lesen können. Die Zeitung hatte am vorangegangenen Montag, den 16. August, über Ruths Tod berichtet. Die beiden Tage danach war er im Yankee Stadium aufgebahrt gewesen, wo Heerscharen von Fans ihm die letzte Ehre erwiesen hatten. Die Trauermesse hatte in der St. Patrick's Cathedral stattgefunden. Mort seufzte und las, dass sogar das heiße, regnerische Wetter zur trüben Stimmung beigetragen habe.

Acht Kilometer entfernt trank auch Leo Cohen seinen Nescafé, aber er las keine Zeitung. Er las einen Artikel, den die Bibliothekarin, die er in Middletowns Russell Library am besten kannte, ihm herausgesucht hatte. Ein Wissenschaftler namens George Gamow hatte einen Aufsatz verfasst, der erklärte, dass das auf ein Alter von vierzehn Milliarden Jahre geschätzte Universum durch die gigantische Explosion des allerersten Atoms entstanden sei, und dass die chemischen Elemente, die man heutzutage kenne, vor allem Wasserstoff und Helium, sich innerhalb von Minuten nach dem Urknall gebildet hätten. Seitdem dehne sich das Universum unablässig aus. Leo wollte diese erstaunliche Neuigkeit, das heißt, das wenige, was er von ihr verstand, an Nina weitergeben, aber er musste sich noch überlegen, wie er es ihr am besten beibrachte. Vierzehn Milliarden Jahre, murmelte er kopfschüttelnd vor sich hin, kaum in der Lage, eine solche Zahl zu fassen. Er langte nach einem Notizblock. *Meine liebe Nina*, schrieb er, aber dann war er mit seinem Latein am Ende und schob den Block zur Seite.

Als sich die beiden Männer zwanzig Minuten später in der Synagoge trafen, begrüßten sie sich mit einem stummen Kopfnicken. Und als am Ende des Gottesdienstes das Kaddisch zum Totengedenken rezitiert wurde, hatten beide Männer kummervolle Gesichter und ein schweres Herz. Während des Gottesdienstes hatte der eine wie der andere grübelnd auf gewundenen Pfaden zur traurigen Wahrheit gefunden – dass das Leben des Einzelnen unbedeutend war. Sie sprachen das Kaddisch routinemäßig mit.

Dann regte Mort an, das Gebet noch einmal zu sprechen, aber diesmal ausschließlich zum Gedenken an Babe Ruth. Leo wollte den Sinn einer solchen Aktion nicht einsehen – selbst ein so außergewöhnliches Leben wie das von Ruth war, wenn man das große Ganze betrachtete, ein Staubkörnchen im Nirgendwo –, aber er war nicht in der Stimmung zu widersprechen. Es ist ja nicht so, dass unser Leben völlig bedeutungslos ist, sagte er sich schließlich und versuchte, den Abgrund der Zeit – vierzehn Milliarden Jahre – zwischen dem Leben des einzelnen Menschen und dem des Universums gedanklich zu schließen. Nur ist unser Leben eben so klein, so furchtbar, furchtbar klein.

Doch als er zu den anderen Männern hinüberblickte, bestärkte ihn der Gedanke, dass ein einzelnes Leben, wie klein auch immer, eben doch eine Rolle spielte, denn niemand brachte einen Einwand gegen Morts Vorschlag vor. Tatsächlich hatte es genügt, Ruths Namen auszusprechen, und alle Männer hatten den Kopf gesenkt und angefangen, das Gebet noch einmal von Anfang an zu rezitieren.

Auch in Woodmont standen die Schwestern, wie gewöhnlich, früh auf, weil sie zum Eintauchen wollten. Nina und ich schliefen an diesem Tag besonders lange, und als wir nach zehn aufstanden, hatten die Schwestern ihre erste Kanne Kaffee bereits getrunken und ihren Morgentoast schon längst gegessen. Auch Davy war schon auf und hatte gefrühstückt. Howard, der spät, lange nachdem wir ins Bett gegangen waren, nach Hause gekommen war, schlief noch. Seine laxen Schlafenszeiten, die immer weniger regelmäßig wurden und die mit seinem immer längeren Fortbleiben an den Abenden zusammenhingen, waren etwas, das meine Mutter meinem Vater lieber verschwieg, denn dieser erwartete immer noch, dass Howard zumindest an einigen Tagen rechtzeitig aufstand, um in der Synagoge von Woodmont am täglichen Minjan teilzunehmen. Doch Howard stand nur am Wochenende rechtzeitig zum Gottesdienst auf. Als Nina und ich die Küche betraten, machte Ada gerade eine Bemerkung dazu. »Er ist achtzehn«, sagte sie entschuldigend zu Vivie und Bec. »Er ist zu alt, als dass ich ihm sagen könnte, was er tun soll.« Kopfschüttelnd fügte sie hinzu: »Du meine Güte, ich war mit achtzehn *verheiratet*! Versteht ihr, was ich sagen will?«

Als die Schwestern mich und Nina in der Küchentür stehen sahen, machten sie sofort ein großes Getue um Ninas Wunde, die sich über Nacht in ein dunkelviolettes, gewölbtes Etwas verwandelt hatte, das der Verband um ihren Kopf kaum verbarg.

»Ich bin froh, dass du nicht gestorben bist«, sagte Davy und schob sein Glas Orangensaft zu ihr hin.

Bec, die an der Anrichte lehnte, drehte sich abrupt zu ihm um. »Natürlich ist sie nicht gestorben«, sagte sie. »Davy, wie kommst du bloß auf so eine Idee?«

»Ich war nicht in Lebensgefahr«, sagte Nina bestimmt. »Manchmal sehen Sachen schlimmer aus, als sie sind. Das hat der Doktor gesagt. Er hat sogar nur vier Stiche gebraucht.« Sie fasste sich an die Stirn und zog schnell wieder die Hand zurück. »Autsch!«

»Du wirst dich heute schonen, darauf bestehe ich«, sagte Ada, zog einen Stuhl vom Küchentisch und deutete darauf. Gehorsam ließ sich Nina auf die Sitzfläche fallen. Meine Mutter setzte sich neben sie und legte ihr schützend den Arm um die Schultern.

»French Toast?«, fragte Vivie. Sie stand am Herd, die Schürze um die Taille gebunden, den Pfannenwender in der Hand.

»French Toast?«, wiederholte Nina freudestrahlend. Wir liebten French Toast, aber die Schwestern, sogar Vivie, brachten an gewöhnlichen Wochentagen nur selten die Energie auf, welchen zu machen.

»Ich auch!«, rief Davy, und ich folgte seinem Beispiel.

»Wir werden uns heute ein schönes Frühstück gönnen«, erklärte Vivie, während sie die Eier verrührte, »und dann bringen wir das Haus für den Schabbat in Ordnung. Eine kleine morgendliche Putzaktion, bevor sich alle an den Strand verziehen. Wir könnten es doch heute ausnahmsweise mal früh hinter uns bringen! Eure Väter kommen, vergesst das nicht, und wir waren bisher immer sehr knapp dran. Nur du, Nina, du kannst dich draußen hinsetzen, Schatz, und lesen, wenn du magst.« Sie sprach das Wort »lesen« aus, als wäre es für Nina etwas Besonderes.

»So schlimm ist es doch nicht«, antwortete Nina, als würde sie eigentlich lieber putzen und fühle sich ausgeschlossen. Sie fasste sich noch einmal an die Stirn und fuhr mit einem gequietschten »Autsch!« zurück.

»Nicht anfassen, Schatz!«, warnte Ada und zog ihr den Arm herunter. »Du musst die Finger davonlassen.«

»Darf ich mal anfassen?«, fragte Davy.

»Du lieber Gott«, erwiderte Bec, ließ sich auf einen Stuhl sinken und zog Davy auf ihren Schoß. »Nein, du darfst nicht mal anfassen. Kommt gar nicht infrage.« Sie schlang die Arme um Davy und küsste ihn auf die Wange.

»Ich hätte gerne was von dem French Toast«, sagte ich, für den Fall, dass mich vorher niemand gehört hatte.

»Sicher doch, Molly«, antwortete Vivie vom Herd aus. »Er ist nicht nur für Nina. Er ist für alle.« Doch mit ihrem Lächeln bedachte sie Nina allein. Daraufhin erschien auch auf Ninas Gesicht ein freudiges Lächeln.

Kurz darauf schlurfte Howard im Pyjama in die Küche, etwas früher als gewöhnlich, das Haar noch vom Schlaf zerwühlt, und Ninas Lächeln erlosch.

»Hey«, sagte er, als er ihre Beule und den Verband bemerkte. Er beugte sich mit ausgestreckter Hand über sie, als wolle er die Stelle betasten. »Mal wieder verprügelt worden?«

»Fass mich nicht an!«, zischte Nina.

Diesmal kam Ada ihr zu Hilfe. »Warum müsst ihr Jungs ständig irgendetwas anfassen?«, sagte sie und schlug Howards Arm fort. Sie bedachte Nina mit einem sorgenvollen und Howard mit einem verächtlichen Blick. »Siehst du nicht, dass sie Schmerzen hat?«

»Tut mir leid«, sagte er und hob die Hand. »Ich habe nur drauf gedeutet, nichts angefasst. Wollte dich nicht erschrecken.«

»Also ehrlich, Schatz«, sagte Ada, schon entspannter. »Nimm dir von dem French Toast.«

Howard nahm sich von der Platte, die Vivie gerade auf eine Anrichte gestellt hatte, mehrere der eben erst gebackenen Scheiben, ohne zu merken, dass sich noch niemand bedient hatte, und setzte sich zu uns an den Küchentisch. Er landete zwischen Nina und mir, was Nina dazu veranlasste, mit ihrem Stuhl von ihm abzurücken, so weit, dass sie fast gegen Ada stieß.

Nina und ich hatten gerade in unseren Toast gebissen, als Ada anfing, die Haushaltspflichten für den Morgen aufzuteilen: Davy und ich sollten in der jüdischen Bäckerei Challa holen und dann nebenan beim koscheren Fleischer zwei ganze Hühnchen kaufen. Howard sollte, bevor er sich auf den Weg zu Treat's machte, sein und Davys Zimmer sauber machen und die unteren Räume staubsaugen. Bei der Erwähnung des Staubsaugers warf Howard den Kopf zurück und ächzte, aber nach einem müden »Na, komm, das machst du doch immer« von Vivie und Bec willigte er ein. Bec würde Staub wischen und dann das Tischtuch fürs Abendessen bügeln. Außerdem wolle sie das Blut aus Ninas Kleid waschen, erklärte sie und versicherte Nina, es sei in kürzester Zeit wieder wie neu. Vivie würde den Küchenboden schrubben und die Arbeitsflächen abwischen. Meine Mutter hatte die Ehre, wie sie es ausdrückte, das Badezimmer zu putzen. Und wenn alle täten, was man ihnen aufgetragen habe, erklärte Ada, die sich zur Organisatorin aufgeschwungen hatte, seien wir im Handumdrehen fertig und könnten an den Strand gehen.

»Andererseits«, sagte Nina, »könnten wir auch mal in die Hügel. Die irischen Hügel.« Sie warf Howard einen Seitenblick zu. Er grinste und stopfte sich ungerührt noch mehr French Toast in den Mund.

»Was ist denn in den irischen Hügeln?«, wollte Ada leicht irritiert von Howard wissen. Sofort ging ein resigniertes Seufzen durch den Raum, denn wir waren auf eine Schimpfkanonade meiner Mutter gefasst. Gleich würde sie mit den Iren von Woodmont loslegen, sich dann übergangslos auf die Italiener des nahe gelegenen Bayview Beach stürzen, und dann würde ihr Zorn womöglich auch noch die winzigen Ansiedlungen der Griechen und Polen treffen, die sich hier und da entlang der Küste gebildet hatten. Schließlich würde sie die Schwarzen attackieren, die in der Gegend an der

Küste von Milford überhaupt nicht lebten, Menschen, mit denen sie ihr ganzes Leben lang nie in direkten Kontakt gekommen war.

»Oh Gott«, murmelte Bec.

»Immer mit der Ruhe, Ada«, mahnte Vivie. »Wir wollten doch ein *nettes* Frühstück.« Hastig stellte sie die restlichen Scheiben French Toast auf den Tisch, als eine Art Friedensopfer.

»Nett!«, rief Ada. Man sah ihr die Anspannung förmlich an. Ich blickte zu Nina hinüber, die sehr wohl wusste – wir alle wussten es –, auf welchen Knopf man bei Ada drücken musste, und die das soeben getan hatte, um Howard eins auszuwischen.

Aber Howard unterlief Ninas Angriff mit reiner Freundlichkeit. »Niemand geht in die irischen Hügel«, sagte er sanft zu Ada. Er drückte unserer Mutter den Arm und hielt Augenkontakt mit ihr, wodurch er sie zwang, nicht an die Iren zu denken, sondern an ihn, ihren geliebten Erstgeborenen – ein echter Junge, und dazu noch so charmant und gut aussehend wie sie selbst. »Niemand geht irgendwohin«, versicherte er ihr. Er beugte sich vor und küsste sie auf die Wange; es war ein brillantes Manöver, das ich bewunderte. »Außer Molly und Davy, die Challa und Hühnchen besorgen werden, wie du gesagt hast.«

»Ja, okay«, antwortete sie ein wenig verlegen, als wüsste sie nicht mehr, was über sie gekommen war, als hätte Howards Kuss sie von einem bösen Fluch befreit.

Ich sah, wie Nina Howard wütend anfunkelte; indem er Ada beruhigte, hatte er sich selbst geholfen.

»Ganz richtig«, meldete sich Vivie zu Wort, »niemand geht irgendwohin.« Auch sie war wütend, aber nicht auf Howard, weil sie nicht wusste, dass er Nina am Vorabend gekränkt hatte. Sie war sauer auf Nina, weil sie so töricht gewesen war, Ada in dieses unerquickliche Fahrwasser zu bringen. »Nina«, fuhr sie fort, »ich glaube, man könnte es dir zumuten, die Veranda zu fegen.«

Sie stand hinter Nina und zog deren Stuhl zurück, sodass Nina nichts anderes übrig blieb, als aufzustehen. »Auf, auf«, kommandierte Vivie.

Obwohl man das Fegen der Veranda kaum als eine harte körperliche Arbeit bezeichnen konnte, fühlte sich Nina durch Vivies Manöver, das ihr den Sonderstatus einer Geschädigten aberkannte, in ihrer Ehre gekränkt. Sie sprang auf und stürmte unter lautem Getrampel und Türenschlagen auf die Veranda. In der nächsten Stunde fegte sie nicht. Sie las.

Davy und ich machten uns mit einem Korb auf den Weg zum Hühnerkauf. Danach gingen wir in die Bäckerei und trafen dort auf Mark Fishbaum, der direkt hinter der Eingangstür neben seinem Vater stand. Richter Fishbaum winkte uns zu, Mark dagegen grüßte nicht, was mich auf den Gedanken brachte, dass er sich womöglich, wie ich selbst, noch mit den unerfreulichen Ereignissen des Vorabends herumplagte. Gleich darauf neigte sich Mark jedoch in meine Richtung und reichte mir ein Zettelchen mit einer Nummer aus dem Ticketautomaten, an den ich immer noch nicht drankam, und als ich das Ticket entgegennahm, lächelte ich ihm schüchtern zu.

Davy beobachtete die Bäcker beim Teigkneten, Aufschneiden und Einpacken so aufmerksam, als sähe er Clowns beim Jonglieren zu. Ich konzentrierte mich auf die Gerüche: das Brot im Ofen, die süßen Teigwaren. Doch dann merkte ich, dass Mark etwas anderes faszinierte, etwas, das draußen vor sich ging, und als ich seinem Blick folgte, sah ich Howard, der mit Megan an der Bäckerei vorbeieilte. Sobald sie außer Sicht waren, drehte ich mich zu Mark um. Er hob den Finger an die Lippen, als wolle er mich zum Schweigen verpflichten. Dann lächelte er mich an, versonnen und nachsichtig – ein Gesichtsausdruck, den ich viele Jahre später, während unserer Ehe und in deren Endphase, so gut kennenlernen sollte.

»Challa bitte«, bestellte ich schließlich. »Zwei Laibe.«

»Und zwei von denen«, hörte ich Mark sagen. Er deutete auf einen Teller voller großer Kekse mit Schokoladen- und Vanilleüberzug. »Legen Sie die zu den Broten dazu.«

Mark und sein Vater hatten sichtlich Freude an ihrer eigenen Großzügigkeit. »Am Freitag kann man es sich mal gut gehen lassen«, meinte Richter Fishbaum und zog einen Vierteldollar hervor, um die Kekse zu bezahlen. Mit weiteren Münzen bezahlte er auch noch unser Brot.

Davy und mir kam es vor, als wären wir Zeugen eines Wunders. Ich starrte Mark an, als hätte ich ihn noch nie zuvor gesehen. Sein Haar war wie üblich wild gelockt und sein Gesicht war auch noch das gleiche, aber ohne Howard sah er trotzdem anders aus, dachte ich damals, als ich Mark Fishbaum zum ersten Mal als jemanden wahrnahm, den man für sich allein kennen konnte, unabhängig von seiner Verbindung zu Howard.

Davy und ich gingen nicht auf direktem Weg nach Hause. Wir spazierten zum Anchor Beach, wo wir uns auf eine Holzbank setzten und unsere Kekse aßen. Wir knabberten schweigend, fasziniert von der graublauen Wassermasse vor uns und von den Bewegungen eines Segelbootes in der Ferne, dessen Segel, eine Reihe winziger Dreiecke, genauso groß zu sein schienen wie die Flügel der Möwe, die ein Stück über ihm flog. Als wir endlich zum Sommerhaus zurückkamen, war Bec gerade im Aufbruch begriffen, denn die Freitagsklaustrophobie hatte wieder einmal zugeschlagen. Sie ging die Straße entlang, und dann, als sie außer Sicht war, kurz vor einer bestimmten Ecke der New Haven Avenue, lief sie los.

Sie und Tyler ließen sich auf dem Weg zu Becs Wohnung in New Haven viel Zeit. Schließlich hatten sie noch ihr ganzes Leben vor sich, jetzt, da sie beschlossen hatten, sich zu ihrer Liebe zu bekennen, in aller Öffentlichkeit zusammen zu sein, als Paar, das alle sehen konnten. Und so hielten sie in West Haven am Freizeitpark von Savin Rock an und kauften sich Hotdogs bei Jimmie's. Am Picknicktisch sitzend sahen sie sich in die Augen, was dazu führte, dass sie immer wieder in Gelächter ausbrachen. Um sich zu beruhigen, richteten sie den Blick auf den Ozean oder manchmal auf die Savin-Rock-Achterbahn, deren raffiniertes Gerüst einen beeindruckenden Anblick bot, deren kurvige Schienen hoch ins Himmelsblau aufragten, deren Wagenreihen die Schienen träge bis zum höchsten Punkt emporkletterten. Während sie aßen, hörten sie schrille Schreie, ausgestoßen von den Möwen und den Menschen auf der Achterbahn, die hinter dem höchsten Punkt beschleunigte und im steilen Winkel abwärtsraste.

»Das könnte ich nie«, sagte Bec, sich wieder Tyler zuwendend. Schon das Zusehen hatte ihr den Atem verschlagen. »Sieht aus, als würden sie in den Tod stürzen.«

»Es macht ihnen Spaß. Komm, trauen wir uns«, drängte Tyler. »Du wirst sehen, es ist aufregend!«

Bec schüttelte den Kopf, aber dann lächelte sie Tyler an. »Ich kann mir andere aufregende Dinge vorstellen.«

Nachdem sie sich an jenem Nachmittag in Becs Wohnung geliebt hatten, schlief Tyler ein, und Bec lag eine Stunde lang neben ihm auf der Seite, ihm zugewandt. Es ist aufregend, dachte sie, allein schon ihn anzuschauen.

»Was meinst du?«, fragte Tyler beim Erwachen. »Zeit zum Zurückfahren?«

Bec strich mit der Hand über seine Stirn. »Noch zehn Minuten«, sagte sie. »Und dann noch einmal zehn.«

Um etwa dieselbe Zeit küsste mein Bruder Howard in Woodmont mitten am helllichten Nachmittag Megan O'Donnell hinter Treat's Obst- und Gemüsestand. Sie waren mittlerweile zu einer Gewohnheit geworden, diese Küsse am Nachmittag, wenn sich das Aroma der Pfirsiche, Beeren, Gurken und Zucchini mit dem Duft von Megan O'Donnell vermischte, ihrem Rosenshampoo, ihrer salzigen Haut.

»Sheila hat heute früh gesagt, dass sie meinen Eltern von dir und mir erzählen wird«, sagte Megan und machte sich plötzlich los.

»Was passiert dann?«, fragte Howard, immer noch nach vorn geneigt, in der Hoffnung auf eine Fortsetzung der Küsse.

»Sie kriegen einen Wutanfall, was sonst?«

»Ist das *alles*?«

»Wie, ›ist das alles?‹«

»Meine Eltern würden mich umbringen«, sagte Howard aus voller Überzeugung.

»Das ist doch nur eine Redewendung.«

»Nein, ist es nicht. Ich wäre für sie gestorben. Zumindest irgendwann. Wenn diese Sache mit uns wirklich ernst würde. Das ist die Regel.«

»Wessen Regel?«, fragte Megan munter, als wäre alles nur ein Spiel. Aber ihr Gesicht war ernst.

Howard ergriff ihre Hand.

Eine Weile sagten sie nichts.

Dann brach Megan das Schweigen. »Bis heute Abend am Bagel Beach, toter Mann?«

Howard war bemüht, ihren scherzhaften Ton aufzugreifen. »Peng, peng«, sagte er, eine unsichtbare Pistole gegen seine Brust gerichtet, aber sobald er ihren entsetzten Blick sah, tat es ihm leid. Er küsste sie rasch auf die Wange. »Das lasse ich mir auf keinen Fall entgehen.«

Um vier Uhr nachmittag saßen Mort und Leo im Auto von Middletown nach Woodmont und hörten sich im Radio ein Spiel an. Nach den vielen ähnlich gearteten Autofahrten kam es Leo vor, als würde der Wagen ebenso sehr von den Spielen angetrieben wie vom Benzin. Wie üblich saß Mort voller Ungeduld am Steuer und überholte nach Möglichkeit alle Wagen, die vor ihm waren.

Leo, der die Augen halb geschlossen hielt, war ein wenig flau. Wenn er die Augen ganz aufmachte, dehnte sich die Übelkeit, was ihm zu denken gab, zumal ihn jene andere Expansion, die des Universums, schon seit einer ganzen Weile beschäftigte.

Er kehrte in Gedanken zu seiner Lektüre zurück, in die Vergangenheit, die laut Gamow bereits bei uns war, wenn er ihn richtig verstanden hatte. Solche Grübeleien konnten die Übelkeit auf Abstand halten. Doch Mort unterbrach seine Gedankenspiele. »Geht's dir gut?«, fragte er. »Du siehst blass aus. Sehr blass. Alles in Ordnung?«

Leo nickte.

Mort räusperte sich, als wolle er noch mehr sagen, aber dann entschied er sich dagegen. »Sie ist ein Hitzkopf, diese Ada«, murmelte er schließlich.

Als Leo ihn fragend ansah, merkte er, dass Mort die Stirn gerunzelt hatte und offenbar reden wollte. »Ja, man kann es nicht leugnen. Ich habe den Hitzkopf der Familie geheiratet.«

Leo schluckte. Er konnte nicht widersprechen.

»Und du hast den Boss der Familie geheiratet«, ergänzte Mort etwas fröhlicher.

Zwei Wochen. Sie hatten Vivie und Ada zwei Wochen lang nicht gesehen. Leo hätte nicht sagen können, ob sein Schwager seine Frau vermisste oder ob er sich vor dem Wiedersehen fürchtete. Da das menschliche Herz ein eigenes, unerklärliches und expansives Universum war, konnte durchaus beides stimmen.

Leo waren die zwei Wochen wie zwei Monate vorgekommen. Er seufzte erleichtert auf, als er merkte, dass sie sich Savin Rock näherten.

»Ein Hitzkopf und ein Boss«, brachte er mühsam heraus. »Warum bist du dann so ruhig und ich bin so nervös? Und so dünn?«

Das gefiel Mort. Er lachte. Er streckte die Hand nach dem Radio aus und drehte die Lautstärke höher. Leo beobachtete Mort, der auf einmal grinste und bei dem Bericht, der eben gesendet wurde, wieder Hoffnung zu schöpfen schien: *Die zweite Hälfte des achten Innings, es steht unentschieden, Runners auf der ersten und zweiten Base, ein Aus, DiMaggio ist am Schlag.*

14 Ein Haufen Regeln

Während Mort und Leo zu ihren üblichen Hotdogs bei Jimmie's nach Savin Rock abbogen – zwei Stunden nachdem Tyler und Bec losgefahren waren –, sog Nelson in Middletown die abgestandene Luft der Kellerräume von Leibritsky's Department Store in sich ein und hörte Mozarts Klarinettenkonzert, gespielt von Benny Goodman. Es war ein ruhiges Stück, verglichen mit dem Überschwang von *»Sing, Sing, Sing«*, und Nelson hatte es besonders der elegische zweite Satz angetan, der gut zu seiner Stimmung passte. Freitagnachmittags war er oft ein wenig niedergeschlagen, ein wenig müde; häufig hatte er zudem noch mit leichten Kopfschmerzen zu kämpfen. Diese Nachmittagsstunden waren vielleicht die schwierigsten der Woche, gestand er sich ein, während er im Takt des Adagio vor und zurück schaukelte. Andererseits, dachte er, waren auch die Stunden danach ziemlich schrecklich, der Freitagabend, wenn er mutterseelenallein die Schabbatkerzen entzündete, ein Stück vom Challa abriss und dann noch eines und schließlich den ganzen verdammten Laib verschlang, in einem Rutsch.

Während mein Onkel auf seinem Schaukelstuhl saß und schaukelte und mein Vater und Leo ihre Hotdogs aßen, kam mein Bruder Howard von Treat's zurück und brach gleich wieder zu seinem gewohnten nachmittäglichen Segeltörn mit Mark Fishbaum auf. Während sie die Jolle auftakelten, trieb sich Davy in ihrer Nähe herum, wie neuerdings oft, aber er hatte bereits am Vortag eine

Tour mitmachen dürfen, und Howard konnte ohne schlechtes Gewissen argumentieren, er werde den Zwerg am nächsten Tag mitnehmen, oder am übernächsten, aber nicht heute. Auf der Sailfish setzte sich Mark ans Steuerruder, in der einen Hand die Pinne, in der anderen die Schot, während Howard ohne Beschäftigung und entspannt neben ihm saß, wobei er Mark die praktischen Seiten des Segelns überließ, damit er selbst sich ganz dem Törn und seinen Träumen von Megan O'Donnell widmen konnte.

Auf dem Festland, an der Ecke New Haven Avenue und Warner, fast schon am Ortsrand von Woodmont, lenkte Tyler seinen Roadmaster an den Bordstein und ließ Bec aussteigen. Sie hatte darum gebeten, diesmal hier herausgelassen zu werden, weiter vom Sommerhaus entfernt als gewöhnlich. Sie hatte das Bedürfnis, noch ein Weilchen allein zu sein, bevor sie ihre Schwestern wiedersah. Eine ordentliche Strecke zu Fuß, fand sie, wäre jetzt genau das Richtige. Bevor sie die Wagentür öffnete, drehte sie sich noch einmal zu Tyler um, lächelte ihn an, ließ seine grauen Augen und den traurigen Mund auf sich wirken. Sie wusste, dass ihr Lächeln und sein Stirnrunzeln nur die zwei Seiten ein- und derselben Gefühlsmixtur waren: Liebe, Angst, Hoffnung, Sorge. Sie hatten auf der Fahrt von New Haven zurück nach Woodmont kaum ein Wort gewechselt; am Nachmittag hatten sie den Entschluss, zusammen nach New York zu ziehen, weiter gefestigt, und seitdem hatten sie nur noch schweigend zusammensitzen können. Nach den Feiertagen, hatte Bec schließlich gesagt, womit sie Rosch ha-Schana und Jom Kippur meinte. Dann würden sie es anpacken. Sie ließ den Türgriff, auf dem ihre Hand schon ruhte, noch einmal los, als Tyler sie an sich zog, küsste und lange festhielt. Als sie sich voneinander gelöst hatten, lachten beide nervös. Ihr lag der Satz »Schau an, wir haben es geschafft« auf der Zunge, und zu ihrer Überraschung sprach Tyler ihre Gedanken fast wortwörtlich laut aus: »Schau an, wir schaffen es.« Sie nickten und lächelten, diesmal weniger angespannt, fast schon freudig erregt, und dann wandte sich Bec von ihm ab und öffnete die Tür.

Über einen Kilometer entfernt, im Sommerhaus am Bagel Beach, blätterte meine Tante Vivie in einem Kochbuch und überlegte, ob sie mit den beiden Hühnchen, die mit Butter eingerieben und mit Salz und Pfeffer gewürzt Seite an Seite vor ihr auf dem Küchentisch lagen, etwas anderes anstellen könnte, als sie einfach nur zu grillen. Als sie ein Rezept entdeckte, das Knoblauchzehen in, auf und um die Hühnchen herum erforderte, erkannte sie, dass die »Knoblauchhühnchen« genug Herausforderung für einen Tag bedeuteten. Sie knickte die Ecke im Kochbuch um, langte nach den geschälten Knoblauchzehen und machte sich daran, sie langsam und sorgfältig in Scheiben zu schneiden.

Im Esszimmer deckte Ada den Tisch. Sie stellte den Kidduschbecher aus Sterlingsilber vor Morts Platz und eine Platte für die Challa-Brote rechts davon. Sie zählte die Gedecke: zwei Ehemänner, drei Schwestern, vier Kinder. Angenehm erhitzt ließ sie sich für einen Moment am Kopfende des Tisches auf Morts Stuhl sinken, der größer war als die Stühle an den beiden Längsseiten und sogar als der, auf dem sie gewöhnlich am anderen Ende saß. Man sitzt hier wie ein König, dachte sie und fühlte sich auf einmal bemüßigt, mit einer hoheitsvollen Geste ihre üppige Haarpracht glatt zu streichen, die sie achtlos zusammengedreht und hochgesteckt hatte. Kurz ging ihr die Entscheidung vom Vorabend durch den Kopf, den Männern nichts von Ninas Verletzung zu erzählen. Die Frauen kämen allein damit zurecht, hatte sie ihre Schwestern überzeugt. Wenn dann die Ehemänner kamen, wäre das alles nichts weiter als ein paar Stiche und ein Pflaster. Gute Entscheidung, dachte sie bei sich, als sie sich von Morts Stuhl, der eigentlich ein Thron war, erhob.

In der Küche standen Nina und ich am Spülbecken, jede mit einem Kerzenhalter in der Hand, den wir polierten. Ich musste immer wieder die dunkelviolette Beule über Ninas linkem Auge anstarren, die von Pflaster und Verband nur notdürftig verdeckt wurde. Nina dagegen schien den Vorfall und seine Auswirkungen schon fast vergessen zu haben; ganz im Hier und Jetzt, attackierte sie einen Fleck auf ihrem Kerzenhalter mit grimmiger Ernsthaftigkeit, als sei ein glänzender Kerzenhalter alles, worauf es je ankommen könnte.

Da kam Davy durch die Küchentür spaziert, mit windzerzausten Locken, einer nassen Badehose und sandigen Füßen.

»Junger Mann?«, mahnte Vivie mit ausgestrecktem Zeigefinger.

Von allen Regeln in unserem Haus, den ausgesprochenen und unausgesprochenen, den alten und neuen, religiösen und weltlichen, sichtbaren und unsichtbaren – von dem Haufen Regeln, der unseren Alltag beherrschte –, wurde diejenige, die sandige Füße betraf, vielleicht am striktesten durchgesetzt.

»Entschuldigung«, antwortete er mit einem so aufrichtigen Bedauern, dass Vivie auf ihn zulief und ihn in die Arme nahm.

»Und wo ist dein Bruder?«, fragte Ada, die unterdessen, die Hände auf die Hüften gestützt, zwischen Küche und Wohnzimmer im Türrahmen aufgetaucht war.

»Segeln«, antwortete Davy, der immer noch mit seinen sandigen Füßen mitten in der Küche stand. Wenn er sich nicht bald rührt, dachte ich, werde ich ihn eigenhändig hochheben und nach draußen unter die Dusche bugsieren. Ich legte meinen mit Politur beschmierten Kerzenhalter für alle Fälle schon mal in die Spüle.

»Auf Megan O'Donnell zusegeln, das kommt der Sache wohl näher«, warf Nina ohne jede erkennbare Gemütsbewegung ein, weiterhin voll auf den Kerzenhalter konzentriert.

»Megan O'Donnell? Wer ist das?«, fragte Ada.

Es gab Zeiten, da wusste Sal Luccino kaum noch, wie er richtig hieß, und jener dritte Freitag im August gehörte dazu. Wenn er am späten Nachmittag in seinem Eiswagen saß und in aller Ruhe seine Runde drehte, war er nur Sal Baby, der Mann, der für sein Pfeifen ebenso berühmt war wie für seine Eiscreme. Und als er so aus dem Fenster hinauspfiff und trotz des Windes in Milford klar und deutlich zu hören war, begriff er wieder einmal, welch ein seltenes und wirkungsvolles Talent ihm geschenkt worden war. Sollte die Klingel am Eiswagen je den Geist aufgeben, konnte er ihr Fehlen mühelos kraft seines eigenen Atems kompensieren. In Anbetracht seiner Talente in den Bereichen Humor und Kunst ging ihm das Herz auf, er empfand eine tiefe Liebe zum Leben und wusste, dass er so glücklich war, wie ein Mensch nur sein konnte. Außerdem waren da noch der blaue Himmel und die wunderbaren Temperaturen, ganz zu schweigen von dem durch die niedrige Luftfeuchtigkeit bedingten Energieschub, und er konnte nicht anders, als sich eine kleine Auszeit abseits der gewohnten Pfade zu gönnen, vom Wagen zu springen und alles dankbar in sich aufzunehmen: das Meer, den wolkenlosen Himmel, die Wildrosenbüsche neben ihm, von denen einige noch blühten, und das vertraute Brummen des Motors, das ein wenig wie sein eigenes Herz klang, ein Gemurmel von beruhigender Regelmäßigkeit.

Während sich Sal in Woodmont einen Moment für sich nahm, erhob sich Nelson Leibritsky endlich in seinem Kellerwinkel aus dem Schaukelstuhl, um die Nadel am Plattenspieler anzuheben, die am Ende der Schallplatte über die Rillen holperte. Der letzte Satz des Mozart-Konzerts, ein Allegro, versetzte ihn schließlich in Bewegung, heraus aus dem Sessel, die Treppe hoch. Er konnte es schaffen, sagte er sich. Er konnte in die Welt zurückgehen, ein lächelndes Gesicht aufsetzen und bis zum Ende des Tages weiterarbeiten. Er stand auf der obersten Treppenstufe und wollte gerade auf die knarrenden Holzdielen des Verkaufsraums von Leibritsky's treten, als er keuchend stehen bleiben musste und ihn das geradezu schmähliche Bedürfnis nach einer Verschnaufpause überkam.

Um diese Zeit, um zehn vor fünf am Nachmittag, hatte sich Leo Cohen im Freizeitpark von Savin Rock vor Jimmie's, der Hotdog-Bude, übergeben. Davor hatte er sich eine Zeit lang besser gefühlt. Sie hatten sich über Joe DiMaggios Triple gefreut, und er hatte bedenkenlos die ersten Bissen von seinem Hotdog gekaut. Und die beiden Männer hatten sich ungewohnt freundschaftlich unterhalten. Das Bewusstsein, dass sie bald die Frauen wiedersehen würden, machte vor allem Mort redselig. Er wiederholte ein ums andere Mal »ein Hitzkopf und ein Boss«. Außerdem hatte er mehrfach erklärt: »Sie wird das Haus hergerichtet haben. Das weiß ich genau.« Dann war Mort auf DiMaggio als Gesprächsthema umgeschwenkt und hatte an dessen größte Leistung erinnert, die Serie aus dem Jahr 1941, in der er in sechsundfünfzig aufeinanderfolgenden Spielen jeweils mindestens einen Hit erzielt hatte. Doch während Mort redete, war die Übelkeit – die Leo für sich als Reisekrankheit deutete – wiedergekommen. Diesmal gab es allerdings keine Bewegungen, die das plötzlich auftretende Unwohlsein hätten ausgelöst haben können. Leo war aufgestanden, hatte sich hektisch auf dem Gelände von Savin Rock nach dem nächstgelegenen Mülleimer umgeschaut, war hingerannt, hatte sich über ihn gebeugt und sich – weil er wusste, dass Mort ihm hinterherstarrte – wie der größte Idiot der Welt gefühlt.

Ein paar Minuten später beobachtete Mort, der im Auto auf Leo wartete, wie sein Schwager auf unsicheren Beinen näher schwankte. Leo war bleich, spindeldürr und stand anscheinend kurz vor einer Ohnmacht. Jeder Tag war voll von Pflichten, verdammt vielen, und eine davon war es, Vivie zuliebe Leo Cohen am Leben zu halten. Das war das Mindeste, das er ihr schuldete. Mort stieß die Beifahrertür auf. »Na, Kumpel, geht's dir besser?«, fragte er, als Leo auf den Sitz rutschte. Als Leo nickte, sagte Mort mit einer Zärtlichkeit, die ihm selbst fremd war: »Ruh dich aus, Kumpel. Alles wird gut. Wir sind bald da.«

Alles wird gut, sagte sich auch Bec, als sie sich mit langsamen Schritten von Tylers Roadmaster wegbewegte, auf das Sommerhaus, auf uns zu. Sie ging die New Haven Avenue entlang, eine belebte Straße, die nicht halb so malerisch war wie die einen Häuserblock weiter parallel verlaufende Hawley Avenue. Aber das Panorama war ihr in diesem Augenblick gleichgültig. Sie dachte an ihre Schwestern, an das zukünftige Leben ohne sie, die Kleider, die sie nicht mehr für sie nähen würde, die Sommer, die sie nicht mehr mit ihnen im Sommerhaus verbringen würde. Die Sache mit der Familie war, dass man entweder drinnen oder draußen war. Bec wünschte, sie könnte verstehen, warum das so war. Als ein Hund sie von einer nahe gelegenen Veranda her ankläffte, blieb sie verdattert stehen. Sie bewegte sich auch noch von der Stelle, als der Hund, ein nicht angeleinter Jagdhund, auf sie zusprang. Aber als er bei ihr angekommen war, hörte der Hund auf zu bellen und schnüffelte an ihrem Rocksaum. Dann blickte er sehnsüchtig zu ihr hoch. »Du bist nur einsam«, sagte sie zu ihm, und ihre Angst wich, während sie sich zu ihm hinunterbeugte, um ihn zu streicheln. Dabei musste sie wieder an ihre Schwestern denken. »Du und ich.«

In der Küche wischte sich Vivie mit dem Handrücken über die Stirn. *Oh du lieber Himmel*, dachte sie, als sie sah, wie Ada die Augen aufriss, als der Name, den Nina gerade so beiläufig eingeworfen hatte, in ihr Bewusstsein einsickerte: Megan O'Donnell. Warum musste Nina ein Thema anschneiden, beim dem sich Ada mit hundertprozentiger Sicherheit aufregen würde? Vivie hatte den Impuls, zu Nina zu gehen, ihr auf die Schulter zu tippen und sie unauffällig auf die Veranda zu manövrieren, wo sie sich auf die kühlen Metallstühle setzen und miteinander reden würden, nur sie, Mutter und Tochter. Niemand verstehe sie besser als sie, ihre Mutter, würde sie ihrer Tochter versichern. Niemand liebe sie mehr als sie. Das sei Nina vielleicht nicht so bewusst, weil sie ihrem Vater so nahestehe, aber auch sie, Vivie, wisse, was in ihr vorgehe. Sie wollte gerade auf Nina zugehen, als Ada das Mädchen anfuhr: »Wer? Megan wer?«

»Megan O'Donnell«, wiederholte Nina, deren Hände nervös an dem Kerzenleuchter auf und ab fuhren. Doch als sie sich zu Ada umwandte, war ihre Miene vollkommen unbewegt. »Howards irische Freundin.«

»Howards *was*?«, fragte meine Mutter leise.

Vivie versteifte sich.

»Howards irische Freundin«, wiederholte Nina. »Ich dachte, das wissen alle.«

Ein paar Sekunden lang stand meine Mutter wie erstarrt vor uns, die Hände in der Luft, den Kopf hoch erhoben. Ihr ging allmählich die Bedeutung von Ninas Bemerkung auf, und dabei entfärbte sie sich vom Hals aufwärts, und als sie wieder sprach, war ihr Gesicht wie ausgeblutet. »In welche Richtung ist Howard gesegelt?«, fragte sie in unheilverkündendem Ton.

Nina zuckte die Achseln, doch Davy sagte »Da lang« und deutete nach Osten. Er sagte es völlig neutral, als hätte er nicht gemerkt, dass unsere Mutter immer wütender wurde. Dann tappte er endlich auf die Küchentür zu, und damit auf die Dusche, ebenso blind gegenüber seinen sandigen Fußstapfen wie gegenüber Adas abruptem Stimmungsumschwung.

»Verdammte Iren«, murmelte sie.

Zwar steckten ihre Füße in ihren geliebten Keilsandalen, doch in dem verblichenen Hauskleid, das sie noch trug, hätte sie sich normalerweise nie in der Öffentlichkeit sehen lassen. Auch ihr Haar musste dringend neu hochgesteckt werden. Sie war eitel und achtete auf ihr Äußeres, deshalb war ich so verdutzt, als sie an Davy vorbei aus der Tür rannte, auf die Hillside Avenue zu, wo der Großteil der Bevölkerung von Woodmont sie sehen konnte. Aber es war der kürzeste Weg zum Anchor Beach, und dort, das war mir klar, wollte sie sich Howard greifen.

»Howard«, rief sie, als könne er sie schon hören. Sie war noch ein gutes Stück vom Meer entfernt. »Howard!«

Sie machte zwei lange Schritte, rannte ein paar Meter und verfiel dann wieder in schnelles Gehen. »Nicht unter meinem Dach!«, murmelte sie im Takt ihrer Schritte. Davy und ich liefen ihr mit nackten Füßen hinterher. In kürzester Zeit hatten wir die Kreuzung Hillside und Merwin Avenue erreicht und bogen flink zum Anchor Beach ab. Auf der Höhe von Villa Rosa und Sloppy Joe's rief Ada wieder, jedoch mit kräftigerer Stimme: »Nicht unter meinem Dach!«

Am Anchor Beach erklommen wir die Felsplatten, um einen besseren Blick über die Bucht zu haben. In der Ferne sah man jede Menge Segelboote, aber die Sailfish befand sich relativ nahe an der Küste und war leicht auszumachen; die beiden Achtzehnjährigen, aus denen die Mannschaft bestand, saßen weit oben in ihrer Jolle, die scheinbar gefährlich Schlagseite hatte. Sie segelten parallel zur Küste von Woodmont und hatten den Anchor Beach schon hinter sich gelassen. Sehr bald würden wir sie aus den Augen verlieren. Mit noch mehr Dringlichkeit in der Stimme rief Ada: »Howard! Howard!«, und ich stimmte ein, wenn auch nur, um den drohenden Wutanfall zu verhindern. Auch Davy machte mit. »Howard!«, brüllten wir zusammen. Doch vergebens. Das Boot segelte weiter.

Die nächste Chance bot sich an der Beach Avenue, und so kraxelte meine Mutter mit ihren wackeligen Keilabsätzen von den

Felsen wieder auf die Straße hinunter. Bald kamen wir an die Stelle, an der die Beach Avenue einen Bogen beschrieb und nun nicht mehr vor, sondern hinter einer Reihe von Strandhäusern verlief, sodass wir die Straße verlassen mussten. Wir liefen auf einer Zementmauer weiter und konnten auf diese Weise das Meer im Blick behalten. Als die Mauer aufhörte und wir auf der Beach Avenue weitergehen konnten, die im Bogen hinter den Häusern hervorkam, waren wir auf gleicher Höhe mit der Sailfish, wenn auch ein gutes Stück entfernt von dem Boot. Wir standen schwer atmend an der Kreuzung von Beach Avenue und Clinton Street. Auf der anderen Seite der geteerten Beach Avenue standen die Sommerhäuser mit ihren weißen Schindeln und breiten Veranden in einer ordentlichen Reihe nebeneinander, durchsetzt von winzigen grünen Rasenvierecken. Auf den Grünflächen standen hier und da Rasensprenger, und ich wäre gern über die Straße gelaufen und hätte mich unter einen davon gestellt, um mich und besonders meine nackten Füße abzukühlen, die durch das Laufen auf den heißen Gehwegen und Straßen brannten. Doch Ada, die zusammengekrümmt nach Atem rang, bot einen viel zu faszinierenden Anblick. Ihre Frisur hatte sich vollständig aufgelöst und das Haar hing ihr offen ins Gesicht – so hatten wir sie noch nie gesehen.

»Howard«, schrie sie, sobald sie wieder zu Atem gekommen war. »Was zum Teufel fällt dir ein? Komm zurück!«

»Howard!«, schrien auch Davy und ich. Davy hopste auf der Stelle. »He, Howard«, krähte er fröhlich und wedelte mit den Armen. Ich wies ihn streng zurecht: »Das ist kein Spiel, weißt du?«

»Was ist es dann?«

»Weiß ich nicht«, sagte ich ratlos.

Die Sailfish fuhr weiter, aber die Jungen wandten uns jetzt ihre Gesichter zu. Meine Mutter hörte nicht auf zu rufen, und schließlich hob sich draußen, ungefähr achtzig Meter entfernt, ein Arm,

Howards Arm, und winkte. Er schrie etwas, aber seine Worte erreichten uns nur undeutlich. Kurz darauf hatte er uns überholt, und Ada stampfte vor lauter Enttäuschung auf der Stelle, ganz ähnlich wie Davy kurz zuvor gehüpft war. Davy machte sie nach und rief Howards Namen, obwohl er nicht wusste, wozu, und beide zusammen veranstalteten einen Heidenlärm. Mehrere Leute am Strand unter uns drehten sich um und starrten zu uns hoch. Eine Frau trat aus dem Haus direkt hinter uns auf der anderen Straßenseite, dem zweiten von der Ecke Clinton Street und Beach Avenue aus gerechnet; sie stellte sich in einem Hauskleid, wie es meine Mutter trug, auf ihre Veranda und starrte in unsere Richtung. Sie hatte dunkle Haare und eine Statur wie meine Mutter und sah ihr überhaupt so ähnlich, dass ich für einen Sekundenbruchteil glaubte, dies sei unser Sommerhaus, unser Leben, blitzartig vom Bagel Beach in diese andere, bessere Gegend versetzt, wo die Häuser adrett und ordentlich aufgereiht an der Beach Avenue standen und sogar kleine, hübsch gepflegte Rasenflächen hatten, auf denen man beispielsweise Badminton spielen oder sitzen konnte, wenn man den Sand leid war. Es wäre nicht schlecht, hier zu leben, ahnte ich, und ich wandte mich zu dieser fremden Frau um, weil ich das Bedürfnis hatte, ihr zuzuwinken.

Fünf Uhr zwanzig, und Nelson überlegte, ob er nicht früher Schluss machen sollte. Mort und Leo würden es nie erfahren. So spät am Freitagnachmittag, vor allem an einem so sonnigen und hellen Tag, kaufte kein Mensch ein. Doch als Nelson gerade Kurt Hanson, den neuen Angestellten, in den Feierabend schicken und ihm noch einen schönen Tag wünschen wollte, kam Giorgio D'Almato hereinspaziert. »In diesen neuen Schuhen läuft es sich himmlisch«, verkündete er, nachdem er Nelson die Hand geschüttelt hatte. Nelson nickte und wünschte, Howard wäre da, um das zu hören. Er schritt mit dem Kunden zur Ladentür, und sie blieben noch ein Weilchen draußen auf dem Gehweg in der Nachmittagssonne stehen und unterhielten sich. Er habe fünf Enkel, erzählte der alte Mann, der letzte sei gerade erst in der Woche zuvor auf die Welt gekommen. »Sie können sich glücklich schätzen«, sagte Nelson, nicht frei von Neid. »Sie haben alles.« Giorgio D'Almato hörte die Bitterkeit nicht. Er drehte sich einfach um und zockelte in seinen himmlischen Schuhen seelenruhig auf der Main Street nach Norden.

In Woodmont stand Vivie im Sommerhaus in der Küche und zog einen Stuhl zu sich heran, auf den sie sich fallen ließ. Als Nächstes zog sie einen zweiten Stuhl unter dem Tisch hervor, deutete darauf und sagte in ihrer resolutesten Stimme: »Setz dich hin, Nina.« Nina wischte noch einmal über den Kerzenhalter in ihrer Hand und kam dann mit ihm an den Tisch, stellte ihn neben die beiden Hühnchen, die inzwischen in zwei Pfannen lagen, umgeben von einem Übermaß an Knoblauchzehen, was Vivie sich leicht unbehaglich, aber auch irgendwie draufgängerisch fühlen ließ. »Du musst das mit Howard sein lassen«, begann Vivie, immer noch mit fester Stimme. »Ich weiß, dass du es darauf abgesehen hast, ihm eins auszuwischen. Das merke ich.« Sie hatte die Stimme nicht erhoben und sprach keinen Tadel aus, sondern artikulierte ihre Worte mit ernsthafter Besorgnis. »Ich kenne mich mit Streit zwischen Geschwistern aus – oder, in deinem Fall, Fast-Geschwistern«, fuhr sie fort. Nina bekam feuchte Augen. Vivie beugte sich zu ihr vor. »Was ist los, Schatz? Sag es mir!« Daraufhin brach Nina in Tränen aus. »*Irgendwas*«, schluchzte sie. »Ich *weiß*, dass irgendwas mit mir nicht stimmt. Irgendwas stimmt *kein bisschen*. Aber ich kann dir nicht sagen, *was*!«

Ein übervolles Herz ist wie ein gepackter Koffer, wurde Bec klar, als sie die Straße hinunter auf das glitzernde Meer und die

Beach Avenue zuging. Bedrückt von der für Freitagnachmittage so typischen quälenden Einsamkeit zwang sie sich, das Tempo zu beschleunigen. Sie sah alles schon vor sich: den Schabbestisch, darauf die Kerzenleuchter und die Weingläser, um den Tisch herum die Großfamilie, und auch sie saß dort, mit Tyler, und sie wurden von der Familie akzeptiert, so, wie sie waren, ein selbsternanntes Paar, ein kompaktes, kleines Päckchen Liebe. Es konnte doch nicht so schwer sein, argumentierte sie im Geist, noch ein Gedeck aufzulegen, Raum zu schaffen für das Unerwartete, das war doch gewiss möglich, und als sie in die Beach Avenue einbog und nur wenige Meter entfernt Ada entdeckte, die auf der anderen Seite stand und aufs Meer blickte, und daneben Davy und mich, lief sie auf uns zu und rief voller Hoffnung unsere Namen. Davy hörte sie zuerst, drehte sich um, und als er sie auf der anderen Straßenseite stehen sah, riss er überrascht die Augen auf und strahlte sie entzückt an, woraufhin sie sofort auf die Knie ging und die Arme ausbreitete. »Davy!«, rief sie.

Für Howard, der auf der Reling der krängenden Sailfish saß, wirkte es so, als würden ihm alle zuwinken – seine Mutter, seine Geschwister, sogar die Dame hinter ihnen, eine Fremde, die auf ihrer Veranda stand. Also reagierte er, indem er zurückwinkte. So laut er konnte, schrie er zum Ufer herüber: »Was ist los? Was ist passiert?«, aber er konnte unmöglich hören, was wir ihm mitteilen wollten, und auch wir konnten ihn nicht hören, das wusste er. Er forderte Mark auf zu wenden, und als Mark die Schot losließ, riss er die Pinne ruckartig zu sich. Die Jolle änderte die Richtung, und gleich darauf schwang das Segel, das im Wind angefangen hatte zu flattern, herum und blähte sich langsam wieder auf, als eine Brise die Sailfish erfasste. Mark duckte sich gerade noch rechtzeitig unter dem Baum hindurch, aber Howard, dessen ganze Aufmerksamkeit seiner Familie am Strand galt, vergaß, sich zu ducken, und als der Baum sich drehte, prallte er gegen Howards Schulter, wodurch dieser das Gleichgewicht verlor und rückwärts über Bord ging. Es gab ein Klatschen, er ging unter, kam wieder an die Oberfläche, spuckte aus. Hektisch Wasser tretend, spähte er in Richtung Strand, hielt Ausschau nach Ada. Dann rief er Mark, der die losgelassene Pinne schon gepackt hatte und das Boot auf ihn zusteuerte, prustend zu: »Verstehst du, was sie schreien?«

»Nicht unter meinem Dach!« war der Satz, den Ada unaufhörlich rief, und dabei ging ihr die Frage durch den Kopf, warum sie nicht über Howard und das irische Mädchen Bescheid gewusst hatte. Wenn sie dem nicht ein Ende machte, dachte sie, würde Mort es herausbekommen, und das wäre dann auf jeden Fall das Ende – nicht nur für Howard, für den sich Mort garantiert eine gepfefferte Strafe ausdenken würde, sondern auch für sie; es wäre das Ende von etwas Schönem, Unberührtem, das Ende von etwas, dem sie keinen Namen geben konnte, allenfalls *Sommer* oder *Sommerhaus* oder *Meine Zeit mit meinen Schwestern*, die sie brauchte, das war ihr sonnenklar, auf die sie keinesfalls verzichten konnte, sonst würde sie in den anderen drei Jahreszeiten einfach untergehen.

Als Sal Luccino von der Clinton Street in die Beach Avenue einbog, stellte er sich die Rosen vor, ein volles Dutzend, die er an diesem Abend seiner Frau Marie mitbringen würde. Inspiriert von den Wildrosen, die er am Strand gesehen hatte, war ihm die Idee erst vor ein paar Minuten gekommen. In den Sommerwochen, der arbeitsreichsten Zeit des Jahres, sahen er und seine Frau sich kaum. Die Rosen, so seine Überlegung, würden ihr zeigen, dass er sie nicht vergessen hatte. Er stellte sich gerade Marie mit dem Arm voller Rosen vor, ein gerührtes Lächeln im Gesicht, als er nach der Kurve auf dem Gehweg der Beach Avenue Ada Leibritsky erblickte, die schreiend und hüpfend aufs Meer hinausstarrte. Unwillkürlich betätigte er die Klingel an seinem Wagen, denn das hielt er an dieser Kurve seit zehn Jahren so. Doch dann tat er etwas Untypisches: Er wandte für ein paar Sekunden die Augen von der Straße ab und folgte Adas Blick, bis er ihren Jungen, Howard, im Wasser um sich schlagen sah, während sein Boot ohne ihn weitersegelte.

Den Blick auf Howard gerichtet, holte Sal tief Luft, steckte Zeigefinger und Daumen in den Mund und pfiff, so laut er konnte; das Geräusch schoss übers Wasser und schwang sich in die Luft, leicht wie eine auffliegende Möwe. Hilfe war auf dem Weg – das würde der Pfiff Howard zweifellos signalisieren.

Folglich war Sal verwirrt, als Ada erschrocken herumfuhr, mit weit aufgerissenen Augen, und auch den Mund aufriss und mühsam »Halt! Halt!« hervorstieß, als sei ihr die Kehle zugeschnürt.

Er hielt.

Er trat auf die Bremse. Aber kurz davor hörte er einen unverkennbaren, schrecklichen Schlag, und sein Hinterkopf prallte gegen die Rückenlehne.

Nur Sekunden später kauerte er neben dem Wagen und untersuchte mit offenem Mund den kleinen Körper, der auf dem Rücken darunterlag, mit leicht abgewinkeltem Kopf.

Sal konnte nicht anders, seine Lippen kräuselten sich wie von allein und er stieß einen Pfiff aus – einen einzelnen, fast unhörbaren Ton des Entsetzens –, während er Davys Hand ergriff, die sich ihm geöffnet entgegenstreckte.

15 Etwas zu tun

An jenem Tag spürte ich Sekunden nach dem Unfall, ehe ich richtig begriff, was geschehen war, eine Hand auf meiner Schulter und hörte eine unbekannte Stimme, die mich aufforderte, den Schauplatz des Geschehens zu verlassen. »Komm hier weg, komm hier weg«, forderte die Person mich auf, packte mich am Arm und zog mich mit sich. Wie sich herausstellte, war es die Dame auf der Veranda, der ich kurz zuvor zugewinkt hatte.

Einen Großteil des Nachmittags saß ich in ihrem Wohnzimmer auf ihrer kratzigen, goldstichigen Couch und starrte abwechselnd auf den alten Flechtteppich auf dem Fußboden, auf ein vergilbtes Aquarell, das einen Topf mit Gänseblümchen zeigte, auf eine Fotografie von der Frau inmitten einer großen, lächelnden Familie oder auf die Frau selbst, eine Person, die aus der Nähe viel weniger meiner Mutter ähnelte, als ich gedacht hatte, die deutlich älter war und von ihrem Posten an der Tür zwischen Wohnzimmer und Veranda die Ereignisse draußen aufmerksam beobachtete. Im allgemeinen Trubel kam es nie dazu, dass sie sich mit Namen vorstellte, aber später erfuhr ich, dass sie Ida Rankoff hieß, und in den folgenden Sommern brachte ich Mrs Rankoff ab und zu kleine Aufmerksamkeiten als Dank für ihre Hilfe an jenem Tag: mal einen Blumentopf mit Gänseblümchen, mal einen Blaubeerauflauf, den Vivie und ich mit den Blaubeeren von Treat's gebacken hatten. Bei diesen Besuchen saßen Mrs Rankoff und ich unweigerlich auf ihrer Veranda, und obwohl ich mit ihr sprach, häufig nickte und sie anlächelte, tastete mein Blick gleichzeitig immer wieder den Unfallort ab und verweilte auf dem schwarzen Teer, so als wäre Davy mit ihm verschmolzen und immer noch dort, unversehrt, darauf wartend, dass einer von uns nur scharf genug hinsah und ihn endlich entdeckte.

An jenem Tag sagte ich zu Ida Rankoff nichts weiter als hin und wieder: »Was passiert jetzt?« Und obwohl man den Geräuschen der Außenwelt entnehmen konnte, dass viel passierte – der Notarzt war gekommen, die Polizei und dann auch noch mein Vater –, antwortete Mrs Rankoff jedes Mal fast im Flüsterton: »Du musst das nicht sehen, Schätzchen. Bleib schön sitzen.«

Davy wurde in das nächstgelegene Krankenhaus in Milford gebracht, und sein Zustand war, nach einer Operation, durch die die inneren Blutungen gestoppt werden sollten, in jener Nacht schlecht, aber stabil. Einer von Sals Reifen hatte ihn überfahren, und er hatte Brüche am ganzen Körper – Rippen, Schultern, Becken, linker Arm –, aber die inneren Blutungen waren das Schlimmste. Er habe Glück, dass er überhaupt noch am Leben sei, teilte man meinen Eltern mit. Den ganzen restlichen Nachmittag und Abend wichen meine Eltern, aber auch Howard und Bec, nicht von seiner Seite. Leo und Vivie blieben mit Nina und mir im Sommerhaus. Die Stunden dort vergingen langsam und ruhig, und die meisten Zeit hielt ich Samson Bagel auf dem Schoß. Schließlich meinte Vivie, Nina und ich könnten ebenso gut versuchen, ein wenig zu schlafen, und wir zogen das Schlafsofa aus, krochen unter ein Laken und lagen hellwach im Dunkeln. Nina lachte mich nicht aus, als ich sie fragte, ob Samson Bagel zwischen uns im Bett liegen könne.

Als die anderen schließlich um Mitternacht aus dem Krankenhaus kamen – da Davy stabil war, hatte man sie angewiesen, eine

Weile zu schlafen und am Morgen wiederzukommen –, stolperten sie durch die Küchentür ins Haus und fielen auf ihre jeweiligen Stühle im Esszimmer. Sofort standen Nina und ich auf und setzten uns zu ihnen, und kurz danach erschienen auch Vivie und Leo.

Uns fiel nichts anderes ein, als wortlos zusammenzusitzen.

Davy schlage sich tapfer, sagte Mort schließlich. Wir sollten beten, wir sollten hoffen.

Und das taten wir, oder wenigstens nahm ich an, dass wir es in den nun folgenden langen Minuten des Schweigens versuchten, jeder auf seine Weise. Aber das Schweigen fühlte sich kompliziert und sorgenschwer an. Als meine Mutter den Kopf hob und Nina fixierte, wurde deutlich, dass sie weder gebetet noch gehofft hatte. »Er ist nicht zu dem irischen Mädchen gesegelt, wie du gesagt hast«, fauchte sie. »Er ist nach West Haven gesegelt, wie sonst auch. Wie sonst auch, du verdammte Lügnerin. Wie sonst auch.«

Sofort warf Vivie die Arme um Nina und beugte sich vor, um das Mädchen vor dem verbalen Kugelhagel meiner Mutter zu beschützen.

»Sie ist ein Kind, Ada. Bitte! Ein Kind«, flehte Vivie.

»Ein Kind?«, knurrte Ada mit starrem Blick. »Ich sage dir, wer hier ein Kind ist. *Davy* ist ein Kind.« Sie ballte die Hand zur Faust und schüttelte sie drohend in Ninas Richtung.

»Aber Ada, du hast doch selbst gesehen, wie Howard mein Mädchen quält. Wie sollte sie sich nicht dafür rächen wollen? Wie sollte sie nicht, Ada?« Vivie flehte nicht mehr, sie klang entrüstet. Sie zog den Gürtel ihres Bademantels enger.

»Nichts rechtfertigt eine Lüge«, ereiferte sich meine Mutter.

Daraufhin schob Vivie ihren Stuhl, der dem von Ada diagonal gegenüberstand, so weit zurück, wie sie nur konnte, und damit brach sie wieder auf, die alte Kluft zwischen den beiden Schwestern. »Das ist wirklich witzig, Ada. Besonders aus deinem Mund«, sagte Vivie.

»Das reicht!«, blaffte Mort, woraufhin sich die beiden Schwestern überrascht zu ihm umdrehten. Sein Blick fiel auf Nina, die Wunde auf ihrer Stirn und den Verband. »Was ist mit ihr passiert?«

Als niemand antwortete, stellte er die Frage noch einmal.

»Ein Unfall«, erwiderte meine Mutter nervös. »Gestern Abend.«

»Es geht ihr gut«, fügte Vivie hinzu, die Nina immer noch an sich drückte.

»Zwei Kinder, zwei Unfälle«, sagte Leo so leise, als spräche er mit sich selbst.

Mort trommelte mit den Fingern auf den Tisch. »So«, sagte er nach einer Weile und durchbohrte Ada mit seinem Blick, sodass wir anderen zu verschwinden schienen. Doch wir waren da und hörten, wie er sagte: »Ada. Howard hat etwas mit einem irischen Mädchen, und du rufst mich nicht an? Gestern Abend wird eine Wunde über Ninas Auge genäht, und du rufst mich nicht an?« Er deutete auf das Telefon auf dem kleinen Tischchen hinter ihr. Nach einer langen Pause sagte er: »Wer bin ich für dich, Ada?«

Er trommelte weiter mit den Fingern auf den Tisch, und ich starrte auf meinen leeren Teller, der, weil ich vor lauter Angst nicht blinzeln konnte, zu einem hellen Fleck zu verschwimmen begann.

»Verdiene ich es nicht, zu wissen, was in meiner eigenen Familie vor sich geht?«, polterte Mort los. Er hieb auf den Tisch, sodass die Weingläser vor ihm und auch der silberne Kidduschbecher umstürzten. Der rote Wein, der Stunden zuvor in den Becher gegossen worden war, ergoss sich auf das weiße Tischtuch.

»Sieh dich doch an, Ada«, fuhr er fort, den roten Fleck ignorierend, der sich immer weiter ausbreitete. Daraufhin sahen wir sie alle an; seine Worte wirkten auf uns wie ein Befehl. Aber was ich sah, war eine so abgrundtiefe Verzweiflung, einen so intimen

Moment, dass ich meine Neugier sofort bedauerte. Meiner Mutter liefen die Tränen übers Gesicht und sie wiegte sich auf ihrem Stuhl vor und zurück, sie presste die gekreuzten Arme auf den Bauch, und ihr Haar war vollkommen aufgelöst und fiel ihr ins Gesicht.

»Du siehst furchtbar aus«, sagte Mort und nickte. Dann wies er mit einer ausladenden Geste auf den noch vor wenigen Minuten perfekt gedeckten Esstisch, der nun einen chaotischen Anblick bot. »Hier sieht es furchtbar aus.« Er sprang auf und stürzte in die Küche, wo die Essensvorbereitungen abgebrochen worden waren und die Hühnchen noch ungebraten in ihren Pfannen auf dem Küchentisch standen, wo die Challa-Brote in den Bäckereitüten steckten, überall benutzte Kochutensilien herumlagen und sich das schmutzige Geschirr im Spülstein stapelte. »Furchtbar!«, wetterte er, auf die Küche deutend.

Als sich mein Vater wieder hinsetzte, stand meine Mutter auf. Ein paar Sekunden lang stand sie, wie am Tag unserer Ankunft, mit geschlossenen Augen ganz still da. Aber sie war nur noch ein Schatten ihres damaligen Selbst. Sie hielt sich mit einer solchen Steifheit aufrecht, dass ihr Körper deformiert wirkte. Und ihr verzerrter Mund drückte nichts als Schmerz aus.

Dann öffnete sie die Augen.

»Wie kannst du es wagen, zu behaupten, in meinem Haus sehe es furchtbar aus?«, fuhr sie zu unser aller Überraschung Mort an. Aber sie hatte noch mehr Überraschungen auf Lager. Auf den vergossenen Wein deutend, sagte sie: »Morton Leibritsky, Sohn von Zelik Leibritsky, Vater von Howard, Molly und unserem kleinen David Leibritsky: Das hast du zu verantworten!«

Wütend stand mein Vater auf, während Ada erschöpft auf ihren Stuhl sank und erneut in Tränen ausbrach.

Mort wartete einen Augenblick, dann nahm er Nina ins Visier. »Sieh dir dieses Kind an. Sieh dir seine Wunde an. Furchtbar. Und es gibt noch ein anderes Kind«, zischte er leise in Richtung Ada, »noch furchtbarer.«

Während mein Vater meine Mutter verdammte und wir anderen wie erstarrt am Tisch saßen, starrte Bec stumm mit rot geweinten Augen vor sich hin; ihre Haltung war nicht angespannt wie unsere, sie war in sich zusammengesackt. Ab und zu vergrub sie das Gesicht in den Händen. »Es ist meine Schuld«, murmelte sie schließlich. »Ich habe ihm zugewinkt, dass er über die Straße laufen soll. Aber da war noch kein Eiswagen zu sehen. Das schwöre ich. Kein Wagen.«

Bei diesen Worten drehte sich Mort zu ihr um, bedachte sie mit einem finsteren Blick und machte den Mund auf, wie um ihr eine Frage zu stellen; doch dann klappte er ihn wieder zu, als fände er nicht die richtigen Worte. Er ließ den Kopf hängen, Becs Geständnis hatte ihm den Wind aus den Segeln genommen. Aber durch die Art, wie er sie angesehen hatte – so, als hätte sie tatsächlich vorgehabt, Davy zu schaden –, hatte er genug gesagt.

Schwer abzuschätzen, wie viel Zeit anschließend verging. Vielleicht eine Minute. Vielleicht eine Stunde. Es schien, als wären wir tief in der Nacht versunken. Meine Mutter schaukelte vor und zurück und stöhnte leise. Bec hatte den Kopf auf die Hände gestützt. Vivie versuchte, Nina zu trösten, Leo ebenso. Ich starrte weiter auf meinen Teller. Dann stand Howard, der die ganze Zeit wie betäubt dagesessen hatte, auf einmal auf.

»Du gehst?«, fragte Mort.

»Toilette«, antwortete Howard auf dem Weg zur Küche.

»Wir wollen uns doch nicht gegenseitig Vorwürfe machen«, mahnte Leo nach einem minutenlangen, angespannten Schweigen. »Es hat doch eindeutig niemand Schuld. Wir lieben Davy alle, ja?«

Ich hob den Kopf. *Ja, ja, ja*, hätte ich am liebsten geschrien.

Aber niemand sagte einen Ton, wir schwiegen weiter, nur war die Atmosphäre nicht mehr ganz so feindselig.

»Und wo hast *du* gesteckt?«, fragte Ada Mort unvermittelt, und die Stimmung schlug wieder um. Die nächste Runde Vorwürfe war eingeläutet. »Du bist doch sonst um diese Zeit schon da. Warum warst *du* nicht da?«

Da drehte sich mein Vater zu Leo um, den er zum ersten Mal an diesem Abend richtig wahrzunehmen schien. »Ich war nicht da, weil dieser Kerl ein gottverdammter *Invalide* ist«, blaffte er. »Ich habe mich um *ihn* gekümmert.«

Bei seiner Bemerkung sprangen Nina und Vivie empört auf. »Er ist ein besserer Mensch als du«, hörte ich Nina flüstern. Ich dachte, ich hätte sie als Einzige gehört, aber Vivie wiederholte Ninas Satz wortwörtlich. »Ja, er ist ein besserer Mensch als du«, warf sie Mort mit zittriger Stimme vor.

Leo hatte während des Wortwechsels den Blick traurig auf den Schoß gesenkt.

Vivie setzte sich wieder hin, wobei sie immer noch sehr genau darauf achtete, Abstand von Ada zu halten. »Niemand ist hier ein Invalide«, sagte sie, »wir wollen doch nicht übertreiben.«

»Dafür ist es ein bisschen spät«, erwiderte Mort, sichtlich pikiert. »Wo ist Howard? Warum ist er noch nicht zurück?« Er sah sich um und fragte ein zweites Mal. Beim dritten Mal konnte er seinen Zorn kaum noch zügeln und schrie wie besessen: »Verdammt noch mal! Wo zum Teufel ist Howard?«

Tatsächlich war Howard nicht ins Bad gegangen, sondern hatte das Haus verlassen, heimlich, durch die Hintertür, und war an den Strand gelaufen. Dort blieb er die ganze Nacht über, hämmerte mit den Fäusten auf den Sand, rannte konfus im Dunkeln hin und her und rief Davys Namen, immer und immer wieder.

Auch Bec ging später, als der Morgen heraufdämmerte, zum Strand. Auf dem Weg zum Wasser kam sie an Howard vorbei, der auf dem Sand eingeschlafen war. Sie trug noch ihre Kleider aus New Haven: einen Faltenrock, eine Bluse mit Paisleymuster, neue Strümpfe. Sie ließ die Wellen über die Füße schwappen, spürte das kalte Wasser an den Knöcheln und Schienbeinen. Nach einer Weile ließ sie sich fallen, erst auf die Knie, dann auf die Schenkel, bis sie saß, und sie ließ es zu, dass das Wasser ihr in den Schoß lief und bis zur Brust hochspritzte. Irgendwann zerriss sie die Bluse am Kragen, dann den Faltenrock, unten am Saum, an mehreren Stellen. Als sie ins Sommerhaus zurückkam, um zu versuchen noch ein wenig zu schlafen, setzte ich mich kurz auf und sah zu, wie sie auf dem Weg zu ihrem Sonnenraum an mir vorbeiging. Ich erkannte die Frau in den nassen Fetzen kaum wieder.

Im oberen Stockwerk verbrachte mein Vater die Nacht allein im Jungenzimmer, auf Davys Bett.

Auch Nina schlief in jener Nacht oben, auf dem Fußboden neben ihren Eltern, wo sie Decken ausgebreitet hatten.

Und so lag ich zum ersten Mal in diesem Sommer allein auf dem Sofa.

»Was passiert jetzt?«, murmelte ich im Halbschlaf, während ich mich auf dem Sofa herumwälzte. Einmal träumte ich sogar, dass ich die Frage laut stellte. Ich war in Mrs Rankoffs Wohnzimmer, starrte auf ihren Flechtteppich, das vergilbte Stillleben mit den Gänseblümchen und das Foto von der glücklichen Familie an der Wand. Mrs Rankoff hielt Wache an der Tür, wie gehabt, aber im Traum war sie größer, sie füllte den Raum und meine Gedanken aus, sie war etwas Allgegenwärtiges, eine Art Gott. »Du musst das nicht sehen, Schätzchen«, sagte sie im Traum und befahl mir: »Bleib schön sitzen!«

Weil ich ihr gehorchen wollte, holte ich tief Luft und hielt den

Atem an. Nach einer Weile sah ich Sternchen. Es fühlte sich an, als würde ich explodieren. Selbst in meinem Traumzustand begriff ich, dass dieser Sauerstoffentzug nicht das war, was Mrs Rankoff gemeint hatte. Aber ich weigerte mich trotzdem zu atmen. Atmen hätte bedeutet, Davys Unfall ein winziges Stück hinter mir zu lassen. Atmen hätte bedeutet, ihn zurückzulassen. Das war die Traumlogik, und sie war größer und sogar dominanter als die umgedeutete Mrs Rankoff.

Und deshalb atmete ich nicht, bewegte mich nicht und sah im Traum weiter Sternchen, bis ich nach einer Weile mich selbst sah, wie ich weinend unter Millionen Sternen dahinschwebte, durch einen dunklen, unendlich weiten Raum.

Davy lebte noch eine Woche lang, er starb am achten Tag nach dem Unfall. Zwischen diesem ersten Samstag und dem nächsten wachten meine Eltern im Krankenhaus an seinem Bett, und Howard chauffierte sie täglich ins Zentrum von Milford, setzte sie ab und fuhr jeden Abend spät wieder hin, um sie wieder nach Woodmont zu fahren, damit sie noch ein paar Stunden Schlaf bekamen. An manchen Tagen fuhr er zusätzlich noch einmal hin, weil er selbst Davy besuchen oder einen von uns hinbringen wollte. In einer solchen Krise war es gut, etwas Konkretes zu tun zu haben, etwas Nützliches, und das war für ihn das Autofahren.

Auch Vivie hatte etwas Sinnvolles zu tun: Sie kochte Essen für uns, bis Mrs Isaacsons Enkelin Judy zu uns kam und diese Aufgabe übernahm. Zur jedermanns Überraschung war Judy, im fünften Monat schwanger, in jener Woche so unermüdlich, wie sie vorher lethargisch gewesen war. Unsere Krise wurde zu Judys Mission. Sie kochte für uns, putzte für uns, kaufte für uns ein. Einmal stritten sie und Vivie sich sogar freundschaftlich in der Küche darüber, wer sich die dringend notwendige Ruhepause gönnen sollte, die Schwangere mit den schmerzenden Füßen oder diejenige, die zu keinem Zeitpunkt wissen konnte, ob ihr Neffe am Leben bleiben oder sterben würde. So drückte es Judy mit ihrer neu entdeckten Zielstrebigkeit aus, und Vivie fasste sich ans Herz und setzte sich hin.

Bec, die normalerweise viele nützliche Dinge zu tun hatte, alle verknüpft mit ihrer Schneiderei und ihren Modeentwürfen, hörte auf zu arbeiten und blieb in dieser Woche die meiste Zeit allein, saß stundenlang in dem Korbstuhl in ihrem Sonnenraum und rauchte mehr als sonst, oder sie brach barfuß zu langen, einsamen Spaziergängen am Meer auf. Beim Abendessen musste Vivie sie fast zwingen, etwas zu sich zu nehmen. »Komm schon, Bec«, drängte Vivie beharrlich. »Du kannst uns doch jetzt nicht verhungern, wir können uns nicht noch eine Katastrophe leisten.«

Nina und Leo waren unzertrennlich. Sie saßen nebeneinander auf der Veranda, sein Arm über ihren Schultern, oder sie hatte das Gesicht an seine Brust gepresst, wenn die Tränen wiederkamen. Sie lasen nicht. Sie saßen einfach nur da und blickten aufs Meer.

Manchmal setzte ich mich zu ihnen. Manchmal ging ich in die Küche und sah zu, wie Vivie oder Judy die nächste Mahlzeit zubereiteten.

Hin und wieder bat mich eine von ihnen, den Tisch zu decken, und ich stürzte mich übereifrig auf meine Aufgabe, heilfroh, dass es etwas Übersichtliches und Nützliches zu tun gab.

Mark Fishbaum, der den Unfall ja auch miterlebt hatte, schaute in jener Woche täglich vorbei, immer mit einem frischen Blumenstrauß. »Für deine Familie«, sagte er jedes Mal, wenn er an die Haustür klopfte, und ich nickte und nahm den Strauß entgegen. »Bis morgen«, sagte er dann. Er fragte nicht einmal nach Howard, vermutlich, weil er wusste, dass es seinen Freund überfordern würde, Hallo zu sagen. Auch ich sprach die ganze Woche kein

Wort mit ihm, aber von Mittwoch an spähte ich jeden Nachmittag aus einem der Seitenfenster, um zu sehen, ob Mark wieder auf dem Weg zu uns war.

Das gab mir etwas zu tun.

Am ersten Mittwoch nach dem Unfall fuhr Howard uns alle gemeinsam am frühen Abend zu Davy. Es war das erste Mal, dass wir als Gruppe bei ihm auftauchten. Unsere Eltern waren bereits da. Howard wusste, dass er uns später am Abend in zwei Fuhren würde nach Hause bringen müssen.

»Das macht mir nichts aus«, versicherte er. »Ganz ehrlich.«

Bei unserer Ankunft saß Ada an Davys Bett und hielt seine Hand, die sie sanft rieb. Mort lief hinter Ada unruhig im Zimmer auf und ab.

In Davys Körper steckten Schläuche, und sein Kopf, der teilweise von weißen Verbänden umwickelt war, sah größer aus, als er hätte aussehen sollen, überdimensional im Vergleich zu dem kleinen, dünnen Körper. Sein linker Arm war eingegipst, und auch sein Oberkörper war zum größten Teil mit weißen Verbänden umwickelt. Er sah aus wie eine Mumie, eine kleine, eingewickelte Mumie mit einer Decke über den Beinen und Schläuchen in der Nase und den Handgelenken.

Er schlief. Er habe den ganzen Tag geschlafen, berichtete Ada, und das sei kein Wunder. Er sei seit dem Unfall praktisch nonstop bewusstlos gewesen, und in seinen wenigen wachen Momenten habe er nichts gesagt.

»Er braucht seine Ruhe«, sagte sie und griff über Davys Körper hinweg nach seiner anderen Hand. »Er ist hungrig, er braucht Nahrung, aber vor allem braucht er seine Ruhe.«

Dann ermahnte sie uns, nur im Flüsterton zu sprechen, weil ein lautes Gespräch die Gefahr barg, Davy aufzuwecken und das

Krankenhauspersonal darauf aufmerksam zu machen, dass wir, gegen alle Regeln, in so großer Zahl hier erschienen waren. Unser Geflüster war von lächerlicher Banalität. »Hallo, Davy«, sagten die meisten von uns, weil uns nichts Besseres einfiel. Bec redete ein wenig mehr. »Werde gesund. Werde schnell gesund!« Sie beugte sich über ihn und küsste ihn auf das Nasenbein, eins der wenigen freien Körperteile.

Mein Vater hörte auf herumzutigern, stellte sich demonstrativ neben Bec und fixierte sie kalt, während sie Davy gut zuredete. Als sie fertig war, trat sie zur Seite, ein Stück von uns entfernt. Obwohl seit dem Unfall mehrere Tage vergangen waren und wir uns nicht mehr gegenseitig mit Vorwürfen überhäuften, blickte Mort uns alle immer noch an wie betäubt, so als bemerke er erst jetzt, wen er da in Wahrheit vor sich hatte: Ada, Bec, Howard, Nina, Leo – alle, die aus seiner Sicht direkt in den Ablauf der Ereignisse verwickelt gewesen waren, die zu dem Unfall geführt hatten. Er schrie sie nicht mehr an, sondern warf nur hin und wieder finstere Blicke in ihre Richtung. Sogar auf Vivie war er wütend, nur weil sie Ninas Mutter war. Und auch auf mich, wie es schien, wegen meiner unbestreitbar harmlosen Rolle als Zeugin des Geschehens. Dann gab es Phasen, in denen er auf sich selbst viel wütender war als auf die anderen, weil er nicht für die Familie da gewesen war, als sie ihn brauchte.

»Er weiß schon, wie man gesund wird«, sagte Mort als Reaktion auf Becs Worte, wütend, aber beherrscht.

»Psst«, tadelte Ada. »*Flüstern*, Mort.«

Wir waren wieder in einen unserer kollektiven Trancezustände verfallen, in denen wir stumm herumstanden und den schlafenden Davy anstarrten, als sich auf dem Flur Schritte näherten und ein leicht rauchiger Geruch ins Zimmer wehte, der uns vertraut vorkam: Zigarren. Ich drehte mich um, und in der Tür stand ein zerknirschter Sal. Er trug nicht seinen gewohnten weißen Anzug, sondern einen schwarzen mit Krawatte, und zuerst erkannte ich ihn nicht. Er rauchte gar keine Zigarre, aber seine Kleidung roch danach. In einer Hand hielt er seinen Filzhut, in der anderen einen großen Strauß Spätsommerblumen, Chrysanthemen und Margeriten.

»Ich hoffe, Sie haben nichts dagegen, dass ich gekommen bin«, sagte Sal und ging einen winzigen Schritt auf uns zu. Inzwischen hatten sich alle nach ihm umgedreht. Als niemand antwortete, ging er nicht mehr weiter.

Sals Anblick löste in mir eine unerklärliche Erleichterung aus. Ich lief auf ihn zu und schlang die Arme um ihn, und als auch er die Arme um mich legte, fing ich an, haltlos zu weinen, als wäre es wieder Freitag, als hätte der Unfall gerade erst stattgefunden und das Martyrium gerade erst begonnen. Schon so lange hatte ich mich, auch wenn mir das erst in diesem Augenblick klar wurde, genau danach gesehnt – das Gesicht an der Brust eines Menschen bergen zu können.

»Molly, Liebling«, sagte Sal leise, während er mir über den Kopf und den Rücken strich. »Ach, Liebling … Es ist so schrecklich. Es tut mir so leid. So leid.«

Als ich mich etwas gefangen und den Kopf von seiner Brust gehoben hatte, blieb ich neben Sal in der Tür stehen. Der Rest der Familie stand uns stumm gegenüber. Nina war fast genauso in Tränen aufgelöst wie ich, und Leo hatte ihr den Arm schützend um die Schultern gelegt. Ich hatte den Eindruck, dass sie gern zu mir und Sal herübergekommen wäre, aber etwas hielt sie davon ab. Dann ging Howard einen Schritt auf Sal zu, aber nur einen. Dennoch fühlte sich Sal ermutigt, den Hut in die Hand mit dem Blumenstrauß zu nehmen, und die andere Howard entgegenzustrecken, aber Howard kam nicht näher.

»Oh, ihr Kinder!«, sagte Sal, ließ den Arm sinken und sah uns nacheinander an. »So schrecklich traurig …«

»Natürlich sind sie traurig«, sagte meine Mutter, immer noch angestrengt flüsternd. »Und was glauben Sie, warum sie traurig sind? Warum, Sal?«

Ich versteifte mich und ließ Sals Hand los, aber ich blieb an seiner Seite.

Sal setzte erneut zum Reden an, aber bevor er etwas sagen konnte, ergriff Vivie an seiner Stelle das Wort. »Hör mal, Ada, das haben wir doch jetzt hinter uns«, flüsterte sie eindringlich, ebenso leise wie meine Mutter.

»Immer mit der Ruhe«, mischte sich Howard in betont sanftmütigem Ton ein, so wie er immer sprach, wenn er meine Mutter auf seine Seite ziehen wollte. »Du musst dich nicht gleich aufregen.«

»Aufregen?«, wiederholte Ada, und ihre Stimme nahm unwillkürlich einen schneidenden Ton an. »Wie kann ich mich nicht aufregen, wenn der Mann, der meinen Sohn überfahren hat, hier ist?«

Bec sagte: »Ada, wir wissen alle, dass es nicht seine Schuld war. Wir haben das so oft durchgekaut.«

Doch Ada gab nicht nach. »Schafft ihn hier raus«, forderte sie mit noch lauterer Stimme. »Er soll weg von meinem Sohn!«

Doch Sal hatte sich schon von allein in Richtung Flur zurückgezogen, als Davy ein paar Zentimeter auf die Seite rollte, blinzelte und die Augen aufschlug.

Unsere Mutter hatte ihn aufgeweckt.

Er blinzelte noch ein paar Mal und schien sich dann auf die Tür zu konzentrieren, die direkt in seiner Blickrichtung lag.

Er hob einen Finger, als wolle er Sal zuwinken. Er bewegte sogar die Lippen, aber es kam kein Geräusch heraus. Dann klappten seine Augenlider wieder zu.

»Bis später, Davy, mein Junge«, flüsterte Sal. Die Blumen in seiner Hand vibrierten, so sehr zitterte er.

Er ging rückwärts auf den Flur, drehte sich um und rannte davon. Ich lief ihm nach und rief seinen Namen. Als er stehen blieb, stürmte ich auf ihn zu, und er nahm mich noch einmal in die Arme. Es war ein Unfall, versicherte ich ihm weinend. Auch wenn wir uns nicht so verhielten, als wüssten wir das – wir wussten es alle.

Er ließ den Kopf hängen, er nickte.

Zwei Tage später ließ Sal einen Obstkorb ins Krankenhaus liefern. Am Dienstag danach orderte er Blumen, die am späten Nachmittag, nach Davys Beerdigung, bei uns zu Hause in Middletown abgegeben wurden. Er riskierte keine Karten, durch die man den Absender hätte identifizieren können, aber wir wussten, von wem sie kamen. Meine Mutter wollte sie in den Mülleimer werfen, aber Vivie nahm sie ihr ab. »Ein kleiner Trost für Nina«, sagte sie. Die dritte Lieferung bestand aus Geld, fünfzig Dollar, die Summe, die Sal in diesem Monat erübrigen konnte. Ada wollte auch das Geld wegwerfen, aber Mort nahm ihr die Scheine aus der Hand, bevor sie sie zerreißen konnte. Als Sal im nächsten Monat wieder fünfzig Dollar schickte, hatte sich Ada so weit beruhigt, dass sie den Umschlag kommentarlos an Mort weiterreichte. Und so fing es an: regelmäßige Zahlungen von fünfzig Dollar jeden Monat, immer am ersten Montag, für die nächsten zehn Jahre, und immer wurden sie sofort weitergeleitet an Reuben Leibritsky in Israel, der das Geld am dringendsten brauchte, darauf pochte Mort, auch noch in den Jahren, in denen es mit Reubens kleinem Kaufladen, den er in Haifa eröffnet hatte, endlich bergauf ging.

Noch Wochen nach dem Unfall parkte Sals Eiswagen, den zu fahren er sich nun weigerte, verlassen vor seinem Haus. Während dieser Zeit gab es durchaus Augenblicke, in denen er an die Kinder auf seiner Route dachte, und manchmal ging er zu seinem Wagen, lehnte sich dagegen und rasselte im Geist ihre Namen herunter: Edna Muldoon, Kevin Amato, Binnie Rosenstien, Amanda Pratt, Tommy McMurray – einen nach dem anderen, bis ihm die Füße wehtaten und er ins Haus gehen und sich hinsetzen musste.

Eines Abends, fast einen Monat nach dem Unfall, ging er, nachdem seine eigenen Kinder eingeschlafen waren, nach draußen, stieg in den Eiswagen und starrte in den Nachthimmel. Seit dem Unfall hatte er es nicht gewagt, sich auf den Fahrersitz zu setzen. Doch kaum befand er sich endlich wieder dort, beugte er sich vor und ergriff das Lenkrad, als würde er einen alten Freund begrüßen. Dann zog er daran und versuchte, es herauszureißen. Als es ihm nicht gelang, ließ er sich erschöpft zurücksinken. Durch die Windschutzscheibe beobachtete er den Vollmond, der eine Leuchtkraft entfaltete, die das Licht der meisten Sterne überstrahlte. Der schillernde Mond sah aus wie ein gigantischer Scheinwerfer, der ausschließlich und mit voller Kraft auf ihn gerichtet war. Sal wusste, dass er diesem Licht nicht ausweichen konnte. Er wusste, dass die Art von Leben, die er so lange geführt hatte, in diesem Augenblick bereits der Vergangenheit angehörte.

Schließlich stieg er aus dem Eiswagen aus, betrat seine geteerte Einfahrt und beobachtete sich selbst beim Davongehen, als wäre er urplötzlich auf den Mond versetzt worden.

Ein paar Wochen später bewarb er sich im Krankenhaus von Milford um die Stelle des Hausmeisters und sagte zu seinem zukünftigen Chef, er habe viel Erfahrung mit der Beseitigung von Dreck. Er habe schließlich schon als Klempner gearbeitet, aber das Familienunternehmen habe vor Kurzem den Betrieb eingestellt, da sein Vater alt geworden sei und weder er noch seine Brüder es über sich brächten, das Unternehmen in die Zukunft zu führen.

Das war die Wahrheit – wenn auch nicht die ganze oder die entscheidende Wahrheit.

Als er nach seinem Namen gefragt wurde, sprach er ihn zum ersten Mal seit Langem in voller Länge aus. Er klang fremd in seinen Ohren. »Salvatore Giuseppe Luccino.«

16 Ein Paar Leibritskys

In der Familie hielt sich hartnäckig ein Gerücht: Bec habe nie mit ihrem Ehemann, Nelson, geschlafen, nicht ein einziges Mal. Drei Jahre nach Davys Tod heiratete sie ihn, so weit, so gut, aber niemand war der Ansicht, dass sie auch nur ein Quäntchen Leidenschaft für Nelson empfunden hatte. Wenn man sich zudem vergegenwärtigte, wie befremdlich sie nebeneinander aussahen, sie eine so attraktive, modebewusste Frau, und er ein so phlegmatischer, gedrungener Mann, war es schwierig, sie als Paar wahrzunehmen. Oder zumindest als Paar mit einer körperlichen Beziehung.

Und doch hatte ihre Ehe Bestand.

Auch als ich gestern durch Becs Haus ging, beschäftigten mich diese beiden Mysterien sehr – die Frage, warum ihre Ehe hielt, und die Frage, ob es zwischen ihnen so etwas wie sexuelle Leidenschaft gab. Nachdem sie 1953, zwei Jahre nach ihrer Heirat, das Haus in Middletown gebaut hatten, ließ Bec niemanden mehr ins obere Stockwerk. Diese Art von Grenzlinie hatten sie von Anfang an gezogen: Auch in ihre vorige gemeinsame Wohnung hatten sie niemanden eingeladen. Sie wollten etwas geheim halten, das vermuteten wir alle, und was sich in dieser Hinsicht am ehesten anbot, war ihre höchst verdächtige Zimmeraufteilung. Bec schürte unseren Verdacht durch die Art, wie sie die oberen Zimmer beschrieb: ein Arbeitszimmer, ein Gästezimmer (obwohl sie nie Gäste über Nacht beherbergten) und »das Schlafzimmer«. Kein einziges Mal sagte sie »unser Schlafzimmer« oder auch »sein« oder »mein« Schlafzimmer.

Am gestrigen Silvesterabend stieg ich die Treppe hoch und war dabei auf eine Weise beklommen, als würde die Tatsache, dass ich unaufgefordert in ihren privaten Bereich eindrang, mir Unglück bringen. Doch wie sollte ich mir das Haus aneignen, wenn mir eine Hälfte davon nicht zugänglich war? Von diesem Gedanken ermutigt, ging ich weiter.

Am Morgen hatte ich Nina die Mail geschickt, die sie jede Woche von mir bekam. Wir hatten nach meinem ersten Besuch in Berkeley, im Anschluss an Howards Tod, angefangen, uns regelmäßig auszutauschen. Ich hatte ihr diesmal als Erste geschrieben. An jenem speziellen Silvesterabend wurde so viel von möglichen Katastrophen gemunkelt, dass ich nichts riskieren wollte. *Ein glückliches neues Jahrtausend,* schrieb ich, *toi toi toi. Dem neuen Morgen steht nichts im Wege!* Und weil Freitag war, schloss ich auf die übliche Weise: *Schabbat Schalom, liebste Nina.*

Stunden später ging ich nach oben. Was ich dort sah, war ein Schlafzimmer, durchaus hübsch und bequem eingerichtet. Ein Doppelbett mit einer grauen Tagesdecke. Ein dazu passender grauer Teppich mit einer gemusterten Bordüre aus altrosafarbenen Rosen. Ganz normale Möbel, die nichts darüber aussagten, wie Bec und Nelson zusammen gelebt hatten. Auch das Gästezimmer bot keinen Raum für Spekulationen. So sieht's also aus, dachte ich, und ich erkannte, dass ich nie mehr darüber in Erfahrung bringen würde als das, was ich bereits wusste – dass mir das Erbe mitsamt all seinen Geheimnissen überlassen worden war.

Dennoch hatte es immer den Anschein gehabt, als hätte Bec hier ein gutes oder zumindest passables Leben geführt. Sie tat, was sie konnte. Nach Davys Unfall wurde sie zu dem, was wir alle auf die eine oder andere Weise wurden – zu einer Überlebenden –, auch wenn ihre Schuldgefühle, weil sie Davy mit ausgebreiteten Armen zu sich gerufen hatte, sie schier zu überwältigen drohten. Sie hatte genauso gute Gründe, sich Vorwürfe zu machen, wie alle anderen, und eine Zeit lang tat sie nichts anderes.

Doch dann gab sie ihrem Leben eine Wende, die die anderen nicht vollzogen. Irgendwo auf dem langen, quälenden Weg, der sie von sich selbst wegführte, kehrte sie den Prozess um und kam zurück.

Ihre Heirat mit Nelson war ein erster Schritt, auch wenn sie dies damals nicht so gesehen hatte. Was die beiden verband, war in erster Linie ihre gemeinsame Trauer, waren ihre gemeinsamen Schuldgefühle. Nelson hatte als Erster seine Schuld eingestanden. Er habe vor allen anderen von Megan O'Donnell gewusst, erzählte er Bec. Er hätte auf Howard einwirken können, ihm sagen können, dass er einen Vogel hatte. Und wenn er das getan hätte ... Er schüttelte den Kopf. Bec saß ihm gegenüber in Reginas Restaurant, wo sie zusammen zu Mittag aßen, aber er sah sie nicht an. Es war Anfang April 1951, und sie kamen seit über einem Jahr jeden Samstag zum Mittagessen hierher, doch erst jetzt hatte Nelson das Gefühl, dass Bec ihm ihre ungeteilte Aufmerksamkeit schenkte. Dann erzählte sie ihm von ihrem Anteil am Geschehen.

»Ich fühle mich nicht mehr so allein«, sagte sie danach zu Nelson, als er aufstand, um ihre Mäntel zu holen. »Dafür danke ich dir. Gut fühle ich mich nicht. Nur nicht mehr so allein.«

»Ich auch«, erwiderte Nelson.

Nach ihrer Heirat mit Nelson, die ungefähr fünf Monate später stattfand, hatte sie noch mehr Gründe als zuvor, häufig in Leibritsky's Department Store vorbeizuschauen, und die Arbeit dort – die mit der Zeit zu einem zentralen Bestandteil ihres Lebens wurde – war ein weiterer Schritt auf ihr verlorenes Ich zu, die

Person, die sie gewesen war, bevor sie für Davy auf der Beach Avenue die Arme ausgebreitet hatte.

Zunächst unternahm sie nur gelegentliche Abstecher in den Laden, meistens mit der Absicht, von Ada wegzukommen, um die sie sich immer noch kümmerte. Im Herbst 1951 funktionierte meine Mutter wieder recht gut, aber sie hatte die Trauer um Davy in ein ganzes Knäuel unerfreulicher Dinge umgewandelt: Sie gab ihr einen Grund, die größtenteils italienischstämmigen Einwohner von Middletown zu hassen, einen Grund, vor allem wolkenlose, sonnige Tage zu hassen, einen Grund, ihr gegenwärtiges Leben zu hassen und die Vergangenheit immer hemmungsloser nostalgisch zu verklären.

Bec brachte, ähnlich wie wir anderen, für Ada nicht mehr dieselbe Geduld auf wie früher, auch wenn ihr eigener Kummer noch lange anhielt. Und so nahm sich Bec gelegentlich einen Tag frei und verbrachte den Vormittag in Ruhe zu Hause, trank Kaffee am Esstisch, schaute aus dem Fenster, stellte das Radio an und hörte, was immer gerade gesendet wurde. Doch manchmal verbrachte sie diese kostbaren Vormittage auch in der Küche, wo sie für Nelson etwas zu Mittag kochte. »Warmes Mittagessen«, verkündete sie dann, wenn sie in Leibritsky's Department Store anrückte, eine Papiertüte in der Hand, in der sich Behälter mit Grillhähnchen, Kartoffelbrei und Erbsen stapelten.

Anfang April 1952 hatte sie Nelson gerade ein warmes Mittagessen vorbeigebracht, als sie ihren ersten Vorstoß ins Geschäftsleben unternahm. Noch bevor sie die Papiertüte abstellte, schlug sie eine kleine Änderung im Verkaufsraum vor. Kurz vor Ostern waren neue Damenhüte eingetroffen. »Wenn du vielleicht diesen Hutständer irgendwohin stellst, wo ihn mehr Frauen sehen«, sagte Bec zu Mort, »würden sich die Hüte besser verkaufen.« Sie lächelte, froh darüber, dass ein lange brachliegender Winkel ihres Verstandes wieder zum Zug kam, aber auch darüber, dass sie von Ada weg war. Ihre Schwester war zwar nicht mehr wütend auf Nina und verübelte es ihr nicht länger, dass sie an jenem Tag Andeutungen über Howard gemacht und sie dazu gebracht hatte, ihm nachzujagen, aber an ihrem Groll auf Sal Luccino hielt sie fest. Ada hatte schon vor dem Unfall hässliche Vorurteile gehegt, und danach wurde es schlimmer mit ihr, sie wurde noch feindseliger und vor allem irrationaler. Aber es war – das erkannte Bec – leichter für Ada, Sal die Schuld zu geben, als sich selbst. Und diese Strategie, so ungerecht sie war, mochte durchaus für ihre Schwester die einzige Überlebensmöglichkeit sein. Dennoch empfand Bec sie als hässlich und belastend, und so war sie an jenem Tag geflohen und hatte Ada ihrer Bitterkeit überlassen.

In Leibritsky's Department Store schweifte Becs Blick von Mort zu dem Hutständer im hinteren Teil des Ladens, wo sich die Damenkonfektion befand, und sie deutete auf eine Stelle neben dem Eingang, wo er ihrer Meinung nach platziert werden sollte.

Mort teilte ihre Ansicht nicht. »Ich glaube, wir beherrschen hier unser Metier mittlerweile recht gut.«

Bec wollte protestieren, aber Morts starrer Nacken und sein verkrampfter Kiefer rieten ihr, lieber den Mund zu halten. »Nur so ein Gedanke«, murmelte sie unzufrieden.

Einen Monat später unternahm Bec, nachdem sie mit Nelson im Keller Salami-Sandwiches gegessen und dazu das neue Sinatra-Album gehört hatte, einen neuen Vorstoß, das Geschäftsgebaren im Leibritsky's zu verändern.

Sie und Nelson waren gerade wieder im Erdgeschoss, als eine Kundin den Laden betrat. Sie blickte sich suchend um und wandte sich dann unschlüssig an Leo und Nelson.

»Ich suche ein Kleid für meine Tochter zur Examensfeier«, erklärte sie. »Ich war schon in zwei anderen Geschäften, aber die

Leute dort waren so aufdringlich. Und sie hatten einfach nicht das, was ich suche.«

»Leibritsky's setzt niemanden unter Druck«, beteuerte Bec, schlängelte sich an Leo und Nelson vorbei und ergriff die behandschuhte Hand der Dame. Und obwohl Bec die Kundin sehr wohl unter Druck setzte und sie durch Komplimente dazu veranlasste, sowohl ein Kleid für den Nachmittag als auch ein Abendkleid zu kaufen, sagte die Dame am Ende zu Mort, der an der Kasse die Einkäufe zusammenrechnete: »Sie hatte recht. Sie wusste genau, was ich wollte.«

So raffiniert hatte sich sonst nur Howard beim Verkaufen angestellt, der inzwischen an der Wesleyan studierte. Darauf wies Leo Mort hin, nachdem die Dame das Geschäft verlassen hatte. Aber Mort sagte nichts, er hielt Bec mit versteinertem Gesicht die Tür auf, noch bevor sie den Mantel zugeknöpft und die Handschuhe übergestreift hatte.

In jener Nacht wollte Bec von Nelson wissen, ob sie zu weit gegangen war. »Ich glaube wirklich, dass ich weiß, was der Laden braucht«, sagte sie, in Gedanken bei dem Hutständer, der an eine andere Stelle gehörte. »Ich habe große Lust mitzuarbeiten. Aber vielleicht sollte ich lieber mein eigenes Schneideratelier eröffnen.«

»Mort ist ein Tyrann«, erwiderte Nelson zu Becs Erstaunen. »Je mehr man nachgibt, wenn er zuschlägt, desto stärker wird er.«

Ermutigt von Nelsons Worten, bestand Bec bei ihrem nächsten Besuch in Leibritsky's Department Store darauf, dass der Hutständer umgestellt würde. Tatsächlich habe sie eine Reihe von Ideen, wie man die Abteilungen umorganisieren könne, erklärte sie, sodass »eine Sache auf natürliche Weise zur nächsten führt«. Als erster Schritt sei es notwendig, die Damenmode und die entsprechenden Accessoires vom hinteren Teil des Ladens nach vorne zu holen, wo sich vorläufig noch die Herrenbekleidung befand. »Seien wir doch ehrlich. Die *weitaus* größere Anzahl unserer Kunden sind Frauen«, sagte sie zu Mort, dessen Widerstand sie als einen Versuch erkannte, an dem bisschen Kontrolle festzuhalten, das ihm in der Welt noch geblieben war. »Aber alles, was sie sagt, ist doch vernünftig«, gab Leo zu bedenken, während Mort mit verschränkten Armen und eingezogenem Kinn vor ihm stand und den Kopf schüttelte.

Mort blieb bei seinem Widerstand, doch Leo hatte mit seinem Kommentar Bec einen Vorteil verschafft. Nach langem Schweigen lenkte Mort ein. »Wir versuchen es einen Monat lang«, sagte er, drehte ihnen den Rücken zu und schloss sich für den Rest des Nachmittags in seinem Büro ein.

Im folgenden Monat erzielten sie gute Profite, ein erfolgreicher Monat reihte sich an den anderen, und an Neujahr erklärte sich sogar Mort mit einer dauerhaften Veränderung einverstanden. Becs nächste Idee ließ nicht lange auf sich warten und betraf die Waren selbst, die Leibritsky's Department Store im Angebot hatte und deren Auswahl nach Becs Ansicht problematisch war. »Ihr seid nicht auf der Höhe der Zeit«, sagte sie zu den Männern an einem wolkigen Nachmittag im Februar 1953. Sie rückte Nelsons zehn Jahre alte Krawatte zurecht. Sie wischte über die staubige Schulterpartie von Morts alter Anzugjacke. Leo, der in seiner überdimensionalen Hose und dem viel zu lockeren Jackett fast versank, schenkte sie nur ein trauriges Lächeln. »Seht euch doch an«, sagte sie zu den dreien. »Nicht die Spur von Modebewusstsein.«

Am nächsten Morgen erwachte mein Vater aus einem beunruhigenden Traum. Er und sein Vater standen im Verkaufsraum von Leibritsky's Department Store, aber der Raum war merkwürdigerweise leer, man sah keine Waren. Zelik Leibritsky stand ihm im modischen Zweireiher gegenüber. An seinen Fersen glänzten helle

Flügelspitzen, was ebenfalls merkwürdig war. Mort wollte seinen Vater fragen: »Was ist mit dir passiert?«, aber bevor er den Mund aufmachen konnte, stellte ihm sein Vater genau diese Frage.

»Was meinst du damit?« Auf Morts Stirn bildeten sich Schweißtropfen.

»Ich habe das Geschäft im Jahre 1919 gegründet«, sagte sein Vater. »Damals waren Juden nicht überall willkommen, nicht in allen Läden der Gojim, nicht in allen Arztpraxen der Gojim, nicht auf den Universitäten der Gojim und nicht einmal in ihren Städten. Aber die Zeiten haben sich geändert.«

Zelik war auf dem Weg hinaus. Als er die Ladentür öffnete und ein Windstoß kalte Februarluft hereinblies, fragte er: »Und wie geht es Mrs Leibritsky?«

»Was hat Ada damit zu tun?« Mort war verwirrt und fröstelte im kalten Luftzug.

»Darum geht es doch«, sagte Zelik. »Die Zeiten haben sich geändert, mein Sohn. Es gibt jetzt mehr als eine Mrs Leibritsky.«

Während Zelik die Main Street entlangging, wurde er immer kleiner und kleiner, bis er so groß aussah wie ein Junge, ein Kind von ungefähr acht Jahren, und dann war er nichts mehr, nur noch die spürbare Abwesenheit von einem Menschen, der gegangen war.

Mort schoss hoch, hellwach, und ließ die Abfolge der Ereignisse, die zu Davys Unfall geführt hatten, vor seinem geistigen Auge vorüberziehen. Er sah, wie Nina den Kerzenleuchter polierte, während sie Ada von dem irischen Mädchen erzählte. Und er sah Ada aus dem Haus rennen und hörte sogar das Geklapper ihrer Sandalen auf der Holzveranda, als sie auf die Beach Avenue hinauslief. Er sah Howard von der Sailfish fallen und mit kräftigen Schwimmzügen auf den Strand zukraulen. *Und wenn er nicht unbedingt noch einen Hotdog gewollt hätte.* Er sah Bec auf der anderen Seite der Beach Avenue, überrascht und glücklich über den Anblick von Ada und den Kindern. Und er sah Sal Luccino auf seinem Fahrersitz, der sich aus dem Seitenfenster seines Eiswagens lehnte. *Und wenn er nicht zu spät gekommen wäre.*

Mein Vater stemmte sich hoch, schwenkte die Füße aus dem Bett und versuchte aufzustehen. Aber er konnte es nicht.

Er fiel zurück. Er wurde ohnmächtig.

Ich fing 1972 in Leibritsky's Department Store an. Bec hatte zu diesem Zeitpunkt bereits ganz und gar die Leitung übernommen. Mein Vater, der seit seinem Traum nicht mehr an fünf Tagen, sondern nur noch an drei Tagen die Woche in den Laden gekommen war – und manchmal auch nur an zwei –, hatte sich irgendwann vollständig daraus zurückgezogen. Auch Leo arbeitete nicht mehr. Nelson, mittlerweile sechsundsechzig, erschien noch gelegentlich, aber hauptsächlich am Vormittag. Seit Jahren bestand seine einzige Aufgabe darin, Bec zur Hand zu gehen, und diese Rolle passte viel besser zu ihm als die des sogenannten Geschäftsführers. Er hatte so jede Menge Zeit, in seiner Küche zu sitzen, Kochbücher zu wälzen und zu überlegen, was er am Abend für Bec kochen würde. Sie liebte ihn nicht, sie mochte ihn nur, aber das bedeutete nicht, dass er sie nicht lieben konnte. Diese Freiheit nahm sich Nelson in seiner Ehe, und dadurch wurde er zur allgemeinen Verwunderung ein versierter Koch.

In dem Jahr, in dem ich in Leibritsky's Department Store anfing, unternahm Bec den dritten und letzten Schritt in dem vorwiegend zufallsbasierten Prozess, mit dem sie ihr früheres Ich zurückeroberte: Sie fing wieder an zu nähen und schneiderte Kleider auf Bestellung. An einem ruhigen Samstagabend schleppte sie mit Nelsons Hilfe ihre alte Singer aus dem Keller herauf und stellte sie in eine Ecke des Wohnzimmers. Vorsichtig ölte sie das Pedal. Kurz darauf brachte sie das alte Gerät mit gekonnten Tretbewegungen wieder in Schwung.

Am Ende des Abends war sie fest entschlossen, sich eine elektrische Nähmaschine zu kaufen. Mit ihrem primitiven Klappergestell würde kein Mensch sie ernst nehmen. Während sie sich den Schweiß von der Stirn wischte, wurde ihr bewusst, dass sie künftig auch nicht mehr so schwer würde arbeiten müssen. Doch froh stimmte sie die Aussicht nicht, das körperbetonte Geben und Nehmen zwischen sich und der Maschine zu verlieren, wenn diese von einer unpersönlichen, externen Quelle mit Strom versorgt würde. Die Elektrizität würde ihren Körper überflüssig machen, das Medium für die Sprache, die sie und die Singer entwickelt hatten und in der sie sich nun wieder verständigten.

»Wie läuft es?«, fragte Nelson, als er am späteren Abend bei ihr hereinschaute.

»Hab mich verplaudert«, antwortete Bec. »Hab mich verplaudert.«

Auch ich verplauderte mich gern mit Bec, die zu diesem Zeitpunkt eine meiner engsten Freundinnen und eine Art Ersatzmutter geworden war. Seit meiner Scheidung im Jahr 1966 trafen wir uns ungefähr jede zweite Woche zum Abendessen, nur wir zwei. »Es gefällt mir nicht, dass du so allein bist«, hatte Bec gesagt, als wir das erste Mal beim Essen zusammensaßen.

Einen Monat nachdem Bec ihre Singer wiedererweckt hatte, trafen wir uns in einem kleinen griechischen Restaurant in Hartford, nahe genug an G. Fox, dass ich nach Feierabend zu Fuß hingehen konnte. Das Verplaudern sah an jenem Abend so aus, dass Bec zuhörte und nickte, während ich mich über meinen damaligen Freund Bob Neddlestein ausließ, der bei der Aetna-Versicherung arbeitete. Er bekleidete eine der Spitzenpositionen, hatte viel Geld und liebte es, als wir erst einmal ein Paar geworden waren, mich mit Luxusreisen zu verwöhnen. Ich hatte bisher nie Luxusreisen unternommen, und es fiel mir nicht schwer, mich daran zu gewöhnen, auch wenn mich die Konversation beim Abendessen manchmal zum Gähnen brachte. An jenem Abend mit Bec waren Bob und ich gerade von einer Woche in einer Schweizer Wellnessoase zurück, wo ich reichlich gegähnt und faul herumgelegen hatte.

»Eine ganze Woche herumgelegen?«, fragte Bec skeptisch.

»Ja, schon«, antwortete ich. »In einer Wellnessoase geht es doch nur ums Entspannen. Wir haben gelesen. Geredet. Gegessen. Bob ist viel geschwommen und ich war im Thermalbad. Nach dem Mittagessen kamen wir um ein kleines Schläfchen nicht drumrum.« Ich dachte an das ausgesprochen bequeme Bett, auf dem ich so mühelos einschlafen konnte. »Und wir sind früh ins Bett gegangen«, fügte ich hinzu.

»Oh, Molly«, sagte Bec sichtlich enttäuscht. »Du klingst wie eine Achtzigjährige. Ich kann einfach nicht glauben, dass zwei Menschen, die sich lieben, die gesund und jung sind, so wie ihr beide, eine *ganze* Ferienwoche lang nur entspannen und Mittagsschläfchen halten und früh ins Bett gehen.«

Ich hörte auf, meinen Salat zu kauen, denn ich hatte Bec noch nie über die konkreten Ausprägungen einer Liebesbeziehung reden hören, und auf einmal tat sie es mit erstaunlicher Kompetenz.

»Du bist nicht mal ansatzweise verliebt«, fuhr sie fort. »Was willst du mit diesem Mann? Ist er der nächste Mark Fishbaum? Brauchst du ihn als Lückenbüßer? Geht es darum?«

Als mir vor Verblüffung die Gabel aus der Hand fiel, wieselte ein Kellner herbei und brachte mir eine neue.

»Ich glaube, mit Mark war es ein bisschen echter«, sagte ich nach einer Weile. Meine Antwort klang wohlüberlegt, aber auch traurig.

Sie nickte. »Natürlich.« Ihr Tonfall war weicher. »Eine so lange Geschichte. Das ist etwas sehr Echtes, Molly. Man kann nicht behaupten, dass er nicht gewusst hat, woher du kommst.«

»Nein, das kann man nicht.«

Bec aß weiter, ich dagegen starrte stumm auf meinen Salat.

»Ich wüsste gern, was du denkst«, sagte Bec nach ein paar Minuten.

Ich zuckte nur die Achseln.

Sie ließ eine weitere Minute verstreichen. Dann wiederholte sie: »Woran denkst du?«

»Ich habe mich nur gerade daran erinnert, wie ich heute früh um sieben Uhr fünfzehn aufgewacht bin«, sagte ich stockend. »Ich saß am Bettrand und brachte gerade mal genügend Energie auf, meine nackten Füße anzuschauen. Als ich wieder auf die Uhr sah, war es neun Uhr zwölf. Ich weiß nicht, wohin die Zeit verschwunden ist, Bec.« Ich schwieg eine Weile. »Was ich im Grunde über mein ganzes Leben sagen könnte.«

Bec seufzte. »Vielleicht würde dir ein Tapetenwechsel guttun, Molly.« Nicht lange danach erläuterte sie mir ihren Plan: Sie und ich würden den Familienbetrieb gemeinsam führen. Wir würden Leibritsky's Department Store in Leibritsky's umbenennen, ganz einfach. Der neue Laden würde ausschließlich Damenkonfektion führen, ein Großteil davon aus Becs Schneiderwerkstatt. Sie wollte, dass der Laden wie ein Wohnzimmer aussah, mit bequemen Polsterstühlen hier und da und offenen Flächen statt der engen, vollgestopften Gänge. Außerdem wollte sie ein Hinterzimmer für ihre Nähmaschinen, die alte Singer, von der sie sich nicht trennen wollte, und die neue, die sie gerade gekauft hatte. »Eleanor Roosevelt«, sagte sie und meinte ihre angejahrte Schneiderpuppe, »ist auch schon abgestaubt und einsatzbereit.«

Ich hörte zu, aß ein paar Blatt Salat, hörte weiter zu.

Als ich mich nach einer Weile immer noch nicht geäußert hatte, wurde sie resoluter. »Ich werfe dir einen Rettungsring zu. Greif zu, Molly, greif zu!«

»Ich bin nicht am Ertrinken«, sagte ich patzig.

»Nein? Mir kommt es so vor, als wärst du seit deinem zwölften Lebensjahr unter Wasser.«

Und weil sie recht hatte, erklärte ich mich bereit, ein Teil von Leibritsky's zu werden.

Und da der Laden künftig von Bec und mir geführt wurde, hörte Leibritsky's auf, irgendetwas mit Männern zu tun zu haben.

Wir waren ein gutes Team, Bec und ich, und wenn ich an diese Jahre zurückdenke, die Jahre von Ende dreißig bis Mitte vierzig, so brachte die berufliche Veränderung mir tatsächlich die beabsichtigte Erleichterung, die genauso spürbar war wie die Erleichterung, als ich mich irgendwann endlich von Bob Neddlestein trennte. Unser gemeinsames Unternehmen funktionierte gut: Ich ging als Einkäuferin gelegentlich auf Reisen, aber die meiste Zeit war ich in der Stadt, im Laden, und kümmerte mich um die laufenden Geschäfte. Bec hielt sich so gut wie immer im Hinterzimmer auf und produzierte etwas. Ihr Ruf verbreitete sich rasch im gesamten Connecticut River Valley.

Obwohl wir viel zu tun hatten, nahmen wir uns mindestens drei Mal pro Woche die Zeit für ein gemeinsames Mittagessen. In all den Jahren haben wir uns, so könnte man sagen, regelmäßig verplaudert. Und all die Worte und Mittagessen und Kleider und Kundinnen summierten sich zuletzt zu einer tiefen Verbundenheit. Das bewies mir Bec am Ende dadurch, dass sie mir ihr Haus vererbte.

Im Jahr 1986, mit fünfundsiebzig, dachte Bec zum ersten Mal daran, sich aus dem Geschäft zurückzuziehen. Nelson war tot, ebenso wie Leo und mein Vater – gestorben aufgrund von Alter und Krankheit, was natürlich sehr traurig war, aber nicht schockierend, traumatisch, inakzeptabel. Bec dagegen schien mit der Zeit eher aufzublühen als zu verwelken. Wie oft sah ich sie, eine Frau in den Siebzigern, über einen ihrer Arbeitstische gebeugt, hochkonzentriert, mit gerunzelter Stirn, die Schere in der Hand, mit der sie einen Stoff durchtrennte, wie sie auf einmal aufblickte, lächelte und mir wie ein junges Mädchen zuwinkte? Wie hübsch sie ist, dachte ich oft beim Zurückwinken, während ich mich für die Unterbrechung entschuldigte. Ihr kurzes Haar lockte sich ums Gesicht, die Brille hing vor der Brust, der einfarbige Rollkragenpulli, ihr Markenzeichen, lag eng am Oberkörper an, die Hose bauschte sich am Gesäß, die Schuhe – »Omaschuhe« nannte ich sie wegen der dicken Gummisohlen – machten sie fast drei Zentimeter größer. Auch wenn sie die Mode zu ihrem Beruf gemacht hatte, war sie zu jener Zeit längst keine Stilikone mehr. Sie war einfach jemand, der Dinge herstellte – Kleider, das hatte sich so ergeben –, und solange sie sich auf ihr Handwerk konzentrierte, war sie zufrieden. In dieser Hingabe an ihre Arbeit bestand ihre Schönheit, und es war ein Geschenk, sie dabei beobachten zu dürfen.

Wir waren beide nicht mehr ganz jung, so kann man es wohl ausdrücken, wir waren beide verheiratet gewesen und nun alleinstehend, unser Berufsleben hatte einen unerwarteten und unerwartet langen Verlauf genommen, wir hatten beide keine Kinder und würden deshalb keine Enkel haben, wir hatten beide abends viel Freizeit, die wir häufig allein verbrachten. Im Spätwinter 1986 hätte Bec sich ohne Weiteres aus dem Geschäft zurückziehen können, aber sie wusste nicht recht, ob sie das wirklich wollte. Sie war bei guter Gesundheit. Ein bisschen steif in den Gelenken vielleicht, aber ansonsten, meinte sie, könne sie sich nicht beklagen. Was sollte sie mit ihren Tagen anfangen? Eines Abends sprachen wir darüber. Sie hielt dabei in der einen Hand ein Bar-Mizwa-Kleid, aus grünem Samt mit einem kurzen Rock, und in der anderen ein Dampfbügeleisen, mit dem sie ihm den letzten Schliff geben wollte. Als es fertig war, hielt sie es vor mir in die Höhe.

»Vor gar nicht so langer Zeit hätte ein Mädchen nicht im Traum daran gedacht, dass es eine Bar-Mizwa haben könnte, und schon gar nicht in einem Minikleid«, sagte sie.

Sie nickte gedankenverloren. Nach einer Weile hatte ich den Eindruck, dass sie nicht mehr so sehr über das Kleid nachdachte als über ein privates Erlebnis. Sie lächelte in sich hinein.

Ich sagte, wie hübsch ich das Kleid fände, und Bec wachte aus ihrer Versunkenheit auf und hängte es an einen Ständer. Dann setzte sie sich hin. Eine Zeit lang schwieg sie, während ich mich mit meinem Papierkram beschäftigte.

Ich weiß nicht, wie viel Zeit vergangen war, als ich mich schließlich zu ihr umdrehte. »Und?«, fragte ich.

»Und?«

»Und was machen wir jetzt?« Ich schlug das Rechnungsbuch zu und schob die Papiere zusammen.

Bec lachte. »Du klingst wie früher als Kind, Molly. ›Und was machen wir jetzt?‹ Wie oft habe ich das bloß gehört? Ihr drei habt nie so recht gewusst, womit ihr den Tag füllen sollt. Nur Nina wusste es. Sie hatte schon damals die Zügel in der Hand. Habe ich nicht recht?«

»Nina wusste es auch nicht immer«, sagte ich, doch ohne echte Überzeugung. »Sie hatte auch so ihre Marotten.«

Dann schwiegen wir wieder, und als Bec sich eine Handvoll Erdnüsse griff, hörte man eine Zeit lang nur ein leises Mahlgeräusch. »Ich kann mich erinnern, wie ich selbst immer wieder diese Frage gestellt habe«, sagte sie. »Wir waren noch klein, Ada,

Vivie und ich, und haben ständig danach gefragt. Unser Vater regte sich manchmal richtig darüber auf. Dann beschwor er unsere Mutter: ›Worauf wartest du? Sag ihnen doch, was sie tun sollen!‹ Und sie sagte: ›Seid brav. Seid brave Mädchen‹.« Bec lachte. »Aber das war nichts, was wir *machen* konnten.«

Bec ging zu dem neuen Kleid und zupfte daran, obwohl es ganz gerade am Bügel hing.

»Ich hätte eigentlich Milton Goldberg heiraten sollen«, fuhr sie fort. Das wusste ich. Ich nickte. »Und als er Schluss machte, musste ich mir die Frage stellen: ›Was mache ich jetzt?‹ Damals habe ich schon genäht, und deshalb schien es am besten, einfach weiterzunähen.«

»Aber wärst du als Mrs Goldberg glücklich geworden?«, fragte ich. Ich dachte weniger an die Vergangenheit als an die Gegenwart, an all die Zeit, in der wir zufrieden gemeinsam das Geschäft geleitet hatten. Hätte sie Milton Goldberg geheiratet, wäre es nie dazu gekommen, und das sagte ich ihr auch.

»Vielleicht nicht. Aber Kinder hätte ich gehabt«, antwortete sie. »Dieser Teil zumindest hätte mir gefallen, das weiß ich.«

Im nächsten Augenblick begriff sie, dass auch die Jahre, in denen ich ein Kind hätte bekommen können, von einem furchtbaren Verlust überschattet worden waren, und sie zog mich an sich. »Wir sind schon so ein Paar«, flüsterte sie. »Du und ich, Molly.«

»Ein Paar Leibritskys«, sagte ich, und aus irgendeinem Grund mussten wir darüber lachen.

Als wir am nächsten Tag beim Mittagessen saßen, erzählte mir Bec von sich und Tyler McMannus. Unser Gespräch am Vorabend – dieses »Was-wäre-gewesen-wenn« – hatte sie aufgewühlt, kein Zweifel. Dass sie eine solche Geschichte für sich behalten hatte, machte mich sprachlos. Ich hatte angenommen, ich würde sie in-

und auswendig kennen. »Also doch nicht so ein Paar Leibritskys«, sagte ich zwischendurch.

»Warum bist du nicht zu ihm zurückgegangen?«, fragte ich, nachdem sie mir von ihrer missglückten Fahrt nach New Haven einige Monate nach Davys Tod erzählt hatte. »Warum hast du Nelson geheiratet?«

»Ich habe Tyler zu lange warten lassen«, sagte sie. »Eine Zeit lang hatte ich ihn sogar abgeschrieben. Ihm war das klarer als mir.«

Sie starrte in ihre Teetasse. Als sie wieder den Kopf hob, hatte sie ein Lächeln auf den Lippen. »Nun, ich bin ja dann doch nicht allein geblieben. Ich hatte Nelson. Und was wir zusammen erlebt haben, das mit Davy, war ein ziemlich starkes Band. Und dann lernten wir einander besser kennen. Nelson war ein ziemlich lieber Kerl, weißt du. Er hat mir immer wieder gesagt, dass er mich nicht aufhalten würde.«

Ich konnte mich erinnern, dass Nelson exakt diese Worte benutzt hatte.

»Aber er war nicht Tyler«, sagte ich.

»Gott, nein« war alles, was Bec darauf antwortete.

Wir zahlten und schlenderten Arm in Arm die Main Street entlang. Kahle Hornsträucher, noch mit Festtagsbeleuchtung behängt, säumten die Straße. »Hast du danach je wieder mit Tyler gesprochen?«, fragte ich. Mit »danach« meinte ich den Tag, an dem sie Tyler mit seinem Baby und seiner Frau gesehen hatte. So weit waren wir in ihrer Erzählung fortgeschritten.

»Nein, nie.«

»Du hast nicht einmal versucht, Kontakt aufzunehmen?«

»Oh, versucht habe ich es«, sagte sie. »Du ahnst nicht, wie sehr ich es versucht habe.« Sie geriet ins Stolpern und ich fasste sie am Arm. Sie dankte mir mit gepresster Stimme.

»Und für einen neuen Versuch ist es jetzt zu spät?«, fragte ich nach ein paar Schritten leise.

»Viel zu spät. Er ist tot. Seit sechs Jahren.«

Wir standen vor unserem Geschäft, aber sie schien es nicht eilig zu haben, wieder an die Arbeit zu gehen. Wir blieben vor der Tür stehen, und ich fragte: »Warst du auf seiner Beerdigung?«

»Nein. Ich wäre hingegangen, aber ich habe zu spät davon erfahren. Als ich es erfuhr, war er schon begraben. Aber ich bin später hingefahren und habe von Zeit zu Zeit sein Grab besucht. Ich bringe ihm gern ab und zu Blumen. Ihm und Sal Luccino. Dessen Grab habe ich auch gefunden, gar nicht weit von Tylers. Gesucht habe ich nicht danach, bin daran vorbeigekommen. Es ist umgeben von lauter Luccinos.«

Sie nickte vor sich hin. Ich brauchte einen Moment, um die Neuigkeit von Sals Tod zu verdauen.

»Vielleicht könntet ihr, du und Tyler, auf dem Friedhof nebeneinanderliegen«, regte ich nach einer Weile an, getrieben von dem unsinnigen Wunsch, dass sie dann wenigstens das hätten.

»Ich würde lieber richtig mit ihm reden können, aber es ist ein schöner Gedanke. Wie auch immer, es ist ein katholischer Friedhof. Ich kann hingehen, Molly, aber nicht bleiben, nicht auf Dauer. Außerdem möchte ich inzwischen in der Nähe meiner Schwestern begraben werden.«

Sie schloss die Ladentür auf, und ich folgte ihr ins Hinterzimmer, wo wir unsere Mäntel aufhängten.

»Molly?«, rief sie mir nach, als ich in den Verkaufsraum ging. Ihr Ton hatte etwas Dringliches. »*Du* bist diejenige, die noch zurückkann!«

17 Heimatlose

Becs Worte erwiesen sich als prophetisch. Ich konnte zurück, und ich ging zurück, zuerst zu Mark Fishbaum und dann sogar nach Woodmont.

Wie es der Zufall wollte, lief ich Mark in der folgenden Woche in Hartford über den Weg, wo wir beide seinen Vater im Krankenhaus besuchten. Richter Fishbaum, wie er von allen nach wie vor genannt wurde, hatte sich die Hüfte gebrochen, und die Neuigkeit war mir flugs von mehreren mitteilsamen Leibritsky-Kundinnen zugetragen worden.

»Ich wusste nicht, dass du hier sein würdest«, sagte ich, als ich das Krankenzimmer betrat. In den zwanzig Jahren seit unserer Scheidung waren wir uns nur ein paar Mal begegnet, zuletzt bei Howards Beerdigung. Ich stand vor ihm und mein Herz klopfte.

»Setz dich, Molly, es kann noch eine Weile dauern«, sagte Mark und hob *Krieg und Frieden* in die Höhe, aus dem er vorzulesen schien. »Verstehst du, was ich meine?«, grinste er. Aber dann stand er auf, anstatt weiterzulesen, und ich freute mich sehr, als er auf mich zukam und mich umarmte.

Sein Vater bat ihn inständig, keine Witze zu reißen, weil ihm das Lachen wehtat. Richter Fishbaum – ich hatte mich nie dazu durchringen können, ihn anders zu nennen, obwohl er es wollte – griff nach meiner Hand. »Meine liebe Molly. Es ist viel zu lange her. Wo warst du?«

Mark und ich waren rasch über das Stadium der Begrüßungsfloskeln und des »Du-siehst-aber-gut-aus« hinaus. Mein Exmann sah in der Tat gut aus, das hieß, er hatte sich in den fünfzehn Jahren seit unserer letzten Begegnung bemerkenswert wenig verändert. Ich musste mich am Riemen reißen, um ihn nicht anzustarren, und Mark ging es offenbar ähnlich. Unser Lächeln verriet, wie glücklich wir über das unerwartete Wiedersehen waren.

Richter Fishbaum war, im Gegensatz zu Mark, sichtlich gealtert. Als ich das Zimmer betrat, wollte er sich aufrecht hinsetzen, aber er war zu matt und ließ sich in die aufgetürmten Kissen sinken. Er war inzwischen Witwer, wie ich wusste, seine Frau war gerade erst vor zwei Jahren gestorben. So fröhlich er mich begrüßte, so unübersehbar war der Ausdruck von Trauer und anhaltendem Kummer in seinen Augen, und ich entschuldigte mich als Erstes dafür, dass ich die Beerdigung meiner Ex-Schwiegermutter verpasst hatte. Ich sei auf einer Geschäftsreise gewesen, erklärte ich. Er nickte, und Mark übernahm das Antworten. »Wir haben uns sehr über deine Karte und die Blumen gefreut. Wir verstehen das, Molly.« Ich setzte mich, und Mark las weiter vor, was ich tröstlich fand und viel klüger, als wenn er sofort krampfhaft ein Gespräch zwischen uns in Gang gebracht hätte. Ja, Mark sah aus wie früher – und er sagte dasselbe über mich –, aber im Grunde waren wir uns fremd.

»Muss ein Schläfchen machen. Nicht persönlich nehmen, Molly«, kündigte Richter Fishbaum nach einer Weile gähnend an, und nur Sekunden später fielen ihm die Augen zu und er schlief ein. Mark stand auf, küsste seinen Vater auf die Stirn und zog ihm die Bettdecke bis zum Hals hoch.

»Kaffee?«, fragte er mich flüsternd, und obwohl ich wusste, dass ich eigentlich im Laden erwartet wurde, rührte mich sein fürsorgliches Verhalten und ich blieb. Mir fiel plötzlich ein, wie oft er mir vor und während unserer kurzen Ehe eine Tasse Tee oder eine Decke gebracht oder mich einfach nur im Arm gehalten hatte. Ich erinnerte mich auch an die Sommersträuße, die er uns nach Davys Unfall jeden Tag gebracht hatte, wie er sie einfach abgegeben hatte, weil eine innere Reife, die ungewöhnlich für sein jugendliches Alter gewesen war, ihm geraten hatte, uns allein zu lassen.

Als ich am Nachmittag wieder im Laden war und Bec von dem Krankenhausbesuch erzählte und ihr auch berichtete, dass Mark und ich uns in der folgenden Woche zum Mittagessen treffen wollten, fragte sie: »Soll er eine Lücke füllen, Molly?«

»Vielleicht ist mir damals etwas entgangen«, antwortete ich. »Aber es spielt keine Rolle. Ich bin mir ziemlich sicher, dass er noch verheiratet ist. Er trägt keinen Ring und ich habe nicht gefragt, aber ich bin mir ziemlich sicher.«

»Wie konntest du nicht danach fragen?«

»Wir haben uns auf die Gegenwart beschränkt: auf den Zustand seines Vaters, den schlechten Krankenhauskaffee, den Verkehr, das Wetter. Einfache Themen. Es war, als säßen wir in einer Luftblase. Ich wollte sie nicht platzen lassen.«

»Ich hoffe um deinetwillen, dass er nicht verheiratet ist. Glaub mir, Molly«, sagte sie, »das würde sie platzen lassen. Unweigerlich.«

»Um der alten Zeiten willen« lautete die rationale Erklärung, die ich Mark dafür lieferte, dass ich mit ihm in der folgenden Woche zu Jimmie's nach Savin Rock fahren wollte, zu der alten Hotdog-Bude in West Haven, die sich mittlerweile zu einem ausgewachsenen Restaurant mit Wänden und Dach entwickelt hatte. Mark wohnte in einer Kleinstadt nördlich von New York City und schlug vor, sich in der Nähe von New Haven zu treffen. Wir einigten uns auf den Dienstag, der sich als kühler, windiger Märztag entpuppte. Wir setzten uns in eine Nische an der breiten Fensterfront, mit Blick aufs Meer, und weil mich meine vagen Sehnsüchte nervös machten, blickte ich angestrengt aus dem Fenster und nicht auf Mark, während ich als Einstieg ein paar banale Bemerkungen über die bewegte See und die schaumgekrönten Wellen machte.

»Das habe ich eine ganze Weile nicht mehr gesehen«, sagte Mark mit einer Kopfbewegung zum Wasser hin, und ich sah ihn plötzlich vor mir, wie er ein Jahr nach Davys Tod, dem Jahr, in dem wir zusammenkamen, in Woodmont am Strand auf den Händen gelaufen war, hin und her, um mich aufzuheitern. »Versuch's auch mal«, hatte er mich aufgefordert, aber ich hatte keine Lust auf Handstand. Ich schlug Räder und warf meine ganze Trauer hinein.

In der nächsten Stunde redete ich mir alles von der Seele, was sich in den Jahren seit unserer Trennung ereignet hatte. Am Ende hatte ich alles Wesentliche gesagt, nur eines nicht, was ich gerade erst begriffen hatte: Solange ich von ihm erwartet hatte, dass er eine Lücke füllte, die niemand füllen konnte, war das Problem nicht gewesen, dass ich ihn nicht liebte, sondern dass ich ihn nicht lieben *konnte*. Oder meine Liebe zu ihm nicht spüren konnte. Ich war zu sehr damit beschäftigt gewesen, ihm die Schuld daran zu geben, dass durch ihn mein Kummer nicht schwächer wurde.

Doch ein solches Geständnis wäre zu früh gekommen. Stattdessen hörte ich mir seine Geschichte an: die zweite Ehe, die noch bestand, das Alter der drei Kinder, ihr Aussehen, ihre Interessen. Ich nickte, und obwohl mein Herz mit jedem Detail, das er erzählte, schwerer wurde, gelang es mir, von Anfang bis Ende mein freundliches Lächeln beizubehalten. Als er fertig war, war auch das Essen zu Ende. Unsere Kellnerin brachte Kaffee, und während wir ihn tranken, schweifte mein Blick aus purer Nervosität wieder aus dem Fenster. Das Meer wirkte auf einmal schrecklich einsam – doch das war lediglich eine Projektion, wie ich sehr wohl wusste.

»Ich hatte gehofft …«, sagte ich, wieder Mark zugewandt. Ich deutete mit dem Finger erst auf ihn und dann auf mich. »Aber das wäre zu simpel gewesen, nicht? Wie Magie. Wie ein Märchen.«

Mark reagierte mitfühlend, wie üblich. Er griff nach meinen Händen und ich streckte sie ihm, vielleicht ein wenig übereifrig, entgegen. »Ich habe jetzt diese Familie. Aber ich habe nie aufgehört, dich zu lieben.« Er machte eine Pause. »Linda Bagel.«

Als ich den Namen der alten Puppe hörte, stiegen mir Tränen in die Augen. Gab es etwas, das Mark nicht von mir wusste?

Er sprach weiter. »Aber ich liebe auch meine Familie.«

»Natürlich.«

»Das Timing ist einfach schlecht. Mehr nicht.«

Wir drehten beide den Kopf zum Fenster.

Draußen standen wir noch lange gegen die Kühlerhaube seines Wagens gelehnt. Die Windböen hatten sich so weit beruhigt, dass ich die Sonne stärker auf dem Gesicht spürte als die Meeresbrise. Ihr Licht brachte Marks Augen zum Glänzen.

»Wir werden das wohl nicht so bald wiederholen.« Ich blinzelte zu ihm hoch.

»Nein, ich glaube nicht«, sagte er.

Wir waren schon ein Stück auseinandergegangen, auf dem Weg zu unseren Autos, als Mark vorschlug, wir könnten doch noch zusammen nach Woodmont fahren. Er warf einen Blick auf die Uhr, es war schon fast vier. Mark erzählte, er habe kürzlich einen Anruf von Arthur Weinstein, dem streitlustigen der Weinstein-Zwillinge bekommen, der sich als Immobilienmakler in der Gegend einen Namen gemacht hatte, und Arthur glaubte, etwas Passendes für Mark und seine Familie gefunden zu haben.

»Der Kerl kann einen wirklich bequatschen«, sagte Mark mit hochgezogenen Augenbrauen, als er meine Skepsis bemerkte. »Und stell dir vor, Molly, er ist stinkreich. Warum kriegen immer die Leute die Kohle, die sie nicht verdienen?«

Ich schüttelte den Kopf. »Das hat mein Onkel Leo auch immer gesagt.«

Wir fuhren zuerst zum westlichen Ende von Woodmont, wo die Bagel-Beach-Sommerhäuser gestanden hatten. Doch wir wussten längst, dass die Häuser an Immobilienmakler wie Arthur Weinstein gegangen waren. Schließlich mussten sich die Juden schon seit Langem nicht mehr so eng zusammenschließen. In den Jahrzehnten seit unserer Kindheit hatten sich die klar definierten ethnischen Grenzen in Milford allmählich gelockert. Eine neue Welle von Einwanderern war in alle möglichen Ecken von Amerika geströmt und nun erzählten sie ihre Geschichte von Zusammenhalt und Trennung, von Assimilation und Tradition. Was das betraf, war unsere Geschichte zu Ende. Auch unser Sommerhaus war verschwunden, war vor langer Zeit verkauft worden, zehn Jahre nach dem Unfall, als alle endlich erkannt hatten, dass sie nicht mehr dorthin zurückwollten. Doch als ich aus Marks Auto ausstieg, mit großen Augen den gewaltigen Komplex von Eigentumswohnungen anstarrte und durch seine Betonmauern hindurch das frühere bunte Durcheinander der Holzhäuser zu sehen glaubte, hörte ich den Ruf der Vergangenheit, eine ganz andere Art von Geschichte, aus einem anderen Bedürfnis heraus entstanden.

Und die Erinnerung holte uns ein. Wir standen auf einem Sandstrand, der nicht länger Bagel Beach hieß, und plötzlich war da der jüngere Mark, saß neben Howard auf einem orangeroten Rettungsring und stand dann auf, um den glänzenden Rumpf der Sailfish ins Wasser zu ziehen. Und da war ich, im Schneidersitz auf den Verandastufen vor unserem Haus, unzufrieden mit Linda Bagel, die auf meiner Hand steckte, voller Hoffnung, dass Nina, deren Nase in einem Buch steckte, endlich Notiz von mir nehmen würde. Wenige Minuten später kamen Mark und ich an der Synagoge vorbei, die immer noch Woodmont Hebrew Congregation hieß, aber deutlicher als das Gebäude sah ich meinen Vater vor mir, mit Leo, Howard und Davy im Schlepptau, die flotten Schrittes und selbstbewusst zum Minjan strebten.

Nach der Synagoge kamen Mark und ich an Sloppy Joe's vorbei, das jetzt Sloppy José hieß, und dann an der Villa Rosa, und es erleichterte mich, dass diese Lokale noch existierten, wenn auch leer und über die Wintermonate mit Brettern zugenagelt. Schließlich gelangten wir an den Anchor Beach, wo wir uns auf eine Bank fallen ließen. Wenige Meter entfernt – so glaubte ich mich zu erinnern – stand die Bank, auf der Davy und ich nur wenige Stunden vor seinem Unfall gesessen und Kekse mit Schokoladen- und Vanilleüberzug gegessen hatten. Ich war mir sicher, dass es sich um dieselbe Bank handelte, und erzählte Mark davon, aber als wir aufstanden und hingingen, sah ich, dass sie in Wahrheit relativ neu war.

Von da aus liefen wir weiter zur Ecke Clinton Street und Beach Avenue, wo sich der Unfall ereignet hatte. Wir standen eine Weile am Meer, mit dem Rücken zur Straße, und starrten auf die riesige, leere Fläche vor uns, auf der keine Boote zu sehen waren. Die unerschrockenen Märzwinde wühlten das Wasser auf und die vorwärtsdrängenden Wellen waren noch genauso laut wie in meiner Erinnerung. *Hallo, Hallo* schienen sie uns einladend zuzurufen. Oder vielleicht war ihr Gesang auch eher ein *Lebewohl, Lebewohl*. Mrs Rankoffs schlichtes Häuschen auf der anderen Straßenseite war abgerissen und durch ein hoch aufragendes, neues Sommerhaus ersetzt worden, hässlich auf die moderne Art. Während Mark ein paar Meter entfernt wartete, sah ich lange auf die Stelle, an der Davy überfahren worden war. Am Ende tat ich das, was man in einem solchen Fall tut: Ich hob einen Stein auf und legte ihn auf die Straße, wie auf einen jüdischen Grabstein. Dann sagte Mark leise: »Wir sollten allmählich los«, und wir gingen zum Auto, fuhren aus Woodmont hinaus, zuerst zu Jimmie's, wo ich meinen Wagen stehen gelassen hatte, und dann, jeder für sich, dorthin zurück, wo sich unsere äußerst unterschiedlichen Leben abspielten, in dem Wissen, dass sich unsere Wege so nie wieder kreuzen würden.

Du bist diejenige, die zurückkann, hatte Bec gesagt, doch das war Jahre her, und dann starb sie als letzte der Schwestern und vererbte mir ihr Haus. Jetzt, nach meinem Einzug, gibt es Tage, an denen ich darin herumwandere und das Pedal ihrer Singer zu hören meine, mit der sie flink einen Saum umnäht. An manchen Tagen sitze ich in der gemütlichen Nische und blicke auf den wunderschönen Japanischen Ahorn und sein burgunderrotes, frisch gesprossenes Laub, das so ganz anders wirkt als das Grün der übrigen Bäume. Ich kann mich nicht darüber hinwegtäuschen, dass die Person, die aus mir geworden ist – eine erfahrene Geschäftsfrau, unverheiratet, kinderlos, die letzte Erbin des Familienunternehmens –, nicht im Entferntesten die Person ist, die ich einmal werden wollte, und vielleicht erkenne ich mich gerade aufgrund meiner Seltsamkeit, meiner zuweilen tiefen Einsamkeit so stark in der Extravaganz des Fächerahorns wieder. Ich betrachte ihn als Freund. Manchmal – und warum auch nicht? – spreche ich sogar mit ihm, erzähle ihm, dass ich genauso wenig eine Esther Bagel bin wie eine Linda Bagel, dass meine weniger konventionellen Eigenschaften mir quasi automatisch zugewachsen sind. Diese spezielle Art von innerer Unruhe hatten Bec und ich gemeinsam, vielleicht war sie unsere stärkste Gemeinsamkeit: Ständig mussten wir uns fragen: *Was mache ich jetzt?*, wenn der ursprüngliche Plan, das überschaubare Leben, das uns immer vorgeschwebt hatte, der »richtige Weg« meiner Mutter, wie ein zu lockerer Ring vom Finger und außer Reichweite rutschte. Wir betraten das unerforschte Territorium der weiblichen Existenz nicht als Pionierinnen, sondern, wie unser Cousin Reuben und all die anderen Juden, die nach dem Krieg nach Israel strömten oder, wie der Rest meiner Familie, die durch die Ereignisse von 1948 für immer entwurzelt war – als Heimatlose, als Flüchtlinge.

Am Tag nachdem Sal Davy im Krankenhaus besucht hatte, nach dem Zornausbruch meiner Mutter, nach Davys unerklärlichem, fast unmerklichem Wink mit dem Finger, nachdem er den Mund aufgemacht hatte, als wolle er etwas zu Sal sagen, brachte Howard die Familie in zwei Fuhren nach Hause. Ich wurde der zweiten zugeteilt und saß zusammen mit meinen schweigsamen Eltern im Auto, mein Vater vorn neben Howard, meine Mutter auf dem Rücksitz mit mir, so wie wir uns normalerweise aufteilten, nur dass Davy fehlte, der immer auf dem Buckel zwischen mir und meiner Mutter gesessen hatte. Abgesehen von Howard, der die Straße im Blick behalten musste, schauten alle immer wieder dorthin, als säße Davy zwischen uns.

Im Sommerhaus angekommen, gingen wir direkt zum Esstisch, an dem wir uns bis dahin jeden Abend zusammengefunden hatten, um die Geduldsprobe gemeinsam zu überstehen. Die Streitigkeiten waren zumindest vorläufig beigelegt. Seit Tagen saßen wir abends einfach nur zusammen, aßen gelegentlich einen Bissen, saßen und saßen. Selbst als mein Vater es eines Abends über sich brachte, Howards Beziehung mit Megan O'Donnell anzusprechen, kam es nicht zu dem erwarteten Geschrei. Ganz ruhig sagte er: »Du hast Pflichten als Jude, Howard. Du kannst sie nicht einfach ablegen. Du kannst nicht einfach in das große, weite Amerika spazieren und dir irgendjemand Beliebigen aussuchen. Für dich ist das anders.« Howard nickte, aber dann fragte er doch: »Was ist mit Liebe?« Mein Vater lachte müde. »Liebe heißt, vieles zu ertragen. Es ertragen und sich gut dabei fühlen. Howard, mein Sohn«, er packte ihn an den Schultern, »das ist Liebe.«

Unser Kühlschrank quoll über von Schmorgerichten, die man uns vorbeigebracht hatte, und als Howard an jenem Abend mit uns am Sommerhaus vorfuhr, hatten Bec und Vivie bereits eines aufgewärmt und dazu einen Salat vorbereitet. Nina hatte den Tisch gedeckt und einen der Blumensträuße von Mark Fishbaum in die Mitte gestellt. Und so fingen wir umstandslos und schweigend an zu essen. »Es geht bergauf«, sagte jemand nach einer Weile. Ein anderer ergänzte: »Habt ihr gesehen, wie er etwas zu Sal sagen wollte? Habt ihr gesehen, dass Davy ihn erkannt und gewinkt hat?« Ja, das hatten wir gesehen, und alle versicherten Ada, dass Davy gute Fortschritte machte und bald wieder gesund sein würde. Sals Besuch hatte ein Gutes gehabt, erklärte Howard sanft, er hatte Davy aus seiner Bewusstlosigkeit geweckt, endlich, ein klein wenig.

Zu unserer Verwunderung stimmte sogar meine Mutter uns zu, dass Sals Besuch in dieser einen Hinsicht nützlich gewesen sei. »Es geht ihm besser, nicht?«, fragte sie, und wir antworteten hastig im Chor: »Aber sicher. Aber sicher.«

Hoffnung schwebte, wie eine Luftblase, unsichtbar über unseren Köpfen, und damit kehrte vorübergehend ein Hauch Normalität – das alte Leben – zurück. Mehrere von uns bedienten sich ein zweites Mal. Ein kleiner Junge war verletzt, aber er würde bald wieder gesund sein. Und auch unser Leben hatte sich nicht so tiefgreifend verändert wie gedacht. Wir würden immer noch Zeit haben, dort anzuknüpfen, wo wir aufgehört hatten. Und so schweiften Howards Gedanken irgendwann während des Essens, gegen seinen Willen und entgegen der Warnungen meines Vaters, zu Megan O'Donnell. Und Bec nahm sich die Freiheit, sich einen Augenblick lang das neue Leben mit Tyler McMannus auszumalen, das bald beginnen würde. Kurz bevor der Tisch abgeräumt wurde, warf Ada einen prüfenden Blick auf das Esszimmer, und der alte Besitzerstolz stieg, wenn auch nur für Sekunden, wieder in ihr auf, der Stolz auf dieses, *ihr* Haus. Und Vivies und Ninas Sorgen, die in der vergangenen Woche aufgrund von etwas noch Unbenennbarem entstanden waren – *mit Nina stimmte etwas nicht* –, erschienen wie eine flüchtige Episode. Nach dem Essen konnte Leo sich endlich wieder an seine Lektüre machen, den Artikel über Chaos und Bewegung im Universum. Und Mort konnte sich ein Baseballspiel anhören und sich über die Yankees informieren, die er, wie seinen Gott, in der letzten Woche aus den Augen verloren und schmerzlich vermisst hatte.

Und ich konnte, wie so oft in jenem Sommer, wenn ich oben in der Badewanne lag, wieder glauben, dass ich von ihnen getrennt war, vollkommen anders als sie. Wenn ich »ich« sagte – das spürte ich erneut –, meinte ich nicht *sie*.

Doch dann fing meine Mutter an zu schluchzen, und wir rissen uns zusammen und ließen unsere Träume fallen.

Der Tisch war schon fast abgeräumt, als es an der Tür klingelte. Bestimmt wieder ein Nachbar, dachten wir, der einen Eintopf vorbeibrachte. An diesem Abend öffnete Bec die Tür, und zu unserer Überraschung stand Nelson davor, der zum ersten Mal nach Woodmont kam und mit besorgter Stimme fragte, ob es Neuigkeiten gebe; neuerdings, wenn ich in meinen Träumen zu diesem Augenblick zurückkehre, bin ich es, die vorwärtsstürmt, schneller als die anderen, die Tür aufreißt und gegen jede Vernunft hofft, dass dadurch ein leiser, aber endloser Schrei – der aus mir, meiner Mutter und sogar meinem Großvater Maks kommt – endlich verstummt.

Aber wenn ich aufmache, ist niemand da, niemand steht je vor der Tür, und jedes Mal ist das Erschrecken über den leeren Raum noch ebenso groß wie beim letzten Mal.

»Ich dachte, ich sollte kommen«, sagte Nelson zögerlich. Dann bedankte er sich bei Bec, die ihn, wie er uns berichtete, am Tag zuvor angerufen hatte.

Bec stand auf, um Nelson einen Teller mit Essen herzurichten, und reichte mir seinen Hut, den ich neben den meines Vaters auf das Telefontischchen im Esszimmer legte. Auch die Post, die im Lauf des Tages gekommen war, hatte man dort abgelegt. Da sah ich, dass Lucinda Rossetti Davy eine neue Fortsetzung ihres gemeinsamen Bildes geschickt hatte. Während Howard einen zusätzlichen Stuhl aus der Küche holte und Nelson sich schräg zwischen meinen Vater und Howard quetschte, während alle ein wenig zur Seite rückten, nach links und nach rechts, und mein Vater Nelson auf den Rücken klopfte und »Gut, dass du gekommen bist, Bruder«, sagte, öffnete ich den Umschlag und faltete das Blatt auseinander.

Das Bild wirkte – und das war das Bemerkenswerte daran – durch und durch eindeutig und normal: Das rote Feld am unteren Rand war jetzt ein rot-weiß kariertes Tischtuch, die drei Vasen darauf waren gerundet und abschattiert, und die Blumensträuße, die in den Vasen steckten, waren gut erkennbar, einer bestand aus Gänseblümchen, einer aus Tulpen, und die dritte Vase, ganz links, war noch leer, damit Davy sie füllen konnte.

Dank

Ich danke Lee Boudreaux von Herzen für ihr scharfes Urteilsvermögen, ihren unermüdlichen Enthusiasmus, ihre Weisheit und ihre unbändige Freude – der gemeinsame Prozess hätte nicht glücklicher verlaufen können; meiner Agentin Duvall Osteen danke ich für ihre Freundlichkeit, ihr Engagement und ihre Kompetenz, Nicole Aragi für ihre sachkundigen Hilfestellungen, Amanda Heller für ihr präzises und gründliches Lektorat, Carina Guiterman, Carrie Neill, Betsy Uhrig und dem gesamten Team von Little, Brown für ihre Sorgfalt und Professionalität, dem Virginia Center for the Creative Arts für drei perfekte Stipendienaufenthalte im Winter, die diesem Buch zu großen Fortschritten verholfen haben, Carol Ridker dafür, dass sie mir ihr wunderschönes Heim für Sommermonate überlassen hat, in denen Ruhe, Frieden und eine produktive Arbeitsatmosphäre herrschten, meinen Eltern, Marian Katz und Myron Poliner, die mich an ihren detailgenauen Erinnerungen an Woodmont, Middletown und die 1940er-Jahre teilhaben ließen und auch sämtliche meiner anderen Fragen beantworteten; Katherine Krauss Murphy, der Autorin von *Woodmont on the Sound* (Postcard History Series), für ein Buch, das mir sehr gute Dienste leistete, als es darum ging, eine Vorstellung von Woodmont im Jahr 1948 zu bekommen; Maryke Barber und Rebecca Seipp von der Wyndham Robertson Library/Hollins University für ihre unschätzbare Hilfe bei meinen Recherchen; dem Info-Team der Russell Library in Middletown, Connecticut, für zusätzliche

Hilfen bei der Recherche zu diesem Buch; Debbie Sessions und Katherine Kominis für ihre Spezialkenntnisse auf dem Gebiet historischer Details; Adam Gopnik für sein Buch *Angels and Ages*, das mich so begeistert hat, dass ich sein Thema, Darwin und Lincoln, in den Roman eingearbeitet habe; Rachel Poliner, Tina Daub, Julia Campbell Johnson, Lynne Bonde und Melanie May für ihre unermüdliche Unterstützung und die vielen konstruktiven Mini-Beratungen; der Creative-Writing-Gruppe an der Hollins University, Kollegen wie Studenten, für ihre Begleitung; den Rabbinern Daniel Zelem und Jean Eglinton, die mir meine Fragen zum Judentum beantwortet haben; den Rabbinern Louis Witt und Chaim Stern für die Worte des Gebets, dem der Titel und das Epigraf dieses Romans entnommen sind. Besonders dankbar bin ich denjenigen, die sich die Zeit genommen haben, dieses Buch während seiner Fertigstellung zu lesen und zu kommentieren: Marty Lopez, Dan Poliner und Karen Osborn. Ein besonderer Dank gilt Barbara Wiechmann, die nicht nur in meinen Worten, sondern auch in meinem Herzen lesen kann. Ein letzter und tief empfundener Dank geht an den unglaublich brillanten Edward P. Jones, dessen Zeit, Talent, Großzügigkeit und Freundschaft für mich ein unschätzbares Geschenk bedeuteten.

Glossar

Amida

Die Amida ist das Hauptgebet im jüdischen Gottesdienst, besteht in der heute gebräuchlichen Fassung aus neunzehn Fürbitten und wird immer im Stehen gesprochen.

Ansiedlungsrayon

Als »jüdischer Ansiedlungsrayon« wird ein Gebiet in Westrussland bezeichnet, in dem vom 18. Jahrhundert bis zu Anfang des 20. Jahrhunderts ein Großteil der jüdischen Bevölkerung Russlands isoliert wurde.

»Baruch atah Adonai, Eloheinu melech haolam ...«

Diese klassische Anfangszeile eines jüdischen Gebets bedeutet so viel wie »Gelobt seist Du, Ewiger, unser Gott, König der Welt ...«.

Challa

Im vierten Buch Mose bezeichnet der Begriff »Challa« den Teil des Brotteigs, der als Opfergabe für Priester dient. Heute sind mit »Challa« in der Regel die am Schabbat servierten und traditionell von der jüdischen Ehefrau gebackenen Hefezöpfe gemeint.

Goj

»Goj« lässt sich aus dem Hebräischen mit »Nation« übersetzen, im übertragenen Sinne ist »Goj« eine Bezeichnung für Nicht-Juden.

Hanukkah

Hanukkah ist das jüdische Lichterfest, das am 25. Tag des Monats Kislew (entspricht im gregorianischen Kalenderjahr ungefähr November/Dezember) beginnt und acht Tage und Nächte andauert. Es wird im Gedenken an die Wiedereinweihung des Heiligen Tempels in Jerusalem gefeiert. Traditionell kommen zu Hanukkah Familie und Freunde zusammen, es werden jüdische Speisen gegessen und der Hanukkahleuchter, der aus acht Lichtarmen besteht, wird angezündet.

Jom Kippur

Jom Kippur, auch Versöhnungsfest, ist der höchste jüdische Feiertag, der auf den 10. Tag des Monats Tischri (entspricht im gregorianischen Kalenderjahr ungefähr September/Oktober) fällt. Der Tag ist durch Ruhe, Gebete und strenges Fasten geprägt.

Kaddisch

Das Kaddisch, dessen zentrales Thema die Heiligung Gottes ist, zählt zu den wichtigsten Gebeten im Judentum. Heutzutage wird es häufig auch bei Gedenkfeiern für Verstorbene gesprochen, obwohl der Tod inhaltlich keine Rolle spielt.

Kaschrut

Kaschrut bezeichnet die jüdischen Speisevorschriften, die unmittelbar aus der Thora hervorgehen. Hergeleitet vom jiddischen Begriff »koscher«, der übersetzt so viel wie »erlaubt« oder »geeignet« heißt, bedeutet Kaschrut wörtlich »rituelle Eignung«.

Kiddusch

Zum Einläuten des Schabbats wird über einem Becher der Segen gesprochen, den man »Kiddusch« nennt. Dabei wird der randvoll mit Wein gefüllte Becher umhergereicht und jedes Familienmitglied darf einen Schluck nehmen.

Kippa

Die Kippa ist die traditionelle männliche Kopfbedeckung im Judentum, die aus reichlich verziertem Stoff oder Leder besteht und vornehmlich den Hinterkopf bedecken soll.

Minjan

Der Begriff »Minjan« bezeichnet eine Gruppe von mindestens zehn Gläubigen, die anwesend sein müssen, um einen jüdischen Gottesdienst abzuhalten.

Mesusa

Die Mesusa wird in jedem jüdischen Haus am Türpfosten befestigt und besteht aus einer verzierten Hülse, die ein mit Thoraversen beschriftetes Papier enthält. Häufig findet man die Mesusa nicht nur an der Eingangstür, sondern auch an Türen innerhalb des Hauses. Sie dient dazu, den Gläubigen stets an Gottes Gebote zu erinnern.

Passahfest

Das Passahfest findet vom 15. bis 22. Tag des Monats Nissan (entspricht im gregorianischen Kalenderjahr ungefähr März/April) statt. Als jüdisches Erntedankfest bekannt, wird vorrangig die Befreiung Israels aus der ägyptischen Gefangenschaft gefeiert. Eine Woche lang werden nur Matzen, ungesäuerte Brotfladen, verzehrt.

Purim

Das am 14. Tag des Monats Adar (entspricht im gregorianischen Kalenderjahr ungefähr Februar/März) stattfindende Purimfest wird zum Andenken an die Befreiung der persischen Juden im 5. Jahrhundert v. Chr. gefeiert. An diesem Tag werden eine Reihe lokal unterschiedlicher Gebräuche praktiziert, die dem christlichen Karneval ähneln.

Rosch ha-Schana

Rosch ha-Schana ist das jüdische Neujahrsfest, das am 1. und 2. Tag des Monats Tischri gefeiert wird. Während die jüdischen Männer am vormittäglichen Neujahrsgottesdienst teilnehmen, bereiten die Frauen ein festliches Abendessen vor. An die Festtage schließen sich zehn Bußtage an, die mit Jom Kippur ihren Höhepunkt erreichen.

Schabbat

Als »Schabbat« wird im Judentum der als Ruhetag geltende siebte Tag der Woche bezeichnet. Das Arbeiten ist von Freitagabend bis Samstagabend strengstens untersagt. In sehr traditionellen Familien wird der Tag ausschließlich im Kreise der Familie und in der Synagoge verbracht.

Sch'ma Israel

»Sch'ma Israel« heißt auf Deutsch so viel wie »Höre, Israel« und gilt als das jüdische Glaubensbekenntnis, das in der Thora im fünften Buch Mose steht.

Schtetl

Schtetl waren überwiegend jüdische Siedlungen im östlichen Teil Europas, in denen die Bevölkerung ihren eigenen Traditionen gemäß lebte. Im Zweiten Weltkrieg wurden diese Gemeinden komplett vernichtet.

Seder

»Seder« ist die Kurzbezeichnung für den Sederabend, den Auftakt des Passahfestes. Er ist durch eine strikte Abfolge von Lesungen, Gebeten und Riten gekennzeichnet.

Schiwa

»Schiwa« ist das hebräische Wort für »sieben« und meint die einwöchige Trauerzeit innerhalb einer Familie, die nach dem Begräbnis einsetzt.